雪野鸿爪

江学恭 著

国际文化出版公司
·北京·

图书在版编目（CIP）数据

雪野鸿爪 / 江学恭著. -- 北京：国际文化出版公司，2021.5
ISBN 978-7-5125-1306-8

Ⅰ.①雪… Ⅱ.①江… Ⅲ.①散文集-中国-当代②文艺评论-中国-当代-文集 Ⅳ.①I267②I206.7-53

中国版本图书馆 CIP 数据核字（2021）第 068031 号

雪野鸿爪

作　者	江学恭	
责任编辑	侯娟雅	
特约策划	张立云	
书名题写	余秋雨	
装帧设计	潇湘悦读	
出版发行	国际文化出版公司	
经　销	全国新华书店	
印　刷	长沙市精宏印务有限公司	
开　本	710 毫米×1000 毫米	16 开
	31 印张	660 千字
版　次	2021 年 5 月第 1 版	
	2021 年 5 月第 1 次印刷	
书　号	ISBN 978-7-5125-1306-8	
定　价	168.00 元	

国际文化出版公司
北京朝阳区东土城路乙 9 号　　邮编：100013
总编室：（010）64271551　　传真：（010）64271578
销售热线：（010）64271187
传真：（010）64271187-800
E-mail：icpc@95777.sina.net

目录 CONTENTS

第三部分　文坛艺苑

第四部分　多向思维

第五部分　附录

第一部分

大千世界

走进美利坚

冬天里的"玫瑰花会"

访美第一站是美国西海岸的著名城市洛杉矶。

刚刚卸掉故乡抵御初冬严寒的棉衣，电视里还在放着"世纪大风雪"席卷美国东部，雪深三尺的新闻，主人却笑容可掬地告诉我们，明天观赏美国著名的"玫瑰花会"。冬天竟然有玫瑰花会，这一安排，着实使我们这些第一次来美国的人感到惊奇和迷惑。

洛杉矶的早晨清凉而透明。裹着几许腥香的阳光慢慢地染黄了一望无垠的平房和绿茵茵的草坪。我们起了一个大早，驱车奔向洛杉矶东部的帕萨迪纳，观赏这冬天里的玫瑰花会。

美国的玫瑰花会始于1890年1月。当时有位名叫赫登的医生，从美国的东海岸迁移到位于美国西海岸的洛杉矶居住。他发现这里的新年前后，气候依然十分温暖，青草碧树，景色宜人。特别是这里此时玫瑰花盛开，万紫千红，美不胜收。他一时雅兴大发，便提议举办玫瑰花会来庆祝新年。他和朋友们筹备了整整一年，到1890年1月，举行了第一届玫瑰花会。

这天，人们采集五颜六色的玫瑰花，装饰成各式各样的玫瑰花车，驶上街头，边歌边舞，狂欢庆祝节日。从此后，美国西南海岸一年一度的"玫瑰游行"便从未间断，形成了美国著名的"玫瑰花车会"。一开始，玫瑰花车是以马车装饰而成，直到1901年才开始使用汽车。

车行30分钟，临近帕萨迪纳。只见蓝天上直升机在盘旋，拖挂广告条的飞艇在上空游弋。音乐声，鼓号声，欢呼声，由远及近。十几里长的大道，被前来观赏的人们围得水泄不通。好不容易挤进人群，只见马路两旁摆了几排椅子，边上还铺着毯子，一些人趁游行队伍未到，仍在蒙头大睡。放眼看去，大街两旁来参观花会的观众已是人山人海。不少人前一天就赶来占位子，有的则是一家人驱车十几个小时来观赏这一盛会。马路边设有一些收费座位，最低票价是每张 20 美元。

玫瑰花车驶过来了。一队队美丽的少女飘然而至，一辆辆玫瑰花车缓缓驶来，使人恍入仙境。参加这次玫瑰花会的花车有 40 余辆，分别来自美国的一些州和临近的墨西哥各地。这些花车各式各样，都是用五颜六色的玫瑰花扎成，配上装扮不一的人物，组成一幅幅千姿百态的故事画面和生活场景。每辆花车的前边，都有几排乐队和舞队。他们按照地方的不同，装扮各异。有的举着花圈彩旗，有的骑着高头大马，有的是印第安人打扮，有的则扮演西部牛仔救美人，五花八门，热闹非凡。

据介绍，这些玫瑰花车每辆的制作费用都在 30 万美元以上。这笔开支的来源是企业和有钱人的赞助。这倒不是说明这些企业和人士热心公益事业，主要是因为美国政府制定了赞助公益和文化事业可以抵税的政策。与其无声无息地拿钱去缴税，倒不如将钱拿去赞助文化事业，既获得了好名声，又取得了公关效应和广告效果，何乐而不为呢？这种通过法律和政策鼓励社会办文化事业的做法，值得我们借鉴。

迪斯尼

今天的中国，大概没有多少人了解沃尔特·迪斯尼。但一提起他创作的奥斯卡兔子、小鹿斑比，特别是米老鼠和唐老鸭，则是无人不知，无人不晓。

沃尔特·迪斯尼1901 年出生在芝加哥，具有非凡的想象力和创造力。他早年生活贫困，曾经带着自己绘制的作品去远方，寻求经济支持。没想到不仅没寻求到支持，携带的作品也在回家途中被偷走。百无聊赖之际，他在火车上信笔涂鸦，画成了使他一举成名、流芳百世的动物画——米老鼠。

这个形象 1928 年在世界上第一部有声动画片《威利汽船》中面世，立即风靡全球。随后，这位好莱坞动画片的创始人又将《白雪公主》《木偶奇遇》《灰姑娘》《爱丽丝漫游奇境记》等著名童话故事，拍成动画片，搬上了银幕。他也因此成了动画片创作的世界级大师。他创作的米老鼠，妇孺皆知，几乎代替了山姆大叔的形象，成为美利坚合众国的又一象征。

沃尔特·迪斯尼不仅十分喜欢孩子，而且自己也童心未泯。1955 年，他在加利福尼亚南边的洛杉矶郊区，建成了一座占地 30 公顷，以他的动画世界为依据，可供成人和儿童共同娱乐的大型游乐场——迪斯尼乐园。人们将这里称为"世界上最快乐的地方"。

一个阳光明媚的日子，我们随着涌动的人流，来到了神往已久的迪斯尼乐园。

乐园有几十扇大门，像扇子一样朝游人展开。头顶上一桥凌空飞架，电动单轨列车不时飞速驶过。购票进入大门后，可见一设计独特古香古色的火车站，装饰成 19 世纪火车样式的游览列车载着游客循环往复，穿梭于各个游乐点。

火车站前面是一条由南向北的长街。这条街按照沃尔特·迪斯尼童年居所密苏里州莫西兰镇旧时模样建造，南、北各有一个广场，街上游人如织。长街两旁商店林立，有迪士尼服装店，有古香古色的玩具商场，有发行迪斯尼货币的银行，有专门放映动画片的电影院和沃尔特·迪斯尼纪念馆，还有照相馆、邮电局、鲜花市场、魔术商店和歌颂美国第十六任总统林肯的纪念厅。

街道很长，但没有汽车，只有装饰豪华的马车载着游客往来观光。由艺人扮演的米老鼠、唐老鸭、小棕熊在人群中穿来穿去，不时与游客握手、拥抱、签名、合影，使人产生如同生活在迪斯尼童话世界之中的奇妙感觉。

整个乐园由美国大街、冒险乐园、新奥尔良广场、克里特乡村、边境地区、幻想国、明日世界等七大娱乐区域组成。乘坐游览列车，我们观赏了乐园全景。

——美国大街，展现了美国城镇18世纪的风光，游人可乘坐老式马车游街，可以去旧式店铺购买模仿当时式样的商品，可以在很有特色的边镇酒馆喝啤酒、饮咖啡。电影院为游人放映人们熟悉的早期无声电影，由电脑控制的机器人——林肯——正在绘声绘色地发表演讲，使人一睹昔日的伟人风采。

——冒险乐园，有"鲁滨逊住处""非洲狩猎""神仙乐园"等项目。在这里，游客不仅可以观赏气氛森森的原始丛林、层峦叠嶂的山岭、印第安人和原住民歌舞，还可以看到百花争艳、万鸟和鸣的神仙岛。

——新奥尔良广场，街道和建筑均模仿上世纪中叶的新奥尔良风貌，"鬼屋"是这里著名的游览点。排了近两小时的队，我们才进入那座阴森的屋子。电闪雷鸣、神吟鬼唤的恐怖音响，移步换形、飘浮不定的鬼影使人不寒而栗。随着一声霹雳，黑屋中一道闪电，人们发现一具吊死的尸体在头顶晃荡，更是惊出了一身冷汗。

——边境地区，建有射击馆、荒岛寻宝、西部风俗表演等游览项目，体现了美国人当年开发西部时奋发的拓荒精神。在这里，那艘漂亮、古老的"马克·吐温号"蒸汽船十分引人注目。不少游人兴致勃勃地登上了这艘船，沿着仿造的密西西比河航行，一览美国文学家马克·吐温笔下迷人的西部风光。

在公园的入口处附近，有一处胜景，里面陈列着古老的印第安人的文化遗迹。神秘的洞穴里，安放着蛇形的石雕、奇特的壁画、古老的文字。这些文化遗迹与灯光、音响、建筑相结合，极具历史感和神秘性，使人在娱乐中增长知识。

"夺宝奇兵"是1995年3月开辟的最新娱乐项目，极为惊险和刺激。在山洞里，我们几人一组，分别坐上破旧的电动吉普车，在阴森恐怖的山洞中穿行，在崎岖坎坷的山道上疾驰。暗夜中，看不清前进的路，一块巨石突然出现在面前，吉普车急转弯，差点倾覆。伏击者在山岩后冒出，子弹飞来，吓得我们赶忙埋首膝间。上陡坡，陡得好像登天一般，不抓紧车扶手便会掉下车去；下坡陡，陡得好像坠入深渊，半晌，也还是在空中。行进中，不时还有鬼怪拦道，几番周旋、拼搏才夺宝到手，得以凯旋。欣喜之余，仍忘不了刚才那一番惊险和刺激。

天黑以后，迪斯尼乐园华灯齐放，显得五彩缤纷。我们去的时候正好刚过完圣诞节，乐园中心立着一棵 10 米高的圣诞树，树上挂满五颜六色的彩灯，装点出一个神奇的童话世界。晚上 9 点，人们十分熟悉的动画片《白雪公主和七个小矮人》的主题音乐响起，乐园里开始了激动人心的迪斯尼动画故事表演。

音乐声中，沃尔特·迪斯尼先生的得意之作——米老鼠等动物造型——向人们走来，近百名小鼓手、小号手，组成整齐的方队，奏着人们熟悉的乐曲走了过来，几十名美丽的美国少女，身穿白色比基尼跳着欢快活泼的舞蹈，仿佛来自虚无缥缈的神话世界。在仙女般美丽的女孩的带领下，从远处开来一辆辆彩灯闪耀的彩车，彩车上搭起了动画片中的布景，各种人们十分熟悉的动画片中的人物在彩车上表演脍炙人口的故事。

迪斯尼乐园沸腾了。人们跟着喊，跟着唱，跟着起舞。小孩子显得更加天真活泼，成年人仿佛回到了少年时代，老年人显得青春焕发。迪斯尼给人们带来欢乐，欢乐洋溢在迪斯尼。

自由女神像下的悲欢

到意大利，不可不看比萨斜塔；到法兰西，不可不登埃菲尔铁塔；到了美国纽约，自然不可以不看自由女神像。

来到纽约，正遇上那场横扫美国东部的几十年未遇的"世纪大风雪"。气温陡降，大雪纷飞，寒风刺骨。我们冒着严寒登上当天的第一班游轮，向自由女神像所在地——位于纽约赫德森河口的自由岛——进发。

透过船窗，迷蒙的雪幕中，高 100 米的自由女神像由远而近。风雪中，自由女神体态端庄丰盈，恰似一位古希腊美女。她头戴光芒四射的花环，身披罗马式宽松长袍，高举的右手擎着一支 12 米长的象征希望和自由的火炬，左臂抱着一本美国立国文书之一的《独立宣言》，脚上残留着挣断了的锁链。她双唇紧闭，双目炯炯，身姿挺拔，神情坚毅，给人以昂扬奋发之感。

自由女神像全部用铜和钢制成，重约 225 吨。内部有由 120 吨钢做成的骨架，外部以 80 吨铜片为外皮，再用 30 万只铆钉固定在支架上。制作者为建筑师约维雷勃杜克和建造法国埃菲尔铁塔的工程师埃菲尔。

这一举世无双之艺术杰作的创作者是法国雕塑家奥古斯特·巴托尔蒂。他艺术想象力丰富，创造欲极强。在 1851 年，他 17 岁时曾目睹路易·波拿巴推翻法兰西第二共和国的政变。那天，共和党人与政变者在街头激战。一位忠于共和政体的年轻姑娘，手持火炬，跃过街垒，高呼"前进"的口号向敌人冲去，不幸中弹，倒在血泊中。这悲壮的一幕成了艺术家日后塑造自由女神像最初的模特。正在他进行自由女神像创作之时，在一次婚礼上遇到长得端庄秀丽、仪态万方的让娜姑娘，他请求姑娘做他的模特，二人在创作过程中萌生了爱情，结为恩爱的夫妻。

巴托尔蒂 1869 年完成自由女神像的设计，1874 年开始塑造，历时十载，到 1884 年方告完成。原想将铜像建在埃及的亚历山大港，后来作为纪念美国独立 100 周年的礼物赠给了美国。

1885 年 6 月，巴托尔蒂将铜像分装成 210 箱，用法国拖轮运至纽约。1886 年 10 月，当时的美国总统克利夫兰亲自主持了铜像揭幕仪式。1916 年，威尔逊总统为自由女神像安装了昼夜不熄的照明系统，并主持了竣工典礼。

1924 年，美国政府决定将自由女神像列为美国国家级文物。1956 年，又将纽约港口建立铜像的贝得罗岛更名为自由岛。1986 年，举行自由女神像建立 100 周年纪念，来自世界各国的 1500 万人来到装修一新的铜像前，参加一系列纪念活动。

风越刮越紧，雪越下越大。我们弃船登岛，快步朝自由女神像跑去。

进入女神像的基座，才知道这是一个十分宽敞的大厅。入口处，戒备森严的警卫人员对入内人员进行严格检查，不知为防备什么，每个入内者的衣物和随身物品都要经过像乘坐飞机的安全检查一样的红外线通道，每个人还必须经过一有金属物品便会"吱吱"叫唤的安全检查门。经过一番折腾，总算进了底座大厅，但要到铜像的基座处，还得爬 10 层楼梯。

气喘吁吁地爬完 10 层楼梯，迎接我们的是更陡、更窄的 12 层螺旋形阶梯。只有爬上这只能容身一人的 171 级盘旋式阶梯，才能到达铜像的冠冕处。我咬着牙关在旋梯上爬了几层，一看表，离返回时间已所剩无几，只得叹息一声，悻悻然快步往回跑。

岛上的雪已有半尺厚了。我深一脚浅一脚地来到自由女神像的正面，摄影留念。铜像的基座上镌刻着犹太女诗人拉扎鲁斯 14 行诗《新巨人》中的诗句："交给我吧，把疲惫不堪、穷困潦倒的人，把缩作一团、渴望自由的人交给我吧！交给我吧，把无家可归、流离颠沛的人，交给我吧，我敞开金色的大门，高举着明灯！"

正是这美好的呼唤，正是这希望的火炬，吸引世界各地许多因天灾人祸或其他原因苦于生计的人，背井离乡、漂洋过海来到这自由女神像下。一些人将矗立在自由岛上的铜像作为欢迎他们来到自由世界的天使。然而，自由女神像下的现实，也使不少人于惊讶、悔恨之余，不得不改变当初的幻想。

在离自由女神像所在的自由岛北面不远的地方，有个名叫艾丽丝的小岛。1965 年，时任美国总统约翰逊曾将此岛划归自由女神像国家保护区的一部分。也就是在这个岛上，关押着许多投奔自由女神的外国移民。在这里，他们毫无自由、平等可言。

不少赴美的华人，进入纽约前，都要在这里关押一段时间。在黑暗的麦卡锡时期，我国著名的电影演员、戏剧演员、长篇小说《两种美国人》和《宝姑》的作者王莹及其丈夫，就被以莫须有的罪名关押在这个小岛上，也就是自由女神像下。那些美国移民局的官员，随意拆阅他人的私人信件，无耻地逼囚徒脱光衣服，测量、记录人体各部位的

"大小"，一次又一次地抽婴儿的血……

研究华人移民问题的专家，曾对艾丽丝岛做过考察，他们发现岛上拘留所的墙壁上留下许多中文诗句，内容多为忧郁的"思乡"、彷徨的"前途莫测"和愤怒的不理解，其情其景，令观者泪下。

如果自由女神抬眼西望，还可以看见西海岸的旧金山海湾里，有一个美丽的小岛，叫天使岛。数十年前，这里也是美国移民局的一个据点。我们的前辈远涉重洋登上异邦土地时，要在这里接受质询和囚禁。如今移民局的大楼已毁于大火，"天使岛移民局历史纪念碑"赫然在目，碑上刻着"背井离乡漂流羁木屋，开天辟地创业在金门"的对联。当年关押华人的二层木板楼房和四周的铁丝网还在，木板上依稀可见被关押者刻下的心声："浪大如山频骇客，政苛似虎备尝蛮。"面对暴行，他们在木板墙上留诗为证："北游咸道乐悠悠，船中苦楚木楼愁。数次审查犹未了，太息同胞被逼留。""美有强权无公理，囹圄吾人也罹祸。不由分说真残酷，俯首回思莫奈何。"

天使岛离自由女神像不远，艾丽丝岛离自由女神像更近。被关押在岛上的人们，看到或想到这尊象征美国形象的铜像，以及她手中高举的那支象征自由、民主的火炬时，其悲伤可想而知。美丽的自由女神看到脚下的罪恶了吗？也许那一刻她的眼睛正好闭上了。

希望自由女神美丽的眼睛不要闭得太久。我在心里祈祷。

马丁·路德·金的梦想

美国是一个移民国家。我们在洛杉矶、纽约、旧金山等城市，看到了许多肤色不同、形貌各异的不同人种。有人说，美国是世界各民族的展览厅，仅纽约一地，居民所操的各民族语言就多达160余种。

美国也是一个移民建设起来的国家，不同时期，来自不同国度的移民，都对美国的发展做出过贡献。

然而，在这个移民国度里，不同种族的人们，政治、经济地位不同，生活待遇不一，存在着严重的种族歧视和种族矛盾。

在美国的少数族裔中，还是黑人的人数最多，为2700万，占美国总人口的12%强。[1]美国黑人的祖先大多是17、18世纪美国殖民主义者从非洲贩来的奴隶，他们社会地位低下，生活贫困，饱受白人种族主义者的歧视和剥削。经过独立战争、南北战争和资本主义经济发展，经过美国黑人的殊死抗争，其社会地位有所改善，但没有根本性的变化。

---

[1]这是作者1994年访美时的统计数据，到2020年，美国黑人约占美国人口13%。下文一些统计数据同此。——编者注

进入 20 世纪的 60 年代，美国黑人运动著名领袖马丁·路德·金在带领大家反歧视、争人权的斗争中被暗杀。1963 年 8 月 28 日，他在华盛顿举行的大规模黑人集会上发表《我有一个梦想》的演说，代表了美国黑人要求民主、自由、平等，反对种族歧视的心声，极大地鼓舞了黑人进行民权运动的斗志，成为后来黑人解放运动追求的理想目标。

"我有一个梦，梦想有一天这个国家能够站立起来，实现她信条的真谛：'我们把这些看作是不证自明的真理：一切人生来都是平等的。'""我梦想有一天在佐治亚州的红色小山上，过去奴隶和奴隶主的子孙们同坐在友爱的桌前。""我希望我们能够将我国种族不和的喧嚣变为一曲友爱的乐章。我们能够一同工作、一同祈祷、一同奋斗、一同入狱，一同为争取自由而斗争。"马丁·路德·金在《我有一个梦想》演讲中的这些话，透过几十年的历史烟尘，仍然清晰地回荡在人们耳边。可时至今日，我们来到美国，却发现他的愿望仍然是停留在演讲中的"梦想"，种族歧视和种族矛盾，仍然是美国社会一个极为敏感、极为严重的问题。

虽然现在美国黑人的生活已看不到小说《黑奴吁天录》和电影《密西西比河》中出现的那些残酷的场面，但对黑人的歧视，却如水银泻地，无处不在。

在法律上，美国早已消灭了种族歧视，企业单位也都标榜一视同仁，但黑人的平均工资只相当于白人的 58%，年收入 10 万以上的富裕家庭，黑人仅有 0.8%，黑人的失业率超过白人两倍，贫困线下的黑人家庭达 30% 强。不少黑人的孩子，被白人孩子骂作"脏猪"，使他们从小感到自卑。一个年仅 5 岁的黑人男孩，因受过太多的责骂和鄙视，回到家中用板刷蘸上肥皂一遍又一遍地洗刷自己黑色的皮肤，弄得浑身鲜血淋漓。

在人们普遍认为最开放、最自由的好莱坞，也出现了不少种族歧视的怪现象。在千奇百怪的美国电影里，可以表现同性恋、乱伦、强奸、兽交、群交等不堪入目的情景，根据剧情需要，白种男人可以亲吻黑种女人，白种女人也可亲吻黑种男人，但在银幕上绝对不能出现黑种男人亲吻白种女人的镜头。据说这种号称"死亡之吻"的镜头一旦搬上银幕，必然会引起白种人的公愤。

《今日美国》报道，臭名远扬的以种族主义、迫害黑人和进步人士为宗旨的法西斯恐怖组织三 K 党以及与其同类别的组织，在美国仍有活动，特别是在 20 世纪 90 年代以来，活动还日趋活跃。他们焚烧十字架，追赶、恫吓黑人，又干起了以前的那一套。他们为了扩大势力，通过各种手段，参与政治、参加竞选，企图控制政府。1993 年 7 月，警方在美国西部捕获了 8 名白人至上主义分子。他们阴谋炸毁洛杉矶一座规模庞大的黑人教堂，并杀死因挨白人警察殴打而闻名的黑人罗德尼·金。

说起黑人罗德尼·金，美国人都忘不了发生在 1992 年那场声势浩大的黑人暴动。

1991 年 3 月 3 日，失业的黑人建筑工人罗德尼·金，驾车行驶超速，20 多名警察在高速公路上追逐其达四五十分钟。抓住超速者之后，4 名白人警察挥舞警棍殴打罗德尼·金，并用脚踢他。这残暴的一切，被当地的一位居民乔治·郝莱迪用家用摄像机拍摄了下来。第二天，这部长达 81 分钟的录像在 KTCA 电视台播出，全美震惊，黑人对此反响尤为强烈。3 月 6 日，洛杉矶警察局局长盖茨为此事公开道歉，将此事称为警察的"偏差行为"．3 月 11 日，此案进入正式调查审查。在经历了一年多的调查，其中包括改革洛杉矶警政规章、重组陪审团等一系列过程之后，陪审团于 1992 年 4 月 29 日做出判决，认定 4 名打人的警察无罪，只保留对其中一位警员过度使用警力的控诉，但此项指控也因证据不足而不予起诉。

如此判决，如一根火柴扔进即将爆炸的汽油桶，引发了积蓄甚久的黑人暴动。当天夜里到第二天，洛杉矶的黑人四处烧杀抢掠。30 日当天死亡 17 人，4500 人受伤，1086 处大火。加州州长派出 4000 名国民警卫队士兵进入洛杉矶，企图控制局面，不料不仅未能奏效，反而如同火上浇油，暴动声势越来越大。

5 月 1 日，黑人的烧抢行动更加激烈，范围也从中南区扩展，波及好莱坞、比弗利山庄、观光区圣塔蒙尼卡等地。到 5 月 2 日，又有 20 人死亡、2116 人受伤、191 处大火、9476 人被捕，损失达 5.5 亿美元。

至此，布什总统不得不派 4000 名正规军、1000 名联合警察和 FBI 人员火速进驻暴乱地区"平暴"。最后局面虽基本控制，但洛杉矶的 5000 座建筑被烧毁，3100 多家店铺被抢劫一空。

除黑人外，美国的种族歧视和种族矛盾还体现在对待其他族裔的态度上。

洛杉矶的黑人暴动，对美国朝野震动都很大，在处理黑人问题时，有关方面和有关人士变得比较小心谨慎。但其他少数族裔，人数更少，也不习惯于闹事暴动，如华裔，结果受到的歧视就更多。

在美期间，遇到一些朋友，他们在美国都发展得很不错，有的已经进入了美国的国家实验室、国家航天总署等一类高级科研机构，而且全家都过来了。但他们仍然想回中国，原因是华人在美国受歧视，有时候地位还比不上黑人。他们给我讲述了许多华人受歧视、受迫害的例子，下面仅举两例：

1991 年 6 月 23 日，来自上海的画家虞世超，在皇后节活动时和几位画界的朋友去法拉盛公园，想为游客画肖像画，不料画具尚未打开摆好，便碰上了几名凶神恶煞的警察。几位同伴见势不妙，拔腿就跑。虞世超逃跑不及，被警察按倒，不分青红皂白给了他一顿警棍，顷刻间他的右肩锁骨和三根肋骨被打断。之后不由分说，警察将伤势严重、奄奄一息的虞世超以防碍公务以及拒捕罪逮捕，不仅不给他治伤，反将他扔进拘留所关押。等到第二天，法庭开庭审理认定虞世超无罪，才将他释放就医。

1982 年 6 月 19 日，27 岁的华裔工程师陈果仁同三位友人去酒吧，因故与两名失业的白人父子小有争执。稍后，这两个白人竟用棒球棒将陈果仁打死。而审理此案的法官查尔斯·考夫曼于第二年的 3 月 15 日宣布审判结果，这两位白人凶手打死了一个人，却只坐了一天牢，再交纳 1.08 万美元的罚款和 780 美元的诉讼费用了事。按当时底特律的法律，杀死一条狗都可以被判刑 30 天，一张交通罚单也可使当事人判刑 90 天，不料一条华裔人的性命竟如此轻贱。

游览车艰难地行进在一英尺（约 30 厘米）余厚的雪泥之中，眼前这条街便是人称"美国仪式街"的华盛顿宾夕法尼亚大道。这条街道东端是国会大厦，西端是美国总统府白宫，每届美国总统都是经这条路进入白宫的。友人告诉我，左边那栋庄严、厚重的四方形房屋是美国国家档案馆，里面藏着 1776 年 7 月 4 日签署的美国《独立宣言》的最初文本。

我凝视着这栋雪中楼宇，记起其中珍藏的《独立宣言》中有这样一段尽人皆知的话——

"我们认为下面所说的都是极明显的真理：所有的人生而平等，造物者赋予他们若干不可剥夺的权利，其中包括生命、自由和对幸福的追求。"

真的不知道《独立宣言》的承诺和马丁·路德·金先生的"梦想"何时能够变成这里的现实！

泪洒珍珠港

从旧金山乘飞机往西，5 小时便抵达了夏威夷。

一出机场，热浪袭人，顿时汗如雨下。我们洗完海水浴，看过草裙舞，乘车前往因第二次世界大战而闻名的地方——珍珠港。

位于瓦胡岛南岸的珍珠港，得名于这里发现过带珍珠的牡蛎。

由于这里具有极好的自然条件，1900 年夏威夷王国统治时被美国占领，后改建为美国海军太平洋舰队的驻地。

第二次世界大战之时，日本为消除美国威胁、消灭美国在太平洋的海军力量，以突然袭击的方式，先发制人，于当地时间 1941 年 12 月 7 日早晨 7 时 50 分，出动 300 多架飞机、55 艘战舰，向停泊在珍珠港内的美国军舰和陆地上的军事基地进行了猛烈袭击。结果击沉美军舰艇 24 艘、炸毁飞机 300 多架，美军地面设施大部分被毁，军人和平民共死伤 300 多人。日军以损失 20 多架飞机、6 艘潜水艇的代价，轻易地取得了偷袭珍珠港的胜利。

从檀香山的旅游风景区威基基驱车西行 30 分钟，我们来到了珍珠港。珍珠港事件发生之后，直到二次大战结束，各方面人士都要求在这里建立纪念堂，纪念阵亡将士。1962 年，终于在珍珠港海军基地内，建起了"美国海军军舰亚利桑那号纪念堂"。

亚利桑那号是当时美国海军的一艘战列舰，排水量达 3 万多吨，是当时美军最大的军舰之一，号称"无敌战舰"。日军偷袭珍珠港时，此舰正泊在港口修整。1941 年 12 月 7 日上午 8 点 10 分左右，一颗炸弹从军舰的烟囱中进入舰身，引爆了舰上的弹药库，9

分钟之内，战舰连同舰上的 1177 名海军将士全部沉入海底。

"亚利桑那号纪念堂"就建立在被击沉的亚利桑那号上。纪念堂通体雪白，呈马鞍形，与沉在水下的亚利桑那号连为一体，馆内建立了一块巨大的纪念碑，碑上密密麻麻地刻着与战舰共存亡的 1177 名将士的姓名。倚栏凭吊，沉在水中的亚利桑那号清晰可见，昔日威武神勇的战舰，如今已锈迹斑斑。不少游客伫立在纪念碑前沉思，有的在碑前献上一束鲜花，还有人一洒同情之泪。

关于珍珠港事件的起因和过程，历史上有过多种不同的说法。有的说，是美国对日本的经济、军事压力，使日本感到了美国的威胁，日本军阀企图以此妄举使美军太平洋舰队瘫痪，以便进一步征服西太平洋，使美国没有力量再干涉日本的侵略计划。有的说，美国多年实行绥靖政策，客观上纵容了日本军国主义的扩张，不仅"坐山观虎斗"，而且把重要的战略物资卖往日本，所以受到了这咎由自取的一击。近两年来，还流行一种说法，说是在日军准备偷袭珍珠港之前，中国的情报人员已经截获并成功地破译了日军的情报，掌握了日军的动态，并及时将这份十分重要的情报通知了美国军方。然而，美国军方看不起中国情报人员的能耐，以为日军不敢对美国下手，中国人的情报不准确，也可能是日军声东击西的一个计谋，因此对日军将偷袭珍珠港的情报未予理睬。12月 7 日那个星期天的早晨，将士们仍在放心地休息，从而遭到了日军的毁灭性打击。然而，这次到珍珠港参观，我听到了另外一种说法使人震惊。

随着时光的逝去，以前深藏在档案馆内的档案资料逐步解密。一些历史学家和新闻记者，充分利用解密档案资料，进行综合分析，得出一个新的可怕的结论：1941 年 12月 7 日以前，美国军方确实接到了中国情报人员关于日军将偷袭珍珠港的情报。而且从其他渠道得到的情报，也证实了中国情报的准确性。但是，美国军方却把这份极为重要的情报压了下来。当时，美国国会、政府都不想参与这场战争，他们怕战火会连累他们的国家。而美国军方人士认为，美国参不参战，将决定这场战争的胜败和持续时间的长短。因而，他们一直在寻找一个足以导致美国政府再无退路地参与这场战争的契机。这个契机终于来了。为此，他们隐瞒了这份情报，而将精力全部投入在遭受日军打击后 8小时内促使美国对日本宣战，扭转太平洋战区形势的策划之上。他们本来可以将包括亚利桑那号在内的战舰调出珍珠港，避免重大的损失。但他们知道，当时夏威夷岛上有许多日本侨民充当日军间谍，如果让日军得知亚利桑那号这样的主力舰不在港内，也许他们会马上改变偷袭计划，从而使美国军方的整个计划毁于一旦。

历史是后人写，写给后人看的。后人往往喜欢根据自己的观念、情感去理解历史。从感情上，也许难以接受关于珍珠港事件的这种说法，但理性告诉我，这种说法也许更接近历史真相，尽管太残酷。

思索间，我觉得纪念碑上那些密密麻麻的阵亡将士的名字，仿佛变成了一张张刚刚在展览厅的图片和珍珠港遭袭的纪录片中看到过的年轻、纯真的士兵笑脸。波澜不兴的水中飘荡的似乎不再是锈迹和油花，而是一股股殷红的鲜血。我分明听见囚在水下的冤魂在诅咒——该死的战争，该死的军舰……

我的眼眶湿润了。

历险好莱坞

有一则趣闻人们口耳相传：第二次世界大战将近结束之时，日本天皇已发布了无条件投降的命令。在太平洋的一个小岛上，几个日本兵藏身洞穴，拒绝投降，准备以身殉国。几个美国兵想了个主意，说是出来后就带他们去好莱坞玩，将这几个日本兵引了出来。

这则趣闻的真伪无须考究，好莱坞对世人的吸引力是任何人都不会否认的。作为一个以电影、戏剧为专业的文化人，好莱坞以及它所代表的那一段艺术史，在我心中更有特殊地位。

汽车载着我们以每小时 140 公里的速度在高速公路上疾驶，可我还觉得车速太慢。

1883 年，这里还是一个荒凉的小村镇，哈维·威尔考克斯与全家来到加利福尼亚。四年后，他买下洛杉矶西部的一片空地，并将这里取名为"好莱坞"，即"长青树林"之意。他去世后，妻子建起了好莱坞俱乐部和邮局、银行。1903 年，当地居民投票，决定建立好莱坞城。

如今人们说起好莱坞，总是与美国电影连在一起。其实，美国最初的电影业是开始于美国东海岸纽约一带。后来，电影制片商们发现了好莱坞优越的自然条件——天青日丽、气候温暖，又有利于躲避专利权的干涉——便逐步向位于美国西海岸的好莱坞发展。

开始只是在这里拍摄影片，后来逐步建立制片厂和拍摄基地。自 1911 年大卫·蒙斯雷在好莱坞建起内斯特电影公司摄影棚，成立好莱坞第一家电影制片厂以后，一年内，这里先后建立了 15 家电影制片厂，一些名片从这里不断生产出来。

1915 年，著名导演大卫·格里菲斯拍摄了《一个国家的诞生》《党同伐异》，对当时的电影界影响很大。1925 年，华纳兄弟影片公司拍出了第一部"声画同步"的影片《爵士歌王》，又摄制了第一部有声片《纽约夜景》，使电影进入了有声片时代。此后，好莱坞每年生产数以百计的影片，倾销到世界各地，从而成为举世闻名的电影中心。

从 20 世纪 30 年代到第二次世界大战结束，好莱坞进入全盛时期。拥有米高梅、派拉蒙、哥伦比亚、华纳、二十世纪福克斯、环球、联合艺术家等许多家著名的影片公司，生产了《摩登时代》《大独裁者》《居里夫人》《一夜风流》《科学怪人》《翠堤春晓》《乱世佳人》等一大批著名影片，涌现了查理·卓别林、加里·库珀、劳伦斯·奥利佛、费·雯丽、英格丽·褒曼、葛丽泰·嘉宝、克拉克·盖博、詹姆斯·史都华、裘蒂·迦伦等著名影星。

因为好莱坞在经营上以追求最高利润为目标，在艺术创作上强调以假乱真，千方百计给观众造成梦幻般的感觉和满足，助长了观众逃避现实的倾向，题材和风格都向类型化发展，所以人称"梦幻工厂"。第二次世界大战之后，为了与电视竞争，好莱坞的制片商们努力在剧本内容、表现形式和特技技术上革新，内容上则设法通过暴力、色情、恐怖来增强吸引力。

随着现代科学技术的发展，电影特技更为进步，《星球大战》《超人》等科幻片获得极大成功，好莱坞也因此进入了大规模制作科幻片的新时代。近年来，好莱坞的电影业已开始走下坡路，但市区的繁华不减当年，影片公司的摄影棚纷纷对外开放，供游人参观。

好莱坞影片主要有西部片、恐怖片、歌舞片、动物片、科幻片等类型。供游人参观的环球大片场，也是按照这些基本类型布局的。这些世界上最大的电影电视摄影棚，利用一些名片的道具、布景，将美国电影的发展历史与惊心动魄的特技游乐项目相结合，把 420 英亩（约 1.7 平方公里）大的环球片场设计成了一个五彩缤纷的历险世界。

我们进入第一个摄影棚，里面表现的是好莱坞西部片中常见的人物、场景和故事。勇敢的西部牛仔与奸诈的坏蛋在西部的小镇相遇，打斗、枪战、爆炸，各种特技使观者捧腹。在第二个摄影棚，我们陷入了恐怖的鬼蜮世界，阴森的坟墓，鬼火缥缈，恶鬼凶残，气氛恐怖，令人惊恐不安。

《水上世界》摄影棚，据说是花了近 300 万美元建起来的。《水上世界》这部影片是奇云高士拿倾家荡产的杰作。片子拍完后，又建了这个摄影棚，将片中的城堡和各种道具搬了进来，作为表演之用。1995 年 11 月这里才安排妥当，对外开放，供人参观。

游客走进摄影棚，如同置身片中的城堡，片中的各类人物出现在游人面前。表演一开始便是片中最紧张的部分，城堡大战异常激烈。摩托艇时而从水底冲上水面，战斗者不时从几十米高的楼台上掉进水里，钢铁构架的建筑突然爆炸、崩塌，大火熊熊烧满水面。高射机枪疯狂扫射，钢板上溅出朵朵火花，突然枪口转向观众，一阵猛射，火花喷涌，却无人倒地。更使人意想不到的是，一架旧式飞机突然从城堡外面飞进摄影棚，直向观众席扑去，观众掩面惊呼之时，飞机却垂直掉进水里，溅了观众一身水渍。

整个环球片场由几条纵横的街道和几个摄影棚组成。街道的两旁大都是十七八世纪的欧式建筑，街头巷屋随处可见歌舞表演和音乐演奏。街头漫步，颇有些来到几十年前美国城镇的感觉。游览时，还会经常遇到一些著名影片中的人物和著名影星的模仿者，如卓别林、米老鼠唐老鸭、科学怪人、猎狗蛔菲等，他们向惊喜的游人致意，并与有兴趣的游人交谈、合影，不少游人围住这些"明星"，请他们签名留念。

好莱坞环球大片场分为山上和山下两部分。山下以电影特技工厂为主。

好莱坞电影的特技技术是世界一流的。它包括了各个时期文化艺术和自然科学的最新成果，集中了当代尖端的科学技术，通过声、光、电的奇妙结合，在影片中创造了令人目眩神往的艺术境界。

1923 年，好莱坞推出影片《钟楼怪人》，利用特技化妆，塑造了奇丑无比的卡西莫多，成为恐怖片的经典。20 世纪 70 年代以来，特技化妆大量运用，并与其他特技手段相结合，推出了《狼人》《未来战士》《铁甲威龙》等一大批杰作。特技化妆、模型技术和移形换影等特技的完美结合，成就了令人叫绝的科幻恐怖片《金刚》《侏罗纪公园》。名导演史蒂芬·斯皮尔伯格利用好莱坞的特技技术，完成了轰动世界的《大白鲨》《E.T. 外星人》等一批优秀影片。乔治·卢卡斯则依据 545 项特技效果，制作出了划时代的太空科幻巨片《星球大战》。

好莱坞环球片场将电影的特技技术运用于游乐项目的设计，通过巧妙的安排，让游客在切身的参与中领略电影特技给人们带来的惊险魅力。

我们乘电动扶梯下到《E.T.外星人》的摄影棚，先在大厅里看了 10 分钟的影片情节简介，然后进入树木森森、山崖起伏的现场，坐上影片中设计的奇妙飞行单车，飞升到 E. T.的家乡——太空——观赏影片中的各种神秘情景。行进中，时而看到星汉灿灿，时而觉得鬼气阴森，不时还有惊险情况出现，吓得游人紧闭双眼、一身冷汗，常常是一阵惊慌的尖叫之后，接着便是有惊无险的释怀大笑。

登上片场的游览车，经过一些奥斯卡得奖影片的道具街景，我们进入了一个巨大的黑洞。随着一声令人心寒的咆哮，几十米高、浑身长毛的猿人一般的动物矗立在我们面前，一双箩筐大的黑手还在拍我们的车窗。惊恐之余，定睛一看，原来是著名科幻影片《金刚》中的金刚。它不仅能喊会叫，而且会跑会跳，猛然一见，真把人吓得魂飞天外。

游览车沿着湖岸行驶，来到一座桥前，桥下是几十米高的深渊。车子开上颤巍巍的大桥，突然桥身一抖，猛地向下塌去。人们惊叫着，拼命抓住车的扶手，害怕桥垮，死于非命。几分钟后，桥梁恢复原状，车子安然驶过。行进中，一股洪水从前面的山上奔涌而下，房屋被冲垮，树木被冲倒，四处一片汪洋，游览车被洪水团团围住。眨眼间，洪水却又奇迹般退去，冲倒的房屋、树木恢复原状。人们回想当时的情景，既好笑又后怕。

游览车驶进一个车站，突然天崩地裂一声巨响，天地间一片黑暗，游览车被扭曲，在黑暗中翻滚，人们害怕得闭着眼睛尖叫。睁开眼睛看，有了几丝光亮，车站房屋崩塌，列车出轨，汽车倾覆，洪水涌来，大火熊熊，惊恐之声不绝于耳。一切停顿下来之后，人们才发现，这是影片《旧金山》中的特技场景，表现的是旧金山发生 8.3 级大地震时惊心动魄的情形。

游览车经过风和日丽的海边，一老翁在船上怡然自得地垂钓。只见鲨鱼尾一闪，船翻了，老人被拉下水去，一团鲜血涌上水面。车上的游人正在议论这是怎么回事，突然车边水花四溅，人们在影片《大白鲨》中熟识的那条吃人的大白鲨张牙舞爪地跃出水面，直扑过来……

经过一番"历险"，离开好莱坞已是灯火阑珊之时。其实，以好莱坞为代表的美国电影，这些年也经历了曲折坎坷的历险过程。1995年，好莱坞共发行426部新影片，票房超过1亿元的仅七部，而摄制成本与发行成本则成倍上升。1996年，将是美国电影业竞争更为激烈的一年，各制片厂都准备推出一批"票房价值高"的商业影片来维持生计，其中吻戏、裸戏、床戏特别多。这种运作方式能否挽救美国电影的颓势？好莱坞能否平安度过发展中的"险境"？结果恐怕不会像我们今天片场历险之后这般轻松。

百老汇与《西贡小姐》

也许是文化人对百老汇情有独钟，在纽约短短的两天中，我曾两次来到这里。下午时间太短，行色匆匆，未及遍览。晚上又邀友人同往，再访百老汇这个人们毁誉不一、众说纷纭的是非之地。

通过友人介绍和实地观察，我才弄明白，百老汇的英文是"宽街"之意。它是纽约曼哈顿区的一条大街，起自巴特里公园，南北贯通曼哈顿，长达25公里。大街两旁高楼林立，世界著名的纽约世界贸易中心、华尔街证券交易所、麦迪逊广场和时代广场等都建在这里。

这条街的中段，剧院很多。许多年来，这里都是美国的商业戏剧娱乐中心。19世纪以来，百老汇一词，几乎成了美国戏剧活动的同义语。

百老汇的剧院主要分布在百老汇的第41街至第53街。起初这里大约有20家剧院，随着经济的发展和艺术事业的繁荣，在20世纪二三十年代，剧院增加到80余家。近年来，美国戏剧走向衰落，这里的剧院减为40余家。

漫步百老汇街头，随着友人的指点，我看到了神秘的第42街。这里不仅是纽约有名的红灯区，也有一家剧院在上演一部以所在街道命名的音乐剧，从1980年一直演到现在，票房不衰。著名的帝王剧院，坐落在第43街上。附近的时代广场的北端矗立着美国戏剧家乔治·M.科汉的雕像。这位美国艺术家，集编剧、作曲、导演、表演于一身，受到美国观众的喜爱。好莱坞拍过他的传记片，轰动百老汇的音乐剧《乔治·M》也以他为主人公。

第44街，剧院甚多，皇宫剧院、布洛得赫斯特剧院、海伦·海斯国际剧院、舒伯特剧院等赫赫有名的剧院都坐落在这条街上。这里上演的《剧院魅影》《百老汇疆界》等剧目，引起了极大的轰动。特别是舒伯特剧院演出的描写一群来自美国各地、立志献身表演艺术事业的青年舞蹈演员，力图通过应征考试得到百老汇老板重视的音乐剧《合唱舞队》，在这里连续演出4000场，观众达1500万，票房收入逾3亿美元，创百老汇演出场次的最高纪录。

第45街上，有名的剧院亦不少。百老汇几代著名演员在这里的布斯剧院演出莎士比亚的名剧《哈姆雷特》,荣获奥斯卡最佳男配角奖的乔尔·格雷在这里的明斯科夫剧院崭露头角。

著名的比尔特英剧院、阿特金森剧院、爱迪生剧院和巴利莫剧院坐落在百老汇第47街。1947年,23岁的马龙·白兰度曾在这里演出美国剧作家田纳西·威廉斯的名剧《欲望号街车》,一炮而红,从此扬名戏剧电影界。这个剧目一直演到1979年,一共演出800余场。

百老汇第48街,有一座著名的剧院,这就是美国著名剧作家尤金·奥尼尔建造,并以自己名字命名的奥尼尔剧院。在100多年前,这位天才的剧作家,就出生在百老汇时代广场边的一间房子里。

驻足流金淌银的百老汇大街,我仿佛走进了一部美国戏剧史。这里上演过阿瑟·米勒的《鸿运高照的人》《全是我的儿子》《推销员之死》,田纳西·威廉斯的《玻璃动物园》《欲望号街车》《热铅皮屋顶上的猫》和尤金·奥尼尔的《白昼漫漫路迢迢》,以及爱德华·奥尔比、尼尔·赛蒙等美国著名剧作家的剧目,并引起轰动。不少美国戏剧、电影、电视明星,都是从百老汇走向世界的。

随着美国戏剧的发展,百老汇戏剧所表示的已不仅仅是剧院所在的位置,而且也成为美国商业戏剧的代名词。在美国戏剧曲折的发展过程中,百老汇戏剧的基本目的已逐渐变为营利和赚钱,百老汇的剧院也变成了戏剧老板和演出经纪人"做演出生意"的企业。百老汇戏剧已日益堕落为靠娱乐榨取利润的庸俗文化工业。百老汇的剧院没有固定的剧团,也没有一定的、基本的上演剧目,只是一座座可以向任何剧团老板出租,让任何剧目演出的附有观众大厅和演出舞台的建筑物。第二次世界大战后,百老汇上演的剧目大多是一些艺术质量不高、迎合低级趣味的消遣性戏剧。为了吸引观众,争取好的票房收入,在内容上掺杂淫秽、色情、凶杀、暴力内容,在形式上极力追求奢侈豪华的场面与布景,一出戏的花费常常高达50万美元。场面宏大、布景华丽、有歌有舞的音乐剧至今仍是百老汇戏剧主要的演出形式。友人引我来到百老汇大街的一座剧院前,里边正在演出颇为轰动的音乐剧《西贡小姐》。我想购票进去看看,友人笑着说,此剧门票已订到几年之后,想看的话,得过三年再来。

这出百老汇十分热门的音乐剧,表演的是这样一个故事:越战,使一个名叫金姑的越南姑娘家破人亡。她沦落为陪酒女郎之后,在酒吧间与一位在丛林中九死一生的美军士兵克利斯一见钟情。一夜风流山盟海誓之后,克利斯突然回国,金姑怀孕产下一子。金姑含辛茹苦地抚养儿子,梦想有朝一日与克利斯重聚。为了保住儿子性命,她杀死了自幼和她订婚的越共军官,逃出西贡,来到曼谷,做陪酒女郎维持生计。克利斯回国后很快就把金姑忘了,与另外的女人结了婚。当他得知金姑和孩子的消息后,想用经济帮助的办法来减轻良心的谴责。于是他带着妻子来曼谷会见金姑。金姑痴情却被薄情负,便求克利斯带走儿子,遭到拒绝后,自杀明志,满足地死在克利斯的怀抱中。

这个剧本情节并不新颖，思想也很平庸，对亚洲人的不正确描写，曾引起广大亚裔人士的抗议。但这个戏在演出形式上极为讲究，充分体现了百老汇戏剧的特点。这个戏的编剧是两位法国人，来美演出时，曾投入了高达1000万美元的制作费，演出的最高票价为100美元。全剧共有近百个场景转换，全部通过电脑控制。演出中大量运用电子技术，加进了许多电影表现手法。20英尺（约6米）高的胡志明塑像出现在舞台上，一架直升机自天而降，落在美国大使馆的屋顶，载走撤退的美军。这些场面宏大、技术难度大的舞台处理，使平庸的剧本裹上了一层漂亮的包装。这部音乐剧虽然有歌有舞、有哭有笑，且场面奢侈、花费巨大，实为金玉其外败絮其中，与曾在这里上演过的阿瑟·米勒、田纳西·威廉斯、尤金·奥尼尔的剧作不可同日而语。

夜深了，百老汇街上人迹渐少，街头和剧院门口的霓虹灯在不倦地跳荡、闪烁。一阵寒风吹来，在我身上和心头都添了几分凉意。

血染"天堂"路

从美国美丽的"阳光城"圣地亚哥出发，沿高速公路东行20多公里，来到了美墨边境。

履行过极为简便的入境手续，我们便进入了西临太平洋、北临美国圣地亚哥的墨西哥北部边境城市——蒂华纳。

入境后见到的情形与美国圣地亚哥留给我们的印象形成了极大反差。这里与美国仅一步之隔，但已看不到漂亮的高楼和碧绿的草坪，在美国十余天不需要擦的皮鞋，不到10分钟已沾满灰尘。沿街摆满各式售卖纪念品和工艺品的小摊，充耳全是嘈杂的叫卖声。行进中还不时有人拦住你的去路或拉住你的衣袖，向你推销各类商品。超级大国和第三世界的差别真令人触目惊心。

美国目前的领土面积，居世界第4位。在建国之初，只包括东起大西洋沿岸，西至阿巴拉契亚山脉之间的13个洲。1803年，美国花1500万美元从拿破仑手中买了100万平方英里（相当于259万平方公里）的土地，1819年，又用500万美元从西班牙殖民者手中买进了佛罗里达地区。其后，从墨西哥人手中夺得了得克萨斯，从英国人手中夺得俄勒冈地区，以每英亩不到2分钱的价格从俄国人手中得到了阿拉斯加，通过战争、传教、贸易和租借的手段吞并了夏威夷。我们刚刚跨过的这条美墨边境，也是1846年重新划定的。

1846年，美国以边界争端为借口，向墨西哥开战，以武力迫使墨西哥"出售"其一半的领土，将亚利桑那州、内华达州、犹他州、新墨西哥州、科罗拉多州和加利福尼亚的土地据为己有。

新的边界划定之时，我们足下的帝华纳还是一个牧场的村落，现在这里已经成了墨西哥新兴的旅游城市。这里有近百家夜总会，有许多酒吧，还设立了跑马场、跑狗赛、赌场和斗牛场，有 1.3 万多家商店，经销来自世界各地的商品，每年来这里的游客多达1500 多万。

漫步街头，不时可以看到戴墨西哥宽边大草帽、着民族服装的艺人表演民族歌舞，不少商店店主对我们这些中国人喊道："'毛泽东''毛泽东'（墨西哥对来自中国游客的通用称呼，由此可见我们的开国领袖毛泽东在拉美人民心中的影响力之大），过来看看。"

从美墨边境到蒂华纳市中心，要经过一座桥，桥下和桥上几乎站满了面黄肌瘦、衣衫褴褛的乞讨者。令人不解的是，这些乞讨者大多是青少年女性，很多还只有十三四岁，几乎人人背上都背着或者手上牵着一两个脏兮兮的小孩。熟悉当地情况的朋友告诉我，这些女人大多是附近穷人家的女儿，因为贫困，当地的官人或外来的游客，只要出几个银毫子，就可以找一个地方将她们按倒奸污。那些背着或牵着的孩子，大多也是富人们风流一刻的遗物。

听到这里，正好一群来此旅游的美国女孩走上桥头。一位背上背着孩子的墨西哥女孩连忙迎上前去，拦住其中与她年纪相仿的一位美国女孩，向她兜售手中的商品。美国女孩在这位与自己年纪相仿而命运迥异的女孩面前，显得不知所措，天真活泼的脸上布满了迷惑的神情。

此情此景使我眼眶发热。我按下照相机快门，将这令人心酸的情景记录在胶片上。

在人们的印象中，美国一向以人权卫士自居，很喜欢对一些国家特别是第三世界国家的人权状况指手画脚，充当"世界警察"的角色，其言、其行确实也迷惑了不少人。今天我见到的这一幕毕竟发生在离美国不到一英里（约 1.6 公里）的地方，不知仁慈的美利坚为何不拔九牛之一毛而改善之？

对于一些人来说，美国无疑是世界上最具吸引力的国度，不少人希望到那里寻求幸福的生活。正规的移民渠道走不通，人们便采取非法偷渡的方法奔向这个并不欢迎他们的国家。

据介绍，以偷渡人口为业的"蛇头"，可以为出得起钱的偷渡客提供"海、空、陆"三种渠道。"海"，就是蛇头安排偷渡者从海上进入美国。一般是搭乘台湾渔船，从海上抵达夏威夷，或美国西海岸、东海岸的某个城市。美国政府从 1991 年以来，已截获了20 余条偷渡船，最著名的是 1993 年 6 月 6 日在纽约海边搁浅的"金色探险号"。

海上偷渡者一般要经过几十天甚至几个月的海上漂流，才能靠近目的地。海上气候恶劣，船上卫生条件差，不少人病死途中，有的则遭遇紧急情况，溺水而亡。更可悲的是船上的女偷渡客，在恶劣的环境中，在强权的迫使下，为了活命，只得忍受非人的折磨和侮辱，即使夫妻同船也难于幸免。就算侥幸去到美国，不少丈夫也要与同船而来的妻子分手，原因是在偷渡途中，妻子被太多的男人玩弄过，这段残酷的记忆，使他们无法再在一起生活。

美籍华人找老婆，一听说对方是从海上偷渡过来的，便会想到她在船上的遭遇，婚姻之事自然免谈。

"蛇头"安排偷渡者乘飞机进入美国，便是非法移民的另一渠道——"空路"。偷渡者利用"蛇头"提供的假证件登上飞机，即将抵达美国之时将假证件销毁，一下飞机便以"参加民运"或"违反计划生育政策"等理由，要求政治庇护。美国政府对此也十分恼火，已发布命令，要求航空港和各有关的航空公司加强警戒，如果发现一位无证件的入境者，便对其所乘飞机所属的航空公司罚款3000美元，还要航空公司负担"空路"偷渡者滞留期间的食宿费用。

非法移民的"陆路"，则是"蛇头"安排偷渡者从与美国接壤的邻国偷渡进入美国，主要途径是从墨西哥与美国接壤的边界偷渡。美墨边境长达3000多公里，我们所到的蒂华纳，便是陆路偷渡的一个主要地区。在蒂华纳和圣迭戈的交界处，有一条干涸的河床，河两边架着高高的铁丝网，竖立着许多探照灯，不时有军警在边境巡逻，防止有人通过这条"天堂之路"偷渡进入美国。据一位美国巡警介绍，每年有近千名华人在此偷渡被捕。一些人利用各种方式先到中国香港和泰国曼谷，然后转道南美洲，再到墨西哥，潜入蒂华纳，等到天黑，跟着墨西哥人偷渡到美国。墨西哥警方也组织了对付偷渡的力量，安插了内线，往往是这边刚入境，情报马上就到了警察手里，美国警方派出马队、警犬和直升机来对付陆路偷渡者。在警察的追捕下，既不懂英语又不懂西班牙语的偷渡者被墨西哥人抛下，无人接应，弄不清方向，只好束手就擒。

侥幸成功的偷渡者，一般会沿着高速公路奔向洛杉矶。他们对地形不熟，无从躲避，加之黑夜视线不佳，高速公路上的往来车辆又开得飞快，结果不少投奔"天堂"的偷渡者，糊里糊涂地成了车轮下的怨鬼。据统计，在这条通往洛杉矶的高速公路上，仅1990年就撞死了30多名偷渡客。美国警方为了防止意外发生，在这条路上立下了警告牌，提醒驾车人注意，才使伤亡人数有所降低。

入夜，蒂华纳和圣地亚哥交界处的探照灯将边境照得雪亮。我们离开蒂华纳，回到美国境内，乘车返回洛杉矶。车子飞速行驶，边界的铁丝网和探照灯渐渐远去。我们脚下的这条高速公路，便是浸染着偷渡者鲜血的"天堂路"。

我擦了擦朦胧的泪眼，请求司机减速。

"罪恶之都"与"人间天堂"

1776年，一群西班牙探险队员占领了太平洋东岸的一个美丽的海湾，将其命名为圣弗朗西斯科。两百多年过去，有人将这里称为"罪恶之都"，也有人将这里誉为"人间天堂"。带着疑惑，我来到了这个美国的城市。

1848年1月24日，人们在这里山中的溪涧中发现了金子，淘金热和移民潮席卷而来。许多华人作为"契约劳工"来这里挖金矿、修铁路，对这里经济文化的发展做出了巨大的贡献。为与澳大利亚墨尔本的新金山相区别，他们称这里为旧金山。

旧金山三面环海，一面靠山，市区面积仅 47 平方英里（约 121 平方公里），人口 70 余万，其中华人大约有 10 万。这里四季温暖湿润，百花盛开，夏季凉爽，冬天暖和，空气要比洛杉矶纯净 10 倍。一位商人说，把这里的空气装进瓶子都能卖钱。这里的蓝天和大海特别美，棕榈、椰树、芭蕉等亚热带特有植物把整个城市装点得格外美丽。

坐车登上双峰山区，旧金山的全景尽现眼前。蓝天与大海接壤，白云拥抱着鳞次栉比的高楼大厦，高低起伏的街道两旁各式各样的建筑美轮美奂。这里有哥特式的古建筑，有法国的尖顶教堂，有俄式的圆顶教堂，有意大利文艺复兴时期流行样式的大厦，还有气势雄伟的市政厅、金字塔形的联美大厦。车行市区，发现这里的民居也十分漂亮，有维多利亚式的木屋，有西班牙式的白墙红瓦回廊。中国城内的红墙绿瓦、雕梁画栋更是使人流连忘返，宾至如归。

建在海边的艺术宫，是座古罗马式样的圆穹回廊建筑，是 1913 年旧金山世界博览会仅存的遗址。在艺术宫的东边，有一池碧水。碧水上的白天鹅、野鸭成群游弋，天空中白鹤翱翔。绿草如茵的草地上，天真的孩子、美丽的姑娘、迟暮的老人与遍地的鸽子一同嬉戏。

被美景吸引，我们也投身其中，在湖边戏水、在草地上逗鸽。人与自然和动物这般亲近，情景交融，使人顿生美不胜收之慨。

旧金山有两座彩虹般美丽的桥。一座将旧金山和奥克兰相连，叫海湾大桥，长达 13.5 公里。另一座则是赫赫有名的金门大桥，桥为橘红颜色，用钢缆牵引，远远看去，真像一道横跨水间的彩虹。

据介绍，20 世纪 90 年代初，美国的《旅行家》杂志组织读者评选世界最吸引游客的十大城市，旧金山连续 4 年名列第一。我们此次美国之行，经历了洛杉矶、拉斯维加斯、圣迭戈、纽约、华盛顿、布法罗等许多城市，大家都觉得旧金山是我们看到的最美的城市。

然而，所见所闻也告诉我们，人们将这里称为"罪恶之都"也不无道理。

"垮掉的一代"是 20 世纪 50 年代出现在美国的一种社会群体。他们对美国社会极度失望，将酗酒、吸毒、疯癫作为对现实社会的叛逆和反抗。他们自暴自弃，纵情声色，要把人类的一切传统道德都破坏，把人们从各类规范中解放出来，在美国乃至整个西方世界产生了很大的影响。旧金山市哥伦比亚大道上的"城市之光"书店，便是"垮掉的一代"的活动中心；这家书店的经纪人之一劳伦斯·弗林格蒂，便是"垮掉的一代"的主要代表人物。人称"垮掉"诗人的金斯堡，是 1955 年旧金山出现的"垮掉分子公社"的创始人，他曾经在台上当众脱光自己的衣服，一丝不挂地朗诵自己写的"垮掉诗歌"。

20 世纪 60 年代，"嬉皮士运动"盛行美国。"嬉皮士"对社会不满，对未来丧失信心，找不到出路，因而思想颓废、生活放荡。他们喜欢穿奇装异服招摇过市，蓄长发，戴项链，蓬头垢面，对物质追求不屑一顾，要求自由生活。"嬉皮士"一词也是诞生于旧金山。1966 年，由肯·克西在旧金山码头工人大厅举办了一次旅行节，有 1.5 万人参加。日后影响深远的"嬉皮士"一词，便是从这次集会之后在世界各地流行开来的。

游览中，我们还发现旧金山有一大奇观，不少建筑物中都伸出一面由六种颜色横条组成的旗帜。有人告诉我们，那叫"彩虹旗"，是同性恋的标识。

美国的同性恋人数不少，目前在全国有不少活动据点，活动也日益公开化。早在 20 世纪 60 年代之前，同性恋在美国还为人不齿，经常遭人打、骂，政府也制定了不少限制同性恋的法规。后来，同性恋者不屈服，开展了声势浩大的"走出密室"运动，声势日壮，实力日强，以至成了政治家们必须依靠的一种政治力量。一些政治家公开支持或同情同性恋，希望从人数众多的同性恋者那里获得选票和财务支持。

旧金山是美国乃至世界同性恋的大本营，居住在这里的同性恋者有十余万，跟华人的人数差不多。但不少华人一般只注意赚钱、买房子、教育子女，对政治、选举不太关心。而同性恋者却不同，他们抱成一团，为实现自己的理想努力奋斗。选举时，他们通过各种方法，对选举产生影响。一些政治家为了拉选票，也一再宣传自己同情同性恋的政治主张，并做出上台后改善同性恋地位的许诺。旧金山的同性恋者选举了一个同情同性恋的市长，制定了在旧金山同性恋者可以注册结婚、可以抱养孩子的法律。

在旧金山，人们可以经常看到戴一只耳环的两个男人或两个女人在街头、屋外，在候车处，拥抱接吻。每年 6 月的最后一个星期天，是"同性恋自由日"，这一天，全世界的同性恋者都会聚集旧金山，参加狂欢大游行，庆祝他们的节日。友人告诉我，那游行真是声势浩大，连观众一起有 50 余万人。这一天，市区的交通全部中止，穿着各式服装和扮成各种形象的同性恋者在街上拥抱、亲吻、跳舞、唱歌、狂欢，使人一睹难忘。

前面提到的金门大桥，是旧金山乃至全美国的美丽景观之一，但这里也是美国最著名的自杀场地，人称"自杀桥"。此桥自 1957 年 5 月建成使用至今，已有千余名自杀者从桥上跳下，走上了魂归天国之路。1993 年，一位父亲将自己仅 3 岁的孩子扔下了大桥，接着自己也跳了下去。该桥的桥面离水面 220 英尺（约 67 米），跳下去的人中，仅有一人幸免于死。

耐着性子读完这些零零星星的花花世界写真，旧金山乃至整个美国，到底是"罪恶之都"还是"人间天堂"？我想答案已经在读者的心中了。

回归真爱

早些年，美国出版了一本名叫《廊桥遗梦》的小说，十分畅销，发行量高居美国各大报刊畅销书榜之冠，销量达 950 万册。

素有"银幕枪客"之称的美国著名西部片演员克林特·伊斯特伍德，也为这部小说感动。他跳下骑惯的高头大马，坐上摄影吉普车，扔掉牛仔快枪，端起金凯的尼康牌照相机，从茫茫西部，来到风景如画的廊桥，亲自担任由同名小说改编的电影《廊桥遗梦》的导演和男主角。

这部根据美国作家兼摄影师罗伯特·詹姆斯·沃勒的小说改编的影片，描述了这样一个故事：有过一次失败婚姻和数次恋情、年逾五十的摄影师罗伯特·金凯，去廊桥拍摄照片，问道时遇上年近五十、已有两个孩子的农夫之妻弗朗西斯科，两人一见钟情，在一起度过了几天刻骨铭心的幸福日子。出于对家庭、丈夫、儿女的责任，弗朗西斯科没有跟心爱的人私奔。摄影师也尊重、理解心爱的女人，强压心中的爱情，继续浪迹天涯。自此以后，罗伯特对别的女人再无兴趣，死后委托律师将自己的骨灰撒在他们相爱的廊桥。与摄影师分手之后，弗朗西斯科也是终日思念心上人，去世之时，将自己的骨灰与心上人撒在一起。

这部影片公演之后，在美国观众中间，产生了很大的反响。看过此片之后，我反复琢磨，仔细品评，觉得此片情节平凡，结构单纯，手法传统，一时悟不出其吸引当今老美的奥秘所在。

这次赴美，从西海岸到东海岸，从布法罗到夏威夷，所见所闻对我了解个中因由不无裨益。

第二次世界大战之后，美国的经济实力日益强大，国内的生产总值达到全世界的1/4，全世界3/4的黄金堆积在美国的国库，几乎世界的每一个角落都有美国的军事基地。由于资本主义的基本矛盾所决定，在强大的外表里面，包裹的则是社会矛盾加剧、失业增多、暴力猖獗。一方面是生产力高度发展，另一方面是道德水平低下；一方面是一掷千金的巨富，另一方面是为了生存不得不出卖一切的穷人；一方面是自由之歌响彻大地，另一方面精神奴役和种族压迫横行。这一切使得不少美国人幻想破灭，精神不安，他们觉得生活已进入了没有理想、道德、希望的"世界末日"。他们由虚无至悲观，又至自暴自弃，"末日心态"推动他们奉行享乐主义和纵欲主义——只管今日享乐，哪管明天怎么样。

这种情形，在以后的社会发展中，有愈演愈烈的之势。色情文化泛滥、"性解放""性自由"成为席卷全美的时代潮流。

我们在洛杉矶、纽约、夏威夷等地看到，街头、书店里陈列着大量色情刊物和书籍，在洛杉矶迪斯尼乐园的书报亭前，挂满了一排排《花花公子》《花花姑娘》，有几个年仅十五六岁的美国姑娘在亭前指指点点，最后购买了几本专供女人欣赏男性的色情刊物《花花姑娘》。在夏威夷繁华的街道上，开有专门的性用品商店，出售各种色情录像带、影碟和千奇百怪的性用具。一家书店门口，排长队购书，我们好奇地挤进去一看，原来是一位漂亮的女郎在给购书者签名。她是最近一期《花花公子》的封面女郎，她毫无羞涩地在展示自己裸体的彩页上飞龙舞凤地写上大名，留给游客做纪念。我们坐车驶过世界有名的红灯区好莱坞附近的落日大道和纽约的第42街时，见到一些色情场所灯火闪烁。去自由女神像参观的路上，看到穿着超短裙的黑人女子在寒风中发抖。进入赌城拉斯维加斯，便有专门以介绍妓女为业的"皮条客"，给你送上印有女人裸体玉照和电话号码的画册，欢迎随时光临。

美国的一些中文报纸，经常刊登传授性知识、满足性需求的广告。去圣迭戈参观的途中，在一家中餐馆用餐，老板告诉我们，餐馆对面有一个表演脱衣舞的场所，花5美元，便可以尽情欣赏一番。

这种社会风气严重地腐蚀了美国的青少年。我们在电视剧《北京人在纽约》中看到的华人未成年的女儿性放纵而父母却无可奈何的情形不是艺术夸张，而是美国社会的真实存在。

据介绍，纽约市13岁的少女，25%以上已有了性生活的经验。一所高级中学，共有男女学生3000人，一年中竟有1200名少女怀孕，学校不得不放假。美国政府已决定在中学免费发放避孕套，并在女生中散发《堕胎指南》。虽然美国3000多所公费医疗门诊部，每年给60多万名18岁以下的未成年女孩提供避孕药物和装备，但全美每年仍有100多万名未婚少女怀孕。

在这种"时尚"中，一个十几岁的女孩子如果还是处女，不仅被别人看不起，自己也会觉得自卑和难堪。朋友给我讲过这样一个故事：一位从中国内地来美国的姑娘，一心想找一位白人男子成亲，经过几年的寻觅，终于与一高大俊美的美国小伙子结下了恋情。当他们的爱情发展到一定深度，二人准备偷吃禁果时，美国小伙子发现这位26岁的中国姑娘竟然还是一个未经风月的处女。他先是惊奇，继而懊恼，最后快快而去。这姑娘托人去打听原因，那小伙子反问：为什么她这么大了，却没有被人爱过一次？中国人大概无法回答这种难题。两种文化、两种观念的现实撞击留下了令人思索的火花。

开放的性观念已影响到美国的华人家庭。受过中国传统道德教育的老一代华人虽有自己的道德原则和生活准则，但"入乡随俗"，对于他们看不惯、接受不了的人和事，只能痛心疾首地束手无策。

一位华人母亲，带着一个年仅15岁的女儿过日子。一天，女儿带一个男同学回家，并向母亲提出要留他在家过夜。母亲大发雷霆，再三劝告、威胁，终于黔驴技穷，只好勉强同意。谁知，一年下来，女儿竟带回八个不同的男同学过夜。母亲怕女儿堕落，对此采取了强硬的态度。女儿不但不听母亲劝告，反而一挥手"拜拜"，走出家门，许多天不见回来。最后还是母亲认错，才把女儿接回家中居住。

一对来自中国大陆的医生夫妇，生养了一个清秀、美丽的女儿，夫妻视为掌上明珠。可有一天，母亲无意中从上中学的女儿口袋里发现了避孕药片。面对父母的厉声责问，女儿面不改色心不跳，说这是自己的权利，任何人不得干涉。父亲挥手欲打，女儿说："你打人犯法。"父母对此奈何不得，只得相对而泣。以后女儿晚上外出，父亲都亲自开车接送，以免女儿夜不归宿。

这些人们口耳相传的故事，听了真是让人心酸。

在"性解放""性自由"浪潮的冲击下，不少人心安理得地沉湎于感官享受，把对社会、婚姻、家庭、儿女的责任作为包袱一把甩掉，结果是未婚同居的人数增多，家庭纷纷解体，离婚率高升，婚姻维系期缩短，单亲家庭数目日益增多。据介绍，美国20岁至24岁的女性只有38%的人结婚，独居但并非不过性生活的人数增加到2000余万。

性滥交带来了性病瘟疫般地蔓延。据统计，美国每年约有1000万人染上风流病，艾滋病这一"世纪绝症"在美国流行甚广，夺去了不少人的性命。

近几年，美国的离婚率保持在40%以上，离婚已成为美国社会司空见惯的寻常事。好莱坞的著名影星离婚更是普遍，影片《蝙蝠侠（3）》中的三位男主角——方基尔、金凯瑞、汤米李詹斯，不约而同在1995年离婚。

父母离异，家庭破碎，子女遭罪。美国每年有100万以上的儿童逃离家庭。这些少年有的被奸污、残害，有的参与盗窃、抢劫，成为黑社会的爪牙，对社会造成危害。得克萨斯州达拉斯有个自小被父母抛弃的女孩，沉沦中染上艾滋病。她发誓要向社会报复，向所有的男人报复，每周同四个男人过夜，使48人染上了这种不治之症。

"性解放"和"性自由"，如同开启潘多拉魔盒的钥匙，引出了一个接一个危害人类社会的恶魔，"乱爱"的结果，使不少美国人触目惊心。重建生活理想，重塑爱情道德，重视家庭伦理，追求情感与责任交融的"真爱"已成为一些有识之士的呼吁与追求。越来越多的美国人反思和抨击性解放运动造成的恶果，人们逐步认识到，"做爱"应该是爱情的结果，爱情应包含神圣而深刻的道德力量，真爱应该是情感和责任的升华。

影片《廊桥遗梦》中描述的罗伯特·金凯与弗朗西斯科的爱情故事，顺应了这种社会的需求。在无道德、无责任的享乐主义、纵欲主义，使社会生活变得污浊不堪，把人变得人不像人、鬼不像鬼的恶浊氛围中，这部影片就像吹来一股清风，捧起一掬清泉，自然会得到人们的喜爱和珍视。

在艺术表现上，这部片子节奏流畅，情节发展充满了情感张力。演员的表演真实、自然，就像真实生活的自然流动，平静中寓激情，淡泊中见深刻，展示了现实主义电影表现手法的艺术魅力。与那些过分依赖特技，人为制造危机、悬念，以色情、暴力来刺激观众感官的美国电影相比，这部片子确实有着与众不同的魅力。

也许是巧合，正在我思考这些问题的时候，在旧金山飞往夏威夷的途中，飞机上又放起了这部没有火暴动作、没有色情、没有物质诱惑、没有靓女俊男的美国影片。十几天的美国见闻、一段令人牵肠挂肚的黄昏恋与对美国电影乃至世界现代电影的思索缠在一起，令人浮想联翩，感慨万分。

"法律之国"与"违法之都"

在美国走马观花，几天下来，有许多新奇的感觉。其中一点，就是觉得美国人活得自在、自由。有那么多的树林、草地供他们憩息，有那么多的乐园供他们娱乐，他们的日子一定过得自在、自由。

听了我的感慨，在美国生活了十几年的朋友笑曰："君知其一，不知其二，斯言谬矣。"果然，日后的考察真的使我明白了个中的尴尬与谬处。

我们发现美国的律师多，因为美国的法律多。人称法律之国的美国，事无巨细，大都有些莫名其妙的法律管着，而且往往离情悖理，使得不少在美国生活了很长时间的美国公民，甚至包括一些专业的法律工作者，也难于了解和牢记所有法律，常常于不知不觉中做出违法的事情来。

你教育孩子，情急之时打他一下，你的邻居便可以给警察局打电话，告你虐待儿童。想从别人扔掉的垃圾中找点东西，也可能受到控告，因为在美国翻别人的垃圾也违法。10月31日是"万圣节"前一天，这一天，美国各地均举行狂欢，孩子们戴上面具，到各家各户索要糖果。可在1992年的这一天，年仅16岁的日本学生服部吉弘，前往朋友家参加节日聚会，误入了别人庭院，被主人一枪夺命。因美国有不得擅入他人住宅的法律，杀人者被判无罪。一个尚未成年的孩子，竟莫名其妙地做了枪下冤鬼。

1994年夏天，美国哥伦比亚大学的一位中国学生给自己出生在美国的儿子洗澡，不小心使儿子跌入浴缸。去看病时，医务人员报警，说是虐待儿童，纽约儿童福利局也判定是受虐致伤，便依法将孩子带离父母身边，孩子的父母被控虐待儿童、疏忽职守，被捕入狱。另一位旅美华人在美国生下的女儿，接种卡介苗后染上了类风湿性关节炎。因不适应美国医生的治疗药物，母亲给女儿停服西药，改用中药治疗，不料这也触犯了美国的《医院法》，法庭剥夺了这位母亲对女儿的监护权。

友人去你家洗澡，你可要千万注意，不能让他摔伤，即便是他自己弄洒了水而滑倒受伤，他也可以向法庭控告你，并向你索赔。你要将废弃的电冰箱丢掉时可别忘了将冰箱门去掉，不然你又违反了法律。

美国的法律多如牛毛，常常令外来的人们摸不着头脑。在消防方面，美国的法律、法规也很多。美国大多数州都有法律规定，供人居住的各类房屋，都必须有相应的消防设备和烟雾警报器，房屋的建筑也有防火方面的要求。我们的美国之行，既住过简陋的汽车旅馆，也住过三星级的宾馆和五星级的大饭店，无论是在四季如春的洛杉矶，还是冰雪盈尺的纽约、华盛顿、水牛城，或是充满热带风情的夏威夷，在宿处，都可以看到醒目的防火标志和齐全的消防设备。

朋友告诉我，遵纪守法惯了的华人，在美国常违反的法规便是消防法规。美国的法律规定，出租的供人居住的房屋，要有烟雾报警器等消防设备，否则，租住者不仅可以不付租金，而且可以与房主对簿公堂。但不少初到美国的华人，出于经济上的考虑，常常租住那一类没有消防设施的住房。近几年来，纽约州消防局曾多次以防火安全为由，对华人区这类住处进行查封，还紧急遣散了不少居民。1994年初，纽约消防局发现一处地下室的小窗内排出浓烟，消防队紧急出动，抢救火灾，结果打开门一看，却是地下室里做饭的炊烟。这个地下室上有一条通道和一个窗口，仅40平方米的室内，却摆了8张上下床，住了32名华人，出租者严重违反了美国的消防法规。

多如牛毛的美国法律，要求置身其中的美国公民，养成严格的行为习惯，保持清醒的头脑，以免违反法规，不然动辄得咎。

我们这次赴美，正好在美国东部遇上了百年未遇的"世纪大风雪"，纽约、华盛顿等地下的雪足有60厘米厚。车行之处，我发现不少美国人全家出动在铲雪。原以为是美国人勤劳，服务精神好，后来却得知是法律规定：下雪后，屋主必须在雪停后四小时之内清扫门前道路。如果有人在他们屋前摔伤，他们将受到控告和法庭传讯。

前不久，美国伊利诺伊州一位年届八十的老翁詹姆斯·斯奈德因为没有及时铲除自己院子里的杂草，惹上了官司。警方竟然把这年老体弱的老头扣上手铐，送进了监狱。老人对当局的做法十分不满，他愤怒地指责警察：这里是美国，而不是纳粹德国。

一些美国人觉得，他们活得太不自由。一些无聊的法律法规将他们囚禁在监狱般的房子里，动辄可能得咎。除了国家、州政府、市政府的法律之外，各社区还有许多法规。房屋只准建成几种色彩，车顶上不准安放工艺品，不能设庭院标牌和栏杆，不能让人看见晒衣的绳子，路边不准修车，不准在人行道旁修车，甚至连围墙的高度、百叶窗的颜色、每周铲几次草、何时能带狗去何处散步，还有收音机、电视机的音量能开多大等都有规定。这么多不准，真是难为了这些美国公民。

美国法律允许私人拥有枪支，因而，私人枪支的数量多得吓人，全国几乎平均人手一支。由于允许私人持有枪械，由枪支引发的暴力事件层出不穷。在华盛顿、纽约、洛杉矶、底特律和芝加哥等大城市，持枪行凶已成为城市公害，枪伤致死已成为全美十大死亡原因之一。不少城市因枪击致死的人数，已超过交通事故致死的人数。《纽约时报》报道，纽约市每天约有20人被罪犯的子弹击中。在美国，拥有联邦执照的售枪商店比全美的加油站还多。一些人嗜枪如命，经常举办枪支展览。有枪的不光是年轻人，老年人甚至小孩子都可能有枪。报刊上不时可以见到因玩枪不慎走火，子弹穿墙击中隔壁邻居的新闻。

时至今日，不少美国人还是忘不了1991年10月16日发生在得克萨斯州基林的"自助餐馆枪杀案"。那天，一名白人男子开车冲进自助餐馆，用自动手枪向排队就餐的200多名顾客射击，打死22人，打伤20余人，凶手也逃进浴室自杀。美国20世纪90年代最著名最富有的职业篮球运动员迈克尔·乔丹的父亲，因驾驶劳累而在公路边停车睡觉，两个黑人进车偷盗，被发现后，竟开枪杀人。两个凶手都年仅 18 岁，当他们知道他们枪杀的人是他们最崇拜的球星的父亲之后，竟痛哭流涕。

新泽西州百万富翁布瑞南的弟弟 25 年前死于抢劫者的枪下，作为兄长，他立志要改变这种状况。他花 25 万美元，在纽约曼哈顿第 47 街与第 7 大道交叉口，立起了一块名为"死亡钟"的大型看版，记录和显示于 1994 年 1 月 1 日开始全美死于抢击的人数以及美国私人枪支的数量，提醒世人注意这一后果严重的社会问题。

法律多，官司就多；官司一多，以打官司为职业的律师也就多。有人将美国人称为"最爱打官司的人"，将美国称为"世界上律师最多的国家"。事无巨细，美国人都喜欢通过"打官司"来解决，不惜花大钱为芝麻大的小事上法庭。

美国法律史上，记录了两桩饶有兴味的"狗案"。一是在 1870 年密苏里州的波登先生养了一条名叫"老鼓"的猎犬，此狗跑到邻家的后院，被邻居开枪打死。为此，两位好朋友上了法庭。狗官司一直打到最高法院，参议员佛斯特代表波登先生向法院陪审团宣读了一篇《狗的礼赞》。陪审团深受感动，宣布波登胜诉，由对方赔偿 500 美元。从此，这篇《狗的礼赞》成了爱狗人的经典，案子也成了闻名世界的法律案例。其二是 1980 年，俄亥俄州克梅兹城的一位赛门先生控告邻居的公狗强奸他家的母狗，并使其怀孕，一胎生下 16 只小狗，要求对方赔偿医药费及遮羞费。法官认为当时赛门先生只看到两只狗谈情，没有交配，所以证据不足，即便邻居家的狗真是祸首，也是两相情愿，不能称之为强奸，于是宣判邻居无罪。

尽管美国有这么多的法律，有世界上最多的专为打官司服务的律师，但犯罪活动仍十分猖獗，人称"违法之都"。

在美国的报纸、刊物和电视、广播中，天天都可以看到、读到、听到惊心动魄的犯罪新闻。不少美国人或在美国住了一段日子的华人，都可以向初来者讲述一大堆他们听到、看到甚至亲身经历的关于抢劫、偷盗、凶杀、强奸的犯罪故事。我们到美国后，便有好心的人告诉我们，为对付司空见惯的抢劫者，在出门时一定要带好 20 美元的票子，如果遇上打劫的人，便掏出买路钱，以求性命平安，免受更大的损失。

在密不透风的法律网络中，在防不胜防的条例规定里，在日渐多发的犯罪危机面前，在空前巨大的精神压力下，美国人能否活得自在、自由，我不得而知。不过，我已听从了好心人的劝告，在美期间，每天出门都在上衣口袋里装上 20 美元的票子，以备不时之需。

诱人赌城　罪恶渊薮

赌城故事

拉斯维加斯所在的内华达州，全境位于落基山区，地势高，丘陵起伏，气候不良，土地沙化严重，山顶终年积雪，是美国人口较少的一个州，也是美国西部开发较晚的一个州。"内华达",便是西班牙语"雪山"的意思。

拉斯维加斯位于内华达州南部,距洛杉矶 280 英里(约 450 公里)。这里是内华达盆地的低洼处,低于海平面 8.5 米,人称"死谷";除了沙石、盐碱之外,几乎一无所有,是块不毛之地。

这里原为印第安人所有,直到 1829 年才有墨西哥商人光临。初来的墨西哥商人将这片干旱、酷热的土地取名为"拉斯维加斯",意为草地或沙漠中的绿洲。

1844 年,探险家佛利芝来到这里,至今拉斯维加斯最热闹的马路,便以他的名字命名。1894 年,这里通邮了,可一月仅一班邮车。1855 年,一群摩门教徒奉教主杨百翰之命,从犹他州来到这里,一边垦荒开矿,一边保护刚开通的从洛杉矶到盐湖城的邮路。不到三年,这些教徒也都纷纷离去,仅留下几栋破板楼。

1860 年,淘金热兴起,来此的淘金客不少,可不久也只剩下一人,在这里利用摩门教徒遗下的破板楼,建起了拉斯维加斯庄园。1864 年,内华达加入联邦,成为美国的一个州。庄园发展了 40 年,到 20 世纪初,这里也仅有 30 多个居民和一家旅馆。

1905 年,火车开到了这里,但来客也极少。为了摆脱贫困和寂寞,1909 年和 1931 年,这里两度使赌博合法化。兴建于 1931 年至 1935 年的胡佛水坝,给这里的发展带来了转机。胡佛水坝离拉斯维加斯不远,参加施工的建筑工人经常到这里来赌博。水坝建成后,成千上万的游客参观水坝之后,顺道来这里赌上一把。20 世纪 40 年代,这里建起了几座有一定规模的赌场。1958 年,耗资 1000 万兴建的拥有 1065 间客房的"沙漠旅馆",第一个用总长 7000 英尺(约 2133 米)的霓虹灯招牌,开了这座不夜城的先河。

1966 年 11 月 25 日,人称"白马王子"的亿万富翁霍华德·休斯,乘一辆白色救护车,悄悄地来到拉斯维加斯。他不动声色地住进了当时规模最大的"沙漠旅馆",4 年足不出户,直到一年的圣诞节前夕,旅馆老板请他换房间时,他才胸有成竹地拿出 1300 万美元,让这座旅馆换了主人。之后,他又拿出 3 亿美元,买下了当地的 6 家赌场,增加了一条飞机专用航线,还买下了一家报纸和一家电视台,重新开办了"哈罗兹俱乐部"。

其后的 20 年里,不少财团仿效霍氏的壮举,大举投资这里的赌博业,赌场如雨后春笋般冒出,而且越建越豪华,使这里成为休闲观光胜地和著名的国际会议中心。每年来这里旅游娱乐的人数有 2000 多万。人们将拉斯维加斯与摩洛哥的蒙特卡洛和中国澳门并称为世界三大赌城。

汽车飞速行驶,天渐渐黑了下来,路边不时闪过一块块画着美女的巨型广告牌。翻过一个山坡,猛然出现在我们眼前的是一片令人惊异万分的赌城风景。

赌城风景

车人人城,展现在我们眼前的是一个五光十色的魔幻世界。一条宽广的大道灯火辉煌,几百家各式各样的饭店披金饰银、风姿各异,跳荡闪烁的霓虹灯和奇妙的激光射灯把辽阔的天宇装点得万紫千红。各式各样的建筑,各式各样的广告牌,各式各样的灯光色彩,使人目不暇接,心醉神迷。

内华达州的法律规定赌场经营者一定要兼开旅馆。所以,拉斯维加斯的赌场和饭店都连在一起,常常是楼下是赌场,楼上便是旅馆客房和歌舞表演场所。游客一进饭店,便可以获得吃、住、玩、购、赌"一条龙"服务。

令人惊奇的是,这里的几百家饭店,大多是投入巨资兴建起来的宏伟建筑,不仅建得气势非凡,而且雕梁画栋,镶金饰玉,很有风格。马路中间种的热带树,据说是3000美元一株从外地买来的,地下还埋有以色列造的暖气滴水管道,专门为这些树提供温度和湿度。

入城不久,便看到了著名的金字塔酒店。贴着黑玻璃的金字塔形建筑旁,立着一尊尽显古埃及风情的狮身人面兽,金字塔顶的31万瓦聚光灯光芒四射,刺破苍天。狮身人面兽有10层楼高,金字塔形状的主楼高30层,底楼有一条人工河,客人可以乘船去楼梯入口,楼内的电梯如巴黎铁塔一样斜斜升降。这家酒店设计之奇特和装饰之豪华,实在令人叹为观止。

恺撒皇宫大酒店更是气派不凡。酒店门前金碧辉煌,人造水池中水柱冲天,金光灿灿,人们在酒店门前可以欣赏到逼真的古代表演。鼓乐声中,恺撒大帝在罗马诸神和古装武士的护卫下走向观众,周围的战车骏马尽显非凡的皇家气势。

米高梅大酒店是当今世界上最大的赌场,它拥有5005个房间,建筑极为宏伟,光大理石就用了800多吨,而且全部都是从意大利运来的。据说,意大利三个城市的石匠为此忙碌了两年。酒店的门前是一尊三四十米高的狮子。夜间,这狮子浑身绿色,通体透亮,张开血盆大口,仿佛要吞没一切。酒店大堂顶部用声、光、电创造出一个神奇的世界。大厅地面用沙土堆成的山坡上种着玉米、果树等植物,顶上蓝色玻璃构成的天空,时而雷鸣电闪,时而星月灿烂,变化无穷。酒店的建筑和装饰显出威严的霸气,令人生畏。

导游告诉我们,这家酒店的霸主地位,不久将被正在兴建的"纽约·酒店纽约"所替代。这家正在建设的酒店,将按一定的比例缩小纽约曼哈顿的10栋大型建筑拼成一体,其气势将使现有的所有酒店相形见绌。

在老城区,有一处投资几千万美元建成的激光天幕表演。街道两旁的屋顶上架起了长逾百米的钢丝天幕,入夜便进行变化万千的激光表演。游客在这里既可以欣赏到旭日东升、百鸟翱翔、椰林树影、百花齐放的美景,还可以游历美女如云、火树银花、五彩缤纷的人间仙境。

行走在拉斯维加斯大道上,观赏这些人类建筑史上的杰作,禁不住为人类的想象力和创造力惊叹。从外面看去,这些美丽的建筑似乎都与赌博无关,但又觉得这些充满诱惑力的建筑和魔幻般的色彩,除了给人以视觉上的美感之外,还有一股拉着你靠近它、进入它的吸引力。这大概才是这些建筑拥有者的真正目的之所在。

多姿多彩、光怪陆离的表演，也是拉斯维加斯的风景之一。

导游告诉我们，拉斯维加斯的不少赌场中都有表演。这里的表演大致有这么几类：一是一些名人的演出。曾经名震世界的邓丽君小姐在这里演出过；里根还是好莱坞演员的时候，也曾来这里表演；美国前总统杜鲁门在1962年，也曾在这里与人合作即兴表演过钢琴四手连弹。二是一些专门模仿明星的演出，如模仿玛丽莲·梦露、伍迪·艾伦等的演出。三是一些类似于我国相声、小品的"脱口秀"，以滑稽表演和插科打诨逗人发笑。四是大型的歌舞表演。这些歌舞表演取材丰富，制作宏大，类似于百老汇的歌舞剧，极尽声色之娱乐。

当然，娼妓、皮条客、色情表演在赌城也不是没有。拉斯维加斯所在的内华达州，是美国唯一允许妓女合法存在的州，但是，拉斯维加斯城内却没有妓院。赌城禁娼，主要原因是赌场老板们想将赌博变成人人都喜欢的娱乐，将赌城变成老少皆宜之地。然而，导游告诉我们，尽管如此，赌城内暗娼依然不绝，而且酒吧内的色情表演也司空见惯。我们驱车刚一进入拉斯维加斯大道，便看见路边站着一排排的男子，向过路人分发一些印着妓女裸照和电话号码的彩色画册。路边的铁架上，这类"宣传品"也放得不少。

赌场疯狂

一进赌城，便使人感受到整个赌城弥漫着的赌的疯狂气息。我们乘坐的汽车刚进拉斯维加斯之时，曾在加油站加油，在加油站门上便见到了那种令人谈虎色变的赌博机具"老虎机"；在酒店的卫生间门口，也立着两台老虎机，随时可以赌上一把。街道上的霓虹灯装饰出各种赌具的形状，纸牌、骰子、轮盘赌具以及穿着高跟鞋、高翘大腿的半裸女人几乎成了这个城市的"注册商标"，充斥着城市的各个角落。

走过那铺满红地毯的赌场大厅，满目皆是一排排的"老虎机"，音乐般的落银壳子的"叮当"之声响彻整个大厅。

此时赌场里的人不太多，而且大多数人集中在大厅的另一边。其中不仅有讲英语的美国人，也有讲各种其他语言的新移民和来自五大洲的外国人。我细看了一下，其中华人或亚洲人不少。他们有的在赌扑克，有的在赌轮盘，有的在赌百家乐，有的在赌赛马，有的在赌赛车。那边还有贵宾房，最低赌注是5万美元，瞬间输赢可达几十万上百万美元。

我在大厅里游了一圈，没看出个什么名堂来，便又回到"老虎机"这边。

导游告诉我们，这种吃硬币的"老虎机"是一种最简单的赌具，玩"老虎机"也是一种最容易的赌法。不需要学习，只要换一把硬币，往机子里塞上几个，一拉机子上的把柄或者按一下按钮，便可决出赌的胜负。正是因为这种玩法简单，赌注也不大，从5

美分到 15 美分，到 1 美元、5 美元、10 美元均可赌一回，所以吸引了众多的游客，特别是那些没有赌瘾，只想试一试，好玩一回的初来者。

据说，拉斯维加斯的"老虎机"有 7 万多台。不久前，一位妇女曾在"老虎机"中赢得了 850 万美元，而早几年，科威特的一位王储，在著名的"恺撒皇宫"赌场玩老虎机，三天之内输掉了 400 万元。

抱着开眼界、长见识的想法，A 君壮起胆子换了 10 美元的 5 美分一个的硬币。听说为了招揽游客，赌场老板常常想办法使门边的机器让顾客赢钱，如是，他在一台靠近门边的"老虎机"前坐了下来，学着边上人的样子，将手中的硬币一枚一枚地塞进老虎嘴里，放一枚，拉一下手柄，没几下，居然有几十枚硬币叮叮当当地掉了下来。继续放，继续拉，不久又一次掉下 200 多枚硬币，"叮叮当当"的响声好像一曲旋律优美的乐曲，回荡在赌厅，吸引了不少人的目光。初试牛刀便有所获，他颇有些扬扬得意，更增加了放币的数量和拉杆的频率。也不知为什么，后面则是放进去的多，掉下来的少，不到一小时，手中的硬币便被老虎机吃了个精光。想来实在不甘心，他便又去换了 10 美元的硬币，换了一台机器，想把失去的钱赢回来。不料这回更惨，尽管一枚一枚硬币塞进"老虎"嘴里，但那悠长、悦耳的硬币落下的音乐声却再也没有响起，不一会儿，这 10 元钱硬币便一个不存，全成了"老虎"的"宵夜"。至此，他认识到这种最简便易学、赌注最低的赌博方式还有一个最主要的特点，那就是最具欺骗性，最能赢你的钱。

看到这些，我立起身来，离开那些不知吞了多少人多少钱的"老虎机"，在赌场中周游起来。

我发现，赌场里没有窗户，没有时钟，白天黑夜全是一样的灯光、一样的气氛，使玩者全神贯注，不分昼夜。赌场里的服务也很周到。在这里，饿了，有极便宜的自助餐供你享用；渴了，身着露背衫、迷你裙的漂亮小姐会送上你需要的免费饮料；钱输光了，可以用信用卡或支票卡在场内的自动提款机里领取；手上的硬币用完了，往"老虎机"里塞一张纸币，便能掉下相同数额的硬币。这些周到服务目的只有一个，便是让你在这里最方便、最快、最大限度地输掉钱。

我的目光被一位老太太的"举止"吸引住了。这是一位华人，有着和我们一样的黄皮肤和黑眼睛，年纪在 70 岁左右，衣着也极普通。我记得她比我们早来，在一台"老虎机"前坐了几个小时。她手捧钱筒，全神贯注地盯着机子上滚动的轴，眼中不时闪过喜悦、忧伤和失望。她赌的是那种最小赌注为 1 美元的"老虎机"，有时一次放 3 个，有时一次放 5 个。她手中钱筒里硬币如起伏的潮汐，一时多，一时少。完了又兑，如此几番，她终于呆坐在吃钱的"老虎"前。她看见我在观察她，便礼节性地微笑了一下，起身离去。我分明看见她眼角的鱼尾纹上沾着些闪亮的东西，笑容中也有几分苦涩。看着她的手向眼角擦去，看着她那蹒跚的步子，我心里真不是味道。

有人说，从赌场中出去的 99% 是输家，只有赌场老板才是最大的、最后的赢家。赌场在造就极少数暴发户的同时，更多的是给人们带来贫困、精神刺激和堕落、腐败的情感。我忽然觉得胸闷，闷得喘不过气来。我快步走出这疯狂的赌场，想到街头呼吸一点新鲜空气。

拉斯维加斯街头仍是那么灯火辉煌、美丽无比，但我似乎觉得这座世界赌都像一个把自己打扮得妖娆迷人的妖女。她那迷人的微笑、她那动人的眼波，实是为了使你在沉醉中，不由自主地交出自己的金钱、自尊和纯洁。

华盛顿上空轰响着"中国雷"

应美国马丁·路德·金基金会的邀请，作为雕塑家雷宜锌的"娘家人"，我参加湖南省有关部门联合组织的代表团，于2011年8月26日启程赴美国，参加8月28日在华盛顿举行的马丁·路德·金雕像的揭幕仪式。

飞机缓缓飞过辽阔的太平洋。窗外云层很低，天却意外明亮。恍惚间，雷宜锌和他雕塑马丁·路德·金的故事，浮现在脑海。

这座即将耸立在美国华盛顿国家广场的马丁·路德·金的雕像，是中国湖南的雕塑家雷宜锌雕塑的。他是湖南省文联的干部，是湖南省雕塑院院长、湖南省美术家协会的副主席，也是我多年的好朋友。他祖籍湖南永州，出生在湖南长沙，曾祖父是著名的湖南大学的第一任校长，祖父曾留学莫斯科东方大学，父亲也毕业于湖南大学。他17岁下乡，后来考上了广州美术学院雕塑系，毕业后分配到长沙工作，创作了一大批优秀的雕塑作品，获得了全国和省里的众多奖励。

在简陋的工作室里，皮肤黝黑、留着两撇大胡子、嚼着槟榔、抽着烟、喝着酽茶的雷宜锌，兴致勃勃地给我谈起雕塑马丁·路德·金雕像的前因后果。

那是在2006年的5月，雷宜锌作为中国雕塑界的唯一代表，带着夫人来到美国，参加在明尼苏达州圣保罗举行的国际石雕研讨会。会议要求每位雕塑家雕塑一件作品。他雕塑的是一位长眉秀目、托腮凝思的东方少女，取名为《遐思》。一天午后，他躺在草地上休息，几位美国马丁·路德·金基金会的工作人员找了过来，跟他说基金会正在寻找合适的雕塑家雕塑马丁·路德·金的雕像，参加研讨会的雕塑家们都推荐了他，问他本人有没有兴趣。幸好他夫人懂英语，把这一切告诉了他，使他抓住了这个难得的机会。

雷宜锌是土生土长的湖南人，虽然他10岁时就读过《我有一个梦想》的演讲稿，却做梦也没想到会与马丁·路德·金这位深受全世界景仰的黑人民权领袖发生关系。他下定决心一定要珍惜机会，完成盛举。经过再三思考，他决定将马丁·路德·金《我有一个梦想》演讲中的一句话"从绝望之山中劈出一块希望之石"作为设计的中心思想，让马丁·路德·金从岩石中走出来，展现这位和平斗士的崇高精神。

苍天不负苦心人，雷宜锌的设计方案从全世界52个国家2000多位雕塑家的900多个方案中脱颖而出，获得了众人的赞赏，特别是得到了马丁·路德·金的子女和家族成员们的坚定支持，他们认为作品表现了父亲的"精髓"。马丁·路德·金的儿子说，如果还有哪个媒体质疑这个雕塑设计，他愿意随时随地接受采访为之"辩护"。

拿到这个雕塑的创作权之后，创作过程也不是一帆风顺的。他曾许多次神情严峻地敲开我办公室的门，焦急地诉说工作中遇到的各种困难和争议。据他介绍，在雕像的创作过程中，主要经历了三次较大的争议。首先是质疑为什么要由一个雕刻过毛泽东像的中国人来雕塑这位黑人民权领袖的像，应该请位黑人，至少是美国雕塑家来雕。其次是认为雷宜锌的雕塑突出了马丁·路德·金"和平斗士"的一面，太具有对抗性，富有中国革命的色彩。当雕塑完成，准备运到华盛顿安装之时，因为安装工人来自中国，又被质疑抢了美国人的饭碗。

这几轮争议和困难都是在美国马丁·路德·金基金会和马丁·路德·金的亲属们的大力支持下，才得以解决。马丁·路德·金的儿子，坚持要用雷宜锌的设计方案，他说父亲一辈子都在抗争，就是一个斗士。马丁·路德·金的女儿和所有家族的成员，都坚定支持雷宜锌，看到设计模型后动容落泪。他们的支持，给了雷宜锌信心和力量，使得马丁·路德·金的雕像顺利完成。

几经转机，我们终于降落在华盛顿机场。来接机的雷宜锌有些遗憾地告诉我们，因为飓风"艾琳"过境，拟定8月28日在华盛顿美国国家广场举行的马丁·路德·金雕像揭幕仪式被迫延期举行。

马丁·路德·金雕像的揭幕仪式，之所以定在2011年8月28日举行，是因为这一天是他在林肯纪念堂台阶上发表历史性演讲《我有一个梦想》的48周年纪念日。原定有40万人来参加，美国总统奥巴马也计划亲自参加并发表演说。因为飓风的来临，揭幕仪式被迫推迟，确实令人感到遗憾。

当晚，我们入住旅馆之后，华盛顿上空阴云密布，电闪雷鸣，不一会儿就下起了倾盆大雨。呼啸的狂风，瓢泼的大雨，像一首雄浑壮丽的交响曲，似乎在隆重庆祝明天这个盛大的日子。

风停雨息，阳光初露。一大早，雷宜锌便来到我们入住的旅馆，带领我们前去参观马丁·路德·金雕像。

因为揭幕仪式已经推迟，广场上围起了铁栏杆，还架起了一层一层的座位台。有些工人在收拾音响设备和电线、灯光。我们走进广场，只见马·路德·金的雕像高高耸立，居于华盛顿纪念碑、林肯纪念堂和杰弗逊纪念堂之间。这是三位最受美国人民欢迎和爱戴的美国总统。华盛顿是美国国父，杰弗逊是美国《独立宣言》的作者，林肯则结束了美国内战和奴隶制。马丁·路德·金被视为现代美国自由主义历史中的英雄领导人，他为非洲裔美国人争取民权，渴望结束美国种族隔离和种族歧视。1964年他成为历史上最年轻的诺贝尔和平奖获得者。

雷宜锌给我们介绍，马丁·路德·金的雕像高 10 米，重 1600 多吨，由 159 块花岗岩无缝拼接而成。雕塑分为"绝望之山"和"希望之石"两部分。取意于马丁·路德·金演讲中"我希望，从绝望之山中间劈出一块希望之石"的名句。我们从裂成两半的白色花岗岩的"绝望之山"中间穿过，然后到达"希望之石"，马丁·路德·金的雕像就在"希望之石"处浮现出来。

虽然因为飓风，当天的雕像揭幕仪式被推迟，但是参观的人仍然是络绎不绝。据说，这几天已经有 150 多万人来这里参观。当雷宜锌先生出现在现场之时，整个广场沸腾了。许多外国友人认出了他，争先恐后地与他合影。一些美国人还流着泪，对他竖起大拇指，连声说"谢谢"。有些黑人女士激动地冲上前来，与他拥抱，并亲吻他的面颊。广场上最多的是黑人朋友，他们来自世界各地，齐聚在马丁·路德·金的雕像下，手挽手、肩并肩，高唱民族歌曲，并齐声欢呼："中国雷，中国雷……"欢呼声响彻云霄，回荡在美国华盛顿国家广场的上空。

回过头去，我看见阳光下的马丁·路德·金，眉宇紧锁，双唇紧闭，手抱胸前，直视前方的炯炯目光仿佛可以洞察一切……

（本系列文章分别作于 1994 年 2 月和 2012 年 4 月两次访美期间）

意大利风情

歌剧之城与足球之都

从北京起飞，十几小时以后，我们来到了意大利北部的重要城市——米兰。

米兰是我们进入意大利的第一个城市。它地处意大利北部波河流域中心，位于阿尔卑斯山南麓，东临威尼斯，西靠都灵，南部是热那亚，北部是科莫湖，是意大利的第二大城市。它历史悠久，于公元前400年建成，现代以工商业、贸易、金融而著名，是意大利北部政治、经济、文化的中心。

米兰的名胜古迹很多，最著名的有世界第二大教堂杜奥莫大教堂，历史悠久、收藏丰富、环境优美的斯福尔托古堡，达·芬奇的杰作《最后的晚餐》，人称"米兰客厅"的欧洲唯一的最漂亮的长廊——"维托里奥·埃马努埃莱二世长廊"，和意大利最大的剧院——斯卡拉歌剧院，人称"歌剧的麦加"。因为日程安排得太紧，我们只参观了杜奥莫大教堂和斯卡拉歌剧院。

杜奥莫大教堂位于米兰市中心的杜奥莫广场，是米兰最大的哥特式天主教堂，是米兰的象征，是除罗马梵蒂冈圣彼得大教堂之外的世界第二大教堂。教堂全部用康多利亚的大理石建成，所以又有"大理石山"之称。这种大理石呈乳白色，略带粉红，兼有淡蓝色花纹，在阳光的照射下显得白里透红。

这座教堂由米兰的一个大公于1386年开始兴建，前后经历了六个世纪才告竣工。它正面最后一扇门是1965年才安装上去的。将近六个世纪才建成一座教堂，其周期之长，或许是举世无双的。米兰人有一句流行的比喻，当某件事情进展过长时，他们便会说："啊，杜奥莫工程！"

这座教堂呈拉丁十字架形，长150米，宽55米，面积1.1万平方米，可以容纳3万多人。设计师和建筑师包括意、法、德等国人，汇集了古希腊、古罗马以及多种民族的建筑艺术风格。教堂正面上半部为哥特式，下半部为巴洛克式，有6座大石柱嵌着5道大铜门。第一道门上的雕刻是米内尔比于 1948 年完成的；第二道门是由卡斯蒂纳尼于 1950 年雕刻的；第三道门即中间正门，重 37 吨，是由玻利亚及在 1906 年雕刻的；第四道门是伦巴于 1950 年雕刻的；第五道门则是由门古齐于 1965 年雕刻，表现圣卡洛主教的史迹。5 道铜门中，中门最大，巨大的铜门因年代久远而成暗色，参观的人好奇，喜欢用手抚摸，故有几处显出黄亮光泽。教堂的方柱柱基和柱身上有 22 幅大型浮雕和上百个人物雕像。教堂上有 135 座哥特式大理石尖塔，远远望去，仿佛浮在空中的尖塔之林。中央的八角亭尖塔最高，达 107 米，塔顶有高 4 米多的圣母玛利亚铜像。其他塔尖也都有与真人一样大小的雕像。整个教堂的较大雕像有 3000 多座，如果加上窗格里的雕塑，整个教堂有雕像 6000 余座。

教堂的屋顶上据说藏着一枚钉死耶稣于十字架上的钉子，教徒们每年都要取下朝拜 3 天，达·芬奇曾为取送这枚钉子设计了升降机。大厅内还供奉着 15 世纪米兰大主教的遗体。大厅两侧有 26 扇高达 30 米的玻璃窗，上面全是五彩玻璃拼缀成的圣经故事。1805 年，拿破仑宣布他兼任意大利国王，就是在这座教堂里加的冕。

斯卡拉歌剧院就坐落在杜奥莫大教堂旁边。14 世纪中叶，维罗纳君主的女儿贝亚特里切·德拉·斯卡拉，嫁给了米兰君主。1381 年，公主斯卡拉用同胞兄弟送给她的巨额遗产，在米兰修建了一座教堂，为了表达她对家乡及亲友的思念，决定以其家族的姓氏斯卡拉为这个教堂命名。1778 年，著名建筑师朱塞佩·皮埃马利尼在教堂的原址上改建了一座剧院，仍沿用斯卡拉之名，遂称为斯卡拉剧院。

这座剧院是当今世界上四大著名剧院之一，花了一年九个月的时间才建成。建成之后，经过试验，音响效果特别好。第二次世界大战中，米兰成了意大利北部的主要战场，剧院遭到轰炸，只剩下断壁残垣。战争结束之后，贫困交加、流离失所的米兰人，提出了"先修剧院，后修住房"的要求，市政府拨出巨资，以当时的最高标准，重建了斯卡拉剧院。这一举措，充分体现了意大利人对戏剧的热爱。

浏览了一番街景之后，导游小朱带我走进了这座心仪已久的剧院。

这座剧院为三层楼建筑，门楣上饰着浮雕，与高大辉煌的杜奥莫大教堂相比，显得极为普通和平常。但一跨入剧院，我便被其豪华震住了。演出大厅铺饰着曙红色的金丝绒和乳白色的大理石，地板全都是自然花纹的橡木，四周雕梁画栋，金碧辉煌。

剧场正中有大型玻璃吊灯，由 365 盏组成，象征一年 365 天。二楼中间的皇室包厢，嵌金包银，富丽堂皇。整个剧场可容纳 3600 多名观众。由于在斯卡拉演出需要很高的艺术水平，场地讲究，所以票价一直十分昂贵。

斯卡拉剧院的出名，当然不光是因为其良好的音响效果和豪华的装饰，主要是因为她在世界歌剧发展史上的重要作用。这里一年四季都要演出第一流的节目，包括歌剧、芭蕾舞、音乐会，等等。许多在意大利音乐史上占有重要地位的音乐家都与这座歌剧院的名字相关联，因此她被西方许多音乐家和歌剧演员视为歌剧圣地，也以能在此演出为荣。故斯卡拉剧院有"歌剧之麦加"之称。

在剧院的陈列厅里，我们看到了历代意大利和欧洲的著名作曲家、指挥家、演奏家、歌唱家在这里活动的画像和照片。这里还陈列着他们的面模、手模，以及演出中用的服饰、乐器、道具。在大厅迎面的墙壁上，悬挂着威尔第的大幅油画，画像下陈列着他谱写《茶花女》时用过的谱纸和水笔，还摆着他使用过的一架钢琴。

剧院建立 200 多年来，上演过意大利的罗西尼、威尔第、普契尼，俄国的瓦格拉，奥地利的莫扎特和法国的比才等世界著名作曲家的歌剧名作。20 世纪音乐指挥家托斯卡尼尼从 1921 至 1929 年在这里指挥演出了许多歌剧佳作，音乐界称之为"斯卡拉的黄金时代"。

伫立在剧院，我久久不愿挪动脚步，沉漫在一种浓浓的艺术氛围中。是呵，在这庄严的大厅里，回响过的乐曲，不少已成为千古名曲；在这神圣的舞台上，活跃的艺术家的身影，不少已经名垂艺术史册。我们在吟咏那些名曲和仰望那些大师的同时，不应该忘记那些用鲜花和掌声哺育艺术和艺术家的观众，不应该忘记那些刚刚从战争的废墟中立起，居无定所，饿着肚子，却呼吁要先修剧院的米兰人民。这其中体现出来的素质、境界及其文化感觉，值得我们深深地思考和品味。

我儿子是个足球迷，从他口中，我早就知道现在的米兰是世界著名的足球之都。它拥有 AC 米兰、国际米兰两支国际足球劲旅和能够容纳 8.2 万人的圣西罗足球场。临行前，儿子曾再三交代我帮他带 AC 米兰的足球纪念品和巴乔的运动服。我向导游小朱打听如何能完成儿子的任务，没想到小朱也是个足球迷，他滔滔不绝地向我介绍足球之都的情况。

足球是意大利群众基础最广泛、影响最大的体育活动，足球运动历史悠久，全国性的足协成立于 1898 年，全国已有近 200 个足球俱乐部，职业球员有近万人，业余球员则有数百万之多，每年有几十万名足球运动员进行各种训练。

米兰之所以能被称为"足球之都"，主要是因为这里有 AC 米兰、国际米兰两支实力雄厚的足球队。AC 米兰足球队归属于 AC 米兰俱乐部。AC 米兰俱乐部最早成立于 1899 年 12 月 18 日，大本营位于英国和意大利商人的居住区，创始人是一位名叫阿尔弗莱德·爱德华的英国人。因为这个俱乐部是由英国人成立的，所以不重视本土的意大利球员和邻国的瑞士球员。三年后，这个俱乐部中的意大利、瑞士等国球员为抗议球队的做法，宣布脱离该队，自行组织了国际米兰。

AC 米兰成立后仅两年，便夺得了意大利全国锦标赛冠军。随后，又多次夺得桂冠。1980 年，AC 米兰卷入了轰动欧洲的足球彩票丑闻事件，遭受了沉重打击。此后，米兰巨商、后来曾任意大利总理的贝卢斯科尼不惜重金买下了 AC 米兰队，并从荷兰引进古力特、巴斯腾、里杰卡尔德"三剑客"，使 AC 米兰重振雄风。三年后，该队压倒群雄，夺得意大利甲级联赛、欧洲冠军杯赛、欧洲超级杯赛和东京丰田杯赛多项冠军。

国际米兰队与 AC 米兰队"本是同根生"，国际米兰队组建之后，通过顽强的努力，打出了威风，是世界上了不起的足球强队之一。从 20 世纪 60 年代到 70 年代，四次获得意大利甲级联赛桂冠。该队机构健全、纪律严明，拥有众多的球迷。

　　意大利爱好足球的青少年很多，许多中小学校都有足球场。大城市、小城镇以及乡村也有足球场。有培养前途的少年从 8 岁开始，就接受正规训练。AC 米兰俱乐部除了有一支出色的一线球队之外，还有 9 支不同年龄组的青少年队的后备军。他们的年龄从 8 岁到 21 岁，共有 180 余人，均与俱乐部签订合同。除了日常的训练之外，他们经常参加各年龄组的全国性和地区比赛，在实践中锻炼培养队员。

　　除了这些正规的后备军，还有大量的青少年足球爱好者。我们在米兰行车时，不时可以看到，在街角、在草坪、在球场，到处有一群群的青少年在练习足球，一招一式还很像那回事。

　　在米兰出售足球彩票的店子很多，买的人也很多。有哪一类比赛，就有哪一种彩票，如国际性比赛、欧洲杯赛、意大利全国甲级联赛、大区间的比赛、省级比赛、市级比赛等。彩票价格也不同，有的贵，有的便宜。人们喜欢对各场比赛进行猜测，猜对了就中奖，人们将猜奖作为一种乐趣，因而彩票生意兴隆。据说意大利奥委会的经济来源主要是出售足球彩票，每年卖彩票的纯收入有两三亿美元。

　　导游小朱也很喜欢买足球彩票。参观间隙，他总喜欢跑到商店买些足球彩票，和我商量着填。他许诺，有朝一日如果中奖，一定请我儿子到意大利米兰的圣西罗足球场看 AC 米兰的比赛。

　　回国后，我将这个约定告诉儿子，他高兴得蹦了起来。

文艺复兴的摇篮——佛罗伦萨

　　沿着横贯意大利的核心公路——太阳大道，我一步一步地临近了神交已久的意大利名城——佛罗伦萨。

　　爱好文学艺术的人都知道，意大利是文艺复兴运动的发源地，而佛罗伦萨则是这一伟大运动的"摇篮"。在这含金蕴银的摇篮中，诞生了一大批史称"文艺复兴巨人"的文学家、艺术家，诞生了一大批彪炳后世的诗歌、小说、雕塑、建筑、绘画，诞生了影响人类文明史的一个伟大时代。

　　佛罗伦萨是意大利托斯卡那大区的首府，位于亚平宁山脉南侧，四面青山环绕，美丽的亚诺河横穿市区。在意大利语中，佛罗伦萨的意思为"鲜花之城"。在古代，这里是欧洲各国从陆路到罗马的必经之路。早在中古时期，它便成为著名的贸易中心。11 世纪至 15 世纪，这里成为独立自治的城市，这是佛罗伦萨历史上的一个鼎盛时代。15 世纪 30 年代，当时欧洲最大的银行家梅第奇在这里当政。他大力兴建教堂宫殿，积极扶持艺术，招募了许多著名画家、诗人、建筑师和雕塑家，使佛罗伦萨出现了空前的艺术繁荣。15世纪至16世纪初，意大利的文艺复兴运动在这里蓬勃兴起，波及整个欧洲，打破了中世纪的黑暗。

进入佛罗伦萨，我们首先来到城中最有名的"黄金大桥"——老桥参观。早在14世纪，这座桥上就店铺林立，销售的物品花样繁多。因为经营金银首饰的特别多，人们也称这里为"黄金大桥"。时至今天，这里仍然商贾云集、生意兴隆。相传这座桥还是意大利伟大诗人但丁与他终生热恋的女友贝雅特丽齐相遇的地方。

伫立桥边，我的思绪完全萦绕在欧洲文艺复兴最伟大的诗人但丁的世界里。

1256年5月，但丁出生在佛罗伦萨，他自称是古罗马人的后裔。他出生的家庭是一个破落的小贵族家庭，政治上没有什么地位，经济状况也不宽裕。他的父母去世早，少年时他便好学深思，18岁学会了作诗。他的第一首诗是抒写对贝雅特丽齐爱情的十四行诗。女友死后，但丁把描写自己爱情以及其他有关的诗与散文连成一体，成为他的第一部文学作品，取名《新生》。此后，但丁为了寻找精神上的寄托，潜心研究哲学。他积极参与政治活动，曾经当选为执政官。离开执政官职位之后，由于政敌的迫害，他被罚款和流放。《神曲》是他最著名的作品。这部作品采取中古梦幻文学形式，广泛深刻地揭露了当时的政治和社会现实，揭露了教会的黑暗、腐朽，赞美文化，提倡学习文化、科学知识。正是由于这部名作的出现，意大利的13世纪末14世纪初被称为"但丁的时代"。

与佛罗伦萨相关的著名作家还有彼特拉克和薄伽丘。

彼特拉克出生于1304年，父亲是佛罗伦萨著名的公证人，和但丁一起被放逐。他酷爱文学，父亲去世后，专心从事文学活动，用心研读古典著作，并最早突破中世纪神学观念，利用人文主义观点予以诠释和阐述，对意大利和欧洲文艺复兴运动发生了重要影响，成为这一运动的先驱。他的重要作品有叙事诗《阿非利加》、散文作品《名人传》和抒情诗集《歌集》。这些作品大胆歌颂了爱情以及对生活的热爱和对幸福的向往，冲破中世纪禁欲主义和神学思想的樊篱，表达了以人为现实生活中心的新世界观和以个人幸福为中心的爱情观。人们认为他是文艺复兴时期第一个人文主义者，因而被称为"文艺复兴之父"。

薄伽丘1313年出生于佛罗伦萨，是城中一位商人的私生子。他一生坎坷。1350年，他在佛罗伦萨结识了彼特拉克，这对他后来的文学创作产生了很大的影响。他一生写了不少作品，中心主题是歌颂爱情，反对禁欲主义。他的小说《菲洛哥洛》，是欧洲第一部长篇小说。他最重要的作品是故事集《十日谈》。这部作品描写瘟疫在佛罗伦萨流行之时，10名青年男女在乡村别墅避难，每人每天讲一个故事。这些故事批判了天主教会，嘲讽教会的黑暗、罪恶，抨击僧侣的奸诈和伪善，表达了当时的平民阶级摆脱中世纪教会和宗教束缚的要求。故事中还描绘和歌颂了现实生活，赞美了爱情，谴责了禁欲主义。

登上高处的米开朗琪罗广场，俯瞰美丽的佛罗伦萨，颇有欣赏油画名作时的审美冲动。这个不大的城池，曾养育了一大批文艺复兴时期的文学家、艺术家，给无数的仰慕者以精神滋养和艺术创作灵感。除但丁、彼特拉克、薄伽丘之外，这里还是文艺复兴艺术——绘画、雕塑、建筑的奠基人画家马萨其奥、雕塑家多那太罗和建筑师布鲁内莱斯基的故乡。文艺复兴时期的艺坛"三杰"——达·芬奇、米开朗琪罗、拉斐尔，都曾在这里生活、创作，留下了一大批艺术珍品。

在花之圣母教堂的附近，我们看到了由"意大利绘画之父"乔托设计的高达80余米的"乔托钟楼"，和由洛伦德·吉贝尔建造的洗礼堂的青铜大门，上面雕满了最精美的拜占庭式的图案；在乌菲齐画廊和皮提美术馆，陈列有拉斐尔的《圣母像》、提香的《弗里拉》、波提切利的《春》及《维纳斯的诞生》、达·芬奇的《圣母领报》、米开朗琪罗的《神圣之家》等世界名画，使人惊叹不已。老宫以及米开朗琪罗广场的建筑和雕塑，更是令人叹为观止。

从杜奥莫鲜花大教堂到老宫，从满是艺术珍宝的乌菲齐画廊到老桥和米开朗琪罗广场，参观一天下来，着实有些累了。正欲躺倒休息，一阵悠扬的吉他声从窗外飘入。凭窗一看，夜幕中，亚诺河静静流去，吉他声和着夜风轻轻拍打着我的心扉。禁不住音乐和美景诱惑，我拉上导游小朱循着乐声跑去。

来到亚诺河边，只见一位长发飘飘的意大利青年，倚在河边的护墙上，深情地弹着吉他。我们走上前去，通过小朱的翻译，互相做了自我介绍。原来他是一位音乐学院学生。得知我是一位戏剧爱好者，很想了解音乐剧的历史，这位青年如数家珍地给我们讲起了这座城市的历史和意大利音乐剧的源起。

这座美丽的文化之城，相传建于恺撒时期，至今已有2000多年的历史。城中有许多著名的建筑、雕刻、绘画，有43个博物馆、65所华丽的宫殿和很多教堂，收藏着无数的艺术珍品。

音乐剧是一种综合音乐、诗歌、舞蹈等艺术形式，而以歌唱为主的戏剧形式，其渊源，可以追溯到古希腊的悲剧，中世纪的宗教剧、奇迹剧、神秘剧以及民间戏剧中幕间配乐的节目和牧歌剧，但真正的音乐剧却是在16世纪末、17世纪初，随着文艺复兴时期音乐文化的世俗化而产生的。

当时，佛罗伦萨有一个专门研究古希腊悲剧的学院——卡马瑞塔学院，其中的诗人里努契尼、作曲家佩里、卡契尼等人力图恢复古希腊悲剧，将音乐、诗歌与戏剧结合起来，强调音乐的表情作用，于1597年完成了音乐史和戏剧史上第一部音乐剧《达芙妮》，但没能留下文稿。1600年，他们为庆祝法国国王亨利四世的婚礼而写的《优丽狄茜》，是世界上现存最早的音乐剧。于是，人们将1600年称为音乐剧的诞生年。到了1650年，这种新型的艺术形式不但风靡了意大利，而且迅速传播到全欧洲。

17世纪上半叶，音乐剧的中心转到了威尼斯。最有代表性的作曲家是蒙特威尔地，代表作品有《奥菲欧》《尤利西斯的归来》等。1637年，世界上第一座歌剧院卡斯阿诺在威尼斯建成，标志着音乐剧从宫廷走向民间艺术舞台。17世纪末，那波里乐派兴起，他们特别注重用独唱来表达人物感情，高度发展了被后世称为"美声"的独唱技术。那波里音乐剧风行全欧洲，统治音乐剧舞台近百年。

19世纪末期，从佛罗伦萨源起的意大利音乐剧达到了前所未有的高峰。在音乐剧世界里，腾起了罗西尼、威尔第、普契尼三颗耀眼的明星。

倚着佛罗伦萨亚诺河边的护墙，远望夜色中千姿百态的建筑群落，静静听着河水汩汩流去，在音乐剧的摇篮，思考音乐剧的历史和现实，使我浮想联翩。

音乐剧离不开音乐，意大利民族具有优秀的音乐传统，被称为"音乐之乡"，这与意大利语语言清晰、温柔，发音平正、浑厚，音序均匀、有节奏很有关系。音乐剧的诞生，需要深厚的音乐传统和戏剧基础，古希腊、古罗马戏剧在意大利的影响是十分深刻的，这大概也就是音乐剧会在佛罗伦萨研究古希腊悲剧的卡玛瑞塔学院诞生的重要原因之一吧。

想着，那青年的吉他又弹响了，他还唱起了我们熟悉的歌曲《我的太阳》。正宗的美声，颇有帕瓦罗蒂的韵味。这支歌听了多少遍，而今天才觉得，她属于意大利，属于这音乐剧诞生的地方。

罗马掠影

俗话说，"条条大道通罗马"。也不知是沿着哪一条古罗马士兵出征或凯旋的大道，我们进入了意大利的首都罗马。

罗马是一座有着悠久文明历史的古城。公元前1500年，居住在亚平宁半岛上的拉丁民族部落，就在离台伯河口20多公里的山丘上建起了村庄。后来这些村庄逐渐扩大，发展成为古罗马城。由于罗马建在七个山丘之上，因此又被称为"七丘之城"。

罗马的建城日是公元前753年4月21日。传说特洛伊战争结束之后，特洛伊王子跑到意大利，并在那里建了一座新城。当王位传到努米托雷时，被其弟篡夺。努米托雷的女儿也被迫成为供奉炉灶女神的贞女，不得嫁人，以免她的后代复仇。但她与战神马尔斯结合生了一对双胞胎。国王得知后，下令将侄女害死，又将两个孩子装进筐内，投入台伯河。但筐子被河水冲到了岸上，饥饿的婴儿幸亏遇上一只母狼并被其喂哺才得以生存。后来猎人将兄弟俩抱回家抚养成人。他们长大之后不仅为母亲报了仇，而且在母狼哺育他的地方建立了城市，并将这里命名为罗马。因而罗马城徽的图案就是母狼哺婴的形象。

早在公元前，罗马人就用石头筑起了许多优美、宏大的公共建筑，使罗马成为古代地中海上最壮观的城市。公元前 1、2 世纪罗马帝国的鼎盛时期，这里作为帝国的首都，出现了一大批宏伟建筑。到了文艺复兴时期，罗马一直是欧洲的政治、文化中心，古建筑、雕塑等文明的胜迹比比皆是。

古罗马时期的文明遗迹，基本上集中在台伯河左岸。这里就像一座露天的历史博物馆，林立着历经雨打风吹的古罗马遗址。

"帝国市场"，是昔日古罗马的"市中心"。宽广的帝国大道两旁，集中了帝国古都的大部分遗迹。这里有古罗马的元老院、贞女祠、祭坛、恺撒庙和宫殿的遗址。这里曾是当时的政治、文化中心，从现存的断壁残垣仍可想象出当年的壮丽、辉煌。

元老院用红砖砌成，是古罗马元老议员开会的地方，建于公元前 680 年。在坎皮多利奥山脚下的罗马古道旁，可以看到三座神庙，还有"圣道"，那是古罗马时代作战的凯旋者的必经之道。在古罗马市场还可以看到仅存 8 根圆柱的农神庙、火神台以及讲台。农神庙曾用于存放国家珍宝；火神台是祭神的地方；讲台是一个平台，是古代演说家登台发表演讲的地方。圣道另端，便是耸立在树丛之中的提图斯凯旋门，它是为纪念公元 75 年征服耶路撒冷而专门修建的。此外还有福卡石柱、十年石基、朱力亚以及艾米利亚大教堂、恺撒祭坛、罗慕洛庙、安东尼诺皇帝与福斯蒂纳皇后庙等。

伫立在古罗马的废城之前，想象当年的繁华与热闹，不禁思接千年。就是在这块土地上，曾经建立了给人类文明历史以重大影响的古罗马政权，这儿是人类文明的重要发源地之一。西方古老的文化、计数、度量、货币以及古代西方最完善的国家形式和法律制度都产生于此地。虽然这些建筑物和艺术雕刻在历史的风尘中已经失去了往日的显赫与豪华，昔日繁华的街道、宫殿已变成布满树丛和野草的一片废城，但从中我们仍然可以感觉到它辉煌的历史。

在罗马城中，除了记载提图斯皇帝东征占领耶路撒冷战绩的提图斯凯旋门之外，还有许多座显示古罗马时期赫赫武功的凯旋门和记录他们战争历史的凯旋柱。如记载塞维罗皇帝远征波斯功绩的凯旋门；纪念君士坦丁大帝于 312 年在密尔维桥上战胜尼禄暴君而建立的罗马最大的凯旋门。在帝国大道东边的特拉亚诺市场旁，矗立着一根高 40 米的凯旋柱，柱上螺旋形的浮雕，描述了特拉亚诺大帝远征多瑙河流域的故事。从古罗马市场往北，便是罗马著名的圆柱广场，广场上屹立着一座高达 30 余米的圆形石柱。修建这一巨大圆柱的目的，是为了表彰马尔科皇帝在公元 170 年击败野蛮人的战功。圆柱由 20 块刻有浮雕的石块组成，雕刻的内容都是表现马尔科皇帝作战时的情景。石柱为空心，内有 190 级台阶，供人们攀登。

这些凯旋门和凯旋柱大都保存完好，只是它们所记载的那些历史和人物，已经逐渐被人们所淡忘。参观者大多流连于这些建筑上的精美雕刻，为这些建筑的宏伟和壮观而感叹。

威尼斯广场是罗马城中几条主要大街的交会点。罗马的一些重要庆典活动多在这里举行。广场上有维托利奥·艾玛努埃莱二世骑马雕像和无名烈士墓，意大利人称之为"祖国祭坛"，视其为国家独立和统一的象征。现在，外国元首和政府首脑到意大利正式访问时，都来这里给无名英雄们敬献花圈。

维托里奥·艾玛努埃尔二世纪念宫，是威尼斯广场的重要建筑。这座建筑物通体雪白，是为纪念意大利的统一而建造的。建筑工程始于 1885 年，40 年以后才完工。宽阔的主台阶通向祖国祭坛，祭坛下面的无名烈士墓里葬着为祖国献身的烈士，两个士兵昼夜守卫在坛基前。墓上方立着一座罗马女神像，左右两旁是扎内利创作的大型浮雕，它们分别象征着意大利人民热爱劳动和热爱祖国。

石阶两旁有两个喷泉，左边的喷泉代表亚得里亚海，右边的喷泉代表蒂勒尼安海。左喷泉的对面有一座公元前 1 世纪的普布利乔·彼布洛的墓。

在纪念宫正中耸立着维托里奥·埃马努埃尔二世的骑马铜像。铜像底座上的浮雕代表意大利的主要城市，是由马卡尼尼创作的。

纪念宫正面有长长的柱廊。柱廊上方是一排象征意大利各大区的浮雕石像。左右两旁的柱廊上，各有一个青铜组雕：两位带翅膀的胜利女神昂然傲立在四马双轮战车上。

坎皮多利奥是罗马七座山丘中最著名的，曾是罗马的宗教活动中心。坎皮多利奥山丘有两个小山头，一个山头上原有古罗马时期建造的坎皮多利奥祭坛，另一个山头上最早建造了一座丘比特神庙。两个山头之间便是现在的坎皮多利奥广场，也就是市政中心。广场上那些和谐的建筑是米开朗琪罗受教皇保罗三世的委托而设计的。

天才的艺术家米开朗琪罗在坎皮多利奥广场的设计上施展了他杰出的艺术才华。广场周围有三座宫殿，左边是新楼，右边是保管大楼，中间是元老院宫。一段漂亮的石阶通向广场，台阶下方有两个埃及石狮，阶顶两端屹立着迪奥库里孪生兄弟的雕像。广场四周围着石栏，马里奥胜利雕像、君士坦丁大帝雕像以及君士坦丁二世雕像沿石栏而立。另外，还有两根从古埃皮亚大道运来的里程柱。耸立在广场中央的是著名的马可·奥勒留青铜雕像。这个雕像铸成于公元 2 世纪。

元老院宫现在是罗马市政府所在地。楼下有左右两段台阶，在台阶之间的壁龛里立着罗马凯旋女神像，她手里举起圆球，象征着罗马征服了世界。壁龛两旁另有两座雕塑，分别代表着尼罗河和底格里斯河。

元老院宫的会议厅里保存着恺撒雕像。为使坎皮多利奥广场显得更加宽阔和谐，米开朗琪罗按照保管大楼建筑模式设计了新楼。楼内设有博物馆，收藏了极为古老的古典雕刻艺术品。前厅里立着一尊非常出名的智慧神雕像，楼上有 7 个厅和一个宽广的艺术长廊，长廊里展览着一些很珍贵的艺术品。

鸽子厅，以珍藏着艺术家贝尔加莫的索索的一幅描绘四只鸽子在盆中饮水的镶嵌画而得名。维纳斯厅中有迷人的维纳斯雕像。帝王厅内则陈列着 65 尊古罗马皇帝的半身像。哲学家厅里则有许多古希腊和古罗马的思想家雕像，其中包括苏格拉底、西塞罗、荷马等。森林神厅里有许多古罗马石碑和一个微笑的手提一串葡萄的森林神雕像。高卢勇士厅中央，则有一尊临终勇士的雕像。

米开朗琪罗设计的保管大楼，内含保管厅、保管大楼博物馆、新博物馆、新展览馆和坎皮多利奥艺术馆。内院里有不少浮雕和一个君士坦丁雕像的头部。这里面有描绘奥拉其和库里亚奇之战的壁画。

凯旋厅中有一座著名的青铜雕塑《挑刺的男孩》。母狼厅中有一尊十分著名的青铜雕塑《坎皮多利奥母狼》。母狼是罗马的象征，雕塑表现母狼哺育一对同胞兄弟的故事，是罗马城的代表性雕塑。其他大厅里陈列着大量的雕刻艺术品、边饰和18世纪的珍贵挂毯。

参观坎皮多利奥广场的那天，广场上的游人很多。我们碰上了好几对在广场上举行婚礼的意大利青年，他们身着结婚礼服，手捧鲜花，脸上洋溢着甜蜜的笑容。为庆祝他们的婚礼，广场上挤了不少青年、少年、儿童和老人，他们的欢声笑语回荡在整个广场。

位于市中心的西班牙广场，是游人必到之地。走进西班牙广场，只见迎面的台阶上坐着、站着不少人，台阶上摆满了鲜花。这个广场是罗马市的繁华地区，西班牙驻梵蒂冈大使馆坐落在这里，因此而得名。

广场长200多米，形状特殊，非圆非方。周围有许多小街巷，店铺林立。洋溢着浪漫情调的特里尼塔山石阶是广场的灵魂，由德·桑蒂斯设计于18世纪。台阶一直伸向特里尼塔山小广场。在石阶上逗留的都是些年轻人和外国游客。马尔古塔街的画家们在这里展卖他们的作品。

石阶上方的小广场上坐落着萨鲁斯蒂阿诺方尖塔和特里尼塔山教堂。教堂上方伸出对称的两个钟垛，教堂内珍藏着珍贵的绘画作品。

顺着石阶漫步而下，可以看到著名的石舫喷泉。这个喷泉是由意大利著名雕塑家贝尔尼尼的父亲彼得罗于1627年创作的。据说，1598年，台伯河水泛滥成灾，淹没了附近的庄稼和罗马的街巷。有一只破损的小船被河水冲到市内，一直漂到了现在有喷泉的这个地方。艺术家彼得罗见此情景，激发了灵感，马上动手塑造这一破船喷泉，以永记当年洪水泛滥景况。

我们现在看到的这一古船雕塑，船头船尾都有破洞，洞中不断涌出泉水，正像当年那只破船在水中漂流的情形。

几条雅巷名街从西班牙广场前方伸展开去，其中马尔古塔街居住着许多画家，他们在此创作和展出他们的作品；巴布伊诺街则以它的数家古物店出名；孔多缔街有几家优雅华丽的服装店，其中还有一家希腊咖啡馆，这里曾是18世纪意大利和外国艺术家们聚会的地方；博尔戈尼奥纳街以那些最高档时髦的裁缝铺和时装店而闻名，街上高级商店林立，有许多古董店、博物馆、书店和咖啡馆，如雪莱和济慈博物馆等。

自古以来，不少作家、诗人、音乐家、画家曾聚会于此，如拜伦、歌德、司汤达、巴尔扎克等都在这附近的街道居住过。

此外，这里还被人们称为自由的圣地。各式各样的人来这里游玩，有白发苍苍的老人，也有男女青年和小孩；有人作画，有人弹唱；有穿着奇装异服的嬉皮士，也有漂泊不定的流浪者在此留宿。

我们来这里的时候，正好遇上几位穿着古怪衣服、理着古怪发型的男女青年。我好奇地端起相机，拍下几张照片，记录下这美丽广场上的奇异风景。

古罗马的斗兽场闻名天下，是世界八大名胜之一，也是罗马帝国的象征。

斗兽场又称竞技场，因为这儿也曾经举办过马车及文艺表演之类的竞赛。斗兽场外观呈椭圆形，场内分为4层，设有8万人的看台，周长500多米，高50余米。底层是许多通道和一个个的地牢和牲畜棚。斗兽表演分为三种，即兽与兽斗、兽与人斗、人与人斗。人与人斗、兽与人斗的时候，场面十分残酷。

斗兽场兴建于公元72年，目的是为了纪念征服耶路撒冷的胜利。建造过程中，用了10万立方米大理石、300吨铁以及8年的时间和4万多奴隶，直到公元80年才全部完工。当年，为了庆祝斗兽场的建成，规模盛大的庆祝典礼持续了100天。在奴隶主贵族的狂呼声中，9000头猛兽被杀，5000多位奴隶倒在血泊之中。

登上斗兽场残破的看台，俯瞰眼前的断壁残垣，我耳边仿佛回响着野兽的怒吼、奴隶的哀鸣和看台上极不人性的惊呼和叫好声。虽然，这人类历史上黑暗、悲惨的一幕已成过去，奴隶制的罗马帝国已经灭亡，但是这座享誉世界的古罗马斗兽场，在显示人类智慧的同时，也时时提醒人们必须记住这永远不应忘却的一页。激发观众心灵深处的人性，应该是这座世界第八奇迹的重要功能——我这样以为。

罗马还以星罗棋布、千姿百态的喷泉闻名于世，全罗马共有各类喷泉1300多眼。从遍布全城、喷流不息的街头水龙头，到位于纳沃纳广场的精美艺术杰作——"四河喷泉"，从闻名欧洲的"特里沃喷泉"，到那些隐散在清净庭院中未命名的无数喷泉，它们点缀着罗马城的各个角落。

这些五光十色的喷泉，既装点了罗马的风光，也反映了罗马的历史。通过历代罗马人民的努力，罗马城建立了四通八达的输水网络，清澈的流水涌向城内的喷泉、浴室、公共建筑和居民家庭。公元前30年，罗马便建立了50眼喷泉，上面还精心雕刻了优美的人体造型雕塑。公元312年，君士坦丁称帝的时候，罗马已经有了1212眼公共喷泉。17世纪，精美绝伦的四河喷泉建成了，四河分别代表多瑙河、恒河、尼罗河和拉普拉特河的河神雕塑，构成了罗马城中一处独特的风景。18世纪，最壮观的特里沃喷泉建成，使罗马的喷泉又添佳作。

看了不少的喷泉之后，我觉得罗马的喷泉中最神奇的要数特莱维喷泉。这眼喷泉的位置处在三条街的相交处，它还有个名字叫作少女泉。传说，曾有一位罗马少女将此水源告诉了从战场归来急于解渴的一群古罗马士兵，因此人们便将这喷泉称为少女泉。

建于 1762 年泉边巴洛克式的群雕表现了海神得胜的景象。海神站在大海贝上，海贝由众神和两匹骏马拉着通过凯旋门。海神两旁是象征着富饶和安乐的两位女神。富饶女神上部的雕刻表现了阿克里帕总督批准修造水道的情景，安乐女神上部的雕刻则表现出一名少女给罗马军人指点水源的情形。再上面有四座女神浮雕，她们分别代表一年中的春、夏、秋、冬四季。

游人到这里参观，总喜欢往喷泉中扔硬币。据说，这样可以实现重返罗马的心愿。

听到这个传说，我心中一动。重返罗马，这也许是所有到过这座城市的人的共同心愿。凝望一会美丽的特莱维喷泉，我默默地背过身去，从口袋中掏出一枚硬币，十分虔诚地反手投向这座据说能够了解人类心愿，并能帮助人们实现心愿的灵泉。

比萨斜塔下的沉思

怀着对伽利略的景仰和对比萨斜塔的好奇，我们来到了意大利中部静谧而美丽的名城比萨。

比萨位于意大利中部亚诺河边，距利古里亚海约 12 公里。早在古罗马时期，这里便是海军基地和边境前哨，在 13 世纪，比萨便已发展成为托斯卡纳大区最大的城市，并与中亚的各个港口保持着密切的联系。因比萨港口的泥沙淤积，15 世纪时比萨失去了昔日的繁荣，第二次世界大战又使比萨遭到毁灭性的破坏，幸好比萨的文化中心——圆顶大教堂广场保存完好。圆顶大教堂广场又称奇迹广场，广场上，圆顶大教堂、洗礼堂、斜塔一起组成了一组雄伟的白色大理石宗教建筑，体现了融会欧亚建筑特色的"比萨风格"。

因比萨斜塔而闻名于世的比萨，还是著名数学家、天文学家、物理学家伽利略的诞生之地。伽利略是科学界的先驱，为人类文明的发展进步和科学事业的前进做出了卓越的贡献。1564 年 2 月 15 日，他诞生在比萨一个没落的贵族家庭。他从小有着广泛的兴趣，爱好音乐、绘画。17 岁时，按照父亲的意见，他进入比萨大学学习医学。学习期间，他对学校脱离实际的医学课程非常反感，却对数学产生了浓厚的兴趣。宫廷数学家里奇是他父亲的朋友，在里奇的关怀、鼓励和精心辅导下，伽利略在数学方面进步很快。他博览群书，写出了《水称》和《固体的重心》两篇论文，并发明了"液体静力天平"，引起了学术界的重视，年仅 25 岁的伽利略就此担任了比萨大学数学教授。1592 年，他开始在帕多瓦大学工作，任该校数学主任教授。除了教学，他还从事科研。他认真研究了斜面运动、抛物体运动和力的合成，证明了等加速运动定律，提出了物体的抛物线下落定律。他在天文学方面的贡献也是巨大的。他发明了人类历史上第一架放大 32 倍的天文望远镜，研究了银河系、木星、太阳和地球。用大量事实否定了"地心说"，肯定了哥白尼的"日心说"。

当看到秋阳下矗立的比萨大教堂建筑群时，充满期待的心，促使我们加快步伐，恨不得尽早一睹比萨斜塔的真颜。

比萨斜塔位于比萨的奇迹广场。广场上还有建于11世纪的圆顶大教堂。这座教堂是托斯卡纳地区第一座采用黑白条纹大理石做正面的大教堂，共有5条侧廊，平面建筑样式为掺有罗马式风格的"巴西利卡"式。教堂的青铜大门上描绘着基督和童贞女生活的浮雕。教堂里面珍藏着一些珍贵的艺术品，如14世纪乔凡尼·比萨诺雕刻的布道坛等。大教堂对面是罗马式的洗礼堂，里面有祭坛和建于13世纪的墓地。

走出教堂，一抬头便见到了蓝天白云衬托下的闻名于世的比萨斜塔。

比萨斜塔于1174年动工兴建，1350年完工，为8层圆柱形建筑，全部用白色大理石建成，塔高50余米，底层有圆柱15根，中间6层各31根，顶层12根，这些石柱自下而上一起构成了8重200多个拱形券门。整个建筑造型古朴而灵巧，为罗马式建筑艺术之典范。塔内有螺旋式阶梯200多级，可以供游人登上塔顶。建塔之初，塔体不斜。待建至第三层时，发现塔底开始倾斜，工程被迫停止。塔体的倾斜是由于建筑师对当地地质构造缺乏全面、缜密的调查和勘测，因而设计有误、奠基不深造成的。该塔停建100年后，又继续开始施工，采取了一些措施，防止塔身继续倾斜。但是全塔建成之后，塔顶还是偏了2米左右。600多年来，塔在继续缓慢地向南倾斜。特别是1972年10月，意大利发生了一场大地震，使斜塔受到了强大的冲击，整个塔身大幅度摇晃达20多分钟。幸运的是，地震之后斜塔依然巍然屹立，堪称世界建筑史上的奇迹。

为了使这座世界闻名的历史建筑物免遭倾斜崩塌的命运，19世纪开始，意大利人民采取多种措施进行挽救。1930年，有关部门在塔基四周实行灌浆法加以保护。意大利政府还于1965年和1973年两次出高价向全世界征求保护该塔的意见。听说1980年，我国的一位工程师焦五一，根据自己多年研究的"弦线模量"理论，写出了一份完整的抢救比萨斜塔的方案，寄给了意大利比萨大教堂，不久便得到通知，说是方案已转罗马有关当局研究，事后一直杳无音信。不久，比萨维塔委员会提出了一份方案，其中很多内容与焦五一的方案相同。我们参观比萨斜塔的这天，塔前塔后的游人很多。考虑到塔的倾斜程度，意大利有关部门已不准游人上塔，游人们只能在塔下仰望这一世界建筑史上的奇迹。

走在如茵的草地上，仰望倾斜得令人有些紧张的斜塔，我想起了科学史上一个有趣的传说。

相传，伽利略在比萨大学任教之时，仔细研究过希腊著名学者亚里士多德的《论天》等著作，并对其中"物体落下的速度与重量成正比"的理论产生怀疑。为此，伽利略从不同高度进行过多次试验，结果总是一样：距离相等，时间也相等。后来，他有了想从50多米高的比萨斜塔上测试定理的想法。他与几个学生在斜塔上反复试验，结果都证明他的结论是正确的。为了公开他多次试验的结果，伽利略在学生的帮助下，贴出海报邀请所有的师生到斜塔下观看他的试验，证明自由落体定律。他的学生拿着计时用的沙漏和各种不同重量的铁球及其他试验品，登上斜塔，看到伽利略的信号便把物品从塔上扔下。计算结果证明，不同重量的物体，从同一高度下落，只要所受的空气阻力和风力等条件相同，就会同时落地。伽利略的理论彻底否定了禁锢人们思想近2000年之久的亚里士多德学说，为后来的科学发展奠定了基础。"牛顿运动定律"及"万有引力定律"就是在伽利略科学理论的基础上进一步发展的成果。

导游告诉我们，每年来比萨的游人非常多，旅游业是比萨的重要经济来源。是什么使比萨斜塔具有这般强大的吸引力呢？与许多游人一样，我思考这个问题。

我觉得比萨斜塔的吸引力首先来自斜塔将倾的"悬念"。到意大利之前，我们多次听说比萨斜塔马上就会倾倒，每一个来看的人，都可能是该塔的最后一名欣赏者，这种"悬念"引起了旅游者争先恐后观赏。

比萨斜塔吸引人的第二个原因是有异于其他景物的特点。如果此塔不斜，在遍地都是文物的意大利，肯定算不上什么重要的名胜古迹，也列不上世界文化遗产的行列，更不会引来众多的参观者在塔前流连忘返。由于设计者的失误，造成了建筑史上的一个"错误"；也正是这个错误，造就了建筑史上的一个奇迹。科学艺术的发展历史表明，不合规律、规矩的某些错误，有时也会产生推动科学艺术发展的动因。特别是对于艺术来说，"错误"往往意味着创新，意味着特点。当然，这里有一个无心与有意的区别。有时无心甚至失误，也会发生无心插柳柳成荫的奇迹。没有特点的艺术是没有生命力、没有吸引力的艺术。艺术的魅力很多时候是对一些规矩的突破。如果用古希腊、古罗马的戏剧规则来衡量现代戏剧，肯定是"错误百出"；如果用古典主义的绘画原则来比照现代绘画艺术的形态，结论肯定是离经叛道；如果用传统音乐的法则来匡正现代音乐，那只能是一堆不可理喻、支离破碎的噪声。然而，正是这些有心或无意的"错误"，推动了艺术的发展，赋予了那些艺术珍品以永恒的艺术魅力。

比萨斜塔也是如此。尽管人们都在尽心阻止它的倾斜，但谁不愿意彻底纠正这个世界建筑史上的最大"错误"。此塔的倾斜，已成为它吸引观众、名垂建筑史的特色所在。我曾经看过一部影片，片中有一位拯救人类的飞人因魔鬼附身而变得与人类作对，他的一项恶行便是把斜塔竖直，结果使人们大失所望。待恶魔被赶走之后，飞人为了满足人们美好的愿望，又将塔身推斜。可以想见，如果比萨斜塔变得笔直如常，消失了将倾的悬念和倾斜的特点，还会有多少人急煎煎地跑来看这随处可见的景观？

离开比萨之前，我按照我每到一个外国城市的习惯，给儿子寄了一张明信片，并特意在明信片上写道："美丽的错误造就了比萨斜塔，错误也能带来惊奇和赞赏。人们是否也能以审美的眼光看待生活中的其他错误呢？"

马可·波罗的故乡

作为中国和意大利文化交流的使者，马可·波罗在中国人民和意大利人民心中占有特别的位置。

来到马可·波罗的故乡威尼斯，来不及欣赏那些被人们一再称颂的水城美景，我便向导游一再打听马可·波罗的故居。

毕业于北京中央工艺美术学院的导游小朱，似乎也很理解我的心情，便带我去寻找马可·波罗的故居。

路过华丽的圣马可广场，一大群鸽子正在广场上安闲地游弋。不知是不是出于对中国人的欢迎，一群鸽子腾空而起，不少还飞到我的肩上、头上、臂上和手掌之上，使我倍感亲切。

小朱指着广场上那些金碧辉煌的拜占庭式建筑告诉我，不久前为了纪念马可·波罗这位文化使者，以及源远流长的中意友谊，中国和意大利合作拍摄了一部片子《马可·波罗》，就在这里拍了不少外景。

来到一座桥旁，正欲登桥，小朱说："且慢，这桥可不一般，这就是著名的马可·波罗桥，因桥附近的马可·波罗故居而得名。"闻言，我心中平添了几分神圣，缓缓地走过桥去，看到了马可·波罗故居。

这是一栋在威尼斯十分普通的房子，门口有一块牌子，上面写着"马可·波罗故居"。

马可·波罗 1254 年就出生在这栋普通的房舍里，他的父亲和叔叔都是当地的富商。1271 年，他 17 岁时，跟随父亲可罗·马可、叔父非奥·马可踏上了漫漫的东方征途。他们从地中海东岸的阿加城出发，穿过叙利亚、两河流域、伊朗、中亚，穿越了世界屋脊帕米尔，即沿着古老的丝绸之路，跋涉三年多，于 1275 年 5 月完成横贯欧亚的旅行，到达元朝上都（内蒙古多伦）。

马可·波罗一行，随身带有教皇格奈戈里十世致中国朝廷的信函和礼物，元世祖热情地接待了他们。马可·波罗年青、聪明、漂亮、潇洒，深得元世祖的欢喜，便将他留在朝廷，成为一名荣誉侍从。他很快学会了蒙古语、汉语，熟悉了宫廷的礼仪和行政法规，所办诸事，无不马到成功。因此元世祖对他很器重，经常派他到各地巡视，还委任他担任东南重镇扬州的最高长官三年之久。

在中国期间，他的足迹踏遍了新疆、甘肃、内蒙古、山西、陕西、江苏、浙江、福建、四川、云南，以及邻国缅甸，还作为元朝的使者访问过越南、爪哇、苏门答腊、印度、斯里兰卡，行程之长、范围之广、见闻之博，无与伦比。

离家 20 余年后，马可·波罗思乡心切。此时，蒙古公主阔阔真要嫁到波斯，元世祖便派马可·波罗担任护送使臣，满足他西归的心愿。他护送公主，由海道经苏门答腊、印度，到达波斯。完成护送任务之后，他便返回了意大利。

1295 年的一天，马可·波罗回到威尼斯的故居，却因离开故乡太久，亲人们一时认不出来，而被拒之门外，演出了一幕"儿童相见不相识，笑问客从何处来"的喜剧。

后来马可·波罗参了军，1298 年，在与热那亚的战争中，他成了俘虏，与意大利作家鲁斯梯谦关在同一间牢房里。

在狱中，不少人知道他在东方有许多见闻，都来找他请教，同牢房的鲁斯梯谦觉得惊奇，就要他口述，由自己用欧洲通行的法文笔录成书，这样便写成了以后名扬全球的《世界奇异书》，又称作《东方见闻录》，即今日的《马可·波罗游记》。

这本书分四卷，第一卷记东行到上都的见闻，第二卷专记中国，第三卷记述与中国比邻的日本、越南、印度及印度洋沿岸诸国，第四卷记蒙古诸王国及俄罗斯。其中记述的国家、城市多达百余，对中国各城市的记载尤其详细。因此，他是一位最早用游记形式把东方，特别是中国系统地介绍给西方的文化传播者。

此书对中国经济繁荣、文化昌明的记述，在欧洲引起了轰动，打破了东西方的隔阂，沟通了东西方的相互了解，为东西方文化交流做出了历史的贡献。但当时的欧洲深受教会思想的禁锢，教会攻击这本书违背了"圣教会的教导"，当时孤陋寡闻的普通欧洲人对书中的记述也感到不可思议。直到马可·波罗弥留之际，仍有位好心的朋友劝他："忏悔你的那本书吧，那都不是事实，教会的人会原谅你的，你的灵魂也将得到安宁。"对此，马可·波罗仍然平静地说："不！我没有什么可忏悔的，在那本书中，我还没有说出自己所见所闻的一半。"

这本介绍东方世界的书不胫而走，被翻译成多国文字，在世界各国广泛流传。其中介绍东方古国的富裕强盛的信息，在西方引起了无穷的联想和震动。随着资本主义萌芽的出现，此书诱导新兴的资产阶级向东方寻财觅宝，最终导致通往印度的新航道的开辟和美洲新大陆的发现。

1492 年，哥伦布发现"新大陆"美洲，就得益于这本"世界第一奇书"。书中记述东方遍地金银，"黄金迷"哥伦布为圆黄金梦，才去探索通往东方的新航道。当初哥伦布读过并做批注的那本拉丁文《马可·波罗游记》，至今还保存在西班牙塞拉利昂哥伦布图书馆中。

想起这些，我心情激动，徘徊再三，不愿离去。

回旅馆的路上，我们浏览街景，亲身体验了马可·波罗故乡威尼斯的美丽。

圣马可广场是威尼斯市中心，也是威尼斯最热闹、最繁华的地方。在圣马可广场入口处，竖立着两根高大的圆柱，东侧的圆柱上挺立着一支振翅欲飞的青铜翼狮，它就是威尼斯城徽的飞狮。飞狮左前爪扶着一本圣书，上面用拉丁文写着天主教的圣谕："我的使者马可，你在那里安息吧！"

西侧的柱子则是威尼斯的守护神——圣·符多尔柱。这两根大石柱分隔了广场和海岸边的空间，也是威尼斯海上大门的标志。这两根大石柱的一侧是雄伟庄重的圣马可图书馆，对面是富丽堂皇的总督宫。总督宫内院里有世纪初建造的"巨人梯"。30 级大理石台阶上竖立着战神和海神的巨大雕像。

圣马可广场比较大，东西长约 170 米，东边宽约 80 米，西边宽约 55 米。在广场边上，圣马可大教堂巍然耸立。教堂内有耶稣门徒、威尼斯护城神圣马可墓。

教堂建筑循拜占庭风格，呈希腊十字形，上面盖着 5 座半球形圆顶。教堂正面有 5 座棱拱形罗马式大门，顶部有东方式与哥特式尖塔。中间大门上的尖塔绝页，高高站着的手持《马可福音》的圣马可塑像、6 尊带顶天使，像众星拱月，簇拥在塑像之下。

教堂内外布满了描绘圣经故事与宗教圣迹的镶嵌画，黄金色调把大教堂装点得金光灿烂，四壁生辉。大教堂的 4 匹鎏金青铜马，身体与真马同大，神形毕具，惟妙惟肖。

圣马可教堂附近，还有一座巴西尼加钟楼，楼顶有两个敲钟的摩尔人铜像，大小如真人一般，身着罗马古装，右手持锤，左手持锤棒，两个铜人每隔一小时敲钟一次。

在圣马可教堂斜对面的大钟塔，是威尼斯最高的建筑物。人们乘电梯上到塔顶，可将全城风光尽收眼底。

威尼斯的名胜古迹真是俯拾即是。据统计，现在的威尼斯共有 70 多座府邸，120 多座哥特式、文艺复兴式和巴洛克式教堂，120 座钟，64 座修道院，40 多座宫殿和众多的海滨浴场。

置身于这些缤纷繁复的名胜古迹之间，我最感兴趣的还是这些古迹的创造者，那些被水城威尼斯养育，却又倾尽全力为之增光添彩的艺术家。

这方水土养育了不少世界知名的文学家、艺术家，出生于世界各地的文艺家也常来这里寻找艺术灵感。文艺复兴时期，著名的威尼斯画派，便是由这里的一批艺术家所组成。

那是在 15 世纪，威尼斯是当时地中海沿岸最大的商业中心，实行的是贵族共和政体。舒适豪华的生活带来了享乐主义的情调，在文艺复兴春风的吹拂下，以提香为代表的威尼斯画派的艺术家们，以绚丽的色彩和优美的形式，为文艺复兴演奏了一段华丽的终曲。

乔凡尼·贝利尼是威尼斯画派的先驱。他早期的作品带有中世纪的传统影响，进入成熟期之后，形成了自己独立的风格。他绘制的圣母像，如《有小树的圣母像》，构图严谨稳定，色彩明快抒情，为人类摆脱中世纪的枷锁而唱出了春天的赞歌。他的学生乔尔乔内是威尼斯画派的重要代表。他的作品极富音乐感，欢快明朗，色彩清新富有魅力，代表作品有《沉睡的维纳斯》《田园合奏》等，充满了牧歌式的诗意。

提香是威尼斯画派最杰出的代表之一，他也是贝利尼的学生。提香 20 岁时来到威尼斯，40 多岁以后成为全欧洲最有名的画家，教皇、皇帝和意大利的领主们都找他画画。据说，有一次他作画时画笔掉在地上，罗马皇帝居然弯腰为他拾了起来，并开玩笑说：

世界上最伟大的皇帝给最伟大的画家捡起一支笔。他的主要作品有《人间的爱与天上的爱》《芙罗娜》《拿手套的男人》《丹娜伊》《哀悼基督》等。

丁托列托是威尼斯画派最后一位大师，他是提香的学生，在威尼斯画派中别具一格。他的画，构图规模宏大，人物动态激烈复杂，画面结构急速，主要作品有《圣马可的奇迹》《银河的起源》等。他的风格已经与文艺复兴画风相去颇远了。

威尼斯是一座艺术之城，世界文化哺育了她，她也丰富了世界文化。艺术家的创作灵气、精神传统如天空中的氧气、围城的海水，与城市、与历史、与文化，连为一体，亘古不灭。自然，其间也不乏马可·波罗这位东方文化传播者的历史功绩。

爱之永恒
——维罗纳随想

"故事发生在维罗纳名城。"

这是伟大的英国剧作家莎士比亚在他的名剧《罗密欧与朱丽叶》开场诗中，写下的第一句话。

几百年来，莎翁这部脍炙人口的剧作，感动了世界各国一代又一代的男男女女。这一句话也使意大利北部古城维罗纳，变成了扬名世界的爱情之都。

这座列入了联合国世界遗产名录的古城历史悠久。美丽的阿迪杰河从城中缓缓流过。北面是壮丽的阿尔卑斯山麓，西边是服装和足球之都米兰，东边是水城威尼斯，南面则是通向意大利首都罗马、拥有优越的地理位置和美丽动人的自然风光。

当然，这里最吸引人的风景，还是莎翁笔下发生于此的那段撼人心魄的爱情故事。

罗密欧与朱丽叶的爱情故事最早见于马苏乔的一篇文章，后来有人将这个故事写成了长篇小说。据说这个故事的发生地原本并不是维罗纳，而是在另一个城市锡耶那。16世纪的一天，莎士比亚在伦敦的一家咖啡馆喝咖啡，偶然听到了两个世仇家族一对男女为爱殉情的故事，深为感动。用了一个月时间，他写出了著名的爱情悲剧《罗密欧与朱丽叶》，并将戏剧的发生地点放在了他从没去过的城市维罗纳。从此，这部以维罗纳13世纪末14世纪初残酷的家族仇恨为背景，表现罗密欧与朱丽叶为爱殉情的凄美的爱情故事，便使这座古城拥有了动人心魄、感人至深的爱情魔力。

戏剧是我的挚爱。莎翁的这部名剧我读过、看过许多次。在众多的演出版本中，给我印象最深的是在上海戏剧学院看到的表演系西藏表演班的演出。高原上少数民族的特殊气质，使他们的演出激情澎湃。质朴的情感，火热的激情，奔放的形体，真的使人热血沸腾。剧中那些激动人心的台词，至今仍在我耳边回响。

回忆着莎翁名剧中的情节，我来到了神交已久的罗密欧与朱丽叶的故乡——维罗纳。

随着众多游人的脚步，我看到了莎翁剧中女主角朱丽叶的故居。

朱丽叶的故居，坐落在维罗纳老城区的寻常的街巷。一个很不起眼的拱门内，洋溢着爱的温馨。故居的门口刻着莎翁剧中朱丽叶急切呼唤罗密欧的台词：

　　"我的罗密欧，你在哪里？"

　　这是一个典型的中世纪的院落，墙上爬满了青藤，地面也是鹅卵石铺就，显得十分古朴幽静。不大的天井式的院子里，立着一尊朱丽叶铜像。她一只手放在自己左胸前，一只手提着长裙，眼睛深情款款地凝视着前方，脸上那略带哀怨的表情，似乎一直在期待情人罗密欧的到来。

　　铜像的左上方就是莎翁剧中写到的有名的大理石阳台，那是人们膜拜已久的"朱丽叶阳台"。剧中主人公罗密欧曾经躲在阳台之下，偷听恋人的私语，从而勇敢地攀上阳台与爱人幽会，倾诉衷肠，私订终身，开始了一段悲喜交织的爱情。阳台之下的白色大理石上，刻着我熟悉的罗密欧激动的台词：

　　"轻声！那边窗子里亮起来的是什么光彩？"

　　"那就是东方，朱丽叶就是太阳。"

　　演出的情景在我眼前浮现——俊朗的小伙子神往地看着自己的恋人，眼中闪着泪光，喊出了无数恋人的心声。

　　不少相爱的人们登上二楼，来到这爱的圣殿，在阳台上拥吻、留影。他们都希望能像罗密欧与朱丽叶一样，长相厮守，生死不弃。

　　来到朱丽叶故居的游人，一般都要摸着朱丽叶的铜像照张相，据说这样可以使爱情天长地久。院子里还有一座爱墙，人们在这里留下了各种文字的爱的誓言，画上代表爱情的心形符号，挂上情人锁，希望与爱人一生相伴，白头到老。

　　我记得，在莎翁剧中，朱丽叶这样倾诉对罗密欧的思念：

　　"一定要给我写信！每天都写，不！要每小时都写。思念你的痛苦使我度日如年。"

　　这段深情的台词，体现了恋爱中的男女一刻也不愿分离的心情，深深感动了一代又一代的观众。时至今日，维罗纳每年还可以收到从世界各地寄来的写给朱丽叶的信。城市的志愿者组成了"朱丽叶俱乐部"，专门代表朱丽叶给世界各地的寄信人回信。他们做到了有信必复，让当今的痴男怨女们，收到偶像从遥远的天国发来的回音。市政府还设立了"亲爱的朱丽叶"好信奖，每年在情人节前后举行评选和颁奖。朱丽叶是人们心中的"情圣"，这位为爱献身的美丽女子，永远不会被人遗忘，每年都有数百万人不远万里来看望这位美丽的姑娘，会在心中、信中和爱墙上，向她倾诉爱的情愫。

　　城中还有朱丽叶的墓地，位于一个绿树掩映的广场。在罗曼教堂的地下室里，摆放着一口风化严重的红色石棺。传说当年朱丽叶以为罗密欧已经死去，用匕首自尽后，就葬身于此。如今这里也成了人们向往的爱情圣地。参观的人流络绎不绝。人们把象征爱情的红玫瑰扔进石棺中，并在石棺和楼上的签名本上写下自己的名字和题词。每年还有许多年轻人不远万里从世界各地赶来，在这里举行结婚典礼，希望能和罗密欧与朱丽叶一样，坚守爱情，至死不渝。

罗密欧与朱丽叶的故事与我国的"梁祝"故事，有着异曲同工之妙。《梁山伯与祝英台》是中国人民熟知的爱情故事，虽然与莎翁名剧里的故事在民族、地域和发生时间上有所不同，但表达的情感同样凄美动人。在 20 世纪 50 年代召开的万隆会议上，周恩来总理曾将越剧《梁山伯与祝英台》，喻为东方的罗密欧与朱丽叶。宁波市是梁祝故事的发生地，相似的爱情故事成为一根纽带，使宁波市和维罗纳结成了友好城市。维罗纳市政府将一尊朱丽叶铜像送到了宁波的梁祝文化公园，宁波市也将梁祝的雕塑立在离朱丽叶故居不远的市政广场。不同国度的人们，聚集在这两座雕像象旁，倾诉爱的衷肠，追问爱的意义，体验爱的幸福。

维罗纳始建于基督纪年之初，13 世纪至 14 世纪达到鼎盛。城中保留了大量古代的、中世纪的，以及文艺复兴时期的文化遗迹。作为重要的军事要塞，这里也曾经充满了厮杀和血腥。13 世纪修建的古城门，市中心的布拉广场，充满强烈文艺复兴时期建筑风格的市政厅和后古典派建筑风格的立法院大厦，以及世界上现存的第三大椭圆形竞技场，也是维罗纳著名的旅游景点。但与朱丽叶故居相比，人流少了许多。我没有想到，这些辉煌的建筑却没有小小的朱丽叶故居那么大的吸引力。它们记载的悠远的历史，竟然比不过一个虚拟故事的情感引力。那座建于 2000 多年前的古罗马的竞技场，如今已经变成了露天的阿联那歌剧院。每年的 6 月到 9 月，世界各地的人们都会来这里观看具有悠久传统的歌剧，这就是欧洲最负盛名的节日之一"维罗纳歌剧节"。在这里，昔日血腥的角斗，已化身悠扬动听的音乐。真是物是人非，使我不禁百感交集。

因为优越的地理位置，维罗纳历史上一直是兵家必争之地。维罗纳也因此经历了很多次战争，写满了仇恨和血腥的历史，成为历史上的军事重镇。而眼下，那些战争和血腥似乎都已经离它远去。搏斗的嘶吼变成了爱的欢呼，战斗的硝烟转换成玫瑰的清香。没人记得这里曾是军事要塞，只知道这里是爱的圣地，是一座浪漫之都、爱情之都。

为什么会这样呢？我思索着。完全是因为莎士比亚的生花妙笔吗？莎翁另一部同样以维罗纳为背景的剧作《维罗纳二绅士》，为什么又没有在这里留下痕迹，甚至极少被人提及？原因应该还是在于《罗密欧与朱丽叶》一剧中表现的那种同生共死的爱情。这种沟通不同时代、不同种族、不同地域的人类的普遍情感，有一种包纳万千、永世不绝甚至融化一切的伟力。帝王将相，龙争虎斗，皆是过眼云烟，瞬间可以灰飞烟灭。人类不绝，则爱情不灭，天长地久，天地可鉴。恒久不变的爱情，赋予了维罗纳永恒的生命力。

故事代代相传，戏剧处处上演。有的研究者仍在探究莎翁名剧的历史真实。其实，面对爱情的力量，故事和戏剧中的人物、事件、地点的真伪已经变得不重要。正如著名文化学者余秋雨先生所言："人们在这里寻找到一种爱的精神，对爱的向往、对爱的恪守，这就足够了。因为爱是人类最本质的东西，有了它幸福就体现了出来。而又有谁不追求幸福呢?"爱情是真,时间、地点、人物、故事,人们也会相信是真。对爱的渴求、向往,完全可以把不可能的变成可能。

罗密欧与朱丽叶的爱情故事已经深入人心,人们是带着宗教一般的虔诚来这里朝拜的。人们已经把这里,当作了自己宣誓和寻找忠贞不渝的爱情的圣地。当人们伫立于此,为伟大的爱情唏嘘感叹的时候,一定会觉得权力、利益、金钱、争斗的渺小,悟出唯有爱情才能亘古不变的真理。爱情成就了人类,人类也成就了维罗纳。于是,我的思绪向着旷达、悠远的天际飘去⋯⋯

美第奇的抉择

前些年,我有幸访问了意大利的文化名城佛罗伦萨。

这么些年过去了,不仅佛罗伦萨的美丽风景和艺术杰作铭刻在脑海里,而且一些思索也一直萦绕在心中,挥之不去。

那是一个金色的秋天,我来到了心仪已久的佛罗伦萨。到达之时已是傍晚,我急切地登上位于城市东南小山上的米开朗琪罗广场,遥望夕阳下缓缓流淌的阿尔诺河,佛罗伦萨老城区玫瑰色的老房子和百花圣母大教堂的圆顶美得动人心魄,山下鳞次栉比的中世纪建筑尽收眼底。

入夜,我惬意地徜徉在城中碎石铺就的小道上,沉醉于古香古色的小巷、但丁故居和林林总总的各式教堂。

第二天,我一早便奔向乌菲齐美术馆,满怀忐忑,惊讶地与那些神交已久、耳熟能详却素未谋面的世界名画一一相见。随后,来到百花圣母大教堂、乔托钟楼、"天使之门"和皮蒂宫,战栗、飞升、轰鸣、目迷五色、心临千仞的感觉,令人终生难忘。

然而,这美得令人难以忘怀的一切,竟然和一个家族密切相关。这个家族就是光耀世界文化史,人称"文艺复兴教父"的美第奇家族。

在山顶上看到的建筑中,竟有四座是美第奇家族的礼拜堂;雄伟的百花圣母大教堂,也是这个家族委托当时的著名建筑家布鲁内莱斯基历时175年而建成;现在的佛罗伦萨市政厅皮蒂宫,也曾经是他们家族的住所,其中挂满了他们家族成员的画像;我满怀忐忑走进的、收藏了世界美术史上很多杰作的艺术殿堂乌菲齐美术馆,竟是他们家族的事务所,展出的那些精品也都是他们家族的收藏,著名画家波提切利的名作《维纳斯的诞生》和《春》竟是他们家族定制的作品;学院美术馆的镇馆之宝——《大卫》雕塑,也是他们家族支持的著名雕塑家米开朗琪罗所制;令人震撼的"天使之门",是他们家族礼拜堂的大门,门上的青铜雕塑是世界美术史上的杰作,也是他们委托著名雕塑家吉贝尔蒂所做;他们家族的陵墓圣洛伦佐教堂是著名建筑家布鲁内莱斯基所建,其中的雕塑《昼》《夜》《晨》《暮》彪炳世界美术史,是著名雕塑家米开朗琪罗的杰作。享誉世界的"文艺复兴三杰"——达·芬奇、拉斐尔、米开朗琪罗和一大批伟大的艺术家都受到过美第奇家族的培养和支持。

佛罗伦萨之所以能够名垂千古、扬名世界，就是因为这里拥有这么一大批文艺复兴时期的艺术大师和他们的杰作，而这些艺术大师和他们的杰作的出现，又得益于美第奇家族的培育和支持。因此，把佛罗伦萨称为文艺复兴的圣地，把美第奇家族誉为"文艺复兴的教父"都是当之无愧的。

一个企业、一个人、一个家族，事业发展起来之后，怎么抉择前进的道路，才能够长盛不衰、名垂青史？美第奇家族的故事，可以予人启迪。

美第奇家族，曾经是托斯卡纳地区的农民，后来从事工商业和金融业，赚取了大量的财富，13世纪成了贵族。乔凡尼·美第奇在1397年创办了"奇银行"之后，曾经作为一个建筑大赛的评委，参加了一些艺术活动，从中他看到了一条与银行积累财富不同的道路。由此开始，美第奇家族就开始了自己的艺术赞助之路。他们的抉择，决定了这个家族选择艺术、选择优秀艺术家、选择人文主义精神的优秀传统。

自乔凡尼·美第奇开始，这个家族就将大量金钱投入了艺术活动。他们委托一些知名艺术家建造一些著名的建筑，赞助一些艺术活动。他们还建立起了图书馆。从东方找回大量的古希腊著作，由工人抄写传播到了欧洲其他国家，帮助了人文主义的发展。他们把收集到的大批图书和手稿，收藏在被称为柏拉图学园的别墅中，并且毫不吝惜地将柏拉图学园向公众开放。他们还在圣马可私人的公园里开了一个雕塑学校，当时刚刚15岁的米开朗琪罗便在里面学习。

世界第一所美术学院——佛罗伦萨美术学院也是由科西莫·美第奇创办的。他支持的艺术家瓦萨里担任首任院长。他们投资大量资金修建教堂以及公共设施，奖掖文化，赞助艺术家，收藏图书，支持和帮助诗歌、绘画、雕刻、建筑、音乐、历史、哲学、政治理论等领域的人才。

当时西欧的很多封建国家，仍然处于黑暗的中世纪阴影之下，由于美第奇家族的努力，使意大利处于时代发展的前列。

美第奇家族支持的艺术家都是经过精心选择的。

乔凡尼·美第奇，发现了画家马萨乔。这是15世纪意大利文艺复兴时期第一位伟大的画家，他的壁画被称为人文主义最早的里程碑。伟大的建筑家布鲁内莱斯基，佛罗伦萨的建筑大都出自他的手。也是受他的委托，布鲁内莱斯基建起了百花圣母大教堂。教堂的圆顶直径为50余米，为世界第一。米开朗琪罗在罗马修建圣彼得大教堂时说："我可以盖一个更大的圆顶，但美丽却无法企及百花圣母大教堂。"

科西莫·美第奇，继承了父亲的事业，把大量财富投入到公众看得见的建筑工程中去。他尊重艺术家不为世人接受的古怪性格，给予他们创作自由。他支持布鲁内莱斯基完成了百花圣母大教堂的修建，委托米开朗琪罗修建了美第奇宫殿、圣马可修道院等。

多那太罗是他的好朋友，其杰作《大卫》便是为他而创作。

皮耶罗·美第奇，继续赞助多那太罗的艺术创作，并根据父亲的遗愿，把多那太罗葬在父亲的身旁。他还支持了许多著名的画家，如贝诺佐·戈佐利等。

洛伦佐·美第奇，从小在文艺氛围中长大，他以极高的鉴赏力成为艺术家的伯乐，引导艺术家们发挥自己独特的才能。他的人格魅力吸引了众多的艺术家聚集在他的身边。波提切利、达·芬奇、米开朗琪罗、韦罗基奥等著名艺术家，都是在他的支持下成长起来的。他认为，生命最重要的意义在于创造艺术！他的梦想就是恢复古代艺术品的美丽与神秘；方式便是发掘和资助年轻的艺术家。

乔凡尼·美第奇，是洛伦佐·美第奇的二儿子，1513年当选为教皇，称为"利奥十世"。他支持拉斐尔创作《雅典学院》，支持米开朗琪罗创作了美第奇家族陵墓里的那四尊震撼世界的雕塑。

小科西莫·美第奇委托艺术大师瓦萨里为"旧宫"和百花圣母大教堂创作壁画，表现了家族的历史，还建起了乌菲斯大楼。他请伽利略教授他的子女们学习科学知识，并保护伽利略避免遭受梵蒂冈教廷的迫害。

朱利奥·美第奇，成为教皇"克莱门特七世"。拉斐尔最后的作品《基督变容》和米开朗琪罗为西斯廷教堂创作的《最后的审判》，都是在他的支持下完成的。

这方面的事例，凡此种种，不一而足。即便是文艺复兴的兴盛时期过去之后，美第奇家族仍然延续了支持艺术的家族传统，直至美第奇家族的最后一刻。

最后，美第奇家族的最后一位女性——安娜·玛丽·路易萨·德·奇，留下遗言，将美第奇家族的艺术遗产全部捐献给佛罗伦萨，让这些艺术珍宝和家族的荣华万代流传。

美第奇家族在支持艺术的过程中，坚持了先进的人文主义精神。西罗马帝国灭亡之后，意大利乃至整个欧洲都陷入了黑暗的中世纪。所有的文学艺术、哲学思想都要依存《圣经》，任何不一致的思想都要被禁止，基督教义凌驾于个人思想之上，文学艺术得不到任何发展。面对这种黑暗的形势，美第奇家族支持艺术家学习人文主义精神，实践人文主义创作，实现了伟大的文艺复兴。

在美第奇家族的支持下，画家马萨乔在壁画中，用两个裸体形象表现了亚当、夏娃被逐出伊甸园的形象，这在黑暗的中世纪是无法想象的。多那太罗创作的雕塑《大卫》，也是第一件恢复古代裸体雕塑传统的经典之作。著名雕塑家米开朗琪罗，也正是因为在美第奇家族的宫殿中，接受了先进的人文主义思想，才创造出了那些震惊世界的文艺复兴佳作。他雕塑的《大卫》，是文艺复兴人文主义思想的具体体现，对人体的赞美，表示着人们已从黑暗的中世纪桎梏中解脱出来，表现了人在改造世界中的巨大力量。

美第奇家族提出，艺术家要坚定自己的信念，不再是工匠，而是思想和艺术的创造者，和诗人、智者、朝臣一样，不仅依靠自己的手艺，还要仰仗自己人的灵性。美第奇家族鼓励艺术家们勇敢地冲破教会的束缚，以人为本，追求创作的自由。因此，在他们的支持和鼓励下，艺术家们通过充分体现人文主义精神的创作，在沉闷的欧洲掀起了一场新的思想革命，揭开了近代欧洲历史的序幕。

美第奇家族有一句名言：没有支点，我也能撬动整个欧洲！其实，艺术就是他们的支点，他们撬动的也不仅是欧洲，而是整个世界。

美第奇家族的抉择，决定了这个家族的历史命运和历史地位。与美第奇家族同处一个历史时期的欧洲几大家族，虽然也各有所得，但不过都是百年荣衰，没有留下多少历史痕迹。

在中国的明清之间，也有一批农民出身的企业家，做的也是金融，人称晋商。与佛罗伦萨的美第奇家族比较，他们都出身于农民，都是银行家，都富可敌国。前者通过自己的抉择，强有力地支持了优秀的文学艺术，推动了文艺复兴运动的发展，为欧洲历史的进步做出了贡献。这些家族成员，对古希腊哲学颇有研究，对于雕塑、绘画、建筑的鉴赏达到了很高的水平，所以他们能把财富、权力和审美结合起来，参与了新文化创造，做成了改变历史的大事，以致流芳千古。几乎与他们同一时期的晋商，他们打造的早期银行系统"票号"的规模，比美第奇家族的银行要大得多，但是他们没有选择文化，所以很快就无声无息地被历史淹没。

美第奇家族的最终名声不是建立在财富和企业业绩上，而是建立在人类的文明史册上，后人只要提及文艺复兴，便会一次又一次感念他们。他们留下的精神财富，至今吸引着各国人民。晋商虽然也创造了财富的奇迹，由于找不到人文基座，很快也就失去了财富的基座，其败落和消失，也就成为历史的必然。

当前的中国和世界，财富积累的速度是惊人的，企业发展的速度也是惊人的，但我们常常看到的却是一种没有精神准备的富裕和发展。缺少思想奠基，缺少人文规范，缺乏时代精神，成为企业发展的最大障碍。当代的一些企业家，缺少昔日美第奇家族的抉择，掌握了大量的财富，却不愿意投入人文发展，而是沉湎于奢侈的生活享受。有些企业家虽然也喜爱艺术，也愿意拿出金钱购买艺术品，但目的只是个人欣赏和财富升值，没有推动时代精神的雄心大志。这是令人悲哀和遗憾的。

在美国哈佛大学教授亨廷顿主持的国际研讨会上，好几位西方学者提醒，人们在经济社会中要坚持人文目标。他们认为，一切经济活动的重要的近期目标可以设定在经济领域之内，可长期的目标一定是在经济之外。企业家积累财富的最终目的是为了增加自己的荣誉感、幸福感和自由度，而荣誉、幸福、自由全都是人文概念。企业家通过获得财富，去救济、帮助他人，从而获得高尚的荣誉感，提高自己的生命质量，这更是人文的课题。因此企业在发展过程中，一定要注意人文目标。

我们身处一个充满诱惑的世界，理想如何安放？财富怎么安排？前途如何确定？需要尽早做出抉择。

做土豪还是做贵族？常常只在于一念之间的抉择。财富榜的排名、名车豪宅、挥金如土的生活状态并不是土豪与贵族的根本区别，二者的区别体现在人文精神和审美追求上。

一个人、一个企业、一个家族，可以因为大量拥有财富而富甲一方，但要成为真正的贵族，却必须拥有文化。

美第奇家族，并不是人文创造的主力和主体，而只是文化的选择者、资助者和庇护者。他们支持帮助过一大批优秀的文艺复兴艺术家，收藏了一大批文艺复兴的精品力作。有了他们的支持，文艺复兴运动才得以蓬勃发展，波澜壮阔的文艺复兴运动，也为他们的家族和企业带来了新的生命活力。他们的抉择，值得今天的企业家思考和学习。

关于美第奇家族支持艺术事业的动机，世人多有猜测。我觉得主要应该是出于美第奇家族对古罗马文艺的钟爱与尊敬，以及对教会文化及其艺术的异见，所以，他们才决定以人文主义精神为指导，去复兴古罗马的艺术。他们是带着人文主义的思想和精神去支持和收藏的。

其实，面对这么丰富的精神遗产，对美第奇家族最初动机的猜测已经显得不重要。重要的是他们能用真金白银，资助众多的艺术家，收藏艺术作品，并通过自己的努力，书写了一段对人类文明极其重要的历史。

通过支持艺术，美第奇家族也获得了更多社会公众的关注，取得了更多的政治认同。除了获得极大的审美愉悦之外，那些艺术珍品也成了家族财富、地位、权力和知识的证明。

他们与艺术家并肩而立，使艺术家们在创作精品杰作的同时，成为一个大写的"人"。他们以卓越的眼光和巨大的财力，支持、发现和保护艺术家，与他们一起，点燃了世界最重要的文化和艺术的革命。直到今天，世界人民对美第奇家族仍然感恩戴德并为之骄傲，称之为"伟大的美第奇家族"。

科西莫·美第奇早就说过：也许过不了50年，我的家族就会被驱逐，会被人遗忘，但这些建筑和艺术却会永存。科西莫走了，美第奇家族也在1737年因爵位无人继承而消失。美第奇家族当年的盛况已经不可能重现，而在他们庇护与支持之下的艺术家与作品却得以永世长存。这个家族的历史告诉世人：传奇会成为历史，但艺术的光辉却能永生。美第奇家族对于人类思想与艺术领域的推动作用，将彪炳史册，值得后人永远怀念和学习。

（本系列文章分别作于 2007 年 12 月和 2009 年 11 月）

梵蒂冈遐思

夏末初秋访欧。来到罗马的第二天，便去参观世界宗教圣地——梵蒂冈。

这是一个世界上最小的国家，面积仅 0.44 平方公里，常住人口不到 1000。它位于意大利首都罗马城西北面，是一个"国中之国"。公元 4 世纪以前，这地方泥潭遍地、蚊虫滋生，是一块洪水泛滥的不毛之地。罗马皇帝尼禄把教徒彼得处死并掩埋在这里。公元 4 世纪时，罗马第一个信奉天主教的皇帝君士坦丁为纪念彼得，便在他殉难的地方建起一座教堂，这就是圣彼得大教堂。公元 8 世纪中叶，罗马城及其周围地区都属于教皇国，教皇为君主，梵蒂冈为教皇国的中心。1870 年，罗马成为一统后的意大利的首都，从而结束了教皇国的历史。教皇庇护九世逃入梵蒂冈的宫中。1929 年，意大利与教皇签署了一个协定，规定梵蒂冈是一个主权国，脱离意大利而独立。教皇是梵蒂冈的首脑，他拥有最高的立法、司法和行政权。

只是很不经意地一迈步，便从意大利来到了这"上帝居住的国家"。原来，这里的国界线竟是马路上一条窄窄的黄线。梵蒂冈的领土，包括圣彼得广场、圣彼得大教堂、教皇宫、政府大楼、梵蒂冈博物馆、梵蒂冈图书馆等部分。这里的建筑布局森严，充满着浓厚的宗教色彩。梵蒂冈国土呈三角形，在台伯河西岸，除东南面有开放的圣彼得广场之外，国界以梵蒂冈城墙为标志。在这如此狭小的国土上却有罗马最大的广场——圣彼得广场。

圣彼得广场长 300 多米，宽 200 余米，可以容纳 50 万人在这里聆听教皇的圣训，是罗马教廷举行大型宗教活动的场所。广场南北两端各有 100 余米长的圆柱回廊同圣彼得大教堂两旁的建筑相连，就像一双巨大的手臂，拥抱着从四面八方赶来的客人和朝圣者。广场和两旁的柱廊是由著名建筑师、雕塑家贝尔尼尼在 1656 年设计的，用了 11 年才建成。这两组柱廊是梵蒂冈特有的装饰性建筑，共由 284 根圆柱和 88 根方柱组成。柱高 18 米，需三四人方能合抱。广场的每根石柱柱顶各有一尊大理石雕像，刻的都是教会的"圣男圣女"，神态各异、栩栩如生。广场上有两座南北对称的造型象征母乳的喷泉，各高 14 米，广场中央矗立着一座高 41 米的埃及方碑，此碑是公元 37 年从古埃及送到罗马的，每逢礼拜日，广场上总有成千上万的信徒在这里聆听教皇的晨祷词。

广场的正面，是雄伟高大的圣彼得大教堂。大教堂因建在圣彼得的墓上而得名。君士坦丁大帝于公元 315 年，开始为圣彼得正式兴建教堂，349 年建成，为世界上最早的教堂之一。后来，几经改建、重建，先后由意大利文艺复兴时期伟大的艺术家和建筑师米开朗琪罗、拉斐尔、波拉芒特、桑加洛和丰塔那等大师主持修建。他们共同的聪明才智创造出了这座世界宗教建筑史上的杰作。

大教堂总面积为 2 万多平方米，教堂上面的穹窿大屋顶，是米开朗琪罗 72 岁时的杰作，从地面到大圆顶顶尖的十字架高度有 100 多米，目前仍是罗马的最高建筑。教堂正面台阶上有一座平台，教皇有时在这里发表演讲。教堂的门庭建于 17 世纪，出自马德尔诺大师之手。门庭进口过厅有一条长廊，长廊的天花板上有文艺复兴初期著名大画家乔托的石画《小帆》，描绘的是耶稣门徒圣彼得在小船上遇到风浪，颠簸前行，最后弃舟踏水的故事，表现了早期基督教传教事业的艰辛。

教堂中心有一个四方形的祭坛，上有一金色华盖，这是雕刻家贝尔尼尼 9 年心血的结晶。教堂顶头的圣彼得祭坛，也是贝尔尼尼的杰作。我们看到，祭坛上立着一把铜椅，铜椅上方大窗的彩色玻璃上，一只鸽子在天使的伴随下，从金色的云雾中向下飞翔，真是一个精心设计的神话仙境。

在教堂里，我们还看到许多以《圣经》故事为题材的绘画、雕塑作品，其中尤以米开朗琪罗的大理石雕塑《母爱》使人过目难忘。这尊雕塑逼真地表现了圣母在儿子遇难之后那种悲痛欲绝的内心世界。这尊作品在罗马展出后，引起轰动，但人们都不相信这一杰作出自当时年仅 25 岁并不出名的米开朗琪罗之手。米开朗琪罗得知以后，非常生气，当晚就来到教堂，在作品中圣母玛利亚的衣带上刻下了自己的名字"米开朗琪罗·博那罗蒂"，以示抗议。这便是米开朗琪罗一生中唯一题上了自己的名字的作品。

步入西斯廷小教堂，更是为里面珍藏的艺术珍品所震慑。这个长方形的大厅是按照教皇西斯都四世之意，由建筑大师乔瓦尼洛·德多尔奇构思设计的。今天这里仍是举行一些高级典礼和重要活动的地方。如红衣主教选举教皇的秘密会议就在这里进行，选举结果每天通过放出的烟雾传达给信徒：黑烟表示选举尚在进行，白烟宣告新教皇的产生。小教堂内四周及筒形拱顶画满了壁画，创作这些精彩绝伦壁画的是一些出类拔萃的艺术大师。其中最著名的是文艺复兴时期的艺术大师米开朗琪罗绘制的《创世纪》和《末日的审判》两幅壁画。

《创世纪》是米开朗琪罗在天花板上画的天顶画，面积有 300 多平方米，由 9 幅中心画面组成，主要描绘《圣经》里的故事，如上帝创造世界，造亚当与夏娃，亚当、夏娃偷食禁果，被逐出伊甸园，诺亚造方舟以及洪水灭世等。为画成这幅画，米开朗琪罗整整工作了四年。因长年抬头作画，仰面朝天，画成之后，脖子都歪了。

《来日的审判》画在祭坛后面的山墙之上。为了这幅画，米开朗琪罗花费了六年的时间。这画高 20 余米，宽 10 余米，人物众多、构图完整，表现基督教传说中世界末日的大清算，基督亲自审判一切世人的善恶，决定谁上天堂、谁下地狱时的情景。创作这幅壁画的时候，米开朗基罗已是 60 多岁高龄，但他的画仍是那样热情洋溢，画中的人物仍是那样精力充沛、力量无穷。这幅画没有完成的时候，曾经受到过许多伪善者的攻击。他们要求刷掉这幅壁画，教皇也派人要他修改画上人物。而米开朗琪罗则无所畏惧地对来人说："请告诉教皇，修改一幅画是件小事，用不着他那么操心，还是让他老人家把世界修改得好一点吧。"壁画揭幕之时，面对它的人们没有不为画中的艺术力量而感动的，连教皇保罗三世也情不自禁地对此画下跪祈祷。这便是艺术的伟大力量。

教堂的二楼曾经是教皇朱利奥二世的新居，现在成了珍藏拉斐尔壁画的博物馆。登上二楼，面对拉斐尔的这些精美绝伦的壁画，我猛然想起恩格斯在谈到人类劳动的双手能达到何等完美的程度并产生如何神奇的力量时，曾经提到过拉斐尔的绘画。呈现在我面前的这些拉斐尔的杰作，确实令人惊叹不已。悬挂在教皇大书房中的《雅典学院》，堪称反映人文主义者仰慕古典文化的鸿篇巨制。在画中，作者让他所敬仰的不同时期的学者们欢聚一堂，展开热烈的讨论。中间是柏拉图和亚里士多德，两边是苏格拉底、色诺芬、托勒密、毕达哥拉斯。拉斐尔把自己也画在前面的左边，以表示他对前辈的向往之情。整个画面统一在探究科学真理的主题之中，画面一层深过一层的透视效果，真是令人拍案叫绝。

看着，想着，我不知不觉地走出教堂，又来到了广阔的圣彼得广场。看着如织的人流不断涌进这宗教的国度、宗教的城池、宗教建筑，思绪飞向遥远的时光。

若干年前，意大利可以说是一个宗教统治下的国家。早在罗马帝国时期，罗马教会就成为帝国宗教活动的中心，君士坦丁在位期间，把天主教奉为国教。公元 756 年，法兰克王丕平把罗马城和意大利中部地区的大片土地送给教皇。教皇权势日增，管辖的领土达到 4 万平方公里，直到 1870 年意大利完成国家统一的时候，才收回了教皇占领的罗马城。1929 年，意大利政府与罗马教廷签订了《拉特兰条约》，规定意大利正式承认梵蒂冈主权属于教皇，梵蒂冈为独立国家，享受治外法权，并以赔偿教皇国结束后教廷所丧失的收入为名，给予一笔巨额款项；教廷则同意和意大利政府合作，并规定意大利天主教必须效忠意大利政府。目前，意大利全国共有 281 万个教区，有大主教和主教 400 多名，神父 6 万余名，修女 14 万多名，领薪金的神职人员 20 余万名。

罗马教廷是天主教的国际中心，梵蒂冈是罗马教廷的所在地，自称"基督教在世间的代表"，教皇在这里统治一切。这里的官方语言为意大利语和拉丁语，并办了报纸《罗马观察家报》，还有官方通讯社——国际费特通讯社。另外，这里还出版《教廷文汇》和《宗教年鉴》。梵蒂冈还向许多国家派驻大使，设有教廷银行、教廷科学院，通过广播电台每天用 34 种语言，向全世界 36 个地区进行广播，控制世界各地的天主教徒。梵蒂冈有自己的货币，有自己的铁路、通信联络等公共事业机构。国家卫队则全部由瑞士人组成。

为了维持教皇的统治，铲除异端，教会曾经设置了臭名昭著的宗教裁判所，用各种酷刑扼杀新思想，迫害人文主义者和科学家。宗教裁判所虽已成为历史陈迹，但它无疑是世上最恐怖的罪恶机构。它存在的日子里，对欧美各国人民的命运及其精神生活和科学文化的发展，曾经产生过难以估量的恶劣影响。

想到这些，我忽然觉得面前的这些建筑，有些阴森、恐怖和压抑，风中仿佛也裹挟着一些血腥。

然而，世界毕竟已经远离了那个暗无天日的年代。随着科学文化的发展，人们已从愚昧中苏醒，教皇的统治和宗教的统治已经大打折扣，面对变化了的时代和人民，教皇也不得不改变统治方式。如今，教皇也学会了利用国际互联网为自己做宣传，梵蒂冈在教皇的率领下，带着他们的上帝进驻了异次元空间，在国际互联网上建立了自己的网络主页。网络主持人是朱迪丝嬷嬷，网址的工作站位于阿波斯朵宫，再往上三层楼就是教皇的卧室，三个主服务器分别以三位天使命名——拉斐尔、迈克尔和加布里埃尔。网址上有梵蒂冈新闻、活动安排、教皇语录等内容。

今日的意大利，尽管大多数居民仍是天主教徒，但他们的宗教观念日趋淡薄，不少人已不去做弥撒。与天主教教义相悖的"离婚法"和"堕胎法"，经过公民投票，分别于 1974 年和 1981 年得到确认，宗教也不再作为中小学必修课。

我们看到身边这些前来梵蒂冈参观的人，教徒已超不过旅游者的比例。走进教堂，人们心中已减少了许多宗教的森严、压抑，而代之以审美的轻松和欢乐。看到教堂中的那些艺术珍品，在那些世界名画面前，人们似乎已经淡忘了其中的宗教内容，而专注于绚丽的色彩、流畅的线条、精当的结构。我觉得在教堂中，已经完全感觉不到神的存在，仿佛是徜徉在艺术的海洋。我已经记不起那些某某世的教皇的姓名和业绩，镌刻在心头的则是米开朗琪罗、拉斐尔、贝尔尼尼等一批艺术家的伟岸身影。有人曾将艺术称为"神的婢女"。多少年来，各种宗教和各个时代的教皇总是喜欢利用艺术、艺术家为宗教的发展和教皇的统治服务。然而，毕竟"婢女"比"神"亲切、真实、人性、长寿。最后留在人们心中的不是宗教和教皇，而是艺术和艺术家。

艺术是永恒的。在不断的历史发展中，她终究会抖落那些强加或附加在她身上的腐朽的尘土、枝叶，在人们心中保持绵长、久远的生命活力。

（本文作于 1998 年 5 月）

秋游摩纳哥

披着金色的阳光，沐浴着温暖的秋风，和着拍岩的涛声，我们来到了位于阳光明媚、风光秀丽的地中海北岸，人称悬崖之国的摩纳哥公国。

摩纳哥是世界上最小的袖珍国之一，面积只有 1.9 平方公里，而人口却近 3 万，人口密度在世界上占第一位。这是个城市国家，几乎没有农业，它一面临海，三面被法国国土包围，东距意大利 8 公里，西距法国的尼斯 14.4 公里，处于东南滨海阿尔卑斯山脉伸入地中海的海角之上。

大约在公元 7 世纪，腓尼基人开始在这里定居。古希腊、古罗马时代，这里是重要的贸易中心，当时在港口中停泊着来自地中海沿岸各国的船只。12 世纪，热那亚人在此修建了城堡。13 世纪末，意大利人格里马尔迪来到这里，派士兵扮成僧侣，骗开城门，占领了这个地方。从此，格里马尔迪家族成为这里的统治家族。16 世纪至 18 世纪，这里先后成为西班牙和法国的保护国，后于 1911 年独立。这里人讲的是法语，用的是法郎，法国人占总人口的 50%，此外还有意大利人、英国人、比利时人、瑞士人，本地的摩纳哥人仅占 17%。这里没有军队，只有少量的国王卫兵和警察。这里没有海关，每天有几千名法国人到摩纳哥上班。该国的国务大臣也由法国人担任。法律规定，摩纳哥国王去世之后，如果没有继承人，该国则并入法国。

摩纳哥虽然面积很小，但在世界上名声却很大，这里拥有世界著名的三大赌城之一——蒙特卡洛。

蒙特卡洛赌城建在两条谷底之间的陡峭台地上，有高耸入云的"卡仙奴"白色大楼、豪华宾馆、优美的歌剧院和连接摩天大厦的海滨浴场。摩纳哥的格里马尔迪家族，长期以来都在探求国家富裕的途径，他们一度模仿瑞士开办银行，一度又僻地种花，想从事法国格拉斯城那样的"芳香业"，可是都没有成功。直到查理三世继位时，派出书记官到德国水都巴登-符腾堡取经，才形成了"凭借自身环境和完善的接待，把富裕的有闲人吸引过来，让他们在此赌博，钱就落到我们手中"的思路。于是从 1856 年起，这里开始兴建赌场。据说，有位名叫法郎哥·勃朗斯的法国人用 200 万法郎买下了摩纳哥的一座游乐中心，在这座中心的废城上建起了"蒙特卡洛宫"。

通过直升的电梯，攀登曲折的台阶，我们来到蒙特卡洛宫门前。这里建筑奇特，装饰华丽，棕榈树在秋风中摇曳，好一派绮丽的热带风光。蒙特卡洛宫是一座二层的宫殿式建筑，外表古朴典雅，上有钟楼、塔厅和拱形亭阁，外墙装饰精美，颇有巴洛克建筑的艺术风采。看着这些由千万人倾家荡产而堆砌起来的建筑，我觉得那豪华的门厅就像吃人的血盆大嘴，踌躇半晌，终于不敢入内。

转到另一边，有座一层建筑，门面也较普通，门口有一座奇特的青铜雕塑。走进去一看，里面也是一个大赌场，从原始的纸牌赌、轮盘赌，到现代的电子游戏机、老虎机，形形色色应有尽有。厅内人头攒动，各种肤色、年龄的游客们都到这里一试运气。还是老虎机前人最多，人们把硬币不停地塞进"老虎"口中，再按动按钮或拉动拉杆，一旦相合则会从机中落下一些硬币。但是，我待在那里的一段时间里，硬币落下来的时候少，游人们也是高兴的少，失望的多。

据说蒙特卡洛宫是摩纳哥唯一的"国有企业"，赌场收入曾占国民收入的70%，现在仍占10%左右。这里有舒适的旅馆、高级商店、运动场、酒吧、餐厅，其中也都可以赌博。我们奇怪只有两三万人口的摩纳哥，报纸的发行量竟达100万，其原因，也是因为报纸上有中奖号码。买报不是为了读报，而是为了中奖。

摩纳哥的迷人，还在于它拥有优越的地理位置和美丽的自然景色。整个摩纳哥公国就是两个小海峡抱着一个小海湾，像一位高大汉子伸出手臂抱住一湾碧波荡漾的绿水。摩纳哥、蒙特卡洛、康达麦思等城区都建在陡峭的山坡上，有狭窄蜿蜒的石阶通向那些中世纪风格的街巷。

过去的古城堡依然存在，古老的大炮架设在城垛之上，那些形如西班牙帆船灯楼瞭望台，散布在城堡的各个角落。全国除了少数平坦的街道之外，大都是坡形高地和窄窄的石级。

中世纪留下来的街巷，颇有古风古趣。从高处看去，满目皆是碧水和红褐色的屋脊。北东南三面海水环绕、簇拥着这块隆起的海角；随着秋风，水波轻轻地吻着海岸；白色的游艇不时从海上掠过，激起的浪花像盛开在绿色大地上的白花，景色十分优美。

国家元首亲王的王宫，就在古城堡的基础上扩建而成。政府宫、立法机构办公厅、市政厅也都沿海岸而建。另外还有19世纪拜占庭式的大教堂、世界上最早和最大的海洋博物馆、图书馆、史前博物馆等，都十分著名。特别是海洋博物馆，1910年由阿尔贝一世亲王创建，上下三层，巧妙地镶嵌在巨大的岩石之间。摩纳哥植物园内种有各种亚热带植物2万多种，其中有不同种类的棕榈以及木兰、咖啡、扁桃、夹竹桃、无花果等。

在宫廷广场徜徉，店铺中精美的邮票和明信片吸引了我的目光。走近一看，大都是表现摩纳哥美丽景色和皇室成员的。导游小李告诉我，摩纳哥的邮票印刷精致，在世界上享有盛名，邮票上的皇室成员是莱尼埃国王和来自好莱坞的仪态万方的影星皇后格蕾斯·凯丽。

莱尼埃国王出生于1923年，曾就读于法国的蒙特利尔大学和巴黎政治学院，1949年继承王位。1955年，他与凯丽在法国戛纳电影节上相遇，一见钟情。他们的爱情和婚姻成为当时的热门话题。据说当时随凯丽来到摩纳哥的有80位婚礼客人和24位专栏作家，而在码头上等待她的记者则多达1500多名。

结婚之后，凯丽生了三个孩子，扶助丈夫从政几十年，为摩纳哥的文化发展和慈善事业做出了贡献，赢得了人民的爱戴。1982年，她不幸因车祸丧生。对于她的死，人们有许多猜测，有人说是她耐不住宫中寂寞，自寻短见；有的则认为是宫廷阴谋的牺牲品。不管她是因何而死，她仍是摩纳哥人的骄傲，那些摆满街头店铺的明信片和邮票上的照片便代表了人们的心声。

离开宫廷广场，我继续向后陡坡攀登，只见前面山顶如仙山楼阁，绿草如茵的花园中开满鲜花，仙人掌、棕榈树等热带植物装点出神话般的意境。花园中，一些艺术雕塑时隐时现。这些千姿百态、活灵活现的雕塑，既有写实的精细，又有写意的飞灵。这些花园和雕望，给这个悬岩上的国度，带来了几许高雅的艺术氛围。面对这些艺术佳作，我毫不犹豫地举起了相机，将这些盛景一一摄入心中。

登上崖顶向下俯瞰，只见摩纳哥湾晴波激滟、风情万种。一阵清风拂过，猛然忆起少时看过的一部电影《红菱艳》。

片中男主角是一位音乐家，他曾经对他的恋人佩姬说："如果有人问我，这一生在哪儿最幸福，我会说在地中海的一个地方，我跟佩姬在一起。"他所言的地中海的一个地方，好像就是眼前风景如画的摩纳哥。他的恋人佩姬是个舞蹈家，她便是将自己的美丽融入了眼前的这满目葱翠和一片湛蓝。

看着眼前美丽无比的秋景，想到蒙特卡洛赌场中的喧闹，忆起美艳无比的影星皇后和舞蹈家佩姬，我心中不免溢出一丝儿惆怅。

摩纳哥的秋色是美丽的，但美得有些令人心酸和惘然。

（本文作于 1997 年 6 月）

难忘尼斯

　　从意大利名城比萨出发，车行几小时，越过意法边境 30 余公里，便到了法国南部美丽的尼斯城。

　　尼斯城建在地中海岸边，是一座历史悠久的古城。早在公元前 5 世纪，古希腊人就在这里建起了居民聚居地，名叫尼开。在市中心东北约 2 公里处的宗教市镇西米埃斯地下，曾经发掘出约建于公元 1 世纪、可容纳 6000 人的罗马圆形剧场废墟，剧场四周是华丽的宫殿和别墅。13 世纪至 14 世纪，这里几度被普罗旺斯伯爵占领，1388 年为萨沃伯爵保护地，1792 年被法国征服，1814 年为撒丁王国尼斯县首府。1860 年撒丁国王和拿破仑三世缔结都灵合约，尼斯再次让给法国，现为法国阿尔卑斯山滨海省省会。

　　由于孤陋寡闻，过去对这座城市了解不多，我一度还曾将她与英国出没怪兽的尼斯湖相互混淆。车入尼斯城之后，由于一时找不到原来订好的旅馆，车子拉着我们在城里转了好几圈，边问路，边寻找那家旅馆。

　　辗转间，却被尼斯美丽的热带风光和奇特的城市建筑所吸引。到旅馆之后，扔下行装，来不及擦把脸，我便与同伴一起奔向尼斯街头，去观赏刚才在车上那些一闪而过的美景。

　　尼斯现在是法国东南部仅次于马赛的大城市和港口，是法国著名的旅游、休养胜地。这座城市位于注入地中海的帕隆河河口，距意大利边境仅 26 公里。伯隆河将市区分为两半，西边是新城，东边是旧城和港口。我们看到，城中有一些高几十米的石灰岩小丘，上面有古城堡，这里历史上是城市的核心部分，今天已改建为公园和别墅。

　　眼前的尼斯仍然是 17 世纪至 18 世纪时城市的模样，文物古迹和雕塑很多。狭窄的街巷、低矮典雅的各式各样的房屋很有情趣。

　　滨海林荫大道是尼斯城中的交通要道，1824 年由当时的英国殖民者修建而成，因此又称为英国滨海林荫大道。这条大道全长约 4 公里，一边临海，路堤下有沿海露天咖啡馆，可以坐下来喝咖啡，还可以饱览地中海的美景。道的另一边是棕榈树荫下的高级旅游饭店。这些饭店建筑得都很有特色。不少游客正从阳台上和窗子里眺望美丽的海景。

沿英国大道向西，是临海的美国大道。无数条小街呈放射形从这两条大道延伸开去，构成了星罗棋布的尼斯城。

看得正是来劲，天公竟缓缓地在这些美景上掩上了一层青纱，天悄然黑了。晚餐桌上，来自我国温州的中餐馆老板娘，热心地告诉我们这些对尼斯美景赞叹不已的同胞，尼斯的美景不仅在城，而且在海，在延绵几千米的天使海湾。

渴望一饱眼福先睹为快的悬念，催我早早醒来。踏着曙红色的晨曦，我快步奔向海边。

尼斯背山面海，风光绮丽。北面有阿尔卑斯山地为屏障，阻挡寒流南侵，所以这里冬天没有严寒，夏天也没有酷暑。受地中海影响，这里一年四季气候温和，阳光灿烂。海边、城中满目皆是绿水青山、碧树红花，洋溢着大自然赋予的特别的温馨。

人们称这里为"蓝色海岸"，海边矗立着许多红色的岩石，衬托着蓝天碧水，美得动人心魄。白色的海滩平整地伸开身躯，怀抱温柔的大海，情人般享受着海水的尽情亲吻。成千上万的游人，在海滨浴场上纵情于这世界上难得的海水、沙滩、蓝天、白云。岸边许多风格各异的大小别墅，掩映于摇曳多姿的热带树木的绿荫之下，显得那样瑰丽和奇特。

漫步海边，天越来越亮，棕榈树伸长手臂，一边爱抚蓝天，一边拥抱宽广无比的像绸缎般闪亮的大海。风起来了，涌动着白色的海浪，游人们像扑向母亲怀抱的孩子一样，欢笑着扑向母亲蓝色的胸膛。红色的岩石、湛蓝的海水、水中各种肤色的游人，一律沐浴着升腾的曙晖，显得格外生动绚丽。难怪这里称为"天使湾"，这里真是天使的福地，它赋予人们天使般的快乐。

尼斯还是个鲜花之城，盛产法国名牌香水。这天上午，我们乘车前往一家香水制造厂参观。

法国香水世界有名，是世界上最大的香水和化妆品出口国，这方面的出口额占世界该行业出口总额的40%左右。然而，法国人生产和使用香水、香料的时间并不是最早的，大概开始于17世纪中叶，路易十四时代，比古埃及、印度、中国和希腊都晚得多。

法国之所以后来者居上，成为今日的香水生产王国，与路易十四喜欢香水有关。大臣们为了争宠，争相收买、雇用香水制造商为其研制香水，以便提高香水质量，晋献给路易十四国王。从此，香水业便在法国发达起来。

尼斯南临地中海，终年风和日丽，气候温湿宜人，土壤肥沃，很适合各种制造香水的花卉生长。因此这里便成为花草的种植地，成为提炼上等香精的巨大原料库。

我们参观的这家香水生产厂不大，但厂里的香水历史展览和解说员的详细介绍，却使我们大致了解了香水的生产历史和生产流程。在琳琅满目的香水商店内，大家按照各自的喜好，购买了一些香精、花露水和古龙水，带回国去，好让亲友们也领略一番法国的芬芳。

要离开尼斯了，我们乘坐的旅行车向戛纳市驶去。滨海大道旁的美景一闪而过，这些既陌生又熟悉的美景，使我想起了我国的海口、三亚、珠海、深圳……

突然记起，今天是 10 月 1 日，是我们伟大祖国的生日。有人提议，唱支歌，庆祝祖国的生日。也不知谁起的头，大家不约而同地唱起了那首《今天是你的生日》：

今天是你的生日我的中国，
清晨我放飞一群白鸽；
为你带回远方儿女的思念，
鸽子在茫茫海天飞过。
我们祝福你的生日我的中国，
愿你月儿常圆儿女永远欢乐；
我们祝福你的生日我的中国，
这是儿女在远方爱的诉说。
…………

歌声在异国的土地上回荡。这是我在陌生的国度度过的第一个祖国的生日。唱着这支十分熟悉的歌，觉得眼眶发热，心中涌动着情感的浪潮。

开车的德国大叔，听着我们的歌声，一边摇头晃脑地和着，一边叽里嘎啦地说着什么。我好奇地问翻译他在讲什么？翻译告诉我，他说："中国歌真好听！"

（本文作于 1998 年 2 月）

里昂桥上的思索

离开风景如画的法国海滨小城戛纳，路过名城马赛，沿着据说是当年马赛义勇军唱着《马赛曲》奔赴巴黎解救祖国危难的大道，车行 300 多公里，我们来到了法国名城里昂。

里昂的桥很多，据说有 27 座。登上其中的一座，看着罗纳河缓缓流去，思绪就像流水，漂到很远很远。

罗纳河边的古都

与世界其他国度一样，法国的城市与河流也有着密切的血缘关系。法国的几条主要河道孕育了法国的各大城市，里昂就处于法国中部高原罗纳河谷里罗纳河和索恩河的交汇处。

里昂是法国仅次于巴黎和马赛的第三大城市。她历史悠久，虽然没有做过法国的首都，她却是法国真正统一前勃艮第王国的首都。

早在公元前 6 世纪，里昂已成为高卢人的行政中心，公元前 2 世纪已成为商业中心，公元 457 年成为勃艮第王国政府所在地。12 世纪，勃艮第王国更为强大，经济文化十分繁荣，创造了西欧最早的文学语言——普罗旺斯语言和著名的普罗旺斯抒情诗，形成了和北法兰西人不同的普罗旺斯人——南法兰西人。直到 1477 年，法国国王路易十一才兼并了勃艮第王国，南北法兰西人也就逐渐融合。

里昂的纺织业发展很快，15 世纪便成为西方的丝织中心，18 世纪成为工人运动的中心。1744 年和 1786 年，纺织工人举行罢工，反对法国封建王朝；1831 年 3 万纺织工人武装起义，占领这座古城达 10 天之久；1834 年，又爆发了反对资产阶级剥削的工人武装起义，并且提出了建立共和国的口号；第二次世界大战中，这座城市被德国法西斯军队占领，又成为法国南部抵抗运动的中心。

古都里昂是一座古典与现代风格融为一体的城市。罗纳河和索恩河穿城而过，城中有许多中世纪建筑。城中的房子大都是红瓦房顶，风景十分秀丽。1933 年在富尔维埃厄山发掘出希腊–罗马式的剧场和公元 1、2 世纪时的音乐厅。山上 1894 年建造的宏大的富尔维埃厄圣母院教堂，以大理石装饰，玻璃窗闪耀着五彩斑斓的花纹，内有精美的浮雕壁画，右边相连的圣母礼拜堂塔顶上，马利亚的金质塑像亭亭玉立，金光闪闪。

这座教堂为当地著名的教堂，也是当地的标志性建筑。登上山顶，可以俯瞰全城。

城内主要街道有雨果大街、共和国大街、爱丽尔总统大街等。城中泰罗广场四周是一系列 17 世纪的建筑群，其中以公元 646 年建造的市政局最有特色；建于 1506 年的交易所，是法国最古老的交易所，还有建于 19 世纪的剧院等。

罗纳河西是新城，是政府机关、大学和富人住宅区，多为现代化建筑，其中以"铅笔楼"最为引人注目。这是一栋棕色细长的摩天大厦，楼顶呈圆锥形，恰似削过的铅笔，现为银行大厦。

里昂还是一座文化名城，全市有美术博物馆、纺织博物馆和装饰艺术博物馆等 21 座博物馆。里昂市图书馆珍藏着各种图书、手稿、古版书和雕刻版等。创建于 1896 年的里昂大学是法国著名的综合性大学，其医科誉冠全国。从 1916 年起，每年一度的国际商品博览会都在里昂举行。

欧洲丝绸之城

里昂的商业、手工业都很发达，特别是 16 世纪以来，这里的丝织业更是繁荣，在整个欧洲产生了重要的影响。

中世纪时，中国的养蚕技术通过"丝绸之路"，辗转传入欧洲。而早在 15 世纪之时，中国的丝绸，也通过各种渠道进入位于水陆要道的里昂销售。1536 年，里昂引进意大利织匠办起了纺织作坊，开始了里昂的丝织业。法王弗朗斯瓦一世十分喜欢丝绸，他下命令鼓励丝织，机户可以免缴赋税，不服兵役。几年之后，里昂便有上万具织机同时运转，城北的克鲁瓦鲁斯山坡成为丝绸织工聚集的重镇。他们以自己精湛的技艺制造各种色彩艳丽的丝绸，装点了无数的欧洲宫室和珍宝馆。在里昂的丝绸博物馆里，游人可以亲眼看到工人利用古老的木织机织绸缎。

1804 年，里昂出生的发明家雅卡尔发明了能完成全部编织动作的提花织机，大大提高了工效，使得里昂的丝织业迈入新的阶段，数量和品质都居于欧洲之冠，里昂也成为著名的欧洲丝都。丝绸纺织业为里昂带来了财富和声誉，至今里昂仍然是世界高级丝绸重要产地。在这里，传统的丝织业同现代科技相结合，产品质量进一步提高，里昂的人造丝产量居全国首位。

里昂历来是人文荟萃之地，许多著名的发明家、科学家出生在这里。除了前面提到的编织机械发明家雅卡尔之外，还有研制出世界上第一个热空气气球的门戈尔费兄弟。

他们 1783 年在南郊昂纳勒镇广场上表演了"浮空器"，轰动了法国，成为人类航空事业的先驱。与此同时，另一位里昂人茹弗鲁瓦潜心轮船研究，1783 年，他驾驶着 180 吨的自造"火船"，逆水上行索恩河，首次使用了推进器，这是世界上最早的机动船。

里昂还是缝纫机发明家蒂莫尼耶的故乡。他于 1829 年发明了世界上最早成批制造的缝纫机，被誉为"继犁之后造福人类的工具"，因此，人们在里昂为他建立了纪念碑。物理学家安培也是里昂人，他在电磁作用的研究中，发现了不少重要原理，奠定了电磁学的基础，还发明了电流计。为了纪念他在电学上的杰出贡献，人们把电流的单位定名为安培。里昂雨果大街上的一个广场被命名为安培广场，上面还竖起了他的铜像。

里昂还与电影的发明有关。1870 年，电影史上著名的卢米埃尔兄弟随父母从贝桑松来到里昂，1895 年 3 月 19 日，他们在里昂拍摄了世界上第一部影片《卢米埃尔的工厂大门》，此后又拍出了《婴儿午餐》《孩童争斗》《水浇园丁》等影片。为了纪念这两位电影事业的开创者，人们把他们在里昂的故居辟为纪念馆，那条街也因此被命名为"第一部电影街"。

中法友谊之城

考察中外传播交流的历史，有一个不可省略的章节，那便是 20 世纪初中国留学生到法国里昂大学的勤工俭学。

第一次世界大战结束之后，在战胜国召开的"巴黎和会"上，中国代表提出了退还庚子赔款的要求。李石曾在法国向法国政府提议将退款用于教育。退款兴学一事得到了法国里昂大学校长和里昂市市长的大力支持，决定先把学校开办起来，借此促进退款的实现。蔡元培、李石曾等人在国内呼吁筹款，里昂市政府又无偿拨了一所旧兵营给学校做教室。

1921 年 10 月，学校正式开学，命名为里昂中法大学。该校在中国国内第一批招收了 138 名学生，分为三班，以后又在勤工俭学学生中录取了若干人。在国内，国立中山大学、浙江省政府及北京中法大学，均有派赴里昂中法大学的留学名额。在 1926 年至 1946 年间，中法大学培养了 400 多名学生。

由于经费的原因，学校规模一直不大，然而它作为我国在海外设立的第一所大学，在中外文化交流史上仍然具有独特的地位。它促进了中法两国的文化交流，为中国培养了一批有用之才，对中法文化交流和中国的社会变革与科学发展产生了重要的影响。

周恩来总理曾于 1921 年在里昂附近的钢城圣·查蒙德劳动过，邓小平同志也曾于 1922 年 2 月到 1923 年 6 月在里昂工厂劳动过。抗日战争开始之后，国内无法顾及海外的里昂中法大学，后来欧战又爆发，里昂大学的校舍一度改为德国兵营。几十年过去了，里昂中法大学的原址现在已成为本地大学生的住宿地，但在其中一栋楼房的花岗石拱形门楣上仍然用中文和法文两种文字刻着"中法大学"几个白色的大字，这是两国人民早期文化交流的见证，也是中法文化交流和传统友谊的见证。

倚身罗纳河上这座红色的桥梁，极目远眺，忽然觉得眼前这一座又一座的桥梁，就像一条条红色的纽带，将城市两岸，将两个遥远的国度，将两种深厚的文化，将人类共同的情感和命运，连为一体。这也许就是文化传播的使命和意义吧。于是，我在这座具有历史和象征意义的里昂桥上沉思了许久。

（本文作于 1998 年 10 月）

回家了　香港

在祖国的南海上，汹涌的海浪击打着百年受辱的香港。离开了祖国的怀抱，孤儿在暗夜中挣扎。香港啊，你背负了太多的耻辱，经历了太多的风浪。没家的孩子几多凄凉。

有一次聚会，我终生难忘。一位老者年过半百，满头雪霜。他拿起话筒，把这样一首歌吟唱："我想有个家，一个不需要华丽的地方，在我疲倦的时候，我会想到它。我想有个家，一个不需要多大的地方，在我受惊吓的时候，我才不会害怕。谁不会想要家，可是就有人没有它，脸上流着眼泪，只能自己轻轻擦。我好羡慕他，受伤后可以回家，我只能孤单地孤单地寻找我的家……"唱着，唱着，老人哽咽无语，泪落千行。从他断续的话语中，我听懂了一句话——我想有个家，我来自香港。

随着1997年7月1日这个伟大历史时刻的临近，香港正一步一步地走近祖国母亲的身旁。听着那坚定的足音，中华儿女抑制不住激烈的心跳和热血的鼓荡。

盼回归，炎黄子孙心中早已腾起激情的热浪。香港的3000名孩子，在回归庆典那天，他们要合唱："我热爱我祖国的大地，没有沃土长不出鲜花，让紫荆花永远吐艳，让中华民族不断强大！"一位香港大学生对记者说："祖国就像母亲，香港就像儿子。许多年前，儿子被别人拐走了，现在回到母亲的怀抱，我们怎能不激动，怎能不开心?!"几句朴素的话，让听者热泪盈眶。

在湘西花垣县的深山里，有几位80岁的苗家老人，扎了一条1997节的长龙，与当地的苗族同胞一道练了56种舞龙花样，要在香港回归之日舞出中华56个民族共庆回归的华彩乐章。布料不够，经费不足，山民们卖掉家中的鸡蛋红薯，把一份赤子之情献上。有一个班的小学生，凑了19元9角7分钱，送给舞龙的爷爷，要给长龙添几笔彩，增几分光。盼回归，柯受良聚民族之力，飞越滔滔黄河；迎回归，港深青年携手共绘千米长画，情溢珠江。

近了，近了，1997年7月1日；快了，快了，香港回归——伟大的历史时光。分不清是雨点还是泪水，弄不明是时间的咚咚足音，还是激动的心怦怦跳动在胸膛。抹一把激动的泪水，按捺住狂奔的心脏。万籁俱寂，只待那7月1日零点的钟声敲响。灿烂的礼花，欢庆的乐曲，万众的欢腾汇成一句话："回家了，香港！"

（本文作于1997年6月）

鱼条店中赏歌剧

古典歌剧历来属于高雅艺术之列，世界各地的歌剧爱好者，将欣赏古典歌剧作为一场人生圣典，常常是怀着极为崇尚的心情，西装革履地跨入庄严的艺术圣殿。

素有"绅士"之称的英国人在这方面更为突出，不少英国人将欣赏古典歌剧视为对艺术之神的膜拜。建于 1732 年的伦敦皇家歌剧院，既是伦敦城市的第二大标志，又是人们心中欣赏古典歌剧的最好去处，这里经常有高水平的歌剧演出，但票价高企，价达 200 到 300 英镑。

经济衰退的"秋风"，吹掉了几分英国人的绅士风度，价高而和寡，能够有实力、有勇气跨入歌剧院的人越来越少，歌剧艺术也因此面临不景气的困境。

穷则思变。尚在孕育中的威尔逊歌剧院新址附近的一家鱼条店，不久前率先推出新奇招数，每位顾客只要掏 10 英镑购买一套票，便可以在此鱼条店中品尝一份炸鱼、薯条加青豆的晚餐，欣赏两小时的歌剧表演。

这一新举措的推出，立即引起了大批歌剧发烧友的兴趣。不少人偕妻带子、呼朋唤友，前来这新奇的鱼条店共度一个美好的夜晚。

许多正为歌剧院观众稀落、歌剧艺术不景气而苦恼的歌剧艺术工作者，也走下高台，欣然进入设备条件异常简陋的鱼条店，为广大歌剧迷演出。

这一融古典与现代为一体、物质享受与精神欣赏共处一堂的做法，受到公众的欢迎，鱼条店生意十分兴隆。该店的老板说，以往只有在周末的时候，鱼条店的生意才会这般兴旺，增加了歌剧演出之后，每晚的顾客都挤得满满的，30 余张桌子座无虚席。

一位前来消费的顾客说，这个鱼条店每晚邀来四位有名的歌剧演员表演，演唱的曲目大多是人们耳熟能详的歌剧名曲，如《费加罗的婚礼》等，在鱼条店既可以吃到美味的鱼条，又能欣赏到脍炙人口的古典歌剧，真是人生一大美事，很满足。

面对"鱼条店里赏歌剧"的奇特现象，专家们也在思索。他们认为，一股古典歌剧平民化的艺术发展之风，正悄然吹起。著名专栏作家培夫，在《泰晤士报》著文评述这种现象的文化意义。他认为，与其花费大量经费去维修富丽堂皇的皇家歌剧院，还不如用这些资金资助歌剧演出团体到各地去巡回演出，使更多的平民百姓和学生欣赏、了解古典歌剧，让后代通过欣赏，接受、认识这门高雅的古典艺术，使古典歌剧走出剧院，在民间肥沃的土壤中茁壮成长。

"鱼条店里赏歌剧"所显示的古典艺术平民化的倾向，对于我们文化经济政策的制定和艺术发展方略的选择，应该具有一定的借鉴意义。

（本文作于 1997 年 11 月）

《欧那尼》之战

19世纪初叶的法国，处于拿破仑帝国的统治之下，当时重要的演剧活动均由宫廷直接统辖。皇家的法兰西剧院专演高乃依、拉辛、莫里哀、博马舍等人的古典主义戏剧。

那是一个崇尚武力的时代，在皇帝的战鼓声中成长起来的年轻观众，不能满足于这种拘谨、凝重的戏剧。

维克多·雨果敏锐地看到这一点，写出了剧本《克伦威尔》，并在此剧的序言中提出了让莎士比亚替代拉辛，以平常人替占领舞台的帝王将相，打破古典主义时间地点一致、悲与喜严格划分的规则等浪漫主义的戏剧观念。

1830年2月，他的剧本《欧那尼》在巴黎上演，引起了一场古典主义戏剧和浪漫主义戏剧的生死决战！

《欧那尼》剧本的卷首题词是：三个男人争夺一个女人。剧中一个热情的青年名叫欧那尼，另一个是冷酷的老头子，还有一个是国王，这三个人为了争夺一个姑娘展开了一场惊心动魄的斗争。

了解雨果生平的人，不难发现在欧那尼身上融进了作者本人的许多情感，剧中主人公的离合悲欢，也有着作者恋爱史的影子，而从专横的查理五世老头吕古梅身上，还可以看到他恋人阿黛尔亲戚中那些不怀好意专爱说长道短的人的形象。昔日，阿黛尔的舅妈阿琴林与阿黛尔的亲密关系，就曾多次引起雨果醋意大发。

这个戏在各方面都与古典主义的法则背道而驰，内容上也揭露和讥讽了权贵，将悲、喜剧成分糅在一起，将美与丑、王与盗、热烈的婚礼与冷寂的坟墓进行刺激性极强的对照，不避鲜血、毒药、决斗、死亡，甚至将三具尸体横陈于舞台之上。

这个剧本很快就被法兰西剧院接受了，并由玛尔斯小姐等一批著名演员扮演剧中角色。开始的几次排练还算顺利，但越到后面演员给作者的压力就越大。在剧中担任主要角色的玛尔斯小姐，在法兰西剧院以多年的盛名，享有太上皇般的权威。她习惯的是她年轻时演惯的那类古典主义剧本，对戏剧革新运动颇为仇视。她起初之所以要担任这个角色，是不愿意这么好的角色旁落他处，一旦到了排演中，她便显出了本来面目。她对剧本大加挑剔，多次对作者进行刁难。雨果为了剧本能顺利上演，不得不忍受这一切。到后来，玛尔斯的刁难竟发展到令人忍无可忍的地步，终于有一天，雨果要求玛尔斯小姐交出这个角色，要另请别人。

玛尔斯小姐从来未遇到过这么强硬的作者，她担心卸掉角色会有损她的声誉，于是只好向作者认错，并保证以后不会重犯。在后来的排演中，她果然不敢再明目张胆地刁难了，但换上了一副沉默冷淡的面孔。她的情绪很快影响到其他演员，这场作者与演员的持久战把雨果先生整得够呛。

在外界，反对这个剧本的舆论也很多。一些旧派作家不能容忍这种新东西占领自己的大本营，便联合起来排挤它。有的人把剧本存心讹传，加以曲解，以供取笑。有一个戏院甚至编演了一幕模仿此剧的滑稽剧，对剧本加以丑化。报界对这个尚未公演的戏大加讨伐，内政部部长也在剧本上标出了必须修改的词句，强令作者修改。剧本尚未上演，一时间雷鸣电闪，出现了山雨欲来风满楼的态势。

终于到了《欧那尼》上演的日子。雨果认识到在这种极为严峻的形势下，如果没有一批坚定的拥护者，这个戏必砸无疑。当时，每个剧院都有一个鼓掌班，由剧院出钱雇用一些人，冒充观众，混在场中，时时鼓掌，以壮声势。法兰西剧院原有的鼓掌班，为古典主义戏剧鼓了一辈子的掌，今日绝不可能一下子成为坚定的浪漫主义战士，所以必须另想办法。经过多方考虑，雨果决定请巴黎的青年人来鉴赏他的作品。

一边倒的舆论，反倒激起了人们强烈的好奇心。《欧那尼》上演时，订票的人很多。一些社会名流都在为订不到首场演出的戏票而懊恼。一些文艺界的知名人士，纷纷写信给雨果请他帮忙弄几张票。一些希望新文艺胜利的人，找到雨果自告奋勇要为《欧那尼》捧场。这些人当中就有人们熟知的戈蒂埃、巴尔扎克、瓦锡尼等人。

决战开始前，雨果买了一些红纸，裁成小方块，每张纸上画着一个表示战斗的西班牙字——剑，分给各队的首领。许多青年人都来要求参加这场抗击古典主义的战斗。他们的口号是：让青春反抗衰老，长发反抗秃头，热情反抗陈腐，将来反抗往昔。法兰西剧院虽然不怎么喜欢这些青年人，但为了《欧那尼》能顺利上演，还是将剧场的音乐台、第二月楼和正厅侧廊交给一意孤行的作者支配。

决战的日子终于来到了。为了早做准备，青年人要求提早进入剧场。但他们赶到时，剧院门却迟迟不开。这些怪模怪样的青年人都挤在剧院门边，他们留长发、络腮胡子，服装也是五花八门，有工服、西班牙外套、罗伯斯庇尔式背心、亨利三世式帽子，而独没有巴黎时装。其中尤以戈蒂埃的那件被后人称为浪漫主义旗帜的大红背心和垂到腰下的一头浓发最为刺目。

当时法国的古典主义势力还是十分强大的，他们当然不会甘心让这些人来侵占他们的大本营。他们也组织人马，准备战斗。这些人收集全剧院的垃圾从屋顶上往下倾倒，企图驱散浪漫主义的队伍。著名的小说家巴尔扎克的头上就重重地挨了一个白菜根。接着便是一场混战，两派人马各不相让，在《欧那尼》演出之前，就演出了一场惊心动魄的序幕。

一直混斗到下午3点，剧院门终于打开了，青年们争先恐后地拥进剧场。他们摆开阵势之后，离开演时间还有四小时，于是他们谈天、唱歌、进食。由于时间尚早，女招待还没上班，剧院的厕所门都没有打开，他们只得到观众厅的暗角里去寻方便。等到一开场，灯光齐亮，这些阴暗角落也成了光明世界。入场的观众们不但鼻孔受到菜味酒气的刺激，而且眼睛也要受到角落里那些不雅之物的羞辱。也许是这场演出的吸引力太大，所以谁也没有想到要离开这个冒犯了他们尊严的地方。

戏未开场，青年们已经战绩斐然，大杀了古典主义者的锐气。不过，他们这些有失体面的作为也引起了一些演员的反感，害得作者也很狼狈。

开演时间临近了，雨果紧张地从幕眼里向场内窥视，只见全场闪耀着绸缎、珠宝、白臂膀的光芒，只在音乐台等几处有几块不协调的颜色。那些青年们不合时宜的打扮，使场内观众惊愕不已。青年们对古典主义者们高喊："秃头，上断头台。"场内的绅士淑女们也对这帮青年嗤之以鼻。戏未开场，却早已形成了两军对垒、壁垒森严、剑拔弩张、一触即发的态势。

醒木三声，全场寂静，幕布冉冉升起，雨果的心觉得一阵阵发紧。果然，从第一句话起两派就开始了争论。演出中，你来我往，你嘘我赞，争斗颇烈。但毕竟权威战胜不了青春，历史的车轮不可能被几个人拉着倒转，喝彩声终于盖过了谩骂。幕间休息时，一个大腹便便的矮胖子在剧院广场上拦住了雨果。他是印书局的股东，想购买《欧那尼》的版权。雨果要求戏演完后再谈，而出版商却不同意。他坦率地对雨果说："我看到第二幕只想给您2000法郎，到第三幕时，我想给您4000，现在第四幕，我想给您6000，等到戏演完后，恐怕非1万不可了。"说完便拉着雨果到一家纸烟店，买了一张印花税纸，借了笔墨，要求雨果立刻签字。

雨果收下了这6000法郎，这对他真是雪中送炭。为了上演这出戏，他已耗尽了全部积蓄，家里只剩下了50法郎。

《欧那尼》陶醉了观众和演员。演出结束后，观众狂热地欢呼着，玛尔斯小姐脚下堆满了鲜花。经过这场较量，浪漫主义终于在舞台上战胜了古典主义。在后来的演出中，古典派都以哄笑、谩骂、喝倒彩来捣乱。戏中的每句台词几乎都被笑过了，但演出还是天天满座。当时的上流社会曾经流传"去法兰西剧院笑《欧那尼》"的口头禅，但也有人在临死前要求在墓石上刻下"此人是雨果的信徒"的遗嘱，甚至还有为《欧那尼》与人决斗而死的青年勇士。作者虽然接到过"如果你在24小时内不收回这个下流的剧本，当心你将不再知道面包的滋味"的恐吓信，但更多的是对这个戏的称赞信、恳求戏票的信和表示愿为《欧那尼》的命运而勇敢战斗的信。《欧那尼》不但没有被古典主义者的嘲笑谩骂轰垮，而且牢牢地矗立在法兰西剧院的舞台上。

这场意义巨大、惊心动魄的《欧那尼》之战，终于以浪漫主义戏剧的胜利而告结束。

(本文作于 1985 年 8 月)

第二部分
三湘四水

三湘四水

湖南位于长江中游南岸，因居于临洞庭湖之南而得名。境内最大的河流——湘江流贯全省，固又简称"湘"。

湖南与水有缘，境内水系发达，河网密布，全省 5 公里以上长的河流有 5341 条。其中流域面积大于 1 万平方公里的有 8 条，大于 5000 平方公里的有 17 条，大于 500 平方公里的有 115 条。全省境内的河流主要属于向心状的洞庭湖水系，流域面积占全省总面积的 96.7%。

受三面环山和地势南高北低的影响，境内最大的四条河流——湘、资、沅、澧四水向北汇注于洞庭湖，经由城陵矶流入长江，因而人们也常将湖南称为"三湘四水"。

"三湘"，历史上所指不一。有的说是指潇水、湘江、沅水三条江，有的说是指漓湘、潇湘、蒸湘，有的说是指湘潭、湘乡、湘阴三座城市，有的说是指湘南、湘西、湘东三个地区，也有人说是指潇湘、蒸湘、沅湘。

虽然对其所指众说纷纭，目前尚无权威性的定论，但笔者比较赞同的还是最后一种说法。"三湘"中的潇湘，当是指包括永州、郴州等地在内的湘南地区，蒸湘则是指的包括衡阳、邵阳、娄底、株洲、湘潭、长沙等地在内的湖南中部地区，沅湘指的是包括湘西土家族苗族自治州、怀化、常德、益阳等地在内的湘西北的广大地区。

湖南东、南、西三面环山，西北有武陵山、雪峰山脉，东西是幕阜山、九岭山和罗霄山脉，南部则是南岭山脉。湘北为洞庭湖平原，海拔多在 50 米以下。湘中则丘陵与河谷盆地相间。

全省的地势呈东南西三面向北倾斜的马蹄形状。不同的自然地理环境，影响了各地物产形态以及民情风俗的形成，塑造了许多具有浓郁地方特色、享誉中国和世界的自然景观、人文历史。

从整体来看，湖南属中亚热带季风湿润型气候，光热充足，雨量丰沛。土壤以红壤、黄壤为主，植物动物资源、矿产资源、水力资源、旅游资源丰富，有"鱼米之乡""有色金属之乡""非金属矿产之乡"和"旅游胜地"的美誉。

"四水"，是指湖南境内的四条主要河流——湘江、资江、沅江、澧水。

湘江是长江的七大支流之一，是湖南境内最长而且流域面积最大的河流。它发源于广西壮族自治区灵川县海洋山。在海洋山的石壁上，至今留有宋代刻下的"湘漓二水之源"几个大字。湘江从广西的海洋山起源，汇集万千细流，浩荡北行，经庙头进入湖南境内，流程 856 公里，经永州、郴州、衡阳、株洲、湘潭、长沙、岳阳诸市，沿途汇集潇水、舂陵水、耒水、洣水、渌水、浏阳河、沩水、汨罗江等大小支流 1300 多条，以每年 681 亿立方米左右的水量，从湘阴县濠河口进入洞庭湖，整个流域面积达 9.64 万平方公里，灌溉的农田和哺育的人口占全省一半以上。因而，人们将其称为湖南的母亲河。

从发源地到永州是湘江的上游，两岸风景如画，在永州的萍岛与发源于宁远九嶷山的潇水相合。

永州至衡阳河段，是湘江中游，沿途丘陵起伏，河流蜿蜒曲折，纳舂陵水、蒸水、耒水和洣水等支流，水量大增，河面开阔，水流平稳。

衡阳以下至湘阴入湖口是湘江下游。进入株洲、长沙之后，又纳涟水、浏阳河、沩水等支流，浩浩荡荡地进入洞庭湖。

湘江的开发比较早，湖南许多重要的城镇沿河而建，早就是湖南内河航运的重要水道。

中华人民共和国成立以后，特别是改革开放以来，湘江发生了巨大的变化。新建了舂陵江水电站、欧阳海灌区、韶山灌区、东江水电站等十余个重要的水利工程。沿江的城市多为湖南重要的工业、文化中心。湘江已成为促进湖南经济发展的重要的黄金水道。

资江，是湖南的第三大河流。其源头有二：一是广西资源县，北流入湖南之后称夫夷水；二是在城步县北青界山黄马界，河出赧水。二水会合于邵阳县双江口，经邵阳、冷水江、安化、桃江、益阳等县市，汇集蓼水、平溪、邵水、石马江、大泽江、渠江等大小支流 771 条，在益阳甘溪港进入洞庭湖，全长 700 公里，流域面积 2.81 万平方公里，灌溉面积 697 万亩。

资江属山溪性河流，主干和支流短小。小庙头以上为上游，山高谷深，坡陡流急；至武冈进入邵阳盆地丘陵区，水流转缓。小庙头至桃江马迹塘为中游，河道穿过雪峰山脉，岩陡谷深，流经本省最大的暴雨区。马迹塘以下为下游，河谷开阔。资江的水力资源十分丰富。中华人民共和国成立以来，在资江上建立了柘溪水电站、马迹塘水电站等重要的水利工程。两岸的邵阳、冷水江、益阳等城市，也是近 20 年发展起来的新兴工业城市。

沅江，是湖南的第二大河流。发源于贵州都匀云雾山鸡冠岭，流经贵州、湖南两个省（流域则跨贵州、重庆、湖南、湖北四省），汇聚渠水、沅水、巫水、溆水、辰水、武水和酉水大小 1491 条支流，自常德市德山进入洞庭湖，流程全长 1033 公里，在湖南境内有 568 公里，流域面积 8.92 万平方公里，灌溉了 926 万亩土地。

洪江以上为沅江的上游，源头叫龙头江，在凯里与重安江会合之后，合流为清水江，从东流入湖南境内，在黔阳市托口纳渠水、黔城纳沅水后，正式称为沅江。

从洪江到沅江间是中游。东流的过程中，在洪江汇巫水，北流经溆浦大江口又接纳了溆水，在辰溪会合辰水，泸溪纳武水，沅陵纳酉水。其间峡谷险滩密布，在 300 多公里的航程中，就有险滩 140 处。

沅陵以下为下游，桃源以下为宽广的冲积平原。

沅江流域的开发历史比较悠久，历来是我国古代从内地进入西南的要道之一。沅江由于水流湍急，多峡谷险滩，水能资源十分丰富，是全国十大水电基地之一的湘西水电基地的主体部分。中华人民共和国成立之后，在沅江上建起了螺丝塘、春阳滩、岩屋谭、红岩、凤滩、五强溪等重要的水利工程。两岸的林业资源和经济作物资源也十分丰富。

澧水，是四水中最小的一条河流，发源于桑植县的杉木界。该县的南岔以上是澧水上游，自此至石门为中游，接纳溇水、渫水之后水量增大，河面扩展。石门以下为澧水下游。澧水从津市小渡口进入洞庭湖，干流长 388 公里，流域面积 1.85 万平方公里。澧水两岸多奇峰异洞，旅游资源十分丰富，其流域内的澧阳平原是湖南重要的粮食、棉花产区之一。

四水滋润了三湘大地，哺育了三湘儿女。改革开放的春风，染绿了三湘四水，造就了人杰地灵、日新月异的湖南。

（本文作于 1998 年 3 月）

湘江探源

"独立寒秋，湘江北去"，当年诗人毛泽东站在橘子洲头迎风长吟，留下了荡气回肠的千古佳句。

这滚滚北上的江水究竟源何而来？她岁岁年年奔腾不止，会不会已然疲惫？对于深爱着这条柔媚的江流的我来说，曾无数次地向往着信步江畔，溯源而上，放下沉重的尘世情结，做一次放达灵魂的散步。

怎么能忘记这个秋天呢？人生中积淀了一些美好的经验之后，竟有了一个畅游湘江的机会——乘车直驶广西境内兴安县都庞岭下的海洋山。一切来得这样迅速，我似乎听到了湘水源头那涓涓细流清脆的滴答声。

导游领我们漫游在悠悠灵渠边。灵渠的水真是出奇地清澈，古人有"黄河之水天上来"的感叹，莫非湘江的水也是从天而来的？要不她源头的流水怎会这么纤尘不染，纯净贞洁呢。喝这样的水，凡人也会变得脱俗，天人更会身心飘逸、道骨仙风了。

当年，秦军对岭南越人进攻，其中一条进军路线就是在五岭中的越城岭与都庞岭中间的湘桂走廊。由于山岭重叠，森林密布，军事行动极为困难，且运输线长，军饷接济不易，军事上一度惨遭失败，因此才"使监禄凿渠运粮"。

湘漓二水之间仅隔着一座宽约300米、高约20米的风化土质分水岭——越城岭，只需要凿穿这座分水岭，在海洋河上筑坝开渠，即可沟通湘漓。灵渠工程有人字形的大小天平拦河坝，由铧嘴、渠道、渠堤等建筑物组成一完整的水道工程系统。

凿灵渠的初始目的是因为战争，而透过尘封的历史，你会发现，灵渠已经成为我国南北交往中不可或缺的重要通道，承担了中原腹地和南疆边陲军需民食的繁重运输任务，对我国的统一、经济联系及文化交流起过重要作用。

在灵渠截流处，有一块铭刻着"湘漓分派"几个雄健大字的石碑，像一位常年忠心耿耿守护着河道的老人。海洋河经拦截一分为二，一由南渠至溶江而合于漓，一由北渠至州子上村而仍旧归于湘。古人在建渠的繁重劳动之余，颇有闲情逸致，将竹片放逐海洋河上，让其随波顺流而下。到了分流处，有三片脱离开伙伴，缓缓流向漓江，大势所趋仍在湘江，故有"湘七漓三"之说。每当洪水暴发，湘水怒击截流的铧嘴，顺导航的天平而下，巨浪涌来，声震如雷，惊天动地，蔚为大观。眼下虽已是枯水季节，水波不兴，听导游小姐绘声绘色地描绘，我不免为湘江在发轫之初就已经表现出来的桀骜不驯而咋舌。

湘江的个性常常令人把握不住，她是个怪脾气的小姐，任性时拂袖拍案、狂躁不安，温柔处水柔波媚、万种风情；一会儿让人神魂颠倒，一会儿又让人恨得钢牙咬碎。有道是英雄不问出处，我倒真想弄清楚，她到底是谁家闺女，系出何门。

翠微苍横的都庞岭明明已然在目，我们却仍然要飞车辗转而上，真是望山跑死马。就要看到湘水之源，就要捧一掬源头活水滋润久旱的心田了，车上的人虽然静默，心里头一定存着同一个念想。

山野之人不用为功名利禄劳顿，可以在旷野高歌朗笑，并未形成水系的在野溪流，无拘无束地独自吟唱自己的心事，她也许从未想过，日后的惊涛骇浪会把她卷入无边无际的忧思烦恼中，随波逐流的日子把最初恬静的心境摧毁得荡然无存。所以世俗之人的我们，对那些不经修饰的一草一木、一山一水会时时流露出艳羡和惊叹，因为它们和曾经的我们是那么相似！

海洋山近在眼前，触手可及，万千年前，它当然是森森浩海中的礁岩。浸漫四周的汪洋大海，固然随着岁月的流逝、地形的起落而移转他乡，而这些深海中的灵魂却积蓄了不少海洋的精髓，到时候它会一点一滴地吐露真情，那些关于海洋、关于渔人龙女的传说自会流传开去。海洋山麓的银杏树密密匝匝，尽管已是深秋，牢牢抱成团的树林仍显得蓄满生机，明年又将是白果飘香的丰收之年。

我疑惑着走近一处不算幽深的洞口，据说这就是湘水之源。点点碎石衰岩盖满地面，蔓蔓青苔无力地附着在洞口的石壁上，你要想攀爬，保证会狠狠地滑上一跤，所有被文明包装过的优雅都会荡然无存。那滴答的泉流在哪里？那些心灵中最为渴望的晶莹呢？我深深地失望了。

千里慕名而来，总想带点什么回家，而脚边的山石又实在是毫无特色，树叶也已凋零。伴着些微的香火味，有木鱼的敲击声送入耳畔。导游小姐说湘水之源的神签非常灵验，我们便到洞旁香火并不很旺的庵堂里抽了一签，每人都得了根上上灵签，大家皆大欢喜。

其实谁都知道，生活在都市里怎会处处遂人所愿，人事纷争而起时，谁也顾不上深究活着的意义等等诸如此类的空泛命题了。占有和掠夺是人类疲倦的根源，就是在静谧的大自然里，我们仍想着为自己拿点什么回去。

脚下的土地在微微摇撼，把耳朵贴近地面，贴近秋风中瑟瑟抖动的小草，隐隐约约，不是滴滴答答、哗哗啦啦的水流声又是什么？静中有动，心念暗转，不抛弃脑海中的杂念，不细心观望，怎会得窥山水真容。

哦，山不言自美，水不言自流，湘水之源竟会是如此不动声色、不露真情，一派大家风范，平庸的世人怎配得上这份拙朴和清越！其实湘江之源怎么可能只是一处小小山洞里的细流，巨川不拒涓流，她正是由无数的底下潜藏的暗流云集而成，才会有如今沛然浩瀚的气度，她才会滚滚北去，永不停歇。

静静地听着来自大地深处的声响，轻轻地与风中过往的幽灵们做着无言的交流。旅程既已展开，顺着湘水之源，我们将无所畏惧地攀越万水千峰。

（本文作于 1994 年 12 月）

土家风情

在湖南省湘西北地区，居住着一个古老而又年轻的兄弟民族——土家族。说它古老，早在先秦时代，其先民活动既已见于史籍；说它年轻，其族别还是在中华人民共和国建立后的 1956 年才被正式承认。

土家族是湖南省目前除汉族以外人数最多的一个民族。土家人自称"毕兹卡"和"比际卡"。溯其族源，研究者有多种看法，有巴人说、原住民说、乌蛮说和江西迁来说等。尽管众说不一，但自唐五代以来，"土家"这一具有共同文化心态、共同语言的稳定共同体，即已形成单一的民族。

欢乐土家

湖南的土家族主要分布在湘西北的永顺、龙山、保靖、大庸、桑植、古丈、吉首、凤凰、泸溪、慈利、石门等地。他们没有自己的文字，通用汉文。但有本民族的语言，属汉藏语系藏缅语族。该语言又分为南北两系方言：北部方言的代表区是龙山和永顺，泸溪是南部方言的集中点。两种方言在语音和词汇上均有较大差别。土家人对外都用汉语，因和汉民交流甚早，往来经常，大多数人已泯失了运用本民族语言的能力，汉语成为他们社会交际和日常思维的工具。

湘西土家族人民信仰多神，而以信仰其中的祖先神灵及万物神灵为主。信仰祖先神灵主要表现对八部大神、土王以及家神的奉祀。万物神灵即是与自然、生产、生活有关的各种神。湘西土家族信仰的万物之灵主要有梅山神、阿米妈妈、土地神、四官神等。

土家人基本生活和生产单位是家庭，即一家一户。儿女结婚后，一般同父母分居，独自成一个生产单位。土家人多在依山傍水处定居。除个别大山区有单家独户外，一般喜欢一村一寨聚居，每个自然村多为同姓同宗。他们习惯于一家住一栋房子，房屋坐北朝南或坐南朝北。房子较常见的是三大间。富裕人家的正屋左右侧还建有厢房和吊脚楼。房屋四周围上土墙和石墙，房前屋后喜欢种植果木花草，环境优美。

土家人的粮食以大米、苞谷为主，辅以小米、红薯。每日三餐，尤重晚餐。喜欢吃辣椒、酸菜、糯米粑粑、团馓和腊肉。喜欢吃大片大片的炒肉或大砣大砣的蒸肉。逢年过节的饮食比较讲究，过年要吃蒸饭、蒸肉和合菜。

湘西土家族的服饰，在土司统治时期，是"男女服饰不分，皆为一式，头裹刺花巾帕，衣裙尽绣花边"。清代雍正年间改土归流之后，土家族的服饰才有了男女的区别。男人，头上用二三米长的青丝帕或青布帕包成人字形，穿满襟衣和对胸衣，衣上安五至七对布扣，下身白布裤腰的青、蓝布裤子。脚穿高粱青面白底的布鞋，冬天时多用青、蓝布裹脚，老人冬天则喜欢穿一双白布袜子。妇女也用青丝帕或白布帕包头，穿左襟大裌，滚花边二三条，袖大而短，衣长而肥，无衣领，裤脚特大，镶花边。脚穿尖尖花鞋，鞋口滚花边，不穿袜子，冬天则缠一副白布裹脚。没有出嫁的姑娘头上的头发中分梳成两条长辫垂后，已经结婚的妇女头发则编成单辫挽髻，用青丝帕缠头，耳上、手上、脚上都有银质首饰。老年妇女戴列子圈圈帽和大圈银耳环。小孩的服饰特点主要是在帽子上。不同季节，所戴的帽不同。如春秋的"紫金冠"，夏季的"冬瓜圈"，冬季的"狗头帽""鱼尾帽"。这些帽子前面还装饰有"大八仙""小八仙""十八罗汉"等银菩萨，帽顶、帽后还用银链吊着许多银牌、银铃。

土家人淳朴耿直，热情好客。在元、明、清时，封建统治阶级屡次实施"赶蛮夺业"，土家人被迫背井离乡，多次迁徙。在迁徙流离中，他们饱尝了颠沛的辛酸，也得到过一些好心人的接济。推己及人，将心比心，土家人对离家的远客，照顾备至，此风代代相传，形成了好客的传统。土家好客，不分族别，对远方的客人，尤其殷勤。陌生人只要踏进土家的木屋，就是客人，主人会立即把你迎进屋子，请上火铺入座。客人一上火铺，主人便会上来与你一起攀谈，问饥问寒，慢叙家常。如是冬天，他们会立即抱来干柴，加大火势，为你御寒，并捧上一碗开水泡团馓；如是夏日，他们则随手拨开火塘，吹燃塘火，替你熬上一碗手工揉制的素茶，或煮上一碗土家特有的清香爽口的"油茶汤"，为你消渴解乏。入席就餐，由男主人相陪，女主人则在一旁恭候，劝菜添饭。土家人一般都很有酒量，用大碗盛酒，谈笑风生，以酒待客，方显诚意。主人将一碗白酒，双手举过头顶敬过来，即使是滴酒不沾的客人也难以推托。土家人请客吃饭不上细肉，不用小酒杯，要炒大肉，喝大碗酒，以示尊重和大方。

土家婚俗

清代雍正年间改土归流之前，湘西土家族的婚姻恋爱是比较自由的，青年男女以情歌为媒，唱山歌恋爱，每当举行跳摆手等传统节日活动时，他们成群结队，且歌且舞，互相倾诉爱慕之情。只要男女双方互相爱慕，经"梯玛"（巫师）认可，便可以成亲。

改土归流之后，由于受到汉族封建婚姻的影响，土家人的婚姻习俗有所改变，不过仍保留了许多本民族的婚姻习俗。如新娘必须亲手制作精美的土花铺盖等作为嫁妆。出嫁前，新娘及其母亲、婶娘、姐妹以及邻近的姑娘等要聚集到新娘的闺房里"哭嫁"。男方到女方迎亲，要挑四把"篙把"——俗称"喜把"，提两盏灯笼。当男方迎亲的人快到女家时，女家要举行拦门礼，互相盘歌，放爆竹奏乐，然后才开门以酒席招待。当新娘出门被背上花轿后，要将灯笼点亮，篙把点燃，女家拿两把回屋，男方拿两把照路。

土家旧时的婚礼称之为"庙见礼"。婚礼仪式十分庄严，在供有"八部大神"的庙堂见，灯火辉煌，糍粑豆腐，雄鸡猪头，陈设于案；新郎新娘身着盛装，双双跪拜在"八部大神"面前，由主礼者主持，唱赞词，宣读《庙见文》，其内容主要是关于男女双方结发和祝贺百年偕老等内容。婚后，一般定居男方，也有少数寄居女方或独立成家。

土家族的婚姻礼俗，大致有如下一些：

求婚礼——男方看中了某位姑娘，便请亲友做媒。媒人拿伞一把，表示团圆，也是做媒标记。男方为媒人准备一块两斤多的肉，作为求婚礼。第一次媒人去女方，女方一般不受礼物，婉言推托；第二次媒人去，女方若收下礼物，亲事便有眉目；第三次媒人再去，女方若收下礼物，便是答应了亲事。

定亲礼——女方同意男方的求婚之后，男方便要准备酒肉、衣服，拿些炒米用"抬合"装好，送到女方家做定亲礼物。女方则要把"八字"写在红纸上，交给媒人带回。

拜年礼——男女双方定亲以后，过年了，男方要去拜年。男方除主要给亲爷、亲妈送去猪腿、糍粑、糖徵、酒等礼物之外，还要给亲房的伯伯、叔叔以及分居的兄弟每家每户送去一只 10 斤与 12 斤的猪腿，住三五天才回。女方则要给女婿做几双布鞋。结婚那年拜年送去的则是一只有尾巴的猪腿，女方同意今年嫁，就将这只带尾的猪腿全部收下，如果不同意，就割下尾巴退回男方。

送日子礼——女方同意结婚，男方选择好结婚日期，在半年前，请媒人去女方家通知结婚日子，同时送去一些礼物。

哭嫁——结婚前一个月或半个月，出嫁姑娘就要哭嫁。开始是隔一夜哭一次，距婚期越近哭得越多，以致每夜都哭。这期间，全寨姊妹和姑嫂、伯娘、婶娘都要来陪哭。同时家族亲友要准备一顿丰盛的菜饭，宴请出嫁的姑娘，这叫作"陪嫁饭"。结婚前夕，出嫁姑娘要哭通晚。哭嫁的主要内容是：哭父母，感谢父母的养育之恩；哭哥嫂，表示把抚养父母之责全部交给哥嫂；哭姐妹，表示欢乐团聚的姐妹即将分离时的难舍难分之情；哭媒人，表示感谢穿针引线之功，同时也埋怨某些媒人的欺骗行为；哭梳头、哭戴花、哭穿露水衣等，表示从此改装成下贱人，换下了姑娘时的幸福衣着和装束；哭离娘席、哭辞祖先、哭上轿等，表示离别自己的组织和亲人，到贱乡贱地做贱人去了。

戴花酒礼——结婚前一天将嫁妆整整齐齐摆在堂屋，亲友都送来厚礼，新娘开脸，请人扯汗毛，眉毛扯成半月形，头发绾成"粑粑髻"，头戴新的青丝帕，手戴银质或玉质手圈，身穿新衣新裤，胸前挂牙签子一副，脚上穿上新袜和新花鞋。

拦门礼——女方"戴花酒礼"这天下午，男方带着由媒人、督官、"摸米"（新郎代表）、乐队、炮手、八人大轿、抬嫁妆的若干人组成娶亲的队伍前来娶亲，媒人领头，拿一把伞但不打开。当娶亲队伍到达女方朝门口时，女方举行拦门礼。摆一香案，阻止娶亲队伍进屋。这时，男方的督官先生与女方的拦门先生互相司礼，讲唱拦门相互盘答：如果男方的督官先生不主动向女方的拦门先生表示礼让的话，则要一直盘答到女方的拦门先生无言以对为止。如果男方督官先生客气一些，女方拦门先生也就不再阻拦，撤除香案，敞开朝门，以酒相待。

告祖礼——男方派出娶亲队伍的当天晚上，要祭祀祖先，把儿子、孙子成家立业，完婚之喜，报告祖宗。告祖礼有陈设、加冠、三叩首、三献到通献等礼节，新婚者要盥洗、加冠；亲舅父要披红插花；引礼生引导，还要唱赞词。

堂见礼——第二天清晨，男方准备迎接新娘，举行堂见礼。鸡叫以后，女方首先发出帐子和竹席，由"摸米"搬走，待新娘辞别祖先后，由哥哥用背亲带将新娘背上轿，到男方家去。迎亲队伍在媒人、督官的率领下，抬着各种嫁妆，敲着锣鼓吹着唢呐，向新郎家进发。来到新郎家时，花轿停在大门坎上，新郎新娘拜堂。主礼生主持，礼赞生礼赞，行三拜三叩之礼。随后新郎新娘便争先坐床，据说，谁先坐床，一辈子谁当家。

拜茶礼——新婚第二天，新郎新娘请前来贺喜的客人们吃糖喝茶。吃甜茶的长辈和兄长们都要送"封包"。

送高亲礼——第三天，喜会结束，送新娘来的家公舅爷姑娘姊妹都要回去了，这时新郎要对高亲们行礼，从堂屋起对高亲按辈分呼唤，并行鞠躬礼，受礼的高亲也要发送"封包"。

回门礼——宾客散去之后，新郎新娘一起到新娘家，看望岳父岳母。到了新娘家，吃顿午饭，新郎新娘又返回新郎家住宿。

土家节日

在长期的生产、生活历程中，土家族形成了许多自己的节日。土家族的节日很多，主要有"赶年""舍巴节""清明会""四月八""牛王节""端阳节""送童子"等。

"赶年"是土家最大的节日，从腊月二十三过小年开始，到正月十四、十五结束。土家过大年的时间比汉族提前一天。土家人一般在腊月中旬就开始忙碌了。他们蒸谷酒、磨豆腐、打糍粑、做团馓、杀猪、宰羊。过年时要吃年饭和年菜，大年三十要吃团圆饭，并彻夜守岁。正月初一还要四处拜年。

这种"赶年"习俗的形成，还有一个传说：在明代嘉靖年间，倭寇侵扰东南沿海，嘉靖皇帝急调湘西土家兵前去征剿，限定时间赶到东南沿海。那时年关将近，因军令紧急，土家兵只好提前过年。为了纪念这次出征，后人相承成俗，就把过年提前了一天，称为"赶年"。

"舍巴"节是土家族传统节日中最隆重的一种节日。"舍巴",即跳摆手舞的意思。"舍巴"节的具体日期,各地不同,但都在每年春节期间的正月初三至十五之间。节日的夜晚,土家族群众穿上节日盛装,聚集到各地的摆手堂前,张灯结彩,燃起篝火,随着鼓乐,跳起欢快的摆手舞。有的一两夜,有的三五夜,有的则连续七天七夜。从前的"舍巴"节活动,主要是为了祭祀先人,现在已成为喜迎新春的群众性娱乐盛会。

土家人在阴历四月初这几天要举行不少的庆祝活动。一是欢庆"佛诞日",土家人用朱砂书写驱除毛虫的"毛娘贴",贴到屋内墙壁上。这几天若逢立夏,还要到山上扯些竹笋下酒,名为"助力"和"接力",意取竹笋节节增高,坚韧有力。这时若逢辛卯日,家家户户要摘一些早熟的瓜果和新鲜蔬菜,来祭祀祖先和田神,意思是请祖先和田神来尝新,所以又称"尝新节"。

农历四月,土家族还要举行一年一度的喜庆节日——牛王节。这天,人们要让牛休息,用巴山豆、红豆磨成浆汁,和上奶粉等让牛饱餐。这几天里,人们还要唱牛王戏,对山歌。人们放下农活,赶着牛群拥上山坡对歌。一般一个寨子为一组,事先确定装牛的人戴着牛面具。人们在草坝上围圈,由男青年牵着"牛",与女青年对唱。对唱完之后,群男群女提着盛满野花的花篮,互相追逐嬉戏。然后他们在草坝上搭起石灶,燃起篝火,挂上鼎罐熬汤烧茶水,用一口锅烙"牛王粑"。吃完了,姑娘们就掏出精心制作的鞋垫做针线活,小伙子坐在旁边吹竹笛,开始"选亲"。小伙子认为姑娘的鞋垫扎得好,妹子如果喜欢听小伙子的笛声,那么就是"初选"上了,这对男女就到长满修竹茂林的小溪边倾谈。

农历五月初五,土家人称为"端阳节",并将五月十五称为"大端阳"。在端阳节,土家人要举行一系列的节日活动。端阳早上他们要吃粽子,喝雄黄酒,还将雄黄酒擦在小儿额头和两只手腕上,为了避蛇虫、防瘟疫。他们在房门两边也要挂上"蒲艾"。端阳晚上要洗"百药水澡",他们认为,端阳当天百草都是药,这天扯各种草熬水洗澡,不会生疔疮。这一天他们还要在阴湿处洒上"百药水",以避蛇虫蚂蚁。在端阳节他们还要接端阳客。客分两种,一是接未婚女青年到男方家过端阳,一般要耍上几天,回去时还要赠送草帽、雨伞或衣物等;二是接已嫁出去的女儿回娘家过节。端阳节土家人还要戴端阳花、划龙船。

在农历八月十五中秋月圆之夜,土家人还要举行一项十分有趣的活动——"送童子"。这天,土家人用糯米做成糍粑,准备好月饼、水果,在树荫下扎一个简易的亭子并扎好彩旗、彩灯、彩马。晚上,全家人走出房门,围着亭子赏月。之后,由一个穿着漂亮衣服的儿童,骑在彩马上,怀里抱着一个木雕的童子,人们簇拥着这个儿童,敲锣打鼓游行,然后,乘夜深人静之际,悄悄送到无儿无女的人家。也有的深夜到菜园地摘一个南瓜,悄悄地放到无儿无女的人家,意即给他们送去"儿女",为他们带去美好的祝福和寄托。

(本文作于 1998 年 4 月)

苗族风情

居住在湘西一带的苗族有着悠久的历史，是中国古老民族之一。在 3000 年前，他们的先民就活动在长江中游的荆楚地带，后来从洞庭湖溯沅江而上，至历史上称谓的"五溪地区"的湘西一带。苗族有本民族的语言，却无文字。他们普遍使用苗语东部方言，大部分苗胞都会汉语。

湖南境内的苗族，主要聚居于湘西土家族苗族自治州的花垣、凤凰、吉首、泸溪、保靖、龙山、古丈、永顺，怀化市的麻阳、靖州、沅陵、会同、芷江、新晃、通道，邵阳市的绥宁、城步，张家界市的桑植等县（市）。

欢乐苗家

苗族非常讲究服饰。男子绾髻于顶，缠布帕，或青或白。女子身穿色彩斑斓的花衣，下穿百褶裙，蓄长发，包赭色花帕，脚穿船形花鞋，身上佩着各种银饰。清代改土归流之后，苗族至今还保留着浓厚的民族特色。老年男装为无领斜扣大襟衣，束腰带，宽裤脚，打绑腿带；中年和青年男装为短而小的对襟上衣，宽裤脚，打绑腿带。喜欢青色和蓝色，布料多为自家生产的织机布。

妇女服饰比男装复杂，地区差异大，式样多。头帕一般有一丈多长，颜色有青、花、白三种。苗族妇女上穿无领、镶边、绣花大襟右衽衣，下穿镶边、绣花宽脚裤。全身佩满银饰，衣服上胸前挂银链、银针筒，后腰系银排链。妇女的衣服，每人都有各自的花色，很少重复。围兜的花带很有特色，图案多为虫、草、花、鸟和坐标图案，构图对称，朴素大方。

苗家多数依山建寨，也有的依山傍水而居。房屋均为木质结构的平地屋或"吊脚楼"，一般为四排三间。柴棚、猪牛圈和厕所大多建在住房前后。在苗家，不论平房或"吊脚楼"，屋内一般都有"火塘"，是煮饭、烧水、就餐的地方，也是烤火和接待来客的场所。

苗家的吊脚楼很有特色。吊脚楼飞檐翘角，三面有走廊，悬出木质栏杆，标杆上标有卐字、喜字格、亚字格等象征吉祥如意的图案。悬柱有八棱形和四方形，下垂底端，常雕绣球和金瓜等各种装饰。一般为两层结构，上下铺楼板，壁板油漆发光，楼上雕有花窗，窗户通风向阳。窗棂雕花千姿百态，有"双凤朝阳""喜鹊恋梅""凤穿牡丹""狮子滚绣球"及牡丹、茶花、菊花、兰草等各种花草和禽兽的图案。

吊脚楼的下层室内，一般做贮藏粮食或存放家具农具之用，屋外边檐做堆积柴草用。吊脚楼的上层室内，做书房和接待贵宾之用。室外走廊上，妇女们常在那里绣花、飘纱、织锦、打花茶、晾纱、晾衣，还能观花望月。

在饮食上，苗族以大米为主，辅以苞谷、小米、薯类等，一般都有喜欢制作酸菜、油茶、自酿米酒的习惯。酸菜多达20余种，风味独特，爽口开胃。

油茶，是苗家款待宾朋的食品，也是饭前常用的饮料，能消暑解热，去湿去寒。每逢宾客临门，苗家必煮浓茶，冲泡油炸糯米丸子、黄豆、花生仁、玉米，佐以葱花、辣椒等。

苗家有一种酸汤，苗语叫"禾叭秀"，几乎每餐上桌。还有一种用鲜鱼置坛加工制成的酸鱼，是苗家独具风味的传统待客佳肴。

苗家人非常好客，对人重情义，讲信用。客人进屋，主人起立让座，家里人不从客人前面走过，以示尊敬。主人以甜酒或好菜好饭待客，陪客吃饭，主人要同客人一起端酒杯，一起放杯；吃饭时，主人必在客人放饭碗后自己才放碗。客人送的礼物，主人不能全部收下，要留一点让客人带走。

一家有客，各户轮宴，这是苗家好客的风气。席间，主人向客人敬酒，然后主客之间交杯对饮，俗称"扯扯杯"。酒具一般用碗或瓷杯，如适盛大节日喜庆，则用牛角敬酒。酒甜以歌助兴。凡节日喜庆，苗家都兴制作糯米粑粑自食或馈赠亲友，特别是一年一度的春节，每家都要打上百斤糯米糍粑。

苗家人在工艺美术方面也有造诣。他们制作的工艺美术品种类繁多，如刺绣、编织、彩绘、蜡染、雕刻、剪纸等，都各有特色。靖州三锹里一带的苗家，几乎家家户户都有织布、织花机。妇女们的头巾、面巾、花带、背带、衣袖、裙子和钩鼻绣花鞋等，多采用梭花、挑花和刺绣自行制作。

蜡染是苗家工艺之花，它先在白布上画上图案花纹，然后上腊，再浸入染缸着色而成。妇女和儿童们佩戴的银饰，是苗家传统的装饰品和工艺品，造型优美、制作精巧，都是出自本民族能工巧匠之手。花带，也是苗家十分喜爱的工艺品，制作精美，图纹鲜艳，姑娘们常将它作为信物赠送给自己的心上人。

苗家人有礼貌，讲文明，尊老爱幼，不欺弱者；晚辈见了长辈，礼貌称呼；平辈相见，点头相称；途中相遇，自觉让路。在山坳上和井水边，多修有凉亭，放置竹简，备凳植树，便利行人；长者有事，少者帮忙；一家有难，四邻支援；自觉履行赡养鳏、寡、孤、独老人的义务。他们自觉遵守"族约""家规"。不取不义之财，不做损人之事；凡打上"草标"之物，不论在山上路旁，均不乱拿；在"坐茶棚"和"玩山"等社交场所，要求言行文雅，注重礼节。他们具有勤俭朴实、禀性直爽、能吃苦耐劳的美德。

苗族婚俗

湘西苗族的婚姻在古代比较自由，择偶时，只讲情操，不讲门第；只讲人情，不讲礼金。婚姻自由而简朴。男女青年可以通过"玩山""会姑娘""坐茶棚""七月十七"和"七月十五"等社交活动，以歌为媒，结下深情，自许终身。清代以后，由于受到封建包办婚姻的影响，苗族地区也出现了包办婚姻，但仍然保留了本民族的婚俗。

湘西一带的苗族青年，通过"坐茶棚"等社交活动，看中了某位姑娘，即可请媒人去说亲，只要女方父母同意，便可登门送礼订婚。在新娘出嫁的前一天，新郎家须请六个能说会唱的人，头戴青帕，身着长袍马褂前往新娘家娶亲，谓之"六亲客娶亲"。新娘出嫁要脚穿草鞋到新郎家门口才换上花鞋进屋，意在不忘祖先逃难之苦。新娘出嫁不坐花轿，不送嫁妆，只需备几套陪嫁衣服。

婚礼的第二天，新郎寨上要挑选三个后生，身穿新娘花衣，头盘假辫，与伴娘一起陪新娘到井边担水，沿途对唱《担水歌》。

婚礼结束后，两个伴娘唱起《回门歌》，感谢新郎家父母、厨师及所有亲友，与新娘一道回娘家。途中，娘家要派人来接新娘，男方送新娘的人，在早已烧好的篝火边，席地而坐，一同就餐畅饮，称为吃"半路酒"。饮近黄昏，双方才互赠礼物，各自归寨。

在靖州大堡子、坳上等乡的苗族中间，接亲时要由新郎家派数十人的"关亲"队，找"竹彩"，抬花轿，吹唢呐，放铁铳，前往新娘家迎亲。新娘家则行"拦门礼"，互相盘歌，然后才可开门。当晚，新娘"哭嫁"，不少姐妹都来伴哭，并往"关亲"客脸上抹黑锅烟。新郎寨上的小伙子和姑娘们，要向新娘和伴娘讨烟要糖，讲四言八句。

有的地方的苗家，还流行这样的婚俗：出嫁那天，新娘手撑青布半开伞，由亲属陪行，女友伴送，由"引亲娘"带路步行去新郎家。新郎家门口放一个筛，陪客绕筛而过，新娘则踏筛而进。走进屋后，新郎新娘喝"合欢酒"。再由新郎的妹妹带新娘去井边打一罐水回家，表示自己是这个家庭的一员。当日，新娘可同女伴们出外游玩，熟悉寨情，但不能去同姓家。晚上，由新郎新娘各自请来的歌师歌娘对歌闹夜，男起女应，昼夜不息。新婚之夜，新郎新娘不能入睡，主人家在半夜和拂晓时都要煮甜酒招待歌手和客人。

在湘西南靖州、绥宁、城步等地的苗族中，新娘出嫁时，由其亲兄弟背送到寨外，再由其娘家的二位同族姐妹陪伴，步行到新郎家。新婚头三天之内，新郎新娘不能同宿。这三天中，由寨中同族亲戚轮流宴请新娘及客人，称为吃"排家饭"。三天后，新娘即回娘家居住一个月或数月，再由男方另择吉日接回家中，新婚夫妇才正式同居。不过，新娘住几天之后，又会回娘家，以后需经过多次接送，直到女方怀孕，才在男方家定居下来。

苗族节日

苗族的传统节日很多，主要节日有三月三、四月八、六月六、赶秋节、七月十四歌会节、七月十五芦笙节等。

三月三，是湘西苗族传统的歌舞节。每年阴历的三月初三，苗族男女老幼，穿上节日盛装，来到各地约定的歌场，唱歌、跳舞。城步的苗族把这一天称为"动春节"，家家户户要杀猪、宰鸭，准备酒菜祭祀祖先。同时，要接女儿、女婿回家团聚。

四月初八这天，湘西的苗族人民要穿上节日的衣服，来到苗族英雄亚宜战斗过的地方——凤凰落潮井"跳月"。相传古时有个名叫亚宜的苗族首领，在四月初八这天，领导苗民举行暴动，连连获胜，后英勇牺牲。为纪念这位民族英雄，四月初八这天，苗族人民举行纪念活动，吹芦笙、吹唢呐、赛歌、击鼓跳舞等。其中跳鼓舞极有民族特色。表演时，将一面大鼓放在木架上，一人手不停击鼓，同时歌舞，情绪高昂，场面热烈，富有节奏感。湘西南城步、绥宁等地的苗族，在这一天则祭祀"牛魔大王"，让牛休息一天，做糍粑等给牛吃。

六月六是湘西苗族的歌节。在湘西各地的六月初六歌会中，以凤凰县落潮井、勾良山的规模最大。届时，附近的苗族人民纷纷赶来与会，人数多达数万。湘西南城步、绥宁等地的苗族人民，则以这一天为"禾兜节"。每家每户杀鸡宰鸭敬"五谷大神"，并设宴招待亲朋好友。吃饭之前，主人要戴斗笠，先到田头给"五谷大神"挂清，并置酒祭祀；来去的路上，即使遇到熟人也不能说话，以表示对五谷神的虔诚。

赶秋节，是苗族人民富有传奇色彩的节日。传说很久以前，苗家有个名叫巴贵达惹的青年，有一次他在深山打猎，突然看见一只鹰衔着一只花鞋飞过来。他张弓射箭，岩鹰负伤，花鞋掉下来。他捡起花鞋一看，认定绣花人是个聪明勤劳的姑娘。为了寻找花鞋的主人，他精心制作了八人秋千，附近的苗寨姑娘都赶来荡秋千，赛苗歌，就这样找到了花鞋的主人——黛帕七娘。后来他们通过对歌传情结成了美满婚姻。苗族人民为了纪念他，就仿制八人秋千，于"立秋"之际，青年男女聚集村寨、秋场唱歌跳舞，谈情说爱，寻找伴侣。这种活动代代相传，逐渐演变成欢庆丰收的"赶秋"节。到了现代，节日活动更为丰富，增加了比武、耍龙灯、舞狮子等活动，还演苗戏、放电影等。吉首的矮寨、花垣的麻栗、凤凰的勾良山、泸溪的潭溪和梁家潭等地，都是湘西苗族著名的"秋场"。

七月十四日歌会节，是靖州一带苗族人民的传统娱乐戏会。每年的这一天，靖州及附近的苗族人民，云集靖州大堡子乡岩湾歌场，数百对歌手"不论年老与年轻，不分男人与女人"，围成上百个"歌堂"赛歌。歌的内容丰富，题材广泛，有流传久远的故事歌，有歌颂英雄人物事迹的叙事歌，有表达青年男女聪明才智、倾诉爱慕之情的情歌，有赞颂新时代各民族团结奋斗、建设祖国、憧憬美好未来的赞歌。这个节日的来源有一个传说，相传很早以前，大堡子边界上有四对苗族青年男女，农历七月十四日在岩湾巧遇，以歌传情，许下终身，次年的这一天，他们便结成了佳偶。这个故事传遍苗家村寨，引起人们对幸福婚姻的追求，人们便把这一天定为歌会节，岩湾也就成了远近有名的歌场。

七月十五日的芦笙节，具有浓厚的民族特色。靖州苗族每年都要跳几次芦笙舞，但规模最大的要数农历七月十五日平茶乡和藕团乡的芦笙节。这一天，周围数十里的男女老少，身穿民族盛装，分别会集于两个芦笙堂，吹笙踩堂。吹笙踩堂舞的舞步是"俯仰三进一退带转体"，曲调分直调、半花调、两边花、六步调等四套。舞姿灵活自如，豪迈粗犷。每次聚会，人山人海，直至黄昏日落，才尽欢而散。

（本文作于 1997 年 7 月）

侗族风情

在湖南省湘西南地区的通道、靖州、黔阳、新晃、芷江、辰溪、城步、绥宁、新宁等十多个县（市）中，居住着一个勤劳勇敢的民族——侗族。

侗族的族源，可以追溯到秦汉以前的越人。汉晋时期，他们被称之为僚人，宋、元、明、清时期，被称为"仡伶""仡缆""洞蛮""峒人""洞家"等。直到中华人民共和国成立之后，才统一称之为侗族。

欢乐侗家

侗族人有尚鸡卜、卵卜，喜欢吃鱼、嗜酸味，干栏楼居，鼻孔吹笛，女子婚后不落夫家等习俗，均留有古越人的遗迹。

他们自称"干"和"金""更"等，其语言属汉藏语系壮侗语族侗水语支，大多数人通晓汉语。

侗族人民淳朴忠厚，豪爽耿直，勤劳勇敢，又有敬老尊贤、礼宾好客、热心公益和助人为乐的美德。在侗乡，老人不愁无晚年之乐，凡"行年"（春节期间集体到外村拜访、做客），"作寨客"必以"仁佬"（老年人）为先导和首席。行人不愁无投宿之所，可以在花轿和鼓楼中歇息，能得到热烘烘的炉火取暖及香喷喷的油茶款待。

侗族是一个十分崇尚文明礼貌的民族。他们热情好客，注重礼节，讲究信义，乐于助人。他们在路上遇到客人，尽管不认识，也会热情地打招呼。碰到有人问路，侗家人会详细指路，甚至送上一程。如果在屋前相逢，侗家人会邀请客人到屋里乘凉或烤火，并且送上烟草，拿出瓜果。

到侗家去做客，夏天，家家户户会端来泉水冲泡的甜酒；冬天，能吃上热气腾腾的甜酒粑。侗家妇女大多会做甜酒，她们上山采摘甜酒草一类药物，与粳米舂合，制成米酒后，作为待客佳品。

侗族人招待客人热情周到、殷勤细腻，有"茶三酒四烟八杆"的习惯。来了客人，泡茶要连泡三碗，敬酒要敬上四杯，送烟也要送上多次。来了好朋友，左邻右舍都拿来猪油、糯米、炒米、黄豆、苞谷等，合煮"太婆油茶"来招待客人。太婆油茶色、香、味、功俱佳，吃了生津排瘀，醒脑明目，还能治感冒、腹泻，老幼皆宜，人人喜爱。

"茶三"过后，便请客人吃饭。有时围炉共饮，有时则堂中摆宴，请客人坐上座，主人在一旁陪伴敬酒。侗家的酒有苦酒、烧酒、泡酒等种类。苦酒苦中生香；烧酒，芬芳可口；泡酒，味功俱佳。主人敬酒时，常常还唱歌助兴。客人如果不把酒喝下去，主人的歌就好像永远也唱不完。那年我们去侗家拍摄《侗寨风情》的电视专题片，著名导演李斌先生便是因为这种风俗醉倒在地。

按照侗家的习惯，在酒席上，他们将鸡头鸭脑敬给男宾，鸡翅鸭翅则敬给女客。吃完饭，还有橘子和酸萝卜醒酒清口。客人离开时，还用菜叶和笋壳包上几块肉、几个粑，送给客人。

如果客人不能进屋留下来吃饭，侗家人便会用茶盘端来酒、肉，共同款待。如果客人待的时间比较长，则各家轮流来招待。

侗家人既待人热情，也乐于助人。哪家迎亲，大家都帮着去抬轿子。哪家建屋，家家主动帮工，不计劳酬。遇到灾难，全寨奋力抢救，有的主动让房，有的送衣送粮。哪家生产上有困难，好友们约到一起，凑钱凑粮，支持帮助。

进入侗寨，我们会发现在三岔路口，立着指路碑，生怕你走错；在坡上山坳，古树成荫，立有长凳短凳，供你歇息；在坡陡路滑的地方，放着拐棍，帮助你行走；在大路上，建了长亭短亭，可以乘凉躲雨；在人迹稀少的地方，放着草鞋，供你急需；在路边的水井上，摆着竹瓢，让你很方便地喝水；溪水阻隔道路，会有跳岩和桥梁，让你方便通行；在寨子外边，修筑了"花街路"，迎你进寨。所有这些，都是侗家人自动出工出料来办的。

侗家人心地坦诚，注重道德，侗寨里形成了良好的风尚。山上的柴火、木材，只要插上"草标"，就不会有人去拿。晒着的谷物、布匹、衣被，放在外边，从不会丢失。谷仓、住房，不上锁，也不会被盗，可谓是"道不拾遗，夜不闭户"。

侗族是个敢于斗争的勇敢民族，他们喜欢集体居住，内部凝聚力很强。大寨小寨之间互有联系，一寨之中几十人、几百人，互相关心，互相爱护，和睦相处。对恶人恶行，他们疾恶如仇，见义勇为。谁要是敢侵犯、损害别人，全寨人都会起来，与之斗争。

侗家的民族风情，是在千百年的历史发展中逐步形成的。一代又一代的侗家儿女，在与自然的搏斗中，相互扶持，相互帮助，形成了这些令人惊异的风俗人情。在注重社会主义精神文明建设的今天，侗家的这些淳朴的民族风情，得到了进一步的发扬和光大。

侗乡节日

在长期的生产劳动和生活中，侗族人民形成了许多传统节日。

侗族传统的节日很多，其中以行年、大戊梁歌会、萨玛节、三月三、尝新节等传统节日最为隆重热烈。

行年——是在每年正月春节期间（初三至十五），侗乡以寨为单位集体去另一寨做客的习俗，也有叫"乡客""芦笙客"和"鸡尾客"。

行年时，寨里每户出一人，组成行年队伍，选出三五人为仆耶，作为全队的领导，选出一人为耶高即头客，作为总指挥。仆耶身穿侗锦衣，头包青长帕，插鸡尾毛，捆腰带，脚打花裹腿，穿白袜子和双量厚底沟鞋。头客则要披大红毯子，腰间挂短剑，怀里揣罗盘。

出发前，芦笙队吹"集合曲"，集合队伍，接着吹"同去曲"，队伍便出发。途中路过其他村寨：还吹"同过曲"，意即借光过路。到达寨外边时，扯来丝茅草，每人戴一根在身上，并吹"同到曲"，给主寨送信息。

主寨的芦笙队吹"迎客曲"，欢迎来客。队伍进入寨中撒坪，围成圆圈，吹"进坪曲"和"欢乐曲"，边吹边跳芦笙舞。主寨的男女老少围拢来热烈欢迎，并争相拉客人回家住宿款待。

第二天，头客把自己带来的人聚集在撒坪上，围成圆圈讲款，从"开天辟地""洪水滔天""人的起源"一直讲到"村规寨约"。主寨的男女老少也汇集在一起，静听讲述，并同声附和"是呀"！

入夜，青年男女相邀弹琴对歌，寻觅知音。老人则围坐鼓楼和坑边，弹起琵琶，歌颂历史英雄的业绩。

第三天中午，头客集合全部队伍，整顿行装准备告辞。寨里的主人们，将桌子摆成长席，把从各家各户取来的酸鱼、腌肉、酸菜、苦酒摆上，宾主们相对而坐，互赠良言，相约后会。客人起身时，主寨的男女青年拥向席间唱"拦路歌"，挽留客人。

撒玛节——侗族人自认为是萨玛的后代，每年农历二月初二，侗寨都要把嫁出去的姑娘接回来，先在撒坪以酸鱼、腌肉、糯米粑粑、甜酒、油茶祭祀萨玛，然后拿回家中围炉共餐，并由老年人讲述萨玛勤劳智慧、扶养侗家的故事，教育子女们勤耕纺织，发家兴业。有的村寨还集体杀猪，以祭祀萨玛。

侗族在三月初三日左右，一般要举行为期五天的庆祝活动。三月初二，姑娘们到河边树下，与小伙子们在坡上备办野餐。三月初三，清晨，姑娘们便打扮得漂漂亮亮的，提着篮子到菜园里采来大葱、蒜苗洗净，然后再到嘎树下等待小伙子来讨篮。从姑娘手中"讨"到篮子的小伙子，会引起人们的赞叹，并与姑娘约定还篮时间。还篮时，小伙子要以糖、布料和丝线等回赠姑娘。中午，人们在寨中心狂欢歌舞。

三月初四是盛大的化装舞会，人们头戴面具，尽情欢唱。初五下午，要为前来观看的客人举行欢送仪式。

湘、黔、桂边界的侗家人在三月三这天还要举行抢花炮活动。比赛时，先由长者抬着镜屏、彩礼和花炮，在芦笙队的簇拥下穿街游行，然后将花炮抬到河滩和空旷地。比赛时先是用粉枪鸣放，然后点炮。随着一声轰响，安放在铁炮上的缠有红丝的铁圈被冲上空中，铁圈往下落时，参赛双方蜂拥而上，一起去抢。

"抢花炮"是一场比体力、比技术、比智慧的活动，象征着团结、胜利、幸福，人称东方"橄榄球"。

大戊梁歌会是在每年农历立夏前的第18天，侗族历法的大戊日，侗家儿女们身着节日盛装，会集到平时人迹罕至的通道侗族自治县境的大戊梁山，举行盛大的一年一度的歌会。

湘、黔、桂三省边境的侗族青年都来赴会，山上人山人海。青年男女们以歌代言，以歌传情，到处歌声不断。不少人因歌兴未尽，继续到附近的亲友家中唱歌，至三五天才散。

尝新——新晃、靖州、通道等地的侗族，都以阴历六月初六为尝新节，他们在这一天采摘一些稻穗敬神，并掺和大米熏食，以表示尝新谷。也有的是吃新鲜蔬菜和野菜以示尝新。有的还要祭祀飞山神，并用米饭喂牛，祭祀牛栏菩萨等。

中秋节——中秋节是许多民族共有的节日，但是侗族在这一天除了与汉族同样赏月之外，还有一些本民族的习俗。如新晃、芷江的侗族，在明月当空夜深人静之时，未婚姑娘约在一起，用伞遮盖自己，到别人的菜园中去"偷"摘瓜果、蔬菜，祈求仙女牵线成双，找到如意郎君。少妇们也去"偷"摘瓜果，意取瓜中有子，祈求早生贵子。小伙子们也想通过这一活动得到幸福，故"偷"摘也不甘落后。

这种活动，大家称为"偷月亮菜"。如被偷的主人破口大骂，则偷者更加高兴。

另外，在通道等地的侗乡，这一天各村寨间要通宵达旦地比赛芦笙和对歌，称为"行月"。

侗族婚俗

由于较少受封建礼教的束缚，侗乡青年男女的社交活动比较自由。他们的恋爱主要通过"行歌坐月""玩山赶坳"、以歌传情、唱歌讨带（帕）等方式来进行。

每逢节日、农闲之时，侗族的姑娘和小伙子便会聚在一起唱歌游玩，通过歌声来建立友谊，寻找情投意合的伙伴。

在侗族地区，每当夜幕降临，姑娘们便会聚在一起，一边纺纱、绣花，一边等待外地小伙子的到来。邻近村寨的小伙子，也会三五成群，提着灯笼，打着火把，带着琵琶和牛腿琴，边走边唱，到姑娘们聚集的地方来拜访。

小伙子们进门之后，便分男女围坐在火塘边，或低声交谈，或唱歌对答。交流中，如果有情投意合的，便单独往来，互赠信物，以至定下终身。

逢场赶集、喜庆场合、山坳歌会、亲朋往来，都是侗族青年男女们交往的好机会。小伙子如果对姑娘产生了爱慕之情，就会用委婉动听的歌声向姑娘讨带，唱《讨带歌》。如果他的歌声拨动了姑娘的爱情之弦，姑娘便会用歌声来回答，唱完之后还会将侗帕和银手钏、银戒指送给小伙子。

也有的姑娘心眼多，故意赌气不理，迟迟不送帕子、戒指。当唱了许多歌仍达不到目的的时候，小伙子便会去抢他想要的信物。姑娘故作"痛骂"之后，会拿出一件物件来交换，并预约相会。

在约定的地点，他们先唱山歌，再窃窃私语，互吐爱慕之情。侗族姑娘赴约会时，一般都要带着"陪伴"，按照事先的约定，先躲在附近，专心等待。小伙子则穿着整洁的侗服，也邀"陪伴"，吹着木叶，学着鸟叫，唱起《姑娘歌》。姑娘听到歌声之后，也唱山歌作答。

姑娘和小伙子一边对歌，一边互相靠拢，选定一块地方坐下，再唱《见面歌》《朋友歌》《相思歌》。歌来歌往，尽吐相思之情。唱累了，就把带来的糍粑和糖果拿出来吃，边吃边谈。如果感情进一步加深，就会互赠信物，唱《盟誓歌》，这以后小伙子就可以请人到姑娘家去提亲了。

侗族的婚嫁喜事具有节俭、热烈的特点。一般不用花轿，不收彩礼，不送嫁妆。

结婚那天，男方派出两个小伙子和两个姑娘提一个灯笼、一篮糯米粑和一条大草鱼去女家迎亲。女家则派一近亲妇女和三位姑娘打着一支火把，提一篮新衣送亲。

姑娘手中拿着一把伞，步行到男家。新郎则在家门口迎接新娘的到来。新娘来到男家大门口，将放在门外的一桶糯米提进堂屋，然后到火炉前坐下，升火煮油茶敬翁姑和本家亲友。

新娘煮的油茶叫"新娘茶"。吃油茶时，男女老少可以说些逗趣的话，称为"闹新娘茶"。吃罢新娘茶，伴嫁娘要陪新娘去井边挑水，直至挑满水缸为止。然后众人送新娘和伴嫁娘入新房，并陪同歇宿，不兴闹新房，也不准新郎入新房。

第二天，新娘接待宾客，并由伴嫁娘陪着唱"敬酒歌"，劝宾客畅饮。第三天，由新郎家请寨中三个能唱歌、有口才、会饮酒的小伙子挑礼物送新娘回娘家，当天便回，叫"转脚"或"回门"。

在许多侗族地区，新娘结婚后都有"不落夫家"的习俗。新娘在举行结婚仪式之后，即回娘家居住，以后也只有在农忙季节，男方才派人把新娘接回来住几天，直到三五年后女方怀孕时，新娘才正式在夫家定居下来。中华人民共和国成立后，这种"不落夫家"的习俗正逐渐消失。

"看舅爷"是侗族结婚迎娶之前不可缺少的礼节。一般由男方备办礼物，男女双方选亲人为代表，代他们去看远方舅父。舅父家摆酒接风，预祝他们幸福长久、百年到老。

在姑娘临出嫁前，全寨的姐妹都要聚集到姑娘家里，陪伴即将出嫁的姑娘，一边帮她做针线活，一边畅叙姐妹情谊。大家从各自的家里拿来糯米，一起舂粑，共同分享，称为吃分离粑。

结婚那天，男方还要组织迎亲队伍去女方家迎亲。其中关亲客是关键人物，一般都选用经验丰富、为人正派、能言善辩的人充当。

迎亲队伍进寨，女方请人拦门，把队伍拦在门外，双方对歌。对歌的内容从古至今、从人类和婚姻的起源到今天为什么迎亲等，一问一答，周旋许久，等到有威望的人出来和解，关亲客散发红包，才搬开拦门，让迎亲队伍进去。

（本文作于 1998 年 2 月）

瑶族风情

在湖南省与广东、广西接壤的五岭南北，居住着一个勤劳勇敢的民族——瑶族。

湖南是瑶族的发祥地，全国其他各省份的瑶族，大多是先后从湖南辗转迁徙而去的。

湖南境内的瑶族，目前共有 460 667 人，分散居住于湖南省南部、西南部的山区，包括永州市的江华瑶族自治县、江永、道县、宁远、蓝山、双牌、祁阳、新田等县，怀化市的辰溪、溆浦、黔阳、怀化、通道等县市，邵阳市的洞口、隆回、新宁、绥宁等县，郴州市的郴县、资新、宜章、桂阳等县市，衡阳市的常宁县，株洲市的炎陵县等地。

湖南瑶族的名称比较复杂。一般自称"尤棉"，而"尤棉"中，又有"盘尤""过山尤""红头尤""箭尤""广西尤""鄜县尤""宝寨尤"等不同称呼。隆回、洞口、城步一带的瑶族，则自称"花瑶""民瑶""平地瑶"。新宁县及附近的瑶族，则自称"洞里瑶""长发瑶"，等等。到了现代，才统称为"瑶族"。

湖南省瑶族，都有自己的语言，但因居住地域的不同，语言也不相同。湘南地区的瑶族讲的是"棉话"，属汉藏语系苗瑶语族瑶语支。新宁、隆回、洞口、城步一代的瑶族，多用布努语或拉珈语，分别属汉藏语系苗瑶语族苗语支和汉藏语系藏侗语族侗水语支。

在漫长的生活、生产中，瑶家人与汉族建立了密切的联系，因此，瑶家人大部分都兼懂汉语。

瑶家原是有文字的，1982 年，在湖南的江永县曾经发现过一种只有瑶家妇女认识的文字，称为"女书"。据专家考证，这种文字已经存在了 600 年以上，这说明，瑶族的文字历史较长，只是在后来的传承发展中逐渐消亡了。

在服饰上，湖南省的瑶族"好五色衣"。男子铣发椎髻。居住在湘南的瑶族，男子多穿对襟齐领布衫，有的长可蔽膝，布扣，裤宽而短，头扎青布头帕，出门时多扎绑腿，穿草鞋。妇女上衣也穿齐领布衫，裤与男子同。衣袖、衣边、裤脚均绣有花卉或其他图案的宽边。头上用青花布头帕包成尖角形。没有出嫁的姑娘则用峨冠，冠檐高耸，上面绣有花鸟图案，两弯缀丝束、宝珠之类的装饰。

瑶家妇女喜欢佩戴金银首饰，耳缀银耳环，臂上戴着铜钏子，未婚女子则戴银钏子。瑶族男子喜欢佩带瑶刀。湘中等地的瑶族，男人的服装与湘南瑶族基本相同，只是妇女穿裙子，其裙长而大，上身穿白布对开齐领衣，袖口绣有花纹。头上、腰上都束花带，脚扎排花绑腿，穿绣花鞋。

欢乐瑶山

瑶山民情古朴，风俗独特。集体围山打猎，是瑶族人民重要的生产活动之一。狩猎归来，个人的猎物虽然归自己，但要煮成肉汤，分给各家各户品尝。如果是集体的猎物，要马上给寨里通报消息，寨中人迎接猎人们胜利归来，对猎物则采取见者有份的分配方法。

瑶山还有互相帮助的习惯。有些地方的瑶族群众，上山做活，总要在大路上用竹竿插地，上面挂着用作午饭的饭包。路人如果饿了可以吃，但不能吃完，要给主人留一份，吃了之后千万不要留下钱和粮，不然主人会不高兴。哪家婚丧喜庆，需要钱粮酒肉，全寨人则有钱的出钱，有粮的出粮，有酒的出酒，有肉的出肉，全力支援，毫不吝惜。寨里的孤寡老弱病残者，生活困难，全寨人都会照顾和抚养。

瑶山人很好客，有客来，不管认识不认识，都会热情接待。他们先让客人进堂屋落座，然后递烟、送茶。若是天色晚了，则留客在家住宿，主人尽家中所有菜肴款待。摆上桌子的食物客人一定要多吃，这是对主人最大的尊重。饭后主人要请客喝"泡茶"。附近的成年男子会自动前来陪客，往往至深夜方散。

在瑶山，凡是有主的东西，别人是不会拿走的。走进瑶山，会发现山道旁、村寨边、柴堆上插着一根根"茅草结"，这是瑶族人民所做的一种标记，表明这块地方和这些东西已经有主。从几百斤重的野猪到两把重的小鸟，从珍贵的麝香到一根干柴，只要上面插有草标，旁人见了都不拿。

因为长时间的迁徙，瑶家的住房比较简陋，仓库多数设在户外或村外，有的甚至设在离村20多里的山洞和田间。仓库一般也不上锁，但储存的粮食无人窃取。在瑶山是可以随时随地存放东西的，上山劳动或串村走寨者，认为有些东西可以不必带去，就可以寄放在路边或挂在树上，不管放多久也不会丢失。瑶族群众外出或上山劳动，家门虽然上锁，但钥匙就放在门框上。不过瑶家有个规矩，不是亲戚朋友，谁开门进屋，谁就是强盗。因此，主人不在家，谁也不会开门进屋。

瑶山人对老人和长辈特别尊重。在瑶山，无论大人小孩，只要老人进到自己家，一定会热情接待。在路上碰到老人，一定会亲切打招呼，若是老人手中拿着东西或背着重物，年轻人便主动上前替老人背一程。在家里，年轻人对父母长辈也很孝顺。正如《摘果敬爹娘》歌中所唱："荷叶怀中传佳话，路逢果子未曾尝，摘回家来敬爹娘。贤弟劝兄兄劝嫂，一齐孝顺敬爹娘。怀胎十月，怀胎十月恩难忘。"

瑶家婚俗

瑶族的恋爱婚姻习俗，崇尚自然古朴。

瑶族青年男女的社交活动历来是比较自由的，为社会和家庭所允许。婚前，青年们常利用节日、集会和农闲时串村走寨的机会，用对歌来物色对象。如果两人情投意合，便互赠礼物，定下婚姻。他们的恋爱和婚姻，都在一种自由自在、无拘无束的环境和气氛中进行。

在湖南省江永县源口乡的瑶族青年中，流行着一种名叫"阿妹三点红，坐下红凳定终身"的恋爱方式。

所谓三点红，是指"红鞋""红伞"和"红凳"。这里对未婚的女青年，称"阿妹"。阿妹穿的鞋子普遍带有"一点红"。穿布鞋的有一段红布卷边，穿凉鞋的鞋间有一只红蝴蝶，穿皮靴的鞋边有一个红花扣。

阿妹的屋里都备有一把红伞。后生哥到木楼里做客，途中需要外出的时候，阿妹会递给他一把红伞，并说："送哥一把红花伞，哥出远门有用处，晴天哥遮大日头，阴天哥来挡风雨。"

后生哥也不推辞，接过伞就走。不过还伞的时候，后生哥不会把伞直接交给阿妹，而是轻轻推开阿妹虚掩的房门，把伞悄悄放下。

阿妹18岁的时候，家里要请最好的木匠为阿妹做一张四条腿、一尺高的凳子，木料用酸枣木、枫木等自然红的树木。这张小红凳做好以后，只有阿妹一个人能使用，当她把红凳给某一位后生哥坐的时候，就说明她看上了这位后生。如果后生坐上了这张红凳，也就是答应了阿妹的婚事。

在江华瑶族自治县，还有一种"留粑充婚"的婚姻习俗。青年男女选择对象，通过对歌、交往建立了深厚的感情之后，便告知父母。征得父母同意之后，小伙子便去求婚。他们的求婚方式很特别，小伙子挑着两个特大的粑粑去姑娘家。这两个大粑粑称为"娘粑""爷粑"，也就是求亲。姑娘的父母会热情地办丰盛的午餐招待。小伙子回时，如果女方父母将"爷粑""娘粑"留下，则是表示同意今年冬天成婚。如果女方父母要小伙子将两个大粑粑挑回去，便是不同意当年成亲，小伙子第二年再挑两个大粑粑来求亲。

在江华等地的瑶族中，姑娘、小伙子还采取"拿篮子"的方式来谈情说爱。每逢节假日或秋后的圩场日，姑娘们便会提着小巧玲珑、上面盖有一条手帕的竹篮，在圩场周围徘徊，等待小伙子来拿竹篮。如果有哪位小伙子看中某一姑娘时，他就会趁其"不备"，拿走姑娘手中的篮子，然后买些点心放在竹篮里，转回姑娘的身边，邀姑娘到附近幽静的地方，一边吃篮中的点心，一边对歌传情。双方若有好感，就会定好下次见面的时间。届时，小伙子又会照例拿走竹篮买点心。不过，这时的竹篮里放有姑娘亲手给小伙子制作的鞋子。

瑶族的结婚仪式颇有特点，可分为上门招赘和一般嫁娶两种。

上门招赘的婚礼比较简单，结婚时新郎由若干青年送亲，新娘到半路迎接新郎。到家后，新郎和新娘同时进屋，送亲的人则留在大门外，洗脸、洗脚、喝茶、吃迎亲肉。然后新娘、新郎再将送亲客接入堂屋休息。

正式婚礼一般在晚上举行。婚礼开始时，由司仪唱词，祝贺新郎新娘成亲。然后由唢呐引路，司仪唱词拜天地、父母、亲戚，拜完长辈之后，夫妻对拜。每拜一次要吹一曲唢呐曲，并由伴郎、伴娘唱一段颂歌。仪式结束之后，吹唢呐送新郎新娘入洞房。青年男女们闹洞房称为"吵茶"，热闹非凡。

一般嫁娶婚礼比较复杂。新娘出嫁时，一般不坐轿。将要出门时，由伴娘陪着唱"嫁歌"，歌唱爹娘的养育之恩，歌唱在家的好处、出嫁后的难处，诉难舍难分之情。唱完嫁歌，新娘由舅舅或兄弟背负过河，无河则背到看不见爹娘房屋的地方。送亲的人比较多，少则十几个，多则几十个。新娘从头到脚缀满银首饰，头上还戴有一个竹木编织的呈四方形的、大小约一平方米的"差"。"差"用绣有各种花纹的红布覆盖着，周围用五寸左右的彩色丝线垂吊，遮住新娘的脸面。

瑶族青年结婚，一般不要丰厚的彩礼，女方不要男方做衣服，或者购置多少家具。新娘多由伴娘打着雨伞在前面引路步行到男方家。新郎新娘"拜堂"之后，即举行婚宴，边喝喜酒边唱歌。

湘西南的瑶族，有一种"娶亲"的婚俗，很有特色。结婚那天，当新郎到女方家接亲时，新娘要躲起来，让新郎到处寻找。找到后，新娘又要寻机逃走，躲藏起来，让新郎再次寻找。如此反复三次，新娘才拜别父母，随同新郎出门。快到男方家时，新郎则要丢开新娘，先跑回家躲藏起来，让新娘去寻找。找到新郎后，新娘假装生气要回娘家，新郎又要极力劝阻，劝住后，新郎又躲起来，新娘又去找，也是如此反复三次，新郎新娘才交拜成亲。

瑶家节日

在长期的生产、生活中，湖南省的瑶族形成了丰富多彩的节日。

湖南瑶族的节日，主要有吃新节、"坦勒贵"、拉嘎节、打鼓堂、盘王节、达努节、过半年、斗牛节、赶鸟节、倒稿节、敬鸟节等。

吃新节——是在每年农历的六月初六，瑶族人民摘取一些早熟的稻谷等，吃"新禾米饭"，并要装一碗给狗吃。

传说古代瑶族漂洋过海地迁徙时，丢失了稻种，后来一只五色狗漂洋过海，偷来了稻种。所以吃新节要给狗尝新，以酬谢狗的功劳。

"坦勒贵"——这是隆回县瑶族人民的盛大节日。每年农历七月初五至七月初七举行。这一天，这里的瑶族人民都穿上节日的盛装，扶老携幼来到小沙江，白天尽情歌舞娱乐，晚上摆宴畅饮。晚饭后，青年男女就对歌谈恋爱。

关于这个节日，有这样一个传说：古时候，瑶族在深山密林过着不交税、不属管的生活。后来，封建统治者霸占了他们的山场，把他们赶到小沙江一带，过苦难的生活。一年，一个叫奉姐的劳动妇女，组织了一批青年男女，于农历七月初五揭竿而起，消灭了当地官军，后因寡不敌众，全军覆没。为了纪念遇难的兄弟姐妹，这里的瑶族每年从七月初五起，在小沙江聚会三天。

拉嘎节——是洞口县拉溪瑶族的节日，又称丰收节。每年的农历十月初二，当地的瑶族村寨，都要凑钱买一头猪、几担鱼，由德高望重的长者把鱼、肉分发给每位村民。分完之后，老年人走村串寨，互表祝福。青年人欢聚一堂，唱歌跳舞，以庆丰收，并祝愿来年五谷丰登。

打鼓堂——是新宁县瑶族的盛大节日。一般在农历十月十六举行。这天，瑶族男女老少都集中在一个村寨，围成一个大圈，青年男女随着唢呐声和锣鼓点子歌舞，老少则围在一边观看，象征团结。舞到高潮，就互相用锅底墨涂脸，嬉笑玩乐，直至深夜。外族人也可以参加节日活动，但不能笑。若笑则被瑶族异性抓住，用牛角装酒灌醉方止。晚上，老年人围着一起畅饮，谈论丰年，计划来年。

盘王节——流行于湘南过山瑶地区。每年的十月十六，瑶族男女老少都穿上节日的民族服装，聚集在一起唱歌、跳舞，特别是跳鼓舞。每人手拿长二尺五的长鼓群舞，通常是双人、四人对舞。相传在远古时，瑶族被逼南迁，漂洋过海，路遇大风大浪，他们在船上祈求祖先盘王保佑平安，并把船棚的竹叶包米丢下海，许愿若能平安到达彼岸，就年年祭奠酬谢盘王。许完愿，果然风平浪静，平安到达，这天正是十月十六。从此，瑶族人民就在这一天进行祭奠盘王的活动。

达努节——流行于湘南地区的瑶族村寨，又称"盘古王节""祖娘节""二九节"和"瑶年"，夏历五月二十六开始到二十九结束。过节的周期不一定是一年一度，而是根据当地的传统习惯和经济、人力状况而定，有的一两年一次，有的则三五年举行一次，也有十年或十二年一次。

"达努"为瑶语，意思是"不要忘记"。相传古时有个叫密洛陀的祖娘，她派三个女儿到人间独立生活。其第三个女儿带了一斗谷子到山里垦荒，繁衍为现在的瑶族。密洛陀将珍藏的铜鼓送给她，帮助她战胜了鸟害，使庄稼获得丰收。为纪念祖娘密洛陀，瑶族人定其生日为"达努节"。

过半年——湘南一带的瑶族传统节日，也称"半年节""小年节"。夏历六月初六，瑶胞们像过大年一样过半年节，还要接来岳父母和外祖父母一起欢度节日。

传说古时有两个瘟神，受玉皇派遣，来人间散放瘟疫，要他们过年后才返回天庭。他们的谈话被一个瑶民听到，便将情况告诉大家，大家商议提前于六月六过半年，要像过大年一样隆重热闹，还将葫芦瓜切断，刮去青皮，代替冬天特有的萝卜，又在田里遍撒石灰，如同下雪，瘟神以为过年了，便离开人间返回天庭。以后便相沿成习，延续至今。

斗牛节——流行于湘南江永一带。夏历四月初八为节日，因只有未婚姑娘才能参加，所以又称"阿妹节""女人节"。过节时，姑娘们打扮一新，邀约伴侣，选择风景优美的地方举行野餐。参加者各带自制的食品，互相品尝，交流经验，称为"斗牛"。

"斗牛"中有几种食品不可缺少：一是花蛋，即在煮熟的鸡蛋上绘制自己设计的花纹图案；二是花糍粑，即用小刀在糍粑上刻出各种不同的花样；三是芝麻花糖，即用黑白两色芝麻在糖饼上镶成各种图案。姑娘们品评完各人制作的食品之后，便举行各种竞赛性的游戏。

姑娘们"斗牛"，不许男子看，如发现有窥视者，便罚他们捡柴、烧火、烤食物。

赶鸟节——流行于湘南江华瑶族地区，又称"歌鸟节""粘鸟节"。每年夏历二月初一，这里的人们穿着节日盛装，聚集在萌渚岭下的羊头山，举行热闹的对歌，对唱情歌、山歌、猜字歌等，直至夜幕降临方散。

有情的男女，边唱边走，有的送上五六十里才依依惜别。老人们在家将捏成铜钱大的糯米粑粑穿在竹枝上，插在家门口或者田土边，谓之"鸟粑"，说是鸟雀吃了，会把嘴巴粘住，使之不能吃种子。晚上青年男女对歌之后，就走村串寨，品尝各家的"鸟粑"。

传说许久以前，这里因鸟雀众多，地里的种子常被鸟雀啄食一空。一位叫细妹的姑娘于二月初一人们播种时，站在羊头山唱歌，将鸟雀引至山上，这年，获得了丰收。以后年年如此，形成了节日。

倒稿节——流行于江华、洞口。"倒稿"为瑶语，意为"丰收"。江华瑶族以夏历十月十六为节，洞口瑶族以夏历十月初二过节。江华瑶寨节时举行斗牛比赛，瑶胞吃完"倒稿饭"后，会集赛场，一青年牵一头膘肥体壮的水牛进入赛场，牛角上系着红布。斗牛开始，瑶族长辈给赛手头上扎上英雄角，并致吉辞，然后赛手持棍棒与牛相斗，直到将牛斗得筋疲力尽自动退场为止。

晚上，青年男女聚在一起唱《倒稿歌》，庆祝丰收。有的是聚于歌堂；有的则是后生到姑娘家门口唱"引歌"，姑娘在屋里唱"迎歌"，欢迎小伙子进屋做客，以酒、土特产款待，边吃边唱，通宵达旦。

洞口瑶族过此节时，家家杀鸡宰鸭、捕鱼、买肉、做粑粑、酿米酒，庆祝丰收。全村还凑钱买一头肥猪，买几担鲜鱼，染成红色。节日清晨，大家聚集一堂，由长者主持，分给每户一块猪肉和一条染红的鲜鱼，预祝来年风调雨顺，五谷丰登。

敬鸟节——江永县松柏瑶族乡的传统节日，又称鸟节、祭鸟节。当地瑶胞每年夏历二月初一，采鸟梨叶和糯米粉，做成铜钱大的粑粑，称"鸟仔粑"。老人们用金竹做成"鸟嘴"扎在竹棍上，再将蒸熟的"鸟仔粑"穿在鸟嘴上插在田头，作为献给鸟的节日礼物。

过此节时，这里有六条爱鸟护鸟的规定：一，禁止打鸟、捕鸟、杀鸟；二，禁止掏鸟窝；三，禁止杀鸡、吃鸡肉；四，禁止出工动土；五，禁止舂碓；六，禁止割蔬菜。对此六条规定，该地瑶民均自觉遵守。早饭后，人们便去松柏岗赶鸟会，进行对歌、赛鸟、赶集等活动。节日这天大家将鸟笼集中挂在一起，让百鸟争鸣。然后，成对地把两个鸟笼门对门地放在一起，将鸟笼门拉开，让鸟搏斗，判定胜负。青年男女则利用这一机会，寻找心上人。

（本文作于 1997 年 1 月）

湘港文化合作交流纪实

今天，1997 年 7 月 1 日，我国政府恢复对香港行使主权。中华儿女翘首企盼的这一天终于来临。雪百年民族耻辱，展湘港文化合作宏图，这是回响在世纪之交的一曲历史强音。

历史回眸

香港的文化是香港特殊历史条件的产物，是中西文化和传统与现代文化交融的多元混合体。由于特定的地理位置和文化环境，香港还是一个多姿多彩的国际文化橱窗。改革开放以来，湘港之间的文化合作与交流日益增多，湖南的文化工作者既在这个橱窗中了解了世界文化的最新动态，又通过这个橱窗，将意蕴深厚、丰富多彩的湖湘文化展现给世界。

在这个橱窗中，湖南的美术家、书法家陈白一、李立、钟增亚、徐芝麟艺惊四座。1987 年 11 月，中国国际图书贸易公司与香港集古斋联合在香港钻石大厦举办了为期 17 天的湖南国画作品展览，著名工笔画画家陈白一参加了展出活动，其作品的高超艺术技巧和浓郁的地方特色，受到香港观众的好评。

在这个橱窗中，湖南的昆剧、湘剧、哑剧和湘西的民间艺术尽显风采。应香港联艺娱乐有限公司邀请，湖南省湘剧院于 1986 年 9 月 23 日至 29 日，参加在香港举办的第一届中国地方戏曲展，在新光剧院演出了《拜月记》《生死牌》，并应邀参加了电台和电视台举行的记者咨询会及艺术交流会，向新闻界、文艺界介绍了湘剧的历史、特色以及声腔和表演艺术。香港各报发表评介文章和照片 80 多篇（幅），对湘剧艺术给予了很高的评价。

湖南省话剧团哑剧组演出的哑剧《众生相》，也应邀参加了 1987 年 1 月举办的香港葵青艺术节，港报赞扬此剧"富有文化特色，兼备抒情性"。

在这个橱窗中，湖南的文物大放异彩。1986 年 6 月至 12 月，湖南省博物馆自组藏品 120 件（套），在香港举办长沙马王堆汉墓出土文物、湖南省历代文物珍品展览。

在这个橱窗中，湖南的出版事业崭露头角。1995 年 7 月 20 日，湖南期刊参加第六届"香港国际书展"，《散文诗》《芙蓉》《湖南文史》《古汉语研究》《船山学刊》《康乐园》《初中生》等 53 种期刊参加展出，获得好评。

到湖南省考察、参观、交流的香港界人士也不少，湘港之间的各类文化合作、交流活动颇多。这既推动了湖南文化事业的发展，也丰富了香港的文化。

新时代展望

香港回归，为湘港之间的文化合作与交流提供了更多的机会。湖南是个文化大省，文化事业发达，人才济济，成果丰硕。香港文化也很有特点，通过交流和合作，有利于两地文化的繁荣与发展。

据历史学家考证，香港地区原为古代越族聚居之地，战国时期并于楚国，楚文化仍是香港文化的根。湖南是楚文化的发祥地之一，楚文化传统极其深厚。湘港两地文化血缘同一，这为文化上的合作与交流提供了需要和可能。香港是一个各类文化争奇斗妍的文化大观园，也是亚洲地区重要的文化窗口，文化设施众多，如融现代科技文化于一体的香港文化中心、设备先进的大会堂、可供表演的体育馆和高山剧场、可供陈列和展览的香港艺术馆、香港博物馆及其分馆和大量的社区文娱活动中心等。

一些重要的国际文化交流活动，如一年一度的香港艺术节和香港"国际电影节"、两年一届的"亚洲艺术节"、每年举行的"中国地方戏曲展"等，这都是我们开展文化交流与合作的极好舞台。一方面，湖南的文化工作者要充分利用好机会，大胆地走出去，展现湖湘文化的绚丽风采；另一方面，也要请进来，通过合作与交流，开阔眼界，丰富自己，达到共同发展、共同提高的目的。

（本文作于 1997 年 7 月）

巧借欧洲荧屏　展现潇湘风采

为了向世界推介湖南，促湖南走向世界，湖南省政府新闻办 1996 年 10 月在欧洲东方卫视中文台举办了首届"湖南电视节目展播"。

应欧洲东方卫视、《欧洲时报》等有关新闻传媒的邀请，我们组织了湖南电视文化访问团，赴欧洲参加湖南电视节目展播首播式，访问有关新闻机构，实地考察我们在欧洲的对外宣传状况，了解宣传对象，商谈合作事宜。

由于前期准备比较充分，运作过程比较周密和严谨，这次展播活动和考察访问都圆满完成，取得了较好的效果。

首届"湖南电视节目展播"于 10 月 10 日至 11 月 30 日在欧洲东方卫视举行。该台设在英国伦敦，是目前欧洲覆盖面较广、影响较大的中文卫星电视台。该台开播以来，一直致力于向欧洲观众介绍我国改革开放以来的新面貌，推动欧洲人民对中国的了解。经过几年的努力，该台已覆盖了欧洲 22 个国家，接收该台信号的"小耳朵"已达 1500 万台。通过有线电视网络，该台已进入 400 多万户家庭和 600 家欧洲的高级宾馆。

该台对这次展播活动十分重视，组织有关人员，多次观看我们送去展播的电视节目，还专门剪辑了展播预告广告和展播节目片头，于展播开始前两星期连续滚动播放，形成了较大的影响。我们在德国汉堡，就从电视中看到过该台为这次展播制作的广告片。

考虑到欧洲播出湖南省的电视节目还是首次，根据欧洲观众的观赏兴趣和湖南省外宣工作的安排，经过反复挑选和审查，我们选择了一批形式多样、内容丰富的电视节目在欧洲播出。

这次播出的节目分为电视专题片、电视剧、电视文艺节目三类，共 15 部，300 分钟。其中电视专题片 13 部 145 分钟；电视剧 1 部（上、下集），90 分钟；电视文艺片 1 部，65 分钟。

从内容上看，一是全面介绍湖南省情和改革开放以来经济、社会事业发展情况的专题片，如《今日潇南》等；二是配合风光旅游年，对外宣传湖南风景名胜的风光片，如《炎帝陵》《岳阳楼》《郴州行》《毛泽东的故乡——韶山》《崀山风光》《南岳大庙》《花岩溪》

《九嶷山》《湘西有条猛洞河》《侗乡音乐人》《中国湘绣》《竹乡益阳》等；三是既符合海外观众观赏习惯，又具有湖南地方特色的电视剧和电视文艺节目。如电视剧《回家》（上、下集），主要通过一名香港女学生在湖南的遭遇，展现同胞之间的骨肉情谊。电视文艺节目《湘西山民过大年》，通过一批具有浓郁土家族、苗族特色的文艺节目，表现湘西人民火热的幸福生活。

在播出时间安排上，欧洲东方卫视对我们的节目也作了重点考虑。10月10日晚上播出《今日湖南》之后，从11月开始，在每个星期的黄金时间——星期六、星期天晚上连续播出两部片子，一个月内播完，其间以节目预告广告相连，形成了一种连续的、颇有声势的宣传效果。

10月10日下午，在伦敦中国城大酒店举行了"中国湖南电视节目展播首播式"。中国驻英大使馆新闻参赞、文化参赞，以及新华社伦敦分社、《文汇报》《经济日报》驻英记者站、《天下华人》等新闻传媒的负责人、记者参加了首播式。

首播式上，欧洲东方卫视总裁姚咏蓓女士发表了热情洋溢的欢迎词，湖南电视文化访问团团长陈开国向来宾介绍了湖南省的有关情况和湖南电视节目展播的节目内容，并接受了新闻媒体的采访。与会者观看了准备于当晚播出的电视专题片《今日湖南》，对此次活动的意义和电视片的质量给予了充分肯定。我国驻英使馆新闻参赞华锦测认为，此次活动对于宣传中国、宣传湖南很有意义；文化参赞范中汇说，湖南有这么丰富的人文资源和自然资源，值得好好宣传，要好好利用，打开欧洲市场。

欧洲东方中文卫视总裁姚咏蓓和该台的几位工作人员说，展播的片子他们反复看过几遍，制作精良，湖南出了这么多有名的人物，有这么多丰富的物产和美丽的风景，令人神往，表示今后要加强合作，多为宣传湖南出力。

湖南电视文化访问团对有关国家的新闻传媒进行了考察和访问。访问团重点考察了欧洲东方卫视和《欧洲时报》。《欧洲时报》总编辑和常务副社长与大家座谈，并带领大家参观了报社。

《欧洲时报》1983年1月1日创办于法国，总部设在巴黎，为华文日报，设有中国信息、大陆广角、港澳传真、中国游踪、神州风光等栏目，在法国印刷，发行欧洲各国，读者遍及全欧及亚、非一些国家和地区。该报由旅欧华人自己创办，致力于中华文化和民族优秀传统的弘扬，以促进欧洲各国与中国在各个领域的交流与合作。该报常务副社长张晓贝去年曾应邀来湘考察采访，长沙市在该报开办了专版。访问团成员对该报的办报方针和宣传效果表示满意，并对今后的合作进行了初步的商讨。

（本文作于1996年11月）

对外传播与湖南形象塑造

对外传播是一种以别国受众为传播对象的跨越国界的传播活动。"通过向海外传播信息——包括新闻、资料、数据、观点、情况等，维护国家利益，宣传国家立场，传播国家观念，树立国家形象"是其主要任务之一。因此，地方的对外传播工作，理所当然要为地方形象塑造服务。

根据认知心理学、传播学等相关学科的理论，认识形象塑造在地方发展中的作用，探讨对外传播在湖南形象塑造过程中的影响和地位，对于树立国家和地方的良好形象、促进湖南经济发展，具有十分重要的意义。

一、形象的立体构成

认知心理学的研究认为，人们首先通过感觉器官——如视觉、听觉、触觉、嗅觉、味觉等，接触外界事物，形成对事物的最初的认知，即通过感觉获得了事物的"形象"。随着现代传播社会的发展，各种大众传播媒体越来越深入和广泛地取代了人们对外界事物的直接感官活动，媒体对于形成和塑造人们心中关于外界事物形象的作用越来越大。

事物的具体存在是形象的客观基础，人类的感知和认识，是形象的主观呈现。事物客观存在的丰富性，和人类主观感知的多样性，构成了丰富多彩的发展变化的立体的形象。

从空间的角度来考察，一个地区形象系统的构成，主要包括以下内容：

城乡建设与管理——包括规划与设计，基础设施，管理效率，风格个性，自然与人工建设；

经济建设与社会发展——包括三次产业实力，结构与效益，增长方式特点，现代科技含量，市场前景，生态与环境；

社会总体——包括生活质量，风气与信誉，教育与科技，秩序与活力；

政府形象——包括管理与决策，公仆形象，改革开放力度，为公与廉洁；

市民形象——包括法制观念，纪律道德，基础文明程度；

环境与氛围——包括文化品位层次，健康生活方式，文明与友好，正气氛围。

城市的形象系统主要包括：

现实形象——包括经济增长（综合、工业、农业、流通），社会发展（社会环境、生活质量、人口素质），科技进步（科技投入、科技开发），经济与科技成果（经济活动产出与效益、科技进步成果与影响），政治与社会影响（政治民主法制状况、居民物质精神生活），历史与文化形象（历史知名度、文化宣传、教育、旅游、体育），对外开放与交流（经济合作与交流、科技文化交流）。

发展形象——包括社会自然资源与生态环境（自然资源、社会资源、环境保护），基础产业、设施与市场容量（基础产业、基础设施、市场容量），科技潜力与人才储备（科技潜力、人才储备），社会与政治基础（领导干部素质、市场经济体制改革、民主与法制建设）。

具体到湖南来说，其形象构成主要有以下几方面的内容：

1. 历史悠久，文化源远流长。8000 年前便有人类生息繁衍，发现了 30 多处旧石器时代遗址，400 多处新石器时代遗址。

2. 人杰地灵，人才辈出。在中国历史上，特别是近现代史上，涌现了许多伟人、名人。

3. 勇于拼搏，敢为人先。

4. 重情谊，讲信誉，乐于助人。

5. 农业大省，鱼米之乡。历来是全国重要的粮食、生猪、苎麻生产基地。

6. 矿产资源丰富，素有"有色金属之乡""非金属之乡"的美称，若干种有色金属资源和非金属矿产居于全国和世界前列。

7. 地理位置优越，基础设施不断完善，投资环境越来越好。位于中国中部，北靠长江黄金水道，南临广东沿海，是"沿海的内地，内地的前沿"。加强了能源、交通、水电、邮电通信等基础设施建设，投资软、硬软件改善，全方位多层次宽领域的对外开放格局基本形成。

8. 风光秀丽，名胜万千。全省有 15 大名胜旅游区，100 多处旅游点。

9. 科技、文化、教育、体育、卫生等社会事业发展飞速。

10. 多民族聚居，拥有优美动人的民族风情。

从空间的角度来考察，形象有过去、现在、未来之分，是一个动态发展的过程。

由于多方面的原因，过去的湖南形象有许多不尽如人意的地方。现在的湖南形象大有改观，随着改革开放的推进和对外传播活动的进一步展开，湖南未来的形象将会更好。

二、对外传播与形象塑造的关系

前面谈到的湖南形象，大多还是停留在国内部分大众的心目中。由于地域阻隔，海外大众很难有亲历感知的机会，加之国际传播的"西强我弱"的态势和敌对势力通过传播的造谣和丑化，在国际上，在海外人士心目中湖南的国际形象并没有得到正确的树立和塑造。因此，通过对外传播树立和塑造湖南良好的国际形象，是我们面临的一项极其艰巨的任务。

形象是客观和主观的结合体，客观性是其具体存在。

主观性则是这些具体存在在感知者头脑中的印象。根据传播学的观点，对外传播的信息足以影响人们的感知以及主观印象的形成。

具体来说，有以下几方面的作用：一是改变受传者的主观印象。当受传者接收到某种传播信息之后，发现这一信息所代表的意义与原来自己脑海中的固有印象不符，经过大众媒介传播的信息冲击，原有印象可以得到修正。

二是主观印象的维持。使与客观实际相符的主观印象更加具体，更加明晰。

对外传播对国家和地方形象的塑造、树立作用，体现在受传者的主观印象上，主要有附加、重组、澄清三种功能。

所谓附加，是受传者对于地方形象的主观印象已基本形成，但由于缺乏充分的认识，还不太完整、全面。通过对外传播所提供的信息，原有的印象得到巩固，受传者的知识得到丰富，主观印象更加丰满。

所谓重组，是指当受传者接受了传播的信息之后，发现以往自己的主观印象不正确或者不准确，在新的传播信息的推动下，改变原有的主观印象，重新组成一个新的主观印象。

所谓澄清，是指受传者对某一事物的主观印象模糊不清或不稳定，在接受有关的传播信息之后，形成较为清晰和稳定的主观印象。

三、对外传播塑造形象的两种主要方式

通过对外传播塑造地方形象的方式很多，最主要的有人际传播和大众传播两种。

人际传播是人际交往的一部分，是一种人与人之间传递和交换知识、意见、情感、愿望等的社会行为。这种传播方式可以充分调动感官的作用，视觉、听觉、嗅觉、触觉、味觉都可以受到刺激，由于是全身心参与，印象格外深刻，而且信息可以交换，反馈迅速，受传者主动性大，可以根据自己的需要选择信息。根据这些特点，我们要注重以下几方面的工作。

首先要做好到访的海外客人的接待工作，通过与他们的接触，传播有关湖南良好形象的信息，使"事事表现投资环境，人人体现湖南形象"的观点深入人心。其次，要对社会各行业的风貌进行有利于湖南良好形象的总体整合，使海外人士从亲身的所闻所见中形成对湖南的良好形象。这里要特别注意心理学的"光环效应"，海外人士来湘，接触的人、事有限，往往是从一个行业、一批人中形成对于湖南形象的总体认识。因此，要特别重视窗口单位和涉外人员的形象和素质。

另外，要要求到海外考察公干、探亲访友的人士，广泛接触海外人士，通过与他们的交往，传播信息，帮助他们在心中构筑湖南的良好形象。当然，能来湖南的海外人士不多，能去海外考察公干、探亲访友的人数也少。但如果他们能够成为湖南良好形象的信息传播者，通过一传十、十传百的努力，便可以在更多的海外人士心中塑造湖南的良好形象。

大众传播是指有组织的传播机构和专业人员利用报纸、电视、电影、杂志、书籍、国际互联网等大众传播媒介，把一定的信息，广泛、迅速、连续不断地传播给大众的过程，是塑造国家和地方形象最普遍、最常见、效果最好的传播方式。

现有的对外传播媒介，大致可以分为印刷媒介、国际广播、卫星电视、国际互联网等4种。这些对外传播媒介在国家和地方形象的塑造过程，各有其优势和特长。印刷媒介是指以纸张为物质载体，通过印刷手段传播信息的传播媒介。其特长和优势是信息容量大，定向选择性强，保存性、便览性、集纳性好，长于深度报道，能够满足多样化的个性需要。在对外传播活动中，印刷传媒的历史最长，承担的任务最重，发挥的作用也很大。湖南形象的塑造，可以充分利用印刷媒介的特长，制作画册、折页、简介、导游图等图文宣传品，并利用外文局的多种媒体，发布新闻、制作专版，传播有利于湖南形象塑造的信息。

国际广播，具有不受国界限制，传播速度快，范围广，渗透力强，制作方便，以及可使用多种语言传播等特点。我国的中国国际广播电台，在广播语种、播出时间、发射功率和群众来信四项指标方面，都居于世界国际广播电台排名的前列。可以充分利用国际广播的特长，采集各类有利于塑造湖南形象的信息，通过多种语言广泛地传播出去，还可以采取办广播周、有奖征答等多种形式，增进海外听众对湖南的了解和兴趣。

卫星电视，1998年底，除中央台外，已有28个省级电视台将节目送上卫星，形成了一个覆盖全国乃至全世界的卫星电视传播网络。这种对外传播媒介，拥有覆盖面广，传播速度快，内容生动、真实，现场感强等特点，是我们对外传播的重要媒介。我们要善于利用中央电视台国际频道和省市卫星电视媒介，及时、迅速、生动、真实地传播塑造地方形象的信息，全面展示湖南各方面的情况和日新月异的变化。

国际互联网，是一种随着现代科技发展而形成的"第四媒体"。具有信息丰富、多媒体形态、迅速及时、全球传播、复制容易、便于检索、超文本链接自由和交互等特点。

以其生动活泼的交互式传播特征，开放式的传播优势，信息提供的多样性、丰富性、快捷性等特点，成为一种新兴的对外传播媒体。

国际互联网所拥有的生动活泼的交互式传播特征，体现为传播过程中的双向交流，用户不仅是信息资源消费者，不是单纯的受传者，而且是信息的生产者、传播者。这种特征，适应了现代人崇尚自立、渴望参与的要求，有助于信息多方面、深层次的了解。美国环球学者公司前年组织了"穿越亚洲历险"采访团，到湖南采访，他们让采访的内容通过卫星进入国际互联网，每天查阅者多达 30 万人次，不少读者利用国际互联网上提供的信息反馈板，随时向环球学者公司询问各种想深入了解的问题，采访人员及时在网上回答问题，双向沟通十分活跃。这种交互式传播，强化和深化了传播效果。

国际互联网具有开放式传播优势，它是一种具有多渠道、多出口、跨国界的对外传播媒体，任何政府都无法对其中的信息进行彻底的控制和封锁。这种特点有利于打破某些国家的舆论控制，给大家以平等的对外传播机会。

国际互联网的信息传播具有多样性和丰富性。它传递文字、声音、图像三者结合的多媒体信息。多种媒体融合，丰富多彩的视、听效果，大容量、多方位、多层次的信息内容，对于增强和深化对外传播效果极为有益。

国际互联网传播信息具有极大的广泛性。目前，国际互联网已经通达全球，把世界上近 200 个国家和地区的 1000 余台计算机和近百个局域网融为一体，将广阔的世界变成了一个联系紧密的村落。当前网上用户已达亿余人，今年将接入计算机 1 亿台，网上用户还将快速增加。如此之大的信息传播网络、可以使我们的对外传播通达世界每一个角落。

国际互联网传播信息极其快捷，时效性强，不受印刷、运输、发行等因素的限制，信息上网瞬间便可以送到用户手中。在网上，我们可以在第一时间向国外传播各地发生的重要新闻，并可以在第一时间获取信息反馈，调整、深化传播内容。

国际互联网在形象塑造方面的优势很重要的一点，是它能够进入西方主流社会。目前，世界各国特别是西方国家的国际互联网已十分普及，各阶层人士都习惯从网上获取信息。国际互联网的用户，3/5 布在美国，其余大多在西方发达国家。其用户有几大特点：一是年轻，平均 25 到 35 岁；二是富裕，平均年薪为 7 万美元；三是有思想，大多是各自国家登记参加选举的人士。对他们的传播可以取得举一反三、以一当十的效果。另外，由于国际互联网信息传播上的开放性特点，我们的信息通过互联网进入西方主流社会不会遭到封锁。通过这个开放性的信息传播体系，我们可以及时将大量真实的信息传播到世界各地，从而使我们的对外传播在国际舆论斗争中占据应有的一席之地，为塑造我们国家和地方的良好形象做出积极的贡献。

（本文作于 1998 年 12 月）

江永女书

在湖南省的江永县，流行着一种古老而奇特的文字。这种文字用当地的"土话"发音，单音节，字形与甲骨文相似，字体颇像现代楷书，按照从上到下、从左向右的规律，书写在纸、布、扇上，字体倾斜，呈菱形，没有标点符号。这种文字男人看不懂、听不懂，只有当地的一些女子会读、会认、会使用。因此，人们将这种文字称为"女书"。

关于"女书"的来源，说法有多种。一是，传说很久以前，上江圩一农家生下一个九斤女婴。她自幼天资聪慧无所不会，她创造了写土话的文字。二是，传说由盘巧创造。许久以前，桐口有个心灵手巧的姑娘叫盘巧，她三岁会唱歌，七岁会绣花。后来她被官府劫往道州，为了向家人报信，她根据女工图案造出字来，写了一封长信让一条爱犬带回家。同村的女友费了很长时间才把信解读出来，从此这种文字就代代相传下来了。三是，相传西汉年间上江圩荆田村，有个教书先生生了五个聪明的女孩，因为当时的封建制度，她们不能读书写字。其中最小的女儿胡玉秀很想读书写字，她拿起毛笔将一、二、三写成Ⅰ、Ⅱ、Ⅲ，并用土话读出来，如是，她们共同创造出了一种自己懂的字。胡玉秀长到16岁的时候，在一次"斗牛"会上被官差看见，选入皇宫做妃子，她在宫中十分孤独和悲伤，便用自己发明的女书，把自己的不幸写在扇上和布上，托人带回，亲人们看到玉秀寄回的书信都伤心流泪，又纷纷在扇子和自织的土布上写上"女书"去安慰她。如是，女书便流传了下来。

这些说法虽然人物、情节各异，但有一点是基本相同的。那就是，是由女子创造，主要反映了妇女的心声。

女书的流传方式与汉字不同，既无学校，又无老师，很长时间里也没有印制的书籍。它是妇女们在生活、生产劳动过程中创造并互相传习的结果。

"女书"既是女人的创造，也是女人们在奴隶社会、封建社会抗拒压迫、表达情感、联络感情的重要工具。在男尊女卑的社会里，普通妇女得不到受教育的机会，她们之间的交往，也常常受到封建礼教的制约。她们凭着这些男人不懂的文字，表达心声，沟通情感。她们将女书写在毛边纸上、折扇上、手帕上，织在手帕和花带上，互相馈赠，成为一种贵重的礼品和信物。

江永女书的流传中心是该县的上江圩乡，并流传到该县的千家峒、桃川、厂子铺，道县的新车乡、清塘乡和江华瑶族自治县的一些地方。上江圩乡的妇女喜好结交，岁数相同的结"老同"，互称"老庚"。岁数不同的结"姊妹"，有的是七人，有的是五人或三人，年龄不限。结拜时互赠结交书，内容是夸奖对方的品德，说明结交意义和自己的希望。结交以后，从大姐起，依次定期轮流主持聚会。聚会时大家都要宣读自己写好的女书，互诉衷情和倾吐苦情，读时还和着曲调。

姑娘出嫁前，要好的女伴要陪待嫁姑娘做"女红"，学女书；姑娘出嫁前晚，要坐歌堂，新娘与女伴要互赠女书，表示友谊长存。

婚后第三天，新娘要回娘家。那天女伴们都要带着礼物去贺三朝，其中最重要的礼物是用女书写的三朝书，内容表示难舍难分的离别之情。

农历四月初八那天，男人要举行"赛牛"，姑娘们也举行"斗牛"。姑娘们穿上美丽的衣服，拿着女书或写着女书的折扇，到幽静的山间或河畔会餐、唱女书，畅谈个人的感受，与同伴互赠女书和写有女生的手绢、折扇，情投意合则结为姐妹。

结拜的姐妹，往来频繁，直到终生。姐妹家中有喜事，都要写女书去祝贺，如有不幸的遭遇，便写女书去劝慰。妇女到老年，不少把自己一生的不幸遭遇，写成女书自传，也有人用女书来记录历史上的重大事件，如黄巢起义、太平军过永明、林大人禁鸦片、日本侵华等。

姐妹如有人过世，都要前来哀悼，将保存的女书全部放进棺材陪葬，或在灵前焚毁。据说一个女人去世时陪葬的女书就达半尺厚。

据老人回忆，女书在清朝时很流行，民国开始减少，中华人民共和国成立后急剧消失。目前，作为一种书面交流工具，女书可以说已经退出了历史舞台。但是，因为它记录和反映了妇女生活各方面的情况，形成了一种独特的女性文化。这种纯粹的女性文化是中国历史也是世界历史上没有过的，具有特别的史料价值和研究价值。

女书的发现，为研究人类历史特别是女性史提供了新的素材和参考资料。国内外的有关学者对此发生了浓厚的兴趣，纷纷前来调查，并陆续发表了不少报道和论著。如《妇女文字与瑶族千家峒》《女书——一个惊人的发现》《女书》《江永女书之谜》《中国女书集成》等。中央民族大学的教授陈其光、梁耀，美国学者裴书馨、卢雷玲等，到江永上江圩乡进行了深入的采访和考察。1995年在北京召开第四次世界妇女大会时，一批"女书"作品送到了会上，这些作品受到了世界各国妇女的青睐，被称为"女性文化的奇葩"。

（本文作于1997年3月）

东安武术

东安县位于湖南省南部，湘江上游。

这是一座历史悠久的城市，早在晋朝便置应阳县，隋朝并入零陵县，五代楚置东安场，北宋太宗雍熙元年（984 年）置东安县，现属永州市。据《东安县志》介绍，全县面积 2219 平方公里，其中耕地面积 52.86 万亩。境内大部分地区处中低山丘陵区。地势西北高，东南低，中间比较平坦。湘江自西向东流经县境南部。年均气温 17.80 摄氏度，年平均降水量 1296.6 毫米。

境内矿藏丰富，主要有锰、锑、钨、铁、煤等。农产品以稻谷、油菜、茶油、桐油、棕片为主，还有木材、竹子、干笋、棉花、柑橘等。主要工矿产品有钨砂、锰砂、锑砂、水泥等。电石畅销全国。手工业产品以菜刀、竹藤制品比较著名。

有湘桂铁路穿过县境，公路四通八达，电话通达全县。水运有湘江常年通航。

东安县的民间武术遐迩闻名，具有特别的地方风采。东安武术，属于南方武术的一个流派，已有三百多年的历史。它主要以五个步点为基础，限制在七个步点内，进行动、静、攻、防等各种手法、腿法、身法和套路活动。

早在三百多年前，东安县的民间武术便广泛流传。当时有少林、武当、峨眉、岳家等四个流派，分别活跃在东安县的紫溪、水岭、茶沅、山口镇、端桥铺、金江、芦洪市、伍家桥、花桥等地。其中从四川流传过来的峨眉流派最为盛行。这些流派，经过长期的融合、提炼、演变发展，形成独具一格的东安民间武术。

中华人民共和国成立以来，当地党和政府十分重视民间武术活动的开展。经过改革，剔除了武术中封建礼节和有损人民健康的项目和动作，突破旧传统中的步点限制，发展了跳跃、奔跑等动作。在传统武术的步点稳健、防守严密、出手刚强有力的风格基础上，使武术动作更加清新、敏捷、刚健、多姿，具有独特的民间风格和地方色彩。

现在的东安武术基本上分为两大部分。基本功部分，包括手型和手法、步型、腿功、腰功、桩功、臂功、跳跃等，以及与地方拳的组合。第二部分是套路，包括小拳、南拳、棍、刀、剑、凳、对拳、对棍等。这些武术基本功和套路，简便易行，不受年龄、性别、场地、季节的限制，对发展人的体力、速度、灵敏、柔韧和耐力等身体素质，具有明显的效果。对提高内脏器官、中枢神经系统的机能也有良好效果。因此，是一种锻炼身体、增强体质的行之有效的方法。

东安县历来十分重视武术的推广和普及工作，把武术列为全民体育的必修项目，要求全县有 50% 的人口习武练功，强心健身。中小学把武术纳入体育教学的重要内容，学校和县级运动会都有武术比赛项目。创建了以培养武术人才为主的业余体校和率先在全省开办了第一家县级武术馆，在全县的乡镇成立了武术辅导站，并支持名拳师开办私人拳社和武馆，层层办班训练，级级开馆授徒，推动了东安武术向规范化、普及化和社会化发展。

全县的民间武术活动十分活跃，民办武术竞赛开全省先河。经过多年的努力，东安武术成绩斐然。在全国、全省的武术比赛和体育运动会中，东安武术多次获奖。东安武术多次受到国家体委和省体委的表彰奖励。东安县被国家体委首批授予"武术之乡"荣誉称号。东安武术运动员曾随中国武术代表团赴美国、新加坡、墨西哥等国进行友好访问和表演，为中华武术走向世界做出了贡献。

东安县还是一个风景美丽、名胜众多的地方。县城往西 30 里，便有舜皇山，位于越城岭腹部与雪峰山尾部的交接处。山上有紫云、金凤、金字、玉阶源和舜皇峰等大小100 多个山头。其中，舜皇峰居群峰之首。这里风光美丽，相传舜皇南巡到此，以为进了仙境，欲放弃王位，在此修炼。人们为纪念舜帝，在山上山下筑起了大大小小的舜庙，其中以山麓、杨江河口的舜庙规模最大，香烟缭绕，长年不断。

舜皇山上庙宇众多。有"天宁寺"，制高点的石壁上有"舜峰绝顶"古字石刻。有称为"仙人桥"的自然景观，北山有"盘古庙"，南山有"龙王殿"，玉阶源有"白云庵"，山麓有舜庙、金凤寺、仙人岩、雷劈岭等庙宇和自然美景。

在舜皇山东麓，有一座舜皇岩洞。岩洞长 760 米左右，总面积约 1.2 万平方米。内里有四宫十八殿，每宫周围附近有许多小洞，形成洞中有洞的格局。所有石柱、石笋、石幔和钟乳石怪异多姿，斑斓奇特。洞内主要由方解石、白云石和石英岩为主组成，白、黄、蓝、紫五色俱全，洞中可谓步步有景，引人入胜。

改革开放给东安这块美丽的土地带来了新的生机与活力。该县的工、农业产值有较大幅度的提高，交通、电力等方面的基础设施建设有较快的进展，经济建设和人民生活发生了巨大的变化。

（本文作于 1998 年 4 月）

湘　绣

　　湘绣是湖南的一种传统手工艺品。它构图优美，绣艺精湛，色彩绚丽，风格豪放，与苏绣、粤秀、蜀绣一起，被誉为中国四大名绣。

　　湘绣起源于湖南民间刺绣，已有两千多年的历史。1958年长沙出土的公元前5世纪以前的楚墓中，就有精致的龙凤刺绣品。1972年马王堆出土的距今两千一百多年的西汉古墓随葬物，有更多的绣衣、绣料。

　　据记载，明末清初，长沙有经营刺绣品的商店和作坊。清代嘉庆年间，长沙县即有许多妇女从事商品刺绣。光绪二十四年（1898年），著名湘绣艺人胡莲仙及其子吴汉臣在长沙开设了第一家自产自销的"彩霞吴莲仙女红"绣坊，以湖南民间刺绣为基础，吸收苏绣、粤绣的优点，逐渐演变发展，形成具有独特风格和浓厚地方色彩的湘绣。

　　由于作品精良，流传广泛，湘绣开始享誉全国。光绪年间，宁乡画师杨世焯大力倡导发展湘绣，长期深入绣坊，绘制绣稿，创造各种针法，培养刺绣人才，并将绘画雕刻技艺引入到湘绣艺术中来，进一步提了湘绣艺术水平，丰富了湘绣技艺。

　　湘绣是以丝线在绸缎等高级材料上绣制而成的精细工艺品。它同其他刺绣工艺品一样，具有以绘画为基础，运用各种针法与色线刻画形象的共性，又有其显著特点，即强调用概括、写实的手法，突出绣线的光学特性，抓住本质，精细入微地刻画物象的外形和内质，以造成远观气氛浓厚、近看出神入化的艺术效果。

　　湘绣的工艺特点，是用丝绒线（无拈绒线）刺绣，劈丝细致，绣件绒面花形具有真实感。常以中国画为蓝本，以针代笔，以线晕色，既有绘画之笔墨神韵，又有刺绣的特有表现力。加之具有七十多种针法和两百多种颜色的绣线，使湘绣的表现力得到充分发挥。

　　湘绣绣品色彩丰富鲜艳，色泽阴阳浓淡自然，形态生动逼真，素有"绣花能生香，绣鸟能听声，绣虎能奔跑，绣人能传神"之美誉。一幅优秀的湘绣作品，能融合我国传统的绘画、刺绣、诗词、书法、金石艺术于一体，使诗情画意洋溢于针线之间。

　　早期湘绣以刺绣日用装饰品为主，以后逐渐增加了绘画性题材的作品，如花鸟、山水、人物、走兽各种题材的画稿均能刺绣，还发展了异形异色的双面绣。1933年湘绣工艺品在美国芝加哥展出，获得金质奖。后来又在日本、巴拿马等地多次参加国际博览会，均获优胜奖。1982 年在全国工艺美术品百花奖评比中，荣获金杯奖。

湘绣产品主要分为日用品和欣赏品两大类。如作为大型客厅陈设的气势雄伟的大中堂、大挂屏，小客厅挂的小幅条屏，书案上摆设的精致小巧的座屏，沙发上辅的椅垫、靠垫，床上用的雅致床罩、被面，妇女们穿的绣花礼服，梳妆用的镜套、披肩，外出用的提包、绣花睡衣、晨衣，小孩子用的披风，等等。欣赏品湘绣亦很有特色。湘绣名牌产品——狮、虎在国际上享有很高声誉，被视为艺术珍品；用湘绣特有的崩毛针绣的老虎，体毛如有根，像长着的活毛，质感很强，毛下筋骨雄健；再配以"虎视眈眈"的双眼，把猛虎的粗犷神威刻画得淋漓尽致。

双面绣特别是双面异色绣，是湘绣欣赏品中的精品。所谓"双面异色绣"，是在一块透明的绣料上，一次绣成两面完全一样的、两面同形异色的，甚至两面异形异色的作品。如第一幅双面全异绣《杨玉环》，刻画人物神态精细入微，在国际展览中被誉为"魔术般的艺术"。

作为一种传统的刺绣工艺，湘绣在漫长的历史发展中，无论是刺绣针法，还是题材设计，构思立意都在不断地创造发展。

刺绣针法方面，近代名门绣女李仪徽首创了掺针绣，长于表现花姿鸟态，利用刺绣线条排列出方向不同的丝缕、丝理，表达花卉的凹凸正反。后来一位叫余摄威的刺绣艺人，变换施针方法，创造了崩毛针，用之绣虎、狮，可达到出神入化、栩栩如生的效果。

多少年来，湘绣艺术家在前人传统技艺的基础上创造了多种多样的针法。如善于表现细腻肌理的横斜掺针，能表现蓬松感的盘游针，以及长于体现空间深远和缥缈透明的牵游针和虚针。近几年，他们则广泛收集民间刺绣针法，利用织针、网针、珠针、盘金、打子等针法的装饰性，创造现代工艺简洁爽朗的作品。

用于双面全异绣的藏针隐线方法和施针程序，也是湘绣艺术家近年的一大发明。与此同时，湘绣的题材近年来也发生了比较大的变化，从传统的工笔山水、花卉、走兽、古代人物，走向反映现实生活的广泛题材。

构思立意方面也是一样，不断的革新创造，使得湘绣艺术品异彩纷呈。湘绣的用色更加丰富多彩。刺绣面料也由丝绸绢缎，扩大到土布、织锦、缂丝、化纤、棉、麻、绒、纱等。近年来，还从美国引进了一种高科技装饰纸，开发出一种"纸上刺绣"，其独到创意引起了中外各界人士喜爱，成为湘绣中的畅销品。他们还尝试用刺绣来表示油画。

不断的改革发展，使湘绣在国内外的知名度越来越高。1998 年在北京展出的改革开放成果展中，湖南馆中的湘绣《今日韶山》引起前来参观的中央领导人的极大兴趣。在香港回归时，大型彩色双幅湘绣屏风《白鸟朝凤·洞庭春色》作为湖南省政府送给香港特别行政区的礼物，在香港引起了极大的反响。1998 年 2 月，为纪念邓小平同志逝世一周年在上海举办的小平绣像展中，湖南省湘绣研究所绣制的湘绣小平像引起了轰动，夺得一等奖。

通过湘绣艺术家的奋发努力，湘绣正日益成为一种享誉世界的高级传统工艺。

（本文作于 1999 年 10 月）

"寸三莲"絮话

"寸三莲"是湘莲中一个最优品种。它的得名是因为三粒莲子连起来恰好一寸长。

说起来也怪，什么果子都有大小之分、有长短之别，唯独"寸三莲"则粒粒如是，不长不短，不大不小。

说起湘潭的莲子，也不知种于何时，有史可查是清乾隆二十年 (1681 年) 所刊的《湖潭县志》载有："莲子有红白两种，官买白者为贡。"可见二百多年前的湘潭白莲，就已作为贡品了。

这二百多年来，湘潭莲子有起有落，成波浪形发展。它的生产取决于粮食的丰歉。粮食紧张，当时的政府就禁止种莲，一禁止，莲子就供不应求，自然莲价上涨；种莲有利可图，于是又解除禁令，恢复莲子生产，莲子生产扩大了面积，又复导致粮食紧张，又禁止种莲……如此循环不断，五到十年即有一次。

据《湘潭县志》记载，20 世纪 30 年代中期由于禁种莲子导致莲价暴涨，100 斤莲子可换回稻谷 1000 余斤。当时湘潭县种莲面积最多时也达到 7000 余亩，是湖南大宗出口产品。

至 50 年代，由于政府对湘莲生产十分重视，采取划分产区、增加面积、政策倾斜等措施，大大提高了莲农的积极性，不仅改变了莲子生产的起落现象，而且直线上升，几十年来得到长足发展。尤其是从科研入手，提高莲子的产量、质量。"寸三莲"就是在这个基础上试验成功而推广的。

"寸三莲"是优质白莲经过多年的选育而成。它颗粒圆壮、均匀，肉色乳白纯净，肉质细腻，煮熟后，落口消融，香气四溢，沁人脾胃。经国家商检局和中国科学院取样检验，其成分：水分 15.48%，总糖 18.30%，淀粉 44.3%，脂肪 1.57%，还原糖 0.77%，粗蛋白 21.45%。此外，还含维生素 3.45mg/100g，17 种氨基酸的总和 13.1808g/100g。营养成分高、油度含量低，是一种低脂肪高蛋白的滋补品，有较高的食用价值。

在全国占一席重要地位的湘菜，据说有三百余种菜目。湘菜酒席的名目也繁多，得有数十种吧！但每种席类，都少不了"十景冰莲"。这是一道甜菜，以莲子为主，配为十景，故叫"十景冰莲"。

湘菜酒席的规矩，菜是一道一道有序不乱地上，而此菜上在众菜的中间，对调剂口味缓解油腻、增进食欲，很有好处，故称为湘菜中之名菜。当然，莲仁火腿、莲仁蒸肚、莲仁扣肉等，也不失为湘菜中的美食。其他如八宝鸡块、八宝鸭子、八宝果饭、八宝鱼翅、八宝花蹄等中的八宝，莲子为至宝。所谓至宝，就是别样宝如荔枝、桂圆等，均可用别者代替，或者缺项，无关紧要，唯独莲子不能缺，也不能替代。

高档美味小吃中的莲羹、莲红饼、莲汁、莲粥，以及莲中皇饮料、湘莲稠酒，等等，都是用莲子做成，不仅可口，且有极高的营养价值。

"寸三莲"作为药用，则具有补脾、养心、益肾、安神等功效。

湘潭"寸三莲"曾连续数年获得国家外贸优质产品的称号。它品种的优质，与产地有密切关系。湘潭县区的气候、生态、水利条件和土壤、热量条件，都适合"寸三莲"生长的需要。如果将"寸三莲"从产地移植他地，三年以后质量变劣而退化。也就是说，它的适用性不强。后来专家与莲农结合，用了五年时间选育出"寸三莲65号"，才解决了推广中存在的适应性问题。

古人爱赞美荷花，齐白石赞荷、题荷的诗有数十首，只因他生长于莲乡，对莲乡感情深厚。不过有些遗憾的是，一般人只见花不见果。只赞荷花之美，不知莲子之香。难怪有位名不见经传的诗人写道："都赞荷花美，不闻莲子香，世人何偏颇，只缘是味盲。"这种说法，无疑仍有失偏颇，但在当前市场经济大潮中，观赏和品味，特别是观赏价值和经济价值，是应该同样得到重视和追求的。

（本文作于 2010 年 7 月）

腊月忆旧

三湘大地流行的一些民俗，也是湖湘文化的一部分。说起这些民俗的来龙去脉，还蛮有意思。

当下正是腊月，与大家一同回忆一番旧时腊月的民俗，于苦涩中，也许能有些许兴味。

躲债

腊月，富有人家喜气洋洋，准备过年。穷人家则楚楚可怜，日子难熬。过去城乡一般都在年底了结债务，没钱还债怎么办？只好找个地方躲起来。有首民谣唱道："头个腊八犹自可，二个腊八急如火，三个腊八无处躲。"意思就是到了腊月二十七八，债主堵门了，想躲也躲不了。

相传有位穷秀才无力还债，便在门上贴了副对联，自己早早躲了起来。债主上门索债看见对联，上联是："年难过，今年更难过，得过且过。"债主看到上联冷笑一声说道："难过不难过，与我何干？"他接着看下联："债要还，是债都要还……"看到这里，债主高兴了，以为这次收债一定顺利，便接着往下看："……有还才还。"债主不觉大失所望。这个故事，既是对富人的讽刺，也道出了昔日穷人过年的苦恼。

在湖南常德一带有吃"年光饭"的习俗，即将大年三十晚上的团年饭提前到凌晨来吃。这个习俗的形成，可能也与腊月的躲债有关。当时，穷人把三十晚上的团年饭提前到凌晨三四点钟来吃，吃过"年光饭"便出门躲债，躲到晚上亥时左右才回家。因为那时候家家"封财门"，债主也回家了。就是万一遇上债主也不要紧，债主是不会在这个时候索债的。而且两人这个时候相见，还客气得很，要互相恭喜拜年。

那时还称躲债为"做皇帝"，比喻皇帝出门，所有人都得回避。老百姓诙谐之至，不说百姓躲皇帝，而说皇帝躲百姓。皇帝为什么要躲百姓呢？因为他确实欠了百姓们的债呀！

腊八粥

"腊八"，是指腊月的初八、十八、二十八三个日子。初八这天，相传是释迦牟尼成佛得道的日子。旧时寺庙里为了纪念佛祖得道，这几天都会做"法会"，并煮粥会餐，以粥赈济饥民。因为这天是腊八，所以叫腊八粥。

以后腊八粥普及到民间，家家户户都煮腊八粥。人们在"八"字上做文章，八与发谐音，快过年了，图个吉利，因而喝腊八粥成了腊月间重要的食俗。腊八粥一般用当年收获的粮食、瓜果煮成，从大米、小米、玉米、黄豆、赤豆、红枣、花生、莲子中，根据自己的喜好，选择八种物品熬煮而成。

腊八粥又叫"八宝五味粥"，装在碗里红黄白绿各种颜色都有，且清香扑鼻，可谓色香味俱佳。平时生活比较清苦的人家，吃饭喝粥都得省点，而喝腊八粥则不然，人人必须喝饱，不然不吉利。

送灶神

传说灶王爷是天上玉皇大帝派到各家各户来做监督工作的。玉皇大帝对人间的赏罚，都是凭借每年腊月二十四日灶王爷上天所言的善恶而定。所以各家都在腊月二十三日晚上祭灶，送灶王爷上天言好事。灶王爷每天瞪着眼睛看人们行事、做人，不过，他的记忆力不够好，只好把每天看到的事情都记录在墙壁和屋瓦上。

人们便想出对策，在腊月二十三日以前进行一次彻底的清扫，叫"打扬尘"，这样，灶王爷平日记下来的"原始材料"就都清除掉了。因此也就形成了腊月大搞卫生的传统习惯。

腊月二十三的晚上，家家都摆上祭供，对灶王爷虔诚礼拜。这几天，街上还有呼卖"司命粑粑""司命糖"的，都是祭灶用的祭品。有心人还特别在灶王爷神台两边贴上对联"上天言好事，下地降吉祥"，提醒灶王爷。有的人还将祭供中的饴糖涂在灶王爷的嘴上，寓意"嘴甜"，上天只拣好的说。有的还将一只碗扣在锅子里，碗底上放调羹，调羹里放植物油，点燃三根灯芯，叫点锅灯。灶王爷酒醉饭饱，见人们这样厚意待他，厨房里点上锅灯一片光明，心里多少有些感动，当然更主要的，是他记下的那些材料没了，所以上天后只好奏言光明吉祥了。

（本文作于 2011 年 12 月）

湘潭槟榔

槟榔本产于我国海南、云南、台湾等省以及东南亚等地的高温地区。位于湖南中部的湘潭，不仅不产槟榔，而且连半棵槟榔树也没有，但是湘潭槟榔却闻名遐迩。

说起来也不奇怪，湘潭槟榔的出名，是湘潭人经过几百年时间对槟榔的经营、加工制作和嚼食所创造出来的。这其中，最重要的当然是"嚼"。

湘潭人嚼槟榔，说其嗜，一点也不夸张。湘潭人一天嚼上十几颗槟榔不算多的。有的人跟烟瘾、酒瘾一样，嚼槟榔上了瘾，一天不嚼就牙齿痒。这些人一天几十百把颗槟榔是能够嚼完的。

槟榔不比别的东西，你袋子里有，必须拿出来敬人。不管是陌生人还是熟人，见面了都要敬上一颗槟榔，这是不成文的规矩，也可以说是民风吧。

如果有人要问，湘潭人嚼槟榔究竟普及到什么程度？很难具体回答。一般来说，除了没长牙齿的小孩，或者是掉光了牙齿的老人，无法享受这种美味佳果之外，只怕是很难找到不嚼槟榔的湘潭人了。

有首民谣这么嘲笑爱嚼槟榔的湘潭人："湘潭人是活宝，口里一把草，牙齿不歇气，肚子不得饱。"这"不得饱"有两层意思，一是槟榔并不饱肚子；二是湘潭人哪怕明天没有早饭米，也不管他，仍要买几颗槟榔嚼。

湘潭人也有首自嘲的民谣："槟榔越嚼越起劲，这颗出来那颗进，交朋结友打圆场，避瘟开胃解油性。"人们在街上遇到亲戚朋友，最礼貌和最热情的表现，就是互邀至槟榔摊前，买几颗槟榔，分而嚼之，且争着付钱。谁要是购进了比较高档的商品，或有什么可喜乐的事必须请客，不喝酒，不抽烟，买一包槟榔分而嚼之即可。

有客人来家，烟草招待属于次要，首要的是槟榔敬客。家里没有，马上出门买，随你住在什么地方，出门就有槟榔摊。当然，一般人家里都是常备槟榔来待客的。

年节到来，也要买足槟榔。有谚云："拜年不敢当，进来嚼槟榔。"湘潭有拜"闹"年的习惯。闹者热闹也，即左邻右舍邀集一起，挨家进门送"恭喜"拜年。一般是站站就走，对这些客人不需要泡茶请烟摆点心招待，但一定要敬槟榔，叫作"拿财"，或叫"采宝"，祝客人财宝归身。因槟榔形似过去的银锭，只不过小一点，故以此来象征财宝。

年节期间，常有送财神、打春、赞土地和玩狮子龙灯的，一律要分送槟榔。打春、赞土地的还会高兴地唱道："老板是个财帛星，拿出元宝赏阳春。"男婚女嫁，槟榔尤需多备，新郎新娘必须亲自为客人敬槟榔。过去只敬两颗，一颗用红纸包，内放桂子五粒，一颗用绿纸包，放桂子两粒，借桂子的谐音，叫"贵子槟榔"，并取五男二女七子团圆之意。如今计划生育为基本国策，贵子之说虽免，可槟榔还是要敬的，且不是一颗两颗，少则 20 颗，多则 50 颗，用印刷美观精致的锦袋装着，一包一包送给各位宾客。

在湘潭，男女成亲晚上闹房的时候，还有个抬槟榔敬客的传统节目。一双新人各用筷子，同时夹起一颗槟榔，抬起敬客，客人要念赞词答谢。如"槟榔翘翘像条船，今晚花开月也圆，男撑篙来妹掌舵，百年和谐好姻缘"。

其他如生日做寿、新屋落成以及红白喜事办酒，都离不开敬客人槟榔。近年来求人办事送谢礼，为了表示廉洁，别的礼物可以拒绝接受，而槟榔似乎与廉洁无关，受之无碍。甚至在剧场看戏，戏演得好，观众也情不自禁地一把把往舞台上丢槟榔。这种风气是从以往传下来的，清朝时候就有人在《潭州竹枝词》中写道："风流妙剧乐悠扬，艳姿娇容雅擅长，一串珠喉歌婉转，有人台下掷槟榔。"

湘潭人嚼槟榔的习惯，大约有了 3000 年历史。根据《湘潭县志·光绪刊》记载：清乾隆四十四年（1779 年），湘潭大疫，居民患鼓胀病，县令白璟，广东人，谙医理，明药性，将赴任带来的药用槟榔分给患者嚼之，鼓胀消失，病痛解除。尔后原患者长嚼之，未患者也随之而嚼，哪知一嚼便离不开，嚼槟榔的习惯逐渐形成。又据湘籍文人《湘上痴脱难杂录》记载：清顺治六年（1649 年）正月，清握金亲王，以湘潭人支助何腾蛟抗清为由，在湘潭屠城九天，数万人口的县城所剩户不上二三十，人不满百口。时有安徽商人黄希倩和程某来潭，一老和尚向其传授槟榔醮石灰口嚼避疫之法。安徽商人从之，并修建白骨塔，雇人收尸净城。后来安徽商人安家湘潭，延续后代，嚼槟榔的习惯也一直延续下来。

此二说各有依据，很难取舍。前说为 1779 年，后一说为 1649 年，时间差 130 年。前者载于县志，有一定的可靠性；后者亦有资料可循，安徽商人所建白骨塔，虽毁于 20 世纪 50 年代，而此说在民间流传甚广，似乎有口皆碑。故近年所修的湘潭志民俗部分中，将二者并收。

湘潭人始嚼槟榔，只不过将它作为一种药物，解除病痛，并不普及，需求量也不是很大。至清乾隆末年，嚼槟榔的人才逐渐增多，渐渐成为大部分人的生活必需品。经营槟榔生意的人由少到多，各种经营形式自然形成。

至今，槟榔经营大约有四种形式：一是字号（今日叫公司），从产地海南将槟榔采购运回来，开盘作价，整批零售；二是店铺，向字号进货，整批零拆；三是"四六铺子"，一般为夫妻店，从店铺批进，开口自制，一般零售为主；四是摊贩，从店铺贩进，临街摆摊或提篮叫卖。

到民国初年，嚼槟榔基本普及，店铺也相应增多，特别是槟榔摊，街头三五步远就有一个。

经营业的发展，也引发了竞争机制，于是出现了在加工制作上的讲究。一般槟榔用角石灰化成汁，将槟榔切开投入、拌匀、晾干即可。槟榔制作，并无专门作坊，全凭店铺老板独出心裁。

所以为求生意兴隆，老板们就不拘一格，各显其能了。有的相拌少许云南产的芦叶，叫芦叶槟榔；有的拌少许玫瑰香油，叫玫瑰槟榔；还有的放些许碎甘草和桂子，用红绿纸包起来，叫它纸包槟榔。特别是抗日战争时期，一是槟榔来源不易，生意难做；二是当时湘潭的外来人甚多，对原来的槟榔嚼不习惯。于是店铺老板们为了使槟榔嚼起来香甜可口，初嚼的不致碱口起泡，且便于携带和馈赠，在加工制作和包装等方面狠下了功夫。

此时一般的制作方法为敞口、发糖、点卤、贴心四个步骤，而在这四个步骤中却各有发挥。当时有家黄俊记槟榔店，将精心制作好的槟榔，50或100颗装成一袋，袋子印上四言八句："异果出琼崖，风味海南来。性效兼温暖，功能助胃开。固齿排污秽，防病免疫灾。馈赠高尚品，常嚼畅君怀。"一时生意兴隆，人称其为诗签槟榔。还有位刘姓女子，双十年华，姿容秀美，春风待客，开了家槟榔店，人称她槟榔西施。她制作的槟榔不仅香甜可口，且不费牙劲，嚼后余味无穷。她的槟榔人称西施槟榔，生意兴隆，应接不暇，槟榔西施之名也随着西施槟榔而远播。

湘潭槟榔不仅有经久不衰的历史，且越来越兴旺。如今有了几十家槟榔店集中一起的槟榔城、槟榔一条街。摊点就更多了。槟榔的加工制作也更为讲究了。目前市场上畅销的槟榔有桂花槟榔、精制槟榔、桂子槟榔、薄荷槟榔、芝麻槟榔、莲红槟榔、干槟榔、湿槟榔、仔槟榔、母子槟榔、情侣槟榔，等等。一个名字代表一种制作方法和配料，使用不同形式的包装。比如母子、情侣槟榔，均用两颗包装方法。情侣槟榔每一只壳子开成丝丝相连的两颗，制作后两颗一起小包装。母子槟榔即一大一小的两颗槟榔进行小包装，都是用印刷精致美观、图文并茂的包装袋包装。

近年来，湘潭槟榔广销全国，不仅邻近的省市有卖，远的地方如北京、上海、哈尔滨、香港甚至美国洛杉矶都有。人们爱嚼槟榔，不光是因为其可口，而且对健康的益处也是不可忽视的。

槟榔全身都是宝。生晒槟榔皮，中药叫大伏皮，沤化后叫大伏毛，槟榔心叫大白槟，切片叫花心，磨水叫四磨汤。

槟榔是中医理气之药。古代医学资料《本草汇言》载："槟榔主治诸气，祛瘴气，破滞气，开郁气，下痰气，去积气，解蛊气，消谷气，逐水气，散脚气，杀虫气，通上气，宽中气，泄下气。"罗大经《鹤林玉露》载："岭南以槟榔御瘴，其功有四：一曰醒能使之醉，盖嚼之久则熏然颊赤，若饮酒然，苏东坡所谓'红潮满颊醉槟榔'也；二曰醉能使之醒，盖酒后嚼之，则宽气下痰，余醒顿解，朱晦庵所谓'槟榔收得为祛疾'也；三曰饥能使之饱；四曰饱能使之饥。盖空腹嚼之，则充然气盛如饱，饭后嚼之，则饮食快然易消。"

现代医学研究显示，槟榔含有多种对人体的有益成分，其中富含的生物碱有驱虫作用。嚼槟榔可以增强肠胃蠕动、扩张血管、降血压，还可以兴奋骨肌胳、神经节，其中的柔质部分有抗真菌、抗病毒的作用。

（本文作于 2011 年 2 月）

美丽小城——凤凰

在湖南省的西北部，沅水支流武水的下游，有一个美丽的小城——凤凰。

在中国生活了 60 年的国际知名人士新西兰老作家艾黎说："中国有两个最美的小城，一是湖南凤凰……"研究沈从文的美国学者金介甫先生来到这里，也说："我到过中国许多地方，给我印象最深的就是凤凰。"几年前，一位湖北的女大学生来凤凰旅游，被这美丽的小城迷住，不仅在这里成家立业，而且把对外宣传这座美丽的小城作为自己的终身事业。

那么，凤凰到底美在哪里呢？

凤凰首先美在悠久绵长、蕴藏丰富的人文历史。

早在春秋战国时期，凤凰便是"五溪苗蛮之地"，属于楚国。秦昭王三十年（277年），建黔中郡，凤凰便是黔中郡的腹地。在西汉和东汉时期，凤凰属于辰阳县，属武陵郡。唐武后垂拱二年（686 年），凤凰从麻阳县分出，次年设渭阳县，县城设在黄丝桥，即今凤凰黄丝桥古城。宋太宗太平兴国七年（982 年），改渭阳置为招谕县。元朝置五寨司，设在现在的凤凰县城。明隆庆三年（1569 年），设凤凰营。从明朝到清朝的几百年间，历代统治者在凤凰设司、设镇、设营、设道、设厅，这里成了湘西边关的重镇。1912 年，这里改为凤凰县。1949 年凤凰县解放，1957 年归属湘西土家族苗族自治州。

漫长的历史发展，造就了人杰地灵的凤凰城。这里涌现出了许多杰出的人物。如在鸦片战争中任浙江处州镇总兵，在定海浴血抗英，成为万古流芳的民族英雄的郑国鸿；清代咸丰同治年间的一品大臣、贵州提督，为了维护民族尊严，毅然处置不法外国传教士，被世人传为佳话的田兴恕；自幼有"湖南神童"之称，1913 年出任我国第一任内阁总理，名扬四海的熊希龄，等等。

现代的凤凰人沈从文、黄永玉更是蜚声海内外。沈从文是我国"五四"以来著名的乡土作家，代表作有《边城》《湘西散记》《湘西》等。中华人民共和国成立之后，他从事古代民间手工艺品和瓷器的研究工作，后来又研究民族服装的历史发展，著有多种专著，填补了爱国古文物和民间艺术研究的一些空白，在国内外享有广泛的声誉。

画家黄永玉1924年出生于凤凰县的沱江镇。自小家境贫寒，小学毕业后，12岁就背着包袱独自出外谋生。他一面做工，一面勤奋读书作画，14岁就开始发表作品，16岁便发表了大量的画作。他作画奇特，除了用各种画笔外，还常用树枝、手指、丝瓜瓤等当笔。他的画题材广泛，松竹梅兰、花鸟虫鱼、飞禽走兽、山水人物以至神话典故等，在他笔下皆能形神兼备。

凤凰之美又在那绮丽的自然风光。

凤凰是一座保持着明清风貌的古色古香的小山城。小城四面环山，沱水缠绕，青峰叠翠，树木葱茏。城里的小巷多为青石板铺成，古典雅致。沱江两岸，木板吊脚楼鳞次栉比，颇富苗家风情。城内有大成殿、朝阳宫、万寿宫、遐昌阁、万名塔、回龙阁、孔庙大成殿、焚音阁、陈家祠堂戏台等一百多处古建筑。古城垣保存比较好，现在仍有城门、城墙、城楼等局部景观。城内还有北洋政府总理熊希龄和著名文学家沈从文、画家黄永玉的故居。建于康熙九年（1670年）的虹桥全长112米，连跨三拱，如彩虹卧江，把沱江两岸连成一体。

在县城的南边有一座南华山，奇峰挺秀，古木参天，已被确定为国家级森林公园。山麓上有天王庙和兰泉，为历代名胜。整个城镇风景秀丽，被定为省级重点旅游风景区。

凤凰之美还在那浓郁的民情风俗。

凤凰县是湘西土家族苗族自治州中苗族人口比较多的城镇。苗族是一个勤劳勇敢、强悍爽直、能歌善舞的民族，有着悠久、深厚的文化传统和丰富多彩的民情风俗。

苗族同胞喜欢结交朋友，讲信用，重感情，热情好客。有客到家，煮糯米甜酒代茶相敬，还边敬酒边唱歌助兴。苗家腌的酸辣椒、酸酢鱼，味美色鲜。

苗族的服装崇尚简朴，风格独具。清代以来，男子以裤代裙，穿对襟衣，外套小背褂，头缠花格丝帕，配以宽腰带。苗族姑娘的服饰缝制精美，在胸前、袖口和裤筒都有绲边绣花，头帕、围裙十分讲究。凤凰县的苗族多用花帕，层层相叠包在头上，宛如峨冠秋菊。她们的围裙绣有各种花鸟鱼虫，尤以龙凤呈祥和莲花出水为多，配上金银首饰，显得五光十色，绚丽夺目。

苗家还有很多自己的传统节日和社交活动。男女青年通过"踩花鞋""会姑娘""赶秋""六月六"和"跳月"等活动，谈情说爱，选择心上人。

相传这些节日都是为了纪念苗族英雄设立的。如"赶秋"，相传从前有个名叫巴贵达惹的苗族青年，英武善射。一天，他外出打猎，射下一只精巧的绣花鞋。他决意要找到绣鞋的姑娘，便制造一种可以同坐八人的大秋千，在立秋这天，邀请大家来荡秋千，终于找到花鞋的主人，通过对歌传情，结成了夫妻。从此，苗家男女选择佳偶，都来赶秋。凤凰县的勾良山便是很有名的传统秋场。

凤凰之美更在那日新月异的发展变化。

今日的凤凰县城，既保持了古城的风貌，又有当代山城的繁华。古城北部和西部辟有新建的城区，新建城市的南华路，视野宽阔，热闹异常。

凤凰拥有丰富的物产，除主产稻谷、玉米、红薯外，还盛产烟叶、苎麻、桐油、油茶、芝麻、花生等。凤凰的森林资源更加丰富，有300多个树种，其中91种属珍贵品种。还拥有娃娃鱼、刺胸蛙、鹿茸、穿山甲、猴面鹰、红嘴相思鸟等珍禽异兽。

凤凰的地下矿藏也很丰富，有金、银、汞、铅、锌、锑、磷、钾、锰、钒等，还有金刚石、水晶、冰洲石和珠宝砂等宝石，尤以汞矿资源蜚声中外。

这些丰富的资源都是在中华人民共和国成立之后特别是改革开放以来才得到很好的开发利用的。如今凤凰县已拥有矿产、无线电、机械、化工、纺织、印刷、民族工艺、建筑、水泥、农机、酿酒、卷烟、制药、食品加工厂和木器加工等厂矿企业。还根据少数民族地区特点，重点发展了民族工艺、金银首饰加工和民族服装业。今天，美丽的凤凰城，正以崭新的姿态，阔步迈入新的世纪。

(本文作于 2008 年 8 月)

周敦颐故里

出道县县城往西 15 里处，有一座群山环抱、风景秀丽的村落，这便是我国北宋时期的著名哲学家、文学家周敦颐的故里楼田村。

周敦颐初名敦实，字茂书，后避英宗讳改名敦颐，于宋真宗天禧元年（1017 年）五月初五，生于道州营道县营乐里楼田堡（今湖南道县清塘镇楼田村）。他自幼聪慧灵秀，对天地万物情有独钟。5 岁时，将门前的五个土墩命名为五星墩，分为五行。

14 岁时，他在月岩搭了一间小屋读书。月岩顶圆如月，出入仰视，如上下弦，因而称之为月岩。相传，他在这里看到这一切后悟出了"太极"。他 15 岁丧父，同年随母亲投奔南京的舅舅郑向。当时的龙图阁学士郑向看到周敦颐才志不凡，爱之如子。

在舅父的帮助下，他做了监主簿，后到郴州，改任桂阳令，又做大理寺丞，所到之处皆有政绩，传道讲学深得民心。后因体弱多病，55 岁时辞官归隐庐山。

他住在庐山莲花峰下，门前有一条小溪，流入溢江。他用营道故里的一条溪流的名字"濂溪"来称这条小溪，因此后人又称其为濂溪先生。

周敦颐一生博学力行，著述颇丰。著有《太极图》《太极图说》《易说》《易通》等理学名著，还写了《拙赋》《爱莲说》等文学名篇。他的这些理学著作，已成为人们研究理学的经典，享誉世界；而其《爱莲说》已成为中华文学宝库中脍炙人口的千古绝唱。

楼田村里和附近，修建和保存了不少与周敦颐有关的风景名胜。

村头的田陌街前，有一座后人修建的濂溪祠。在用濂溪先生名作《爱莲说》而命名的爱莲堂，字画满目，楷行隶草，龙飞凤舞，表达了后人对其哲学思想和"出淤泥而不染，濯清涟而不妖"的伟大人格的景仰和崇拜。

沿溪行一里许，在道山东南角的山坡下，一座小巧玲珑的濯缨亭扑进眼帘。在道山脚下，有一股清泉从石缝中涌出。溪水清澈见底，味道甘甜，四季不枯，人称"圣脉"。这便是濂溪的发源。泉水流淌，亭水映和，人们劳作之余常在这里洗涤。据说，少年时，周敦颐先生经常在这里游玩。对这条溪水他铭记终生，以致晚年病居庐山时，还将它的名字带到了遥远的庐山之上。

离周敦颐故里不远，有一座闻名于世的月岩。月岩有东西两洞门，宛如城阙，形状极其雄伟森严。进入洞内，则十分宽敞，洞顶空能见天，日光直照洞内。月岩的形状很像月亮，从东边看像上弦月，从西边看像下弦月，从洞中看，空顶就像一轮悬空的明月。"月岩"便因此得名。明代地理学家徐霞客曾游此洞，并在洞内住宿。他在《楚游日记》中把月岩列为"永南洞目"第一。

这一带属喀斯特地形，群峰耸立，青山叠翠，很像桂林风光。月岩内宽敞明亮，洞壁怪石林立，景象迷人。相传周敦颐曾在这里读书、静养、悟道。岩内至今保存着宋代以来的碑刻40余块，为省级文物保护单位。

古往今来，不少名人雅士都曾来到周敦颐故里——楼田村。

南宋理学大师朱熹来到这里，他在《拜濂溪先生遗像》诗中写道："北渡石塘桥，西访濂溪宅。乔木无遗株，虚堂唯四壁……"明代地理学家徐霞客来到这里，他在《楚游日记》中写道："又一里，则濂溪祠在焉。祠北向，左为龙山，右为豸岭，皆以山象形，从祠后小山分支而环于前者也。其间可容万马，乃公所生之地也。"清咸丰初年，著名书法家何绍基来到这里，他把这里的远近山水列为八大风景，并赋成古风八首咏之。

近年来，随着周敦颐学术思想研讨会的召开，各种推介周敦颐的著作不断出版。他的哲学思想和为人品格进一步受到人们的重视，寻访者接踵而至。周氏后人和楼田村的人们重新修整了牌坊、凉亭、濂溪祠和周敦颐塑像，使这一文化内涵丰厚的旅游胜地，更具吸引力。

（本文作于 2006 年 3 月）

张谷英村

张谷英村是岳阳县渭洞山区的一座规模宏大、历史悠久的古代建筑群落，位于岳阳市东南 70 公里处的青山环抱之中。

这个被人们誉为"天下第一村"的张谷英村，始建于明代洪武年间，经过历代的修建，至今已经繁衍了 26 代。目前村里有 1732 间大小房屋，所居 2600 多人，建筑面积已达 5 万多平方米。这座建筑群的整体风格基本一致，具有明、清时期古庄园建筑的格调。屋宇、檐廊相接，由东南向西北，有两里之宽。

张谷英村的建筑环境很有特色。全村处于四面环山的谷中，渭溪河水横穿全村，人称"金带环抱"。幕阜山余脉的三座小山峰，像三瓣花瓣，簇拥着这片建筑。

屋场中间，有一座"龙形山"，大屋背依"龙身"，屋自"龙头"处起。门前两座八字形石桥，被称为"龙须"。渭溪河穿村而过，河上有石桥 58 座，而且桥形各异。这些石桥与沿溪而建的长廊和青石板路相联合，通达各家各户，使之倍增江南水乡的秀色。

环村的四面青山，如巨大之屏障，挡住了各种灾难和战祸。600 年来，该村没有受到重大灾害和战争的破坏，所以才能得以绵延今日。

张谷英大屋的建筑特色浓郁，耐人寻味。大屋的平面布局为"丰"字形，巧妙利用横向地形，南北进深，东西走向。纵向上，是高堂庭院，一般有二至三个天井，六至四个堂屋；两边并列伸出三四道横向分支。每进堂屋的屋顶，由四根大圆木支撑。各进堂屋之间，由天井、屏门、鼓壁隔开，但也可以根据需要打开屏门，将各个宽大的堂屋、天井连成一片。

在大厦之间，还建有四通八达的巷道。整个大厦有 60 条巷道，长 1459 米，直通 10 个高堂。这些巷道迂回曲折，重重相接，将各房各屋联结成一个整体，晴天出门不晒太阳，雨天出门不会打湿鞋袜。如果有火灾发生，巷道还可以成为消防的极好屏障。

在大屋里，精致的雕刻随处可见。墙壁、石柱上的各类石刻结实厚重，苍劲有力；门楣、窗棂上的木雕精致美丽，充满情趣。从图案花纹来看，主要是描绘风土人情和丰收、祥和的太平景象；就手法而言，则很有民族风格，极其精美生动。所雕所刻无不细腻精美、典雅传神。而且这些雕刻，经历几百年的风雨侵袭，不翘不弯不裂，完好如初。足见其选材之精当，工艺之高明。

天井的建造，也是张谷英村的一绝。大屋里天井随处可见，堂屋、厢房、厨房等处均有天井。全村共有天井 206 个，大的达 22 平方米，小的也有 2 平方米。这些天井，使这座大屋拥有单家独户的采光和通风条件，住户们都可以尽情享受灿烂的阳光和新鲜的空气。这些天井在排水方面作用重要。它们由花岗岩和青砖砌成，但很难找到排水的管道。

由于独到的设计和建筑，使张谷英村在 600 年中，虽然经历多次暴雨洪灾，但从来没有出现过天井渍水堵塞之事。600 年前，竟能设计和建造出这么精巧无比、畅通无阻的下水道，个中之谜，一时还难于破解。

张谷英村的建筑，主要是以木为主的砖木结构。其砖、瓦、石、木等建筑材料大多产自本地。然而，建筑质量却出奇的好。那些青砖墙，距今虽已几百年，但至今清晰整齐、灰缝饱满。据说灰缝的硬度，铁钉都钉不进。木料为梁为窗，很少有断裂、变形的。花岗岩做成的大门框、烟火堂、天井、屋柱、墙脚、挑梁、住房门框，则都是精心雕琢，平整光滑，质朴典雅，经久耐用。

说起张谷英村村名的来历，还有一段故事。传说洪武年间，从江西来了三个人，一个叫刘万辅，一个叫李千金，还有一个就是张谷英。这三个好朋友结伴西行至此，觉得这里是一个很好的地方，便决定在这里择地定居。张谷英懂得风水，他踏访了几处山坳，选定了三块宅地，指出今后的发展趋势分别是"禄位高升""四季发财""人丁兴旺"。刘、李二位说，你是风水先生，我们是外行，所以应该先选。结果刘万辅挑了"四季发财"，李千金挑了"禄位高升"，张谷英便选了"人丁兴旺"这一片。果然李千金的后代做了大官，刘万辅的子孙也真的发了财，而张谷英一门 600 多年来也人丁兴旺、久盛不衰。

张谷英村民风淳朴，风尚清正。强调孝敬父母，友爱兄弟，和睦四邻。特别是他们世代尊书重教，学以成名者甚多。据初步统计，民国前，这里出了进士 1 人，举人 7 人，贡员 1 人，贡生 6 人，秀才 45 人，太学生 33 人。中华人民共和国成立之后，这里的重学风气依然，几十年来出了 200 多名大学生，还出了 2 名博士生、1 名留学英国的博士后。

近年来，张谷英村在外界的影响越来越大，来自全国和世界有关国家和地区的学者、游人络绎不绝。国内和海外的新闻媒体对这一保留完好的明、清民居建筑，作了多方面报道。一些科研机构和专家学者，也对它进行了多方面的考察和研究。

（本文作于 2003 年 4 月）

九嶷山上白云飞

在永州市宁远县城南 30 余公里处，有一座风光秀丽的千古名山——九嶷山。

九嶷山，又名苍梧山。山方圆 1000 余里，主峰有舜源、娥皇、女英、桂林、杞林、石城、石楼、朱明、黄韶等九座。这九座山峰连接一体，虎踞龙盘，接岫连峰，竞秀争高，相互掩映，形状也大致相同，让人望而生疑，难辨其名，因而称为九嶷山。

另一说则是舜帝南巡至此，心有所疑，疑而生悲，随从者作九悲歌，因名九疑。

"嶷"通"疑"。现对外统一称之为"九嶷山"。

关于山名的传说自然不必稽考，但九嶷山的出名，却确实与中华民族的始祖之一——舜帝相关。

相传，舜帝巡狩至此，不幸病故，遂葬此山。汉代著名史学家司马迁在其名著《史记》中记载，舜帝崩于苍梧之野，葬于零陵（今永州）九嶷山。

为纪念中华始祖舜帝，人们在九嶷山建起了舜庙。几经搬迁，舜庙现在舜源峰下。

在舜源峰北麓、娥皇峰对面，舜庙坐北朝南，红墙碧瓦掩映于绿树丛中。经过新近的修建，舜庙的建筑规模有所扩大，构架更加雄伟。除了照壁、午门、拜亭、正殿、寝殿、碑亭、省牲亭及左、右朝房和龙眼井之外，又新建了一些辅助建筑。这里秦松汉柏高耸入云，香杉修竹茂密青翠，碑碣林立，香烟缭绕。

从唐代开始，历代的封建君主均每年定期派遣官员，前来祭祀舜帝。祭舜，一般为三年一大祭，一年一小祭。大祭由朝廷派钦差和其他大臣，亲捧诏书来舜庙祭祀。小祭则由地方官员及地方的绅士一起祭奠。

据有关典籍记载，祭舜的仪式十分隆重，从午门到接官坪，都有松树枝铺地。祭奠大员来时，当地的瑶总带领瑶民到舜庙前三里远的凉伞坳俯首道旁，恭敬迎接。大员下轿后吩咐众人起立，瑶民们击起长鼓，吹起笙，将祭舜的官员引到庙前。

祭舜时，有瑶女 32 人，用锦帕罩住面孔，穿着彩衣绣裳，排列两旁，跳瑶家的长鼓舞，唱起欢快的瑶歌，气氛隆重热烈。

沿舜源峰左行一里，便来到了重华岩。重华岩初名紫霞洞，又名斜岩、紫虚洞，当地人则称其为前岩。沿石级而下，一巨石当门而立。抬头回望，只见紫色岩顶高数丈，岩壁若鬼斧神工辟成，甚为壮观。几缕阳光从岩口斜射而入，若紫气缥缈，颇有置身仙境的感觉。进得洞内，左侧有清泉从石乳中滴出。点点落入石盆之中，常年不绝，人称"金盆滴水"，传说此水可治百病，游人皆以手掬之，一饮为快。

金盆下面有一石洞，时至下午，便有蓝烟徐升，人称"仙人煮饭"。岩内曲折黑暗，钟乳石千姿百态，或垂或立，如花如树，如人如猴，如梁如柱，如台如楼，千奇百怪，令人目不暇接。

经"水打莲花""猴子把洞"诸景之后，可见"无为洞"三个大字，乃唐代文人元结所书，宋代蒋之奇、沈绅周游九嶷时，刻于此处。沿路有一长条洞壁，上面刻满了宋朝和明朝游人的记游诗，所以称为"诗壁"。更令人称奇的是，洞内有溪水九渡，名曰"九曲黄河"，水清见底，流声悦耳，却来不见影，去亦无踪，真是别具一格，见者无不称奇。

千百年来，重华岩的奇特景观，吸引了无数的游人。元结、寇准都到过这里。明代探险家徐霞客曾在此洞中住过四晚，"闲则观瀑，寒则煨枝，饥则饮粥"（《楚游日记》），并将此岩列为楚南十二名洞之第二位。

出重华岩南行不过五里，便可到达玉馆岩。玉馆岩是耸立在盆地上的一座石山溶洞，洞外涌水支流如玉带般绕山而过。此山不高，但气势雄浑，山上古木参天，翠竹繁茂。溶洞不深，洞内豁亮，洞口上方刻着宋人书写的"玉馆岩"三字。石壁上刻有"九嶷山"几个大字，笔力苍劲。边上还刻有宋代文学家蔡邕的《九嶷山铭》，洞壁的两边刻有历代名人的题字和诗文。据史书记载，古舜庙最先就立在这里。

说起玉馆岩的得名，还有一段传说。相传舜帝南巡时，有人劝他多带士兵，因为南方土人十分凶猛。舜帝认为，南方土人善良，他们生活艰苦，又遭毒蛇猛兽危害，他要去为他们解除痛苦。舜帝决定，除皋陶等几个随从外，还带一支乐队去，士兵一个也不要。于是，十二州牧就奉献了十二支石制管乐——十二支玉馆。在九嶷山，舜帝奏起了韶乐，土人都赶来了，百鸟也飞来了，山上充满了欢乐，毒蛇猛兽也不敢露面。为解人们的危难，舜帝进入深山与孽龙搏斗，斩了孽龙但自己也负伤身亡。直至汉哀帝时，奚景在这里发现了这十二支玉馆，这里便改名为玉馆岩。

从舜庙南去约 25 公里，便可见到九嶷山第二高峰"三分石"。这里三峰并峙，峰势险绝，云雾缭绕。明代地质学家徐霞客历尽千难万险登上此山，终于弄清了这里是潇水、岿水、沲水的分水之处。

九嶷山的动植物资源十分丰富，1984 年，这里建起了自然保护区。这里有许多珍贵的植物，国家一级保护树种有：香杉、银杉、珙桐、石枞、银杏、摇钱树、海龙树、领春木等；国家二级保护树种有：胡桃、猕猴桃、三尖杉、福建柏、楠木、杜仲、金钱杉、红豆杉等。这里竹类繁多，有楠竹、重巴竹、观音竹、冻竹、花竹、紫竹、墨竹、方竹、满竹、罗汉竹、香竹、狗竹等 20 余种。

这里还是一个珍奇的动物园，华南虎、金钱豹、豺狼、野猪、豪猪、穿山甲、梅花鹿、大黑熊、锦鸡、金鸡、竹鸡、画眉、猴面鹰、娃娃鱼、大头鱼、石蛙等都在这里栖息繁衍。

九嶷山秀丽的自然风景和深远悠久的人文历史，吸引了无数帝王将相和游人骚客。秦汉以来，历代帝王或遥祭舜帝，或派员代祭。司马迁、元结、蔡邕、刘长卿、宋之问、张谓、李商隐、梅少臣、何绍基等都亲临九嶷，留下了大量的诗文。毛泽东曾用"九嶷山上白云飞，帝子乘风下翠微。斑竹一枝千滴泪，红霞万朵百重衣"的诗句，赞美美丽的九嶷山风光。

如今这里建起了电站，修好了公路，舜庙附近还办起了大学。今年当地人民还将舜庙修饰一新，准备举办隆重的祭舜仪式，以纪念和弘扬舜帝不畏艰苦为民造福的精神。

（本文作于 2002 年 4 月）

第三部分
文坛艺苑

湖南少数民族的文化艺术

湖南自古以来，就是多民族生活的地方。各族人民以其勤劳和智慧，共同创造了湖南灿烂的文化艺术。

在远古时期，湖南主要是一部分苗蛮系民族、百越系民族的聚住地，也有一部分华夏系民族的部落南迁到这里。商至西周时期，虽然已有更多的华夏民族如商人、周人南迁入三湘大地，不过这里仍主要是蛮人、越人活动的地方。

春秋战国时期，楚国逐步占领了湖南。楚国的移民大规模涌入，并逐渐成为湖南的主体民族。楚人与当地的土著蛮人、越人以及战国时从川东、鄂西迁来的巴人一起，创造了光彩夺目的楚文化。

秦汉至元明清时期，当时郡县所在的城镇及邻近的平原，已大多是汉人居住。但不少郡县的山地及僻远的湘西、湘西南、湘南，仍活动着大量的"蛮夷"民族。

这些湖南的古代少数民族，与汉民族先民一起，共同创造了湖南的历史文化。

今天的湖南，是一个多民族居住的省份，生活着汉、土家、苗、侗、瑶、白、回、壮、维吾尔等 52 个民族。除了汉族以外，土家族、苗族、侗族、瑶族、白族、回族、壮族和维吾尔族是湖南人口最多的 8 个主要少数民族。

湖南的少数民族，都有独特的民族文化艺术、音乐舞蹈和工艺美术，他们的宗教信仰以及居住、饮食、服饰、婚姻、丧葬、节日等生活习俗方面，保持着浓厚的民族风格。中华人民共和国成立之后，湖南的少数民族不仅摆脱了统治阶级的压迫和剥削，而且本民族的文化艺术得到了保护和发扬。他们的文化艺术成为整个湖南文化艺术中光彩夺目的篇章。

土家族文化艺术

湖南的土家族，在长期的历史发展过程中，创造了丰富多彩的文化艺术。他们的歌谣、故事、音乐、舞蹈、戏剧等文化艺术活动，都具有浓郁的民族特色。

土家族的文学主要包括口头文学和书面文学两部分。口头文学主要包括歌谣和神话传说。歌谣可分为古歌、劳动歌、情歌、诉苦歌、长篇叙事诗歌等。

摆手歌又称为舍巴歌，舍巴就是跳摆手舞的意思。摆手歌是土家族的巫师梯玛和摆手掌坛师在节日里举行摆手活动时用土家语所唱的古歌，内容十分丰富，包括天地起源、万物萌生、民族迁徙、祖先业绩以及先民的劳动与生活。其气魄宏大、形式多样、语言朴素生动、艺术手法巧妙，绝非某一时代某一梯玛的创作，而是土家族先民长期创作与智慧凝聚而成的古代艺术明珠。

梯玛神歌是土家族巫师梯玛为他人消灾祛难而做法事时用土家语所唱的请神之歌，内容涉及古代土家族的政治、经济、历史、哲学、民俗风情等，是一部史诗性的古歌。

梯玛神歌的内容取决于所主持活动仪式的性质，不同宗教活动唱不同内容的神歌。如为死人祭祀时唱"送亡人歌"，为村寨挨家逐户贴避火符咒时唱"避火咒语歌"，与人消灾、招魂、求子时唱"还愿歌"，赶鬼驱邪时唱"解邪歌"。梯玛神歌唱词比较固定，即兴演唱者较少。从形式上看，梯玛神歌有双句压尾的自由体，也有两句一节四句一节、句尾押韵的格律。唱腔也有高腔与平腔之分。高腔高昂，感情激越；平腔舒展，感情深沉。韵律铿锵，优美动听。

劳动号子，是土家族人民在从事各种劳动时所发出的以呼喊为主的一种歌谣，起着协同劳动、统一步调、鼓舞情绪、缓解疲劳的作用。由于土家族多依山傍水而居，与岩石、木材等打交道多，故劳动号子歌词简短、句式工整，一般为七言四句。劳动号子的演唱方式是一领众和，领与和交替，同劳动动作的起始与快慢紧密配合，有强烈的音乐节奏感，气氛浓烈、声音激越、急促粗犷、顿挫有力。

生产歌，是土家族进入农耕时期后出现的农业歌谣。多为自由体的长短句，风格清新刚健、简洁明快，解释性和知识性的特征比较突出。生产歌还起着传授生产知识的作用，告诉大家，"2月挖土，3月下秧，4月栽种苞谷，5月薅草，8月收割"等。其中也有一些是表述人们丰收时喜悦心情的。

摆手舞，土家人称之为"舍巴"，是土家族人民新春佳节时所跳的一种集体舞蹈，分为小摆手舞、大摆手舞两种。小摆手舞每年举行一次，规模较小，以村为单位，选择一块空坪，建一个供奉土王的小庙，或在坪坝中央立一杆彩旗，就成了摆手堂。小摆手舞主要是跳一些农事舞，舞蹈内容多为模仿一些农事日常生活的动作，日期不定，一般在每年农历的正月初三至十五之间的晚上。大摆手每三年举行一次，时间也是在农历正月的初三至十五之间，不过规模较大，参加者往往有成千上万，跳起来长达七天七夜，内容除了表演农事舞之外，还有模拟军事动作的大型战舞。

"毛古斯"，是土家一种古老的戏剧形式。它的内容主要是为纪念先祖开拓荒野的业绩，多在春节期间跳完摆手舞之后演出。表演者浑身扎着稻草、茅草、树叶等，由十五六人组成，扮演祖辈儿子一家，内容分别为打猎、种田、钓鱼、接亲、先生教书等，每夜演一场，一共演五场。演员可歌可舞，可做游戏、玩杂耍，但以对白为主。

土家族人心灵手巧，工艺品中最有特色的便是"西兰卡普"。"西兰卡普"是土家织锦。据史书记载，从汉代到明朝，这种土家织锦均被土司土官作为上等献品和著名土特产向皇帝纳贡，与党锦、壮锦一起被合称为中国的三大名锦。

土家织锦多为菱形结构，还有近似主题性的独幅装饰图和表现生物动态的几何形排列等，题材、图案大多与土家族人民猎耕生活方式息息相关。从前，土家人结婚嫁女，都要自备土家织锦，土家山寨几乎是家家户户有织机，妇女个个会打花。昔日织锦做嫁妆，今日织锦上市场。如今，土家织锦已由过去单一的铺盖发展成为壁挂、被单、服装、坐垫、床垫等旅游纪念品、工艺装饰品和生活用品。

土家织锦还参加了伦敦国际博览会，在北京人民大会堂湖南厅中也悬挂着土家织锦《岳阳楼》。土家织锦已经出口到东南亚、西欧、拉美等地区。

土家族的音乐粗犷、高昂，最有特色的民族乐器是木叶、咚咚喹和打溜子等。土家人随意摘下片树叶，放在口中，就可以吹出悦耳的歌曲。咚咚喹是土家族独有的一种单簧竖吹的乐器，用长约15厘米、直径约2.5厘米的竹管制成，音色柔和、优美，是土家人民喜闻乐见的乐器。土家族打击乐"打溜子"，由头钹、二钹、马锣和狗锣组成，曲牌繁多，韵味独特，很受群众的欢迎。

苗族文化艺术

湖南的苗族，主要聚居在湘西和湘西南地区。千百年来他们以自己的智慧，创造了丰富多彩的文化艺术传统。他们的神话、传说、故事、歌谣、歌舞等文化艺术，形式多样，内容丰富，具有鲜明的民族特色。

苗族的神话反映了苗族人民对自然现象的解释、臆测和幻想，记录和描绘了人类认识、改造自然界的历史。如《张郎张妹》《盘古开天地》等神话故事，记叙的就是张郎张妹兄妹结婚、创造世界繁衍人类的历史。《涨满天水》的神话故事，说的是洪水滔天的原因。

苗族的传说故事，种类繁多，题材十分丰富，从各个不同侧面反映了苗族人民生产、生活和反抗反动统治阶级剥削压迫的历史，抒发了苗族人民的思想感情和美好愿望。从内容上分，大体有颂扬反抗压迫的故事，如《潘金盛阻马殷》《姚民熬起兵抗劳役》等故事；有歌颂农民起义的故事，如《吴天保起义》；有反映苗民智斗财主的故事，如《头脚与身子》；有抨击包办婚姻的故事，如《们娘抗婚》；有赞美善良勤劳的故事，如《卖柴汉》；有人物传说故事，如《谎江山》《哈利布》等；有关于地方习俗的故事，如《苗族"吃牛"的来历》《油茶会的来历》等。

苗族的男女老幼，都喜欢唱歌，苗族地区素有"歌的海洋"之称。苗歌的内容丰富，题材广泛，如开天辟地歌、玩山歌、婚礼歌、哭嫁歌、担水歌、上梁歌、和气歌、饭歌、酒歌、茶歌、烟歌等。

酒歌主要流传于湘西南城步、绥宁的苗区，歌中除了叙述苗族先民的迁徙过程和各宗支苗族的定居发展外，还详细记述了苗族喜庆婚姻时许多的风俗和礼仪。苗族的苦歌，即倾诉从前苗族人民悲惨生活的民歌，如长工歌、逃荒歌等。

情歌是苗族歌谣中最为丰富的一种。苗家姑娘小伙，多以歌会友，唱歌传情，因此产生了大量的情歌。苗族情歌，善于借景、咏物抒情，情景交融。

苗歌在内容、唱法上各有特色。有的旋律优美，婉转缠绵；有的嘹亮奔放，激越昂扬；有的女唱男和，多愁善感，其中多声部苗歌的唱词，联想丰富，旁征博引，比喻得体，颇富哲理。

苗族人民不仅能歌，而且善舞，苗族舞蹈主要有芦笙舞、跳月舞、鼓舞、龙灯舞、狮子舞等。其中最有特点的要数芦笙舞和鼓舞。

苗族逢年过节或遇喜庆的日子，都要跳芦笙舞。每年农历正月十五、三月三、九月重阳等，还是专门跳芦笙舞的芦笙节。"究给"是苗家一种流行最广泛的芦笙舞。每逢节日，人们都拥上芦笙场，由一支庞大的芦笙队伴奏领舞，芦笙队保持"一"字队形，原地吹奏，群众则把芦笙队围在中间舞蹈。男的动作矫健潇洒，女的轻盈柔美，姑娘们随着身体的跳动，佩戴的银饰发出和悦的声响。

"丢劳毕给"是一种男性边吹边跳的表演性芦笙舞。这种芦笙舞是集会和节日表演比赛的一种形式，舞曲明快，节奏强烈，动作技巧比较难，只有少数人能跳。另外一种苗家人称之为"跳花"和"跳月"的风俗性芦笙舞，则是反映青年男女恋爱活动的群舞。一般只有青年男女参加，男青年边舞边吹优美的芦笙曲。随着优美的芦笙曲，姑娘则边舞边把自己精心绣制的花带，拴在相爱的小伙子的芦笙上。

苗家的鼓舞种类繁多，按其表演形式和内容的不同，可分为花鼓舞、猴儿鼓舞、团圆鼓舞、单人鼓舞、双人鼓舞、四人鼓舞、跳年鼓舞等。表演时，先将牛皮大鼓置于木架之上，表演者手拿小木棒击鼓，常用双棒敲边伴奏。鼓舞的动作，大多是来自日常的生产、生活，也有些武术和动物动作的模拟。

苗族还有一种独特的戏剧剧种——苗剧。它以苗歌、苗老司唱腔以及苗族传统武术、舞蹈为基础，并吸收傩堂戏等表演艺术创作而成，有名的剧目有《谎江山》《龙宫三姐》等。

瑶族文化艺术

瑶族是一个能歌善舞的民族，文化艺术形式极为丰富。

瑶歌，是瑶族人民生活中一种重要的文艺活动形式，是他们沟通心灵、交流经验的主要方式。因此，不论是在生产劳动，还是在民俗生活中的恋爱、婚姻、走村串寨、探亲访友等方面，到处都有瑶歌。

瑶歌有长篇史诗《密洛陀》和古歌总集《盘王歌》等，还有一些脍炙人口、短小精悍、内容丰富、风格多样的歌谣。

瑶歌的语言、歌调和句式结构形式也是多种多样的。句式上便有五言、七言、曲牌体、长短句等。从内容上看，《盘王歌》是在还盘王愿时所唱的古歌，歌词共有两千余行，内容包括人类、民族的来源，天、地、日、月、江、河及万物的形成，人类始祖的创世艰辛等，堪称一部瑶族的史诗，内容丰富，想象奇特。

瑶歌中还有大量的情歌。情歌分为引情歌、恋歌、分别歌、寄情歌、爱憎歌、自由歌、盘歌等。其中的盘歌便是青年男女在交往中，考察对方的才华、智慧和诚意所唱的歌，男女一问一答，很有情趣。瑶歌中还有不少风俗歌、生产歌、苦歌、反抗斗争歌等。其中生产歌又名季节歌，主要是叙述一年四季的农事活动，也是对年轻人进行生产教育的歌。

"舞春牛"，是湖南省江永县瑶族过节民俗活动中的一种重要文艺形式，春节期间举行。活动分三个部分：迎春牛、耍春牛、送春牛。春牛由两个青年男子扮演，扎黑绑腿，穿紧身衣，牛头为竹扎框架纸糊而成，牛身由一块青土布制成。基本动作是牛走路、过桥、喝水、搔痒、撒欢、发怒等。

春牛进寨时，全寨的男女老少都在寨前相迎，燃放鞭炮敲锣打鼓，还高声诵念《迎牛词》。春牛进到表演场中，便撒欢、"滚水"。这时，大家都争着摸春牛的眉心，讨开年吉利。送春牛也像迎春牛那样，全寨人列队恋恋不舍地将春牛队送往别的寨子。

长鼓舞是瑶族民间歌舞的典型代表。表演时，鼓手左手握住长鼓的鼓腰上下翻转，右手随之拍击，边舞边击。表演形式主要有四人合舞、双人对舞等。动作主要有造屋、制鼓、耍鼓、模拟动物、祭祀等。舞姿刚健，风格淳朴。有的还可以在一张八仙桌上手舞长鼓，边打边跳。一般以唢呐、锣鼓伴奏，有时也唱《盘王歌》来助兴。

在江华瑶族自治县，流传着一种古老的文体形式——"播公"。"公"是瑶族乐器。"播公"大打72套，中打36套，小打24套。有伐木、锯板、建房、架楼、生产、打猎等动作，是祭祀盘王时不可少的表演活动。旧时瑶民进官府衙门告状也要"播公"。现在，每逢婚姻喜事、欢度节日、喜庆丰收、瑶寨男女老少聚集，都要"播公"。

湖南地区的瑶族，每年的农历十月十六都要跳芦笙伴奏的长鼓舞，祭奠盘王。据说舞蹈动作是表示盘王及其子孙开辟千家峒的勤劳勇敢；低沉哀怨的芦笙曲，是再现盘王死前的痛苦呻吟；拍击牛皮鼓面，表示为盘王报仇，惩罚山羊；唱盘王歌表达对祖先的缅怀和追念。

在隆回县的花瑶中间还流行着一种文艺形式叫"打蹓"。花瑶结婚，女方亲戚朋友均可相送，只有父母不送。新娘到了男家，当天不入洞房，也不与新郎见面，整夜坐在火房，不吃不睡。双方宾客陪同新娘在伙房，或坐或站自便，通宵达旦对唱山歌和"打蹓"。"打蹓"就是坐在异性腿上蹲屁股。"蹓"前双方讲几句客套，大意是"对不起，要借你的宝贵膝盖坐坐"。受蹲的人答"只怕我这个贱腿，你的温暖屁股不愿坐"。讲完以后便向对方膝盖上坐下。女的可以坐男的大腿，男的也可以坐女的大腿，边说边笑，并不断地又摇又蹲屁股，以此取乐，一直笑闹到天明。

在湘南一带的瑶族地区，还流行着一种伴嫁歌舞的文艺形式。传统伴嫁分为两步，新娘出嫁前两晚坐歌堂伴嫁，叫"伴小嫁"；出嫁前夕伴嫁坐歌堂，称"伴大嫁"。"伴大嫁"入夜开始，通宵达旦，上半夜唱耍歌，下半夜唱长歌，第二天黎明，跳伴嫁舞，之后新娘开始哭嫁。伴嫁歌的内容十分丰富，或嬉笑逗耍，或传播历史、生产知识，或歌唱风俗人情，但主要还是围绕妇女生活和出嫁而唱，如赞姐妹、颂姐、女离娘、哭嫁妆、怨爹娘、骂媒人、做媳难、童养媳苦、分离歌、送别歌等。演唱形式有独唱、轮唱、合唱、边说边唱、边舞边唱、哭唱、骂唱等。伴嫁舞多是生产劳动动作的升华，如把盏、香火、走马、划船、卖酒、推磨、娘喊女等。

在湘南江华瑶族地区，还有一种流传甚广的文化体育活动——木棒球。木棒球是一种用坚硬的杂木削成的圆形小球，比赛场地不定，可随意在平坦的田地和草坪上进行。在场地中央挖一个小洞，先将小球放洞内。比赛时，双方队员的人数不限，对等即可。牛角吹响，双方运动员手持弯头木棍上场，首先双方各派一名队员到场地中央争相把小球从洞内拨出，然后集体相互争夺，只要将木球打出对方的防线就算得分，得分多者获胜。

侗族文化艺术

侗族是个能歌善舞的民族。文化艺术活动极为丰富。

侗族的民间文学艺术形式主要有歌、耶词、垒词、款词、传说故事、神话、笑话、谚语、儿歌等。主要用本民族的语言演唱和念诵，具有浓厚的民族特色。

侗歌是侗族文化艺术中的重要部分。侗家人爱唱歌，侗乡被称为"歌的海洋"。侗家人常说，"饭养身子歌养心"，侗歌是侗族人民不可缺少的精神食粮。

早在1000多年前，史籍上就有侗族能歌善舞的记录。在漫长的历史发展中，侗歌成了侗乡人民传授知识、交流感情的纽带。

侗歌的种类较多，有短至数行的抒情小歌，也有长达数百行乃至上千行的长篇叙事大歌。有合唱歌曲、伴奏歌曲和独唱歌曲。有涉及人类及万物起源的起源之歌，有叙述祖先历史的祖宗之歌，有祭祀活动采用的祭祀歌，还有表示各种礼仪的拦路歌、赞颂歌、送别歌、酒歌、敬茶歌以及情歌、新民歌等。

侗族大歌和琵琶歌最有特色。侗族大歌，就是大型的歌，内容上主要是一些长篇的情歌、叙事歌以及劝人为善的说理歌等。曲调上形成了多种结构形式与表现手法，在集体合唱中产生了运用多声部来表现内容的手法，是我国目前最完善的一种民间合唱形式。

琵琶歌就是用琵琶来伴奏的歌，大多是男子自弹自唱，或男弹女唱。在青年男女谈情说爱时唱的，多是一些短小的抒情歌；另一种由侗族歌师在鼓楼和喜庆人家演唱的，主要是一些叙事、喻世的长歌，有的能连唱几个晚上。

从社会功用上看，侗歌的社会作用丰富。其社会作用主要有以下几方面；

一是以歌纪史。将本民族史事编成叙事大歌，相互传送，世代流传。

二是以歌会客。侗家有集体做客的习惯，喜庆大事轮流相邀，用歌来表达相互间的尊敬、团结和友爱之情。接亲时，有拦路歌、开路歌等；在酒宴上，有敬酒歌、酒歌等。

三是以歌抒情。侗乡会朋友，总是歌先行，以歌代言，以歌传情，尽情倾吐相见前的想念之情、相见时的喜悦之情，以及相互间的爱慕之情，主要有见面歌、朋友歌、约日歌、陪伴歌、分离歌、相送歌等。

四是以歌劝世。将处世为人的道理编成歌，劝人去恶扬善，劝人继承和发扬侗族人民的传统美德。

五是以歌传技。将一些生产规律和自然规律编成歌，传授知识和技能。这些歌有季节歌、种植歌、渔猎歌、医药歌、建筑歌等。

侗族的民间乐器很多。吹奏乐器主要有芦笙、侗笛、木叶、唢呐、箫、牛角、海螺，弹奏乐器主要有琵琶，弓弦乐器有胡琴、牛腿琴，打击乐器有锣、鼓、铙等。在侗乡，芦笙是最受欢迎的乐器。在侗族地区，每个村都有一支芦笙队，每年阴历的六月六至八月十五，侗族经常举行芦笙比赛。

侗族传统的民间舞蹈形式和节目丰富多彩，其中以多耶和芦笙舞最为有名。

多耶，又称踩歌堂，是一种载歌载舞的群众性歌舞活动。表演者手拉手或手搭肩围成一圈，随歌声节奏踏步徐行，身体也随脚步的起落而摆动。有人领唱，众人只重复歌词末尾三个音节，或只唱"耶哈""呀罗耶"等衬词。

芦笙舞，有单人舞、双人舞和集体舞三种，表演时边吹芦笙边跳舞，动作多是形象地刻画一些动物动作，也有一些是从生产、生活中提炼出来的舞蹈动作。

侗戏是侗族唯一的民族戏剧形式。表演者穿着侗家服装，用侗语说唱，舞台动作较为简单，剧目主要取材于侗族和汉族的民间故事。

以鼓助耕也是侗族的一种很有特色的文艺形式。自古以来，侗族常用鼓助耕。插秧之后，需要薅田。一家忙不过来，众人帮忙。劳动时，鼓师在田埂上击鼓唱歌，大家随着鼓声节拍劳动。鼓声咚咚，歌声欢快，使人心旷神怡，忘却疲劳。

侗乡的文体活动也很丰富，一般是在节日和喜庆时举行。主要项目有踢毽子、踩高脚马、打燕棒、比劲、荡秋千、摔跤、武术、牛打架、斗鸡、斗画眉，以及舞龙灯、舞狮子等。

侗族的民间工艺美术有特色，主要有刺绣、侗锦、雕刻、彩绘、银器、竹器、藤器、剪纸、印染。刺绣是侗家妇女的拿手功夫，侗家姑娘八九岁就开始剪花绣朵了。她们绣出的色彩绚丽的侗帕，美观朴实的花围腰，别出心裁的绣花鞋，饱含情义的花荷包，功夫细腻的窗帘、枕套、帐檐等，图案精美，很有民族特色。

（本文作于 2002 年 7 月）

丰富多彩的湖南地方戏剧

湘　昆

湘昆，湖南的地方大戏剧种之一，乃湖南昆曲的简称，与我国南方的苏昆、北方的北昆同源。湘昆因流行于湘南的桂阳、嘉禾、新田、宁远、蓝山、临武、宜章、郴县、永兴、常宁等地，并以桂阳为其发展和活动中心，故又称"桂阳昆曲"。

据记载，早在明代万历年间，我国戏曲的主要声腔之一昆山腔便传入湖南，对湖南地方戏曲的发展产生了极大的影响。

据史料记载，明、清两代，昆山腔在三湘大地上广为流传。至今，湖南省的湘剧、衡阳湘剧、祁剧、巴陵戏、辰河戏、津河戏、武陵戏等地方大戏剧种中，还保留了不少昆腔剧目和曲牌。

桂阳自古便是湘南重镇，水、陆交通便利，乃湖广之咽喉，湘粤之要津。这里矿产丰富，工商业发达，城市繁荣。这里的人们信鬼好祀，歌舞之风极盛。这些都为昆山腔的流行，以及日后与湘南民间文化融合，形成据有鲜明湖南特色的湘昆剧种，奠定了极好的基础。

关于湘昆在桂阳形成的具体过程，史海茫茫，资料匮乏，目前还难于稽考。传说在明末清初之时，清兵南下，血洗扬州，殃及姑苏，苏州的昆曲艺人为避战乱，来到湘南的桂阳传艺，因此昆曲流入了桂阳。也有人说，是在清咸丰年间，桂阳一批在外地做官的人，喜欢昆曲，从苏州请来昆曲艺人教授昆曲，使桂阳的昆曲得到更快的发展。还有人说，乾隆年间，一位名叫李昆山的苏州人，在广东当兵，开小差回家，路经湘南，教了一个弹腔戏班几出昆曲戏，引起了当地观众的兴趣，故而流传开来。从零星的史料分析，桂阳最早的昆曲戏班集秀班，乾隆年间曾到广东演出。

1798 年，在离桂阳城 30 余里的隔水村，建了一座戏台，上演了许多湘昆剧目。从清光绪到民国年间，这里的湘昆戏班多达十余个，涌现了周流才、谢金玉、刘翠美、蒋玉昆、李金富等一批深受观众欢迎的著名演员。这些剧团和演员，除了走州过府到城镇演出之外，还活跃在湘南广大农村，各地每逢喜庆节日、迎神还愿，都要请他们登台献艺，建立了相当深厚的群众基础。在湘昆流行的地方，还出现了一些湘昆票友组织，为湘昆的普及起到了积极的推动作用。清末民初，昆曲在各地普遍衰落，而在湘南的桂阳一带，湘昆仍然受到观众的欢迎。

　　民国年间，湘昆一度衰落。中华人民共和国成立之后，党和政府对湘昆艺术的发展十分重视。在梅兰芳、田汉等人的提倡下，湘昆得到恢复和发展，形成了一个独立完整的地方戏曲剧种。1956年，政府组织老艺人挖掘湘昆艺术遗产。1957年，湖南省文化局举办湘昆学员训练班，培养了中华人民共和国成立后第一批湘昆艺术人才。1960年，成立了郴州专区湘昆剧团，使一个濒临消亡的剧种得以复活。田汉以"山窝里飞出金凤凰"之句，盛赞湘昆的成就。尔后几经演变，该剧团定名为湖南昆剧团。

　　1960年以来，湖南昆剧团在继承传统的基础上，先后整理演出了《钗钏记》《连环记》《白兔记》《渔家乐》《牡丹亭》《杀狗记》《风筝误》《浣纱记》《玉簪记》等一批传统剧目。其中，《武松杀嫂》《荆钗记》以及新编故事剧《苏仙岭传奇》在湖南省会演中获奖。

　　根据表现当代生活的需要，他们创作了《腾龙江上》《莲塘曲》《烽火征途》等现代戏，在湘昆艺术的革新创造方面，做了一些大胆的探索和尝试，受到广大观众的欢迎。

　　经过较高层次的培养和训练，一批年轻的演员、乐手在演出实践中茁壮成长，湘昆艺术后继有人。其中的佼佼者、青年演员张富光等，获得了中国戏剧梅花奖。

　　跟与其同源的苏昆、北昆比较，湘昆主要有以下几方面的特点：

　　上演剧目方面，适应乡村演出和农民观赏习惯的需要，主要是一些情节完整的大本戏。现存有《八义记》《麒麟阁》《七子图》《寿荣华》《蝴蝶梦》《江天雪》《白罗衫》《西厢记》等40多出大戏，和《醉打》《思凡》《花荡》《拾金》《出塞》《嫁妹》等一批小戏。这些演出剧目与原来的剧本相比多有增删，戏剧效果更为强烈。宾白上，常采用弹腔白口，一些舞台角色不再讲难懂的吴语，而改说当地语言，显得通俗易懂。

　　在音乐方面，湘昆属曲牌联套体，南曲北曲，各有特色。保留了400多支曲牌，演唱上受祁剧和地方语言音调的影响较大，去奢华，少装饰，显得朴实自然。

　　湘昆的吐字行腔，以郴州官话为基础，与中州韵相结合，声腔不如苏昆细腻柔丽，也不及北昆豪放壮阔，但音调高亢，吐字有力，再加上紧缩节奏，加滚加衬，形成了具有地方特色的"俗伶俗谱"。

　　湘昆的唱腔中，还吸收了不少湘南的民歌小调和俚俗的叫卖之声，体现出相当浓郁的地方风格。

　　在伴奏上，湘昆参用了一些祁剧的锣鼓和节奏。唱腔伴奏以雌雄笛为主。小生、小旦的唱腔，用管体较小、发音清脆的雌笛伴奏；老生、花脸的唱腔则用管体较大、声音沉郁的雄笛伴奏。乐队中保留了明代传下来的"怀鼓"和"提胡"。怀鼓状若荸荠，伴奏时抱在怀中，用一根有弹性的竹签敲击，发出像蛙鸣一般的"咯咯"声，很有情趣。

在表演艺术方面，湘昆既保持了昆曲优美细腻的传统风格，又体现了豪放粗犷的地方特色。

在历史发展中，湘昆与祁剧、衡阳湘剧等地方戏曲剧种以及其他民间艺术形式联系紧密，从中吸取养分，结合当地人民群众生产、生活的特点和民情风俗，创造了许多特别的表演程式。如《渔家乐·藏舟》一剧，演出时根据湘南河流水急滩多的特点，弃常用的小浆而选用当地的长篙，创造了许多优美的撑船动作和身段。《醉打山门》中的"击拳"，融入了湘南民间武术的套路和风格，显得特别敏捷刚健。这些艺术创造，既形成了湘昆的艺术特色，又成为其宝贵的艺术遗产。

傩　戏

傩戏，是一种从原始傩祭活动中蜕变或脱胎出来的戏剧形式，是宗教文化与戏剧文化相结合的孪生子，积淀了从上古到近代各个历史时期的宗教文化和民间艺术。

这种戏曲艺术形式，曾经一度遍布三湘四水，省内的苗、侗、瑶、土家族地区都有其活跃的身影，是湖南省古老的地方戏曲剧种之一。

湘西称之为傩堂戏、傩神戏、土地戏、师公子戏，湘南称为师道戏、狮子戏、脸子戏，湘北一带则称为傩愿戏、姜女儿戏，湘中称为还傩愿、老君戏等。

傩戏是由巫歌傩舞发展而成的，与我国原始宗教和巫觋有着不解之缘。

傩是古代驱疫降福、祈福禳灾、消难纳吉的祭礼仪式。按《金文》解释，傩乃巫师扮成鸟兽之状而舞，以祀神娱人。

湖南古乃楚地，楚人信鬼好祀，巫风盛行。《汉书·地理志》载："楚人信巫鬼，重淫祀。"王逸《楚辞章句》中云："昔楚国南郢之邑，沅湘之间，其俗信鬼而好祀，其祀必作歌手鼓舞以乐诸神。"最早以文字记载楚地之傩的，应数爱国诗人屈原的名作《九歌》。

按照东汉文学家王逸的说法，屈原被放逐之后，在沅湘之间常见当地人祭祀歌舞，觉得歌词太鄙陋，便作了《九歌》。这种看法自然只是一家之言，但细读《九歌》，却可以从中看到昔日楚地祭神盛典和女巫男觋的表演。

晋代的《荆楚岁时记》中，专门记载了楚乡巫傩活动的情况："十二月八日为腊日，谚语：'腊鼓鸣，春草生。'村民并击细腰鼓，戴胡公头，及作金刚力士以逐疫。"唐、宋时期亦有文献记载，楚地巫傩歌舞活动不仅频繁，而且在不断演变发展。明代的巫傩歌舞已有较为明显的娱人倾向，风格和表演形态日呈多样化。湘南一带仍承前朝风格，带胡公头，扮力士金刚以逐疫纳吉，湘北则袭古巫样式，于"当除，当将尽数日，乡村多用巫师，朱裳鬼面，锣鼓喧阗竟夜，名曰还傩"。

此时的巫傩歌舞已融入了杂技、巫术等内容，扮演因素、表演因素也增多了，并与其他地方剧种有所借鉴与交流，甚至出现了傩、戏杂陈的局面。

其后，湖南省各地的巫傩活动出现了逐渐戏曲化的倾向，剧目日渐增多。到了清代的同治、光绪年间，傩戏已初步脱离了傩坛，登上了戏台，而且常年都可以演出。到了20世纪三四十年代，傩戏还进入到热闹的城镇演出。

中华人民共和国成立之后，傩戏的封建迷信色彩受到抑制。由于多方面的原因，傩戏在我国大部分地区已经消失，但在湖南省的一些地方还保存着这种古老的戏曲形式，湘西、湘南、湘北以及一些少数民族地区还活动着一些业余的或半职业化的傩戏剧团。

湖南省的傩戏艺人根据时代的需要，编演了一些反映社会生活的新剧目和改编整理的传统剧目。如1950年由桃源艺人张树生及徒弟吴志柏合演的师道戏《观花教女》，曾参加湖南省第二届戏曲观摩会演；津市挖掘整理的傩堂小戏《三妈土地》及大庸傩坛正戏《先锋扫地》，参加了湖南省农村群众艺术观摩会演。凤凰移植改编了现代傩戏《骆四爹买牛》《补锅》《打铜锣》，大庸创作了《修茅溪坝去》《双轮双铧犁》《新绣花》等剧目。

傩戏的演出形式很有特点。首先，它的表演大多戴面具。早期的傩戏角色，便是靠面具来区分角色行当的。面具又称脸或脸壳子，多为木质，近年亦多丝质，所绘花纹及色彩，各地大同小异。不同角色的面具造型不同，较为直观地表现出角色性格。傩戏的面具来源甚古，可以追溯至远古先民的纹面，但是纹面的再度夸张，既增加了自我狞厉与异状变形后的神秘感，对疫鬼增加了威慑力，又给人审美感受，增添了娱人功能。

另外，傩戏的演出形式与其他戏曲不同，它与冲傩等宗教活动融为一体。傩戏的演出一般分为三个阶段，即开坛、开洞、闭坛。开坛和闭坛是迎神送神的法事，打开洞门后就演出傩戏剧目。迷信的乡人遇上三病两痛、三灾六难，以为是鬼神作祟，便请求神灵庇护，并许下傩愿。一旦到了还傩愿的时候，还要备好香纸、法器和祭献的用品。

傩戏一般在愿主家的堂屋演出，背面祭着神像，三面向观众，时空虚拟。傩戏班子里的演员也兼法事主持，他们既能唱又能舞，还会"判卦""绘符""念咒"等法事技能。傩戏班多以"坛门"组合，艺人一般都有"法名"，并有派系，世代相袭。湘南的傩戏演出一般以做法事开始，以唱《盘洞》戏为结束。湘北一带还傩愿演出，则要经过发功曹、扎寨、请神、安位、出土地、点雄发猖、姜女团圆、勾愿送神等八大法事，有关剧目就穿插其中演出，法事与演出形同一体。

在傩戏演出中，还穿插着不少巫术表演。如捞油锅、捧炽石、过火坑、踩火砖、吞火吐火、踩刀梯等。傩戏演员多是巫师出身，剧目又含宗教色彩，其表演具有浓烈的宗教风格。如台步中的"走罡"，手势中的"按诀"，以及柳巾、师刀、师棍等特种道具的运用等。

傩戏的演出剧目不多，内容也较为简单，大都与宗教和驱疫纳福有些关系。一般来源于两方面，一是从请神的需要出发，如《扮先锋》，是请先锋神女来投信的；《扮开山》是请开山神逢山开路的；《扮监牲》是请监牲郎君监督祭礼时宰杀牲口的；《开洞》是请金角将军打开桃源三洞，请出傩面具等。二是从娱神娱人的需要出发，扮演一些与请神法事无关的剧目，如《孟姜女》《三国戏》《梁祝》等。

从总体来看，傩戏剧目可分三类：一是正本戏，多属巫师还傩做法事必须唱的，如湘西的《搬开山》《仙姑送子》，黔阳的《发功曹》《降杨公》，沅水的《梁山土地》《蛮八郎》，澧水的《发五猖》《白旗仙娘》，湘南的《下马》《监牲》，等等。这类剧目宗教色彩浓，情节简单，戴面具演出，多唱巫腔。

二是傩堂小戏，在傩坛和高台均能演出。如黔阳的《打求财》、湘西的《采香》、湘南的《造云楼》等。这类剧目宗教色彩淡一些，世俗及娱乐成分较重，常在法事程序中的"唱戏"部分演出，表演有一定的程式，唱腔有一定的板式变化。

三是一些称为"外台戏"的戏，如《孟姜女》《庞氏女》《龙王女》《大盘洞》和侗傩三国戏《古城会》《华佗卖药》等。这类剧目戏曲化程度较高。

傩戏剧目一般唱多白少，但也有一些白口戏。演出时以各地方言为主，生动朴实。这些剧目中，《孟姜女》格外受人重视。还傩愿法事的高潮就是演出《孟姜女》，剧中的男女主人公姜女、范郎，被称为勾愿的神灵。戏唱完之后，没下妆的姜女、范郎还要去向主家及观众"释台""勾愿"，以示求吉消灾或表示愿心已至，上神感知。因而有"姜女不到愿不了，姜女一到愿勾销"的谚语。

傩戏音乐比较丰富，主要包括六个方面。一是民间歌曲，这是傩戏音乐的基础，包括山歌、小调、叙事歌曲、劳动歌曲等；二是民间歌舞音乐，曲调多属分节歌体的上下句结构，段与段之间用打击乐过渡，歌唱以一唱众和为主；三是民间宗教音乐，多是佛曲和道曲，旋律简单，以口语性和吟诵性为主要特征；四是民间说唱音乐，吸收了快板、莲花闹等形式，说一段故事，唱一段曲子，有时还在说唱中加入对唱和帮腔，台上台下应和；五是民间戏曲音乐，随着剧目的丰富、唱腔的戏剧性增强，表现力加大，还吸收融会了一些兄弟戏曲剧种的声腔音乐，角色唱腔已呈雏形，初步形成了不同的行当唱腔和相对稳定的基本曲调；六是民间特色器乐，常用的乐器是小锣、中锣、钹小钗、鼓、师刀、牛角和其他一些特有的地方性特色乐器。这些乐器在傩戏音乐中的地位重要，有"半台锣鼓半台戏"之说。

湘西以及沅水、澧水一带除沅陵傩戏腔用唢呐伴奏句尾之外，其余大多为锣鼓伴奏的清唱，一起众和，气氛热烈，特色浓郁。

经过漫长的历史发展，傩戏已成为湖南省一个颇有特色的地方戏曲剧种。初始时期那种宗教色彩已逐渐淡薄，"娱神"已成虚，"娱人"才是实。然而，如何既保持剧种特色，又摆脱昔日宗教和迷信的阴影，却仍需不倦探索和实践。

湘　剧

湘剧是湖南地方大戏剧种之一。民间一般称之为"大戏班子""长沙班子""湘潭班子"。

"湘剧"这个剧种名称，最早见诸1920年长沙印行的《湖南戏考》第一集西兴散人序。因是用"中州韵，长沙官话"演唱，故又称长沙湘剧。

湘剧渊源于明代，早期主要流行于"长沙府十二属"——长沙、善化、湘阴、浏阳、湘潭、湘乡、宁乡、益阳、攸县、安化、茶陵以及江西与湖南相邻的北起修水、南至吉安的各县。

湘剧的剧目十分丰富。在清代的同治、光绪年间，就有千余个。剧目涉及的生活内容也十分广泛。经过百余年的演出实践，不断地发展变化、消长更迭，到中华人民共和国成立之后，艺人们尚在演出剧目仍多达600余个。

从演出时间来看，既有可以演出七天七夜的连台本大戏，也有只演一两小时或数十分钟的单出戏和散折戏，还有一些艺术内容固定而演出时间不固定，可以任意长短的连台搭桥戏。

从剧目的题材看，既有继承祖国民间"讲史"传统，表现东周列国、两汉、隋唐和宋代杨家将抗辽、金的剧目，也有表现爱情故事、神话、民间传说和生活故事的剧目。

从表演风格和特色来看，既有注重发挥戏曲唱功、做功、白口功的唱功戏、做功戏、白口戏，又有载歌载舞生动活泼的歌舞小戏。

从剧目发展的历史渊源来看，既有源于北杂剧的《单刀会》《诛雄虎》《北饯》等剧目，还有来自早期弋阳腔的剧目《目连传》和来自青阳腔和弋阳腔的剧目《琵琶记》《投笔记》《白兔记》《金印记》《拜月记》等，还有大量《三国》《水浒》及"三十六按院"等一大批弹腔剧目。

湘剧有反映现实生活的优良传统。辛亥革命和抗日战争时期，演出过一大批宣传革命、抵抗侵略的剧目。辛亥革命后，1913年，湘剧长沙班社演出时代剧《刺恩铭》《广州血》。九一八事变后一个多月，湘剧艺人罗裕庭等在长沙市戏剧业同业会设立的戏剧编撰委员会组织下，编写了《倭奴毒》第一集《血溅沈阳城》，由省会湘剧名艺人合演。抗日战争时期，还编演了《湘北大捷》《新扫梧桐》《骂汉奸》《流浪者之歌》等剧目。

中华人民共和国成立之后，湘剧剧目有了新的发展。新移植的剧目有《白毛女》《血泪仇》《陈三五娘》《生死牌》《春草闯堂》等。新编古装戏和新创作的现代剧目有《文天祥》《李白戏权贵》《山乡巨变》《郭亮》《园丁之歌》等。

湘剧的舞台语言以长沙方言为基础，以湘中的六声语音调值与中州韵相结合而形成。

湘剧的音乐既有浓厚的地方特色，又具有曲折多变的戏剧性，可分为唱腔音乐和伴奏音乐两部分。其唱腔音乐，包括高腔、低牌子、昆曲、弹腔四大声腔及一些杂曲、小调。在长期的历史发展中，昆曲已基本从湘剧声腔中消失，高腔和弹腔是其主体部分。

高腔进入湘剧的时间较早，主要形式是锣鼓伴唱，一唱众和，具有粗犷、奔放、高亢的特色。湘剧高腔是曲牌联套体音乐，现存曲牌250多个。

湘剧弹腔为板式变化体音乐，以几个基本腔调为基础，通过乐句的紧缩、拆散及以节奏的变化，形成丰富多彩的板式，表达变幻的情感和复杂的人物。

湘剧的伴奏音乐分为文武两场面。文场为管弦乐，以伴奏唱腔为主；武场是打击乐，以变化的音响和节奏来烘托表演。乐队的组成，经历了由简到繁的发展过程。原来只有五六人，人称"文武六场面"。中华人民共和国成立之后，随着表现内容的丰富，乐队人员有所增加，除主奏乐器之外，还增加了扬琴、高胡、中胡、大提琴、定音鼓等色彩乐器。

湘剧的表演很有特色。在以唱高腔为主的阶段，重功架与特技，融"百戏""杂技""武术"等表演形式于其中，唱做并重，程式化的动作不多，生活气息浓郁。角色分九行，即三生——老生、正生、小生，三旦——正旦、轿旦、老旦，三净——大花、二花、三花。

自昆腔和弹腔进入湘剧之后，湘剧表演有所发展，一方面吸收了昆曲载歌载舞的特点，使舞台表演活泼多姿；另一方面，表演程式化加强，出现了一批以造型、功架著称的剧目。角色行当也发展为头靠、二靠、唱工、小生、大花、二花、三花、正旦、花旦、武旦、婆旦、紫脸等十二行。

湘剧戏班出现较早，早期多为高腔班子，清中叶以后，弹腔班子日多。同治、光绪年间，培养湘剧演员的科班不断出现。20世纪30年代，出现了男女合演的戏班。抗日战争时期，田汉先生在长沙组建了七个湘剧抗敌宣传队，分赴湘南、桂北，宣传抗日。

中华人民共和国成立后，湘剧艺术得到很大的发展。1952年10月，湘剧《琵琶上路》《打猎回书》《五台会兄》参加全国第一届戏曲观摩演出，获得好评，徐绍清、陈剑霞、彭俐侬、杨福鹏等湘剧演员分别获得演员一、二、三等奖。1957年，湘剧《拜月记》由上海江南电影制片厂拍成戏曲艺术片，湘剧艺术第一次登上银幕。1958年，毛泽东主席观看了湘剧《打雁回窑》，与湘剧表演艺术家彭俐侬亲切交谈，并提出了修改建议。1986年9月，应香港联艺娱乐有限公司邀请，湖南省湘剧院赴港演出《拜月记》《生死牌》二剧。香港有关报刊和电台、电视台发表了不少文章，对湘剧艺术给予了很高的评价。

祁　剧

祁剧，湖南地方大戏剧种之一。旧称祁阳班子，又称祁阳戏。因形成、发展于湖南祁阳而得名。

祁阳人向来爱歌舞，民歌小调极为丰富。祁阳之地信鬼好祀，多有百戏、杂技之艺。明代初年，弋阳等戏曲声腔流入这片肥沃的土地。弋阳腔与祁阳的民歌小调、祭祀歌舞相融合，表演艺术日益丰富，逐步发展成为一个以弹腔为主体的多声腔的湖南地方大戏剧种。

祁剧的流布区域较为广泛。除湖南的衡阳、零陵、怀化、邵阳、郴州等地区拥有祁剧演出班社之外，不少祁剧班社还到外省演出，足迹流布桂、粤、赣、闽、滇、黔诸省份。在演出过程中，祁剧与桂剧、粤剧、闽西汉剧、广东汉剧等地方戏曲剧种相互学习，相互促进，既扩大了祁剧的影响，又丰富了自己的艺术表现形式，推动了地方戏曲艺术的发展，曾一度形成"祁阳弟子遍天下"的鼎盛局面。

在漫长的历史发展中，祁剧积累了不少优秀的剧目。虽因历史变故、血雨腥风，加之口口相传的学艺方式，使不少剧目埋没在了历史的烟尘之中，但经过挖掘整理，保留下来的剧目还有近千出。

根据所用声腔的不同，祁剧的剧目大体可以分为三类。其一，高腔剧目。祁剧高腔最早的剧目是《目连传》，现存的传统演出本《目连正传》有 124 折。其余的高腔演出剧目还有《琵琶记》《荆汉记》《白兔记》《拜月记》等。

其二，昆腔剧目。主要有《天官赐福》《八仙庆寿》《卸甲封王》《六国封相》等。

其三，弹腔剧目。弹腔分南、北路，剧目题材大都来自历史小说。主要是春秋列国、秦汉三国、薛家将、杨家将、岳家将、水浒故事及包公戏、按院戏。如《黄飞虎反关》《湘江会》《吴汉杀妻》等。表现坚贞爱情和美丽神话的剧目也有不少，如《拾玉镯》《白蛇传》等。

祁剧的音乐体系主要由高、昆、弹三种声腔曲牌和一些过场音乐曲牌组成，以高亢、激越见称，表现力极为丰富。其中，高腔最为古老，最有特色。曲牌分南、北、正、杂等类，演唱时，以鼓击节，并配有锣鼓、唢呐伴奏。昆腔亦有正、杂之分，演唱时用唢呐、笛子伴奏。弹腔分为南、北路，演唱时男、女分腔比较严格。

祁剧音乐的主奏乐器是祁胡。打击乐器中，有特制的高音战鼓、帽形噪鼓、高音小锣和低音大锣、大钹。弦乐有祁胡、月琴、三弦、板胡四大件。

祁剧的音乐受湘南地方语言音调和当地民间音乐的影响，经过长期的艺术实践，形成了浓郁的地方特色和丰富的艺术表现力。

祁剧的表演艺术具有与众不同的特色，其艺术风格既有粗犷、朴实、富于山野气息的一面，也有细腻精致的一面。角色为正生、小生、正旦、小旦、老旦、花脸、丑角七行。表演上，有一些特有的角色行当的出手、出脚，都有具体要求。

祁剧的丑行艺术相当发达，丑行除了注意绝招和特技的运用以外，更多泥土的芬芳。在表演上，祁剧有罗精功、紫金冠功、堆罗汉、倒大树等特技；有些戏还将民间武术融入武打场面，使之更具吸引力和地方色彩。

祁剧剧目中，《烤火下山》《刘高抢亲》等这些戏道白、唱词很少，依靠身段和动作来展开故事，表现人物。这样一来，也就形成了祁剧唱腔、道白少，主要是靠表演动作来介绍剧情、表演情感，重做工的特点。

另外，祁剧表演还特别重视眼功，眼神表情多种多样：表现吃惊或焦急用斗眼，表现沉思用梭眼，表现威武或英俊用颤眼等。

中华人民共和国成立以后，祁剧艺术得到了很大发展。演员们从流浪江湖的艺人，变成了人民演员。湖南省祁剧院和有关地、市、县的专业祁剧团相继成立。湖南省戏曲学校专设祁剧科，培养祁剧艺术的接班人。

几十年来，祁剧艺术家积极挖掘整理传统剧目，演出了《昭君出塞》《闹严府》《牛皋毁台》《绣楼赠塔》《柳迎春》《武松杀嫂》《包公坐监》等剧目，在湖南省的历届会演中获奖。《昭君出塞》一剧，曾三次赴北京汇报演出。

1960 年春天，湖南省祁剧艺术代表团在北京中南海怀仁堂，向中央党政领导人汇报演出了《闹严府》。1958 年以来，祁剧艺术家们还创作、改编了反映革命历史和现代生活的《黄公略》《燕子与兰兰》《送粮》《松坡将军》等现代剧目。其中，《送粮》一剧还由珠江电影制片厂拍摄成戏曲艺术片，在全国放映。《松坡将军》由湖南电视台拍成电视艺术片。

1980 年，湖南省文化局组织全省祁剧的名老艺人，在祁阳举行了祁剧教学演出，有 200 多名中、青年演员观摩、学习了教学演出的优秀传统剧目，并选择其中 24 个优秀剧目进行了录像，为祁剧艺术保留了一份珍贵的影像资料。

改革开放以来，祁剧艺术赢得了更大的发展。《目连传》赴北京和香港演出，震惊了文坛艺苑。该剧主演、优秀青年演员肖笑波荣获了中国戏剧梅花奖。她主演的《李三娘》，被拍成艺术电影在全国放映。

衡阳湘剧

衡阳湘剧，民间称为"衡州班子"或"衡州大戏班子"，亦称为"衡阳汉调"，是湖南省特色浓郁的地方大戏剧种之一。

衡阳湘剧流行地区甚广，涉及整个湘南东部，包括衡山、衡东、耒阳、常宁、安仁、炎陵、茶陵、攸县、永兴、桂东、宜章、汝城、桂阳、郴县等县市，还曾流行于江西永新和广东乐昌等地。

衡阳的戏剧演出活动历史悠久。衡阳乃楚之属地，楚文化传统深厚。衡阳地理位置优越，枕南岳襟湘江，既为湘南门户，又是湘北毗邻各省经湖南而入两广的通衢要道。因而，随交通的滚滚车轮和商旅的匆匆脚步，各地文化亦交汇于此，每领风气之先。

早在南宋咸淳十年（1274 年），文天祥路经衡阳，为其时歌舞戏曲之盛所感，写有《衡州上元记》，详细记载了那年他所见到的正月十五，衡阳人民"为百戏之舞"的盛况。

具体说到衡阳湘剧的源起，则传说不一。有人说，是当时在衡阳经商的江西商人从家乡邀来戏班演出，将衡阳湘剧最初演唱的高腔带到了衡阳，一些出自弋阳诸腔的剧目，至今仍保留在衡阳湘剧的传统剧目中。

衡阳湘剧昆腔的传入，有人说是源自桂端王府的昆腔班。1579 年，明神宗第七子桂端王朱常瀛就藩衡阳，带来了一个唱昆腔的戏班，在府中还建了一座戏台，将昆腔传入了衡阳。

也有人说，在清咸丰年间，一些湖北汉班艺人来到衡阳，组班或搭班演出，给衡阳带来许多皮簧腔剧目，再加上本省湘剧、祁剧声腔的融入，形成了衡阳湘剧的弹腔。

从目前衡阳湘剧的声腔构成来看，正是包含了高腔、昆腔、弹腔三种主要声腔。上述几说也是从不同侧面描述了衡阳湘剧源流的一脉。

衡阳湘剧的形成是一个漫长的历史过程，很难将其定位在一个固定的历史时刻。但根据清人杨恩寿、王凯运在《坦园日记》和《湘绮楼日记》中的记载，他们于清咸丰、同治年间在衡阳看到的那些衡阳戏班演出的剧目，基本上显示出了衡阳湘剧初步定型的剧种形态。

衡阳湘剧的传统剧目十分丰富，在几百年的发展过程中，历经衍变和消长，至今记录在册的仍有 613 出。

从不同剧目所用的不同声腔来划分，有昆腔戏 41 出，高腔戏 97出，高昆腔间唱戏 47出，弹腔戏 418出，杂腔小调戏 10出。从剧目的长短来划分，则有连台本戏 6出，整本戏 113出，散折戏 494 出等。

连台本戏是由数本故事衔接的整本戏组成，多在酬神活动频繁的秋冬之时连台演出，每天演一本，演唱时用大鼓大锣伴奏，因而又称"大鼓戏"。主要有《目连传》《封神传》《岳飞传》《西游记》《南游记》《混元盒》等。

整本戏，或称正本戏，每本演出时间多在五小时左右，故事内容独立完整。著名的有五大本高昆混合演唱的剧目——"青、红、绿、白、黄"。青，即《青梅会》，表现刘备、曹操青梅煮酒论英雄的故事。红，即《红梅阁》，演李慧娘的故事。绿，即《绿袍相》，演刘湛与徐月娘的故事。白，即《白兔记》，演刘智远的故事。黄，即《黄金印》，演苏秦六国封相的故事。另外，《天意图》《麒麟阁》《古城会》《衣带诏》《置田庄》《雁门关》《祭风台》《莲花山》《双奇配》《一捧雪》《双连帕》《三节义》等，也是衡阳湘剧戏班必演的看家戏。

散折戏，或称单折戏，为戏班常演的精彩折子。演出时间每折一小时左右。盛演不衰的散折戏主要有《醉打山门》《打碑杀庙》《昭君和番》《藏舟刺梁》《佳期拷红》《游街坠马》《思凡》《潘葛思妻》《训子单刀》《描容上京》《八戒闹庄》《打鼓骂曹》《杨滚教枪》《天水收维》《杏元和番》《骂府生祭》《打龙棚》《高旺进表》《攀良起解》等。

衡阳湘剧的音乐分为唱腔音乐和伴奏音乐两部分，包括昆腔、高腔、弹腔、杂腔小调等四种声腔和过场曲牌、打击乐曲。今以弹腔和高腔为主，尚保存一部分昆腔剧目。舞台语言以衡州官话为基础，结合中州韵规范而成。

衡阳湘剧的昆腔，格律同于昆曲，但咬字颇具地方特色，上声字依湘南上声字调高唱，使唱腔悠扬清亮。传统曲牌有"粗牌子""细牌子"之分，前者古朴粗犷，腔简字多，演唱速度稍快，用唢呐和笛子伴奏；后者细柔婉转，腔繁字疏，演唱速度较慢，以曲笛伴奏。

衡阳湘剧的高腔曲牌，可分为《驻云飞》《四朝元》《锦堂月》《桂枝香》《香罗带》《八声甘州歌》《锁南枝》《一枝花》《驻马听》《汉腔》等类。腔尾由人声帮腔，打击乐伴奏；放流字多腔少，曲调为朗诵体，由鼓板击拍。高腔由一个人清唱，众人帮腔，不要音乐伴奏，地方特色十分浓郁。

衡阳湘剧的弹腔也分南、北路，主要伴奏乐器是胡琴。南路唱腔无行当之分，但各行当的演唱风格有所区别。北路生旦分腔，小生与旦行同，净行与生行同。旦腔比生腔高五度，旋律低且深沉，声调凄凉、哀苦。

衡阳湘剧现行的角色行当分为生、花、旦三大行。其中生行又分老生、正生、小生，花行又分大花、二花、三花（丑），旦行又分正旦、老旦、小旦，共九个行当故称"九人头"。老生偏重靠把戏和拐杖戏。靠把戏多扮演年高位重人物，重功架气度，以扎靠和把子功见长；拐杖戏表现年老体衰、老态龙钟的人物，戴白胡子，拄拐杖，唱做并兼，尤重白口。正生戏路较广，偏重唱功做功。小生行多扮演儒生及青年文官武将等人物，演唱时本嗓和假嗓交替运用，唱、做、念、打，缺一不可。大花行多扮演忠臣良将、草莽英雄、奸臣、小人，唱念运用霸音、虎音、炸音。二花行多为性格豪爽、勇猛、憨直、机趣或凶残的人物，重武功身法，以配戏为主。三花行道白以衡阳方言为主，还有苏白、山西白、京白和湖北话等多种地方语言。正旦多扮演贞妇、烈女，表演端庄稳重。小旦戏路较宽，角色身份、年龄不一，要求唱、做、念、打俱全。老旦以配戏为主，角色有贫富之分。

这些行当虽然严谨规范，但历代的衡阳湘剧艺术家，却可以利用行当的表演程式，表现不同人物的情感，刻画不同人物的个性。

衡阳湘剧的表演艺术主要有三种表演风格。一是昆腔戏动作细腻、舞蹈性强的风格。如《佳期》一折中红娘所唱"十二红"集曲，唱词100余字，配有60多个身段，表现其复杂微妙的心理活动。二是高腔戏具有动作古朴，泥土气息浓，唱、念多的风格。如《琵琶记》中的赵五娘，用大段唱腔抒发内心情感。三是弹腔戏动作规范化程度高，多用程式、大段板式变化的唱腔或整段念白手段刻画人物的风格。如《卖马》中秦琼的表演。

与其他剧种一样，衡阳湘剧艺人在中华人民共和国成立之前，社会地位卑微，生活贫苦，1949年，仅存零散戏班五个，艺人不足两百，演出日见萧条，衡阳湘剧艺术濒临绝境。

中华人民共和国成立之后，衡阳湘剧艺术有了较快发展。在政府的支持下，组建了一批专业剧团和民间职业剧团，培养了一批学有所长的演员、乐师，充实剧团演出阵营，整理、改编、创作了许多优秀传统剧目和现代戏、历史故事戏。其中《醉打山门》被评为湖南省和中南区的优秀剧目，进京参加第一届全国戏曲观摩演出；《雁门提潘》和《芦花荡》两剧，也曾到北京汇报演出。谭保成、谭松月、谭贵昌、罗金城、王桂技等一批艺术家，受到党和政府的奖励。衡阳湘剧这一古老的剧种，在改革开放的时代正焕发出新的青春风采。

巴陵戏

在北倚长江、西临洞庭的湘北一带，几百年来，流行着一种地方特色浓郁、艺术风格古朴、深受当地人民群众喜爱的戏曲剧种，这便是湖南地方戏曲大戏剧种——巴陵戏。

巴陵戏，原称"巴湘戏"，因艺人都出自巴陵和湘阴而得名。又因它的形成和主要活动地区是岳阳（旧岳州府），民间称为岳州班。1952年始定名为"巴陵戏"。它以弹腔为主，兼唱昆腔、杂腔、小调。用中州韵湖广音结合湘北方言为其舞台语言。曾经流行于湘北的岳阳、湘阴、汨罗、平江、临湘、华容，湖北的通城、监利，江西的修水、铜鼓等地。清代中叶就曾到武汉、南昌、沙市、宜昌等城市演出。清末民初，巴陵戏班岳舞台在湘北、湘西、鄂西南、赣西的38个县市颇有盛名。

巴陵戏的形成与发展，经历了一个漫长的历史过程。岳阳古称巴陵。岳阳地处湘北门户，北通巫峡，南极潇湘，挽洞庭四水，截长江中游，水陆交通俱便。春秋时期（公元前505年）便在此筑了西麇城，东汉末年在这里建起了巴丘城，公元280年始建巴陵县，1919年改巴陵县为岳阳县。

这里物产丰富，素称"鱼米之乡"，经济历来十分发达。名胜岳阳楼，建自汉晋，重修于宋代，自南北朝颜延之登巴陵城赋诗之后，李白、杜甫、韩愈等历代文人荟萃于此，吟咏甚多。

特别是重修岳阳楼之后，范仲淹作记，"先天下之忧而忧，后天下之乐而乐"的佳句流传千古，于是岳阳天下楼驰名中外，文人墨客往来亦多。上述这些特殊的地理、经济、文化方面的因素，便是巴陵戏孕育产生的艺术土壤。

据史料记载，明崇祯十六年（1643年），岳阳便有了用"楚语演唱种种伤心事"的戏曲表演形式。另据巴陵戏历代艺人传说，明代末年，岳阳曾有洪胜班，该班生角大王洪玉良便是巴陵戏的始祖。

明万历年间，风靡全国的昆腔也给巴陵戏的形成和发展以重大影响。至今巴陵戏还存有纯用昆腔演唱的传统剧目《天官赐福》《打三星》等，而且有大量的昆曲曲牌用于舞台演出。

清代乾隆年间，我国戏曲出现了诸腔杂呈的现象，不少地方戏随着商业活动的流布，开始互相影响。这种剧种的交流，使得巴陵戏得以博采众长，迅速形成并发展起来。

巴陵戏的弹腔分南、北路，便是受徽调和襄阳腔的影响而形成。随后，伴随着剧目、表演艺术的日益丰富，巴陵戏逐渐形成一个以弹腔为主的多声腔剧种。

巴陵戏在清代末叶出现了兴盛的景况。不少清代的演义小说中，都有岳州戏（巴陵戏）演出盛况的描写。当时著名的专业科班和班社有"巴湘十三块牌""巴湘十八班"，从业人员达800余人，活动于湘、鄂、赣三省交界的诸县城乡。业余的科班、班社，遍及城乡；茶楼酒肆，围鼓演唱不绝。活跃于湘北城乡的皮影戏、木偶戏也多用巴陵戏演唱，城乡的祠堂庙宇竞相修建戏台。当时的岳阳城乡有戏台近40座。

在长期的历史发展中，巴陵戏与湖南省的其他戏曲剧种的相互借鉴和交融也比较多。如与湘剧，便有很多交往，巴陵戏艺人与湘剧艺人经常往来，经常同庙演唱，各演半日，并分居庙内东西科楼，两个剧种的艺人相互插班学艺。在相互的交往中，取长补短，使巴陵戏的艺术表演形式日渐成熟。

巴陵戏的传统剧目比较丰富，据不完全统计，共有420余出。它们大多取材自历史演义和话本，部分剧目从元明杂剧、传奇演变而来。巴陵戏剧目习惯上分为整本、半本、折子、水戏四类，以半本戏居多。

整本戏系指有完整的故事，演出时间在四小时以上的戏，如《苏艳庄》《钟无盐》《伍子胥》《闹花灯》《二度梅》等。半本戏系指有完整的故事，演出时间在两小时以上的戏，如《清河桥》《上天台》《凤仪亭》《收姜维》《审刺客》等。折子戏则为原有的基本戏和半本戏中保留下来的散折，如《幽闺记》中的《抢伞》，《麒麟阁》中的《打擂》《见姑》，《西厢记》中的《跳墙围棋》，《烂柯山》中的《夜梦官带》，等等。虽无完整的故事，但表演细腻，艺术性强，多为生、旦、丑行重工戏。还有一些是反映民间生活的小戏，如《皮庆滚灯》《打灶分家》《万病一针》《胡文叫差》等。

这些剧目，如果按声腔来分，则有昆腔戏3出，南路戏88出，北路戏231出，南北混唱的戏76出，小调戏16出，安庆调戏4出，七句半戏5出。

近几十年中，进行了三次较大规模的挖掘、展览演出，抢救了一批传统剧目。整理改编了优秀传统剧目《打严嵩》《九子鞭》《打差算粮》《三审刺客》等30多出，其中一些剧目获得湖南省戏剧会演剧本一等奖和挖掘奖。1959年创作的大型历史剧《何腾蛟》，参加湖南省戏剧会演获奖并参加中华人民共和国成立十周年献礼演出。

巴陵戏的音乐，分声腔和伴奏音乐两部分。声腔又分昆腔、弹腔和杂腔小调。

巴陵戏中的昆腔分为"套曲""正、青合套"和"散牌子"三类。昆腔剧目仅剩三出，多数曲牌已逐渐成为唢呐吹奏曲牌。弹腔分为南、北路，又各有其反调，叫"反南路"与"反北路"。同时还有一种特殊的唱腔形式："西二簧"，即唱腔是南路，胡琴把位用北路指法，其过门能巧妙地将南北路融合为一体，也就是南唱北拉，因而风味特别。还有一种南拉北唱的形式。

弹腔具有较完整的各种板式，以板式变化来表现人物的各种情绪。各种板式都有其固定过门衔接唱腔，杂腔小调则生动活泼、节奏明快，多见于丑角和跷子戏中，如"打花数""进城调""玉荷兰"等。

巴陵戏的伴奏音乐包括唢呐牌子、丝弦牌子和锣鼓经等。弹腔的伴奏，习惯称为"九根弦"，即胡琴、月琴和小三弦，还有唢呐、笛子、长杆子。月琴有"满天飞"的伴奏特技。过场曲牌分唢呐和丝弦两种牌子，多无唱词，为配合剧情和人物感情而用。打击乐的乐器有：板鼓、课子、堂鼓、大锣、小钞、云锣、马锣等，有一套完整的锣鼓经，成为将唱、做、念、打等表演程式组成一体的纽带。

巴陵戏的表演很有艺术特色，特别注重人物性格刻画，有一套较为完美的传统表演程式，形成了既粗犷朴实，又细腻生动，雅俗共赏的艺术风格。演员要求唱、做、念、打全面发展，自清末以来，尤以武戏著称于湘西、湘北。

表演上有"内八功""外八功"等技巧。"内八功"是演员刻画人物心理、表达人物情感的八种基本技巧，既喜、怒、哀、乐、悲、愁、恨、惊。表演上特别讲究眼睛的运用，经常使用的眼法有正、斜、喜、怒、哀、呆、痴、冷、倦、睡、瞎、病、贼、妒、媚、色、疯、醉、死眼等。

所谓的"外八功"，泛指手、腿、身、颈及胡子、翅子、翎子、扇子、散发、罗帽、鸾带、水袖等的运用。

在巴陵戏的武打戏中，历代艺人采用和创造了不少绝技，如轻功、软功、抛叉、抛椅、钻刀圈、钻火圈、翻桌、叠罗汉、顺风旗等。这些武打艺术与民间武术、杂技有深厚的渊源关系，与剧情配合紧密，对于塑造人物形象、再现典型环境，起到了很好的作用。

巴陵戏的行当分生、旦、净三大行。生行有老生、三生、靠把、小生、贴补；旦行有老旦、正旦、闺门、晓子、二小姐；净行有大花脸、二净、二目头、三花脸、四七郎。大部分行当，需要文武不挡，唱做兼工。

巴陵戏的道白除常用的韵白、戏白之外，也有京、苏、川、淮、晋、沔阳、通城等方言白口，用以表现某些人物不同的地域、身份和性格。

巴陵戏的舞台美术，包括脸谱、服饰、砌末等。常用脸谱近百个，专用脸谱40多个。脸谱用色丰富，不仅表现人物的肤色，而且揭示其品格个性。虽然图形较多，变化复杂，但其颜色、构图的依据不外是人物的肤色、形貌、品格、武艺和惯用的兵器等方面，还有人们对角色的善恶评价以及对其内心、外形特点的分析，将颜色、构图统一起来，与其表演风格相协调，自成一体。

巴陵戏的班社组织亦有特色，分为江湖班、官班、案堂班、六人班及围鼓串堂五种。江湖班，由乡绅或艺人合股经营，人员比较多，行当齐全，设备较好，长期在城乡戏台演出，多演神戏、愿戏。官班，由官绅和官家子弟主办，类似"家乐"，演员系选聘江湖班中的著名艺人，工资固定，主要行当均配二人，行箱砌末齐全，旨在为官府商绅迎宾宴客，唱喜庆寿戏，有时也唱神庙愿戏。案堂班，多为艺人合伙，分账经营，所谓案堂，即以一个地方信奉的一个菩萨为一案，抬着菩萨游傩；班社艺人不多，一般都不过20人，少则十几人，演员要求一专多能，演出场地简陋，几张方桌拼起即可演出。六人班，俗称围鼓戏，由艺人组成，无正式班名，不要粉墨登场演出，只需一堂乐器，围鼓演唱，每人能兼奏文武场乐器，专为乡绅堂会服务，围鼓串堂，多为业余演唱形式，其成员以乡绅子弟、小商小贩及手工业者居多，也有文人学士参与演唱，日间从业，夜间演唱。

中华人民共和国成立之后，和其他地方戏曲剧种一样，巴陵戏获得了新的发展，流离失所的艺人们，成了国家和社会的主人。在政府的支持下，艺人们组成专业的剧团，先后举行了几次较大规模的传统艺术挖掘、展览演出和巴陵戏教学活动。老艺人竞相传艺，新学员虚心学习，巴陵戏的艺术传统得到继承和发扬。一些新编历史剧、改编传统戏和新创作的现代戏在各级戏剧会演中获奖。

1986年，笔者曾就巴陵戏的艺术价值和现实发展问题写过一篇文章，当时的中共湖南省委书记毛致用读到这篇文章之后，对巴陵戏的发展问题做了专门批示，要求政府重视巴陵戏艺术传统的保护和发扬。随着改革开放和经济建设的发展，古老的巴陵戏艺术更是步入了一个新的发展时期。

荆河戏

湖南省的澧州一带，滨洞庭，襟澧水，与湖北交界，乃湘北要冲。自古以来，这里便是楚文化的繁盛之地，文化传统渊远，歌舞以及各类民间艺术盛行。自秦汉以来，这里历为郡、州、路、府、县治地，交通、经济发达，人口众多。这些都为戏剧艺术的发展奠定了良好的基础。

大约是在明末清初之时，这里便有了定型的荆河戏。随后，经过几百年的繁衍发展，逐渐形成了艺术风格独特、流布甚广的湖南地方戏曲大戏剧种之一——荆河戏。

荆河戏流行于湖南省的澧县、临澧、石门、慈利、安乡、津市、岳阳、华容、沅江、南县、龙山、永顺、桑植、大庸以及湖北省的松滋、江陵、公安、石首、监利、宜昌、当阳、枝江、长阳、宜都、鹤峰、来凤、宜恩，贵州省的铜仁，重庆市的秀山、酉阳等地。荆河戏又称上河戏和高台班、大台戏，1954年才正式定名为荆河戏。

荆河戏形成之初，主要是唱高腔和昆腔。高腔的主要特色是一人独唱，众人后台帮腔，乐器用土锣、大钹、鼓板打节奏，不用管弦乐器伴奏。其来源为弋阳腔改调，仍保持了曲牌体结构，后期帮腔改用唢呐伴奏，很有地方特色和泥土气息。

昆腔进入荆河戏比较晚，一般用笛子或唢呐伴奏，所以又称为吹腔，以后逐渐被弹腔所替代。高腔剧目、昆腔剧目保留下来的都比较少。

弹腔是荆河戏的主要声腔，包括北路和南路以及特定腔调三类。其中北路高亢刚劲，南路细腻婉转，特定腔调跌宕多变。一般认为，其北路是秦腔与当地民间音乐相结合而形成。据地方志所载，李自成于明崇祯十六年三月（1643年）攻克澧州，张献忠随后进驻澧州，第二年，李自成之妻高桂英率30万众来澧州，军中的秦陇子弟带来了秦腔，当地民众相率仿歌，从而成为荆河戏弹腔中北路之始。

荆河戏弹腔中的南路和特定腔调形成较晚。一般认为其南路受徽调影响较大。清初之时，徽调即在澧州演出，荆河戏艺人吸收徽调之精华，形成了颇具特色的弹腔南路声腔。

荆河戏的发展，与相关地区的地方戏剧种联系极为密切。如汉剧、荆河戏旧有"湖南成班，沙市唱戏"之说，而沙市又是汉剧演出的胜地，汉剧艺人要在武汉出名，先要到沙市"唱红"。因而，二者在演出交流中互相学习，取长补短。

荆河戏与武陵戏艺术上亦有渊源。一般认为二者同出一源，荆河戏艺人常到武陵戏班搭班演出。早年，生、旦、丑三行二者能够同台合演。

荆河戏的弹腔与川剧的胡琴戏亦有联系。一方面，四川的胡琴戏直接受到荆河戏的影响，另一方面，早期荆河戏使用的大土锣、大成都钹，都来自川剧。另外，荆河戏与辰河戏以及活动于湖北恩施一带的南剧也有密切的联系。

荆河戏的唱腔用嗓根据行当不同而有所异。须生多用"边嗓"和"沙嗓"，小生、旦角用假嗓，花脸常用"本带边"，小花脸、老旦用本嗓。唱腔特色浓郁，具有高昂、响亮、气势宏大的独特风格。念白主要讲接近于普通话的"澧州官话"，少数剧目也用京白、川白、苏白和山西白。

荆河戏的伴奏乐器主要有文武二场面。文场面包括胡琴、月琴、三弦、唢呐、笛子等。武场面则包括堂鼓、大锣、小锣、马锣、云锣、头钹、二钹和饺子等乐器。马锣的传统打法极为特别，是将锣抛到空中再打的。

荆河戏的角色行当分为生角、小生、旦角、老旦、花脸、丑角六行。生行主要是扮演挂须而不开脸的男性角色，分老生、杂生、正生和红生。小生，俊扮不蓄须的青年男子，其戏路一般按人物穿戴分为紫金冠戏、二龙叉戏、包巾戏、纱帽戏、公子巾戏和罗帽戏六类。旦角，分正旦、闺门旦、花旦、武旦、摇旦五种。老旦，扮演老年妇女，分贫富两类，贫者拄竹棍，富者挂龙头拐杖。花脸，分大花脸、毛头花脸和霸霸花脸，大花脸扮演地位显赫、年纪较大的角色；毛头花脸，指戏中居次要地位的花脸；霸霸花脸，多系年岁较轻，个性刚直、勇猛、暴躁的一类角色。丑角，即小花脸，戏路很宽，上至帝王将相、公子少爷，下至流氓强盗、家院公丁、武夫侠士、樵夫牧童、花子媒婆等都能扮演。

荆河戏的表演很有特点，素重、做功，讲究内、外八块的功夫。所谓"内八块"功夫，指演员要通过勤学苦练，能够准确地表现出人物喜、怒、哀、乐、惊、疑、痴、醉等内心感情；"外八块"，则是指演员要勤练头、眼、脸、口、胸、背、手、腿等外部形体动作。也有人将荆河戏的表演归纳为"八功"，即三官功——眉、眼、脸，上身功——肩、臂、肘、掌、胸、腹、腰，六身功——腿、脚、喉嗓功、须发功、翎子功、盔帽功、袍服功。在表演中，要求演员将这些功夫自然运用，内外结合，鲜明、生动、准确、深刻地表现各种特定人物在特定情境下的特定感情。

荆河戏的传统剧目较为丰富，保存下来的还有540多出。其中有450多出整本戏、几十出散折戏。从剧目来源看，少数出于元、明杂剧、传奇和民间传说、故事，大多数题材与历史演义、章回小说相似。如《马踏冀州》《百子图》《斩三妖》等与《封神演义》中的情节相同；《楚宫抚琴》《搜孤救孤》《清河桥》等剧目的情节出自《东周列国志》；《凤仪亭》《群英会》《大回荆州》等剧目情节与《三国演义》相同；《三兴瓦岗》《双驸马》《薛刚反唐》等剧目情节源自《说唐》；《沙滩会》《两狼山》《天门阵》等剧目与《杨家将》相似；《翠屏山》《调叔》《三招安》等剧目情节似出自《水浒》；《反武科》《两狼关》《疯僧扫秦》等则与《说岳》相近；《赵玉娘》《秦雪梅》《三娘教子》《清风亭》《白蛇传》《一捧雪》等剧目，则出自传奇。另一些剧目，如《八百八年》《诸仙阵》《四下河南》等，则分别改编自围鼓、皮影戏、曲艺等民间艺术形式。

荆河戏传统剧目中，保留下来的多是弹腔戏，昆腔戏和高腔戏极少，还有些剧目是用唢腔和小调演唱。另外，还有一些连台本戏，如《封神榜》《西游记》《薛家将》《杨家将》等，长的可演十天半月，短的也能演三五天。

清代和民国时期，荆河戏以唱"庙台""会台""草台"为主，演出条件和舞台设备极为简陋。置一桌于台，放上酒壶、酒杯，便成宴堂桌席，于桌旁备置一椅，即成高山，三椅并置于台，前面插上大帐帘，即成卧床。这种演出方式既自由、便捷，又空灵、超然，很有特色。

早期的荆河戏班，主要是活跃在农村乡镇，每逢神诞，城乡便请戏班去演酬神戏，庆贺民安物丰，求神赐福。乡镇农家为了地方安泰、百业兴旺、求子求寿、消灾免祸，向某神庙许下心愿，届时也要请戏班演戏还愿。婚宴寿诞、得子添孙、升迁入学、新屋落成等喜庆之时，也请戏班演戏，以示庆贺。

民国以后，到20世纪20年代后期，由于军阀混战和其他社会原因，荆河戏日趋衰落，专业戏班逐渐减少。抗日战争以来，荆河戏更是日渐消亡，濒于绝境。

中华人民共和国成立之后，荆河戏获得了新生。人民政府改造、组建了一批专业的荆河戏剧团，并为荆河戏艺人提供了发展艺术的良好条件。通过培养人才、抢救遗产等工作，荆河戏艺术焕发了新的青春光彩。一批经过整理、改编的优秀传统剧目，活跃在荆河戏舞台；一批新创作的新编历史剧和现代戏，在荆河戏的艺术生命中增添了新的血液；一批前程远大、生龙活虎的青年演员，虚心学习传统，勇于开拓创新，成为荆河戏艺术的优秀传人，为这个古老的戏曲剧种，灌注了朝气蓬勃的现代生命。

武陵戏

巍巍武陵山下的田间屋场，延绵辰水、沅水、澧水流域和广阔的洞庭湖区的庙堂村落，许多年来活跃着一种深受群众喜爱的民族艺术形式，这便是湖南地方大戏剧种之一——武陵戏。

武陵戏，曾称常德班，还称沅河戏、常德戏、常德湘剧、常德汉剧，直到1980年，才正式定名为武陵戏。

武陵戏以常德、桃源、汉寿、石门、慈利等地为基础，广泛流行于西洞庭湖滨各县与黔阳、湘西自治州一带，并远涉鄂西南、渝东、黔东，观众面甚广。

常德一带既是"湖广熟，天下足"的洞庭鱼米乡，又是"荆楚之咽喉，滇黔之门户"，早为商业名城，沅江水陆驿道还是中原与云贵以及中国通往缅甸、泰国、老挝、柬埔寨等东南亚国家的交通干线，是汉民族与聚居在湘鄂渝黔诸少数民族交往的重镇。

武陵戏便是在这种特别的地理、社会环境中，在本地民族艺术、原始祭祀歌舞和其他多种艺术因素的融合中萌芽，通过不断吸收元杂剧、明代弋阳腔、昆山腔、青山腔等戏曲艺术的养分而逐步成型和发展的。

在漫长的历史发展和艺术实践中，武陵戏形成了丰富的颇具特色的演出剧目。据不完全统计，共有演出剧目 600 余出。根据声腔的不同，这些剧目可分为高腔剧目，低、昆腔剧目和弹腔剧目三大类。其中高腔剧目 50 余出，低、昆腔剧目 20 余出，弹腔剧目多达 500 余出，占整个剧目数的 90% 以上。

高腔剧目早期有包括目连、观音、三国、岳传等 12 本在内的"四十八本目连"和大量传奇。到 20 世纪 40 年代，大部分高腔剧目失传，仅留下为数不多的整本戏和一些精彩的折子戏。

中华人民共和国成立之后，挖掘整理恢复上演了《祭头巾》《思凡》《金殿配》《葵花井》《赐马挑袍》《松林收女》《闹酒馆》《三怕老婆》等 30 余出剧目。低、昆腔剧目本来不多，流传中更是日渐稀少，仅存《天宫赐福》《大封相》等吉祥戏。

弹腔剧目众多，一般分为"江湖戏"与"一家戏"两类。所有戏班都能演的戏，称为"江湖戏"。主要有《打渔杀家》《宋江杀惜》《翠屏山杀海》《八义图》《火烧绵山》《三奏斩广》《立帝斩袍》《马开打宫》等剧目。

"一家戏"是指那些当时四大名班戏路不同而各有特长的剧目。如瑞凝班擅长演的隋唐戏和《乌龙院》《浔阳楼》等"背时的宋江戏"，以及《黄君洞》《芭蕉洞》《琵琶洞》等"五洞戏"。文华班以演宋江上梁山之后的故事以及《岳飞传》《西游记》《一令关》《双蝴蝶》《三招安》《泗水关》《五凤吟》《六打华府》《七星灯》等"十大名剧"为拿手戏。同乐班则拥有《齐星楼》《八卦阵》《紫金山》《木养阵》《嘉桂岭》等"八大名剧"和《施公案》《彭公案》等"按头戏"。天元班则以表现三国、两汉、封神故事的一批剧目和《百花诗》《金凤寨》《宝莲灯》《清风亭》等剧为保留剧目。

武陵戏的音乐体系完整，特色鲜明，由高腔、弹腔、昆腔三大声腔和一些民间杂腔小调组成。

武陵戏的高腔以弋阳腔为基础，糅进了青阳腔的因素，地方特色颇为浓郁，有 30 余种基本腔和 70 余种曲牌，形式上有滚唱、帮腔等。其中帮腔很有特点，分一唱众合的人声帮腔和乐器随奏，大锣大钹的唢呐帮腔两种，受沅水船歌、扎排号子音调的影响较大。唱腔与本地方言声调结合紧密，并融入了大量的本地巫腔、傩愿腔、渔鼓调的音乐素材，表现力很强。

武陵戏中的昆腔曲牌约有 200 支，现已用得较少。除用于一些喜庆戏之外，大多作为发令、行路、修书、饮宴、起堂、登朝等场合的伴奏。

弹腔，包括南路、反南路、北路、反北路、南反北、四平调等 6 种腔调，都有成套板式，自成系统。以北路和南路为大宗。另有呔腔、丑角腔、草鞋板等，也颇有特色。

武陵戏音乐的主奏乐器为唢呐、胡琴。高腔是唢呐加锣鼓；低、昆腔是唢呐加大锣钹；弹腔则是胡琴加月琴、三弦、大筒，也常有锣鼓配合。打击乐中，土、苏、京三套锣鼓并存，根据需要分别使用。小鼓、云板、课子等领奏乐器和小锣、云锣为通用。北路弓马戏常用沉雄粗犷的土锣鼓伴奏，南路戏中多用流丽清脆的苏锣鼓，武戏大开打场面时，则用高亢激越的京锣鼓。

武陵戏的表演艺术亦有特色。唱念字音，采用"中州韵"拼读标准与常德方言声调相结合的统一的舞台语言。为了强调人物的地域特点，也兼用一些外地语言。如《法门寺》中刘瑾的京白，《何乙保写状》中何乙保的苏白，《背娃进府》中李平的川白等。角色分为生、旦、净、丑四行。基本角色为九人制——包括青须、白须、小生等"三生"，正旦、小旦、老旦等"三旦"，大花脸、二花脸、小花脸等"三净"。

武陵戏很强调演员表演基本功的训练，在角色分行和人物塑造上形成了一整套富于表现力的表演程式。如有内外之分的"八大块"功夫。"外八块"，即头、眼、口、手、腰、腿、裆、罡八门功夫；"内八块"，即喜、怒、悲、愁、惊、疑、呆、癫的感情表达。用嗓上，有本嗓、边嗓、夹嗓、小嗓等表现方法。步法上，亦有蹉步、呔步、提筋路、马路等多种表演功夫。演技上既有行当划分，又有互相借鉴，许多功技多从生活中来，模拟飞禽走兽或其他动静物态的身法动作不少。扫台翎、阴阳眼、雌雄眼、反踢大刀、跪地踢腿、打叉等表演特技更是精彩异常。

一些折子戏，经过多年锤炼，已成为艺术精品。如《思凡》，本是目连戏之一折，写小尼姑恨佛门生活孤寂，向往人间爱情生活而逃往山下的故事。全剧载歌载舞，风格质朴、清新，成为旦行独角戏的代表作，为兄弟剧种吸收和仿效。

中华人民共和国成立以后，武陵戏艺术得到很大发展。零散的民间戏班，得到政府的扶持，流落四乡的艺人，成为新型的文艺工作者。各地先后举办演员训练班和戏曲学校，培养了一批又一批艺术人才。

武陵戏艺术工作者通过挖掘、整理，上演剧目更为丰富，演出质量有较大提高，一批优秀剧目在各类会演中获奖。1952年，李福祥演出的《思凡》一剧，参加湖南省、中南区和全国第一届戏曲观摩演出，荣获演员奖。1955年，《祭头巾》《打督邮》《程婴救孤》《黄河》《桃花装疯》等剧目和演员，在湖南省第二届戏曲观摩会演中获奖。1956年，邱吉彩主演的《祭头巾》一剧赴京汇报演出，载誉颇丰，成为当时的文化部第一批授奖戏曲剧目之一。

近年来，武陵戏在表现现代生活方面有较大突破，创作了《发霉韵钞票》《姻缘错》《元宝案》《巧婚记》《沉雷》《芙蓉女》《特别口令》《黑犬案》等一大批现代戏，受到专家和观众的好评。《发霉的钞票》一剧，赴京参加中华人民共和国成立30周年献礼演出，《芙蓉女》一剧赴京演出，获誉而归。王阳娟等一批青年优秀演员继承优秀的艺术传统，吸收现代艺术养分，活跃在武陵艺苑，深受观众的喜爱。

武陵戏，这一古老而又年轻的艺术形式，在新时代的舞台上，焕发出新的光彩。

阳　戏

僻远的湘西，是一块民风淳朴、百艺竞生的沃土。在这座风情万种、万紫千红的花圃中，阳戏——这种特色浓郁的民间戏曲艺术芳姿独具，秀色动人。

阳戏是一种流行于湘西的地方小戏剧种。湘西古为楚地边陲，楚文化的许多精彩积淀在那些僻远的崇山峻岭之中。

湘西还是一个少数民族聚居的地区，这里居住着汉、土家、苗、侗、白、回、瑶、壮等多个民族。楚文化的余绪，少数民族的灿烂文化，都给阳戏以特别的艺术滋养。在湘西山野的樵歌、秧歌、炉歌、船歌、傩歌、采茶歌以及其他民族民间歌舞和一些地方戏曲剧种的影响下，形成了流行于湘西一带的地方小戏剧种——阳戏。

阳戏的具体形成日期，典籍中无从稽考。根据阳戏老艺人的回忆，大约 200 年前已经有了成型的阳戏。阳戏的得名，有两种说法，一是认为是种田人、种阳春人演的戏，艺人大多是农村农民，并且长期在农村演出，所以称之为"阳戏"。另一种说法是因为傩戏与阳戏同班演出，傩戏是为娱乐鬼神而演，故称"阴戏"，阳戏显然也有还傩愿的酬神演出，但在庭前扎台唱阳戏，主要是娱人，故称之为"阳戏"。

根据艺术风格的不同，阳戏可以分为北路和南路两个艺术流派。历史上，南路阳戏流行于吉首、泸溪、凤凰、麻阳、怀化、芷江、黔阳、会同、新晃、溆浦以及贵州的松桃、铜仁、玉屏、天柱、锦屏、黎平等县市；北路阳戏则流行于沅陵、古丈、永顺、大庸、桑植、龙山、保靖、花垣以及湖北的鹤峰、来凤，重庆的酉阳、秀山等县市。阳戏还曾经以县定名，按照流行的县市名称，称为大庸阳戏、吉首阳戏、凤凰阳戏、沅陵阳戏、怀化阳戏、黔阳阳戏等。

从民间歌舞发展成为戏曲剧种，阳戏经历了"二小"——小旦、小丑，"三小"——小旦、小丑、小生，以及"多行当戏"等形成、演变和发展阶段。发展过程中，受到民间花灯、傩戏、辰河戏等艺术形式的影响。阳戏传统小戏中，有不少载歌载舞的剧目，都具有民间花灯表演的特点，而《盘花》《捡菌子》《掐菜苔》等剧目，则直接来自花灯。不少阳戏艺人兼演花灯，溆浦一带甚至是白天唱花灯、晚上唱阳戏。老艺人中间还流传着"阳戏头、灯戏尾"的谚语。

傩堂戏是湘西一带的巫师在酬神还愿时常演的一种宗教意味颇浓的戏剧形式，经常与阳戏同台演出，二者在艺术上也是互相影响。

阳戏移植傩戏剧目，吸收傩戏唱腔；傩戏借鉴阳戏脸谱化妆，去掉脸子壳；一些阳戏老艺人会演傩戏的《打求财》《杠扬公》等剧目，傩堂戏的"三女戏"——《孟姜女》《龙王女》《庞氏女》，也为各地的阳戏剧团搬演至今。

辰河戏对阳戏发展的影响也是较为明显的。早期阳戏以演小戏为主，后来从地摊走上舞台，从农村进入城市，逐渐上演大戏，角色行当日渐丰富，有些行当直接取自辰河戏，音乐上采用了辰河戏的一些过场音乐牌子，移植了一些辰河戏的剧目，引入了辰河戏的一些艺术表现手法和表演程式。

阳戏形成于少数民族地区，艺人中亦有不少来自少数民族，少数民族的一些艺术形式也给阳戏的艺术发展带来影响。土家族的"打溜子"，苗族的歌舞以及其他少数民族的民歌情歌、民间故事等都给阳戏剧目增添了特别的地方色彩和民族风情。

据资料介绍，阳戏的传统剧目约有150出。内容主要是反映普通的人伦物理、家庭生活、劳动故事、男女爱情和妖狐鬼神故事。

按照角色行当的情况，阳戏剧目可分为小阳戏和大阳戏两类。小阳戏即"二小戏"和"三小戏"，大阳戏为多角色的大本戏；前者角色为小生、小旦、小丑，角色少、人物简单，后者则角色众多，人物复杂。

阳戏的剧目主要来源于四个方面：

一是历史上阳戏艺人积累的剧目，有阳戏艺人自己编演的，也有地方小戏共同流传的，如《雷交锤》《勾头催粮》《三看亲》《江边洗裙》《双卖纱》《汾水河》《丁狗儿讲书》《珠帘会》《玉簪花》《大发雷》等。这类剧目是阳戏剧目的主体。

二是来自傩堂戏的剧目。如"三女戏"——《孟姜女》《龙王女》《庞氏女》，以及其中的散折《百里送粮》《安安送米》《池塘会》《车江别》《芦林会》等。

三是来自花灯的传统剧目，如《捡菌子》《掐菜苔》《盘花》《打猪草》《扯笋子》等。

四是移植地方大戏或木偶戏的剧目，如《白蛇传》《平贵回窑》《蜜蜂头》《文王访贤》《磨房会》《游龙戏凤》等。

另外，中华人民共和国成立之后，创作了现代阳戏《斗笠湾》《龙山全》《妇女代表》《合作沟》《边城雾》《送蜜》《金鞭岩》《桃花湾》《爱扯谎的婆娘》和神话剧《春哥与锦鸡》以及历史剧《罗大将军》等剧目。

从整体上看，北路阳戏因与荆河戏合班演出，故而演出剧目以大本戏为多，小戏较少，表演上也吸收了许多地方大戏剧种的表演程式，声腔自成一体。南路阳戏因多与傩堂戏、花灯同台演出，演出剧目以小戏为多，大本戏较少，表演上也较多吸收花灯的表演技艺，音乐曲牌丰富，男女分腔，行当分腔，声腔亦自成一体。

阳戏的音乐唱腔以曲牌连缀体为主，辅以板式变化，南北两路各有特点，按流行地域又分为四个流派，各有各的主要曲调，风格也各有差异，但声腔结构相同。如南路阳戏可分为流行于黔城、托口、安江等地的"上河阳戏"，和流行于泸溪、凤凰、麻阳、吉首、怀化等地的"辰河阳戏"；北路阳戏有流行于大庸、沅陵、桑植、永顺等地的"澧河阳戏"，有流行于保靖、花垣、古丈、龙山等地的"酉河阳戏"。后两种流派，多用真假声相结合的唱法，俗称"金钱吊葫芦"，每一句腔的腔末用小嗓高八度唱，很有特色。

阳戏的文场主奏乐器为瓮琴，为民间操琴艺人自制。琴筒多为桂竹、蒙蛇皮，琴杆多为紫竹，弓为箭杆竹，弓毛为马尾，丝弦，琴筒较长。发音浑厚带"瓮"声，故称"瓮琴"。

阳戏的表演很有特点。由于阳戏剧目的题材大多反映农村生活，艺术上主要植根于湘西花灯等民间歌舞，所以其表演艺术充溢着浓郁的生活气息和乡土气息，地方特色十分鲜明。

表演技艺中，不少是来自民间歌舞的身段和语汇，还有直接采用花灯的各类扇子、手巾表演技艺，以及花灯的手法、步法身段组合和场面调度。另外，也有不少来自某些生活、劳动动作的艺术提炼，如捡田螺、舞板凳龙等，并且还向弹戏、辰河高腔等剧种学习借鉴了口条、水袖、武打等功夫。

阳戏的念白亦有地方特色，北路阳戏以大庸话为主，南路阳戏则有凤凰、吉首、黔阳口音等区别。阳戏表演上特别讲究手法和眼法的运用，手法除一般各行常用的兰花手、剑指、虎掌、抖指之外，还有姜爪子、荷包手、摘袖手、佛手、勾子手、丫白手、叠掌等。眼法上则可以鼓、斜、泪、对、睐等不同眼法，表现各类角色的喜、怒、哀、乐、惊等不同情感。

阳戏表演中的步法很有特点，如小丑的鸭步、猴步、碎步、梭步、小跳步、矮子步，小旦的跻步、碎步、蹉步、云步、十字步、轻盈步、小踏步、叠叠步，再加上上山步、下山步、鬼魂步、捡田螺步等，可将不同人物的不同心理状态表现得惟妙惟肖。

早期的阳戏主要活跃在山间田野，虽在清末民初进入了城市，但其演出活动大都还是季节性的，班社也多是临时组合而成，艺人是半农半艺、半工半艺，演出场地主要是草台、祠堂、庙台、堂屋，甚至几张桌子拼起来也可演出。

中华人民共和国成立之后，阳戏艺术得到了政府的支持和扶植。20世纪50年代初，业余阳戏剧团有100多个。1957年前后，大庸、凤凰、怀化、吉首等县市相继成立了专业的阳戏剧团，专业演职员达200余人，挖掘、整理、改编、创作了一大批阳戏剧目，阳戏艺术呈现出欣欣向荣的新局面。

辰河戏

人们将沅水中、上游的湘、鄂、渝、黔毗连地区，称为"辰河"。在这块楚文化丰厚、巫文化神奇，汉、土家、苗、侗、瑶等民族聚居，民间歌舞、祭祀活跃的土地上，孕育了一种得天地灵气、汇百艺精华的戏曲艺术形式——辰河戏。

辰河戏是湖南地方大戏剧种之一。主要流行于沅水中、上游的广大地域，包括湖南省的怀化地区、湘西土家族苗族自治州，以及贵州省的铜仁地区、黔东南苗族侗族自治州，重庆省的酉阳、秀山，湖北省的来凤、咸丰等县。

辰河戏剧种的形成，经历了久远的历史发展。明王朝建立之初，不少江西移民来到辰河地域开垦荒地，经营新区。迁徙、劳作、经营之时，也将当地的戏曲声腔——弋阳腔带到了新的家园。

弋阳腔传入辰河地域之后，与当地语言、民歌、号子、傩腔以及宗教音乐结合，逐渐形成了特色鲜明的辰河高腔。

早期的辰河高腔，多演唱连台本戏《目连》，这种艺术传统，一直保留到20世纪40年代。在辰河高腔的形成过程中，青阳腔也有一定作用，《金盆捞月》等早期青阳腔剧目，至今保留在辰河高腔的演出剧目中。

清乾隆、嘉庆年间，辰河高腔配合宗教祭祀活动，已极为盛行。各种祭祀酬神活动中，演唱辰河高腔戏，已成为不可缺少的内容。这一时期，沅水也是我国与东南亚地区缅甸、老挝等国往来的交通要道，外事交往中，亦常有辰河高腔的演唱活动。

辰河高腔在沅水中、上游沿江城镇盛行的同时，也向周边的少数民族地区发展。沅水最大的支流酉水流域的土家族聚居区，以及周边的苗区、侗区，都有辰河高腔的流布。

在演出形式方面，辰河高腔除了高台演出之外，还有矮台班——木偶演出。"矮台班"多由半职业艺人组成，剧目、音乐、排场与高台班相同。有时两种演出形式还同时在民间的祭祀娱乐活动中出现。

"打围鼓"，也是辰河高腔的一种重要的演出形式。城乡间喜唱辰河高腔的人们，在邻家喜庆之日，一起到他家唱高腔戏，不化妆。当时不少政界和文化界人士，都喜欢参加这种演出活动。

辰河戏中，还包含有辰河昆腔、低腔和弹腔。辰河昆腔源于昆山腔。大约在明代中期，昆山腔传入辰河地域，辰河低腔在唱腔上与昆腔大同小异。不同的是昆腔用笛子伴奏，而低腔用唢呐伴奏。

清道光、咸丰后，洪江成为经济繁荣的商业口岸，会馆林立，戏班云集。同治、光绪年间，荆河弹腔艺人周双福、周松贵兄弟先后来到洪江，参加辰河戏班的演出，为辰河戏带来了弹腔艺术，不少辰河艺人赶来学艺。

另外，毗连地区祁剧的影响，也促进了辰河弹腔的形成。自此，辰河戏逐步发展成为以高腔为主，兼有昆腔、低腔和弹腔的多声腔剧种。

民国年间，辰河戏艺人生活困苦，至20世纪40年代，辰河戏班散班者甚多，辰河戏走向衰落。

中华人民共和国成立之后，辰河戏恢复了生机，建立了一批职业剧团，民间的业余剧团多达200多个。党和政府重视对这一古老剧种艺术遗产的挖掘和整理，一批有特色的剧目重新登上舞台。经过整理改编的辰河高腔《破窑记》和《李慧娘》二剧，曾到北京进行汇报演出。20世纪80年代以来，又举行了辰河戏教学演出，挽救和继承传统艺术，湖南省艺术学校还开设了辰河戏科，辰河戏至此有了培养人才的专门学校。

辰河戏剧目丰富，现存高腔剧目有连台本戏 6 出，整本戏 47 出，散折戏 57 出，以及有部分定本的条纲戏 71 出，是湖南保留高腔剧目最多的剧种。

《目连》有"戏娘"之称，一是说明其古老，二是由于它包括了辰河高腔所有的原型曲牌和大鼓戏的锣鼓点子，演唱时排场丰富。

整本戏和单折戏剧目，多系明、清传奇古本。长期以来，艺人和参加围鼓的文人，对传奇古本做了大量通俗化工作，使其雅俗共赏。整本戏中，苏（《黄金印》）、刘（《大红袍》）、潘（《一品忠》）、伯（《琵琶记》）称为四大本看家戏。另有《装疯跳锅》等剧目很有特色。

辰河昆腔、低腔剧目基本失传，但仍有不少曲牌和唱词为艺人们抄录保留，有 22 出单折戏存在高腔剧目中，如《红梅阁》的《判奸》《龙凤剑》中的《火烧轩辕坟》，《拜月亭》中的《走雨》，《百花亭》中的《斩巴》等。弹腔剧目现存 350 个，除《打瓜招亲》《荷花配》等剧目外，多与武陵戏、荆河戏相同。

辰河高腔的舞台语言是在湘西浦市官话的基础上提炼而成的，宗法中州音韵。高腔音乐系曲牌连缀体，现存曲牌 200 余支，音调高亢、风格粗犷，旋律婉转悠扬，与山歌、号子相融，常用人声帮腔和唢呐帮腔，很有湘西地方特色。

昆腔现存曲牌 162 支，低腔现存曲牌 300 多支。演唱时，低腔较为奔放、热烈、有气势，用唢呐伴奏；昆腔较为典雅、文静、清新、优美，用竹笛伴奏。

弹腔的舞台语言与高腔不同，沅水中、上游沿岸市镇，多采用常德官话，有些地区则多夹方言，其音乐以北路和南路组成，有多种板式连缀的成套唱腔，表现力丰富。

辰河戏的伴奏乐器主要是唢呐、笛子、京胡、二胡、三弦和大鼓、小锣、云锣、钹、小鼓、大桶鼓、旗子鼓、课子、尺板等。本地特制的高腔唢呐，声音高亢，发音柔和，音色优美，近似于女高音，能与唱腔融为一体，在帮腔和伴奏中作用重要，特色浓郁。

早年，辰河高腔角色分为生、旦、净、丑、外、副、末、贴八行，清末民初之后，变为生、旦、净、丑四行。生角分正生、老生、红生、小生；旦角分正旦、小旦、摇旦、老旦；净角俗称花脸，多扮演性格诙谐粗犷或阴险奸诈的男性人物；丑角按不同冠戴分为罗帽丑、纱帽丑、方巾丑、公子巾丑、紫金冠丑、硬盔丑、抓子巾丑、无名巾丑等戏路。

从总体来看，辰河戏的表演艺术朴实、自然，有浓郁的泥土气息。高腔擅长演悲剧和家庭故事戏，弹腔则以袍靠戏见长。早期的武打戏中，融合了湘西民间武术的招式。在漫长的历史发展中，辰河戏在保持本身特点的基础上，吸取其他艺术门类和兄弟剧种的养分，使自己的表演艺术日渐成熟，形成了四种不同的表演风格。

一是下河路子，以泸溪县浦市为中心，包括沅陵、辰溪等地，由于这里围鼓堂盛行，不少艺人是由唱围鼓堂开始走上高台唱戏的，形成了讲究唱功、多唱传奇本高腔、擅演《目连》的特点。

二是中河路子，以溆浦为中心，艺人多是由木偶班走向舞台，表演艺术粗犷、诙谐，且保留了一些木偶表演的痕迹，除演出传奇本高腔外，还将一些矮台班的高腔剧目搬上了舞台，这些剧目演出时，随意性较大。

三是上河路子，以洪江为中心，包括黔阳、芷江、铜仁等地，艺人多出自清末民初洪江等各地科班，表演艺术严谨规范，上演的剧目高腔、弹腔并重，因与来自常德和荆河的弹戏艺人长期同台演出，交流技艺，对辰河弹腔的形成与发展有较大影响。

四是白河路子，以永顺县王村为中心，包括永顺、古丈、龙山等地，艺人们多兼演木偶戏，戏班有舞台演出和木偶表演两套用具，唱腔、道白多用当地的方言。

辰河一带旧称职业戏班为江湖班，其演出可分为大愿戏、小愿戏、神会戏、堂戏、卖戏五种。大愿戏是地方为祈祷上苍、保民平安的酬神演唱，必演《目连》，一般在旷野空坪搭草台演出。小愿戏由某家、某村或数村联合举办，目的是为祈求家人和村坊清泰、丰收，多在村坊中祠堂的固定戏台演出。神会戏即在各地神高庙、同乡会馆、行业会馆，为所供奉之神的生、忌日而举行的娱神演唱，堂戏是官绅、富户为红白喜事举办的演唱活动，卖戏则是人们常见的售票演出，一般在城镇、乡村的剧场演出。后者已成为当前辰河戏演出的主要形式。

长沙花鼓戏

说到湖南地方戏曲剧种，最受人们欢迎、最为人们熟悉的莫过于湖南花鼓戏。其实，湖南花鼓戏中所包含的剧种和流派甚多，根据流行区域和艺术风格的不同，可以分为长沙花鼓戏、岳阳花鼓戏、常德花鼓戏、衡阳花鼓戏、零陵花鼓戏、邵阳花鼓戏等许多民间小戏剧种。

长沙花鼓戏形成并流行于旧长沙府的十二属县——长沙、善化（今望城）、湘阴、浏阳、醴陵、湘潭、湘乡、宁乡、益阳、安化、茶陵、攸县等地，以长沙官话为统一的舞台语言，是湖南花鼓戏中流传较广、影响较大的一个剧种。

长沙花鼓戏来源于民间歌舞说唱艺术。清代中期以前，长沙一带盛行"地花鼓""花灯"和"竹马灯"。清代中叶以来，花鼓戏逐渐流传开来。

长沙花鼓戏这种戏曲形式，一经形成，便受到了广大人民群众的喜爱。旧时各地名称不同，宁乡一带称之为"打花鼓"，浏阳各乡称为"花鼓灯"和"竹马灯"，长沙望城一带和醴陵地区称其"采茶戏"，20世纪40年代，有人称之为"楚剧"。乡间则统称为花鼓班子，以班主命名，诸如得胜班、土坝班、大兴班等。

长沙花鼓戏脱胎于湘中各地的山歌、民歌和民间歌舞，是在丑、旦歌舞演唱的"对子花鼓"基础上发展形成的。

长沙花鼓戏的发展，其历史可分为三个阶段：

一是"两小戏"阶段，这是长沙花鼓戏的雏形。与丑、旦歌舞演唱的"对子花鼓"既有联系又有区别。

第二阶段是"三小戏"阶段,这是花鼓戏正式形成最具特色的阶段。时间大约在清代道光至同治年间(1821年—1875年)。"三小戏"是"两小戏"的发展,在丑、旦演唱的基础上,加入了小生行当,使花鼓戏脱离了歌舞演唱的旧套。

"多行当本戏"为第三阶段。"多行当本戏"在"三小戏"的基础上增加了生、净等表演行当,剧目也从原来以小戏或折子戏为主而逐步变为搬演完整故事的大戏。在这个阶段,长沙花鼓戏的声腔得到了完善,剧目进一步扩大,角色行当进一步发展,成为一种表现力丰富、生活气息和地方特色十分浓郁的地方戏曲剧种。

长沙花鼓戏的演出剧目较多,保留下来的共有336个。这些剧目大多为劳动人民和艺人集体创作,故事多取自民间传说、神话故事、通俗话本和社会生活;描写对象多为劳动人民、书生公子、官吏商贾,以渔、樵、耕、读为主;表现内容上多为反对封建的伦理道德,追求婚姻自由,要求个性解放,提倡朴素的伦常美德、惩恶扬善,歌颂劳动人民的生活和理想等主题。

在表现形式上,长沙花鼓戏剧目大多以载歌载舞、短小精悍见长。特别是那些生活气息浓郁、轻松活泼的喜剧和嬉笑怒骂、泼辣热闹的闹剧很受观众的欢迎。

长沙花鼓戏剧本语言生动,从民谣、民歌、俗语、歇后语中提炼对白和唱词,有时甚至就以极其朴素的生活语言入戏,通俗易懂,皆大欢喜。

长沙花鼓戏表演上既承袭了民间歌舞中的扇舞、手巾舞、矮子步、打花棍、打酒杯等表现手法,又从劳动生活中提炼了一些表现力极强、特色鲜明的表演程式,如犁田、使牛、推车、砍柴、绣花、喂鸡、纺纱等,惟妙惟肖,美不胜收。

长沙花鼓戏生于乡间,长于农村,各地不同的民间艺术、民俗、乡音土语,滋养了它丰富多彩的艺术流派和特色相异的艺术风格,形成了不同的艺术"路子"。

这些不同的流派和"路子",不仅有其班社、艺师和代表性的艺人,而且拥有风格不同的剧目、声腔表演以及音乐。

作为一种民间艺术形式,长沙花鼓戏在中华人民共和国成立之前,长期受到统治者的禁演。中华人民共和国成立之后,艺人们迎来了长沙花鼓戏蓬勃发展的春天。经过几代艺术家的努力,在党和政府的关心支持下,长沙花鼓戏从内容到形式都发生了巨大的变化,得到了全面提高。一批内容健康、艺术性强的传统剧目经过改编整理,重新搬上了舞台。其中经过改编的《刘海砍樵》于1952年参加了第一届全国戏曲观摩演出,获得了剧目奖和演员奖。

艺术家们发挥花鼓戏贴近现实生活的特长,创作了一批反映现实生活的现代戏,其中《打铜锣》《补锅》《烘房飘香》《双送粮》《骆四爹买牛》《牛多喜坐轿》《八品官》《啼笑姻缘》等剧目深受广大观众的欢迎。

1983年,湖南省花鼓戏剧院排演的神话剧《刘海砍樵》,应华美协进社邀请,赴美国纽约、华盛顿演出,《华侨日报》《华语快报》《纽约时报》等均载文评论,祝贺演出成功。长沙市花鼓戏剧团演出的《刘海砍樵》也应邀赴日本演出，饮誉东瀛。长沙花鼓戏这一特色浓郁的地方戏曲剧种，以其绚丽的艺术风姿，自立于世界艺术之林。

邵阳花鼓戏

在湖南邵阳、娄底一带，流行着一种生动活泼的地方小戏剧种——邵阳花鼓戏。

邵阳花鼓戏旧称花鼓和花鼓戏，兴起于旧时邵阳县境，20 世纪 50 年代开始称为邵阳花鼓戏。

这个剧种主要流行于现在的邵阳市和邵东、新邵、邵阳、隆回、洞口、新化等县市，以祁剧宝河派白结合邵阳地方语言为舞台语言。

邵阳旧称宝庆，是个文化底蕴深厚的藏龙卧虎之地，民间文化发达，歌舞兴盛。邵阳花鼓戏便是在当地民间歌舞"打对子""车马灯"的基础上发展而来。

"打对子"即"对子花鼓"，由小丑和小旦演出，小旦舞花扇，小丑走矮步，载歌载舞。"车马灯"，即一旦坐车，一丑推车，一丑骑马，同台载歌载舞。其"车""马"均用竹、绸扎制而成，系在演员身上。"打对子"和"车马灯"均以锣鼓打节奏，胡琴、唢呐伴奏。

早期邵阳花鼓戏的"二小戏""三小戏"与之十分相似。现在的邵阳花鼓戏中仍有《打对子》一剧，与旧时的民间歌舞十分相似。

据史料记载，作为一种成熟的戏曲形态，邵阳花鼓戏最迟形成于清代的道光、咸丰年间。邵阳花鼓戏的发展，经历了从"二小"（小丑，小旦）、"三小"（小丑、小旦、小生）到生、旦、净、丑四行俱备等三个阶段。

"二小戏"是在对子花鼓基础上形成的。邵阳农村，逢年过节时，都有民间舞狮子、舞龙灯、车马灯等活动，都要演唱对子花鼓。这种对子花鼓，从内容到表现形式都很简单，在这种基础上，逐步形成了有情节有故事的小戏，也形成了小丑、小旦两个角色行当。

到了同治年间，随着剧目内容的逐步丰富，剧中人物增多，才有了小生的出现，形成了"三小"行当。民国初年，一方面上演剧目不断丰富发展，一方面与兄弟剧种的学习、交流不断增加，在"三小戏"的基础上增加了须生和花脸，形成了生、旦、净、丑四行。

从风格上来看，邵阳花鼓戏可以分为东、南、西三种风格流派。东路源于"车马灯"，以川调、锣鼓牌子为主要音乐材料，艺人都是男角，多为巫师出身，一边行巫，一边唱戏。南路源于"对子花鼓"，音乐以走场牌子、小调为主，艺人女性比较多，常与踩软索的杂技艺人合班演出，或者身兼两种技艺，白天踩软索，夜晚唱花鼓。西路与南路同源，音乐上主要是小调，艺人也多是巫师出身，边行巫，边唱戏，男角为主，间有女旦。西路和南路合流得比较早，所以风格上差异比较大的只是东路和南路。

邵阳花鼓戏的传统剧目比较多。据不完全统计，大约有 230 出，其中属于走场牌子系统的有 40 多出，属川调系统的有 76 出，属各类数板系统的有 60 出，小调系统的有 50 多出。它们形成于不同的历史时期，大致可以分为"二小戏""三小戏"和多角色戏三种。"二小戏"只是一丑、一旦演出，主要的剧目有《打对子》《摸泥鳅》。"三小戏"在"二小戏"的基础上增加了小生，代表剧目有《兄劝妹》《送表妹》。多角色剧目则有《洪基遇退》《卖花记》等。

从风格流派来看，南路戏以"二小戏""三小戏"为主，《娘送女》《打鸟》《下南京》等为其代表剧目；东路则多演多角色剧目，并长于表现神道故事，《桃源洞》《雷打皮冬瓜》等为其代表剧目。

邵阳花鼓戏的音乐，孕育于当地的山歌和民间小调，在形成和发展的过程中，又受到说唱音乐、宗教音乐、祁剧音乐的影响，共有 560 多首曲牌，分为川调、走场牌子、锣鼓牌子、小调四类。走场牌子、锣鼓牌子具有轻松活泼、热烈欢快的特色；川调则高亢激越；数板、垛子如说如诉；民间小调和丝弦小调丰富多彩、地方风格很浓。其过场音乐可分为民间吹打乐和丝竹音乐两类。打击乐受祁剧影响较大，锣鼓点子基本上同于祁剧，但又有变化，演奏风格更加花哨和细腻。

邵阳花鼓戏的表演艺术，具有生活气息浓郁、歌舞性强的特点。唱走场牌子和锣鼓牌子的戏，更是载歌载舞，如《打鸟》中三毛箭的矮子步、《摸泥鳅》中的摘棉花、《双背包》中的霸王鞭、《打草鞋》中的板凳龙、《双盗花》中的旦丑"盘花"、《磨豆腐》中的夫妻推磨，以及《摸泥鳅》中三伢子摸泥鳅时探、摸、惊、滑等表演，都在浓郁的歌舞气氛中显露出生动的泥土气息。

因为邵阳花鼓戏的传统剧目大都是表现农村生活题材，以"三小"戏为主，因此，其最有特点的表演主要体现在小丑、小旦、小生三个行当之中。如丑角的矮子步、口子劲、油子扇、褡子裙，旦角的跷步、云步，小生的跳步、半跷步、慢蹲步、十字步、前倾步、后倾步等，这些表演程式与挥扇、耍巾相配合，可以看到明显的民间歌舞的痕迹。有的表演程式则是从农村的劳动生活里直接吸收和提炼出来的，如打铁、推磨、犁田、踏碓、摘棉花、摸泥鳅等，生活气息浓郁，喜剧色彩突出，载歌载舞，颇具特色。

旦角的手巾技法丰富多彩，如投巾、抛巾、舞巾、搭肩巾、望浪巾、指巾、理边巾、遮羞巾、扑蝶巾、媚巾、搭巾、摆巾等，多姿多彩，精彩绝伦。

另外，小生的扇子技法也很有特色，如托扇、摇扇、遮扇、扑扇、圈扇、颤扇、背扇、抛扇、丢扇、收扇、夹扇、退扇、指扇、唤扇、端扇、思扇、潇洒扇等，可以表现人物各种不同的思想感情。

早期的邵阳花鼓戏，多为"社火"性演出，逢节庆和游傩、庆娘娘之类的宗教活动的乡间盛会，即临时邀集，在禾场、草坪演出，都是些业余班社。清咸丰年间，出现了半职业及职业班社，成员多为手工业者、农民、巫师等，他们农忙务农，农闲从艺，有的则是边行巫边唱戏，演出也多在县郊及乡镇。有些职业班社，则终年奔波，行程远涉贵、黔、赣、鄂、滇、蜀境内部分城乡，人称"江湖班"。

在湖南的民间小戏中，南路的邵阳花鼓戏是最早拥有女艺人的，而且为数不少，从清代咸丰年间的元姑娘开始，到民国末年，有名的从艺女艺人先后有 20 余人。女艺人的产生，促进了旦行表演艺术如手法、眼法、步法、扇子功、手巾功的丰富和发展。

邵阳花鼓戏的演员中，有不少一人兼学当地的地方大戏——祁剧。兼唱祁剧的戏班称为"半戏半调"，或称"阴阳班子"，一些大型剧目如《金龙探监》《秀英下山》等都是从祁剧吸收移植过来的。净行和正生、老生戏的发展，戏白和阴阳嗓的运用以及各种手法、步法的丰富和讲究，也都受到祁剧的影响。

中华人民共和国成立之后，中国共产党和人民政府重视邵阳花鼓戏的艺术发展，先后在邵东、新邵、洞口、绥宁等县建立了五个专业剧团，拥有了王佑生、李鸿钧、陈明生等一些在湖南省有影响的名老艺人，并培养了一批有一定艺术造诣的中青年演员，挖掘、整理出了《打鸟》《磨豆腐》《送表妹》《摸泥鳅》《金钏会》等有影响的传统剧目，新编了《装灶王》《对脚迹》等古装戏。

1956 年和 1958 年，王佑生随湖南省戏曲艺术团先后在北京怀仁堂和武昌为党和国家领导人演出《打鸟》，受到亲切接见，并得到戏剧界名人梅兰芳、田汉、周信芳、欧阳予倩等的赞赏。20 世纪 70 年代末，邵阳市花鼓戏剧团演出的《装灶王》《摸泥鳅》《对脚迹》等剧目，由中央电视台录像，同年，《对脚迹》《摸泥鳅》由长春电影制片厂拍成彩色影片。

现代戏的创作也取得了辉煌成果，《张谦参军》《韩梅梅》《炉火更旺》《青春的旋律》《乐朝天做媒》等一批剧目，参加湖南省历届戏曲会演，均获得奖励和好评。

通过改革和创新，邵阳花鼓戏的舞台艺术有了较大发展。表演上加强了武功训练，发展丰富了形体功和水袖功。音乐上借鉴板腔体，发展板式，改良乐器，加强了音乐的表现力。建立了正规的导演、排练制度，演出质量不断提高。

常德花鼓戏

常德花鼓戏，是一种很有地方特色的湖南地方小戏剧种。流行于沅水、澧水流域以及湘北鄂南毗邻地区。如常德全区、益阳、湘西、怀化的部分城镇，湖北南部的公安、石首、松滋、长阳、五峰、鹤峰等地。

在常德花鼓戏流行最盛的常德地区，古为三苗、南蛮之地，自古巫风昌盛，三闾大夫屈原曾在这一带改歌词、附巫音、作《九歌》之曲，民间巫傩之风，绵延不绝。明中叶以来，常德一带民间歌舞活跃，蕴含楚文化的各种民间艺术形式，为常德花鼓戏的形成与发展提供了丰厚的艺术土壤。

据记载，清代道光初年，常德花鼓戏已有了上演夜戏的戏班。1983 年春，从常德石门县唐代建筑夹山寺残碑中，发现了记载清代中叶常德花鼓戏活动的可靠记录。

常德、桃源、汉寿一带俗称常德花鼓戏为"灯戏"和"喀喀戏"，津市、澧县、临澧一带叫"花鼓戏"，石门、慈利、大庸叫"杨花柳""柳子戏"或"下河戏"。

20世纪50年代初，演出该剧种的一些专业剧团曾一度命名为"楚剧团"，不久，复称"花鼓戏剧团"。该剧种也正式定名为常德花鼓戏。

常德花鼓戏的演出历史较长。早在清嘉庆年间，常德府各地新春灯节时，便已有了"采茶灯曲"的演唱活动。最初演出的多为以小丑、小旦为主角的"二小戏"，和以小生、小旦、小丑为主角的"三小戏"剧目。如石门的《瞧相》、桃源的《捡菌子》、常德的《圆脚盆》等，保持了载歌载舞的当地花鼓风格，简单的剧情中，常夹演"盘花""采茶""望乡"等灯杂曲。石门、汉寿等地多伴随舞狮班子和玩龙班子；桃源、澧县又常在还傩愿中演出，故称愿戏。

常德花鼓戏的声腔，最初是打锣腔。在演唱形式上，是"一唱众和，不托管弦，锣鼓帮腔"。最初的演出形式，是丑角、旦角唱着打锣腔和小调，进行载歌载舞的简单的故事表演。

清代沿沅、澧二水而入的川调形成的琴腔正宫调，加速了常德花鼓戏表演、音乐等程式的发展。四川传人的梁山调，与当地的民间音乐、宗教音乐和戏曲音乐相结合，形成了具有常德花鼓戏特色的声腔正宫调，并以其曲调的可塑性和大筒托腔保调的功能，逐渐替换了打锣腔。声腔内含的板式变化和情绪表现上的潜力，随同大本戏的上演而得到充分发挥；大型剧目也随同声腔的成熟而在常德花鼓戏中盛行。一些大型剧目，如《刘海戏蟾》《黄金塔》《杀狗寻夫》等，经常出现在常德花鼓戏的演出中，音乐表现手段不断丰富，表演程式也逐步完善。

常德花鼓戏逐渐从丑旦歌舞演唱形式的生活小戏，成为一种行当较齐、声腔较丰富的完整、定型的戏曲形式。

常德花鼓戏的戏班组成，一般有以下几种形式：一是以巫师坛门结班，此类戏班多集中在澧水流域及沅水的桃源县；二是以行箱本家结班，多在常德、汉寿一带；三是以师承关系组合，这类戏班各地均有，而且一般在艺术上较有规模。

清代中叶以后，官府视花鼓戏为淫戏，常予以禁演。为了生存和发展，不少常德花鼓戏艺人与常德汉戏、荆河戏艺人搭班演出，组成了不少亦花亦汉、亦花亦荆的半台班。这种状况延续的时间不短，对常德花鼓戏的发展也产生了一些积极的影响，如丰富了演出剧目、完善和规范了舞台表现手段等。

常德官话是常德花鼓戏的主要舞台语言，但由于其植根于广大农村，除"半台班"受汉戏影响而较注重舞台语言的规范外，一般乡班多间杂当地方言土话。这种语言差别以及各地不同的民间音乐、宗教音乐的渗透，尤其是地方大戏剧目的不同影响，使常德花鼓戏在剧目、唱腔等方面，较明显地形成了沅水与澧水两种不同的戏路。

流行于沅水流域的常德花鼓戏，受汉戏影响较大，演出大本戏和"条纲戏"比较多，占全部剧目的1/3以上。多为半台班，并且多冠以汉戏班名。班社的流动性不大，与澧水社班交流很少。常德花鼓戏由于多演大本戏，表演与唱腔逐渐规范，清朝年间出现过一批有成就的艺人。

流行于澧水流域的常德花鼓戏，由于其主要声腔"正宫调"的风格不同，而有上河调和下河调之分。以慈利、石门为界，澧水下游各地的正宫调称下河调，音乐结构与风格同沅水一带的正宫调相似。澧水上游一带的正宫调称上河调，当地人又称柳子腔。慈利、石门则介乎二者之间。澧水流域的常德花鼓戏极少花鼓高腔戏，条纲戏和连台本戏亦不常见。

常德花鼓戏在形成和发展过程中，留下了丰富的演出剧目。据不完全统计，传统剧目大约有 120 出，其中条纲戏和连台本戏约 50 出，大本戏 35 出，其余为中、小型剧目。

中华人民共和国成立之后，常德花鼓戏移植和改编创作了大量的演出剧目。仅常德县花鼓戏剧团一家，从 1952 年至 1986 年，共移植演出了各种古装戏 54 出，现代戏 31 出；创作改编了现代戏和古装戏 15 出，有些剧目，如《嘻队长》《尤二姐之死》等，在省内、国内产生了较大影响。

在常德花鼓戏的传统剧目中，小型剧目多为丑、旦戏，情节简单，多在大本戏演出之前上演，其独家戏仅存《黄金塔》《杀狗寻夫》《西川寻父》《热水坑》《残柴烤酒》《拾银不昧》等数出。这些剧目行当齐备，程式化较强。其大本戏演出几乎全唱正宫调，剧本大多是移植或改编的。

常德花鼓戏虽然曾与汉戏同台演出，但很少演宫廷生活和杀伐打斗的袍带戏，而善于演出家庭悲剧，善于反映普通人民的生活，贴近群众的思想感情。如《贫富上寿》《讨小放回》《蓝桥会》《药茶汁》《冲老爷收租》等剧目，便是这方面的代表。

常德花鼓戏的表演，生活气息特别浓郁。一些剧目在表演程式上注重对日常生活和劳动的模拟，形成了朴实细腻的风格，如《唐二试妻》中的小旦纺纱的九个程序，《南庆犁田》中小丑赶牛下田的表演，《蓝桥会》中旦角汲水等动作，极为细腻、真实。

常德花鼓戏的主要声腔正宫调，具有表现力强、音调淳朴、结构简单、口语化、易学易记等艺术特色。它在演唱上的最大特点是，除丑角外，每句句尾均用假嗓翻高八度，在音程、音域、音色上造成一种强烈的反差。

中华人民共和国成立之后，常德花鼓戏艺术得到很大的发展。一批专业剧团相继成立，培养常德花鼓戏艺术家的各类培训也不断举行。在日常演出和各种会演、调演中，一批优秀的剧目脱颖而出。特别是 20 世纪 80 年代以来，各地农村的民间职业剧团如雨后春笋般纷纷成立，呈现了繁荣的兴盛局面。

随着时代的发展，常德花鼓戏的社会影响日益扩大。湖南人民广播电台播放了《尤二姐之死》《黄金塔》等剧的录音，《嘻队长》进京演出，获得好评。政府主管部门还专门组织了常德花鼓戏教学、录像演出，对该剧种的艺术资料进行挖掘、整理、研究，推动了常德花鼓戏艺术的进步与发展。

衡州花鼓戏

衡州花鼓戏，是湖南省的一种民间小戏剧种。各地的名称不同，在衡阳、衡南、耒阳、常宁一带称为"马灯"，攸县、茶陵一带称为"地花鼓"，安仁一带称为"花灯"，永兴江左一带也叫"花灯"，江右则叫"唱调"。中华人民共和国成立之后，曾称为衡剧，1954 年，正式定名为衡州花鼓戏。

衡州为荆楚古城，地处京广铁路要冲、两广咽喉。耒水、蒸水在这里与湘江汇合。

这里经济繁荣，文化发达。早在宋代，民间灯会繁荣。明代，歌舞、百戏又有发展，民间傩舞盛行。这里民间艺术丰富，采茶歌及其他民间歌舞广泛流传。

衡州花鼓戏便是在这些灯会歌舞、采茶歌舞、傩舞等民间歌舞基础上逐渐演变而成的。衡阳、常宁一带称之为"马灯"，便是沿用了车马灯的名称。

车马灯是当地新春正月灯会中的一种歌舞形式，人们白天走家串户，晚间张灯玩耍，在歌舞之间，还穿插一些反映民间生活的小节目。如《渔翁戏蚌》《采莲船》之类，用灯调演唱，角色也常是一旦一丑。在衡州花鼓戏的表演和音乐中，可以看到许多车马灯歌舞表演的痕迹。

在民间歌舞的基础上，逐步形成了衡州花鼓戏早期的演出形式，即一旦一丑的"两小戏"。后来为了满足观众的需要，逐渐又增添了小生行当，形成了"三小戏"。情节逐渐丰富，表演唱腔也日趋成熟。大约是在清同治年间，作为戏曲形式的衡州花鼓戏已经形成。

在形成的过程中，该剧种还受到了衡阳湘剧、木偶戏、皮影戏等其他戏剧形式的影响。在声腔、演出剧目上也多有借鉴。

宗教活动对衡州花鼓戏的形成有着重要影响。衡州境内的南岳衡山，是著名的宗教圣地，古代庙宇甚多，香火繁盛。每年七、八、九月间，民间的酬神活动十分频繁。酬神时必请师公设立法堂。这种法堂多是师公与花鼓戏艺人的合作，有的则是一套人马，穿上道袍做师公，脱下道袍是演员，乐队也是一套人马。

这种合作对衡州花鼓戏的发展有一定影响。如其"调腔"，便是由师父腔演变而来。旧时，衡州花鼓戏也常遭查禁，艺人们只得躲进大戏班中到各地演出，以至于形成了与其他剧种同台演出的状况，人称"调戏班子"。这种演出活动，有利于衡州花鼓戏在剧目、声腔以及表演程式方面的发展。

衡州花鼓戏的早期班社多为业余性质，一般基本上农忙务农，农闲从艺。中华人民共和国成立前，艺人们的社会地位极低。

衡州花鼓戏的舞台语言以衡州方言为基础稍加提炼而成，大致可依蒸水流域、沐河流域、耒水流域分为衡阳、衡山、安仁三派。其源流沿革和剧目、音乐、表演艺术大致相差不远，在表演艺术上均保持了浓厚的歌舞色彩。如《采莲》《抖傩》《砍樵》《磨豆腐》等剧目中的划船、采莲、抖傩、打柴、磨豆腐等表演身段，都是从劳动中提炼出来的。一些有特点的表演，也主要是来自民间歌舞和劳动过程的美化，如打铁、挑水、补鞋、缝衣等。其基本功训练多接近于民间武术、舞蹈训练，如赶桌、爬梯、罩鱼、肚皮功、红绸功、筷子功、碟子功、板凳功等。

衡州花鼓戏的表演具有载歌载舞、轻松活泼的艺术特点，歌舞与剧情结合紧密，有的戏的主要情节都是以歌舞形式出现。从角色行当来看，该剧种早期仅有旦行、丑行两种，后期生、旦、净、丑各行才逐渐完备。班中因人员少，演员一般一专多能，可以兼演不同行当的角色。

衡州花鼓戏保留下来的传统剧目有 165 出。其中小戏 104 出，中型剧目 35 出，大戏 26 出。从声腔分，则川调戏 126 出，锣鼓班子戏 27 出，小调戏 12 出。整个剧目中，1/3 为"二小戏"，60%是"三小戏"，大本戏较少。早期剧目为"二小戏"，题材主要来源于农村。表演农村劳动生活的剧目有《采莲》《抖傩》《蔡坤山犁田》《摸泥鳅》等；反映农村各类人物生活的剧目有《卖杂货》《讨学钱》《龚瞎子缝衣》《打皮掌》《磨豆腐》等。

这一时期剧目情节简单，思想倾向积极健康，生活气息和地方特色浓厚。中、晚期的剧目多为"三小戏"，题材更为丰富。剧目除了取材自农村生活的之外，还有取材于民间传说、神话故事以及与傩坛活动密切相关的剧目，如《孟姜女哭长城》《赶子牧羊》《大下凡》《郑板桥戏牡丹》《刘海砍樵》《大盘洞》等。还有一些剧目，如《华山救母》《玉堂春》等，则是从其他地方大戏移植而来。中华人民共和国成立之后，创作改编、整理了一批现代剧目。

20 世纪 30 年代后，由于社会动乱，衡州花鼓戏日渐衰落，班社所剩无几。中华人民共和国和成立，使衡州花鼓戏获得了新生。在政府的扶持之下，衡阳市和衡山、衡东、衡阳县、资兴、永兴、衡南、安仁、桂东、郴县等地都先后组建了衡州花鼓戏剧团，培养了一批新生力量，艺术传统得到继承和发扬。各个专业剧团创作、改编了一大批演出剧目，并对其音乐声腔、舞台美术等进行了大胆改革，使衡州花鼓戏在新的时代，展现出新的风采。

零陵花鼓戏

零陵花鼓戏，是湖南省民间小戏剧种之一。旧称花灯，或名调子，由祁阳花鼓灯和道州调子合并而成，民间歌舞为其繁衍发展的基础。1951 年初，祁阳花鼓灯艺人来零陵，组建了剧团，后来道州调子艺人加盟其间，形成了祁阳花鼓灯和道州调子的合流。1956 年，正式定名为零陵花鼓戏，现已逐渐融合，使用永州官话为其舞台语言。

零陵虽然处之僻远，但地理位置十分重要。它"居楚粤之要，踞水陆之冲，遥控百粤，横接五岭，衡岳镇其后，梅庚护其前，潇水南来，湘江北会……植、樵、渔无所不宜"。零陵地区，土地肥沃，物产丰富，民间文化繁荣，为零陵花鼓戏的产生和发展提供了十分有利的条件。

如前所述，零陵花鼓戏的源头，分别来自祁阳花鼓灯和道州调子。而祁阳花鼓灯又来自两种不同的歌舞演唱形式。一是源于民间的"车马灯"。每年正月，"车马灯"都要表演，一丑骑马在前，一旦乘车在后，有锣鼓管弦伴奏，载歌载舞，又称为"对子调"，或称"对子花鼓"。二是源于巫师的"出脸子"。祁阳有这种风俗，为求人畜平安，在立冬前要请巫师唱"庆神戏"，村村如此。庆神时，巫师戴着木雕的假面具演唱，开始是两人演唱，一人击鼓，一人坐唱。后来演员增至六人，都戴假面具，装扮判官、小鬼、土地公、土地婆、王母、笑和尚等角色，载歌载舞，相互对唱或独唱。

大约在民国初年，出脸子开始与花鼓灯同台演出。在长期的同台演出中，庆神对花鼓灯的形成与发展有很大影响，花鼓灯艺人也有由巫师出身的。

道州调子则源于民间的"戏狮子"的歌舞演唱。也是每年的正月，农村人都要演唱"狮子大调"，先舞狮子，再耍武术，最后由一丑一旦唱"对子调"，由此逐渐发展为情节简单的"狮子戏"。这种"狮子戏"便是道州调子戏的前型。

从发展历程来看，祁阳花鼓灯、道州调子分别经历了三个发展时期。

一是地花鼓时期。这是花鼓灯、调子戏的萌芽期，历时较长。主要是在禾堂坪、院子内演出，又名地花鼓。那是一旦一丑唱对子调，节目短小、情节简单；内容以表现劳动生产、爱情生活为主，曲调主要是民歌小调，表演动作也主要是旦舞手巾，丑耍油纸扇，走矮步围着旦角转圈，动作粗犷，诙谐风趣，载歌载舞，是一种典型的歌舞演唱形式。

二是草台戏时期。花鼓灯、调子在这一阶段形成，从歌舞演唱形式逐渐过渡到说唱型为主的戏曲形式。此时主要在临时扎的草台上演出，参加演出的人员有所增多，剧目仍以反映劳动生产、爱情生活为主要内容，剧中人物大多是农民、艺匠、商贩、教书先生以及家庭妇女，逐步增加了小生行当，由"二小戏"发展为"三小戏"。声腔也有所发展，增加了走场调、川调、小调等各类曲调。表演的各种程式、身段，也逐渐从家务劳动、田野耕作等日常生活中集中、加工、提炼出来，同时汲取了武术、杂技等民间艺术，充实和丰富表演艺术手段。艺人迫于生计，也兼学祁剧，因此受到祁剧影响。清末民初，移植了一批祁剧剧目，借鉴了祁剧的表演艺术，吸收了祁剧的锣鼓牌子、伴奏曲，以及高、昆、弹等音乐素材，促进了祁阳花灯和道州调子的发展。

三是城镇剧场时期。这是祁阳花鼓灯、道州调子实现合流的时期，正式形成了零陵花鼓戏，并逐渐成熟、定型。

中华人民共和国成立之后，党和人民政府支持民间艺术的发展，成立了零陵花鼓戏的专业剧团，改革了旧的陈规陋习，使零陵花鼓戏得到全面发展。

零陵花鼓戏流行于祁阳、东安、零陵、道县、宁远、江华、新田、邵阳、新宁、武冈、衡阳、常宁、嘉禾、临武、蓝山、桂阳等地，以及广东、广西、江西、贵州等省份部分地区。在悠久的历史发展中，曾与邵阳南路花鼓戏、广西桂林彩调戏、连县采茶戏、赣南采茶戏等戏曲剧种，有过艺术交流和相互借鉴。

零陵花鼓戏的传统剧目比较多，根据不完全统计，大约有150出，内容涉及劳动人民社会生活的各个方面，剧本语言通俗，形式多样。

根据声腔来分，小调类和走场调类的大多是"二小戏"，各占剧目总数的15%。川调类多为大、中型剧目，占总数的70%。其代表性的剧目有《云南寻夫》《打安徽》《赶子牧羊》《萝卜菜上寿》《拷打梁氏》《寡妇上坟》《乌英晒鞋》《贤女劝夫》《三香亲》《假报喜》等。

中华人民共和国成立后，各地编创了40余出现代戏，改编整理的传统戏有近20出。其中《云南寻夫》《红娃》《月明心亮》《响姑》等，曾先后参加湖南省的戏曲汇演、调演，获得好评。另外，还移植演出了现代戏100余出，历史戏近40出。

零陵花鼓戏的音乐，主要是由祁阳花鼓灯和道州调子的音乐合流而成，包括声乐曲和器乐曲两大部分。唱腔音乐源自山歌、民歌、小调、巫曲和说唱音乐等民间音乐，属于调子腔系，为曲牌连缀体，可分为走场调、川调、小调（分为地方小调和丝弦小调）等三大类型。伴奏音乐分为文、武二场面。文场为管弦乐，以皮琴（道县调子为碗胡）为主奏乐器；武场为打击乐，以战鼓最有特色。

在声腔运用和演奏风格上，祁阳花鼓灯、道州调子有所差别。祁阳路子多为地方小调及数板，曲调轻松活泼，旋律优美抒情；道州路子多丝弦调及走场调，曲调开朗热烈，欢快活泼。两者演奏风格也不尽相同。道州路子以呐吱腔为主，祁阳路子以弦子腔为主。道州路子以大唢呐为主奏乐器，显得高亢、粗犷；祁阳路子以皮琴为主奏乐器，显得清新柔和。

在表演上，零陵花鼓戏颇有特色。其表演形式发源于"对子调"的歌舞演唱。那种旦舞手帕、丑挥纸扇、走矮步、绕着旦转圈，相互对唱的表演形式，显得十分生动活泼。

矮步、扇花是零陵花鼓戏表演艺术最重要的基本功。随着剧目内容的丰富，基本功也不断发展，从矮步的基础上发展了踢步、翘步、踮步、滑步、起伏步等各种步法。扇花从开扇的基础上发展了收扇、腰花扇、头花扇、展翅扇、抛扇、平铺扇等各种扇花。

从一种歌舞性的演唱形式，发展到唱、做、念、打等艺术手段综合运用的戏曲形式，零陵花鼓戏反映生活的内容日渐丰富，其表演程式也从原来纺妙织布、穿针引线、喂鸡赶狗、开门扫地、挑帘挂画、耕地犁田、挑水砍柴等家务操作和田间劳动的日常生活中，提炼出了一批表演内容更为广阔，与手、眼、身、法、步相配合的艺术功法。

由于政府的扶植和支持，零陵花鼓戏得到了很快发展。组建了几个专业的演出团体；通过多种方式，为零陵花鼓戏培养了多方面的艺术人才；通过挖掘传统和重新创作，进一步丰富了上演剧目；传统的音乐曲调得到继承和发展；表演艺术得到了提高；演出设备和设施也得到了改善。在新的时代，零陵花鼓戏获得了新的艺术生命。

岳阳花鼓戏

岳阳花鼓戏又称花鼓子，是湖南地方戏曲中的一种小戏剧种。它兴起于岳阳、临湘的新墙河畔，在新墙河流域的民间歌舞基础上发展而成。以今岳阳、临湘一带地方语言为舞台语言，流行于岳阳、临湘及湘鄂、湘赣毗邻的数县。20世纪50年代正式定名为"岳阳花鼓戏"。

新墙河沿岸人口稠密，土地肥沃，盛产鱼米，人称"鱼米之乡"，是沟通岳阳、临湘、平江三县的主要航道。新墙河两岸经济繁荣，民间艺术十分兴旺。

新墙河流域，战国时属楚，为屈原放逐之地，楚文化的影响很深。这里很久以来就流行着许多地方风俗音乐，如喜庆祭祀音乐、宗教音乐、民歌、山歌等。这里还流行"扎故事"的民间艺术和击鼓娱神的歌舞——"楚鼓"。

上述这些新墙河流域的地理、政治、历史、文化、民间艺术等各方面的情况，许多年来互相影响，为岳阳花鼓戏的发展形成，提供了良好的条件和坚实的基础。

据有关史料记载，岳阳花鼓戏的形成与发展大致经历了这么两个阶段：一是萌芽阶段。嘉庆八年（1803年）《巴陵县志》载："元旦后二日，乡人迎傩，歌舞达旦……金鼓喧唱，遍历乡村；十六日乃罢。"这一"金鼓喧唱"的歌舞，俗称地花鼓，其声腔为一唱众和，唢呐锣鼓伴奏。这便是岳阳花鼓戏的雏形。从现在岳阳花鼓戏传统剧目中，还保留着的《五痴》《五展》《十送》等剧目中，我们可以看到那种对子歌舞演唱形式的影子。

二是成熟、成型时期。同治十一年（1872年）《巴陵县志》记载："乡民搬演小戏，终岁不休……"这时的岳阳花鼓戏已是比较成熟的小戏剧种了。从同治时盛行的"小戏"开始，到光绪时角色、行当的日益丰富，岳阳花鼓戏进入了逐步完善的阶段。

岳阳花鼓戏在剧目、音乐、表演艺术等方面，特色十分鲜明。

岳阳花鼓戏的传统剧目不少，据不完全统计有123出。其中锣腔剧目72出，包括19出为专用锣腔散曲演唱的"二小""三小"戏，53出用锣腔正调演唱（多属大型剧目）。51出琴腔剧目中，34出为"单句子"一腔到底的剧目；17出用"单句子"结构曲调或"单句子"与"夹句子"混合使用曲调演唱。

"单句子"剧目情节完整，多为大、中型正剧，如《郭巨埋儿》《曹安杀子》《经堂变牛》《五娘行孝》《打刀救母》等，这些剧目大多是随川调传来的。

岳阳花鼓戏的传统剧目，大多取材于民间生活和神话、传说。其中早期的"二小""三小"戏，大都是表现劳动人民的劳动和爱情等内容，泥土气息浓厚，生活情趣丰富。一些多角色的大本戏，具有反抗封建道德、追求婚姻自由以及惩恶扬善的内容。这些传统剧目，通俗易懂，具有浓郁的地方特色和生活气息。

岳阳花鼓戏的表演艺术，是在民间对子歌舞的基础上发展起来的，具有浓郁的生活气息和真实、细腻的艺术特点。小旦行有"三娇""三妖""三俏"等刻画人物的表现手段和优美动人的扇子功等，表演套子多，规范化程度比较高。

岳阳花鼓戏演员十分注重扇子功的练习与运用，有"无分天气寒暑，扇子不离身边"的戏谚。它是小旦、小丑、小生必练之功，其中小旦的扇子功更为突出。

岳阳花鼓戏的声腔，分为锣腔（打锣腔）、专用锣腔散曲和琴腔三类。

锣腔——属于曲牌体结构，是在"一人起唱，众人和腔"的民歌、山歌基础上形成的，起初为锣鼓伴奏和人声帮腔，20世纪50年代增添了伴奏过门和伴奏乐器。它又分为南路锣腔和北路锣腔。南路锣腔情绪柔和，旋律流畅，板式变化比较灵活，适应性强，善于表达各种情绪，运用比较广泛。北路锣腔，是在南路锣腔基础上，受沅、澧流域酬神和宗教音乐的影响而派生出来的，它的情绪凄切伤感，板式变化不多。

专用锣腔散曲——大都为"二小"和"三小"戏保留下来专用于某一剧目的曲调，多依从剧目命名。这种民歌体结构的曲调，一唱众和、旋律轻快活泼，音乐形象鲜明，多保持着民族歌舞、说唱形态。

琴腔——湖南统称川调，由瓮琴等丝弦乐器伴奏，它是由外来声腔与本地方言相结合而演变成的。

岳阳花鼓戏的伴奏乐器，以瓮琴（20世纪50年代后改用大筒）、唢呐为主，它的过场曲牌和锣鼓点子，绝大部分来自巴陵戏。

中华人民共和国成立之前，岳阳花鼓戏没有固定演出团体，艺人农忙务农，农闲从艺，班社临时组合。艺人们长期在农村的草台之上演出，舞台设施简陋，衣食亦无保障，艺术发展更加缓慢。

中华人民共和国成立后，岳阳花鼓戏得到了人民政府的重视和关怀，艺术传统得到发扬，艺术水平得到提高，整个剧种得到较大发展。在政府的支持下，岳阳花鼓戏建立了固定的剧团，改变了半农半艺、自生自灭的农村班社状况，艺人们成了国家的主人。政府文化主管部门还举办文艺学校，培养了一批批岳阳花鼓戏演员、乐手，提高了从业人员的思想、艺术素质。通过各种各样的交流学习机会，岳阳花鼓戏在艺术上得到了很大改革和提高。

根据表现新生活的需要，岳阳花鼓戏整理改编了一大批传统剧目，如《补背褡》《牛郎织女》《游春》《思夫》等，取得了良好的效果。

通过参加省里、地区的历次戏剧会演，岳阳花鼓戏的表演水平迅速得到提高。他们改编的《补背褡》一剧参加湖南省第二届"戏曲观摩会演"获奖后，第二年作为湖南戏曲艺术团剧目进京汇报演出。他们还创作和移植上演了一批现代题材剧目，如《铁树开花》《月上柳梢头》等，观众反响强烈。其中，《看水库》一剧，参加了全省现代戏曲展览演出，受到好评。

20 世纪 50 年代后期以来，先后移植上演了《骆四爹买牛》《不能走那条路》《三里湾》《琼花》等剧目。这些现代戏的演出，促进了岳阳花鼓戏在编剧、导演、表演、音乐、舞台美术等方面的革新和发展，提高了剧种的整体艺术水平，增强了岳阳花鼓戏表现现代生活的能力，显示了这一古老艺术的现代风采。

花灯戏

花灯戏是湖南的一种民间小戏剧种，是由民间歌舞——花灯、茶灯、地花鼓和"调子"发展而成的民间戏曲剧种，主要包括湘西花灯戏、以平江花灯戏为代表的湘北花灯戏和以嘉禾花灯戏为代表的湘南花灯戏。

关于花灯、茶灯、地花鼓等民间歌舞演出的盛况，明、清两代的湖南地方志书有许多记载。其演出形式大体为两种：一是有人物故事的"丑、旦剧唱"，被称为地花鼓、竹马灯、打对子和对子花灯等；二是"联臂踏歌"的集体歌舞，习惯称为"摆灯"和"跳灯"。

这些地花鼓、花灯等民间歌舞形式，经过长期的演变，有的吸收戏曲的程式规律，逐渐发展成花鼓戏；有的则较多地保持着花灯的歌舞特点，搬演戏曲故事，被称为"灯戏"和"花灯戏"。

由于各地自然地理环境的差异和历史、政治、经济、文化发展的不平衡，也由于流布地域的方言、音乐素材和风格以及受邻近姊妹艺术影响的不同，各种花灯戏在剧目题材、声腔结构、表演特点上都各有特色，发展的历史过程也不尽相同。

湖南花灯发展成为灯戏的，以湘西花灯戏、平江花灯戏和嘉禾花灯戏为代表。下面就对这些不同的花灯戏做些介绍。

湘西花灯戏，流行于凤凰、麻阳、芦溪、沅陵、吉首、古丈、桑植、大庸、保靖等县市，民间习惯称为麻阳花灯、桑植花灯、保靖花灯等，它们都是同阳戏、傩戏相结合发展成的花灯戏。

湘西花灯戏前身——花灯，因脱胎于灯节赛会而得名，吉首叫"调花灯"，桑植叫"打花灯"，永顺叫"地花灯"，跨阳、会同一带称"地故事"，也叫"玩调子"，麻阳、凤凰水田一带则因在演唱《十二月采茶》《采茶调》时，主人必须送茶，故又叫"玩茶灯"。

湘西花灯戏，是在载歌载舞的"跳灯"基础上发展形成的。开始为一丑、一旦的"对子花灯"，搬演《捡菌子》《牧童盘花》《扯笋》等歌舞两小戏；稍后又出现二旦、一丑、两旦、两丑，或多旦多丑的演出形式，剧目有《双盗花》《姐妹观花》《双采茶》和《大采茶》等，边唱边舞，活泼清新，保持了歌舞花灯的特点。

另外还有一些剧目是吸收阳戏和傩戏的。如《琴童说书》《王二卖货》《王木匠打嫁妆》《搬师娘》《搬先锋》等，大部分是表现民间生活与男女爱情的小戏。

花灯在形成了载歌载舞的形式以后，艺人们经过多年实践，将生活中的各种动作和民间武术加以艺术加工，创造和发展了风格不同的文、武花灯。文花灯秀丽洒脱，武花灯健美刚劲。

湘西花灯戏初步形成，并首先出现在今凤凰、麻阳一带，是在清咸丰、同治年间。当时，阳戏、傩堂戏、辰河高腔、常德汉剧班已在湘西的一些地方演出，给花灯一定的影响。于是以歌舞演唱为主的花灯在内容上有了新的发展，即将民间故事和其他剧种编的剧目改为花灯戏演唱。如《香莲闯官》《山伯访友》《陈姑赶潘》《尼姑思凡》等，虽然演出形式仍是边唱边舞，但歌词内容却已是叙述故事。在花灯演唱的基础上，艺人们又来了一次较大的突破，开始把民间生活与男女爱情等内容改编为有歌舞也有表演，有唱也有说的花灯戏。这种小戏剧目有《上茶山》《捡菌子》《扯笋》《单盘花》《双益花》等，从形式上开始了歌、舞、剧的结合。虽然这些剧本的情节和人物形象都还比较简单，但是从总体上看，它已经形成初具规模的花灯戏。

湘西花灯戏的唱腔曲调，多源于民歌、小调。对子花灯和花灯小戏的唱腔多半套用灯调，曲调保持民歌的结构特点，戏曲化程度不高。由于题材的不断扩大，行当增多，唱腔曲调则广采博纳，融阳戏、傩戏、曲艺、高腔以及其他戏剧剧种曲牌于一炉而综合发展。

平江的花灯戏原名"灯戏"，外地也有称之为"平江花鼓戏"的，是湘北花灯戏的代表。

湘北花灯戏的形成和发展有几个比较明显的特征：一是带有即兴发挥性的表演，不少剧目中，几乎都是笑、逗趣，人物多为一丑一旦，或一丑二旦，丑和旦的表演任其自便，可从平日的生活和演出现场汲取笑料，进行表演；二是仍具有花灯表演的痕迹；三是吸收了说唱艺术的说和做——平江历来有渔鼓、连花闹、颂春、赞土地等说唱表演，通过说唱来介绍故事，这些都体现在平江花灯戏中；四是从民间歌舞中汲取表演技巧——平江有古老的狮舞、龙舞、巫舞及民间的踩龙船、扎故事等，湘北花灯戏的舞蹈动作就吸取了这些民间舞蹈的精华。

平江花灯戏，流行于平江县境及浏阳东乡一带，以歌舞形式演出叫地花鼓；以戏剧形式演出则称花灯戏，即平江花灯戏。无论是地花鼓还是花灯戏，至今都保持着载歌载舞的特点。

平江花灯戏的剧目有100多出，大多与花鼓戏相同，如《梁祝姻缘》《贫富拜寿》《三赶春桃》《蓝桥挑水》《蔡昆山犁田》《断机教子》，以及小调戏《四郎反情》《洒金扇》《张三守花》等。

嘉禾花灯戏，也就是湘南花灯戏，流行于春陵河两岸的嘉禾、桂阳、宁远、蓝山、新田、临武、郴州等地。桂阳叫"对子调"，郴县称"地花鼓"，嘉禾叫"花灯"。

嘉禾民歌、伴嫁歌等民间艺术形式对湘南花灯戏的形成影响很大，所以嘉禾花灯戏是湘南花灯戏的代表。嘉禾有喜爱歌舞的传统，青年人择偶，有女坐歌堂、男唱对子调的习俗，并以此为择偶条件。

湘南花灯由当地的民歌俗调，发展成为丑旦对唱，进而演人物故事，经历了漫长的发展过程。它开始是伴随龙灯狮子表演，后来受到地方大戏剧种的影响，故事情节逐渐丰富，"对子调"才演进为有小生、小旦和小丑的"三小"戏。后来通过进一步吸收借鉴其他剧种尤其是祁剧的艺术传统和剧目，才逐渐形成了体系比较完备的湘南花灯戏。

嘉禾花灯戏的剧目有100多出，其中有轻松活泼的农村生活小戏，如《看花》《打鸟》等，更多的则是反映家庭生活和民间故事的整本戏，如《苦茶记》《金钏会》《打铁》《刘海戏蟾》等。此外，酬神还愿，也演岳爷、观音等连台本戏，袍带行头及唱调均借助祁剧。唱腔曲调已收集到的有140多首。

花灯戏来自民间，剧本人物少，情节比较简单，唱词和道白通俗易懂，唱腔都是吸收民歌小调的特点，欢快明朗，表演动作活泼风趣，歌舞味很浓，多以表现生活的小喜剧见长，充满了泥土的芬芳。演出上，服装、道具、乐器等装备都比较简单，适合在农村乡镇演出。

湘西、湘北花灯戏没有很明显的艺术流派的分别，湘南花灯戏分为河东、河西两个艺术路子，两路在各自的历史发展过程中，形成了各自的班社和艺人骨干，剧目、表演、音乐上也各有特色。

剧目方面，几种花灯戏也各有特点。湘西花灯戏的传统剧目比较少，流行比较广的有《捡菌子》《盘花》《扯笋》《王三卖货》《卖花》等。湘北花灯戏的剧目比较多，主要来源于以下几个方面：一是灯戏艺人集体创作的剧目——艺人们从民间故事中取材，编出以劳动人民生产、生活为基本内容的剧目，如《林三守花》《麻姑姐姐过江》《张三查姐》等。二是艺人们依据传统剧目移植、改编的一些剧目，如《包逐破案》《宋江杀惜》《刘海戏蟾》等。湘南花灯戏随着自身的不断完善和发展，剧目也不断增多，历代艺人从社会生活和民间故事中吸取素材，创作了不少剧目。

此外，花灯戏在湘南乃至粤北一带流传，与其他剧种在交流吸收移植的过程中也丰富了花灯戏的剧目。据不完全统计，湘南花灯戏传统剧目有130多个，其中大戏59个，中型戏33个，小戏剧目40余个。此外，还有对子调节目40个。

音乐方面，湘西花灯戏声腔的主要来源是灯调，同时，也大量运用民歌小调为戏中的唱腔。20世纪60年代以来，随着专业剧团的相继建立，剧目空前丰富，音乐也从主要为曲牌体发展为曲牌体、板腔体和综合体三者并存的音乐体制。吸收了丰富的打击乐，增强了音乐表现力，使戏曲化程度得到新的突破。

湘北花灯戏声腔分正调和小调两大类，另外还有一种古老的尺调，仅一支曲子。伴奏乐器分为文、武场面，有大琴、套胡、战鼓等。

湘南花灯戏音乐源于当地民歌、小调及其他民间歌曲。在形成和发展过程中，吸收和融化风俗音乐和外来的曲调，如河西派就直接套用祁剧音乐曲牌，或将其乐句、乐段融入花灯曲中。湘南花灯戏总计约有花灯曲牌两百首，分为小调、路调、正调三类。湘南花灯戏的过场音乐可分为吹打曲牌和丝弦曲牌两种。湘南花灯戏的打击乐源于当地民间的打击乐，随着花灯戏艺术发展，引用和变化了一些祁剧的锣鼓点子。

在表演艺术、角色行当、舞台美术方面，这三种花灯戏也各呈特色。湘西花灯戏在表演艺术上继承了花灯歌舞的"套子""图字"及千姿百态的扇法、幽默风趣的矮桩身段。艺人们在长期的艺术实践中，把各种飞禽走兽、花鸟虫鱼的不同动态，经过提炼加工，艺术地体现在这些"套子"和"圈子"中，如"骂笃伸颈""糖蜂采花""懒蛇缠腰""蜻蜓点水""兔儿望月""野猪戏虾""隔帘相见""美女纺纱"等，这些都是湘西花灯戏表演艺术的宝贵财富。

传统的湘北花灯戏的行当角色分工比较简单，直至引入大戏剧目之后，才有了净行，主要行当为丑和旦。湘南花灯戏由"二小""三小"戏，进而发展到角色行当生、旦、净、丑俱全，受祁剧影响比较大，吸收了部分祁剧表演技法。传统的嘉禾花灯戏，化妆简单，不用油彩，只用水粉和胭脂，服饰也极为简单。

中华人民共和国成立前，湖南花灯戏发展很缓慢，统治者把花灯和花灯戏视为"淫戏"，屡屡禁演。中华人民共和国成立之后，实行了"百花齐放、百家争鸣"的文艺方针，花灯戏得到新生和发展。湘南花灯戏对传统剧目和音乐进行了收集整理，并创作了一批新剧目，提高了演出质量，涌现出了《画线》《十月花》《张木匠和妻》《十月小阳春》等一批优秀剧目，参加省、地级会演。

湘北花灯戏也得到了很大的发展。他们创作的《乳水交融》《观灯》《送香茶》《剪窗花》《今年七月七》《菊花诗》《还魂香》等大批优秀新剧目，多次参加省里和市里的演出，获得好评。

湘西花灯戏也呈现出蓬勃发展的局面，吉首、凤凰、麻阳、桑植、保靖、大庸等县市的业余花灯戏剧团演出非常活跃。

近些年来，湖南花灯戏又有了许多新发展。专业和业余剧团艺术水平不断提高，政府部门也经常举办一些培训班，为湖南花灯戏培养各方面的艺术人才。花灯戏艺术工作者通过深入生活，不断创作出一些反映现实生活的新编剧目和挖掘整理出一些具有新的思想内容的传统剧目，为湖南花灯戏艺术的发展做出了新的贡献。

侗　戏

在湖南、贵州、广西三省份的毗连地区，居住着我国的少数民族侗族。当地活跃着一种深受侗族人民喜爱的少数民族戏剧形式——侗戏。

侗族是一个历史悠久，能歌善舞的民族，拥有源远流长的艺术传统和丰富多彩的传统文化。

侗族大歌一领众和，开阔畅朗。"哆吔"，是一种集体舞蹈，明快庄重。芦笙舞自吹自跳，矫健优美，热情奔放。还有一种怀抱琵琶自弹自唱的曲艺形式，称为侗族琵琶歌。主要演唱本民族的传说故事，也演唱从汉族的小说唱本中移植的传奇和演义。这些民族特色浓郁、多种多样的文艺形式，为侗戏的诞生和发展提供了一片沃土。

在清嘉庆、道光年间，贵州黎平贯洞的著名歌师吴文彩，以侗族大歌、琵琶歌为基础，吸收当地的汉族地方戏曲的程式和表现手法，最先组成侗戏班，编排剧目，穿着侗族服装用侗话演唱。这便是侗戏的开始。

光绪元年（1875年），侗戏从贵州黎平县水口区传入广西三江县高岩村后，流传更加广泛。1952年，三江县在林溪区集会，各乡剧团都来会上演出。阳烂乡侗族桂剧艺人杨正明、杨校生看了侗戏，感到十分亲切和新鲜，回来后便组织一班人，把连环画《杨娃》改编成侗戏在本地上演，受到当地群众欢迎。

l954年，阳烂乡划归湖南通道县，侗戏便在通道县流传开来，并逐渐形成了湖南的侗戏。因为侗戏是用侗话演唱，所以深受侗族人民的喜爱，因而也发展很快。1952年至l954年，仅两年多的时间里，全县便有90余个村寨组织了业余侗戏班子。

侗戏在形成、发展的过程中，亦受到了汉族地方剧种的影响。对其影响较大的剧种有贵州的花灯戏、湖南的阳戏和花鼓戏、广西的桂戏和彩调。侗戏吸收过这些剧种的一些表演程式，借鉴过它们的唱腔曲调，演出汉族古装戏，在化妆和服饰方面也参照汉族地方戏曲的传统方法。

侗戏流传的剧目较多，来源也比较广。侗族广为流传的琵琶歌、民间故事和汉族故事，都是改编侗戏的素材。汉族戏曲剧目，也经常被改编和移植成侗戏。

根据侗族民间传说故事改编的剧目有：《珠朗娘美》《刘美》《金汉》《门龙》《金俊与娘瑞》《秀银吉妹》《卜宽》《顶郎》等；根据汉族故事改编的剧目有：《陈世美》《梁祝姻缘》《李旦凤娇》《梅良玉》《柏玉霜》等；历史故事剧有：《吴勉王》《李万当》等；移植汉族戏曲的剧目有：《生死牌》《十五贯》《桃花装疯》《白毛女》等；创作的现代剧目有：《团圆》《二十天》《一个南瓜》《杨娃》《好外孙》等。

这些剧目故事情节与其他剧种的剧本大致相同，但基本的结构与格式却按侗戏的特点编写。

侗戏剧本词句生动，韵律严格，讲究尾韵、腰韵、连环韵，一出戏，也就是一首叙事长诗。与其他剧种比较，侗戏在这方面别具一格。

在剧本结构与表现手法方面，侗戏有着鲜明的特点。侗戏一般分场不分幕，剧中时空转换频繁，都依靠演员上下场来体现。场次分得细，一出戏通常有几十场。剧本一般是以剧中主要人物的名字来命名。如《珠郎娘美》《刘美》等。在改编汉族故事的时候，剧名也作这样的处理。如汉族戏曲《二度梅》，侗戏便改成《陈杏元》，《白兔记》则叫《刘志远》。

侗戏剧中人物很多，剧本篇幅长，每出整本戏，几天才能演完。侗戏的剧本一般以二人对唱为主，道白很少。这是因为侗戏剧本多由侗族琵琶歌改编，而琵琶歌本身就具有故事长、人物多、情节不连贯的特点。因此侗戏中有明显的说唱艺术的痕迹。

另外，侗戏的唱词在韵律方面有其独特的要求。每段唱词不仅要求尾韵统一，而且严格规定要压腰韵、连环韵。侗族人平时说话很讲音韵，侗话中的音又比汉话多。音多押韵比较容易，韵多则音乐性强，加上有趣的比喻，剧本显得流畅、生动活泼。这便形成了侗戏唱词音韵结构的特点。

侗戏音乐是在侗族民歌、琵琶歌、叙事歌、大歌和山歌的基础上，吸收汉族戏曲剧种音乐逐渐发展而成的。根据唱腔的结构和形式，可分为"戏腔""歌腔"两大类。

戏腔，以平调为主，包括其变化而成的各种腔调，还包括引进侗戏中的汉族戏曲唱腔和民间曲调。

歌腔则是由侗族民歌演变而成的唱腔。侗族民歌非常丰富多彩，有琵琶歌、山歌、牛腿琴歌、笛子歌等。这些民歌都不同程度地融入侗戏的唱腔音乐之中。在实际运用中，根据剧情的发展需要，也有将"戏腔""歌腔"综合运用的。

侗戏的戏腔和歌腔都是用大嗓演唱，词句的长短、侗语的音韵变化，影响着腔句长短和旋律的变化。侗戏的唱腔，多用侗语演唱，有的地方也用地方方言——汉语演唱。

侗戏的乐队包括管弦乐和打击乐两个部分。管弦乐器包括二胡、牛腿琴、侗琵琶、月琴、低胡和扬琴、竹笛、芦笙等，打击乐器则有小鼓、小锣、小钹等。打击乐器一般不用于唱腔，只用于开台和人物的上、下场。

侗戏的表演具有朴实无华的特点。其表演技艺，主要来自三个方面。一是侗族歌舞；二是从劳动和生活中提炼出来的表演程式；三是通过戏曲地方大戏剧种的演技演变过来的程式。

侗戏的角色行当有生、旦之分，但没有固定的明确的行当名称。只有丑角有比较特殊的表演程式。侗戏中的丑角，多扮演各种诙谐或狡猾的人物，在剧中的主要任务是插科打诨、活跃气氛，没有本行的当家戏，表演上比较自由、比较夸张。

侗戏传入湖南的初期，乡村不准女孩上台演戏，所以有一段时间侗戏没有女演员。后来编演现代戏，随着剧情的需要，逐步加入了女演员。

从表演风格来看，侗戏的表演比较朴实。基本的舞台调度便是两人对唱时每唱完最后一句，在音乐过门中走横"8"字交换位置，然后再接唱下一句，如此反复至一段唱词结束。这时候如果场上有两个以上的演员，便分组走横"8"字。

侗戏的表演在身段、台步、手势等方面均不与其他剧种相同，具有浓厚的侗族特点。侗戏的服饰、道具，都是本民族的日常用具，有的只是在日常用品的基础上加以美化而成。

侗戏的道白和演唱，一般都用侗语，戏师们采取生活中的有韵律的语言进行加工提炼，使舞台语言艺术化并与唱词的格律协调。因此侗戏中的道白与众不同，一般都带点韵。

作为一种很有特点的少数民族戏剧，侗戏有着自己独特的发展历史和艺术传统。侗戏很注意从兄弟剧种中吸取营养，不断丰富自己，这使得侗戏在剧本创作、音乐声腔、表演艺术等方面，不断有所突破、有所发展，成为一种深受时代和人民欢迎的艺术形式。

苗　剧

苗剧是湖南19个地方戏曲剧种中最年轻的一个少数民族剧种，是中华人民共和国成立之后新生的一种少数民族的艺术形式，1954年2月诞生于湘西土家族苗族自治州花垣县麻果场乡。

初始时，曾称"苗剧""苗语剧""苗戏"（苗语叫"戏雄"），20世纪70年代曾称"苗歌剧"，直到1982年才正式定名为"苗剧"。

湖南湘西土家族苗族自治州的花垣、凤凰、吉首、保靖、古丈、泸溪以及湘西南的城步苗族自治县、靖州、芷江、新晃等县市，是我国苗族同胞的聚居地之一。中华人民共和国成立前，他们在政治、经济、文化上都深受压迫。直到中华人民共和国成立之后，苗族同胞在政治上当家做主，经济上翻了身，民族民间的文学艺术也得到迅速发展。

1953年，湘西花垣县文化馆在麻果场乡建立了沙科中心俱乐部，并随之成立了文化站，将熟悉苗族文艺的苗族教师石成鉴调到文化站工作。

石成鉴了解苗族同胞喜爱看戏，但又没有本民族语言的戏看的情况，萌生了创立苗剧的愿望。在县文化馆的支持下，以他为主，将苗族故事《泸溪峒》改编成苗剧《团结灭妖》，交给麻果场俱乐部排演。他们用苗歌、苗语演唱，把生活动作和舞蹈、武术的动作加以发展，使之相当于戏曲形式的唱、念、做、打，于1954年农历正月初六在麻果场首次演出。

这出戏以亲切的民族语言、朴素的感情和浓郁的民族特色，受到苗族群众的欢迎，这场演出标志着苗剧的诞生。

后来，自治州文化部门加倍努力，对各苗区的民间艺人进行培训，推广苗剧。于是，苗剧便在花垣、吉首、古丈、凤凰等县广泛兴起，相继创作演出了十几个剧目。如花垣县的《龙宝三姐》、吉首县的《合作大生产》、古丈县的《石丁叭拉》、凤凰县的《神箭手》等。这是苗剧的业余演出阶段。

1958年，苗剧进入城市演出，一些专业演出团体对唱腔的发展进行各种尝试。如1958年花垣县文工团演出的《千歌万颂石昌忠》，第一次突破原始苗歌的束缚，借用歌剧的手法创腔；1965年花垣县农村文艺宣传队演出的《借牛》，第一次用戏曲的板腔手法进行创腔；1979年花垣县文工团编演的《带血的百鸟图》，以音乐创作为主，借鉴汉族戏曲唱、念、做、打等表现手段，使苗剧的艺术水平得到了进一步提高。

湘西苗族的歌舞艺术历史悠久、形式丰富，大都伴随着传统节日风俗活动而演出。如

"迎春""三月三""四月八""六月六""接龙""吃牛""还傩愿"和红白喜事等。这些节日，他们载歌载舞，还有芦笙之音与其相伴。在寨旁旷野，男女相聚，唱苗歌，男女互答。

苗族鼓舞的种类也比较多，有《花鼓舞》《双人花鼓舞》《女子单人鼓舞》《猴儿鼓舞》等。苗族的说唱也很有影响，如《吃牛歌话》《接亲嫁女歌话》等。前者是边讲边歌唱，后者是边朗诵边歌唱，或说唱、朗诵兼有，形式活泼、特色鲜明。这些都是苗剧得以诞生的艺术基础。

苗剧的流布，除了湘西自治州的一些县市之外，还扩展到湘西南的城步、绥宁等县。这两个县都有苗剧的演出。城步、绥宁两县的苗剧与湘西地区的苗剧有所不同，他们的剧目大多数是现代题材，只有少部分是根据民间故事和苗族历史故事改编的，还有少量的移植剧目。

苗剧的舞台演出语言目前尚未统一，大体上有用苗语或用汉语两种形式。专业剧团大多是用汉语，湘西自治州的业余剧团演出苗剧，都用当地苗语为舞台语言。城步、绥宁的苗剧则用汉语。

苗剧的声腔体系至今尚未形成，处于试验探索阶段。大体有三种不同的形式：一是用原始苗歌为唱腔。如花垣县麻果场业余苗剧团，从诞生至今，一直采用这种办法。好处在于简便易行，群众喜爱；不足则是规律性不强，戏曲特色也不够鲜明。

二是用汉族民间音乐为苗剧唱腔。花垣县吉卫镇古牛苗剧团常采用这种办法，他们演出的《歌献情成》一剧，大部分唱腔是用本县流行的汉族渔鼓调谱成的，有时也用阳戏音乐配曲，并有小型民族乐队伴奏，颇受本地苗汉人民的欢迎。

三是以苗族民歌为素材，创作新的唱腔。这是专业剧团和部分业余剧团，为了提高苗剧音乐的戏剧性与表现力所作的尝试。其中有四种不同的做法，有的用歌剧和歌舞剧的手法设计音乐，属于歌剧风格；有的是在民歌的基础上，借用戏曲板式节奏变化去创腔，是苗剧走戏曲路子的一种尝试；有的是在民歌的基础上发展成山歌剧，在原始民歌基础上，根据剧情及人物性格进行发展，甚至把几支同类型的曲调组合成一曲给唱腔赋予新的生命；有的则是采用民歌连接的结构形式，在唱腔中结合板式变化的变奏手法来弥补不足。

苗剧的过场曲牌，是根据苗族唢呐曲改编的。苗剧的锣鼓点也有两种来源，一是用苗族鼓舞、狮舞的锣鼓点为基础，发展成固定的锣鼓经；另一种则是吸收京剧的锣鼓点，略加变化，用地方特色乐器演奏。

苗剧乐队也分文场和武场。文场除了二胡、中胡、扬琴、三弦、笛子等民族乐器之外，还有一些苗族的乐器，如拉弦乐器"牛角琴"，这是苗剧的主奏乐器，音色明亮，音域宽广，表现力强。竹唢呐也是苗族的传统乐器，音色明亮，但音域太窄。武场面的打击乐则有土锣土钹、包包锣、竹柝等。竹柝很有特点，原是巫师的迷信工具，在苗剧中将它作为板鼓使用。

因为创立时间不长，目前苗剧还没有形成固定的表演程式和行当体制。业余剧团大多是以生活化的表演为主，略有提炼和发展，有的还吸收了汉族传统戏曲的某些表演程式；专业剧团则在苗族生活的基础上，按照戏曲剧种表现生活的特殊规律，对生活形态进行加工、提炼，正在努力创造一套具有苗族特色的表演程式。

　　演唱方法上，业余剧团与专业剧团各有不同。如花垣、吉首、凤凰一带的业余苗剧团由于采用原始苗歌为唱腔，完全保留了苗歌的独特演唱方法，不求音量大，只求掌握风格韵味，曲调简朴，多用本嗓演唱。专业剧团大多是用汉语演唱，唱腔已有较大的发展，通常采用民歌唱法与苗歌唱法相结合的演唱艺术，根据曲调的特色，采用相应的演唱方法。

　　在做功方面，苗剧还没有固定的程式，根据剧目题材和演出单位不同，表现形式也不同。农村业余剧团表演农村生活小戏时，大多是用生活化的表演，专业剧团则较多采用了程式化的表演。他们有的是直接从苗族生活动作中提炼程式，如走路、唱歌、站立等，苗族妇女走路摆手、扭腰的动作很有特色，也搬上了舞台。苗族唱歌有托腮的习惯，因此也就形成了全托、半托、假托三种程式。另外，他们也从苗族舞蹈中提炼表演程式。如跑圆场便从鼓舞中提炼出小扭腰、大摆手的动作。也有人从苗族巫师的动作中提炼出矮步、垫步等程式；另外也借鉴、吸收汉族戏曲表演程式，如亮相、抱拳、旋转、弓箭步等，融合苗族巫师的一些步法，也形成了一些有特色的苗剧表演程式。武打表演，业余剧团多以苗族武术为主，如苗拳、苗棍、苗刀。专业剧团则将汉族武打套路拆散和苗族武术融合使用。如将苗族武术的"起式"与汉族戏曲的"起霸"结合使用，或者完全借用汉族戏曲武打，如高翻、空翻、靠手等。

　　苗剧的舞台服装很有特色，不管什么行当，均以苗族现代服装为基础。但业余剧团与专业剧团、历史剧目与现代剧目之间有一定的差别。专业剧团的戏服，在苗族现代服装的基础上进行了许多改革，特别是演出历史剧目时，变化更大。

　　作为深受苗族人民喜爱的一种艺术形式，苗剧拥有深厚的群众基础和艺术根底。因为年轻，在艺术发展上有着独特的优势。通过不断学习、吸取、借鉴、创新，这个年轻的剧种，必将拥有更加青春勃发的艺术生命。

（本文作于 1999 年 10 月）

风情独具的湖南民族民间歌舞

  作为湖湘文化的重要组成部分，湖南民族民间歌舞艺术，具有悠久的发展历史和风情独具的艺术风采。据不完全统计，湖南现有近 400 个舞种，舞蹈节目多达几千个，真是丰富多彩、洋洋大观。

  湖南民族民间歌舞艺术的发展历史悠久绵长。湖南民族民间歌舞艺术之花，萌芽、生长于楚文化和湖南原土著居民文化的艺术土壤。

  历史上的湖南人有信鬼崇巫的习性。巫以及宗教活动对楚舞的形成具有重要的影响。早在春秋战国时期，伟大的爱国主义诗人屈原被放逐到湖南的沅水、湘江一带。他在这里见到了民间祭祀神祇时的歌乐鼓舞，在他的作品中，不少地方描写了当时的巫风和歌舞情形。岳阳新墙一带流行的《楚鼓舞》，是在祭祀湘水水神时表演的一种舞蹈。表演者一男一女，男的后腰插着一块长竹片，一面大锣吊在身前，另外还有二人抬着一面大鼓，表演者击鼓敲锣而舞出各种动作。在湘西居住的佤乡人中间，流传一种《跳香舞》。按八卦图形，由参加跳舞的群众按图形排列起舞，表达欢庆丰收，感谢上苍，祈愿来年风调雨顺，五谷丰登，人畜兴旺的心愿。

  隋唐以来，《绿腰舞》《白狞舞》《柘枝舞》等著名的盛唐宫廷舞蹈，也流传到湖南。唐人李群玉曾在长沙看到过南国佳人的舞蹈。他作《长沙九日登东楼观舞》一诗，描述了其时的情景。诗中说，南国佳人在长沙跳《绿腰舞》，使惯于歌舞的越女连忙收住了正在表演的《前溪舞》；以艳丽著称的吴国女子也自叹不如，不敢再表演长安《白狞舞》。这些外来歌舞与当地的楚舞和民间歌舞相融合，铸就了丰富多彩、风情独具的湖南民族民间歌舞艺术的独特风姿。

  自古以来，在湖湘大地上便居住着苗族、土家族、侗族、瑶族、壮族、回族、佤族等许多少数民族。独特的民族习性、生活方式和文化传统，构成了他们个个不同的舞蹈艺术。

  苗家舞蹈有《跳香舞》《接龙舞》《盾牌舞》《先锋舞》《茶盘舞》《傩愿舞》《渡关舞》和鼓舞、芦笙舞等。其中，鼓舞种类繁多，包含有《花鼓》《团圆鼓》《猴儿鼓》《调年鼓》《筒子鼓》，既有独舞、双人舞，也有集体舞；有男子舞，也有女子舞，真是千姿百态。

土家舞蹈有《摆手舞》《毛古斯》《八宝铜铃》《仗鼓舞》《跑马舞》《造旗舞》《团鸡舞》《梅嫦舞》《八幅罗裙》《跳丧》等。其中《摆手舞》最有代表性。"摆手"是一种祭祀活动，跳《摆手舞》是土家祭祀活动中不可缺少的活动。舞蹈中除祭祀、纪念等内容，还记录着民族发展的历史过程。

侗族的舞蹈主要有《芦笙舞》《多耶》《冬冬推》等。《芦笙舞》很有特色，曲调丰富优美，舞蹈动作变化多姿，每度中秋之夜，盛装的青年男女集聚在鼓楼坪前，举行赛芦笙会，欢歌醮舞，尽欢才散。《芦笙舞》除集体舞外，还有独舞、双人舞和群舞，表演的内容除了生产劳动和动物动作的模拟之外，还表现了民族迁徙和战斗的过程。

瑶族舞蹈主要有《伞舞》《刀舞》《盾牌舞》《羊角短鼓》《香火龙》及多种祭祀舞，其中《长鼓舞》最有特色。在瑶族盛大的祭盘王和其他一些祭祀活动中，都有《长鼓舞》的表演。

另外，壮族、佤族、回族、维吾尔族等少数民族，也都有自己风格独具的歌舞艺术形式。

湖南民族民间歌舞艺术的艺术语言，主要来自生活。一部分直接从生产劳动中提炼，具有粗犷朴实、充满生活气息的特点。另一部分以不同内容的日常生活为基本素材，经艺术提炼加工而成，如关门、照镜子、梳头、绣花、扯鞋、整鬓、掸灰、出门等。这些舞蹈动作既有生活原型，又经过了艺术加工，极富表现力，舞蹈性强，深受群众的欢迎。

再一部分是以美好的自然景色和飞禽走兽的千姿百态为本，加以艺术想象，加工变化而成，如"兔儿望月""荷花出水""坐地莲花""喜鹊望梅""鱼儿戏水"等，这些舞蹈动作形象生动，姿态优美。

中华人民共和国和成立，为湖南民族民间歌舞艺术的发展，带来了阳光灿烂的春天。在社会主义的艺术花圃中，湖南民族民间歌舞艺术之花摇曳多姿地展现着风情独具的艺术风采。

（本文作于 2004 年 3 月）

瑶族长鼓舞

长鼓舞是瑶族的一种民族舞蹈，在湖南省永州、郴州、衡阳、邵阳、怀化、湘西土家族苗族自治州等地的瑶族同胞中广为流传，以永州地区最为普遍。

关于瑶族长鼓舞的起源，在瑶族民间口头传说中有所描述。相传，很久以前，瑶族的祖先盘王一次上山狩猎，不幸被野羊撞死在空桐树下。盘王的六个儿子闻讯赶来，悲痛万分，奋力擒住了野羊，为报父仇。他们砍下空桐树做成长筒，剥下羊皮蒙其两端，是为长鼓。每逢节日，击鼓起舞而祭奠盘王。尔后，瑶族后裔沿用此仪式祭奠祖先，至今已成为瑶族的传统习俗。

长鼓舞有男女对舞和二男二女合舞两种主要表演形式。技艺最高的能在方桌上表演。四人合舞是男女错开，每人各站一方，女的持手帕，男的拿长鼓，开跳时背对观众。二人对舞则是面对面表演，各人左手拿鼓腰，右手击鼓面，每一方各击跳一次，叫作一套。表演程式是：每次击跳之前，先要做一个"大莲花"动作。一套完整之后，再"走角"变换位置。如此反复，变化有致，繁而不乱，令人目不暇接。

长鼓舞所表现的主要是瑶族人民开荒种地、砍树建房、制作长鼓三大内容，也有模仿自然形态祭祀礼仪的。再现建造房屋时，从平整屋基开始，接着砍树、锯木，直到上梁、盖屋为止，共有20多个动作。整个舞蹈动作有72套之多，每项内容前后衔接，独立成章，表现得朴实真切，情趣盎然，可以说是瑶族人民生活的叙事诗。

瑶族由于世代生活在山区，经常接触到自然界一些有趣的生态现象。他们抓住表现对象的特征，通过鼓舞的表现形式，模拟创造了一些形态生动的动作。如表现动物的"金鸡展翅""画眉跳涧""山羊反背""犀牛望月""公鸡戏猴"等；表现植物的"大、小莲花""枯树盘根""莲花盖顶"等。这些动作想象丰富，舞蹈性强，给长鼓舞增添了自然美的艺术特色。此外，长鼓舞中还有一些表现日常生活的动作，如开门、扫地、舂米、缠头巾、扎腰带、裹绑腿等，以白描的手法，对民族日常生活情景作了真实的描绘，颇有生活气息。

过去长鼓舞主要是在"还盘王愿"的民族祀典活动中表演。长鼓平时置于神龛上，当还愿需要用长鼓时，要焚香明烛才能取下使用。在悠扬的唢呐声和深沉的锣鼓声中击鼓起舞，有的还伴唱长鼓舞，通过这一活动，达到"人欢鬼乐，物阜财丰"，祈求祖先庇护。同时这也是本民族群众的一次聚会和娱乐，还是青年男女结交定情的大好时机。

春节期间跳长鼓舞的习俗由来已久。长鼓来到主家门前时，唢呐先吹"进屋牌"，舞者走进堂屋之后，主人设米酒款待，俗称吃"脱鞋酒"，然后开始表演。表演的内容多为生产劳动和建造房屋的动作，以此祝愿主家丰收和兴旺。

长鼓舞平时活动，一般都是以村寨和家庭为单位，利用农闲和喜庆、节日的时机，一边娱乐，一边传授舞蹈技艺，通过目睹身授的方式而自然传承下来。

从风格特点的角度来看，长鼓舞可以分为"文打"和"武打"两种。"武打"为身居高山峻岭中的瑶胞的表演风格，由于他们终年在深山密林中生活，从事林业生产劳动，深受艰苦环境的磨炼，养成了坚毅的性格，反映在舞蹈动作上，以粗犷刚健取胜，蹲转跳动多，变化也较复杂。而有一部分瑶胞由于住在依山傍水的岭下，以农业生产为主，生活比较安定，反映在舞蹈动作上便显得柔和而又轻快，带有微小的震动，故称之为"文打"。

长鼓舞的伴奏乐器以唢呐为主，辅以锣鼓，根据不同场合的需要，有"大吹大打"和"小吹小打"之分。在还盘王愿等隆重的祭仪中，以"大吹大打"伴奏，采用两支唢呐，配以大鼓、大锣、大钹和挽锣等打击乐器，同时还伴唱。"小吹小打"多用于喜庆等场合，一支唢呐为主，配合小鼓、小锣、钹、挽锣或抛锣等打击乐器，气氛显得活跃而又热烈。

长鼓舞歌词以叙述盘王身世和民族历史为主，包括一些劳动生活的内容。有的伴唱和舞蹈节奏和谐一致，有的和动作节奏并不合拍，只是调节气氛而已。

作为瑶族民族艺术花圃中的一枝奇葩，长鼓舞现在仍然深受瑶族同胞的喜爱。在漫长的历史发展中，出现了锣笙长鼓舞、芦笙长鼓舞、赛鼓舞等不同的形式，其表现内容和动作风格也在逐渐发生与时代同步的变化。

（本文作于 2002 年 1 月）

湘南伴嫁歌舞

在湘南的嘉禾、永州、桂阳、临武、新田、蓝山、宁远、道县等地的汉族与瑶族同胞之间，流行着一种伴嫁歌舞的婚俗。

传统的伴嫁分为两步，新娘出嫁前两晚坐歌堂伴嫁，叫"伴小嫁"。晚饭后开始唱"耍歌"，半夜即收。出嫁前夕伴嫁坐歌堂，称"伴大嫁"。入夜开始，通宵达旦，上半夜唱耍歌，下半夜唱长歌，次日黎明时跳伴嫁舞，之后新娘开始哭嫁。

伴嫁歌的内容十分丰富，或嬉笑逗耍，或传播历史、生产知识，或歌唱风俗人情，无所不包，但主要还是围绕妇女生活和出嫁而唱。如赞姐妹、颂姐、女怜娘、哭嫁妆、怨爹娘、骂媒人、嫂嫂恶、做媳难、童养媳苦、分离歌、送别歌等。

演唱的形式也多种多样，有独唱、轮唱、合唱、边说边唱、边舞边唱（伴嫁舞）、哭唱（哭嫁歌）、骂唱（骂媒歌）等。

伴嫁舞的动作多来自生产劳动和日常生活，如把盏、香火、走马、划船、卖酒、推磨、娘喊女等。舞蹈的道具也多是生活用品。如碟子、香、长板凳、破斗笠、蜡烛、茶壶、茶碗、竹量米筒、筷子、锅盖、破纸伞、长旱烟杆、长竹篙、小酒杯、四方凳等。

湘南的伴嫁歌舞以嘉禾为最盛，且流传时日甚久。明崇祯十一年（1638年）刊行的《嘉禾县志》载："嫁女前夕，女伴相聚守，谓之伴嫁。"旧时在"媒妁之言，父母之命"的封建婚姻制度下，女子出嫁往往前途莫测，祸福难料，甚至是一生悲剧的开始，所以心情是极其复杂和痛苦的。为了解除姑娘出嫁时的悲哀心情，姑娘的女伴们便在姑娘出嫁前来终夜相伴，由此而形成了伴嫁的习俗，一直流传至今。

伴嫁，是在嫁女前夕于女家厅堂举行的一种歌舞活动，谓之"坐歌堂"。湘南广大的农村在"坐歌堂"时，除了唱歌外，还要跳"伴嫁舞"。在嘉禾县，这种伴嫁舞的习俗，流传已经有很长的日子。每年正月，年轻的姑娘们都要集中到一起跟老年妇女学歌学舞。《嘉禾县志·礼俗篇》载："凡人家嫁女，吉期先二夕，坐小歌堂，族戚妇女，唱歌几度，夜半即止。先夕坐大歌堂，初则唱歌，至深夜时，以若干妇女，两手持烛，且歌且舞，旋坐新嫁娘于庭中，以哭喜声分别向四邻六舍诉别。"

在嘉禾流行的"坐歌堂"，程序一般是先由歌喉好、经验丰富的妇女唱"安席歌"，将前来贺喜的亲属、来宾安顿好席位，然后再唱"耍歌"，内容大多描写姑娘们的生活情趣，如猜谜、绣花、梳头之类。唱完之后即由年长的妇女唱"长歌"。内容为叙述妇女悲惨遭遇，是对封建礼教的血泪控诉。接着便唱"哭嫁歌"，使歌堂的悲惨气氛更浓，陪伴者无一不同情落泪。然后，再接着唱一些祝愿的歌，以慰藉新娘和家人。哭嫁歌唱完之后有一个短暂的停顿，一些中年妇女便摆设放点心的碟盏，点燃蜡烛，准备跳伴嫁舞。一位有经验的老妇女轻呼一声"来啦"，然后边唱边舞，一直跳到天亮之前，等到送走花桥，活动才算结束。

"哭嫁"和"伴嫁"来源于妇女对人吃人的封建礼教的控诉和女伴及亲友们对出嫁姑娘的亲情关怀。后来，逐渐发展成为一种农村的文娱活动和民间习俗。在湘南的嘉禾县，"哭嫁"已发展成一整套"伴嫁歌舞"，内容有安席歌、哭嫁歌、怨娘歌、骂媒歌、分离歌、送别歌、射歌（历歌）、耍歌、寡婆苦歌、童养媳歌，等等，唱的形式有坐唱、轮唱、合唱，等等，并进一步发展成了载歌载舞的《伴嫁舞》，包括有《把盏舞》《香火舞》《跑马舞》《划船舞》《卖酒舞》《推磨舞》《娘喊女回》等节目。

流行于嘉禾县的伴嫁舞，包括15首歌曲，由12个片段组成。片段一般有固定的顺序，每个片段都有一定的含义。

《把盏舞》——是伴嫁舞中第一个节目，由多人表演，各人用吃完点心的碟子做道具，碟子是圆的，象征姐妹团圆。表演这个舞蹈的时候，一般演唱名为《我姐生得白如银》的歌曲。

《娘喊女回》——描写母亲哭喊自己已出嫁的女儿回来，女儿以各种理由推托，不愿回家。

《卖酒舞》——一老妇人头戴破斗笠，斗笠上插着一支点燃的蜡烛，坐在中间板凳上，一女子手提茶壶，做斟酒状，几位女子分别手持竹量米筒、锅盖，用筷子敲打；还有一位女子手拿纸伞学跛子走路，一女子手拿长旱烟袋，众人围着老妇人边唱边转，表现一个媒婆到女家要吃好酒，被一群妇女逗弄、讥笑的情景。

《划船舞》——两人手持竹筒做划船状，另两人做乘客，边唱边舞，描写用船送女子出嫁时的情景。

《挑水舞》——用形象的舞蹈动作，描述姑娘出嫁以后，承担家务劳动的生活情景。

《走马舞》——表演者各人手持小酒杯，内装铜钱，用衣襟包住杯口，做骑马姿态，碎步疾走，摇动酒杯，使铜钱发出声响，表示跑马铃声，描述出嫁的姑娘骑马回娘家的急切心情。

《推磨舞》——将一条长凳倒放在四方凳上，两人站在长凳两端，做圆周形的推磨动作，象征推磨。通过推磨这一生活细节，反映女儿埋怨父母重男轻女的心情。

《走火舞》——旧时妇女出嫁必备嫁妆，相传有一位姑娘出嫁时，因家穷没有嫁妆，衣夜深时，姑娘点着香火跑到母亲跟前要求办嫁妆，因而拿香火舞蹈。同时也含有祝愿新娘生儿育女、人财两旺之意。

《换篆香舞》——表演时手拿点燃的香火一束，表现女儿离开母亲时的难舍难分。

《纺棉花舞》——通过表演者手拿香束做纺棉花的动作，表现姑娘们一起劳动的生活场面和亲密无间的姐妹之情。

《会歌舞》——表现了众姐妹会合在一起，高高兴兴、团团圆圆跳个舞，欢送姑娘出嫁的情景。表演时，将没有燃完的香火、蜡烛堆放在中间燃烧，大家围香火而舞，舞完之后，将剩余的火星夹进火桶，由两个小孩提上花轿，谓之"传火种"。

中华人民共和国成立之后，婚姻的陈规陋习已经改革，男女恋爱自由，父母不再包办，结合美满、白头偕老的婚姻已成为普遍的事实，结婚仪式也从新从简。但是，湘南各地仍有这种伴嫁的歌舞习俗活动举行。只是伴嫁的含义已同过去截然不同，由对封建礼教的血泪控诉而变成对美满婚姻的祝贺，为结婚喜日增添欢乐的气氛。歌词内容也大都变成父母亲友、女伴与出嫁姑娘之间的惜别、嘱咐、勉励与祝福。

（本文作于 2000 年 11 月）

余秋雨先生的湖南缘

一

余秋雨先生和湖南有缘。这种缘分首先体现在他对这方山水的喜爱之上。

1981 年 5 月，秋雨老师来长沙招生，在考场上我们相识。自此之后，我记得他来过湖南六次，加上以前的往来，约有十次。每次讲学、授课之余，他亲历三湘四水，前后到过长沙、岳阳、韶山、张家界、郴州等地。据我所知，除了他的故乡和长期工作、居住的省市之外，湖南是他来得最多的省份之一。

对湘地山水风情、文化内涵的感悟，形成了郁集于心的情结，于是便有了两篇脍炙人口的散文——《洞庭一角》和《千年庭院》。前者写洞庭湖，写岳阳楼，写君山，浩渺洞庭成了文人骚客胸襟的替身，对着它，想人生，思荣辱，知使命，游历一次，便是一次修身养性；于是，"胸襟大了，洞庭湖小了"。后者写长沙的岳麓书院，那是先生心中的圣殿，他曾多次拜访。20 世纪 80 年代末，我也曾陪他去过，聆听了他心中的感慨。文章从"二十七年前一个深秋的傍晚"，他第一次拜谒岳麓书院写起，牵出了他对中国教育及其对中国文化的绵绵思绪和深层思考。历史与现实交融，古人与今人对话，景物与情感相撞，从延绵千年的庭院，读出了中国文化的人格和灵魂。

这两篇文章的确是两篇散文佳作，对读者的影响颇深，对这几处文物和景观的推介作用也很大。岳阳文化界的朋友告诉我，不少来岳阳的旅游者和考察者，都会提到《洞庭一角》。笔者多次陪同外省朋友参观岳麓书院，虽然他们的职务和职业不同，却不约而同地谈到了《千年庭院》。

1997 年元旦，我随一个文化代表团出访美国，洛杉矶湖南同乡会邀请我们出席新年联欢会。会上，我唱了一曲家乡的花鼓调《刘海砍樵》，远在异乡的家乡人得知我曾经就读于上海戏剧学院，便围过来打听余秋雨老师的情况。几位教授和画廊老板，还与我谈起了余先生的散文，说得最多的便是《千年庭院》。握别之时，含泪相约，来年同游岳麓书院，再聊秋雨散文。

作为学生，在向余秋雨先生求教的过程中发现，他对湖南的人文传统和文化名人相当敬仰。他在讲学和文章中对湖湘文化深怀敬意，对屈原、张轼、王阳明、王夫之、陶澍、魏源、左宗棠、曾国藩、郭嵩焘、杨昌济、齐白石、田汉、欧阳予倩等湖南的或是在湖南留下巨大文化遗存的文化名人，也崇敬有加。写文章，他教我不要脱离湖南的文化传统；思考问题，他要求我必须立足湖湘文化的基础。前不久，因创作一位湘籍艺术名家电视连续剧一事，我向先生求教，他一再告诫我，要写出湖湘文化的影响，从中看出湖湘文化的积极意义。

其实，无论是从余老师的散文所体现的文化精神，还是在众多文化活动中显现的人生态度，都可以感觉出作为湖湘文化重要内容的"经世致用"和"忧患意识"对他的重大影响。

余秋雨先生不仅喜爱湖南的山水和人文传统，而且对湘菜也是情有独钟。每次来湖南，他都要与学生们聚会，每次都提出吃湘菜。作为江浙人，他不仅不怕辣，而且吃得津津有味。有一次我们领他去吃湘春楼的名菜——水煮活鱼，坐了半个小时的车，来到长沙郊区株易路口，走进简陋的小店，品尝一大脸盆水煮活鱼，吃得赞不绝口。

也许是吃出了味道吃上了瘾，他在北京、上海、深圳也经常点湘菜吃，湘菜成了他最喜欢的菜系之一。

前年去上海，先生请我吃饭，宴设假日大酒店，点的是满满一桌湘菜。去年去深圳，几位学生一起去看先生，他与夫人马兰商议，还是在一家湘菜馆请我们吃饭。我们来到华侨城边上的一家饭馆，先生说这里的湘菜最正宗。进去之后，饭店的老板和服务员与他们夫妇很熟悉，"余老师、马老师"叫个不停，很是亲热。点菜时，根本不用菜谱，他如数家珍地点了一大桌，还不无遗憾地对我说，今日不巧，店里没有新鲜鱼头，吃不到最有味道的酱辣椒蒸鱼头了。

余秋雨老师在《千年庭院》的结尾处写道："为此，在各种豪情壮志一一消退，一次次人生试验都未见多少成果之后，我和许多中国文化人一样，把师生关系和师生情分看作自己生命的一个组成部分，我不否认，我对自己老师的尊敬和对自己学生的偏护有时会到盲目的地步。我是个文化人，我生命的主干属于文化，我活在世上的一项重要使命是接受文化和传递文化，因此，当我偶尔一个人默默省察自己的生命价值的时候，总会禁不住在心底轻轻呼喊：我的老师！我的学生！我就是你们！"

这篇文章我读过许多遍，每每读到这段话，都不禁泪眼蒙眬，发热的眼眶里浮现出一些难忘的人和事。

余老师的湖南学生很多。湖南进过上海戏剧学院的有几百人，现场听过他讲课的有几千人，电视上看过他讲学的有几十万人，读过他的书的人则是数不胜数。据我所知，不管是哪种情况下相识，他都会很珍惜缘分，不管他教过你多长时间，或者根本不曾谋面，只是通过屏幕和书本相识，你一旦有事相求，他一般都不会拒绝，并且尽力相帮。见不着面时，一封信写过去，不日便会收到厚厚的回函；有机会在一起，不管讲学、应酬多忙多累，他都要把你的问题扯清楚了才肯休息。一位在基层工作的学生因病去世后，其女想报考父亲的母校，余老师知道后，虽然他当时极忙，又不常在上海，仍千方百计帮忙联系，而且一直牵挂在心，来岳麓书院讲学时，还在问询这事，并看望了学生的夫人和女儿。这次余老师到郴州讲学路过长沙，聚会时看到一位学生气色不佳，离开湖南时一再叮嘱我，要与这位学生聊聊，并托我转告，不管遇到什么困难，都要勇敢面对，积极生活。

湖南号称"戏剧大省"和"电视大省"，涌现过不少优秀的戏剧剧目、电视剧和著名的戏剧艺术家、电视艺术家。其中不少艺术家听过余老师的课，不少剧目和节目直接或间接地受到过余先生的影响。前不久，我与余老师谈到一部有争议的电视剧，这部电视剧的主创人员也曾听过先生的课，余老师托我转告，面对批评不要紧张，要有自信，这部片子总会有人写的，如果需要，他愿意给这部片子题写片名。学生需要，余老师会毫不犹豫给予援手；先生有事，他则不愿学生为他担心。当他遇到不公正的舆论环境时，学生们也曾写信、打电话甚至拍电报，安慰、声援老师，并要求写稿子参与讨论。而余老师则以乐观的情绪、健康的心态回应大家，认为这是文化转型时期的正常现象，不值得大惊小怪，要大家安心做自己的事，不要介入无意义的纷争。

这次在湘南大学讲学，一位学生提了一个很不礼貌的问题，余老师十分宽容大度，一再要求学校领导不要难为这个学生。

二

余秋雨老师与湖南结缘，应始于岳麓书院。但令人们始料未及的是，也是因为这座名闻天下的岳麓书院，使浩荡湘水掀起了澎湃的"余"波。

据说，清代有一位湖南名士到江浙一带讲学，当地的学子不买他的账，处处与他为难。他作了一副对联，硬是把那些人震住了。联曰：吾道南来，原系廉溪一脉；大江东去，无非湘水余波。笔者把这副充满湘人自信心和自豪感的对联中的一句稍加改动，自然有些玩笑意味，但如果以湘水代湖南，以波澜寓影响，余秋雨先生在岳麓书院的演讲，确实曾经令湖南的文化界风生水起、波涛起伏。

那是 1999 年的夏天，7 月的长沙闷热异常。火热的电视屏幕上频频出现余秋雨老师的头像和岳篔书院的背景。煽情的广告一再强调——"千年学府，世纪之交，学术盛会，麓山论道——余秋雨设坛岳麓书院"。不少媒体采用多种方式，预告余秋雨先生要来讲学的消息，也发表了一些人对这次活动的担心和质疑。

面对这种"山雨欲来风满楼"的情势，我心中既兴奋又忐忑。兴奋的是又能见到先生听他演讲，这是难得的启迪和享受；忐忑的是如此情势，恐怕会起一场风波。

大约是 7 月 8 日，新闻界一位朋友给我打来电话，说余老师已经到了长沙。我问住在哪里？他说不能告诉我，但离我的住处不远。

我觉得奇怪，先生来湖南，一般都会提前告诉我，行程紧急也会到了以后马上给我电话。有一次他来长沙给全国获奖的电视编导讲课，就是到了以后马上给我电话。我问他在哪？他说就在我楼上，我以为他开玩笑，上去一看，果然在那里。这次他来长沙，一点信息都没有，使人将信将疑。

我到附近几家宾馆查询没有结果，最后来到九所宾馆。担心总台保密，我便直接上楼问服务员。服务员看我不像坏人，便问是不是马兰的先生，我连忙说是，她告诉我先生在 205 房。

敲开房门，先生惊喜地起身迎接。他说正在找我，怎么这么快就来了。我将寻找经过简述一遍，便向先生讲述了心中的忐忑，还向先生提出电视广告中说的"论道、设坛"不妥，影响形象。

先生听了以后，马上给电视台的人打电话，要求修改，但对方答复已经这样了，不好再改。

余先生告诉我，这次来长沙，是为了找个清静地方改剧本。中央电视台请他把黄梅戏《秋千架》改成电影剧本，要尽快交稿，他看了看地图，考虑到自己是湘财证券的文化顾问，便决定来湖南，既然来了，应邀参加一些文化活动也是自然之事。

聊了一会，我说想请先生吃饭，他却说他要请长沙的学生吃饭。因时间已是中午 12 点，我连忙约来几位校友，与先生共进午餐。

1999 年 7 月 21 日，应该是岳麓书院——这所千年学府值得纪念的日子。那天，在这座千年庭院里，第一次出现 400 位听众现场听讲提问，整个过程由电视台现场直播，互联网站实况传送的空前盛况。

这次活动的门票十分紧张，很多朋友找我讨票，我上蹿下跳也没能满足他们的要求。我本人也是多次找电视台的朋友，最后在台领导那里才谋得一张。

那天下午，天一直下着雨，给闷热的长沙带来了些许凉意。演讲定在下午 4 点 30 分开始，我 3 点钟赶到岳麓书院，只见门外围着几百名没有入场券的学生和文化界人士，其中还有我的一些朋友，他们有的还是从几百里以外专门赶来听课的。进门之后，场内已挤满了听众，大家撑着雨伞，穿着雨衣，在雨中静静地等待着秋雨老师的出现。

下午 4 点 30 分，演讲开始了。余秋雨先生被雨中的听众感动了，他走上台来便说："我没有料到今天的场面会如此奇特又如此感人，下雨，大家穿着雨衣，带着伞，在这个千年学府里边聚会。"他称自己这次在岳麓书院的讲学，不是什么"设坛论道"，而是"朝拜千年庭院"，是"众学子朝拜"，自己则不过是这次朝拜的"主持者"。

此次演讲的题目是《走向二十一世纪的中国文人》，主题是讲中华文化的传承问题。

余先生认为，直到 20 世纪末，中华文化还没有以一种完整的群体人格形象屹立于当今之世。如何把文化的高贵传承下去，他觉得可以在以往的中华文化传承中搭建的经典学理、世俗民艺、信息传媒三座桥梁之外，再搭建一座能够强有力地体现民族灵魂、揭示中国人的艺术精神的，被国际社会广泛接受的艺术创造之桥。这座桥的搭建，他寄希望于 21 世纪，因此"我们要做的是积极准备，大力欢呼并期望建设"。他强调要有良好的心态，要用智慧的灵眼去观照未来时空。他预言，中国文化在 2020 年左右可以打破目前这种局面，在大范围内出现复兴。

余秋雨老师的报告进行了一小时，之后又与听众及网络观众进行了现场交流。面对各种提问，余先生侃侃而谈，他的机智、幽默，不时引起在场听众阵阵热烈的掌声。

作为现场听众之一，我穿着雨衣听完了先生的演讲。大雨透过雨衣打湿了我的衣衫，雨水不时将我的眼镜弄得十分模糊，这一切都没有影响我全神贯注听讲。我看到，大雨把一些人逼到旁边的走廊里，演讲持续到下午 6 点 30 分，天都要黑了，仍然没有人提前退场。这场演讲通过湖南经济电视台和经视网站现场直播，使观众大幅度增加，现场问答中，便有网络观众的提问。听讲过程中，我接到了远方朋友打来的电话，他正在看电视直播，说是看见我在幸福地淋雨。

演讲会之后，余老师应邀到湘财证券做了一场文化讲座，很快便离开了长沙。送先生到机场的路上，先生应允了我想把先生在长沙的两个演讲再加上《千年庭院》的文章和有关照片出一本书的设想，不料还没来得及准备，湖南文化界已闹得沸沸扬扬。

湖南是一个传媒大省，各类报刊和电视都很发达，制造新闻和抢眼球的本事不同凡响。对余秋雨老师在岳麓书院的演讲本来就是众说纷纭，加上媒体的釜底"加"薪、火上浇油，以巨大的版面和宝贵的时段，组织各类人士大加评说，一时间弄得褒贬毁誉，波澜四起。事后，我问那些当时对此事十分起劲的新闻界人士因何在，他们笑着说，不为什么，只有这样搞，才会有人看。

"余秋雨岳麓书院讲学事件"所激起的"湘水余波"，是非功过最终要让历史来评说。不过，也不知为什么，自此以后陆续来这里演讲的杜维明、余光中、黄永玉等人却都平安无事、波澜不惊了。前不久，我陪一位外地朋友去岳麓书院参观，发现这座饱经沧桑的千年学府似乎年轻了许多，院子里参观的人很多，柜子里摆着不少新出的研究这所庭院和湖湘文化的书。看到这一切，我与友人谈到四年前那场故事，似乎少了许多沉重，多了一些轻松。

三

自 1999 年夏天的岳麓书院讲学之后，余秋雨先生整整四年没来湖南。其间不少活动邀他，一些媒体甚至播出了他即将来湘的消息，结果都未能成行。

2003 年 8 月的一天，郴州某文化单位的负责人来到我的办公室，带来了余秋雨先生近期来湘的消息。这信息既令我兴奋又令我生疑，我马上拨通了余夫人的电话。从马兰那里得到肯定的答复之后，我们惊喜不已，马上又与余先生的特别助理金克林先生联系，着手安排余先生来湘的行程。

9 月 12 日，金克林先生和吴克琼小姐来到长沙。13 日晚，余秋雨先生从杭州飞抵长沙。为了让先生休息得好一点，我们封锁了一切消息。第二天中午，几位学生与余先生在"一路吉祥"酒店小聚之后，驱车直奔湖南的南大门郴州。

车上，我们聊起了先生此行的缘由。早在 20 世纪 80 年代，余老师应湖南省文化厅之邀，给一批戏剧创作骨干讲课。听了课，学生们大有"胜读十年书"之感。其中一位来自郴州的学生更感相见恨晚。因与余先生不太熟，便托人请先生去郴州小憩。没想到余老师竟然答应了，后因行程变化，终于没能去成。

一晃二十年过去了，这位学生的心愿始终不改，辗转得到先生的电话号码之后，给先生寄去一本自己写的介绍郴州的小书的同时，又向先生发出了诚挚的邀请。也许是学生的诚心，也许是山水的吸引，也许是人生的缘分，一年到头忙得脚不着地的余秋雨先生答应了学生的邀请，腾出宝贵的时间来赴这个晚了二十年的约会。

来到郴州，正赶上市里的生态旅游节，热情的市委、市政府领导，使我们想让先生休息几天的计划落了空。余老师真是好说话，对别人的要求有求必应，也不怕急坏了我们这些怕他累着的学生。不管我们怎么挡，怎么眨眼睛打手势，他依然微笑着点头答应那些似乎没完没了的要求。后来问他为什么这样，他依然微笑着说，答应一件事比拒绝一件事容易，拒绝要找许多理由，挺麻烦。我们抬出马兰师母来威胁他，不料先生依然微笑着说，你师母比老师更好说话。我们事先商量好的计划全部打乱了，先生成了生态旅游节最重要的嘉宾，几乎跑遍了郴州所有的旅游景点，参加了旅游节的主要活动。我们这些学生累得衣衫湿透粗气直喘，他依然微笑着嘲笑我们没用，比不上老师。

在郴州几天，余秋雨老师的行程排得满满的，白天要讲学、参观、应酬，晚上要看演出，接待来访，每天很晚才能休息。离开郴州市的前一个晚上，第二天他要演讲，他也是两点多才送走来访者，还题写了二十几幅字，直到清晨才小憩片刻。

余秋雨先生在郴州的学术活动主要集中在 9 月 16 日下午和 17 日上午。9 月 16 日下午，余秋雨老师应邀到湘南学院讲学。作为莅临湘南学院的第一位文化名人，余教授对学院的校风、学风建设提出了极富人文精神的建议。他说，湘南学院作为最年轻的大学应克服负面的影响，在传承校风的基础上，打造一种更轻松更富有创新精神的新学风。湘南学院的第一代大学生肩负着开创校风并使之成为经典的重任。他强调，善良、欢乐、健康是当代大学生的学风之本、人格之源。演讲结束之后，余老师还生动、幽默、得体地回答了学生们的提问。

16 日晚，绵绵秋雨使郴州的空气清新、土地滋润，夜色美丽无比。余秋雨教授在苏仙岭下的牧艺茶馆与郴州市委和省市文化单位的负责人聚首，一边品茶，一边讨论文化问题。

就着清雅的茶香，余先生赞扬郴州的生态资源得到了良好的保护，具有开发现代旅游的基础。得感谢有眼光的领导和淳朴的老百姓，比较完美地保存了一块风水宝地，没有成为"富裕但是不美丽的地方"。

在座的郴州市委领导在散文和诗歌的创作上颇有成就，余秋雨先生认为从政的人应该做一些历史进程的记录，为中国的改革和发展做一些宝贵的细节记录。没有内容、没有细节的散文是贫弱的，没有生命力的。文章应该在大范围内思考，不能够成天吟风弄月，那样显得比较肤浅。唐宋是散文的鼎盛时期，唐宋的大散文家都是政治家，他们的策论中包含着许多对人生的感悟和对社会的思考，他们的散文与当时的社会政治经济紧密地联系在一起，形成了一种社会主流。目前正处于一个文化转型期，文化界应该主动思考社会需要，并按社会的需要来记录和反映社会。

17日上午是余秋雨先生此次郴州之行的重头戏。上午9点，余秋雨老师在郴州市人民会堂做了题为《现代旅游文化》的演讲。

演讲廓清了人们习惯上对文化和旅游的误会。余老师认为，人们习惯上对文化的误会主要有三种：一是文化的书面化误会。文化不仅是书面化的东西，书本上留下的文化规则是转型前的，如果用它来指导今天正在发生的转型和转型后的文化是不适宜的。因此应该有许多文化人从事社会考察，创造新的文化，这种考察可以是旅行，也可以是从事社会事务，也包括从政等。现在处于一个伟大的变革时代，文化人应该面对现实发生的一切。社会转型之后，文化转型还没有跟上。年轻的文化人应该认真面对这个问题。二是文化的古典化误会。目前中国的情况是唐宋以来最好的，人们安居乐业，集中精力搞建设，环境保护越来越受到重视。不能停留在缅怀中寻找现代文化的依据。三是文化的地域性误会。经常有人说"我们这里多么好"，充满了地域性的自豪。但从文化上看，这是一种误区。郴州就没有过分强调文化的地域化，昆剧不是湖南的地方剧种，居然在这里得到了异地保存，形成了湘昆。郴州提出要成为"粤港澳后花园"的概念，也是一个冲破地域性封闭的口号。应该冲破地域限制来看文化，旅游文化应是让地方封闭性全部解除的文化，现代旅游就是让大家随脚踏入。

余秋雨老师认为，人们习惯上对旅游的误会也有三种：一是长期以来认为旅游是小事，是娱乐休闲，不重要。二是长期将旅游当成学习活动，哪里有古迹或者民族英雄就往哪里跑，把古迹做卖点，甚至伪造古迹，伪造传说和神话，把旅客当作学者。三是参观式旅游多，居住式旅游少。光是参观，没有多少消费，郴州的生态旅游资源丰富，发展居住式旅游的可能性很大。

余秋雨老师认为，我国旅游与国际旅游的差距主要体现在三方面，一是没有开发家庭旅游，二是居住条件有差距，三是基础设施建设还要加强。最后他强调，要想综合提高旅游的品位，必须努力做好减法，不做加法。文明带来的智力过剩、开发过度，是文明走向衰落的一个重要原因。21 世纪文明的概念含义需要重新改写，过去的文明指的是人类摆脱自然的程度，现在的文明应该是指人类回归自然的程度，要恢复自然本身的尊严，让人与自然和谐相处，这是 21 世纪文明比较的一个重要坐标。人与自然的关系和谐到什么程度，这是现代旅游文化的重要要求。旅游在这个意义上沉淀着我们的文化理想，它是重新树立人和自然关系的一个哲学命题。旅游可以使山水更美丽，使人类的心胸更开阔，使各民族之间有更多的理解。旅游是一个能够把 21 世纪自然和人的关系的理想推向更高境界的枢纽。

演讲结束后，余秋雨老师还回答了听众的提问。在台侧，我们不断地给余老师递条子、打手势，要他尽快结束。因为他昨晚几乎没睡，刚刚讲了三个小时，接下来还要坐七八个小时的汽车。不料他视而不见，依然微笑着面对听众。好不容易结束了，又被几百位听众围了个里三层外三层。幸亏有所准备，10 名警察护住他，我也催着他尽快离开，可余先生说，他们买了我的书，我应该给他们签字。接下来的情景可想而知，签了不知多少。看看情况不对，我也狠下心，不怕先生怪罪，硬是与警察一起把余老师拉出了人群，推进早已准备好的轿车，命令司机马上开车。

黑色的帕萨特绝尘而去，我追着车子紧跑几步，还想多与先生说句话，还想再多看先生一眼。我看到路边有许多人在向先生挥手致意，他们肯定不是余先生的学生，但他们一定是在谈论着这位他们熟悉、他们喜爱的文化学者。

满目是青翠欲滴的青山绿水，耳边依然回响着先生的声音。余秋雨先生的湖南缘，这般绵长，这般温馨，这般博大，这般寻常，这般充满绿色的希望。

（本文作于 2004 年 2 月）

侗乡歌王——王辉小记

生活告诉我们，朋友情谊的深厚，并不决定于相聚时日的多少。不少人天天相聚，却永远不会走近。而有的人，极少交集，却可以达到相知。我和人称"侗乡歌王"的著名音乐家王辉的结缘便是如此。

王辉先生和我接触不多，但算得上心灵相通的好友之一。我与王辉先生相识，是在二十多年前。

那时，我在湖南省委宣传部文化艺术处工作。那年夏天，湖南省音乐家协会和中国音乐家协会以及几家音乐刊物在武陵源联合主办庆祝建党七十周年音乐创作活动。我应邀参加，有幸与湖南音乐界的几位词曲作家相处了半月之久。我与王辉先生便是那时相识的。在此之前，虽然也在广播里听过王辉先生创作的歌曲，但一直没有谋面。

第一次接触，我感觉他是一个不事张扬不喜欢抛头露面的人。其实，那时他的创作已经取得了引人注目的成绩。打倒"四人帮"之后，省里组织音乐创作班，王辉作词作曲的女声二重唱《春风吹侗乡》和他作曲的男中音独唱《千里湘黔铺彩霞》，以其独特的民族音乐韵味，受到了大家的好评。这些歌曲经湖南省人民广播电台录制之后，在中央人民广播电台从 1976 年播到 1978 年，在全国产生了很大的影响。在当时，一位地市的音乐作者能在中央人民广播电台播出自己创作的歌曲确实是件极其不容易的事。

党的十一届三中全会召开之后，王辉先生的创作激情更加勃发。他作曲的女声独唱《侗锦·芦笙和兰花》，随着改革开放的春风在全国流传。这首歌先后由湖南的邓海伦、北京的肖玫、宋祖英演唱，并分别由北京音像公司和湖南金蜂音像公司灌制盒带。肖玫演唱此歌获得第二届全国电视青年歌手大赛"银凤奖"，并在中南海向中央领导汇报演出。宋祖英的演唱则辑入《跨世纪中华歌坛名人名歌珍藏版》CD 个人专辑。这首歌曲荣获了全国《民族团结》优秀作品奖。1987 年，这首歌曲在《歌曲》刊物首条刊载。

在武陵源举办的庆祝建党七十周年音乐创作活动中，他作曲的《牛腿琴》，获全国建党七十周年征歌二等奖。这首歌曲由中央人民广播电台录制后向全国播出。

时光荏苒，白驹过隙。我与王辉先生的再次相聚却是在六年之后。那时我在湖南省委外宣办工作，按照国务院新闻办的要求，带着一个摄制组去怀化侗乡拍摄电视专题片《变化中的中国——来自湖南怀化的报道》。

王辉先生是一个特别重感情的人，虽然我们多年未见，但他对我们到芷江侗乡拍摄电视片的工作投入了极大的热情。我们还没到，他便开始了热心张罗。他先到我们商定的拍摄点——芷江县板山乡向乡镇领导说明了拍摄专题电视片的要求，做了大量的前期准备工作。他把侗乡婚庆嫁娶习俗及侗家合拢宴的现场摆在板山乡客人棚村，还请来了当地茶师傅先进行制作油茶、喝油茶的现场演习。

摄制组到了之后，他细致地给摄制组的创作人员讲解侗族的历史和文化，并给我们演唱了许多侗族山歌，使大家对拍摄对象有了比较深入的了解。

开拍那天，整个板山乡像一片欢腾热闹的海洋。由于他的大力支持，整个拍摄工作进行得十分顺利。接下来，他又陪着我们摄制组来到新店坪镇拍摄"傩堂戏"的几个传统小节目。

一段时间忙下来，我发现王辉瘦了几圈，但他却没有丝毫的疲倦和厌烦，始终热情不减。这部电视专题片在中央电视台和十几家海外电视台播出之后，产生了极大的反响。

时间一晃又是十年。我与王辉先生第三次见面则是我调到湖南省文联工作几年之后。那是 2003 年，我参加湖南省音乐家协会召开的各市州音协主席会议。会上我又一次见到了王辉先生。他虽然有些鬓发斑白，但仍是那样谦和帅气，言笑浅浅。两手相握，只觉得一股暖流涌进心田。音乐界的朋友们告诉我，王辉先生一年四季忙到头，退休以后仍然是日程排得满满的。1988 年他白手起家，创办了刊物《乡村音乐》，为的是让广大业余词曲作者有一个发表作品的园地。一年一期，他坚持了近三十年，培养了大批词曲作者，发表了上千首音乐作品和上百篇理论文章，深得省内外音乐前辈、专家以及广大音乐爱好者的欢迎和赞扬。

别看他平时不求人，但为了《乡村音乐》的编印，他每年都要去想办法寻觅资金。如果实在找不到钱，他就是自己贴钱也要印出来发出去。办刊初期还要发稿费，先要自己垫钱给作者。但这一垫常常就没有钱补回来。这样他前后贴进去了两三万元。这种精神，的确难能可贵。

除了编刊物、抓音协建设的多方面工作，他还十几年如一日，将大量的时间和精力用在怀化市女子合唱团的辅导训练上。只喜欢唱歌但不懂歌唱方法的女同志通过十几年的训练基本掌握了发声方法并懂得运用于歌唱。在此基础上，王辉先生对她们进行了合唱艺术的训练，在怀化市每年的新年音乐会中大显身手。

2008 年，怀化市女子合唱团与湖南省歌舞剧院民族管弦乐团联合演出了"纪念毛主席诞辰 115 周年音乐会"，她们担任了全场的伴唱和合唱，取得了圆满成功，受到了省歌舞剧院艺术家和怀化市广大群众的夸奖和赞扬。

2013 年，应"第四届维也纳国际合唱节组委会"和维也纳市政府的邀请，他亲自带领怀化市女子合唱团赴奥地利参加第四届维也纳国际合唱节。王辉先生指挥合唱团演唱了一批他创作的充满侗乡情韵的音乐作品，这些作品感动了金色大厅里的 1000 多位维也纳观众，最终赢得了合唱金奖。他本人也获得了"第四届维也纳国际合唱节最佳指挥奖、作品创作金奖"。他夫人江星也获得了"第四届维也纳国际合唱节歌唱家金奖和突出贡献奖"。音乐中国网、新华网、人民网等媒体对此做了专题报道。

王辉先生与侗乡有缘。他祖籍河南，出生在芷江，工作在芷江，"文革"中受冲击蹲牛棚也在芷江。美丽的侗乡给了他全部的情和爱，他也回馈给侗乡一片赤子情怀。

侗乡哺育了他，也成就了他。怀化市文联党组原书记、原主席李绵珂在《芷江歌曲一百首》序言中写道：芷江的音乐创作，如果以著名作曲家、声乐教育家王辉先生在 20 世纪 60 年代初创作的歌曲《口唱山歌手插秧》和二胡曲《摇春舞曲》作为群众音乐创作的发端之作的话，那么，在"文革"中蹲牛棚的王辉创作的，在全县农村文艺会演中引起强烈反响，深受人民群众和知识青年欢迎并在芷江广大农村传唱的《金谷献给毛主席》则表明了芷江的群众音乐创作的热潮已经形成。1976 年他创作的那一批作品，在中央人民广播电台播出后，更使他获得了极高的声誉，产生了更加广泛的影响。他先后被借调到湖南省音协编辑《湘江歌声》刊物，到湖南省文化馆编审"湖南民间音乐三套集成"音响和文字资料。也曾有多家外省的音乐团体欣赏他的音乐才华，要调他离开，但侗乡的情义却使他怎么也迈不开离去的脚步。

王辉先生还是文坛艺苑的多面手。他不光会作曲，还担任过县文工团的高胡（主弦）演奏，当过乐队指挥、声乐教练、艺委会主任；当过县文化局局长、文联主席、政协常委。他因为工作业绩突出，备受领导的关怀和重用，在当地群众中享有很高的威望。尤其是他组织策划和指挥的各种大型群众活动，都获得了社会各界的热烈欢迎和高度评价。

在抓农村文化中心建设等方面，他也有很多建树，曾受县委委托向省市领导汇报农村文化建设工作经验，所撰写的论文作为导读文章发表于《湖南文化时报》。

他经常深入农村调查研究和现场办公，给乡镇文化站解决实际问题。他关心干部职工的工作、学习、生活，帮助群众解决了许多实际困难，唯独没有为自己谋取一丝一毫的私利。他既当文化局局长又当市音协主席，全部身心都投入了侗乡的音乐事业。2000年，怀化市委、市政府授予他"德艺双馨"文艺家称号。

2011 年，由中国音乐家协会监制、中国音乐家音像出版社出版发行了《中国当代著名作曲家王辉、歌唱家江星作品经典》。这套 CD 唱片专辑收入了包括王辉、江星在内的中国当代 50 位著名作曲家、歌唱家最具代表性的作品。王辉先生给我寄了一套。我在 2013 年的《乡村音乐》刊物中读到王辉撰写的文章，得知他将这套作品也赠给了湖南著名作家谢璞先生。谢璞先生在回信中写道："承蒙厚谊，赐赠您和夫人合作的经典。收到后，我多次放听，深深感到这是十分珍贵的大作。其中不少作品通过尊夫人天才地演唱出来，的确让我品尝到洗涤尘世烦恼之大美。"

2015 年 12 月 3 日，王辉、江星收到了"中国当代 50 位著名作曲家、歌唱家、词作家、演奏家系列"评选出版办公室的表彰函。函中说："由中国音乐家协会监制，我办评选，中国音乐家音像出版社出版的《中国当代 50 位著名作曲家王辉、歌唱家江星专辑》，自 2011 年发行以来得到了广泛的好评，在全国产生了较大的影响，取得了显著的社会效益，为我办争得了荣誉。特发此函予以表彰。"怀化市委书记彭国甫同志得知此事之后，大书"祝贺"二字以示鼓励。

作为声乐教育家，王辉先生的艺术成就得到了前辈大师的赞扬。声乐艺术大师赵伯梅教授的高足、我国老一辈声乐教育家、王辉的声乐恩师向大勋先生称赞："王辉不仅是家乡的一位卓有成就的作曲家，同时也是最能体现其先师赵伯梅教授声乐体系的最优秀的学生之一。作为声乐教育家的王辉，为侗乡培养了许多优秀的音乐人才，可谓桃李遍天下。女高音歌唱家江星就是其中最优秀、最具代表性的一位。"

如今，王辉这位"侗乡歌王"已经年逾古稀。但他青春不老，笔耕不辍，依然用他那清丽的歌喉和美丽的旋律在为侗乡歌唱。他虽然远在侗乡，省会的朋友们也常常可以听到他音乐创作的喜讯。最近，听说中国文联出版社将出版他的新作《王辉声乐作品选集》，作为朋友，我真为他的成就感到高兴。王辉先生长期扎根侗乡，用自己的心血谱就美丽的歌曲，歌颂时代，赞美家乡，其情真切，其意深长，确实值得我们同道之人学习和效仿。

衷心祝福我们的"侗乡歌王"，歌声不停，旋律更美，为美丽侗乡增添更多的动人风景。

（本文作于 2011 年 3 月）

陈建秋新时期话剧创作浅析

剧作家陈健秋在艰苦的话剧创作道路上，虽然已经跋涉了近三十个春秋，但艺术上的逐渐成熟，风格特征的初步显现，社会影响的扩大，却主要是得益于他在粉碎"四人帮"之后，特别是党的十一届三中全会以来的话剧创作。

他这一时期创作的话剧剧本主要有：反映国际反霸斗争的多幕话剧《带刺的仙人掌》（省话剧团演出），根据张扬《归来》手抄本改编的《第二次握手》（省话剧团演出，中央电视台转播录像，美国纽约华人刊物《海内外》连载剧本），揭示家庭伦理道德问题的独幕话剧《爸爸病危》（发表在《湖南群众文艺》1980年第2期，拍成电视剧后在全国引起关注），大型科幻剧《遥远的迭达罗斯》（发表在中国海洋出版社《科幻海洋》），表现新时期农村生活的大型话剧《梅子黄时》（发表在《剧本》月刊，获1982至1983年度全国优秀剧本奖），颇具荒诞色彩的大型音乐喜剧《红楼梦新编》（发表在《剧海》1986年第2期）。

这些作品虽然思想深度不一，艺术上也时见参差，但与他的前期剧作比较，无论是在题材选择、思想阐述，还是人物塑造、艺术表现方面都有了颇大的突破。从中可以觉察一股进取的锐气，一种不倦求索的精神。其感情之蕴藉、思索之深沉、艺术力量之凝重都超越了他的前期剧作。

具体来说，陈健秋新时期的话剧创作具有以下几个特点：

一、敏锐把握生活律动，深入探究人生哲理

陈健秋新时期剧作所涉及的题材领域是弘阔的。从历史到现实、从地球四处到天外星宇，可谓上天入地，纵横捭阖。但他并不是依靠这广阔的题材领域所提供的各种存在去编撰一些离奇故事，博人一哂或惹人一恼，而是根据自己感应到的生活律动，深入探究人生哲理和生活底蕴。通过辛勤的发掘与探究，在这广袤的土地上植下一些结着自己思想果实的奇花异木，使人于流连之际在心灵上受到震撼和启迪。

陈健秋1980年写成的独幕话剧《爸爸病危》，就是通过一纸虚拟的"病危"电报，在一个家庭中引起的一场遗产争夺战的闹剧故事，讽刺、嘲弄了不敬父母只图钱财的利令智昏者，使人痛彻地感受到某些人的感情在退化，父子感情、家庭关系有滑向金钱关

系、利害关系的危险，说出了许多为人父母想说又没有说出来的隐痛、忧虑，向人们提出继承传统美德、建立崇高人际关系的劝告。

作者同年创作的另一部科幻话剧《遥远的迭达罗斯》，说的是很多年以后，从地球移居太空城市的人们，享受着优越的物质文明，但一些人忘记了昔日的奋斗，满足于自身的富足与安宁。工程师奥德赛为此十分忧虑，他指出："没有经常深刻自省，物质文明的进步，也许就会导致精神文明的退化，人类也许就毁灭、解体在自身所创造的物质文明中。"富了以后，人该怎样生活？物质文明发展了，精神文明跟不上将会出现什么恶果？谁说作者不是通过奥德赛之口，向人们呼过呐喊呢？联系到我们今天对于精神文明建设重要意义的认识，作者当时能够从生活中觉出时弊，寓深意于幻想，确是难能可贵的。

《梅子黄时》和《红楼梦新编》应该说是陈健秋这一时期创作的较为优秀的剧本。前者的精彩之处却不在作为背景存在的中国农村的变革，而在于对变革中人物心态和人际关系的表现。"黄了梅子和滋润万物的好雨，霉菌却趁机繁衍。但霉菌生长的基础却是阴暗、肮脏的角落。因此，既有新气象，也有新问题。而新问题并非新气象带来的不可避免的副作用，更多的倒是老问题留下的'后遗症'。"这些思想不但反映出农村变革中新旧交替的辩证关系，而且也表现了改革之历史必然。

在《红楼梦新编》中，贾宝玉从大荒山来到现代社会，薛宝钗在学外语准备参加职称考试，贾雨村进了文学研究所，林黛玉却成了插足的"第三者"。正是在这种荒诞中，作者融进了自己的寄托。他以贾宝玉的通灵宝玉和薛宝钗富贵锁的失而复得与得而复失时的不同变化，提醒人们在瞬息万变的现代社会中不能迷失自己的本性。剧情简练而内涵极丰，嬉笑怒骂皆成文章，使人于捧腹之余不免遐思万里。

作为剧作家，陈健秋是敏感而多思的，他善于从迥异于他人的独特视角切入生活，用犀利的笔触表现复杂的人生。我们当今的时代和社会虽然不乏光明前途，但在其构成形态上，却显现出一种极其错综复杂的格局。各种思想交叉生长，各类人物同生并存，社会每前进一步，都要受到多种复杂因素的牵制，人们思想感情的升华、净化，也必然受到多种心理杂质的阻碍。正因为陈健秋较为准确地把握了这种生活律动，因而体现在他新时期剧作中的对现实的清醒解剖、对未来的呼唤向往、对生活的默默沉思，对人生的谆谆告诫，常常使读者和观众怦然心动。

二、塑造体现丰富历史积淀的复杂性格和人物形象

由于戏剧审美特性的制约，剧作者对生活的思考往往需要融入剧本中的人物性格塑造才能完美地体现出来。陈健秋深深懂得这一点。在新时期的话剧创作中，他注重透过沉重的历史负荷来发掘普通人生活中蕴含着的社会发展的波动流变，在剧本中较为准确地塑造了一批体现丰富历史积淀的复杂性格的人物形象。

从他在《第二次握手》等剧本中对苏冠南、叶玉菡等不同类型的知识分子复杂心灵和矛盾情感的深入刻画中，我们不但可以反溯中国历史文化传统在他们身上的丰富积淀，从而加深对他们个性和情感的理解，而且还能从那些复杂的内心冲突和灵魂搏击中获得极大的审美快感。

《遥远的迭达罗斯》和《红楼梦新编》二剧则是借用"未来人"或古代人来寄托作者的思想，无论梭伦、海伦、奥德赛、阿佛洛狄忒的身上还是宝玉、黛玉、宝钗、贾雨村的身上，都有今人的影子以及历史发展留下的复杂印记。从他们那些似乎有些虚无缥缈或荒诞离奇的所作所为里，在他们复杂的性格和情感中，我们可以联想到在今天的社会变革中，除了明显的体制弊端之外，存在于人们心理上和精神上的由历史惰力所产生的传统负累，也是社会进步的一种沉重牵制。

《梅子黄时》一剧，则是通过三对夫妻离聚间的情感纠葛来展现人物复杂个性的。顾元贞作为妻子既有对丈夫的依附、信赖甚至崇拜和柔顺屈从，但作为共产党员，她又有党性的原则和觉悟的痛苦；沈国材虽然品质卑劣但又有着丈夫的体贴和殷勤；谷雨要告的人偏偏是自己的连襟，他在最困难时还受过其恩惠，因而在关键时刻身不由己地为姐夫开脱；顾细贞时而显得浅薄庸俗，时而却又显得纯真可怜；魏玉娥饱经风霜的坎坷经历使人难以不动怜悯之情，但她坚忍不拔的精神力量却又使人感觉到一种崇高的阳刚之美……

这些用复杂色彩点染出来的人物形象，这些由丰富历史积淀所凝聚成的复杂性格，很好地传导出了作者的思想："新与旧是相互依存、相互斗争的，而且新与旧之间是有其特定的内在联系和因果关系的。"我们不但可以从顾元贞的觉醒和觉醒时的苦痛中觉出几千年封建道德对中国妇女的压抑，从沈国材的肮脏灵魂中发现不正常的政治生活的恶果，从顾细贞复杂性格的客观存在看到历史与现实的鬼斧神工，还可以从谷雨的犹疑和矛盾中既看到中国农民是带着自身的精神负累投入变革这样一种客观存在，又能觉出社会进步之历史必然。从魏玉娥的遭遇和精神的不协调中，看到党的力量和妇女解放的光明前途。这样一种人物塑造和性格刻画确实是丰厚凝重，颇具现实感和历史意蕴的。他们身上凝聚的丰富历史积淀和广阔的社会内容，比较鲜明地折射出我们当前新旧交替时期特有的时代特征，读者和观众可以从他们身上觉出自己的过去、现在和未来。

我认为陈健秋在人物塑造和性格刻画上的这种努力是逐渐接近了生活的多层结构和复杂内涵的，反映了他的美学追求和艺术功力。这些显现出丰富历史积淀的复杂性格和人物形象，不但具有一定的认识价值，而且具有较为久远的艺术力量。

三、突破自我凝固，探索艺术表现的"最佳方案"

无数作家的成功经验告诉我们，作家艺术上的成熟，决不表现为因循守旧和自我凝固，相反，却表现在他懂得如何不断突破前人、突破自己，如何不懈地进行艺术表现"最佳方案"的探索。

因此，我欣赏陈健秋这样的话："有人说风格的形成是作家成熟的标志。但我也许永远不会成熟，因为我并不打算以后认定了只用这一种风格，还要因题材、内容、客观条件而异。"

他这种艺术形式上的探索精神，很明显地体现在他新时期的话剧创作中。他每写一个剧本不仅都在试图阐述一种新思想，指出一个新问题，刻画一类新人物，而且也在不断寻觅表现这种思想、这个问题、这类人物的最佳艺术格局。

多年的舞台实践使陈健秋谙熟舞台奥秘和剧场奇巧，不倦的理论学习又使他具备了较为通达、开放的戏剧观念。因而他在话剧艺术表现形式的探索上做到了不泥古、不趋时。

先从结构形式上的探索来看，他在《带刺的仙人掌》等剧本中的矛盾设置、冲突铺排就极为讲究，戏剧冲突环环相扣，情节发展险象时生，结构上起、承、转、合错落有致，且具"佳构剧"的魅力；在《第二次握手》《梅子黄时》等剧本中，则重人物性格塑造，重氛围渲染和场景铺排，很明显是在追求"生活戏剧"的格调；而在《遥远的迭达罗斯》《红楼梦新编》等剧本中却又以荒诞的情节发展、奇异的艺术想象、警策的主题思想取胜，追求一种现代戏剧的风范。

根据表现不同题材和阐述不同主题思想的需要，他在剧本的体裁和风格样式方面进行了大胆的尝试和摸索。他这一时期的剧作中，既有情节紧张的惊险剧，又有极为夸张的闹剧，既有虚构的科幻剧，又有近乎怪诞的荒诞剧，还有常见的正剧和喜剧。这些剧作通过恰当的艺术处理，焕发出不同的美学光泽，产生了不同的审美效果。如《梅子黄时》这类剧目，就是利用真实的人物塑造、自然的情节结构、朴实的生活语言、生活氛围颇浓的情境筑构来诱使观众产生热情的心理潜入，与剧中人同呼吸，共命运，在审美上产生移情快感。而在《红楼梦新编》这类剧本中，作者则利用夸张的语言、荒诞的情节以及"编导"的频繁出入和歌、舞的穿插来破除舞台幻觉，使读者和观众形成冷静的心理间隔，使之获得更多的理性思辨的愉悦。

从以上的分析我们可以看出，陈健秋在新时期的剧作中，对于艺术形式的探索是颇为大胆和不乏成效的。不论他探索的步子怎样纷杂，终究没有离开民族的"神韵"，没有背离话剧艺术的审美特性，有开拓求索之心、无哗众取宠之意。他通过艺术表现上"最佳方案"的寻求，寓思考于形象、融哲理于情感，利用恰当的艺术表现让思想、诗情汩汩流入读者和观众心中，从而产生较强的艺术感染力。

总之，以上这些艺术特点不但决定了陈健秋新时期话剧创作的美学品位和艺术魅力，而且构成了这些剧作的美学特征。我们期待着陈健秋更上一层楼，创作出更多富有时代气质和审美个性的话剧作品，为新时期的文苑艺圃增添光彩。

（本文作于 1997 年 6 月）

喜听翠鸟吐新声

在音乐声中，大幕徐徐拉开，写意的布景在五彩光斑的映衬下，构成一处人间仙境。

翠鸟爱上长工赵宝，变化成女子与其结为夫妻。员外与知县勾结，强抢翠姑娘献于皇帝为妃。凭借宝衣法力，翠姑娘与姐妹们一道，将员外、知县、皇帝变为畜类。众人翩翩起舞，欢庆团圆……这是湖南省艺术学校戏剧系花鼓戏班学生们毕业公演的花鼓戏《翠鸟衣》。

闭幕之时，激动的情绪驱使我和满场观众一起，站起来为演出鼓掌。我的激动，并非完全因为学生们颇具才情的表演，而是为这场演出显现出来的创新精神所折服。

导演学生实习剧目，除了教会学生们学会剧本规定的台词、唱腔、动作之外，更重要的是必须让学生们掌握艺术创造的正确方法。就凭这点而言，此剧的导演是做出了成绩的。

这台演出体现了学生们在学习、继承传统的基础上，顺应时代的发展，广采博取、兼收并蓄的革新意识和创造活力。如翠姑娘扮演者甘平的唱腔，就适应了现在观众的喜好，以情带声，借声抒情，既有通俗唱法的甜美，又不失花鼓唱法的韵味。表演上，她也不囿于花鼓戏传统的程式，将丰富的内心体验和完美的外在表现相结合，尽情演来，不事雕琢。

在学生们的艺术创造中，我们不但可以看到地花鼓、对子戏的载歌载舞，也可以看到京剧、湘剧所擅长的身段武功、川剧的变脸特技，甚至可以发现芭蕾舞的语汇、迪斯科的节奏动作、交谊舞的轻盈舞姿。服装上，一根羽毛饰物替代了头上的花钿玉翠，使翠鸟们平添几分仙气；一袭轻纱，两只窄袖，取代了女帔、彩裙和水袖，更显得其轻盈俊秀。员外鹰钩鼻、尖下巴造型，知县呆头呆脑、大腹便便的装束，皇帝老态龙钟的细笔勾勒，丰富了传统戏曲的化妆方法，很好地表现了人物性格。

写意且色彩绚丽的天幕，极富变化和情感的幻灯处理，利用色彩和图案变化来点染环境的布景，民歌风味颇浓的音乐结构，都使这台演出体现出浓烈的革新意识和创造活力。

当然，亦如孩童学步，难免步态不稳。这场演出也还有许多可以进一步提高的地方。但这台实习演出传导出来的有关戏曲教育改革方面的信息，以及对现在的学生和未来学生的良好影响，都是不容轻视的。愿戏曲界新人辈出，"翠鸟"再吐新声。

（本文作于 1990 年 2 月）

广采博收　别具一格

娟秀白皙的面庞，水盈盈的大眼，谦和含蓄的笑靥，端庄恬静的举止，很容易使人联想起她在舞台上创造的那些淳朴善良的女性角色——秦雪梅、江竹筠、金竹嫂……她便是湘潭市花鼓剧团的优秀中年演员刘惠。

在成功面前，刘惠曾驻足反思。她说："前几年，我是像学步的婴孩一样，摸索着走过来的。"是的，真正使她走进艺术殿堂、赢得观众喜爱的，正是她那坚忍的"摸索"精神和博采广收、镍而不舍的艺术创造。

30多年前，刘惠出生在长沙城里一个知识分子家庭。良好的家庭环境和艺术熏陶，在铸就她性格气质的同时也培育了她对文艺的热爱。17岁时，她下放到沅江县，一年后调到县文工团。

她在艺术上真正显露头角是调到益阳地区花鼓剧团，在《新站长》和《江姐》两剧中担任女主角之后。前一个戏曾参加全省戏剧调演，后一个戏虽然是移植剧目，但她扮演的江竹筠声名远播。当时省文化厅的领导陪同中央首长王首道同志专程去看过演出。王首道同志看完演出后说："到了湖南，不来益阳看花鼓戏《江姐》，是个遗憾喽！"

此后不久，刘惠又在现代花鼓戏《梨花雪》中担任主演，第二次赴省参加会演，省电视台转播了此剧演出。1980年，她参加省音乐周演出，她唱的《荷花美》《九嶷山上》等歌曲，因嗓音甜美、韵味独特而获得观众的热烈掌声。

刘惠的演唱风格不是单纯流派继承的结果，而是博采广收、潜心苦练的产物。学艺这么多年，她没有正式拜过老师，全凭"偷艺"来提高自己。她利用各种机会，认真学习同行的演唱，琢磨个中规律，取各家之长，结合自己的嗓音条件，利用科学的发声方法来演唱花鼓曲调。

正如艺谚所说："井淘三遍吃好水，艺学百师技自高。"她经过长时期的摸索，终于在唱腔上形成了颇具艺术魅力的独特韵味。

在表演方面，她同样不囿于传统程式，而是汲取其他剧种甚至其他艺术表演形式的精华。她厌恶装腔作势，注重情感体验和性格塑造。这种艺术追求，在她调到湘潭市花鼓剧团以后主演的花鼓戏《碧螺情》中体现得尤为显著。

刘惠在舞台上创造了一个又一个受人欢迎的艺术形象，影响日益扩大，最近，她又一头扎进了大型花鼓戏《风流嫂子》的排练中。不久，我们将会在舞台上欣赏到她创造的另具一番韵味的中国当代妇女形象。

（本文作于 1992 年 3 月）

不忘生活的厚赠

一日，回家乡探望父母，抽空去拜访了湘潭市戏剧工作室的编剧袁雪飞。

弄清我的来意，这位剧作家微微一笑，说："我十分感激，也永远难忘生活的厚赠。靠着这些'厚赠'，我十年写了 30 多个剧本，其中 13 个搬上了舞台，一共演出了 1000余场。"

大凡戏剧中人，都熟知这些年的戏剧创作、演出景况，10 年写 30 多个剧本不易，10 年中有 13 个戏搬上舞台更难，而 13 台戏演出共 1000 余场就更为不易了。

看到我眼中的惊讶，他朗声一笑，谈起了自己的创作经历。

1959 年，他这个农村伢子考入了醴陵县湘剧团。生活底层的辛勤劳作和多年的舞台实践，在锤炼他吃苦耐劳禀性的同时，也在他心中凝结了与时代、生活、人民、观众的血肉情感。

1980 年，他改行当编剧。十年来，他细心体察时代的律动和生活的足音，从人民的审美需求出发，发挥自己来自农村、熟悉生活和舞台的优势，力求自己的作品贴近时代、生活、人民，踏踏实实地走大众化、通俗化的创作之路，写出了一批受剧团欢迎和观众喜爱的剧本。

1986 年他创作的大型花鼓戏《风流嫂子》，取材自现实的农村生活，热情歌颂了党的十一届三中全会以来的农村新貌，充满了浓郁的生活气息和昂扬的时代精神。省内外有十几个剧团搬演此剧，目前已演出 500 余场。

今年 1 月他又创作了一部歌颂消防队员的大型花鼓戏《火海雄鹰》，上演后便连演 50余场，观众反响热烈。刚脱稿不久的大型现代戏《逃生计》，又被湘潭县花鼓剧团看中，上演后，受到广大观众欢迎和省计生委的重视……

"热爱观众的人，必定得到观众的爱戴。不忘时代、生活、人民厚赠的文艺家，将一如既往地从中获得收益。"——我愿将这位剧作家的经验之谈，转赠给已经成功或企望成功的朋友们。

（本文作于 1988 年 6 月）

志在突破

在湖南电视台播放的戏曲艺术片《当家人》(湘潭市花鼓戏一团演出) 中，掌元老爹那沉着朴实的表演，赢得了观众的赞赏。

扮演者周勇志今年才 28 岁。几年来，他在舞台上扮演过白发苍苍的老翁、俊雅风流的青年小伙、道貌岸然的正人君子，也演过偷鸡摸狗的无赖之徒。生、净、丑，他几乎行行演到，而且都能受到观众欢迎。一个青年演员为什么能做到这点呢？周勇志的回答是："志在不断突破。"

1972 年，14 岁的小周凭着他那得天独厚的好嗓子，被招到湘潭地区歌舞团，得到声乐和舞蹈专业训练。他在小歌剧《军民曲》中扮演的退休老工人，引起了文艺界的注意。

1974 年歌舞团改成了花鼓戏剧团。当时有人哭、有人闹、有人消沉、有人改行，也有人鼓动小周请调。年仅 16 岁的小周却认为，花鼓戏群众喜闻乐见，演花鼓戏很有前途。在父母的支持下，他下决心突破自己，学好花鼓戏。然而，正如他自己后来所感叹的："突破自己真不容易！"他拜师访友，勤学苦练，一步一步摸索着前进。

1978 年，他在《秦香莲》中扮演包公，开始困难颇多，但他知难而进，靠着勇于探索的精神，在唱腔上、表演上努力突破自己。他吸收歌剧脑后共鸣的发声方法，结合花鼓戏重韵味靠口腔共鸣的特长，唱得声情并茂，赢得了观众的热烈掌声。在"头上取下乌纱帽，身上脱下蟒龙袍，将凶犯与爷捆绑了——"长达一分多钟的拖腔中，他还学习运用了京剧、湘剧花脸的虎音唱法，气贯丹田，强调共鸣，把包公面对凶顽怒不可遏的情感和刚正不阿的性格淋漓尽致地表现了出来。

在从艺的道路上，小周特别虚心向老同志学习表演技艺。导演肖远扬演小丑出身，有丰富的舞台经验。小周拜他为师，深受教益。一次排演《十五贯》，师徒俩一同扮演娄阿鼠。这角色难度较大。小周把排演当作学习技艺的好机会，一连十多天泡在戏里，翻爬摔跌，提高很快，演出时受到观众和同行们的好评。

有趣的是，小周在这个戏中还兼演了况钟这个性格不同、行当迥异的角色。观众称赞他演的况钟："个子虽小，分量不轻。"

小周演《刘海砍樵》中的刘海，曾认真地向花鼓戏著名演员何冬保以及团内的老师学习表演动作。同时，他又根据人物和剧情的需要，把自己学过的舞蹈动作融会其中。如刘海上山的动作，就吸收了民间歌舞中的身段步法，鲜明地表现出劳动人民的粗犷与豪放，显得洒脱优美。

小周懂得，戏曲程式是戏曲演员塑造人物的基本手段，但运用程式必须从人物出发。在塑造现代人物时，更应从现代生活着眼，突破或化用原有程式和表演方法。在《红霞万朵》的余得喜、《三里湾》的王满喜、《出租的新娘》的李保荣这些角色的创造中，都留下了他勇于突破的探索的足迹。

特别是扮演《当家人》中的掌元老爹，他将生活中一些倔老头的神情举动、衣饰口吻融进自己的角色创造之中。他还借鉴话剧《红白喜事》中老太婆的表演和生活中见到的一些形象，把"让权""砸碗"等场面，表演得恰如其分，入木三分。即使没有台词唱腔的段落，他也用潜台词贯穿起来，通过丰富的面部表情和准确的动作，逼真地表现了这位跟不上时代的老当家人复杂的思想感情及其发展过程。湖南电视台的一位导演称赞他"表演不同凡响"。

周勇志在艺术上的锐意进取，赢得了越来越多的观众喜爱，也受到了戏剧界和前辈专家们的充分肯定和赞扬。1981年湘潭地区青年演员"新蕾奖"评比中，他独占鳌头，荣获一等演员奖；去年又被评为全省优秀青年演员。当笔者问起他今后的打算时，他毫不迟疑地答道："学习！"他决心在探索的道路上永远前进。

（本文作于 1989 年 11 月）

看罢《凤箫》说唐儿

省湘剧院新近上演的《凤箫怨》中，唐儿一角给人留下很深的印象。饰演唐儿的青年演员庞焕励嗓音清亮甜润，把美丽善良的唐儿演得哀婉凄楚，令人落泪。

小庞学艺之年，时逢多事之秋，艺难长进，岁月蹉跎。直到她进团的第八个年头，才担任了第一个女主角——《大破天门阵》中的穆桂英。小庞在台下虽把一招一式练了无数遍，可在台上却手足无措了。小庞不甘心久处于这种尴尬局面，她一面苦练基本功，一面虚心请教。已故著名湘剧表演艺术家彭俐侬既是她的婆婆，也是她的老师。在名师指点下，她的演唱技艺大有提高。1979 年她主演的《李三娘》为省电台录音，又灌制成唱片；1984 年她荣获省青年优秀演员称号；1985 年又在"长岛新秀"演唱比赛中获二等奖。

如果说小庞以前的成功主要得益于对老师聪颖地模仿，那么唐儿的塑造却让她尝到了创造的艰辛。严格说来，唐儿是小庞在舞台上独立创造的第一个角色。以往她饰演的角色大都有师可循，有本可摹，而这一次一切都得自己来。以前演的大多是青衣，这次的唐儿却是身兼两行，前半部是天真烂漫的花旦，后半部是端庄凄婉的青衣。

她成功了，少女唐儿演得天真活泼，如风荷出水。随着剧情的发展，她以激情充沛、张弛适度的表演将观众拉进了感情的旋涡。她那缠绵悱恻的表演、幽咽凄婉的唱腔，将少妇唐儿演得楚楚可怜。特别是唐儿向认母为仇的儿子诉说十六年冤屈的那段唱腔，小庞以声传情，把人物的哀怨和愤懑淋漓尽致地表现了出来，唱中有哭，哭里带唱，唱得深沉哀怨，哭得荡气回肠。

小庞为我们塑造了一个前后风姿各异、情致迥然的唐儿。但愿她以此为起点，塑造出更多更新的舞台艺术形象。

（本文作于 1990 年 5 月）

《中国戏剧文化史述》读后

对于中国戏剧发展历史的研究，恐怕不能算一个寂寞的领域。在这群星满缀的天国里，而今又有一位年轻的戏剧理论家献出了自己独具芬芳的一瓣心香——《中国戏剧文化史述》（余秋雨著，湖南人民出版社出版）。

与同类著作相比，"史述"的特点在于"述""评"结合。作者对中国戏剧发展历史的研究，没有着力于文献典籍的发隐钩沉，没有重复常见的调查报告式的客观描述，而是采取了"述"与"评"相结合的方法，从戏剧美学的新颖角度，将中国戏剧的历史发展放到历史的广角镜中予以考察，用新的观念对中国戏剧史结合中国宗教、哲学的性质特征来进行总体的考察。

从书中我们可以明显感觉到，作者在理论思维上具有两方面的优势：

一方面，作者将中国戏剧的历史发展放到中华民族的文化总体中去考察，从社会的深层结构中、从社会经济形态的发展中去寻找戏剧发展的具有深刻意义的机缘。

结合一个时代的哲学、时尚乃至心理氛围来综合考察戏剧的形成和发展，这无疑是富有创见和理论意义的。如对中国戏剧为何形成较晚这一问题的研究，作者就是从宗教仪式与戏剧的密切关系出发，进行梳理和评述，认为孔子及其所代表的儒家思想在中国社会生活中所造成的"泛戏剧"延缓了中国戏剧的正式形成。这样的立论和论证是颇有新意和令人信服的。

另一方面，作者在分析和论证中力求纵横贯通，用比较的方法，对影响中国戏剧形成和发展的诸多因素进行了历史性和共时性的比较研究，从而清晰地阐述了中国戏剧发展的特殊历程和艺术个性。

作者借以述评的"对比参照系"是宏阔的。通过比较，一些疑难问题显出了明晰的历史面貌，焕发出新的美学意义。书中对中国戏剧形成期考察判断，对纪君祥《赵氏孤儿》与伏尔泰《中国孤儿》乃至歌德所著《埃尔泊尔》等剧本的比较研究都是如此。

此书文字流畅明晰，笔触舒卷自如；综合比较的研究方法、充满活力弹性的叙述方式使之成为一本精深、信实兼具文采的学术论著。

（本文作于 1993 年 3 月）

一张登记表

据传，"文革"前某剧团有位颇有名气的丑行演员，拿到一张《知识分子登记表》，表上的字竟有大半不识。犹豫半天后，在"家庭出身"一栏中写下了：爷爷胡子，祖母婆旦，父亲大花脸、母亲摇旦。在"个人成分"一栏中则端端正正地写下了三个字——小花脸。

这则笑话年长日久，每每回想起来不免有几分惆怅和辛酸。如果说这些老艺人文化水平不太高是由旧社会困苦的生活所造成，情有可原，那么在新中国成长起来的新一代戏曲演员，则应该完全摆脱这种落后状况。

令人遗憾的是，这种缺乏文化修养的情形，在某些青年演员身上仍然严重地存在着，舞台上演员念错字、断错句、表情与曲词风马牛不相及的笑话并不鲜见。一些演员文不知屈原、司马迁、杜甫，武不识孙膑、孙武、霍去病；前不知尧、舜、禹，后不晓魏、晋、唐。如此文化水准与他们所从事的意识形态工作，实在极不协调。

文化修养是各种艺术创造的基础。较高的文化修养，对于戏曲演员认识生活本质，参悟剧本思想，体会角色心理，创造艺术形象都是不可缺少的。戏曲谚诀中有"未演戏、先识戏"之句，说明能识戏是演好戏的先决条件。而要做到"识戏"，就非有较高的文化修养不可。

清代戏曲理论家李渔深谙舞台搬演之三昧，因而对演员的文化修养也颇为重视。他认为学唱先须"解明曲意"，将那些"终日唱此曲，终年唱此曲，甚至一生唱此曲，而不知此曲所言何事，所指何人"的演员称之为"蒙童背书"，要求演员"得其义而后唱"，这样则"同一唱也，同一曲也，其转腔换字之间，别有一种声口；举目回头之际，另是一副神情"。演员要达到这种变死音为活音"化歌者为文人"的境界，关键只在"能解"二字。要"能解"曲意，就离不开文化修养。

中国古代一些艺术造诣颇高的戏曲演员，大都爱"涉猎书史""喜亲文墨"。如元明间散曲作家夏庭芝《青楼集》所载的梁圆秀，不但"歌舞谐谑，为当代称首"，而且"喜亲文墨，作字楷媚，间吟小诗，亦佳"。她写的一些乐府诗也为"世所共唱之"。我国近代著名京剧演员周信芳说："要唱戏也得多读、多看、多研究。不读书怎会知道古人的历史和性情？表演起来能感动人吗？"在这种认识指导下，他成了一个手不释卷的书迷，创造了宋世杰、徐策等性格鲜明的人物形象，达到了广学多识、博大精深的艺术境界。

川剧名演员康芷林尤重学识，在演《庆云宫》之前，曾检阅史书，虚心求教，对当时的政治制度、剧中主人公的为人和宫廷生活做了比较详细的了解，因此塑造的人物才能奕奕有神，臻于佳境。

由此可见，文化修养对于演员艺术创造的巨大作用是不能忽视的。"要演深，通古今"这则戏谚是前辈艺术家的经验之谈，值得我们效法。

（本文作于 1989 年 3 月）

编辑·益友·人梯

一次会议上，我遇到了《文艺生活》编辑部的李子科同志。这位农村会计出身、自学成才的文艺编辑，已经勤勤恳恳地工作了 22 个年头。他曾经编发过不少在省内外获奖的作品；不少颇有成就的作者，受到过他的悉心扶持；一本集湖南 30 年优秀曲艺作品之大成的《湖南曲艺选》，其中有 1/3 的作品是经他编辑发表的。他编发的 35 个中篇通俗文学作品里，竟有 25 篇被各级出版社出版或其他刊物转载。

我怀着尊敬，向他询问成功的经验。

老李略一思忖，诚恳地回答："很难说有什么经验。我身边有一些相处亲密的作者朋友，他们有了作品总是先寄给我。如果这也算经验的话，那我的经验则是：只有团结爱护作者，才能做好编辑工作。"

老李曾经接到过一个中篇稿子，前面写着："此中篇开头稍弱，中后稍强，但愿您能有兴趣将它看完。"上面还用别针别了一毛五分钱，并注明："不用，求用挂号退还。"看来，这位作者在投稿过程中碰到了（至少是听说了）许多不愉快的事。这件事对老李震动很大，因而无论工作怎样忙，他都把热情、认真地处理来信来稿放在第一位。来信几乎是随收随复，来稿一般也在十天半月内妥善处理。不少作者通过这种良好的编辑作风，结识了这位热情的编辑益友；老李也在这种交流中及时发现和培养了一批有苗头的作者。

要与作者建立真正的友谊，编辑还需待人以诚，不以稿谋私。有一位现在颇有影响的通俗文学作者，他的第一个中篇初稿缺点较多，老李觉得作者有前途，作品有基础，便帮他多次修改。作品发表时，作者一再要求与老李联合署名，都被老李婉言谢绝。

老李认为，当编辑不能只关心作品，也要关心作者的生活。作者在工作、生活中遇到不愉快的事情，他知道后便尽可能地去做些疏导工作。益阳有位作者与单位领导相处不和，他曾出面调解；湘潭有位作者因车祸负了重伤，他自己掏钱买营养品，登门探望。有的作者在生活中受到挫折，他一如既往地关心，并通过组稿、作品修改等方式，增强作者生活的信心。老李这种以心换心、以情动人的编辑作风，确实有利于作者的成长。

编辑作为作者的益友，还应及时对他们的创作思想进行引导。有的作者写通俗文学作品，总喜欢加些刺激性的描写。老李严格把关，还向作者讲清"通俗作品要通俗，不要庸俗"的道理。

老李从事文艺编辑工作 22 年，前 14 年月工资仅 40 元，其中还有八年时间，老婆孩子没城市户口。在这样困难的条件下，他从没想到过要调动工作。他说："我之所以能坚持下来，是因为我很爱我的编辑工作，我看到了自己工作的价值，找到了其中的乐趣。虽然在作者的作品中没有我的名字，但那里面有我的劳动。做编辑，就得有点甘当人梯的精神。"

（本文作于 1987 年 4 月）

理论之树长青

德国文学家歌德讲过，理论是灰色的，生命之树长青。其实，理论之树只要植根现实的沃土，沐浴生活的阳光雨露，也是能获得葱茏俊色和勃勃生机的。省剧协副主席、省戏剧理论研究会副会长乔德文同志在戏剧理论上取得的成绩，便能说明这一点。

粉碎"四人帮"以后，乔德文在省以上报刊发表了近 20 万字的戏剧评论文章；编辑和参与编辑了近 200 万字的戏剧资料，其中《湖南小戏选》《荒诞与真实》等书分别由人民出版社和湖南文艺出版社出版。近几年来，他在上海《戏剧艺术》《新剧作》，北京《戏曲研究》《戏剧报》《中国话剧艺术家传》等刊上发表了《中西悲剧观探异》《戏曲悲剧的创作特征》《戏曲悲剧艺术管窥》《论戏曲编剧法则多样化变异》《愉快地同自己的过去诀别》《石凌鹤评传》等一批较有影响的论文。其中《中西悲剧观探异》和《戏曲悲剧的创作特征》等文章分别被《新华文摘》《外国戏剧》《美学文摘》《中国戏剧年鉴》《中西比较美学文学论文集》《戏剧争鸣集》等报刊选载，引起了理论界的注目。

乔德文戏剧理论研究的特点有四：

其一，治学谨严，为文质朴。著文不求急功近利，重在有感而发，行文辞达则止，不喜哗众取宠。针对现实戏剧运动中的问题，他写了《论喜剧的肯定性和肯定性喜剧》等论文，虽然理论层次高，但他却通过谨严的分析论证、质朴的语言，使读者于心领神会之中窥其堂奥。

其二，熟悉戏剧本体，而又不为其所囿，能在较高和较为丰富的理论层面上对其发展进行思考。如《戏曲悲剧艺术管窥》和《中西悲剧观异》等文章，都采取了比较的方法，对古今中外的戏剧现象进行了深入细致的分析研究，找出了中国戏曲悲剧的基本艺术规律和美学原则，立论不落俗套，论证自出机杼。

其三，直面现实的戏剧运动。不仅从现实的戏剧实践中汲取理论材料和信息，还力求通过自己的理论研究，为现实的戏剧实践服务。他积极投身戏剧活动，曾参加湖南许多届戏剧调演的评论工作，从中广收信息。他的文章较少学院风和书卷气，如《〈新螺女〉的高潮处理》《愉快地同自己的过去诀别》《论戏曲编剧法则多样化变异》等文都体现了他对现实戏剧运动的关注。《论戏曲编剧法则多样化变异》一文，对近年来戏曲编剧上的一些革新探索做了理论上的归纳，既有实事求是的肯定，也有入情入理的劝勉。

其四，把对现实戏剧运动的理论思考建立在坚实的历史传统的基点上。他虚心学习戏曲传统，努力熟悉湖南地方戏艺术，参与了《湖南高腔剧目初探》一书的编写，写出了《谈戏曲中的人情美化》《湘剧〈黄鹤楼〉的艺术特色》《〈刘海戏金蟾〉的哲理思想》《评巴陵戏剧目的思想道德意义》等文。

乔德文近来正忙于撰写一部有关戏剧审美形态的专著。愿他的戏剧理论研究永远保持葱茏俊色和勃勃生机。

（本文作于 2001 年 2 月）

挖潜掘隐　集萃揽珍

　　捧读曾祜年老先生编写的《长沙京剧票界的辉煌历程》一书，感触良多。本人研习戏剧文化发展史多年，用不同文体阐发过这方面的一些心得体会，近年来因琐事缠身，很少有时间和激情表达心中的想法。为该书的论题和作者的勤奋精神所感，遂提笔叙谈一二。

　　曾老先生年已耄耋，热爱传统国粹京剧多年，一辈子活跃于三湘京剧票房，耳闻目睹了湖南京剧票界的许多大事、盛事和奇闻趣事，结交了京剧票房的诸多志同道合的票友，集几十年之心中珍藏，融一辈子之研习心得，汇成本书，实为难能可贵。

　　"票友"，是中国戏剧文化史上一种独特的文化现象，对我国戏曲艺术的发展起过特殊的作用。

　　关于"票友"一词的来源与释义众说不一。有人说是以前没有收音机、录音机，爱好者学唱戏，只有买票去剧场看戏，因此叫票友，也就是拿票去看戏的人。还有人说，是清朝时候，朝廷禁止旗籍士兵去民间看戏，专设了一种唱太平鼓词的剧场，凡旗籍士兵均发免费票一张，其中出现了一批业余演唱者，称为票友。也有人说，是清朝统治者为了提高清军的斗志，编写太平鼓词，让八旗子弟军传唱，并奖给龙票；这些人义务演唱，没有酬劳，后来称这些义务演唱京剧而不取报酬的人为票友。说法虽然多种多样，但在一点上是统一的，即"票友"是指那些会演戏但不是专业以演戏为生的戏曲爱好者。

　　应该说，在中国戏曲发展史上，各剧种都有自己的票友，但以京剧为最多。中国京剧自诞生之日起，便有大批票友随之产生。他们热爱京剧，学演京剧，虽然不以演出为生，但其勤奋程度，丝毫不亚于专业的京剧演员。有的票友，无论是演技、扮相、唱腔、功架，都不逊于专业演员。兴致来时，他们水袖长衫，长靠短靴，粉墨登台，只是为了一个"玩"字，不会关乎那几个"包银"，完全是自娱自乐。如清朝的皇帝爱新觉罗·载湉、贝勒爱新觉罗·载涛、袁世凯的公子袁克文、同仁堂的经纪人周子衡和上海的杜月笙，银行老板冯耿光、张伯驹，生理学家刘曾复，都是名噪一时的"名票"。

　　纵观中国戏剧发展史，票友的作用和地位不可小视。就京剧艺术而言，票友对其发展的推动作用主要体现在以下几个方面：一是钻研技艺，发展、完善京剧艺术的形式美。不少票友凭着对京剧的痴迷，以其毕生的心血，深入钻研京剧的艺术规律和形式美，不断有所发展和创造。二是给予京剧艺术家和表演团体以经济上的支持，养活了科班，捧红了"角儿"，使京剧表演团体和艺术家们能够得以生存。三是不断丰富京剧表演艺术家的演出阵容，为科班增加新鲜血液。票友是京剧演员的三大来源之一，有的票友极有艺术天赋，加上勤奋努力，成了很有建树的表演艺术家。如与谭鑫培齐名的孙菊仙，老生刘鸿声、张二奎、言菊朋、汪笑侬、郭仲衡、奚啸伯，花脸黄润甫，金秀山小生德珺如，老旦龚云甫、卧云居士，琴师李佩卿等。

由此可见，票友对于戏剧艺术，特别是京剧艺术的发展，具有非同寻常的意义。遗憾的是，这方面的史料收集和研究成果却十分稀少。因此，要特别感谢曾祜年老先生，以耄耋之年，凭着对京剧艺术的酷爱，经过极其艰辛的收集，编写出了这本史料翔实、记叙明晰的《长沙京剧票界的辉煌历程》。

本书挖潜掘隐，集萃揽珍，收集了湖南省长沙京剧票友界大量的珍贵史料，清晰地记录了长沙京剧票房、京剧票友的活动情况。从1908年京剧首次进入长沙起，到中华人民共和国成立前长沙的京剧票友活动、中华人民共和国成立后至"文革"前长沙市票友组织和活动概况，以及"文革"后长沙票界的情况，都做了细致、翔实、明晰的记载。这些珍贵的史料，对于后人了解长沙京剧票友的活动和湖南戏曲的发展历程，并在此基础上展开对戏剧发展规律的研究，具有极其重要的意义。

书中对长沙京剧票界的发展脉络进行了清晰的梳理，不仅对长沙票界的重要人物、重要事件一一记录，而且将京剧知识、表演知识、剧目知识以及长沙票友的基本情况以及奇闻逸事展开了生动的描述，史料性、可读性和借鉴性都比较强。分析书中提供的史料，不仅使人为长沙京剧票友对京剧艺术的热爱、痴迷和对京剧艺术规律的精深钻研而感动，更能够明确地发现长沙京剧票友活动对京剧艺术发展的巨大推动。这对于后人学习前辈高超的技艺和艺德，深入研究湖南戏剧的发展历史，准确把握戏曲艺术的发展规律，将起到重要的作用。

当然，本书作为这方面的初始之作，无可避免地存在诸多不足。不过，其拾遗补阙的史料意义无论如何都是弥足珍贵的。尤其是书中洋溢着的那种作为京剧票友的荣誉感、自豪感以及为京剧艺术的发展贡献毕生精力的精神和情怀，不仅令人怦然心动，而且催人奋起。这也是本书的重要意义之所在。

（本文作于 2002 年 4 月）

力行而后知之真

范正明先生是湖南省著名的戏剧大家，他创作的湘剧《百花公主》，改编的湘剧高腔《琵琶记》(上、下集)、《白兔记》等剧本，已经成为湖南戏剧改革里程碑式的作品，是戏剧舞台上久演不衰、脍炙人口的经典之作。他出版的《湘剧高腔十大记》《湘剧名伶录》《湘剧剧目探微》《含英咀华——湘剧传统折子戏一百出》等著作，都已成为湖南戏剧发展史上不可多得的重要成果。

不久前，范老送来他新编的著作《新时期戏剧史论选》，拜读之后，惊喜不已。

本书从范正明先生新时期以来的戏剧史论文章中选收了25篇，主要包括戏剧发展和创作的规律探索、湖南地方戏曲代表性剧种——湘剧、花鼓戏等史论研究。

文章鲜明体现出三方面的特点。

一是植根地方戏曲表演和创作的实践。范正明先生十分熟悉湖南地方戏曲的表演和创作。他出生梨园世家，从小就生活在湘剧戏班里，五六岁时经常在"堂子"旁"马门"看戏，把当时能唱的戏几乎都看遍了，有的戏还翻来覆去地看，对戏剧的表演程式和"桥段"耳熟能详，深受地方戏曲艺术的熏陶。长大后，他参加"戏改"，做了大量的传统戏曲改编工作，创作了不少剧本，对戏曲创作的特殊规律特别熟悉。

范正明先生的戏剧史论，完全是从他熟悉的戏剧表演和戏剧创作的实践出发，不尚空谈，不打妄语，不掉书袋子。如《优秀的折子戏是民族戏曲的精华》中，对戏曲折子戏的论述便是敢为人先、首倡此议，得到了大家的认可。《湘剧形成简述》中关于湘剧艺术审美价值的概括，《试论湘剧流派艺术》对湘剧表演流派及代表人物的分析，都充分体现了他对湘剧表演艺术和表演艺术家的熟悉。

二是立足湖南戏剧运动的发展实际。范正明先生是中华人民共和国成立以来戏剧运动的亲历者，特别是对新时期以来的戏剧运动更是亲力亲为。他的戏剧史论便是这一时期戏剧运动的实录和思考。他自1949年湖南和平解放之后就投身于戏剧改革运动，立足于亲身实践，他在《一个"老戏改"的回顾》一文中，将戏剧界波澜起伏的"百花齐放、推陈出新"运动分为四个阶段，这个概括在全国"纪念毛主席'百花齐放，推陈出新'题词发表 50 周年"研讨会上，得到了与会者的一致赞同。

进入新时期以来，湖南戏剧遇到了生存和发展的危机。范老忧心如焚，在充分调研的基础上，撰写了《湖南戏曲面临的困难及其对策》《民间职业剧团考察与思考》，及时提出了"弘扬民族传统""深化体制改革""加强人才建设""普及与提高"等对策，发出了"人民需要戏剧，戏剧需要人民"的呼喊。这些理论成果及时推动了当时湖南戏剧运动，促进了湖南戏剧的发展。

三是运用先进的世界观和方法论来分析戏剧问题。范正明先生善于利用辩证唯物主义和历史唯物主义的思想武器来分析研究戏剧问题，取得了不少真理性的思想成果。《湘剧传统剧目调查及消长规律初识》《新编历史剧浅探》《贯彻"三并举"政策之我见》等文章，都鲜明地体现了作者这方面的思想功力。作者在《新编历史剧浅谈》一文中，一方面提出处理历史事件、历史人物要"古为今用"，但又指出"古为今用"不是一个随意性的、主观主义的口号，历史剧的古为今用要注意两点："一是掌握分寸，不要过头；二是分清古为今用与影射的区别。"从而慎重提出："创作历史剧，必须坚持唯物史观……必须从认真分析史料入手，深入开掘历史人物、事件本身固有的，而不是作者主观外加的思想意义。"这些观点在刚刚摆脱"四人帮"文化专制主义和"假大空"创作思想禁锢的当代中国，是很有见地的。《贯彻"三并举"剧目政策之我见》一文，分析了长期在剧目政策上存在的偏颇及其对戏剧事业发展带来的不利，肯定了"现代戏""新编历史剧""整理改编传统戏"三者并举的剧目政策。强调各剧种、各个剧团要从各自的实际出发，选择演出剧目，论述了传统戏、历史戏、现代戏三者之间并不排斥的对立统一的辩证关系。

范正明先生的戏剧史论文章使人真切地感受到这位老戏剧家在戏剧浩瀚的时空中孜孜不倦的求索，聆听到他有感而发、有的放矢的赤子心声。清代思想家王夫之主张：力行而后知之真。我是学戏剧史论专业的，深知古往今来不同角度、不同层面的戏剧史论文章浩如烟海，关于戏剧史论的著述可谓叠床架屋、汗牛充栋。但掌握先进的思想武器，真正从戏剧运动和创作的实践出发，深谙其特殊的艺术规律，如范老的文章一样"贴骨"的著述则不多。恰恰这种"贴骨"正是我们当下戏剧实践所急需的。我想，这也正是范正明先生戏剧史论的历史意义和理论价值之所在。

（本文作于 2010 年 6 月）

湘剧研究的奠基之作

湘剧是湖南省最主要的地方剧种，历史悠久，影响深远，已成为湖湘文化不可或缺的重要组成部分。

范正明先生长期从事戏剧创作与理论研究，既是成绩丰厚的剧作家，又是戏剧理论研究的专家。他以高度的历史责任感、时代使命感及惊人的毅力，投入到湘剧的研究整理工作中，用了三年时间在八十岁高龄之际编撰出版了湘剧研究的三部重要书籍《湘剧剧目探微》《含英咀华——湘剧传统折子戏一百出》《湘剧名伶录》。这三部书可以说是湘剧研究的奠基之作，既是湘剧研究的基础性作品，为湘剧研究提供了丰富的资料，又把湘剧创作、研究带入了一个崭新的发展天地。

面对这三部沉甸甸的著作，作为湘剧艺术的爱好者和这三本书的较早读者，心中感悟良多。

一

《湘剧剧目探微》一书，史料丰富，记述精当，具有重要的戏剧理论价值。

湘剧是一种多声腔的综合性剧种，剧目十分丰富，史上有"唐三千，宋八百"之说。但在数百年的历史发展中，因为多方面的缘由，不少剧目已经难以找寻。作者从漫长的湘剧艺术发展长河中掘微发隐，于浩瀚的历史典籍以及艺人们的口口相传中搜集了 660 个剧目。这些剧目包括上至商代的故事戏，下至中华人民共和国成立之后新编和改编的故事戏，历史跨度大，涵括的范围十分广泛，各个时代、各个声腔的代表性剧目几乎囊括其中。这么丰富的内容，这么珍贵的史料，在以前的湘剧剧目研究中是难以见到的。

该书所辑录的剧目，按发生的时间顺序排列。每个剧目的介绍不仅有简明的剧情梗概，而且有故事源流和流布情况的记述，有的还介绍了当时的演出盛况、群众反映和演员情况等相关信息，既有对剧目的细部探微，又有对艺术特色的宏观鸟瞰，记述颇为精当，做到了梗概清晰、源流准确、流布明了，读来使人一目了然。

该书对湘剧剧目进行探微，至少有以下几个方面的意义：

其一，剧目研究是剧种史研究不可或缺的重要内容，该书填补了湘剧剧目研究方面的空缺，为湘剧史的编写奠定了基础；其二，该书所作的努力在湘剧剧目研究史上是空前的，对于湘剧发展历史和艺术特征的研究具有重要意义；其三，湘剧是一种历史悠久、传统深厚的地方大戏剧种，在其历史发展中，剧目既受到其他剧种的滋养，同时也给兄弟剧种以影响，深入研究其间的联系，对于把握戏剧发展的整体形态和艺术规律具有重要意义；其四，湘剧是湖南的省剧，其剧目是一定历史背景下湘天楚地和湖南人杰熔铸而成的独特的精神遗存，对其进行"探微"，小而言之可以从中发掘出丰厚的湖湘文化精神特质，大而言之可以从中了解到中华民族神秘的灵魂密码。

总之《湘剧剧目探微》对于湘剧历史的深入研究、对于戏剧艺术规律的准确把握、对于中华民族文化传统的传承，都具有重要的意义。

二

《含英咀华——湘剧传统折子戏一百出》一书，对于推动湘剧艺术的发展，具有较高的历史和现实意义。

此书虽取"一百出"之名，实则收录了历史上流传下来的和部分今人新编、移植的湘剧各行当代表作百余种。这虽然不是湘剧折子戏的全部，却也保留了主要的精华，从中既可以窥见湘剧折子戏的全部，又能体察其历史沿革和艺术特色。

湘剧是湖南地方戏曲剧种的大戏剧种，拥有悠久的历史、丰富的声腔和行当，剧目体系庞大、繁多，折子戏是其中经历长久的舞台实践锤炼而成的精品。品赏这些精品，有益于了解湘剧艺术传统、历史流变及融于其中的民情风俗和文化密码。

尤为可贵的是，范正明先生不仅熟悉传统、熟悉舞台，还具有深厚的文学根底。他对书中所收折子戏剧本的文字和情节进行了恰当的校勘和整理，增强了剧本的文学性、艺术性，显现出鲜明的当代审美取向，既为当代的戏剧艺术家和爱好者提供了可资借鉴、学习的珍贵资料，又为今人的创作和鉴赏开掘了一座丰富的宝库。这对于湘剧艺术的传统继承和发展、对于现代湘剧剧目的建设，具有重要意义。

三

继《湘剧剧目探微》《含英咀华——湘剧传统折子戏一百出》之后，范正明先生又撰写了《湘剧名伶录》一书。在这三部书中，本书当是作者耗时最多、费力最大的呕心沥血之作。本书内容丰富，意义非凡，举其要者，主要有以下四个方面。

其一，这是一部内容翔实的湘剧表演艺术家大辞典。

本书主要记叙了湖南湘剧自清初以来至20世纪末有据可考并具有一定知名度的表演艺术家和乐师的生平。他们或是历代湘剧班子、院团的当行主角，或是知名的乐师，按人物生年排序，一人一篇，介绍其从艺经历、代表剧目及艺术特长。

书中介绍的近300名湘剧艺人，有话则长，无话则短，简略却不失精到地勾画出他们的艺术特点和生活情貌。

这是一本编写难度极大的书。书中介绍的这些表演艺术家，有不少生活在封建社会或半殖民地半封建社会。那时候，湘剧艺术不为统治阶级重视，湘剧艺人不仅没有社会地位，而且深受压迫和剥削，很少留下关于他们生活和艺术的文字记录。即便偶尔有些零星的记载，也大多淹没在浩瀚的历史典籍中，很难寻觅。作者不畏其难，采取各种办法收集资料，从大量浩繁的典籍中搜索，在艺人们的后代、徒弟的只言片语中寻觅，并多方考证核实，终于有所收获，写出了这本前无古人、内容翔实、资料丰富的《湘剧名伶录》，堪称湘剧表演艺术家的大辞典。

其二，这是一部内容生动的湘剧演剧发展史。

本书记录的虽然是一些普通的湘剧艺人的生平，内容也有详有略，篇幅有长有短，但它们组接起来，却形成了一部了不得的内容生动的湘剧演剧发展史。

从书中所载湘剧艺人们的简历中，读者不仅可以看到湘剧艺术在不同历史时期的表演、声腔、剧目等情况，更可觉出清晰的、生动的湘剧演剧历史。生动的故事，多样的情貌，使人过目难忘。

在中国戏剧发展史上，通过记录艺人的故事，展示一个阶段戏剧发展的著作不多，但大都能从中体察一个时期的戏剧状况。因为戏剧是一种演员和观众通过现场反馈获取审美感受的特殊的艺术形式，所以往往可以从演出者的身上折射出戏剧整体发展的情状。早在先秦时期，便有巫觋和俳优的记载，《史记》中亦有《滑稽列传》，唐代更有崔令钦的《教坊记》，元代亦有夏庭芝的《青楼集》，记录了元代两百余名女演员的生平。这些著作对中国戏剧史的研究做出了极大的贡献。我想，这部《湘剧名伶录》，对于湖南戏剧史的研究，亦有其重要的作用。

其三，这是一部极为难得的湘剧表演艺术教科书。

本书介绍了湘剧艺人们各自的艺术特点和拿手好戏，以及他们在表演艺术上的特殊技艺。如李芝云演《芦花荡》中周瑜呕血倒地，吐银朱于面的绝技；清华班"三姣"中的跷功；陈绍益的"船路"；吴绍芝的"绍派"唱腔；王益禄的"醉戏"；周圣希的"关岳戏"等。书中比比皆是这方面的记载，不仅为今天的读者展示了湘剧艺术的独特魅力，而且为从事湘剧表演艺术的年青一代，提供了一部难得的学习湘剧表演艺术的教材。

历史上湘剧表演艺术的传承，大都靠言传身授，少有文字记载，一些表演技艺，常常随着艺人的过世而失传，经过千百年凝聚、锤炼出来的美，很可能在一瞬间"人亡艺绝"，这是令人十分痛心的事情。

本书中记录了大量的湘剧表演技艺，捧读此书，并辅以实践，便可以使这些珍贵的美得以流传，真是一件功在千秋泽被艺坛的幸事。

其四，这是一部弥足珍贵的戏曲从业人员的"弟子规"。

《弟子规》是一本依据孔子教诲编写而成的道德书，教导人们为人处世的各种道德规范。戏曲从业人员是一个特殊的群体，人称"梨园子弟"，他们中间亦有一些共同的道德规范。

对于戏曲从业人员来说，《湘剧名伶录》一书亦可视为一本弥足珍贵的"弟子规"。本书中有不少关于湘剧艺人崇高气节和美德的介绍。如李芝云的为人正直，不畏强势，疏财仗义，济困扶危；陈松年的勤学苦读，不错一字；胡普临宁愿死也不为日寇挑担；徐初云的互让美德；罗裕庭不畏强暴，抗议日寇暴行，以身殉国等。这些故事为今天的戏曲从业人员提供了道德榜样。

商品经济和市场经济的浪潮，冲击了今天戏曲从业人员的道德准则，戏曲界出现了一些匪夷所思的道德缺失的情况。捧读此书，回味前辈艺人的所作所为，今天的戏曲从业人员应该会有不少感悟和警醒。

范正明先生于耄耋之年，致力于湘剧艺术的发掘和弘扬，在久远而苍茫的历史旷野中，拾起颗颗珍珠，拂尘去渍，连缀成串，耀目当前，传之后世，实在是件意义非凡的创造性劳作，前无古人，值得敬仰和称道。

（本文作于 2011 年 4 月）

万花迷眼　新意盎然

轰动一时的第三届中国上海国际艺术节近日在上海降下帷幕。一个月里，来自亚、非、欧、美、澳五大洲的 25 个国家和地区的 61 台优秀剧目相继在沪演出，整个演出达 139 场之多，剧场观众超过了 23 万人次。作为一个虔诚的戏剧爱好者，笔者有幸观摩了其中的部分戏剧演出，颇有万花迷眼、新意盎然之感。

思想意蕴上开掘时代新意

德国美学家黑格尔说过："艺术中最重要的始终是它的可直接了解性。世上一切民族都要求艺术中使他们喜悦的东西能够表现出他们自己，因为他们愿意在艺术里感觉到一切都是亲近的、生动的、属于目前生活的。"俄国文艺理论家别林斯基也认为，"每一个明智之士都会正确要求诗人的诗给他在当前的问题上做出解答"，而那些"仅仅局限于鸟一般的歌唱，给自己创造出跟当代的历史的与哲学的事实毫无共通之处的一片世界"的作品，则"不管多么规模宏大，也不会走进生活中去，不会唤起现代人或后代人的喜悦和共鸣"。这些对于艺术时代性特征的理论强调，在此次中国上海国际艺术节的戏剧演出中，得到了鲜明生动的感性体现。演出的众多剧目，不管是戏曲、话剧、歌剧，不管是悲剧、喜剧、正剧，不管是现代戏、古装戏、新编历史剧，或者是童话剧，都有一个突出的特点，就是努力在思想上开掘时代的新意，千方百计与时代、与社会、与当代观众实现心灵的沟通和情感的撞击。

这些剧目中，有相当一部分是表现现实题材的，体现了对当代现实生活和生活中的普通人及其思想感情的热切关注。

本届艺术节上，有几台反映现实生活的所谓"时尚话剧"引人注目。

在上海戏剧学院新实验空间连续演出 30 场的话剧《爱情瘦身》，由青年编剧郭晨子编剧，王葆存导演。此剧描写生活时尚，反映都市热点，写健身房中三个处在不同人生阶段的女人的情感故事。大学生青春情窦初开，初恋刚刚开始；准备与痴迷网络游戏的男友结婚的办公室白领夏小姐；与男友分分合合走过十年情感历程后，终于决定通过人工受孕来做单身母亲的小企业主阿冬。她们面对现实有各种各样的困惑、选择和追求，她们的情感、观念，耐人寻味。

早就听说上海青年话剧团演出的话剧《单身公寓》，表现当代青年的婚姻恋爱生活，颇有新意。因艺术节活动太多，一直没能先睹为快。当我腾出时间赶到安福路上海话剧大厦购票时，却一票难求。后来听说此剧应观众要求加演，才有幸一偿心愿。此剧的背景是被都市年轻一代称为"心的小屋"的单身公寓，是当今上海都市生活的一个热门。网络女作家薛磊在硕士导演周可的支持下，闯进了这个抚慰心灵的温馨小屋，表现了住进单身公寓的四位青年男女的丰富的情感生活。

该剧描写了先后住进单身公寓的四位青年男女，他们都是城市中令人羡慕的白领阶层，但在情感生活中他们又处于困惑之中，朝九晚五的工作节奏、都市生活的压力，使单身公寓成了抚慰心灵的温馨小屋。大龄姑娘静佳爱上的是有妇之夫昭仁，也是她的顶头上司。昭仁之妻从美国归来后，使他们两人的情感变了味。大学刚毕业的敏敏一心要摆脱父母的约束，住进了单身公寓，她碰上了静佳的同学单身汉庄大青，被大青的成熟感和细腻的感情所吸引，热恋起来，但大青又有着自己情感生活中的痛苦和彷徨。他想爱敏敏，也对静佳有着好感，但又无法摆脱曾有过的情感纠葛。这群都市男女，都相当聪明也相当优秀，他们是我们时代的天之骄子，但在情感生活中却受着社会的种种诱惑。青春的重负、男女的孤寂，通过单身公寓的串串感情之珠，让人不得不关注爱情在国际化大都市的境遇。单身公寓中充溢着爱的浪漫，也时时发生着爱的惆怅和凄婉，单身公寓是城市情感的一道风景线。

被美国《时代周刊》评为"高明、诙谐、第一流的喜剧"的法国话剧《艺术》，也在艺术节期间搬上了上海舞台。此剧以女性特有的细腻笔触，刻画三个男人的情感的一系列敏感变化，在诙谐有趣的故事后面，充满着深刻的人生哲理。剧中皮肤科大夫塞尔吉近来迷上了现代派艺术。他用 20 万法郎买下了一幅著名画家的作品——一幅全白的油画。这件事在他与老朋友马克和伊万之间引发了一场出人意料的感情风暴。这出戏台上只有三个男演员，三张沙发，一个布景，演出极其简单而朴素，但在演出进行的两个小时里，这三个人之间的"耍贫嘴"却悬念迭出，情节波澜起伏，层层推进，使观众心系神牵。这出戏所提供的信息量是巨大的，对这出戏的主题思想，可以有多方面的解读。但给我最大冲击的是那种剧中表现出来的博大的幽默，那种温情的嘲弄，那种当代生活中无处不在的现代高节奏生活导致的信仰观念、喜好上的差异，以及对此强行一律、野蛮覆盖、强制统一的可笑和事与愿违。从中，可以觉出现代生活中相互间的坦诚、信任和宽容的温馨以及理解的魅力。此剧自 1994 年 10 月在巴黎香榭丽舍喜剧院首演后已被翻译成 36 种文字，不断被搬上世界各大城市舞台。在美国百老汇已经连续演了三年，在法国连演了两百多场，在伦敦连续演出了五年，今年 7 月 1 日，在伦敦的威德汉姆剧院还举行了该剧演满两千场的庆祝演出。这出沟通当代观众心灵的话剧，在此次上海国际艺术节上引起了轰动。

这届艺术节上，还演出了一批关注现实生活的戏曲剧目。

江西省采茶剧团在上海美琪大剧院演出的大型采茶剧《远山》，通过表现发生在远远山深处口袋坳的一场由求才、用才到嫉才、驱才的风波，反映了当代农村的巨大变革。此剧贴近时代，贴近生活，有着较为深刻的思想内涵和饱满的人物形象。远山既让人感到质朴、醇厚，又让人感到原始、闭塞。当代观众从远山的故事中受到思想观念的冲击，从远山人生性好强、不甘人后的艰难拼搏里，听到了一个古老民族奋进的足音。

上海沪剧院演出的现代警世剧《心有泪千行》，描述了现实生活中一位母亲因含辛茹苦抚养长大的儿子染上毒瘾而心力交瘁，最后不惜毒死亲生儿子的故事。着力反映现实生活中存在的问题，尽情渲染人物内心的情感冲突，具有强烈的警世作用。

上海淮剧团演出的大型现代淮剧《大路朝天》，表现的是一些现代都市中最普通的劳动者——筑路工人的故事。他们是那样平凡，他们是那样普通，但是当我们走在四通八达、宽阔平坦的马路或者是立交桥上的时候，我们便会想起他们的默默无闻的奋斗。这些宽敞、平坦的大道，都是筑路汉子们用自己坚实的肩膀建造起来的，他们用自己的生命、青春和爱情，伴着汗水与泪水，把希望和未来永远凝聚在一条康庄大道上。在奔向新世纪的道路上，筑路工人们唱起了豪迈昂扬的号子歌。他们肩负着民族的责任与希望，顶着风雨，迎着太阳，用自己坚实的肩膀扛起一道通向光辉灿烂明天的朝天大道。

另外，杭州越剧院小百花剧团演出的童话音乐剧《寒号鸟》，也通过载歌载舞的童话音乐剧形式，在思想意蕴上努力开掘时代新义。这出童话音乐剧取材于我国一则充满哲理和童趣的古老寓言，讲述了绿色大森林里一只可爱的快乐鸟如何战胜自己的惰性，驱除身上的懒虫意识，重归森林的故事。剧中的快乐鸟和现代孩子相似，既聪明又懒惰，惰性的膨胀使快乐鸟濒临死亡，在树公公、织布鸟、喜鹊、啄木鸟等关心、帮助下，快乐鸟战胜了惰性、战胜了自我。全剧从少年儿童的视点出发，沟通现实生活，弘扬人性美，解剖了惰性的危害。情节别致有趣，富有思想内涵，深入浅出，寓教于乐，使现代少儿在观赏中受到启迪。国际儿童戏剧协会总委员长金雨玉特地从韩国赶来观看《寒号鸟》在艺术节上的演出。演出结束后，他当场拍板，邀请该剧参加明年7月在韩国举行的第十四届国际儿童戏剧会演。这是中国儿童剧首次参加世界青少年戏剧家协会举办的国际会演。金雨玉说："这是一出非常精致的儿童音乐剧。凭借它的民族性和艺术性，一定能在国际舞台上引起反响。"

此次艺术节的戏剧演出中，有不少剧目取材自历史典籍、传说故事，或者干脆是传统剧目的改编。其中不少剧目的创作者，也在努力寻找其中蕴藏的"普遍性意蕴"，开掘其中同今天的时代精神、现实生活、当代情感有联系的各种因素，表达出能够沟通古今、推动社会前进的思想内涵。

这方面首屈一指的当属为此次国际艺术节度身定制的国粹大戏《中国贵妃》。

《中国贵妃》是一部以梅派艺术的代表作《贵妃醉酒》和《太真外传》的唱段为素材而创作的大型京剧，虽然表现的是千百年前李隆基和杨玉环的爱情故事，但剧中的人文指向却具有鲜明的现代感。

杨贵妃和唐明皇李隆基的爱情故事已经相传了千百年，怎样才能写出新意？聪明的编剧抓住杨贵妃能歌善舞，李隆基是公认的梨园始祖、司鼓好手的基点，着重表现了两人艺术心灵的碰撞和沟通。在原来故事的基础上增加了李杨因共同的艺术爱好而相知相爱的一场戏"梨园知音"。在塑造杨贵妃的形象时，回避了她原来是皇太子之妻的身世，也摒弃了她与安禄山私通等关系，突出她的纯洁、无辜和对爱情的忠贞。对唐明皇的塑造，则写出了他性格上的复杂性。他是开元之治的开创者，又是安史之乱的责任者。在爱情上，他有真挚的一面，又有荒淫的一面。既表现了李隆基荒于朝政和耽于嬉乐，也写了他退位之后对杨玉杯的深情思念和人性复归。在马嵬坡上，杨玉环唱道："千钧一发挺身往，唯有一死救危亡。"她以身殉国，以身殉情，对李隆基震动颇大。他们的爱情虽然是一个误国悲剧，却最终挽回了君王的灵魂，导致了唐明皇晚年面对暮年，面对孤独，真诚地反省自己的人生。作者意在表现他下野之后人性的复归，引导观众反思为什么在身居高位时人会发生异化。这使得这部历史故事剧、这个历史人物，具有了沟通时代的思想意义。

天津人民艺术剧院在上海逸夫舞台演出的大型话剧《家》，是根据巴金先生的著名长篇小说《家》重新改编的。这是七十年来，继中国伟大戏剧家曹禺先生之后，对这部长篇巨著的第二次改编。新改编的大型话剧《家》，根据时代要求有了不少突破。作者是从人的角度来认识封建而不是单单从社会角度来认识。作者从女性的角度来透视社会，展示人物的心路历程，以八个女人的命运阐述对社会和命运的理解。表演努力通过女性的心灵变化来传递思想感情，没有简单地将人物的悲剧命运归于封建社会的作孽，而是努力发掘出封建意识对心灵的压迫和对人性的扭曲。剧中陈姨太有鸣凤有一段发人深思的对话，陈姨太恬不知耻地劝鸣凤步她的后尘。这个被封建社会毁灭了青春的女人，由于心里封建意识根深蒂固，又心安理得地去毁灭另一个女人的青春。通过这种"人吃人"的封建礼教来展示"人"的悲剧，让人们警惕封建意识的流毒与危害。此外，演出还打破了"三一律"，淡化戏剧的情节主线，精简了不少人物，以一束多变的光来象征封建腐朽势力的存在，人物和光对话，和音乐对话，并在多变分割的环境下做诗化的独白，取得了极好的艺术效果。

无锡市锡剧院的新版锡剧《珍珠塔》，对原剧进行了许多创造和革新，内容上淡化了原来剧本中嫌贫爱富的主题，着力强调人间真情的可贵，向现代观众展示了多姿多彩的江南民俗。演出载歌载舞，很适合现代观众的欣赏口味。

表现手法上广纳百川

前些年读过一本很时髦的书——美国未来学家约翰·奈斯比特的《大趋势——改变我们生活的十个新方向》。书中分析了现代社会的发展趋势和艺术形式发展变化的关系。他认为，工业社会的集中化原则，将被信息社会的多样化、分解化原则所替代。因而他说："只有多样选择才能取得胜利。"他说："对于今天的艺术——所有的艺术来说，如果说有什么特点的话，那就是有多种多样的选择。"这种多样选择，一是指观众的欣赏选择——现代社会为观众的娱乐欣赏提供了多种可能，社会文化已打破了传统的中心结构模式，正向多层次、多中心的开放型构架发展；二是指艺术表现手段的选择——现代科技发展，新的艺术形式，新的艺术材料不断涌现，各艺术门类的表现手段不断融合、分化，观众审美心理上的历史积淀不断丰富，空间范围不断扩展，为艺术的新的表现手段的丰富和发展提供了需要和可能。根据多样选择的发展规律，从中华民族特定的审美心理结构出发，感应现代世界文化潮流，吸取东、西方艺术的精华，借鉴各艺术门类，让中国戏剧接受现代科学的洗礼。善于借助现代文明所提供的各种新知识、新媒介材料，为表达思想、塑造人物服务，也是本届上海国际艺术节上戏剧演出的一个鲜明特点。

说到这里，又不能不提及京剧《中国贵妃》。这是本届艺术节中，最轰动的演出剧目之一。轰动的原因除了剧本改编成功，以及梅葆玖、张学津、于魁智、李胜素、史敏、李军等当今剧坛一流名角的荟萃之外，艺术表现手段的创新也是造成轰动的重要原因。

20世纪二三十年代是京剧艺术最辉煌、最高峰的时代，梅派艺术便是那个时代的典型代表。梅兰芳的唱腔，可以说是增一分则多，减一分则少，已经达到了极高的美学程度。但是如果只是原汁原味地展现这种美学成果，却不可能完全激起当代观众的审美兴趣。该剧的导演认为，京剧是农业文明时代发展和繁荣起来的艺术品种，在十分简陋的表演环境里，演员为了更好地演绎故事，只能想出许多虚拟的办法，而这些办法渐渐变成了程式。比如舞台上只有一桌一椅，演员在台上转一个圈子就表示跨过万水千山，久而久之，京剧形成了独有的美学特征：在有限的舞台时空里表现无限的时空变化。这种特殊的表演程式同时也规定了观众的特殊审美，不熟悉那些程式的观众很难进入这样一个结构严谨的艺术框架。导演在《中国贵妃》一剧中则改用了当代观众熟悉的一些艺术表演形式，为传统京剧开辟了几条新的途径，让不熟悉京剧的观众也能走进这个框架。

这出戏的创作者懂得，要让这出戏赢得观众，首先唱腔必须好听、容易流传。此剧在保留了12段梅兰芳原唱原腔的同时，新写了30余段新唱腔。这些新创作的唱腔，都是在京剧原有唱腔基础上新创作的。如唐明皇在长生殿的那段唱腔，套用了余派名段

"摘缨会"的词和谱，那是老生演员规范性的唱段，演员唱得非常过瘾，观众听得也摇头晃脑。剧中一些唱词的写法，故意突破传统京剧唱词"二二三""三三四"的常规句式，例如"梨园知音"一场的开幕曲这样写道："蹁跹，蹁跹，梨树之下，起舞伴驾；咿呀，咿呀，练声唱曲，吹开云霞。"新的词格促使唱腔改革，旋律也显得十分清新。剧中的主题歌《梨花颂》，头两句是："梨花开，春带雨；梨花落，春入泥。"作曲家用的"京歌"的写法，减少拖腔，简化过门，用的是二黄"四平调"的素材，听上去就像一段朗朗上口的流行曲。难怪看完戏离开剧场的观众，都喜欢哼着这些旋律回家。

与以往京剧表演的最大不同，是该剧中用了西洋大歌剧的表演方式，交响乐队气势恢宏的伴奏、合唱队的和声伴唱，烘托出京剧唱腔的典雅优美，也为戏剧跌宕起伏的情节推波助澜。在表现形式上，该剧融入了歌剧、舞蹈、交响乐的艺术手法。七十多名歌剧演员组成的演出伴唱和庞大的交响乐队，使整台戏不仅壮大了气势，而且富有现代气息。在主要演员大段唱腔的尾部，时常加入歌剧合唱，加强了音乐的效果。如剧中脍炙人口的《贵妃醉酒》"海岛冰轮"一段经典的梅派唱腔，而歌队的复调好像从云端飘来，两者相得益彰，别有一番审美意趣。

舞蹈在剧中也运用得淋漓酣畅、恰到好处。不仅有许多优美的群舞，贵妃一角在举手投足之处，也融入了许多舞蹈动作。在剧中，观众既可以看到华丽多姿的皇家宫廷乐舞"霓裳羽衣舞"、贵妃出浴的轻歌曼舞、古战场将军出征的阅兵仪式"大起霸"，还可以看到李隆基、杨玉环在充满神话色彩的月宫中相会的鹊桥仙舞。在"安杨交恶"一场，以大场面的身段舞蹈，放大花脸行当的律动。安禄山和杨国忠对骂时，各据高台，台下则分别有 20 个"小杨国忠"和 20 个"小安禄山"，在主子的叫骂声中群魔乱舞，在转台上摆出各种造型。第六场表现"安禄山起事"那一场，安禄山的兵士们由后向前，先是无声的画面，似远处万马奔驰，后来则排山倒海，山呼海啸，扑面而近，充分显示了肢体造型艺术的美妙。

这出戏是专为上海大剧院度身定制的，演出充分利用舞台的宽度、高度和深度，以及转台、升降台、高空机械、激光等舞台设施，营造出种种绚丽、宏伟而多变的舞台景观。演出中一幕幕场景美轮美奂，"华清池""长生殿"等，极尽华美，写实布景和虚拟表演互为补充，相得益彰。

总之，这很像是一部以现代高科技视听艺术、浪漫的艺术创意和东方古典音乐舞蹈的形式，来重新诠释和制作的音乐歌舞剧。在这里，优美的东方古典艺术的情调和雄伟的现代视听艺术的美感，融会成一种前所未有的意境。

中央实验话剧院演出的大型话剧《狂飙》，第一次把田汉的形象搬上了舞台。该剧用"戏中戏"的结构，委婉地勾画了田汉作为一个艺术家鲜为人知的心路历程，表现了他对革命、爱情、戏剧的执着和热爱，把人们带回那个令人热血沸腾的狂飙时代。

演出中采用五段"戏中戏"来展现田汉这位了不起的大戏剧家的最重要的艺术思想

与人生转折。田汉与众学生在不同时期的有趣对话，用多时空的重叠交织，自由地展现了他的艺术气质和革命热情，给观众以新的视觉体验和美的享受。

锡剧《珍珠塔》的演出也吸取了多种艺术形式的表现手法。在舞美上，体现了"精致、立体、写实"的现代思路。166平方米的大型背景，变幻灯为绘画，用写实道具代替虚拟，舞台上出现花轿、官船和江南园林，与富有传统特色的"大头娃娃舞""莲湘画""抬轿舞""荷花舞""船舞"等相辉映，呈现了"人在画中行，景在情中现"的情景。在音乐上，该剧还对唱腔和乐队建制进行了较大改革，乐队中让大、小提琴和西洋管乐加盟，增加了演出的现代气息。

四川省川剧院演出的川剧《都督大人董竹君》，艺术创新的步子走得很大。演出运用虚实相间、古今相融的写意手法，撷取董竹君15至35岁的二十年间的命运遭遇，观照一百年的沧桑变化，表现出厚重的历史感。该剧既有渝舞巴歌的四川风情，又表现了上海"十里洋场"的繁华景致，在表现手法上有新的突破。当年从上海去美国的现代舞表演家胡嘉禄，担任了这出戏的导演。他在这出传统川剧中引入了现代舞的肢体语言和交响乐，令人耳目一新。

绍兴小百花剧团演出的新编越剧《马龙将军》，是根据莎士比亚名剧《麦克白》改编的。创作者将西方的传说，移植到中国古代诸侯争斗不断的春秋时代，这是莎剧中国化、越剧化的一次有益尝试。这个戏除了故事情节的移植之外，还在越剧的表演手法、表演样式上进行了大胆的探索。演出的舞美设计和导演处理很有特色。在《马龙将军》的最后一幕，精神崩溃的马龙在城楼上自杀，舞美设计者在舞台上挂满一百多个假面木偶，马龙身后亦是一个一米多宽的巨大假面具。当他举剑自杀时，身后的面具提着十几米长、一米多宽的红布腾上舞台的上空，犹如鲜血飞溅。而马龙脚下的斜坡上，三米宽、十几米长的红绸也瞬间飘落，马龙颓然倒下，僵卧"血河"中。这种舞台处理很有新意，视觉效果非常强烈。

营销运作新招迭出

戏剧审美的特殊规律告诉我们，观众是赋予戏剧以目的和意义的绝对条件。在浩瀚的戏剧理论发展历史中，关于戏剧本质的论述颇多，各家各派，莫衷一是。但那些置观众于不顾的观点，肯定很难通达对戏剧本质的正确体认。戏剧艺术的创作过程和欣赏过程在时间、空间上同步进行，戏剧美的创造离不开观众的参与。与其他艺术门类相比，过程性与直观性的高度统一，是戏剧美的特殊规律。戏剧观众日益减少的严峻现实更要求我们重视观众，重视市场，重视戏剧营销。上海本来就是一个市场氛围比较浓郁的城市，在戏剧演出市场营销方面有着不少的成功经验。重视市场因素、重视广告效应、重视市场营销，也是此次上海国际艺术节戏剧演出的一个重要特色。

《中国贵妃》的演出盛况空前，最高票价达到 3000 元，但票房收入仍然获得了成功，四场演出全部爆满，一共收入 400 万元，已经超过了 320 万元的制作成本。在各项演出活动频繁，戏剧不甚景气，制作成本又极高的情况下，为什么能取得这么好的票房效益？这与经营者精心的市场策划和周密的市场运作分不开。这出戏的制作方之一是本地的强势媒体——电视台和报业集团，这给这出戏的宣传推广带来了极为有利的条件。从 10 月 1 日《中国贵妃》开始正式排练起，市场的宣传攻势也随之跟进。在长达一个月的时间里，天天能够从电视上看到《中国贵妃》的身影。"梅府佳宴"、演出 DVD、演出首日纪念封、邮资明信片、为戏迷度身定做的梅派戏服的广告等，频频提醒人们去看《中国贵妃》。

在推动艺术产业发展及市场机制的建立方面，上海走在全国前列。今年 3 月上海开始了文艺体制改革，以托管的方式，将各文艺团体分别托给一些有实力的文化新闻单位，如上海越剧团、上海歌舞团、上海淮剧团均托管给有实力的上海报业。上海芭蕾舞团与上海大剧院相结合，上海芭蕾舞团因此有了固定的演出场地，有了优秀的乐队支持——上海广播交响乐团也是大剧院的托管对象；还有了有经验的营销队伍，让剧团最头痛的票务工作由大剧院负责，全团上下，一心在节目质量上精益求精。这些体制改革的实践，给上海的演出团体带来了新的生机和活力。

一些小成本制作的戏剧演出，在市场运作方面也颇有特色。如绍兴小百花剧团演出的越剧《马龙将军》投资仅 30 万元，也取得了比较好的市场效益。组织此剧演出的演出公司除了广贴海报之外，还在上海组织由同济大学、复旦大学学生参加的别开生面的座谈会，让了解莎翁名剧《麦克白》的大学生们，看看越剧如何来演绎"洋剧"名篇。据上海天蟾京剧中心演出公司项目经理介绍，公司为《马龙将军》的宣传投入就有 3 万元之多。

举办国际性的演出交易会，也是中国上海国际艺术节的一大特色。国际演出交易会，是演出剧节目为主的国际性、地区性大型演出交易活动，旨在通过洽谈交易，把中国优秀的文化艺术推向世界舞台；同时，引进国外的优秀文艺剧节目精品，进一步加强中外艺术家之间的交流、合作和友谊。

演出交易会自 1999 年首次举办之后，已经成为海内外演出经纪机构、艺术表演团体推荐作品、广泛交流的理想窗口和进行交易的重要市场。本届艺术节的演出交易会参展人数、展位规模比往届又有增加，代表来自五大洲 17 个国家和地区，总计约 300 人，推出展位达 110 多个。参加此次交易会的国内单位有 70 多家。海外艺术节和重要的机构有：以参与人数超过 100 万的著名的澳大利亚悉尼艺术节和澳大利亚创立最早的珀斯艺术节；来自"音乐之都"维也纳，以历史悠久规模盛大而闻名的奥地利维也纳艺术节；以参演艺术团体多、演出内容丰富而享誉亚洲的中国香港艺术节；比利时弗兰德斯艺术节；比利时布鲁塞尔国际艺术节；新加坡艺术节；爱尔兰都柏林戏剧节；中国澳门国际音乐节和澳门艺术节；美国西雅图音乐节和南部非洲地区艺术节联盟。还有成立于1949年，由50多个国家600名国际艺术节、演出经纪公司和团体的负责人或总裁参与组成的"国际演艺协会"。

本次交易会开幕之前，先期举行了国际艺术节报告会和国际演出市场推介交流座谈会，一些著名艺术节和演出经纪机构负责人围绕"艺术节和演出市场""表演艺术的贸易、节目的购买、销售与推广"等问题，做了专题报告和交流发言。本届艺术节开幕式演出《中国精粹》、大型新编京剧《中国贵妃》、瞿小松乐坊的《响趣——现代打击乐音乐会》、昆曲《班昭》以及《中华新民乐音乐会》、山西绛州鼓乐团《世纪鼓韵》音乐会、中英文版的儿童音乐剧《马兰花》、内蒙古民族歌舞剧院《草原情》歌舞表演等剧节目在本届演出交易会上做了现场观摩和报道。在这次国际演出交易会上，不少国内的演出团体与海外艺术节和有关的艺术代理机构签订了演出合同。这次国际演出交易会，为中国艺术团体和演出中介机构提供了一个对外交流的极好机会，为促进中国演出市场的成熟和建立文化市场新机制进行了有益的探索。

（本文作于 2002 年 3 月）

异彩纷呈　红火振奋

"欢笑尽娱，乐哉未央。"年年庆佳节，今年更不同。在省市宣传、文化、广播电视等有关部门和单位的精心组织下，元旦、春节期间，省会隆重推出了九台娱人耳目、启人心智的大型文艺晚会，增添了新春佳节喜庆祥和的气氛，烘托了稳定、和谐的社会环境。

春风一夜花千树。今年春节期间的文艺晚会，可谓千姿百态、五色斑斓。早在去年岁尾，省文联、省音协等单位就举办了"纪念毛泽东同志诞辰 96 周年"文艺晚会；新年第一天，长沙市推出了《跃马扬鞭跨入 90 年代》省会元旦文艺晚会；继而湖南电视台接连举办了《90 年代的第一个太阳》《90'火树银花》《90'体育之春》《过年了》《江河恋、湖海潮》等五台电视文艺晚会；春节前夕，省文化厅、长沙电视台又分别向观众献上了"省会春节文艺晚会"和《马蹄留芳》电视文艺晚会。

这九台大型文艺晚会在形式上各具特色，有的采取剧场演出、现场直播的形式，真实、亲切、参与感强；有的则是采用内外景相结合的组合方式，制作精细，画面讲究。在艺术效果方面，有的追求一种磅礴的气势；有的着力表现丰富的生活情趣；有的以主题鲜明、气氛炽热取胜；有的则以清新明丽、富于诗情哲理见长。民族歌舞、现代摇滚、霹雳舞、京剧、湘剧、花鼓戏、豫剧、桂剧、话剧、小品、相声、说唱、合唱、独唱、铜管乐合奏、器乐独奏、杂技、体育表演，荟萃一堂，各展其能。

过去的一年，我们走过了改革开放的十年历程。晚会组织者和创作者，感受时代氛围，把握生活脉搏，抓住群众的感情热点，运用恰当的艺术方法，寓教于乐，宣传党的十三届四中、五中全会精神，表现在党的领导下，祖国四十年来所发生的翻天覆地的喜人变化，使人民群众对党和政府、对社会主义建设和改革开放充满信心，从而满怀激情地去拥抱新的年代。

《90 年代的第一个太阳》，以婴儿诞生喻新时代的到来，点燃观众心中的希望。"纪念毛泽东同志诞辰 96 周年"文艺晚会上，扮演毛泽东的著名特型演员古月走上舞台，表演了电影《开国大典》的片段，观众全体起立，经久不息的掌声，充分表现了广大人民群众对毛泽东同志的深切缅怀。《90'火树银花》文艺晚会上，随着青年指挥张若迪潇洒的手势，近400人的合唱队唱起了观众熟悉的湖南民歌"一根竹竿容易弯，三缕麻纱扯断难"，表达了人民群众团结、奋进的心声。《90'体育之春》紧扣亚运会的鲜明主题，将文艺节目和体育表演相结合，充溢着拼搏、奋斗的阳刚之美。《马蹄留芳》电视文艺晚会，着力歌颂生活的美好。开场便载歌载舞地高唱："天有多高，我们今天才知道；地有多厚，我们今天才知道；人民美好的生活，叫我们怎能不欢歌。"这些节目给人以力量、勇气、信心，激励人们以奋发的精神状态，迎接充满希望的20世纪90年代。

中华民族优秀的传统文化，镌刻着炎黄子孙的审美习性和情趣。这几台文艺晚会的组织者、编导者深谙此理，他们在创作中，努力使自己的艺术创造具有强烈的民族特色和浓郁的湖南地方风情。用湘剧、花鼓戏曲调演唱的毛主席诗词，是那么亲切、动人；锣鼓说唱、花鼓小戏诙谐幽默，令人忍俊不禁；杂技《双排桥》《双爬杆》，融力与美于一体，艺惊四座；六位大嫂穿红着绿唱着花鼓调，打着哈哈去赶集，火暴、热烈，使人击节欲和；少数民族歌手何纪光、曹世华、宋祖英演唱的民歌，洋溢着质朴的泥土芬芳；舞蹈《淘米情》《民族魂》更是泼下一台楚风湘韵，令观众如饮甘泉。这些节自在观众中撩起的炽热情感告诉我们：到优秀的民族文化里寻找艺术发展的活力，在继承、借鉴中赢得创新的勃勃生机，这是艺术创造的真谛。

这几台文艺晚会的组织者本着"大家办、大家乐、大家参与、大家受益"的精神，充分调动社会各方面的积极性。可以说，这几台晚会是多方协作的硕果，是群众艺术创造热情的结晶，是专业和业余文艺工作者共同努力而产生的宁馨儿。这几台晚会的举办单位，演出单位逾百，演职员近5000人。不少企业主动资助晚会，很多单位和个人自告奋勇参加演出。演员有来自京华和外省的著名表演艺术家、湖南专业艺术表演团体的著名演员，也有来自农村、工矿的业余文艺骨干。省杂技团出国演出刚刚回来，来不及休整便投入了晚会的紧张排练；省艺术学校为保证节目质量，挑灯夜练；湖南农药厂工人管乐团的同志们白天生产，晚上加班练习；怀化民间歌舞团风尘仆仆赶到省会，为晚会献上精彩的节目；湖南日用化工厂几十位年逾花甲的退休老人、来自长沙和韶山的几百名稚态可掬的少年儿童的表演，给人印象更深。专业文艺工作者与工人、农民、军人、干部、教师、学生同台演出，既渲染了新春佳节喜气洋洋的气氛，又锻炼了文艺队伍，促进了湖南文艺创作和演出的繁荣。

（本文作于1991年3月）

奋进在社会办团的道路上

1985 年到 1987 年，是中国戏剧发展史上沉重而严峻的一页。演出的上座率在持续下降，一些艺术表演团体解散了，一些剧团在勉强撑持。但是，在洞庭湖畔，一个民办的职业剧团却在悄悄诞生、悄悄成长，进而发展到远近闻名。这个剧团便是岳阳县职业花鼓戏剧团。

这个剧团是 1985 年春节前夕成立的。三年来，他们在不要国家一分钱的情况下，先后排练了 30 多个大型剧目和几十个歌舞、曲艺节目，演出近千场，纯收入近 10 万元。

1985 年到 1987 年，全省专业艺术表演团体团均演出分别为 191、164、175 场，只有 20 余人的岳阳县职业花鼓戏剧团却分别是 280、320、280 场；全省专业艺术表演团体团均演出收入分别为 2.8 万元、2.66 万元、3.2 万元，岳阳县职业花鼓戏剧团的演出纯收入却分别达 3.07 万元、3.6 万元、3 万元；国家给全省专业艺术表演团体团均补贴分别为 8.37 万元、10.4 万元、9.94 万元，团均经费自给率分别为 34%、28.8%、35.1%，岳阳县职业花鼓戏剧团没拿国家分文补贴，不仅经费自给率达 100%，而且用演出收入添置了 1 万余元钱的服装、道具，办了几万元钱的集体福利，至今仍积累 2 万元。

要问他们用了什么魔法才能获得如此成功？这个魔法便是坚持"自由组合、自主经营、自负盈亏"的新体制，将竞争机制引入剧团的经营管理，走社会办团的康庄大道。

人员上的自由组合，使剧团人员进出渠道畅通，创作集体关系融洽，大家同声相应，同气相求，为实现统一的目标同心协力。

艺术上的自主经营，使他们能够按照艺术规律和观众需要排演剧目，赢得更多的观众，并能在内部分配上打破"大锅饭""平均主义"，更好地调动艺术人员的积极性。

经济上的自负盈亏，激发了演职员的责任心、创造性，推动剧团通过竞争去赢得自身发展的活力和生机。

目前，城市里的戏剧观众比较少，他们便千方百计去"争"农村舞台。他们没有任何"架子"，不讲排场，不计演出条件，哪里有人要看戏，就往哪里去。平地乡花园村，地处偏僻山区，交通不方便，演出条件和生活条件都比较差，但村民们很想看专业剧团演出。他们听说之后，便自带行李，跋山涉水，步行 30 余里，主动送戏上门。

第一场演出时突然停电，演员们见观众都不愿退场，便在竹筒火把的映照下坚持把戏演完。虽然油烟熏黑了大家的面庞，但他们却从观众的掌声和赞叹中获得了满足。

为"争"农村舞台，他们不避酷暑，不畏严寒，一年到头四处奔波。"鞋子跑烂，被子捆烂，手巾沤烂。"去的是穷乡僻壤，吃的是粗茶淡饭，睡的是泥地台板。土坛、广场也演，庙台、高坡都唱。他们的孩子常在道具箱上入睡，他们的家庭长年天各一方……

就这样，他们的足迹印满了湘、鄂两省的岳阳、临湘、汨罗、平江、通城、崇阳等县市的 100 多个乡镇，争得了一个大舞台，也"争"得了可观的经济效益。

在剧团的经营管理中，他们大胆引入竞争机制，摒弃了"干多干少一个样"的平均主义分配方法，每季度按照演职员的业务水平和演出情况评定每个人的底分。拉开档次，用演出收入的 60%，根据各人积分进行分配，余下的 40%则作为集体积累，用于添置灯、服、道、效和发放集体福利。

他们没有一般政府主办的剧团那种管理人员多、人员老化、队伍臃肿、人员进出渠道不畅通的弊端。剧团不设专职管理人员，各项管理工作，都由艺术人员兼任。招收人员，除了严格考核、量才录用之外，还采取签合同的办法，留优汰劣。三年中，他们先后辞退了十几名政治和业务方面不合要求的人员，也根据需要随时补充了新生力量。想要的进得来，不需要的出得去，形成了有利于发展艺术生产力的"一湾活水"。目前剧团的 35 名成员，平均年龄仅 21 岁，充满了朝气和活力。

正是由于竞争机制的引入，大家的收入和去留直接与艺术水平及贡献挂钩，这便极大地调动了艺术人员的积极性和创造性。有时一天演出几场，连续转点、装台、拆台，大家也都严肃认真，没有丝毫怨言。

竞争容不得尸位素餐和滥竽充数，演职员们大都一专多能。有的青年演员能够扮演生、末、净等多行角色，乐手们放下乐器便可粉墨登场，演员们擦干在台上翻、爬、滚、打的汗水，又能操起乐器演奏。竞争，使他们的才能得到最大限度发挥；竞争，使剧团获得了一派勃勃生机。

岳阳花鼓戏是一种颇具特色的民间小戏剧种，在当地民间歌舞和地方语言基础上形成，流行于湘、鄂、赣边界数县城乡。近年戏剧的不景气也影响了这个剧种的发展。岳阳县职业花鼓戏剧团的同志来自农村，对这个深受广大农民喜爱的地方剧种有着深厚的感情，自觉以继承和发扬岳阳花鼓戏传统作为自己的事业、理想、职责。

早在建团之初，他们就开展过"信仰与理想""事业与创业"的讨论，大家一致表示，不是来搞副业赚钱的，而是来为岳阳花鼓戏的发展拼搏奋斗的。

随着农村生产责任制的推行，特别是商品经济的发展，他们的家庭都逐渐走向了富裕，而且他们中的不少人都是能工巧匠，要赚大钱并不难。如演员黄小荣、文晓洪，电工胡飞跃等人都分别掌握了缝纫、木工、家电修理等技艺。但他们都放弃了这些特长，一心扑在剧团里，虽然过着走村串乡、风餐露宿的清苦日子，却也自得其乐、甘之如饴。邹成武、黄海等同志都在政府主办的专业剧团待过，他们心甘情愿放下"铁饭碗""瓷饭碗"来到"三自"剧团捧"泥饭碗"，也是想使自己的才能得到充分发挥，想通过自己的努力，使自己喜爱的家乡剧种得到更快发展。

他们深知，剧团要在日趋激烈的艺术竞争中站稳脚跟，求得发展，就必须不断提高艺术水平。1986年，他们请了岳阳市群众艺术馆的老师来辅导。1987年则停演两个月，请老师对全团人员进行系统的基本功训练。不论演出、排练多么繁忙，他们都坚持每天早上练功。平日还注意艺术理论的学习。团里经常举行考核考查，将成绩作为分配收入、决定去留的依据。这样，便使艺术人员的业务水平不断提高，从而提高了剧团的艺术竞争能力。

三年的艰苦奋斗和辛勤努力，使岳阳县职业花鼓戏剧团站稳了脚跟，赢得了广大观众的钟爱。一位老大爷从高山上扛下一根竹子换钱买票，要看他们的戏；一位花甲老人带着录音机跟着剧团走，一连看了十几场演出。

他们不仅受到人民群众的欢迎，也得到了党政部门的充分肯定。县委将剧团的事迹拍成一组照片，列入了岳阳县两个文明建设成果展览。1987年，县委县政府授予剧团"文明单位"称号。同年，剧团又被评为全省群众文化先进单位，受到了省文化厅的表彰。

延伸在岳阳县职业花鼓戏剧团面前的是一条很长、很艰苦、鲜花与荆棘夹杂的道路。他们有生机、有活力，但也有困难。县委、县政府、县文化主管部门以及剧团的同志们，都有信心和决心，在不改变社会办团方向和"自由组合、自主经营、自负盈亏"体制的前提下，解决和克服前进中的困难。他们的道路一定会有光明的前景。

（本文作于1988年5月）

扎根生命的沃土

浏阳诗人苏启平盛情邀请，问我能否为他的散文诗集《阁楼上的樵歌》写点什么。

因平时事务繁多，怕抽不出时间，便委婉地拒绝了他的好意。后来，他干脆托朋友把文稿直接送给了我，并附言："如能听到您宝贵的意见，将是晚辈莫大的荣幸。"

诗人的赤诚感动了我。我想，不管自己多忙，都不能冷了作者的心。于是，我一边读着，一边记录着自己的读后感。

《阁楼上的樵歌》既是诗人一首诗歌的名字，也凝聚着诗人浓厚的个人情感。在与苏启平的几次交流中，我无时不感受到他对自己故乡的深深眷恋。在他精美的文字里，我再次感受到了他对自己那个山村的热爱，对哺育他的沃土的一片深情。

站在用木头搭建的阁楼，倾听着乡人淳朴而粗犷的吟唱，那是山村独特的风景。樵歌对于现在的年轻人来说也许是陌生的，但对于一个从山村走出的诗人却是记忆深处永远难以抹去的印痕。用这么一个别致而充满诗意的名字作为书名，的确体现了诗人的匠心独具。

《阁楼上的樵歌》共分为七大部分，由自然山水到社会世态，由心灵感悟到亲情乡情，可谓包罗万象，一环扣一环。这无疑是一本内容丰富、文笔优美、语言生动的散文诗集。

作者作为一名人民教师，工作之余爱上了行走、爱上了思考，更爱上了歌唱。他把这种对生命、对生活、对人类的爱，凝聚于笔端，形成了这些漂亮的散文诗，同时，他的这种爱也丰盈着他的生命，他的生命也因这种爱而愈发充盈。

山有灵，水有性。作者在诗集第一部分里纵情于山水，演绎出一曲心灵与自然相环相扣的天籁之音。

从桂林到长春到圆明园，诗人与南方最柔情的山水有着肌肤之亲的体验后，又与北国厚重的历史进行着心灵的对话；从赤壁到三峡到洞庭到瘦西湖再到大海，诗人一路行吟，遐思千里，穿越古今；从梦中的鄱阳湖，走进神奇的九寨沟，诗人以心灵为听诊器，聆听着大自然的每一次搏动；最后，他带着沾有草原花香的恋情，徜徉于翠翠的故乡——凤凰，迷醉于橘子洲头一代伟人那满腔的豪情，神往于故乡大围山那红艳艳的杜鹃红中。

诗人在他的诗中有着这样的吟诵："历史，未能打开的那扇门，终归被现实打开，还了一个城市的夙愿。""枯卷的荷叶，隐藏着一段无法言说的历史。"诗中，流露出诗人对大自然的热爱，沉淀着诗人对历史的追问与反思。

诗人带着心灵旅行，一路散放着自然的灵性，诠释着人类的理想。"岁月没有年轮，加起来就成了历史的书脊，密密麻麻地写满了诗人的名字。""岸边的柳枝，随风而漾，那恐是宋代范仲淹老人嘴角的胡须。""瘦瘦长长的湖面，今晚成了玉人浓抹了一天的眉黛。""对海的无知羞红了我胖胖的脸颊，我的手拍打着波浪，左拍，右拍，疯狂的我无意间将手伸向了海的心脏。"诗情画意里，跳跃着作者思想的火花与奇思妙想。

诗人与长江同游，与大海对话，拷问着历史，放飞着心灵，带给人无尽的思索。"孤舟是黄昏下的第一幕歌剧。""摇曳的芦苇是你绰约的风姿，在古老而淳朴的藏乡蕴含着江南的风骚。"烟波浩渺的鄱阳湖，绝色山水的九寨沟，作者不仅仅止于对美的赞叹，背后还有着对人生的深刻思索。

穿越时空的隧道，作者站在秦始皇兵马俑和龙门石窟前，重温黄河千年不绝的历史传奇，心灵不再疲惫，思想不再停滞，生发出"沉寂也许是一种衰败，沉寂百年却是一种空前绝后的炫耀"的人生顿悟。

放歌山水，把自己也写进风景中，这种带入感给我们更多的身临其境的感觉，这也是本诗集在写作中的一大特色。

浓厚的历史意识，也是本诗集的另一大特色。不论是游历祖国的大好河山还是缅怀偶像或伟人，那种鲜明的历史意识，及现代诗里体现的人文价值关怀，让他的诗歌增色不少。

尘埃湮灭着历史的光辉，却抑制不了诗人激情的喷发。如在武侯祠，在李白的醉眼里，诗人带着李贺的智慧锦囊，汲取着东坡的豪气，放飞一盏梦想的孔明灯。在这里，诗人的悲悯、诗人的豪情、诗人的睿智、诗人的想象一同飞翔到了历史的天空。

近年来，诗坛的重大缺失是历史意识和生存命名能力日益薄弱，非历史化的泛口语写作竟成为最显赫的潮流。我认为，诗歌，特别是现代诗（包括散文诗），应有其内在的价值系统。过早地宣布历史意识的终结，放弃现代诗的人文价值关怀，这对中国诗人而言是尤其危险的。我们完全可以具有新的形式的"承担"意识，在容留歧见、尊重差异、矛盾修辞、多元争辩、悖论和反讽写作中，表达出我们对具体历史语境的个性化理解。从这一点来看，诗人苏启平在他的散文诗里所表现出来的传承作用无疑是非常积极的。

这种努力，同样体现在这本诗集的其他部分。如在"物我情怀"部分，诗人用饱满的激情营造着一个个物我情怀的意境；在"乡情悠悠"部分，他用诗歌将对故乡的情结演奏成了一曲乡土的恋歌；在"亲情人间"部分，诗歌的细节更是打动读者心灵的妙药；在"多梦季节"部分，诗人用一缕缕思绪演绎着春天的故事；在"世事感言"部分，阁楼上的樵歌装饰着诗人如歌的岁月。自然的灵性，人类的大善大美，诗人的豁达与细腻，一齐在诗中流动，既灵动着诗人，也感动着读者。由此，我们更多看到了诗人的优点，甚至可以包容他诗中的其他不足。

读完诗人苏启平的散文诗集后，我想对我的作家同行们说，生活永远是文学的沃土，真情永远是文学的灵魂。

（本文作于 2009 年 4 月）

用心灵赞颂真善美的歌者

在大部分人的眼里，诗歌应该是年轻人的事业。随着年龄的增长，人生阅历的叠加，敏感的心灵经受世事风雨的砥砺之后，创作的激情大都会走向迟钝甚至消退，很多诗人粉色的梦也就此灰飞烟灭了。

但也有不少作者，不惧岁月之刀的雕琢，始终保持一颗纯真之心，始终追求美好与极致，钟情于缪斯的脚步而一直不离不弃。

诗集《灯光》的作者洞蔷先生，就是这么一位在文学路上的执着追求者。他本是一位在法学方面颇有建树的专家，并在单位曾担任过重要领导职务，早几年从岗位上一退下来，他没有半点失落之感，而是积极投身于文学创作，已出版《闪亮的灯花》和《成长：初到人间》两本诗集。

《灯光》是洞蔷先生出版的第三本诗集。这本诗集的选题与他前两本一样，歌颂的笔头始终对准身边熟悉的人和事。老师、同学、同事、朋友，他们生活、工作中的点点滴滴，被他近乎原生态的唱颂所记录和升华，如一束束闪烁的灯光，照亮诗人走过的来路。

在万千人中，这些灯光是微弱的，如果我们不加以发现和挖掘，这些普通的光束很快就会泯灭，无声无息地消失在人来人往之中。

这些年，洞蔷先生那颗火热的心并没有被冰冷的法律条文所同化，而是像被激活了的火山，灵感的火花一"喷"而不可收拾，一个个鲜活的人物排着队，向我们走来……

我们要感谢像洞蔷先生这样的诗人和作家，正是他们的努力捕捉，给人间留下这么多温暖和感动。

> 那盏深夜长明的灯光，
> 像航标照在人生的路上，
> 每当我彷徨怠惰，
> 它让我明白前行的方向。

那盏深夜长明的灯光，
像火炬照亮我的心房，
每当我阴郁低沉，
它给我增添奋斗的力量。

——《深夜的灯光》

是的，在人生的路上，正是有着这么一盏微弱的灯光，引领我们前行，绝不放弃原则和信仰，始终能以躬身的姿态保持微笑面对一切。此时，灯光是我们坚守的唯一理由，灯光是我们前行的正确方向。在茫茫黑夜，灯光的力量胜过神明，特别是要经过人生的某一个岔路口时，沿着有光的方向一定没错。

因为，这光明的使者，能让我们在人生的某个制高点倾听到花开的声音。

我们有幸在这个波澜壮阔的发展环境中，迎来建设和谐社会的伟大时代。社会之和谐需落实人性化的人生准则，而其终极准则是人与人之间能求得心灵的真诚交流。欲达到此目的，文学无疑是最适宜的方式之一，因为真正意义上的文学，是一种发自心灵的声音。

文化有魂，以心化人。诗集《灯光》有情，有温度，充满正能量。综观这些诗歌作品，大多采用传统叙述的方式，虽然这明显削弱了诗歌的现代性和创新性，却增添了诗歌的感染力和传播力。这些作品，朴素的标题讲述一个个很美、很动人的故事，一个个鲜活的人物立体地呈现，透过作品中这些诗意的美感，同时也折射出诗人对美好事物的追求。那一个个光辉的形象就这么高大地耸立着，恰似一支美好心灵的赞歌，而作者正是用心灵赞颂真善美的歌者。

确实，生活中从不缺少美，而是缺少发现美的眼睛。涧蔷先生用他平凡的笔，记录下这些平凡人的事迹，感受人情，体验美感，诗意呈现，给我们带来震撼、惊叹、愉悦等诸多美感，更重要的是同时也给我们带来对心灵的净化和对美好生活的憧憬与追求。这样的作品，应该是值得我们肯定并推崇的。

衷心祝愿涧蔷先生在文学创作，尤其是诗歌创作方面继续保持这份激情与灵性，不断有新的建树！

（本文作于 2008 年 3 月）

品读《心缘》

摄影作品集《心缘》即将出版,作者毛羽先生嘱我为序,理由是我们彼此比较了解。本想推辞,这事高官、大家做才有权威。但想到作者的理由,又不便推辞,遂提笔。

与毛羽相识十几年,搭档工作近十年,不敢说完全了解,却也相知颇深。他为人做事最大的特点是执着和认真。这本集子中刊载的96幅摄影作品,就是从他拍摄的近万张照片中精选出来的,证实了他对摄影艺术的挚爱和痴迷。

因工作需要,他学习摄影。一学,就迷得不能自拔。一边虔诚地求教于各位师长,一边努力勤奋实践。为了拍好一张照片,常常不惜跋山涉水,起早贪黑,废寝忘食,完全融入了镜头里的世界。

记得有一年我与他去俄罗斯访问,在莫斯科红场上,他"神秘"地失踪了。找了两小时,才发现他端着相机,痴迷地拍着那一尊尊锈迹斑斑的火炮。在圣彼得堡的冬宫参观,他又失踪了一次,几个小时以后才回到宾馆——又是被镜头中的美景拉住了脚步。这种事在他身上是经常发生的。可见,对摄影的挚爱几乎占据了他整个的身心,对摄影的痴迷,使他在镜头世界里流连忘返,乐此不疲。

熟悉毛羽的人都知道,与一般人相比,他的人生之路并不一帆风顺。面对人生的磨难,他没有放弃、没有消沉;而是奋发拼搏,执着努力。不管是顺境、逆境,他对自己钟情的摄影艺术一往情深,痴心不改,永远执着。集子中的这些摄影作品,是他心血的结晶,品味其中艰辛,令人怦然心动。

这部摄影作品集题名为"心缘",体现了作者追求情感与自然完美结合的摄影艺术观。从摄影艺术的纪录本性出发,不少人强调摄影作品的客观性,这当然不无道理。但是任何艺术都是主、客观的统一。因此,摄影作品也应是作者的思想、情感和客观景物、人物的融合。毛羽的摄影作品崇尚自然和客观,也充满主观的观念和情感,更强调二者的完美结合。所谓"心缘"便是主观和客观的美妙聚合,物由心而灵动,心由物而彰显;情由境生,境由情活,二者相辅相成,相得益彰。

这本摄影作品集分为"山水灵韵""乡土融情""都市萦梦""异域掠风"四个章

节，每个章节中都有一些精彩的作品，向读者展示了作者的品格、精神和性灵。作品中的景物、人物都饱含了作者的情感，不论是对山水灵韵的阐发、乡土情怀的熔铸，还是都市梦幻的描摹、异城风情的呈现，都通过主观情感与客观景物、人物的融合，体现了精妙的审美境界和作者与人生的"心缘"。

"文章千古事，得失寸心知。"走进毛羽的摄影世界，品读《心缘》，随着奇妙的镜头，对自然、对人生，将会有更多、更深的感悟。

（本文作于 1998 年 2 月）

十八岁的"惊艳"

十八岁是人生的"花开"时节。每一朵绽放的青春之花都会呈现出不同的颜色：粉红的如桃花妖娆多姿，雪白的如梨花圣洁芬芳，鲜红的如玫瑰绚丽夺目，淡紫的如满天星晶莹闪耀……

吉儿的青春之花，却是多种颜色的融合，如同她呈现给大家的新作《别让梦想只是梦想》。这本书给我的感觉便可以用两个字来形容——惊艳！

首先，我惊艳于她含情之"真"。文中的文字清新婉约而又饱含真情，引人入胜使人陶醉其中。一篇《红豆思南国》就让孤儿院的生活真切地浮现在读者眼前，孤独又温暖，寂寞又充实。愿天下的孤儿都能乘着爱的翅膀走出孤寂，走向光明幸福的明天！

其次，我惊艳于她所想之"异"。在她的文字里，透视出学生、老师、医生、农民、司机等不同社会角色的生活状况，语言通俗而不乏幽默，贴近生活、贴近实际、贴近大众，在现实的世界中展望了各种群体的梦想。她用有趣的文字给故事的主人公量身定制了自己心中的梦！文中所体现的现实与未来、感性与理性，远远超过了她十八岁的年龄！

最后，我惊艳于她思想之"深"。从文字里看到的不仅是她的文学素质，也可以窥见她知识的渊博和思维的深厚。在文中她旁征博引、融汇古今，每个故事都源于生活实际，顺应时势而生，把读者带到心酸落泪的心境时，也让人明了历史的大势，体会人生的哲理。这些让读者忧愁又欢喜、失落又欣慰的文字，足以让人看到她不同寻常的思想深度！

在此我想用字字珠玑、篇篇锦绣来形容读后的"惊艳"之感，相信该书亦将给读者们带来眼前一亮的感觉。

（本文作于 2012 年 10 月）

张曼玉与《新龙门客栈》

　　明朝东厂，残害忠良，斩草除根，千里追杀；义士护孤，血溅黄沙；大漠腥风起，黑店一火光……"龙门客栈"这一多次呈现银幕的历史故事，如今又为潇湘电影制片厂、中外电影合拍公司、香港思远影业公司看中，几家联手拍出了一部武打惊险、特技精彩、情节紧张、人物鲜明的《新龙门客栈》，令人耳目一新。张曼玉在片中的表演，尤为出色。

　　张曼玉在此片中扮演黑店——龙门客栈的老板娘金镶玉。这个角色虽与她以往的戏路稍有不同，但她那真切、细腻、传神的表演风格未改，在片中塑造了一个颇有新意、神采生动、集美丑于一身、融爱恨于一体，敢作敢为、敢爱敢恨、敢拼敢杀的烈女子形象。

　　这位黑店老板娘，美丽聪颖，颇有心计。一方面，她在边关路卡前，借提供食宿之便，干些以色诱人、杀人越货的勾当，甚至学着孙二娘的样子，售卖人肉包子；另一方面，这位黑道姑娘，又有着侠骨柔肠，为救所爱的人，不惜血染黄沙。张曼玉努力开掘人物的内心世界，以其精彩演技，使旧人物、旧故事，焕发了新的面貌，为整个影片增色不少。

　　张曼玉拍戏十分投入，不畏艰苦，在拍摄一些危险的镜头时，如挨打、摔跤、跳楼等，她从不愿意用替身演员。为此，她也吃了不少苦头。

　　有一次，拍成龙的《警察故事续集》时，拍摄现场的一个铁架子倒下，击中了她的脑门，使她血流不止，昏迷过去，拉到医院后缝了17针，可她刚刚恢复，便又活跃在拍摄现场。

　　在《新龙门客栈》一片中，她挥刀舞棍，大打出手，一招一式，身手不凡。那些刀光剑影、血肉横飞的场面，那些翻爬滚打的惊险动作，在给观众以视觉冲击的同时，也会使大家对张曼玉不畏艰苦、敢于冒险的精神有新的体认。

（本文作于 1986 年 7 月）

化腐朽为神奇的创举

越剧《胭脂》是根据蒲松龄同名小说改编的。当年，毛泽东主席提倡全党大兴调查研究之风，并向大家推荐了几篇文章，其中就有小说《胭脂》。

小说通过邑宰、郡守对胭脂案件的审讯，暴露了封建司法制度的黑暗腐败，批判了封建官吏审案不凭证据、不重调查研究，单凭主观臆断，屈打成招的罪恶。蒲翁在文章篇末借异史氏之口叹曰："甚哉！听讼之不可以不慎也，纵能知李代为冤，谁复知桃僵亦屈？然事虽暗昧，必有其间，要非审思研察，不能得也。"

改编者抓住了小说中"审思研察"这个中心思想，进一步阐发了"差之毫厘，谬之千里"的哲理。通过展示吴南岱从一个徒具虚名、将错当真的假青天，转变成为一个敢作敢为、知错改错的真青天的过程，歌颂了"知错能改即圣贤"的主题思想，赋予了人物、情节、主题以崭新的意义。为此，当时最高人民法院院长谢觉哉同志提诗赞曰："一念之忽差毫厘，毫厘之差谬千里。《胭脂》一剧胜神针，启智纠偏观者喜。"

《胭脂》一剧的改编，之所以能取得这样的成绩，原因虽然是多方面的，但其中一个重要原因，便是在不违反原作精神的前提下，对宿介这个人物形象进行了大胆的改造。这种化腐朽为神奇的改造，对于完成剧本主题、加强戏剧冲突、提高剧本格调等方面，都产生了很大的作用。

原作中的宿介是一个放荡无行、好色成性的浪荡书生。他既与有夫之妇通奸，又冒名去骗奸胭脂。虽说是强奸未遂，终属流氓犯罪。当这样一个人被误判为凶手时，观众必然不会给予同情和关注。要体现"知错能改即圣贤"的新主题，为宿介翻案，就成了最终体现新主题的重要情节。而被冤者宿介，自然也就会引起人们的关注。如果他仍然以原作中的面貌出现，观众必然不会同情于他。他的被冤，人们甚至会认为这是他罪有应得、恶有恶报。这样一来，吴南岱经历了那么复杂的思想斗争，而终于做到的知错改错，便成了全无意义的事情。被冤者激不起观众的同情，知错改错引不起观众的兴趣，那么改编者新的立意，也就无法体现了。

当然，站在理性的角度分析，宿介即便是行为不端，他的冤枉还是应该昭雪的。但是，戏剧毕竟是一门具有独特艺术规律的艺术。看小说，我们可以停下来仔细想一想，进行一些理性的分析；而看戏剧，这就是一次过的艺术，不容许你中途停下来，想一想再继续往下看。发展中的戏剧情节，常常像是一股洪水夹裹着观众的情感向前奔腾，观众的爱憎是随着剧情的发展而产生的，如果你稍有迟疑和停顿，就会被发展中的剧情远远地抛在后面，使你悔之莫及。改编者对宿介形象的改造，是符合戏剧审美的特殊规律的。

戏剧悬念的设置，对一出戏的戏剧性的强弱很有影响。戏剧悬念是一种戏剧结构上不断造成观众急切期待的心理状态、引起关注兴趣的艺术手段。而要引起观众的期待和兴趣，首先就必须使观众对剧中主人公的命运产生同情。如果宿介仍以原作中的面貌在戏剧中出现，那在观众中间引起的就不是同情，而是厌恶。没有同情，你就无法使观众产生兴趣，戏剧悬念就会虚弱。戏剧情节一旦对观众失去吸引力，观众便会毫不客气地用"抽签"（戏未终场便起身离去）来表示抗议了。

戏剧冲突是戏剧艺术的特征之一。戏剧冲突往往靠人物之间的性格冲突而形成。所以，戏剧人物的性格设计，必须考虑到相互之间的搭配，并赋予他们各自不同的意志，这样他们就有了冲突的动力。人物相互之间的矛盾、对立、撞击，使冲击成为可能，从而激发戏剧矛盾，达到塑造人物、表现主题的目的。原作中宿介的性格与毛大基本相同。他本身是有罪之人，虽然被冤枉，也只能是哑巴吃黄连，有苦说不出，不可能理直气壮地辩冤，因此很难与自视才高、自命不凡的吴南岱展开冲突。没有这种人物性格上的对立与冲突，对于激化戏剧矛盾，推动情节发展，塑造主要人物——吴南岱的形象都是极为不利的。

戏剧是一门由演员扮演角色当众表演故事的艺术。戏剧艺术的一条重要特征，就是舞台形象的直观性。写戏是为了上演的，剧本中的一切，都将化为具体、可见的形象，呈现于舞台之上。这些舞台形象都是由活生生的演员扮演，能与观众直接发生感情交流。正因为这样，他们能否在观众心中留下美感的问题就显得特别重要。所以，舞台形象的净化美就成了戏剧美学的一条重要原则。如果把原作中宿介的那些污秽的行为搬上舞台，必然会使观众厌恶，戏剧艺术的美感将会因此消失殆尽。

美的舞台形象，与这些丑恶的行为是绝缘的。早在古罗马时期，贺拉斯就曾经说过："不该在舞台上演出的，就不要在舞台上演出。有许多情节，不必呈现在观众眼前，只消让讲得流利的演员在观众面前叙述一遍就够了。例如：不必让美狄亚当着观众屠杀自己的孩子，不必让罪恶的阿特柔斯公开煮人肉吃。……你若把这些都表现给我看，我也不会相信，反而使我厌恶。"由此可见，因为戏剧的特征决定的特殊审美要求——舞台艺术形象的净化美，是早已被人们发现，并反复强调过的。所以，努力清除丑恶、庸俗的舞台形象，不仅可以提高剧本的思想格调，还可以提高整个剧本的美学价值。

可喜的是，《胭脂》的改编者深深懂得这些戏剧艺术的特殊规律。他们从原作中提供的"宿虽放纵无行，固东国名士"及"与王氏稚齿交合"的线索，把宿介的形象来了一番大改造；把他写成了一个才华横溢、玩世不恭、放浪不羁、不拘小节，但又热心助友的狂生。他与王氏的关系，也由通奸，改成了与寡妇表妹的爱情关系。改编者在他身上既赋予封建社会正直的斯文人所具有的那种热心助人、急公好义的品格，又赋予了他特有的玩世不恭、无私无畏的狂生性格，从而使这个人物有了新的典型意义。

从这个人物性格中体现出来的美，深深地感动了观众。一个好人遭冤屈，一颗美好的心灵可能被官吏们的昏庸毁灭，如是，观众有了爱，也有了恨，有担心，也有同情。这样一来，吴南岱的知错改错，也就建立在昭雪无辜的基础之上。他的一举一动都与观众的心联系到了一起。他的行动也就有了意义。

在同情主人公遭遇的情况下，观众的喜怒哀乐，都随着剧情的进展、人物命运的变化而更换，大大地增强了剧本的戏剧性。从宿介的性格出发，发展出了：辗转托媒、冒名慰病、隔窗赠鞋、互为递状、公堂顶撞、临刑骂官等一系列情节。当他被自视才高的吴南岱误判为杀人凶手之时，他与吴南岱之间产生了激烈的性格冲突。宿介几番赋诗讥讽，当堂笑骂。吴南岱数次暴跳如雷，怒火强压，使查清这个案子增加了客观上的困难和干扰。由此更显出吴南岱知错改错、实事求是精神的难能可贵。

他们的性格冲突，有力地激化了戏剧矛盾，加强了戏剧冲突，推动了戏剧情节的发展。在两种性格撞击的火花中，既各自显出了自己性格的特点，又相互起到了映衬的作用。

从上可见，正是因为《胭脂》的改编者在改编中化腐朽为神奇，大胆地赋予了宿介这个人物新的性格、新的行动，才使得"知错能改即圣贤"这个主题，在人物的尖锐的性格矛盾、复杂的思想斗争、激烈的戏剧冲突中得以完美呈现。

《胭脂》改编的成功经验告诉我们，改编的过程，同样是一个创造的过程。既不能随心所欲地乱改，也不能抱残守缺、处处拘泥。要在尊重原作的基础上，取其精华，去其糟粕，从戏剧的特殊规律出发，进行再创作，赋予人物、情节、主题以新的意义，才可能对今人有所裨益，从而达到古为今用的目的。

（本文作于 1982 年 4 月）

从《春草闯堂》看戏曲剧本结构的魅力

习近平总书记在"文艺工作座谈会"上，一针见血地指出了文艺创作有高原缺高峰的弊端。这是就整体的文艺创作的情形而言的，自然应该包括戏曲创作在内。

从这些年的演出实践来看，戏曲作为一种传统艺术样式，在当今的社会生活中，面临很难激发观众审美激情的危机，这已是不争的事实。这固然与社会审美情趣的变迁和艺术传播手段的更迭有关，但追索根本原因，却不应该偏离对自身艺术创作规律的遵循和坚持。常言道得好，"剧本、剧本，一剧之本"。这其中，必然应该包括对戏曲剧本结构艺术魅力的不断探寻和强化。

应该说，这些年大家对戏曲艺术的繁荣发展是重视的。在各方面的大力扶持和鼓励下，近年来的戏曲剧目创作呈现出繁荣景象。从中华人民共和国成立以来所创作的剧目应该有成千上万，但是从舞台演出的实践来看，却显得十分寥落和寂寞。没有几个戏能够长久为观众所喜爱。不少剧目的创作只为得奖，而不关注剧目的长期演出。一些剧团好不容易跑点钱，排了新的剧目，利用现代的声、光、电设备，把舞台效果弄得美轮美奂，大多也是为了参加评奖。获奖之后便是"刀枪入库，马放南山"，在戏曲剧目创作中形成了重视得奖，忽视演出；重视形式，忽视内容；重视表演、导演，忽视编剧艺术的不良倾向。

为了改变这种情形，文化和旅游部做了一件遵循戏曲艺术规律、深得民心的好事，开展了两届"优秀保留剧目"评奖。

首届评奖就在中华人民共和国成立 60 周年之际，从各地申报的近 2000 台 1979 年以来首演并演出了 400 场以上的剧目中，评选了 18 台优秀保留剧目。

第二届是在 2012 年，时限扩大到中华人民共和国成立之后，演出场次增加到 1000场，最终也有 20 个剧目得奖。文化和旅游部给获奖的 38 个剧目每个奖励 100 万元，并组织他们到全国各地巡演。仅首届的获奖剧目就在全国 31 个省份和港澳台地区 100 多个城市巡演了近 500 场，演出收入 1300 多万元，观众达 40 多万人次，所到之处一票难求，座无虚席。其规模之大、范围之广，为中华人民共和国成立以来之前所未有。

获奖剧目中，有广大观众熟悉喜爱的川剧《金子》、越剧《五女拜寿》、京剧《三打陶三春》、歌剧《江姐》、京剧《杨门女将》、黄梅戏《天仙配》、歌剧《刘三姐》等。由此看来，不是观众不爱看戏曲演出，而是让观众流连忘返的戏曲剧目太少。

在首届优秀保留剧目评奖中荣登金榜、历经长期演出磨砺、经受了时间和观众检验的优秀剧目《春草闯堂》，便是其中让全国各地的观众百看不厌的一出经典剧目。

近日得闲，重读《春草闯堂》的剧本，分析这个剧目成为优秀保留剧目的原因，除了主题的社会意义深刻和人物性格塑造的成功之外，剧本结构的精巧和情节铺排的匠心独具也功不可没。

莆仙戏《春草闯堂》，是由著名剧作家陈仁鉴先生根据传统剧目《邹雷霆》改编的，1979年复排之后，风靡了全国，先后被京剧、黄梅戏、豫剧、湖南花鼓戏等剧种的近千个剧团移植。这么多年来，此剧一直活跃在全国各地的戏剧舞台上，深受广大观众的喜爱。

作为全国首届优秀保留剧目获奖作品之一，分析其剧本创作中充分体现的匠心独运、意趣无穷的结构艺术魅力，对于当代戏曲创作努力攀登艺术高峰，当不无裨益。

莆仙戏《春草闯堂》，是一出歌颂性和讽刺性高度结合的喜剧。剧本通过薛玫庭与李半月的婚姻由假变真的始末，歌颂了丫鬟春草机智勇敢的性格，讽刺了封建社会官场中认势不认理的黑暗现象，揭露了官吏们趋炎附势的卑劣行径。

这出戏之所以轰动全国并久演不衰，与其创作者尊重戏曲编剧的艺术规律，其剧本体现出匠心独运、意趣无穷的艺术结构魅力分不开。

其一，头绪集中，情节单一不单调；重点突出，故事曲折不杂乱。

戏曲艺术是一种综合性很强的艺术形式，在情节结构上要求删繁就简，留下充分的时间、空间，让戏曲特有的各种表现手段为表现主题、塑造人物大显身手。

我国清代戏曲理论家李渔曾说："头绪繁多，传奇之大病也。荆、刘、拜、杀之得传于后，止为一线到底，并无旁见、侧出之情。"

《春草闯堂》的改编者，把握了戏曲艺术的这种特殊规律，毅然删去了原作中渔女张玉莲的一条情节线索。以春草为剧中主要人物，以闯堂认婚为主要情节，改原作的复线结构为单线结构，重点突出，头绪集中，一线到底，脉络分明。在以"闯"字贯穿全剧的同时，还在"认"字上大做文章，力求情节曲折丰富，使剧情波澜起伏地向前发展。

"文似看山不喜平。"情节结构上出乎意料的大起大落是加强戏剧效果、引人入胜的好办法。

剧中的"三认"就是情节发展中的三次大的跌宕。见义勇为的薛公子公堂投案，碰上了蛮不讲理的杨夫人和认势不认理的胡知府。眼看薛生要被杖毙庭上，春草挺身而出，冒认姑爷，此一波。

胡知府为辨真假要到相府求见小姐。李小姐得知原委，先是辱骂春草"公堂上胡乱言"，而后觉得"事到如今无奈何，由你自为听你说"。却不料，秋华扮小姐露出破绽，正当胡知府起身告辞之时，李小姐仗义证婚，使胡知府疑虑全消。此二波。

可是一波未平，一波又起：胡知府自以为替小姐办了件大事，必得相国欢喜，不但前程无忧，而且升官有望。于是拟赴京都向相国请赏，而李相国却复信要他杀死薛玫庭。剧情发展到这里，好似山穷水尽，英雄必死无疑。却不料通过春草、小姐一个改信的契机，使得情节出现了峰回路转、柳暗花明的新局面。于是，胡知府送贵婿进京，皇帝、百官均来相贺，相爷认婿也就水到渠成。

我国明代戏曲理论家王骥德在《曲律》中，曾经概括了戏曲剧本结构的六要素，其中就有"勿太蔓，蔓则局懈，而优人多删削；勿太促，促则气迫，而节奏不畅达"之说。可见好的剧本结构，既不能枝叶太蔓，头绪过多，因而失之庞杂紊乱，也不能太促太急。要使剧情有节奏、有起伏地向前发展。

《春草闯堂》的情节结构，由于抓住了闯堂认婚这个主线，一线到底，并无旁见侧出之情，所以头绪集中、不枝不蔓。与此同时，又根据表达主题和塑造人物的需要，在"认"字上做文章，把戏写足，不急不促，节奏畅达，既是"文情专一"，又不失"顿挫抑扬"之趣。

我们看到的一些新创作的戏曲剧目，有的容纳了太多的情节线索，似乎不如此便不能反映广阔的社会生活，头绪繁杂，重点无法突出，看一晚的演出，记不住主要的人物和情节，糊糊涂涂摸不着头脑。有的剧目则片面理解头绪集中，情节过于单调，缺少事件的丰富性和情节结构的抑扬顿挫，看了开头便知道结局。这样的剧本排演出来，不管请来多么优秀的演员，采用多么现代的导演手法，运用多么昂贵的灯光、服装、音响，都不会对观众产生引人入胜的吸引力。

其二，起承转合，环环相扣，量积质变；前呼后应，层层推进，瓜熟蒂落。

捧读《春草闯堂》的剧本，我时不时会陷入以前观看此剧演出时那种神牵意惹、牵肠挂肚的感觉。这个戏反映的虽然是正义力量和封建官僚之间的矛盾，却通过一个丫鬟与一国宰相之间的冲突具体表现出来。有人说喜剧是表现不相称的矛盾。正是这一大一小、一强一弱、力量极不相称的矛盾双方，引起了大家的观赏兴趣。

剧本的第一场只能算是戏的开场和前因，真正戏剧冲突的缘起，是第二场的春草冒认姑爷。她这一冒认，便造成了山雨欲来风满楼的戏剧情势，引起了观众对剧情发展的强烈期待。

剧中的三至七场是冲突发展"承"的部分。在这里，矛盾冲突逐步激化，层层推进。冲突中正面力量要过三关：小姐关、知府关、相国关。于是，矛盾层层展开，冲突步步发展，通过"改信"的契机，系成一个大结。贵婿到了京城，相国如何发落？这个最大的危机，导致了戏剧高潮的到来。

第八场的前半部是高潮的准备。当小姐和春草要豁出去当众评理，而老相国豁不出去，只得认婿之时，便是全剧高潮的转折。人物性格在这里得到了最深刻的揭示，主题思想得到有力的表现。

高潮之后，只用了李相国与胡知府的几句对白和"一脚踢去"的动作，便幕落闸关，戛然而止，不失为一个干净利落、耐人寻味的"豹尾"。

戏曲剧本的特点之一，就是善于运用异想天开的特殊事件，运用不同寻常的戏剧冲突，更集中、更强烈地反映生活真理。这个戏中，甩给观众的是一个似乎完全不可能解决的矛盾。一个丫鬟要与相府小姐、夫人以及知府乃至相国斗，其下场可想而知。这事件本身便可以让人想知道究竟。由于剧中一系列起伏有致、符合人物性格逻辑的事件铺排，使得戏剧冲突不断发展，矛盾逐渐积累。终于，量的积累导致了质的飞跃，使得剧中看来有些不相称的矛盾，得到了合情合理的解决。这便在使观众长舒一口气的同时，感受到正义的卑贱者能够战胜贪婪的"高贵者"这一生活的真理。

剧中戏剧冲突发展的那种环环相扣的效果，很大程度上得益于悬念的设置。这台戏一个总悬念就是春草为救人而说的谎话能不能算数？李小姐敢不敢证实谎言，知府敢不敢相信谎话，相爷能不能认可，等等，就是这个大悬念下面的一连串小悬念。这些小悬念使观众不断处于期待和猜测之中，随着情节的不断发展，便产生了环环相扣、引人入胜的审美效果。

要使剧情发展环环相扣，首尾贯穿，还必须倚重结托，前后照应。李渔说过："凑成之功，全在针线紧密，一截偶疏，全篇之破绽出矣。每编一折，必须前顾数折，后顾数折。顾前者欲其照应，顾后者，便于埋伏。"正因为剧中第一场薛公子对李小姐有救命之恩，小姐和春草对他的命运自然不会不闻不问，这就必然引出了第二场的春草闯堂。春草的冒认姑爷，又引出了第三场胡知府向小姐求证的戏。剧中最后李小姐同薛玫庭的真成眷属，显得这样自然、熨帖，就与第一场埋下的薛李相互倾慕的爱情暗线分不开。有了前面情节的牵引、埋伏、照应，后面的发展才能水到渠成，瓜熟蒂落。

将《春草闯堂》的成功经验，与当今的一些剧本创作比较，我们会发现后者在事件选择、冲突铺排、悬念设置、情节照应等方面都存在不足。有的剧目在事件选择上与现实生活完全平行，对生活中的故事缺少提炼和概括，对观众缺少吸引力。有的剧目创作者在戏剧冲突的铺排上用心不够，对悬念的设置缺少技术磨炼，在情节照应上更是首尾不顾，留下了许多"穿帮"的笑柄。这种剧目自然是不可能留住审美视野开阔的现代观众的。

其三，疏密相间，故事起伏有致；大小调剂，气氛相得益彰。

戏曲剧本叙述故事讲究有头有尾，轻重分明。在具体的结构方式上，表现为"大场子"与"小场子"相结合的分场形式。

分场是戏曲剧本结构的一大特点。在场子的安排上戏曲剧本强调衔接紧凑，既不要因有"断续之痕"而造成"血气中阻"，又要讲究大、小调剂，色彩相间，在对比中求得均衡和谐，使情节起伏有致、有张有弛地向前发展。

"小场子"在戏曲结构中，以其特有的艺术价值和作用，与"大场子"相互促进，相得益彰。在情节发展上它可以承前启后；同时，还可以充分发挥戏曲歌舞的特长，在整个结构中使情节连贯，调节气氛。

《春草闯堂》这个戏在情节上有闯堂、证婚、改信、认婿四个关节点，在场子安排上也就相应形成了四个大场子。在这几个重点场子中，作者泼墨如云、阐幽抉微地表现冲突，刻画人物。在这几个大场子之间，根据冲突发展的需要，从戏曲载歌载舞、不受时空局限的特点出发，安排了春草坐轿和胡知府送婿这两个喜而近闹的小场子。

这两个看来很小的过场戏，对人物性格的刻画、冲突的发展，却有着不小的意义。前者通过胡知府从坐轿到"徒步康衢伴丫鬟"，再到侍候丫鬟上轿的过程，表现了他为求小姐证一言"心急似箭"的丑态，以及春草"明知难摆脱，一味但挨延"的复杂心理。

这个小过场，对于前一场悬念的解决，起了一种抑制作用，使观众的期待增加，兴趣越来越大；而且为戏曲载歌载舞的表演艺术，提供了一块大显身手的天地。

两个人物的性格在这里得到了较好的刻画。后者，则是通过正面表现胡知府大张旗鼓地送贵婿上京，沿途官吏相迎相送的场面，造成了一种轰动京畿"全国贺仪同日至"，皇帝也赐御匾的戏剧情势；为全剧高潮的形成和矛盾冲突的最后解决铺平了道路。

当然，这两个场子的内容也可以通过其他方式叙述出来，但这样一来，不仅原来结构上的这种急缓相调、起伏有致的美感会消失殆尽，而且春草、胡知府的性格也很难像现在这样动人；"小姐证婚""相爷认婿"这两个重点场子也将失去那种咄咄逼人的戏剧情势。

戏曲剧本的情节结构，实际上就是戏剧故事的时空安排。戏曲的结构魅力便是在打破舞台时空限制，景随人转，让舞台时空服务于情节发展的写意性时空的特点显现出来。

戏曲舞台的时空感觉是通过戏曲演员的表演创造的，这种场景迁换的自由，给戏曲结构带来了自由分场的外部形式。剧作者可以充分利用这种自由，在写意的时空处理中，随心所欲地叙述戏剧故事。这方面《春草闯堂》的创作者足够聪明，前面谈到的那些时空安排确是匠心独运，大大增强了剧目的观赏性。

我们看到的其他一些剧目，在时空处理上过于老实，把戏曲艺术的这种特点忘记了或者是放弃了，"戴着镣铐跳舞"而捉襟见肘。这样的剧目当然不可能引起当代观众的观赏兴趣。

其四，波澜突起，似乎出于意料之外；势在必行，其实寓于情理之中。

"戏法无真假，戏文无工拙，只是使人想不到，猜不着，便是好戏法、好戏文。"李渔先生在这段话中，将"想不到，猜不着"当作衡量戏曲情节结构好坏的唯一标准，不免失之偏颇。情节结构固然要奇，要使人"想不到，猜不着"，但不能故弄玄虚，生编硬造。好的戏曲情节必然要具有出乎意料的发展，又寓乎事物发展规律的情理之中。也就是说，情节结构要符合生活逻辑和人物性格发展的必然趋势。

《春草闯堂》虽然是一出喜剧，但在情节结构上却没有采取一般喜剧常用的误会法，而是从人物性格出发来结构和发展戏剧情节。如：没有薛公子见义勇为的性格，就不会有小姐遇救和打死吴独、公堂投案的戏。没有春草的机智勇敢，又哪里会有公堂辩理和冒认姑爷的情节？没有趋炎附势和善于逢迎的胡知府，就不会有相爷和他之间的书信来往以及送婿上京的戏；没有李半月反叛封建礼教的性格，也就没有证婚的情节和改信的契机；没有李相国慎微圆滑的性格，也就没有最后假婿乘龙的结局。

所以，这个戏的情节，虽然常常出现出乎意料的发展变化，使观众"想不到，猜不着"，处于一种期待的心理状态中，但这种迂回曲折、跌宕多姿的情节发展，又建立在人物性格的基础之上，寓乎人情事理之中，使人觉得真实可信。

编剧、编剧，一定要会"编"。不会"编"的编剧一定不可能写出让观众"想不到，猜不着"的戏曲情节，从而吸引观众的眼球。但是，再会"编"的编剧，也不能脱离人物性格和生活逻辑生编乱写，从而把观众吓出剧场。能够正确处理好这两方面关系的创作者和剧目实在是不多。要不就平淡无奇、司空见惯，要不就是胡编乱扯、贻笑大方。这方面存在的问题，很大程度上影响了观众的审美信心。不"奇"不"真"都不可能吸引观众的观赏兴趣。

通过前面的分析，我们不难发现，莆仙戏《春草闯堂》之所以风靡全国，成功跨越地域和时间的限制，引起众多观众的观赏兴趣，与其剧本结构的精雕细琢，充分体现中国戏曲结构的艺术魅力，从而达到引人入胜的艺术效果分不开。其成功的经验值得今天的创作者学习。

（本文作于 2016 年 3 月）

浅谈《鲁迅在广州》中鲁迅形象塑造

革命导师马克思在论及一批法国领袖的传记时说："如果用伦勃朗的强烈色彩，把革命派的领导人——无论是革命前的秘密组织里的或是报刊上的，或是革命时期中的正式领导人——栩栩如生地描绘出来，那就太理想了。在现有的一切绘画中，始终没有把这些人物真实地描绘出来，而只是把他们画成一种官场人物，脚穿厚底靴，头上绕着灵光圈。在这些形象被夸张了的拉斐尔式的画像中，一切绘画的真实性都消失了。"

现实主义画家伦勃朗，擅长运用强烈的色彩对比来显示层次的变化，他的画给人强烈的真实感。而拉斐尔先生却喜欢按照自己心中理想的形象来描写生活，所以出现在他笔下的都是一些高度美化了的、缺乏真实感的人物。

在今天，两位大师早已化为天涯尘土，但各自表现生活的方法却没有失传，而且后来者连绵不绝。

从历史上看，似乎前者远不如后者那样博人青睐。人们善良的愿望和个别人的私欲搅在一起，使一些历史伟人身上，既染上了善男信女拜佛的香烟，又沾上了别有用心者造神的金粉。

我们敬爱的鲁迅先生，生前虽然洁身自好，痛恶拍马溜须者，然而不料死后还是未能幸免这种灾祸。可喜的是，越剧《鲁迅在广州》的创作者，一扫这种造神的阴霾雾障，抛弃了拉斐尔式理想化的模式，通过 1927 年鲁迅到广州的故事，真实地、有层次地表现了他从一个革命民主主义者转变为马克思主义者，从革命的诤友转变为无产阶级战士，这样一个伟大的转变。

剧中展现他思想转变的各个层次，以及促使他转变的各种人物关系的每一次变化，以及一些准确体现他的思想感情和性格的细节，就像是一笔笔有对比、有变化、有层次的伦勃朗式的强烈色彩，塑造了一个有血有肉、可亲可信、真实感人的典型环境中的典型人物——鲁迅先生的光辉形象。

鲁迅先生思想的发展大致经历了三个变化过程。其一，从戊戌变法到五四运动；其二，从五四运动到 1927 年的大革命失败；其三，从大革命失败至他生命的终结。剧中表现的是他思想变化的第二阶段和第三阶段的转折。

在此之前，他曾有过忧国忧民的呐喊，也有过徘徊、踟蹰的荷戟彷徨，还有过含辛茹苦的上下求索。他经历了维新、辛亥、"五四"的风风雨雨，也目睹了袁世凯称帝、张勋复辟的幕幕丑剧。他读过诸子百家山海经，也曾幻想过科学救国济生灵。后来他从"进化论"中抓住了"发展的理论"，认为，"将来必胜于过去，新的必胜于旧的，青年人必胜于老年人"，成为进化论的信奉者。

1926年下半年，北伐军挥师北上，胜利的消息不断传来。当时的鲁迅并没有发现这大好形势下潜伏的危机，也没有认清国民党正在逐渐暴露的反革命面目。鲁迅此剧的作者，并没有回避这些历史的真实，也没有人为地拔高他思想转变的基点，而是比较细致地展示了他思想转变的各个层次，从而使他的思想转变显得真实可信，形象也显得丰满感人。

一开场，鲁迅并没有马上从"定都武汉"和"定都南昌"两条尖锐对立的标语中闻出火药味，而是感到"南国风光正宜人，民情活跃慰我心"。他似乎觉得这里的一切比别处活泼得多。

作者并没有把他写成先知先觉的神，而是依据历史的真实，既写出了他对革命策源地广州的向往，又写出了他对当时革命形势没有正确估计。

第二场里，通过鲁迅对冲突的两派学生的态度，以及帮右派学生孔金干拾靴的细节，突出了他受进化论的影响，其爱护青年、崇拜青年的一面。当右派青年冲他而来的时候，他还说："年轻人嘛，血气方刚，即使砍我几刀，我也不忍还他一枪啊。"这些情节都是从生活真实出发，通过典型化的艺术手段，比较准确地再现了鲁迅思想转变前的思想基础。

有些评论鲁迅的文章和传记，把他的转变简单归结于党的教育和马克思主义的开导。其实不然。他的思想转变，虽然受到了马列主义和共产党的影响，但直接的因素却是蒋介石发动的四一二反革命政变和广东国民党"四一五"的"血的游戏"，以及青年人助官捕人的事实。

此剧第三场，鲁迅同当时共产党广东区委书记陈延年会谈回来，通过党的教育，他对当前广州的形势有了一些新的认识。他唱道："我是热锅不觉得炭火旺，哪识屋外有冰凌。"他还说："我在厦门，听说广东是革命的策源地，赤化了，红得很。跑来一看，果然'革命'了，满街红标语——红布标语中还有用白粉写的字，红中夹白，真使人有点害怕。"这不是他转变的完成，而只是转变中的一个层次。虽然闻到了斗争的火药味，但还没有最后认清国民党的真面目，甚至对陈延年的提醒，还是将信将疑。

第四场里，国民党广东政府终于撕下假面具，玩起了"血的游戏"。当鲁迅得知毕磊和中大200名学生被捕的消息时，幕后唱出了他当时的心情："满天风雨雷击顶，大梦初醒痛断肠。"第五场，他为了营救学生闯进戴公馆，发现了朱家骅的真面目，痛苦地唱道："我眼睛生在脑背后，未曾把你来识透。……你今日摇身一变惊醒了我，我以往真伪难辨惊回首。"这些血的教训，使得鲁迅在转变的路上猛进了一步。

第七场里，鲁迅得知毕磊的牺牲和夏立峰有关，思想中"进化论"的基石动摇了，崩溃了。跌宕起伏的感情把他思想的转变推向了高潮。后来，他写道："我一向是相信进化论的，所以以为将来必胜于过去，青年必胜于老人……然而后来我明白我倒是错了。我在广东，就目睹了同是青年人，而且分成两大阵营，或者投书告密，或则助官捕人的事实。我的思路因此轰毁……"

经过这场血雨腥风的洗礼，有的青年从革命的朋友变成了革命的敌人，有的青年感到前途渺茫，而鲁迅先生却从牺牲的共产党人身上看到了革命的前途和希望。他这样回答青年们的问题："不，有路可走！""毕磊和他哥哥生前走的路，就是你们今后前进的方向。"他这样唱道："苦心探索数十载，梦断南国重新看世界；血泪汇流航道开，唯新兴的无产者才有将来。"从此，鲁迅先生思想上这个伟大的转变得以完成。

此剧在剧中人物关系的设计上，也十分有利于展示鲁迅思想的转变和典型形象的塑造。剧中冲突双方阵线分明，随着情节的发展，人物关系不断发生变化。如果说在情节结构上的一个个细节、冲突像一个个浪头，展现了鲁迅思想转变过程的话，那么鲁迅对一些人物认识的转变所形成的人物关系的急剧变化，也就像一股股飓风，把鲁迅先生推上了思想转变的高峰。

首先是鲁迅和毕磊的关系。毕磊和鲁迅在斗争中结下了深厚的友谊。国民党叛变之后，毕磊不顾自身安危，来通知鲁迅。鲁迅也不惧危险，掩护毕磊。毕磊被捕后，鲁迅更是四处奔走，设法营救。毕磊牺牲之后，他拿着毕磊送给他的水横枝到江边祭奠英灵，唱出了："共产党人多奇志，不怕牺牲为人民。毕磊君啊，你人死精神永不死，犹似这盆水横枝，留得青春光辉照后人。"通过与毕磊的关系，他看到了中国革命的希望，看到了中国共产党的力量，看到了中国的前途。

鲁迅与夏立峰关系的转变，对塑造其形象，产生其转变的影响也很大。在此之前，鲁迅一直信奉进化论，他对青年人是极其崇拜和爱护的。夏立峰是随他一起从厦门转学来到广州的。在血雨腥风中，他背叛了革命，出卖了毕磊，从鲁迅的朋友变为鲁迅的敌人。这种人物关系的变化，冲毁了鲁迅心中进化论的堤坝，有力推动了他思想的转变，是塑造鲁迅形象不可缺少的一笔。

鲁迅与朱家骅关系的变化也是如此。他与朱家骅在女师大风潮中曾经肝胆相照，为救学生出牢狱同奔走共呼号，所以他一直把朱家骅当作自己的好朋友。后来得知他参与了逮捕学生的阴谋时，才认清了他的真面目。通过这种发现，人物关系从友变为仇，这种突转在剧情上形成了大跌宕，在人物感情上形成了大波澜，对于塑造人物很有好处。

人非圣贤，孰能无过？作者不为尊者讳，大胆地写了鲁迅对这些人物的认识转变过程，很好地表现了鲁迅先生严于解剖自己、爱憎分明的性格，既为他的思想转变提供了可靠的依据，也有利于典型环境中典型人物的塑造。

马克思常常引用罗马喜剧作家泰伦斯的喜剧《自己折磨自己的人》中的一话："我是人，人所固有的我无不具有。"《鲁迅在广州》一剧，充分利用了感情描写和细节描写的艺术技巧，把鲁迅写成了一个"人所固有的我无不具有"的人。剧中既有他对真理的执着追求，又有他曾经经历过的求索的苦闷。既写了他俯首甘为孺子牛的同志爱，又写了他无情未必真豪杰的恋人情。好一首"此马非害马，广平也是星，向前敲骏骨，坚劲有回声"的祝寿诗，其间蕴藏着鲁迅对许广平多么深厚的感情、多么浓郁的爱恋呵！

一个准确的细节，可以像一束强光射在人物身上，使其形象的某一侧面突显出来。剧中第二场，鲁迅先生为一个右派学生拾起靴子的细节，突出了他受进化论的影响很深，极其崇拜青年、爱护青年的思想基础。第三场中，鲁迅脱下鞋，追打蟑螂的细节，初看似乎没有什么意义，但细细一想，这个细节就像一个有力的注解，说明鲁迅是个人，而不是一个神化了的偶像。人们看到这里所发出的笑声，正好说明了他们由此感到了这个人物的真实。再有，当鲁迅明白夏立峰出卖了毕磊之后，有一个扔掉夏立峰捐来的银圆的细节。这个细节既表现了他对夏立峰的憎恨，又表现了自己的痛悔。他扔出去的不只是夏立峰的银圆，还有过去深据在他头脑中的进化论的思想。第四场里，有一个鲁迅准备去中大营救被捕学生，临行前从口袋里拿出家里的钥匙扔在桌上的细节，这很好地表现了他明知此去凶多吉少，而为了营救青年置生死于度外的大无畏精神。

当然，这个戏也还存在一些不足，但剧中鲁迅先生的形象是亲切感人的。艺术的生命在于真实。剧中的鲁迅先生，就像别林斯基所说："是真正的人，像他们实际的那样，应该的那样。"创作者比较好地塑造了典型环境中的典型人物，所以作品中的鲁迅先生才有这样大的艺术魅力。

艺术的美，美中包含着善，善中生发出美，而真则是美和善的基础。有了这个基础，美才不至于变成假美，善也不至于变成伪善。正因为剧中的鲁迅形象，描写得比较真实，所以这个形象揭示出来的思想，对今天也具有善的意义。剧中表现出来的美，也就能为当代观众所欣赏、接受。

由于十年动乱的折腾，现在的青年中间，有些人对革命前途丧失信心，在前进路上迷惘、彷徨不前。而剧中通过可亲可信的鲁迅先生的思想转变，告诉了我们一条颠扑不破的真理——"唯新兴的无产者才有将来。"鲁迅先生经历了血和泪的洗礼之后才悟出来的真理是不能忘却的。让今天的青年一代，沿着鲁迅先生经过痛苦的求索而认准了的道路前进吧。

（本文作于 1981 年 12 月）

超乎成法之外　入乎规矩之中

"血海深仇如何报？宝剑离鞘又归鞘；历经风雨完璧归赵，化敌为友看今朝。"

随着剧中女主人公潘天云最后几句唱腔的袅袅余音，大幕徐徐闭上。顷刻，剧场中掌声如潮涌起，演员们一连几次谢幕，不少关观众依然迟迟不肯散去。

归家途中，我一直在想，在戏曲现代戏创作不甚景气，传统戏曲观众日渐稀少的今天，为什么马少波先生根据话剧《战犯》改编的现代京剧《宝剑归鞘》，会有这么大的吸引力呢？

细想起来，除了这个戏取材上的新颖独特之外，恐怕还与创作人员在戏曲现代化、现代戏戏曲化方面进行的探索和尝试分不开。他们的尝试和探索，从表现内容出发，既超乎传统成法之外，又入乎戏曲表现生活的特殊规矩之中，整台演出内容与形式协调统一，令人耳目一新。

我国戏曲以唱、做、念、打为基本表现手段，通过演员扮演角色当众表演故事，从而反映生活的一种综合性艺术形式。这种综合是文学、音乐、表演、美术等多个艺术门类统一于戏曲表演表现生活的特殊规律之中，从而构成完整的戏曲舞台艺术。

马少波先生深谙个中之味，在改编中，从剧本内容出发，根据戏曲化的要求，对原作繁杂的人物关系、情节线索进行了删减，使改编的剧本具有戏曲剧本所应有的主线突出、结构连贯流畅的特点。

这出戏从 1942 年春写到 1959 年秋，时间跨度比较大。作者采用了传统戏曲中常用的"一拎头"的结构方法，一把宝剑拎起了女主人公十几年的悲欢离合，表现了战犯们改邪归正的复杂的心路历程。

在具体的结构形式上，则采用了大小场子加幕前戏的方法。这种场子处理方法，很明显是脱胎于传统戏曲中的大小场子相结合的分场方法。但根据内容的需要，又不拘于这种方法，在时空安排等方面做了新的处理。

在演出实践中，我们可以看到，这些幕前戏在交代剧情、衔接气氛、推动情节发展等方面，都起到了很好的作用。如，第一场与序幕之间相隔八年之久，其间经历了许多重大事件，人物关系也发生了很大的变化。这些情况如果都挤在第一场中交代，势必使剧情发展拖沓。而作者在这场戏的幕前戏中，通过佟副所长的几句唱腔，以及与白小娟等人的几句道白，就完成了这个艰巨的交代任务，为下面情节的顺利发展铺好了道路。在第三场的幕前戏中，则通过潘小缘一段载歌载舞的"四平调"，表现了她与养母潘天云的深厚感情，为后面的母女分离作了感情上的铺垫。

由于采用了这种结构形式，场与场之间不会因有"断续之痕"，而造成"血气中阻"。在演出中，除了幕间休息，始终不闭大幕，场与场之间，或用锣鼓相连，或用音乐相接，使得整个演出流畅、连贯，颇有一气呵成之感。

改编者还利用了戏曲艺术长于抒情、以情动人的特点，在剧本中为人物安排了足以使之动情的戏剧情境。然后抓住人物复杂的内心矛盾和激烈的情感冲突，调动唱、做、念、打等艺术手段伐隐攻微，充分展示人物的内心世界，使演员在台上唱得出，舞得起。剧中女主人公的两段剑舞就是很好的例子。

第一场，在深沉激越的琵琶声中，潘天云拔剑起舞。日本战犯马上就到，党要求她——一个被日军杀死了丈夫和女儿的战犯管理所所长用政策去教育、感化这些双手沾满中国人民鲜血的战犯。她望着山上遇害人的纪念碑，心中翻腾着仇人相见分外眼红的怒火。党性和国恨家仇的冲突，随着她那时疾时徐、刚柔相济的剑舞表现了出来。

第五场，她已知道春上先生已从日本回来，很可能带来小缘生母的消息。患难与共十几载的母女将要一朝分别，多少依恋、多少深情，尽寄寓在那翻飞的长剑之中。

这两段来自传统戏曲程式的剑舞，把人物此时此刻极其复杂的内心活动形于物外，达到"此时无声胜有声"的艺术效果。

要在戏曲舞台上表现现代生活，除了要大胆吸收改造一些传统戏曲程式之外，还是要在现实生活中提炼新的程式，为表现新的内容服务。这是一个十分艰难，但又不能不做的工作。

此剧的导演和演员在这方面做了一些可喜的尝试和探索。如序幕中伪乡长打锣时念的"扑灯蛾"数板，加上舞蹈化的打锣动作，配上锣鼓和音乐伴奏，便有了一种韵律美和节奏美。第一场中带战犯上场前，张大彤一声"布岗"，在急急风的锣鼓点中，一队战士急步跑上，随着锣鼓节奏定位，转身。这种来自现代生活中战士集合动作的新程式，既美化了战士们的动作，显示了他们的飒爽英姿，又拉紧了舞台节奏。

从剧本内容出发，此剧的音乐设计也在传统的基础上，进行了大胆的革新。全剧贯穿了具有时代气息的主题音乐，主要人物的唱腔设计具有声情并茂、激越清新的特点。几个日本战犯的音乐，作曲者大胆地把日本音调和京剧传统音乐融合在一起，听起来既有人物特点，又不失京剧的韵味。

在伴奏上，则采用了中西结合乐队，那醇厚的音响、丰富的音色，很好地渲染了气氛和情绪，成功地完成了对唱腔托、衬、保、垫的作用。如第一场幕前戏中佟景阳的一句"西皮导板","诞生了新中国红旗耀眼"所显示出来的翻天覆地的气势,很大程度上是得益于乐队的气氛渲染。第三场里,潘天云说出小缘的身世,并托春山先生替小缘寻找亲生父母的那段唱腔最后一句"再来时,母女欢聚又是一番艳阳春"用了铝板钟琴伴奏,那明亮、优美的音色,很好地表现了对小缘的殷切期望,体现了革命者无私、高尚的胸怀。

此剧的舞美设计,根据戏曲反映生活的特殊规律,结合现代观众的欣赏需要,围绕剧情的发展,采用了大场景时空相对固定、幕前戏时空相对自由的处理方法。这既不同于传统戏曲中那种"景在演员身上"的用景方法,又符合戏曲舞美写意为主、以少胜多的艺术特点。如第二场的幕前戏,就是在二道幕前加上一束追光灯,很好地表现了战犯管理所一角的环境,渲染了伊藤困兽犹斗的心理情绪。序幕中,天幕上横贯一条画着起伏山脉的条框,打上一束惨白色的灯光,表现了乌金山在日军铁蹄之下,生灵涂炭、山河失色的规定情境。这种舞美设计,具有干净、简练的特点,既为戏曲表演提供了明确的环境、充分的空间,又创造和暗示出浓厚的情绪氛围,增强了戏剧效果。

综上所述,此剧无论是剧本,还是表演、音乐、舞美各方面,都在戏曲现代化、现代戏戏曲化上做出了宝贵的探索和尝试。虽然这些尝试和探索也存在一些不足,但这种努力是值得充分肯定的。从这里我们也可以看出,戏曲的现代化,不但要在内容上符合时代和人民的要求,而且应该在表现手法上有所发展。这种发展又必须符合戏曲化的要求。

戏曲现代戏创作只有认真学习传统,而又不完全拘泥成法,按照戏曲反映生活的特殊规律来进行艺术实践,才能受到当代观众的欢迎。

(本文作于 1982 年 3 月)

风暴过后是晴空

沅江县花鼓戏剧团演出的《风暴过洞庭》,描绘了一幅浊浪排空、樯倾楫摧的撼人心魄的洞庭风暴图,展示了一场人与人之间生与死、爱与恨、美与丑、善与恶的大搏斗。

剧本表现的是这样一个故事:民警江杰明、关小虎押送三名犯人去劳改场地,船至湖心,遇上风暴,生命危在旦夕。为救犯人生命,江志明打开了他们的手铐,并在风浪中救出女犯于萍。浪息风停之后,犯人胡健、刘玉林趁机逃跑,而于萍在江的行为感召下,不但解救了被逃犯绑住的江杰明,而且协助捉拿逃犯。民警关小虎为救犯人刘玉林牺牲了生命,于萍用自己的身体挡住了恋人射向江杰明的子弹……

《风暴过洞庭》以一波三折、跌宕多姿的情节,塑造了一组性格各异、有血有肉的人物形象。

江杰明、关小虎同为人民警察,共有善良诚挚、爱憎分明的凛凛正气和忠于职守、勇于牺牲的良好品德。但前者遇事细心、沉着、善于体察人心,用自己的通情达理启迪犯人的良知和未曾泯灭的人性;后者年轻,遇事较少经验和沉稳,由于不善体察人心导致了犯人刘玉林的绝望,但在刘玉林将要泥潭灭顶之时,他以自己的生命,换来了犯人的新生。

于萍、刘玉林、胡健三人,同是盗窃团伙的罪犯,心上和身上染有程度不一的污浊和流氓习性,但于萍身上却似乎多几分淳朴、善良。她虽然也想逃跑,也曾用下流言辞和动作挑逗民警,但她还是为因救自己而负伤的民警江杰明裹伤,最后用身体挡住了射向民警的罪恶子弹。刘玉林身上则多些懵懂无知和哥们义气,他想逃跑,他捆民警,他为一把吉他找关小虎拼命,但在关小虎舍身相救的行为感召下,他走出了懵懂和迷惘,最后协助民警捕获顽冥不化的罪犯。

胡健的罪孽是深重的。风暴中,他假装不通水性骗取救生圈,风停后策划和组织逃跑,最后直至向民警开枪射击。但在这黑暗的心灵里,似乎也有一星火花隐约闪动,那便是对于萍爱恋的缠绵、执着。

当然,这个戏要达到更高的艺术境界,确实还需要多方着力。但这个戏已取得了一定程度的成功。这场正义战胜邪恶、美战胜丑、人性人情战胜兽性兽行的活剧,启人心智,让观众看到风暴过后的丽日晴空。

(本文作于 1988 年 7 月)

关于艺术真实的随想

最近有幸欣赏了上海市青年宫艺术团话剧队演出的话剧《快乐的单身汉》。这出戏像一株带着泥土清香、闪烁着露珠光彩的鲜花，盛开在戏剧节的花苑中，博得了广大观众的赞誉。

这出戏之所以能取得成功，与其立足于坚实的生活基础，通过塑造一批典型形象所反映的艺术真实分不开。由此也引起了我关于生活真实和艺术真实关系的一些联想。

所谓艺术真实，指的是艺术作品通过艺术形象反映社会生活所达到的正确的程度。

作为观念形态的文艺作品，都是一定的社会生活在人类头脑中的反映。生活是艺术创作的唯一源泉，艺术作品是社会生活的反映。车尔尼雪夫斯基说过："凡是生活中的土壤中，不生根的东西，就会是萎靡的、苍白的，不但不能获得历史的意义，而且它本身由于对社会没有影响，也将是微不足道的。"所以，艺术要反映生活，必须以现实生活为基础，通过典型形象的塑造，创造出艺术的真实。

生活的现象是纷繁复杂的。艺术家的艺术创造不能仅仅停留在对局部生活的个别细节的具体描摹上，而是要对生活进行广泛概括、高度提炼，透过现象，深入本质，反映出生活的本来面目和历史发展的总趋势。

任何一个时代都有自己时代的新人。这就是那些反映了自己时代的本质，并且代表着当时历史前进方向的人物。

我们今天所处的时代，是一个除旧布新的时代。这个伟大而复杂的时代造就了一代新的青年人。怎样认识这个时代、怎样认识这一代人、怎样表现这种社会生活，这是每一个艺术家都必须重视而且必须回答的问题。

常常听到有人感叹：一年不如一年，一代不如一代。有人甚至说，现在的时代一塌糊涂，现在的青年是迷惘的一代、垮掉的一代。所以有些作品中，我们可以看到浮躁的社会生活和一些没有理想、没有知识、没有道德的青年形象。他们的生活不是愁眉苦脸，就是放荡不羁。他们追求享乐，好像什么人类的理想、革命的前途，在他们心中全然没有位置。

如果我们在文艺作品中，就是如此这般地表现当代青年人的形象，就是忽视了现象与本质的区别，忽视了艺术真实与生活真实的区别，没有正确地认识生活，反映生活。

这部戏，表现的是石奇龙为首的一些青年人的生活。他们生活在日新月异的时代，在价值观念等方面，与他们的父辈已经有了许多不同。但是他们仍然在奋斗和拼搏，努力想要改变生活的面貌。

他们不是完美无瑕的英雄人物，而只是一群生活中的普通人。他们会在枕头下藏起脏衣服臭袜子，会在不准吸烟的课堂吸烟，会用拳头教训流氓……然而，为了建设国家，在火光与锤声中，他们年轻的汗水日夜流淌。他们面临繁重的劳动毫无怨言，遇到困难也不气馁，为了早日完成任务连续加班，每天还轮流照顾没有妈妈的孩子，当起了"业余爸爸"。他们对生活充满信心，对前途充满希望，把理想、爱情、友谊看得那样崇高。

这群心灵美好、品格高尚的青年，并不是艺术家理想化的人物，而是在我们今天的生活中到处可以看到的普通人。

作者熟悉生活，熟悉青年，把握了当代青年积极向上的本质，通过生活中一个侧面、一群人，反映了这一代青年的精神风貌。通过他们的生活、工作，向世人宣告，他们绝不是垮掉的一代。通过他们的本质也很好地反映了今天时代的本质。

当然，不可否认，在今天的社会生活中还有一些浑浑噩噩的青年人，但他们并不能代表当代青年的本质。艺术真实，并不是对生活真实的简单摹写，因为有时甚至"现实也是不真实的"。艺术的真实性并不等于生活中真实的人和事，文艺作品反映出来的生活应该比实际生活更高、更强烈、更集中、更典型、更理想，从而更具有真实性和感染力。

艺术作品的创造，要经过艺术家的头脑，是通过人的主观能动作用反映生活。不同世界观的艺术家，对相同的生活现象，在作品中会有不同的反映。所以，要对生活进行正确的概括和表现，必须有正确的世界观作指导。只有当艺术家的认识、立场、观点与社会发展的趋势相一致，并具有相当的认识能力和较高的表现能力时，才能比较好地反映生活的真实，揭示出某种社会现象的本质意义。

在创造艺术真实的过程中，艺术家的社会意识集中表现为审美理想，通过艺术家对生活现实的选择与评价，体现出来。作家对他所描写的一切，总是带有一定的思想感情，或喜或怒，或憎或爱，都会寓于形象之中，表现在人物身上。这就是作品的倾向性。

我们要求的是革命的政治倾向性同艺术的真实性的统一。艺术家的职责在于通过自己的作品，帮助人们正确地认识生活，告诉人们爱什么、恨什么，推动人们努力改造世界。

艺术真实应该与客观主义绝缘。它是典型化的产物，是理想与现实的结晶，是真善美的统一。真是善和美的基础。此剧所体现出来的审美价值，就在于立足在生活真实的基础上，通过典型化的手段，塑造了一批当代青年的艺术形象。

作者歌颂和肯定了这一代青年人积极向上的本质，而这种肯定和歌颂，又是立足于生活真实的基础上，所以才能这样的吸引人、感动人、教育人。当剧中人说道："我们要在这里立下一座纪念碑，告诉人们，我们这一代青年，绝不是垮掉的一代。"这一段誓言，轰响在观众的心中，赢得了雷鸣般的掌声。这掌声既是对这一代青年的赞赏，也是对艺术真实的肯定，对艺术美的欢呼。

（本文作于 1983 年 3 月）

无画处皆成妙境

分析戏剧剧本的结尾，大致有两种形态。一种是高潮过后猛然结尾，让观众来不及多想，一下就落幕了；另一种则是高潮过后，还漾起一些余波，造成一种余音袅袅的效果，让观众思考落幕之后还会发生的事情。前者一般称之为"紧收"，后者则称之为"慢收"。

我很喜欢后一种结尾方式。这种结尾方式留下余波，留下令人思索的问题，像一道长长的溪水，从观众心中缓缓流过，使人回味，引人遐思。

早在元代，就有人提出过"凤头、猪肚、豹尾"的结构六字诀。这个六字诀十分形象地说明了戏剧结构的要义。所谓"豹尾"，就是要求结尾要像豹子尾巴一甩般迅猛有力。其实，戏剧结尾的"慢收"照样可以达到"豹尾"的效果。

清代戏剧家李渔在《闲情偶记》词曲部"大收煞"一段中说道："收场一出，即勾魂摄魄之具。使人看过数日，而犹觉声音在耳，情形在目者，全亏此出撒娇，作'临去秋波那一转'也。"这种美人撒娇的秋波，实实风情无限，足以令钟情者牵肠挂肚，丢魂失魄。以此来比喻戏剧的结尾，实在是太形象不过了。这种"慢收"的结尾，不仅同样可以显得迅猛有力，而且可以撼人心灵，更具无穷魅力。

就戏剧结构而言，结尾是在全剧高潮之后。高潮一过，悬念全解，剧情一般不会产生更大的跌宕，要观众的情绪长时间保持下去是困难的。因此要尽快结尾。而这个结尾既要收得迅速、简短精练，又要留有余味、耐人咀嚼。

有人说，结尾是领悟剧情的一把钥匙，说得很有道理。剧本有一个好的结尾，对于揭示、完成、深化全剧的主题思想，确实能够起到画龙点睛的作用。

在创作实践中可以发现，一些创作者对剧本结尾的设计不大用心，时常出现草率收兵的现象。前面耗尽心力，结尾显得精疲力竭。殊不知如此一来，前面的心血可能会白白浪费，全部努力将付诸东流。没有精心设计的结尾就不可能形成"豹尾"，而只能是蛇尾，软而无力，或者说是兔子尾巴长不了了，必然会使观众兴味索然。

怎样写好那种余音袅袅、系人情思的结尾，这是每个戏剧创作者都必须认真思考的问题。

一出戏的演出时间最长不过三小时，舞台上的表演空间也不过百十来米，为什么能表现从古到今千百年的历史？为什么能表现天上地下的宇宙万千呢？到底是什么使得戏剧艺术可以突破时空的局限？我觉得这是想象的功劳。正因为观众的想象，使戏剧获得了这种极为自由、具有强大艺术延伸力的魔力。而这种想象，又与戏剧特有的虚拟的、含蓄的表现手段分不开。

创作实践告诉我们，想象与含蓄是一对不能分开的伙伴。所以说，要想创造那种使观众产生联想的结尾，必须运用含蓄的表现手法。

清代画家笪重光说过："虚实相生，无画处皆成妙境。"他这里提倡的"虚"，并不是简单、随意抹去的"虚"。戏剧中"虚"掉的地方，实际上隐藏着一部分客观存在着的东西。虽然没有在戏中直接表现出来，但给观众以联想，从而启人遐思，使人感到意味无穷。这种虚实相生、虚中见实的手法就是含蓄。

关于这种虚实相生、虚中有实的处理方法所达到的艺术效果，我们可以在话剧《丹心谱》结尾的不同处理中找到答案。

这个剧本的结尾原来是粉碎"四人帮"之后的一个喜庆场面，后来北京人艺在演出中却去掉了这个大团圆式的结尾，取而代之的是一个极为悲壮的结局：总理逝世，大雨倾盆，乌云压城城欲摧。这个结尾，确实给观众十分沉重的感觉，艺术效果却要强烈许多。观众通过想象明白，这是暂时的黑暗，怒火燃烧在人们心间，明天将迎来晴朗的天空……

这种通过观众想象实现的含蓄的结尾，既铿锵有力，又韵味无穷，确实是妙不可言，不仅使得主题思想更加深刻，而且更加打动人心。由此看来，那种在戏的结尾处，唯恐观众不懂戏剧的主题思想，让作者化身人物慷慨激昂地大谈主题，还以为是画龙点睛的做法，艺术效果很可能会适得其反。

总之，戏剧的结尾，的确需要追求"豹尾"的艺术效果。但"豹尾"不一定就是"快收"。只要引人入胜、系人情思、引人联想，"快收""慢收"都可从达到"豹尾"的艺术效果。

创作者对剧本结尾设计要高度重视，很好地运用含蓄、虚实相生、虚中有实的方法，虚得恰当，藏得精巧，便会有助于剧本诗意结尾的形成，达到"无画处皆成妙境"的艺术效果。

（本文作于 1982 年 7 月）

加强剧本的现实感和哲理性

戏曲观众的急剧减少，意味着戏曲艺术与时代的要求、观众的审美趣味有了一定距离。

我们正处于一个伟大的历史转折时期，人民刚刚告别了那一段令人心酸的岁月，痛定思痛，加上开放政策带来外国文化的涌进，五花八门，令人眼花缭乱。所以，思索便成了我们这个时代的鲜明特征。不是有人将当代青年称为"思考的一代"吗？其实，在思考的又何止是这一代青年呢？

随着现代化建设的逐步推进，观众的文化知识结构也在发生变化。科学技术的飞跃、物质生产的发展，都使得观众审美心理结构中理性色彩增浓，观众的审美趣味逐渐倾向于对思考的追求。他们希望戏剧工作者能引导他们一起思考人生，并获得思索的审美快感。

然而，我们当前戏曲演出的现状却难以适应观众的这种要求。一些演出剧目，在题材上避开现代观众所关心的问题，而沉湎于风花雪月、才子佳人的陈旧故事；单纯追求情节的曲折离奇，而忽视了生活哲理的开掘；有的思想境界甚至还停留在封建时代。于是，人们失望了。我认为戏曲要争取当代观众，首先必须从充实和丰富其表现内容入手，剧作者要努力提高剧本的现实感和哲理性。

一位文学史家这样说过："一个艺术家如果没有哲学思想，便只是一个供人玩乐的艺人。"戏曲创作一直重视追求"以情动人"的审美效果，这是符合戏曲反映生活之特殊规律的。但随着时代和观众审美趣味的发展，我们需要在戏曲中适当增加思考的因素，剧作者要自觉地寓哲理于形象，在"以情动人"的基础上，再增添一种更深刻的"以理启人"的审美效果。

中国传统美学思想中"诗以言志""文以意为主""意犹帅也"等观点都强调了思想、哲理在创作中的地位和作用。号称"天下夺魁"的《西厢记》，就表现了作者"愿普天下有情的人都成了眷属"的人生理想。《牡丹亭》通过杜丽娘由梦生情、为情而死、因情又生的故事，表达了"情不知所起，一往而深，生者可以死，死可以生"的人生哲理。这些作品强大的艺术生命力说明，戏曲作者与人民一起思索社会、思考人生，自觉地开掘表现与人民生活息息相关的人生理想，对于自己作品的社会价值和艺术生命有着巨大的作用。

因此，我们今天改编上演传统戏就不能一味"翻箱底"，而要认真发掘其具有历史延续力的美学内涵，让剧中人物的命运引起当代观众的共鸣。我们的新编历史剧也要注意以史为镜，古为今用，在古人古事与当代观众的思考相接通的基础上，起到鉴古知今的作用；我们现代戏的创作更要注意表现当代观众所关心的问题，以引导观众更好地思考社会、思考人生。

(本文作于 1987 年 6 月)

如神刀笔　沛然正气

石砌门楣，院墙斑驳，几缕生机盎然的常春藤簇拥着一座两层老屋，这便是长沙市西园北里 50 号著名金石书画家李立先生的寓所。

进得院门，从一陡窄楼梯拾级而上，李立——一位满头白发、面色红润、精神矍铄的老者，将我们引进了他的工作室。这屋虽小，但积案盈架的古籍古玩、满壁的名家字画，顿使陋室生辉。屋中最多的是各种各样的石头，李老笑着对我们说："我人号'石庵'，屋称'石屋'，平生最爱石头。"朗笑声中，他给我们讲述了自己的身世。

李立，1925 年生于湖南湘潭小花石（今属株洲县），7 岁丧父，随母寡居雅好金石书画的外祖父家。他自小酷爱篆刻，18 岁时，寓居北京城的同乡齐白石看到了李立的印章拓片，赞曰"所好之印数方，刀法足与余乱真"。

中华人民共和国成立后，李立有了面见白石老师的机会。师徒相见，感奋不已。白石以大量印谱、画稿相赠，其中一画绘两足跃于草丛之中的青蛙，并题词："闻立也已来京华，犹不得相见，寄此嘱题数字，余以蛙还之。"白石晚年遗失爱印，向学生李立索讨了一方他刻的"古潭州人"印，一直用到谢世。

李立初以酷似白石扬名，但他不囿于此，刻苦蜕变，金石书画均自成一体，他的篆刻，既有大师雄风，又挟古钱币、碑额、镜铭之神韵，具古朴穆、入古不泥之特色。日本出版的《中国著名印人三十二家》一书，将他与齐白石、邓散木、王福庵等人师并列。他的书法将治印刀法融入书家运笔，书风粗犷豪迈，力透纸背。香港美术研究会主席赵世光先生称赞："得险劲拔峭之势，纵横得意，睥睨一世，力贯笔端……"他的画继承中国画"以形写神"的传统，生活气息浓郁，笔下常见的红梅、水仙，泼墨大胆，清新脱俗。著名岭南派画家赵少昂称其画"凌古铄今，拟齐老再生"。

李老的墨宝、印石不仅为茅盾、梅兰芳、吴冠中、赵少昂等文化名人珍藏，也为杨尚昆、李鹏、万里、王震等政治家喜用，但更多的是赠给了普通百姓和急难中人。几年前，一位将赴新加坡留学的青年教师，苦于旅资不足，来求李立帮助。他以一幅《水仙图》、一幅《迎春图》，一张"愿人长寿三千年"的条幅相赠，并说："这几幅字画，我容许你拿去卖钱，新加坡的收藏家知道我的字画开什么价。"

前些年，年逾花甲的李老致力于对外文化交流，曾访问日本和我国的港台地区，作品流传30多个国家和地区。1984年，他的作品分别在日本五大城市和联邦德国、芬兰展出。1985年，他在香港政府大会堂展览厅举办了第一次我国金石书画家的个人画展。两年后，作为中国现代书画美术代表团副团长，他又在东京、大阪挥毫献艺，荣获大阪"金钥匙"和"大阪古城"纪念章。1990年冬，李老应台北市中国画学研究会邀请，赴台举办个人金石书画展览，当时观者云涌、赞誉不绝。

特别是他在华视"早安今天"电视节目中表演的"急就章"治印，不需印床，不打黑稿，削石如泥，一挥而就，三分钟便刻出"早安今天"印章，令观众叹为观止。

临别之际，李老送我出门。望着李老在微风中拂动的丝丝白发，看着院墙上那永呈新绿、生机勃勃的常春藤，我想起了李老在《文天祥正气歌印谱》一书"引言"中所言："世间不可磨灭之文章，必出于不可磨灭之人物！"我以为，唯沛然之正气，方能锤冶、滋养此如神刀笔。

（本文作于 1998 年 4 月）

本质·本源·本领

闪烁着中华民族智慧之光和美学风采的中国戏曲艺术，从悠远的历史烟尘中一路走来，自立于世界艺术之林的卓然风姿，令人叹为观止。然而，当前一日千里、瞬息万变的新的历史时期，却也使之面临重要的改革发展的时代节点。

戏曲艺术在当今之世应该如何发展？这是我国戏曲从业人员目前苦苦思索而不得其解的一道难题，关系到作为中国传统文化重要组成部分的戏曲艺术的生存和发展。

在戏曲观众日益减少，戏曲艺术生存发展的危机日益凸显的今天，其现代命运和发展要求，理应引起大家足够的重视。

这些年来，对于这个问题论说众多，其中虽不乏真知灼见，却也有盲人摸象，莫衷一是。对于这个问题，提出三点浅见，求教于方家。

一、植根观众，遵从本质

就本质而言，中国戏曲与世界其他戏剧形式一样，也是一种由表演者和欣赏者在同一时空共同完成审美创造的艺术形式。可以说没有观众就没有戏曲。如果没有观众不仅戏曲演出没有意义，戏曲本身也不复存在。

戏曲的创作过程和欣赏过程是同步进行的，缺少了观众的参与，戏曲的创造和接受都不可能完成。一首诗，一本书，一幅画，可以一个人慢慢欣赏，戏曲演出则只能是一种群体的聚集，一次性完成，是一种台上台下融为一体，由演员和观众共同创造的审美体验。小言之，观众决定一个演员、一个剧作家、一个导演、一个剧目、一个戏曲流派、一个戏曲剧种的荣辱兴衰；大言之，一朝一代整体的戏曲艺术的发展趋向，都要受到广大观众喜好的制约。

诗词歌赋等文学作品，如果不为当时的读者所喜欢，完全可以藏之名山，若干年后尘埃拂去仍然可以光耀青史、流芳百世，而戏曲艺术如果离开了观众的喜好和直接参与，则只能遗憾地淹没于历史的烟尘。

当然，戏曲艺术的健康发展，也不是仅仅停留在对观众喜好的被动适应。植根观众需要通过不断地革新创造，积极主动地构建、调整、拓展、塑造观众的审美心理定式。

画家可以单单为了自己的快乐而作画，雕塑家也可以为了自己的高兴而雕塑，诗人可以为抒发自己的感慨而吟咏，而戏曲艺术家则必须肩负起适应观众、启迪观众、塑造观众，和观众共同推动戏曲艺术发展的重任。这是任何时代戏曲艺术发展都必须遵从的本质要求。

中国戏曲本身就是在人头攒动的勾栏瓦舍、庙会集市里诞生和发展起来的。在这个意义上，戏曲史，也可以视为戏曲观众史。

中国古代戏曲理论家王士贞认为，戏曲的产生和发展是适应观众需要的结果。元杂剧、明清传奇的形成与发展，清代的花雅之争以及后来地方戏的兴起，昆曲的衰落，也都是当时观众的裁决。当今戏曲的窘况以及对未来戏曲的忧思，主要也是源自对当代观众审美需求的漠视和对未来观众审美兴趣的无知。戏曲艺术的革新和发展，必须源自对戏曲本质的正确体认，必须深深植根于观众的沃土。

希腊神话故事中有一个叫安泰俄斯的，很难被人打败。他与人角斗，一旦摔倒在地，就能从身后的大地上获得力量，从而重新赢得胜利。后来赫拉克勒斯掌握了这个规律，角斗时不让他接触到大地，终于将其杀死。戏曲艺术发展的困难和危机，也是因为远离了自己的大地——观众所致。这可是戏曲的生命之源和发展之力呀，千万不能漠视、疏远，甚至背离和抛弃。

因此，推进戏曲艺术的现代发展，首先必须尊重观众、了解观众、依靠观众，从观众的审美心理需求出发，探索当代戏曲和未来戏曲的发展之路。可以借鉴田野调查等多种方式，真正深入到观众中间，了解他们的喜好，了解他们的需求，寻找思维共振和情感共鸣，消除审美隔膜，建立积极健康的审美关系，从而使创造实践建立在实实在在的观众的审美需求之上。

观众不仅是戏曲艺术的衣食父母，而且是戏曲艺术发展过程中共同的创造主体。观众可以决定戏曲艺术的现实状态和历史命运，是戏曲艺术发展的生命之源和创造之力。

二、寓教于乐，回归本源

戏曲形成与发展的历史告诉我们，戏曲艺术具有多种多样的艺术功用。但不可否认，其产生的直接动因和其他艺术门类一样，都是人们的娱乐需要，也就是娱神娱人。

在日后的发展中，由于多方面的原因，这个本源被忽视了，而人为地承载了太多的其他功用。历朝历代的统治阶级都再三强调高台教化，以致使其主要的、本源的艺术功用产生了本末倒置，娱乐的功能被忽视、淹没、遮盖甚至抛弃。

戏曲艺术的发展一定不能背离娱乐的本源，这方面需要正本清源，必须尊重其娱乐本性，寓教于乐，回归本源。

当然，对戏曲艺术娱乐本源的回归，绝不是要去迎合低级趣味和审美的浅尝辄止，而是对一种健康的生命意识和积极的情感状态的适应和尊重。必须明白，在戏曲艺术中，不管多么重要的内容和思想，都需要通过娱乐的方式来实现，如此才能真正走进观众的心灵。

怎样使戏曲回归娱乐本源，达到寓教于乐呢？美学家李泽厚先生把人们的审美概括为"悦耳悦目""悦心悦意""悦志悦神"三个基本层次。与此相适应，戏曲艺术的发展，应该充分尊重人们不同层次的审美需求，努力营造容纳多层美感的立体结构。利用戏曲艺术丰富多彩的艺术手段，以生动绚丽的形、声、色，构成奇异、充满魅力的美感，使观众感官多渠道获取多层次的审美愉悦，这是悦耳悦目的表层结构。注重表现有意味的情节运动和有特色的人物塑造，反映人们感兴趣的社会问题，激发观众的情感共鸣，形成饶有兴味的、悦心悦意的中层结构。然后，挖掘生活底蕴和人生奥秘，升华人性、启迪心智，构建颇具哲理蕴含、深刻而悠远的、悦志悦神的深层结构。如果能在三个层次中留好沟通的道路，使之相互关联，甚至融为一体，便可以达到寓教于乐的圣境。

因此，戏曲艺术的发展既不可背离其娱乐本源，也不能浅尝辄止、就此止步。而应该从娱乐起步，由浅入深，由乐而思，在愉悦的基础上，满足人们多方面的不同层次的审美需求。

三、与时俱进，增进本领

戏曲艺术虽然是一种美学个性极其鲜明的艺术形式，但也需要在保持自己艺术本性的前提下，随着社会生活的发展变化，不断丰富表现手段。当下，戏曲艺术面临的是一个瞬息万变的新的历史时代。时代发展了，生活的内容和形式变化了，观众的审美兴趣挪移了，艺术表现的材料和手段更加丰富了。戏曲艺术要根据这些发展变化，除了在表现内容上做出重新选择之外，在艺术形式和表现手段上也要融入今天的时代，与时俱进，丰富自己的艺术手段，增进表现现代生活的艺术本领。

戏曲艺术的发展，必须弘扬和坚持戏曲的写意性艺术特征，坦白承认自己在演戏的表演方法，以观众想象为基础的程式动作，丰富的音乐性和百艺杂陈的美感结构等，都是戏曲艺术的特点所在、魅力所在，任何时候任何情况下都不可或缺。

当今之世，科学技术发展迅速，生活方式和内容也发生了翻天覆地的变化，这便为戏曲艺术表现手段的丰富、艺术本领的增进，提供了需要和可能。

戏曲艺术本身就是一种容纳百艺的综合性艺术，早在初创时期，便向民间歌舞、音乐说唱、诗词歌赋、杂耍等艺术形式借鉴了不少艺术手法。号称中国国剧的京剧，也是在清代中、后期，在广撷徽调、汉调、秦腔、梆子、罗罗腔等声腔的基础上形成的。

在未来的发展中，戏曲艺术完全可以根据表现生活的需要，从观众的审美心理定式出发，敞开怀抱，广纳百艺，为我所用。

关于戏曲艺术的定义有许多种，本人最赞同的是我国著名戏曲理论家王国维的论断。王国维先生觉得戏曲就是"以歌舞演故事"，很简明也很精辟。从这个定义出发，戏曲艺术手段的丰富、表现本领的增进，具有极大的潜力和空间。歌，可以是剧种声腔，也可以是神州古韵，还可以融入民歌俚曲和现代流行曲调。舞，可以是虚拟化的程式动作，也可以融入武术、体操、杂技的各种动作技巧，甚至汲取现代歌舞的节奏和语汇。演，可以是梅兰芳式的演，也可以借鉴斯坦尼、布莱希特的表演方法，还可以融入现代的网络技术，甚至与电子游戏结合起来。至于故事，则可以更加多种多样，一人一事可以，多人一事也行。观众的参与性可以更强，观众可以当演员、当编剧、当导演、当舞美设计，甚至可以当道具、当音响、当灯光。

通过广采博取、兼收并蓄，共同创造遵从本质、回归本源、增进本领，既有戏曲艺术特色又有时代风采，魅力无穷的新时代的新的戏曲艺术。

（本文作于 2019 年 10 月）

潭城无处不飞花

湘潭，是一块人杰地灵的风水宝地。这里的文艺精英和精品力作数不胜数。我是湘潭人，经常有湘潭的朋友告诉我湘潭文艺创作方面振奋人心的好消息。

最近几年来，湘潭市有一批优秀的作品，在省里和全国获奖，举办的一些文学活动也产生了较大的影响。特别是影视文学创作和长篇小说创作，走在了全省的前列。

今年以来，创作拍摄中、长篇影视文学作品 20 多部，160 多集。其中颜梅魁的电影《毛泽东在 1925》，获得全国电影"金鸡奖"和"五个一工程"奖。刘星宜、杨华芳创作的长篇电视连续剧，由我国和马来西亚影视公司联合拍摄。杨华芳和颜梅魁创作的电视剧《难忘 1925》、谷静创作的电视剧《亲情》，多次在中央电视台播放。

特别是在长篇小说创作方面，湘潭取得了不凡的成绩。据不完全统计，有杨振文、楚荷、楚子、何正国、王志气、杨华芳等同志，已创作出长篇小说 16 部，目前有四部已经出版。其中有的在今年的《当代》第一期发了头条。今年省作协上报中国作协的重点选题有 8 部作品，其中就有湘潭的谭建华、杨华芳的两部。

潭城无处不飞花。文艺创作的百花，也为美丽的湘潭城增添了几许春色。作为一个从湘潭走出去的文艺工作者，就如何进一步促进湘潭文艺创作的繁荣，我也想谈几点想法。

首先要认清使命，要认识文艺创作的重要意义。讲使命，不是讲大道理，也不是说套话。在当前的经济形式下，这个问题的确要引起大家的重视。在商品经济发展的过程中，社会上一些基本的价值观念、道德标准被搞乱了。有些人认为文艺事业只是市场经济发展中一个毫不起眼的附加键，不仅可有可无，而且没有什么经济价值。

这是一种错误的观点。文艺在社会文明的进程中具有重要的地位，文艺对经济的促进作用和对人的精神升华的价值不可忽视。

新的世纪、新的时代、新的生活，对我们的文艺工作者提出了新的要求。首先我们要立足时代发展的要求，切实担负起时代赋予的历史重任。在新的时代，我们的文艺工作者有责任不断探索，勇于创新，用文艺特有的艺术形式和审美功能，反映最广大人民群众最深刻的心灵呼唤和时代最迫切的前进要求。文艺要用最饱满的政治热情和高度的责任感，去推进社会的变革，欢呼时代的进步，讴歌人民的创造，从而激励人们为社会主义现代化建设事业不懈奋斗。

其次我们要提高素质。主要有三个方面的素质：

一是思想素质。在文艺创作中存在一些不好的思想倾向，因而也出现了一些不好的作品。文艺工作者是人类灵魂的工程师，首先需要提高自身的思想素质。所以要努力学习马列主义、毛泽东思想、邓小平理论和"三个代表"重要思想。要把贴近实际、贴近生活、贴近群众的要求，作为自己的行动指南。要努力向生活学习，向群众学习，从生动活泼的现实生活中捕捉灵感的火花，从人民的伟大创造中汲取营养。

二是艺术素质。文艺工作者必须扎扎实实提高艺术素养。我们正处在一个日新月异的信息时代，必须具备增进学识的自觉性。要学习艺术技巧，这是创造精品力作的基础。作品的高度，其实就是创作者素质的高度；作品的水平，体现的就是创作者的素养水平。

三是人格素养。文艺工作者要不断提高自己的人格修为。要创作优秀的文艺作品，不仅需要马克思主义唯物史观和文艺观的指导，需要较高的艺术修养，更需要强大的人格力量。汲汲于小事，汲汲于私利，热衷于家长里短、牌桌舞场的人，肯定写不出好的作品来。要提倡谦逊、大度的为人风气。历史的经验告诉我们，人品是可以决定文品的。

再次，还要营造良好的环境。文艺事业的发展、文艺创作的繁荣，不仅是作家和艺术家的使命，也离不开各级党委和政府的关心和支持，离不开文联和协会的辛勤工作。

发展文艺事业是社会主义精神文明建设的一项重要工作，各级党委和政府一定会一如既往大力支持。文艺工作十分重要，影响很大，领导们要高看一眼，厚爱三分，在政策上要有所倾斜。

各级文联和文艺家协会，要倡导尊重知识、尊重人才、尊重艺术创作规律、尊重文艺家创造性劳动的良好风气，进一步引导文艺工作者，加强团结，互帮互学。既坚持正确导向，又充分发挥创造性；既有创作自由，又有社会责任感，努力做到德艺双馨。同时，要进一步加大对文艺新人的培养扶持力度，努力造就一批具有创新精神和发展潜力的文艺新人，使我们的文艺事业后继有人。

文联要"联"，协会要"协"。要体现职能，开展活动。活动体现活力，活动产生效益。要给事业的发展和个人的进步带来动力和实际的利益。

最后，我还要强调一下努力创作的问题。作为艺术家不是坐在家里，而是要努力创作，要有作品问世。于国家、社会、民族而言，作品是人类的精神财富。对于个人而言，作品既是文艺家表达个人思想、情感的载体，也是成名成家的砖石。砖石越多，质量越好，越能高屋建瓴。国家授予文艺家荣誉，主要是看他们的作品的社会贡献。人们爱戴文艺家，也是因为喜爱他们的作品。作品是文艺家的名片，也是文艺家的身份证明。文艺家的思想、素质、情感都必须通过作品体现出来。所以，文艺家必须努力创作，要以作品来立身，以作品来回报人民和社会的厚赠。

时代呼唤着优秀的文艺人才，需要优秀的文艺作品。我们要坚持先进文化的前进方向，以崇高的精神、优秀的形象、诚实的态度、辛勤的工作，努力开创湘潭文艺事业的新局面，用文艺家的精品力作，为美丽的潭城再添满园春色。

（本文作于 2003 年 10 月）

桃花源里好耕田

常德是湖南的文艺重镇之一。这里人杰地灵，自然景观美丽，人文传统悠久，涌现了不少著名的文人墨客，诞生了许多流传于世的精品力作。

丁玲、水运宪、陶少鸿、盛和煜、黄士元、张锡良等著名作家艺术家，都是这块热土上诞生的文艺精英。这块热土哺育了他们，他们也为这块土地增添了光彩。

事实证明，常德是一块出作品、出人才的风水宝地。常德德山山有德，桃花源里好耕田。我相信在新的时代、新的历史条件下，这里将会有更多更好的作品问世，将会有更多更好的文艺人才脱颖而出，文艺事业将会获得更大更快的发展。

今天来到常德，见到了许多文艺界的好朋友，很高兴。利用这个机会，与大家聊聊天。

一是关于认清形势，增强信心的问题。

关于文艺发展的形势，众说纷纭。有人认为形势大好，有人认为困难重重，有人认为是合理的边缘化。我觉得大家对这个问题要有清醒的认识。在今天的商品经济社会中，文艺的边缘化是不争的事实。但是，我们必须看到，文艺是一种与人类社会共始终的审美形式。在人类社会不同的发展阶段，它的位置会有所挪移，但绝不会被置换或抛弃。

当今之世，在一段时间里，集中力量发展经济，这是必要的也是必然的，但文艺的社会功用，不会因此削弱或消失。文艺在人类文明的发展过程中具有重要的地位和很高的层次。党中央强调社会的可持续发展和人的全面发展，这对文艺的发展提出了更高的要求。

文艺的审美作用是独特的，也是现代社会不可或缺的。人们除了期望富裕的生活，还希望美的生活。这为文艺的发展提供了巨大的发展空间和潜力。

我们的事业是神圣的，是与人类社会发展共始终的，在这方面我们要有坚定的信心。

二是关于认清任务，努力创作的问题。

我国的经济发展得到了世界的惊叹，不少国家是通过经济发展来认识中国的。而对中国文化，特别是当代中国文化缺少认知。

我们认识英国，常常是因为莎士比亚、狄更斯；认识法国，常常是因为雨果、贝克特；认识德国，常常是因为黑格尔、歌德、布莱希特。而中国的文艺太缺少世界性的影响，这影响到中国在世界上的形象。弥补这方面的缺陷，应该是我们当代文艺家的历史使命。

我们生活在一个难得的开明时代，文艺面临着极好的发展机遇。文艺生产力空前发展，人的创造力空前勃发，党的文艺政策空前宽松。作为身处这一伟大时代的文艺家，不能浪费了这么大好的春光。

作为文艺家，眼界要高一点，视野要远一点，抱负要大一点。在这伟大的时代里，不能一味流连于牌桌舞场，不要用心于蝇头小利，不要纠缠于各种恩怨，要努力学习、深入生活、认真创作、不负春光，通过出作品、出人才来回馈伟大的时代，回馈良好的氛围，回馈生养你的大地。

三是关于文联工作。

文联是党和政府联系广大文艺工作者的桥梁和纽带。党和政府对文联工作历来极其重视。第一届全国文代会毛主席、周总理都亲自参加，后来各届全国文代会都有党中央的主要领导出席。各地的党政领导对文联工作也是十分重视的。作为文联自身来说，也需要不断改善自身的工作，以赢得更快更大的发展。

当前有以下几方面的工作需要特别注意：

一是要完善组织机构。要按照章程及时换届，选举领导班子，要保持机构和班子的相对稳定，不能把文联当作一个随意安排干部的地方，来文联的干部也不能把文联当作转移阵地的跳板。

二是要改革机制，增进活力。要与市场经济的发展相适应，改革文联的运作机制，增进发展活力。要与社会各方面合作，广泛开展各种类型的活动，增进两个效益。通过活动来增强活力，通过效益来改善文联的生存环境。这方面兄弟省市有很多经验可以学习。

三要热心服务，使文联真正成为文艺工作者之家。文联不是衙门，文联没有官员，文联没有权力，文联也没有钱。文联是文艺工作者之家，我们文联的工作人员必须明确这一点，要热心做好服务工作，通过自己的努力来促进文艺事业的发展繁荣。

（本文作于 2007 年 6 月）

《人生》作者谈《人生》

电影《人生》摄制组的主要创作人员应湘潭市文化局戏剧创作班的邀请，于 1984 年 9 月 26 日上午向大家介绍了《人生》的创作经验。

小说《人生》问世以来，引起了强烈的反响。由于作品思想内涵丰富，人们对其主题思想的认识也就众说纷纭，莫衷一是。

路遥同志认为，中国的现代社会是相当复杂的，新旧杂陈，美丑相间，社会矛盾尖锐复杂。《人生》这部作品是忠实于现实生活的，主题思想也就比较复杂，很难用一句或几句话概括。

他写这部作品，是想从两个方面提出问题：其一，让人们看到社会的复杂性，看到它对人才的压抑，从而坚定改革的决心，认识改革的必然；其二，生活在这种环境中的青年要有正确的人生理想，走好自己的人生之路。

《人生》不是要去教训人，而是想启发人们去思考一些问题。

影片中高加林这个人物形象是复杂的，人们对其思想特质的把握也不尽相同。路遥同志既不同意把高加林看成彻头彻尾的坏蛋，也不同意把高加林称为"80 年代的新人"。他认为，高加林就是生活在那种环境中的一个人，他身上有长处，也有短处，对他的认识绝不能简单化。他说他自己也是生在农村的，他也不甘心自己的命运，也奋斗、抗争过，走了一段曲折的道路，作品中高加林的某些情感，他都有过亲身体验。他认为成熟的艺术形象不应该是纯粹的单色调。长期极"左"路线的干扰，使得有些领导、评论工作者和观众喜欢用简单化的方法去解释作品主题和理解人物，喜欢一种彻底的坏和透明的好。事实上，生活是复杂的，人也是复杂的，很难用好人、坏人两个概念来区分。我们写作品就是要表现复杂的生活，不要一味地去净化和提纯，要保持生活的原色。当前写改革也应这样，不要人为地把人分成改革派和反改革派。

人的认识不是一次完成的，人既要克服生活的障碍，也要克服自身的局限性。文艺作品就要表现这个过程，不仅要写已成长的英雄，也应该写英雄的成长。

路遥同志在谈到《人生》的时代背景时，阐述了表现人物不能脱离具体的社会环境，不能超越时空限制的观点。影片表现的是 20 世纪 80 年代初期，当时的农村生产责任制虽已兴起，但并未全面普及，在陕北农村依然是集体劳动。高加林当时要找到别的门路是不可能的，上大学也不像城市那么容易，尽管他聪明，文学基础好，但他们那里的高中是不教外语的，所以很难跨进大学之门。在那种时空环境下，他只能采取这种生活方式。

（本文作于 1984 年 10 月）

歌词创作断想

歌词创作是一种特殊的文艺形式，有着自身的艺术规律。学习、尊重这些规律，并在创作过程中努力实践，是写出优秀歌词作品的基础和前提。

从歌词创作的艺术规律出发，寻觅新的视野、新的角度及新的方法，是避免歌词创作概念化、应景式、口号化和模糊化弊端的不二法门。

首先，在立意上要注意歌词创作的精神等级。一个题材、一个事物是可以从多种角度去认识和表现的。

在立意的开掘上，不能够浅尝辄止，要努力品味题材独特的、具有较高精神等级的意蕴。词作家不能只做一个事件、一种事物意义的一般的浅层阐释者和介绍者，而要成为创作题材深刻精神价值的开掘者和创造者。在创作过程中，要善于认识题材不一般的意义，并进行深入开掘。

对音乐活动"超级女声"的认识，褒贬不一、争议很大，但是其意义是可以从深处来认识的。余秋雨先生在给超女冠军李宇春颁奖时说："你没有改变音乐，你没有改变演唱，但是你改变了人们审美评判的方式，尊重了民众的审美话语权。"这种认识是极其深刻的。

其实，词作者对作品较高精神等级的开掘过程，实际上也是自身精神境界的拓展和升华，是一种艰难而愉悦的精神攀缘。歌词创作的实践一再告诉我们，作品中深刻意义的表达，没有较高的思想认识水平，是做不到的。

其次，在进行歌词创作的时候，必须运用艺术创造的眼光。歌词创作，受制于自身的艺术规律和艺术特性，要能够听得懂、记得住、唱得开。歌词创作，既要通俗易懂，又不能过于直白。不通俗易懂不容易流行传唱，过于直白又寡淡无味，失去了艺术的意义。艺术创造的眼光要求词作者敏感于具体的生命状态和情感。

古人写庐山瀑布的诗不少，但大家偏偏就记住了李白的"飞流直下三千尺，疑是银河落九天"。今人写瀑布的诗也颇多，读到一位诗人所言，"你重重地下跌，下跌的幅度，正是你生命的高度"，使人不禁心灵一震。

这些作品之所以会有这样的艺术效果，正是因为作者在创作过程中，充分调动了艺术创造的眼光，摆脱了概念化的桎梏，运用一些新的意象来表达心中的感觉。

在这方面要特别注意准确、生动和新鲜。不准确离题万里不知所云，不生动无以感人动人，不新鲜则闻之无味了无生趣。

歌词创作在表现重大历史事件和时事政治题材的时候，尤其要注意这一点。这类题材很容易写成标语口号的堆砌。要用艺术创造的眼光努力寻找表达的新意象。

意象一定要丰满而新鲜，而且要有新的拓展和丰富，不能邯郸学步。常言说得好，第一个把女人比作鲜花的是天才，第二个是庸才，第三个则是蠢才。想当蠢才的人一定是不存在的。

再次，优秀的歌词创作必定要联通普遍的人生意义。歌词作品只有联通人生，通过人生的载体，才能找到与广大素昧平生的欣赏者的共鸣之处。

因此，歌词创作，不要在乎各种权力结构、各种行业规程、各种流行的是非，也不要在乎各种学术逻辑，只需要尊重人们的生命感觉，处理题材时在外在的、浅层的基石上拾级而上，通过与人生意义的联通，达到通达众生的高度。因此，歌词作者不能迷醉于题材的表象止步不前，而要努力开掘，尽量逼近人生的母题。

最后，优秀的歌词作者必须牢记，歌词不能都是结论，不能都是定语，不能都是概念和口号。歌词创作要注重形象化、直觉化地艺术表达。

面对素材和题材，要打开自己的艺术感觉，努力寻觅恰当的、精彩的、形象化的、直觉化的艺术表达方式。尊重自己的直觉，予作品以生活的质感，这是优秀歌词作品创作不可或缺的。

（本文作于 2019 年 11 月）

文化建设应该"以文化人"

文化建设的基础是人，核心是人，重点是人，目的也是人。因此，文化建设要以人为本，着重解决人自身的问题，不能光喊口号，搞形式主义。

党的十七届六中全会的决议指出：文化发展根本目的是为了人民，依靠力量在于人民，发展成果由人民共享。文化，通俗地说，也就是以文化人。以文化的方式，通过改变、提升文化，提高人们的素质和境界，建立良好的人文环境和精神氛围，塑造健康的集体人格。因此，文化建设一定要以人为本。

在文化建设中如何做到以人为本、以文化人？我觉得大力培育君子人格，大力倡导君子之风是一种重要的方法。

余秋雨教授关于文化的定义认为："文化是由生活方式和精神价值造成的集体人格。"按照余教授的观点，从发生先后看，生活方式在前面；从重要性上看，精神价值要排前面。他认为，考古学上的文化，首先是从生活方式开始的。如马家窑文化、半坡文化、河姆渡文化等。这个文化里面首位是生活方式。

祖先们来到这里，为什么不再走了，用了一些祭祀用的礼器和仪式，这就变成了精神价值。但越到后来，人们就是根据精神价值来决定生活方式，或者相互补充，最后变成集体人格。

什么叫"集体人格"？欧洲的瑞典有个著名的心理学家，他是弗洛伊德的学生，名叫荣格，他说："一切文化都沉淀为人格。"中华文化就是中国人的集体人格，湖湘文化就是湖南人的集体人格。

中国著名作家鲁迅先生把这种集体人格称为"国民性"，他是中国现代史上真正懂文化的伟大学者。他明白，文化的最后结果就是寻找和改善集体人格，也就是当时说的"国民性"。他的《阿Q正传》《孔乙己》《药》等作品，都是在研究、表现、挖掘中国人的集体人格。

这也就是鲁迅先生在历史上影响重大的原因。他在意的不是什么风花雪月，而是中国人的集体人格，所以他是真正的文化人，他的作品具有真正的文化意义。要了解、研究中国人，不可不懂鲁迅先生的作品。

因此说，我们推进文化建设的目的，说到底也就是改造和优化我们的集体人格。因此，文化工作、文化建设，需要关乎集体人格的推进才有意义。

要发展一个地方的文化，推进文化建设，也就需要从精神价值上、生活方式上入手，日积月累，慢慢积淀成一种健康向上的集体人格。

由于多方面因素的影响和制约，全世界不同国度的人们在人格模式的发展方向上不太一样。有的人格模式的理想是巨人；有的人格模式的方向是先知；有的人格模式的理想是绅士；有的人格模式的方向是武士；有的人格模式的方向是骑士……这也就构成了不同的精神价值和生活方式所形成的集体人格，也就形成了不同的文化类型。

中国人人格模式的发展方向是"君子"。

君子之风便是中华民族几千年来确定的精神价值。这种精神价值，对于今天的文化建设具有重要的传承和借鉴意义。

党的十七届六中全会《决议》客观地分析了当前的文化建设情况，指出，当前"一些领域道德失范，诚信缺失，一些社会成员人生观、价值观扭曲，用社会主义核心价值体系引领社会思潮更为紧迫，巩固全党、全国各族人民团结奋斗的共同思想道德基础任务繁重……"

对文化建设状况的这种分析是清醒而客观的。

随着市场经济深入发展，我国文化建设既实现了新的进步，也出现了一些不容忽视的现象，所以人们说"世风日下，人心不古"。

在这样的历史背景之下，从推进文化建设入手，以君子人格的塑造和"君子之风"的传承、发展来加强新时期的道德建设，有利于"以文化人"，有利于提升文化建设的水平和境界。

君子的概念是孔夫子在《论语》中提出来的。但他在《论语》中并没有明确界定君子的定义，只是用对比的手法，用"小人"的作为来映衬君子概貌。

他讲"君子坦荡荡，小人长戚戚"，是说君子通晓事理，故待人接物处世犹如在平坦大道上行走，安然而舒泰；心胸开阔，包容万物，所以豁达开朗。小人过于关注自己，计较得失，所以总是怨天尤人患得患失，故常有戚戚之心；小人心思常为物役，花太多心思琢磨他人而劳累心神。

孔子说："君子成人之美，不成人之恶，小人反是。"历史上成人之恶的典型是春秋时楚国的大夫费无忌。他是太子少傅，奉命到秦国为楚太子迎亲。他看到新娘漂亮，就赶回楚国，劝说楚平王先娶了这位姑娘，说太子年轻，来日方长，过后再找不迟。太子的新娘转眼成了父亲的妻子，费无忌因此得到了楚平王的重用。但他仍忧心忡忡，担心太子成了国王后会报复他。他对太子说此事与己无关，是国王的意思。又转过来对国王说，太子握有兵权，可能发动兵变。国王下令杀了太子的老师和其子，并追杀逃到吴国的太子和太子老师的次子伍子胥，楚国从此陷入了连年的战火之中。

孔子说君子和小人行事不同，"君子周而不比，小人比而不周"。"周"就是能够团结照顾到很多人，君子以道义为准则与人交往，能和周围的人和睦团结，却不结党营私，所以有很多志同道合的朋友。小人的特点是见利忘义，喜欢拉帮结派，结成小圈子，不能融入大集体，难于真正和人们友好相处。

另外，《论语》中还有"君子怀德，小人怀土""君子求诸己，小人求诸人""君子和而不同，小人同而不和"，等等，都是从与小人的对比中，揭示君子的德行。

在君子的外部形态上，孔子也讲君子温良恭俭让。这些综合起来，勾勒了一个大致的君子形象。

经过千百年的实践，君子之风已经成为中国人崇尚的精神价值，将其作为中国人人格模式的发展方向。历朝历代的中国人，都以"君子"为荣，以"小人"为耻。

在中华民族千百年的历史进程中，孔子的"君子说"增添了不少新的内容。概括起来，中国人的君子人格，主要有以下一些要素：

仁爱："仁者爱人"，君子内心充盈爱，满怀爱意。爱国家，爱民族，爱父母，爱家人，爱朋友。

"亲亲""仁民""爱物"，泛爱众物，追求天人合一、物我共生的和谐境界。人人拥有仁爱之心，遵行仁爱之道，使得人与人之间、人与物之间、人自我内心之中保持良性的、和谐的、调适的状态。

蔡元培先生勾勒了仁爱社会的美景："人人有博爱之心，则观于其家，而父子亲，兄弟睦，夫妇和；观于其社会，无攘夺，无忿争，贫富不相蔑，贵贱不相凌，老幼废疾，皆有所养，蔼然有恩，秩然有序……"

尊重：包括尊重自己和尊重他人。

尊重自己，不向他人卑躬屈膝、低声下气，不容许他人歧视、侮辱。尊重他人、平等相处，不以强凌弱，不强人所难，不伤人自尊。

二者是相辅相成的。现实社会中，自己待人的态度往往决定了他人对己的态度。你尊重他，他才会尊重你。就像一个人站在镜子前，你笑，镜中人也笑；你皱眉，镜中人也皱眉；你对镜子大喊大叫，镜子里的人也会对你大喊大叫。

尊重他人，首先要尊重他人的人格。平等待人，以礼相待。在人际交往中，热情、真诚、学会倾听。

还要尊重生命，尊重自然。必须尊重大地的恩赐与馈赠。要顺应自然，探求与自然和谐相处之道。

对别人的帮助，真诚地说声"谢谢"；当自己无意间妨碍了他人时，真诚地说声"对不起"；做了错事，真诚地道歉，请求谅解。

叔本华说："要尊重每一个人，不论他是何等的卑微与可笑。要记住活在每个人身上的是和你我相同的性灵。"

包容：包容是一种重要的君子品格。

大海之所以博大，是因为它"纳百川"，无论是清澈还是混浊。天空之所以博大，是因为它容纳了所有的云彩，无论它是怎样变化无常。草原之所以广阔，是因为它拥抱了所有的植物，无论它是高大还是渺小。

雨果说，世界上最辽阔的是大海，比大海更辽阔的是天空，比天空更辽阔的是人的胸怀。包容的品格要求人们树立"容人、容言、容错"的雅量，做到海纳百川，有容乃大，不计较，不苛责。

包容并不是纵恶，容人亦如容己。能容人所不能容，恰恰表现了你的大度、坦然、自信。

因为海洋的无私包容，鱼儿才可以在海中畅游；

因为天空的无私包容，鸟儿才可以自由飞翔；

因为草原的无私包容，牛羊才可以闲庭信步；

因为人们的无私包容，生活才可以变得和谐轻松。

诚信：也就是诚实、守信。诚是里，信是表；诚是神，信是形；诚是信的根基，信是诚的外貌。做人要言必行，行必果，一诺千金，言不背实，口不违心，一言九鼎。

诚信是一个人的立身之本，是人与人相互信任的基础。吕不韦说："诚信则人亲百事成。"墨子说："言不信者，行不果。"如果一个人跌倒了，很容易站起来；倘若一个人失信了，荣誉却难以挽回。

感恩：知恩图报是君子之行。《史记》中有"漂母一饭之恩"的故事，说的是韩信年轻时穷困潦倒，在他走投无路、饥饿难当之时，在河边洗衣的一位老妇人给他饭吃。韩信感恩，许诺日后一定要报答老妇人的恩情。功成名就之后，衣锦还乡的韩信送了很多钱给那位老妇人，感谢她的恩情。

中华民族素有知恩图报的优良传统，炎黄子孙具有感恩的情怀。

滴水之恩，须当涌泉相报。感恩父母，"谁言寸草心，报得三春晖"；感恩家人，你们的支持理解，给予了勇往直前的动力；感恩老师，"春蚕到死丝方尽，蜡炬成灰泪始干"；感恩朋友，你们的陪伴，使艰难的人生之路不再孤单；感恩对手，你们的存在，使人生变得积极果敢，韵味无穷。

感恩不仅仅是为了报恩，有些恩泽是永远无法回报的。感恩是一种智慧的人生态度，是一种虔诚、善意的君子之风。

君子人格的构成要素还有一些，在此不一一列举。需要特别强调的是，在当今的时代里，中国人的精神价值应该增添新的时代内容。

党的十七届六中全会通过的《决议》指出，社会主义核心价值体系是兴国之魂，也是当代中国人精神价值的核心部分。因此在文化建设中，要注重社会主义核心价值体系建设，要坚持马克思主义的指导地位，要坚定中国特色社会主义共同理想，要弘扬以爱国主义为核心的民族精神和以改革创新为核心的时代精神，要树立和践行社会主义荣辱观。通过这些精神价值的弘扬，丰富君子之风的时代内涵，更新、健全中国人的集体人格，达到"以文化人"的目的。

对于集体人格的塑造，生活方式的作用也是巨大的。中国历史上在生活方式上创造了"礼仪之道"。不少外国人将中国称为"礼仪之邦"。有不少传教士来到中国后，都惊讶于中国人的礼仪之道。在他们介绍中国的文章和书籍中，描写了不少中国人的礼仪。

这要得益于中国古代的先贤。他们看到囿于各方面的条件，要倡导的精神价值一时难于传播，就采用强制或半强制的方法，规定了一些礼仪，制定了一些行为规范，要求大家必须遵守。比如说，孝不孝先不管他，但你每天必须向父母请安，一定时候必须去看望亲戚，看岳父岳母，看老师，看朋友。礼仪是文化的一种外显行为，是一种不自觉的情况下也必须服从的人的责任。

将文化变为行为方式，而且是强制地在社会中实行，这种方法是精彩而有实效的。晚辈对长辈必须怎么样，长辈对晚辈必须怎么样，有一整套的行为范式，就是礼。有不少人说过，中国文化最高的概括词汇当中也有一个叫礼仪，它把文化沉淀为行为方式。有些精神价值一时人们还弄不懂，但一旦被强制做了，成了一种习惯和本能，精神价值也就变成了一种实在。

因此，我们在文化建设中，需要建立一些行为规范，提出一些具体的行为要求，如不要怎样、要怎样、几不准、几必须，等等。这一点，有利于我们的文化建设取得实实在在的成效。

（本文作于 2007 年 6 月）

文学与反腐倡廉

中国古代有一则古人以廉为宝的故事：春秋战国时，有人献给子罕一块宝玉，子罕拒不接受，说，您以宝玉为宝，而我以不贪为宝。如果我接受了您的玉，那我们俩就都失去了自己的宝物。倒不如我们各有其宝。

《菜根谭》里有句名言，与这则故事意思相近："人只一念私贪，便销刚为柔、塞智为昏、变恩为惨、染洁为污，坏了一生人品。故古人以不贪为宝，所以度越一世。"探讨反腐倡廉问题，之所以借用古人以廉为宝的故事和《菜根谭》的论述来开头，是想从文学的角度来谈谈清正廉洁。

什么是文学，定义很多，莫衷一是，很难用一句话讲透讲清楚。最近从微博上读了一位作家的小感悟，似乎对此有了几分明白。

故事说的是，一个白人妈妈带着女儿打出租车。一上车，白人小女孩看到司机是黑人，很好奇地问妈妈："妈妈，为什么这位叔叔皮肤是黑的，我们是白的？"妈妈很平静地回答说："孩子，上帝为了让我们这个世界变得丰富多彩，就让我们人类有不同的颜色。"

下车之时，黑人司机坚决不收她们的出租车费。他说："小时候，我问我妈妈，为什么我们的皮肤是黑的，别的人是白的。妈妈对我说，我们就是黑人，是下等人，这是我们的命。如果，那时候妈妈像你这样回答我，那我可能就不是出租车司机啦。"

故事很简短，但深深打动了我。我觉得，黑人妈妈说的话是现实，白人妈妈说的话就是文学。文学就是把现实用修辞的方式讲述出来，它没有掩盖真相，但给人美好，引人向善，给人理想和希望。

这个故事告诉我们，现实很残酷，文学很空灵；人虽然活在残酷的现实里，但心灵深处是需要美好的文学滋养的。这个特性也就决定了文学在反映反腐倡廉这一重大主题时，不同于法律，不同于行政，而是必须紧扣"人"这一核心，展现出人性的深度、文化的内涵，在触动人心、震撼灵魂、探索文化上下功夫。

中国的文学，从古至今，都在以诗词、戏曲和杂文等方式讲述着反腐倡廉的故事。不仅仅针砭时事，鞭挞权贵，更一直给人以希望。

一、文学反映反腐倡廉，既是统治阶级意志的体现，也是社会大众民主公正思想的诉求

早在上古时代，"大道既隐"，贪人出现，虞舜就告诫官员，要"直而清，简而廉"。"廉"作为统治阶级的治国思想，最早在西周初年《周礼》中有过论述："以听官府之六计，弊群吏之治。一曰廉善、二曰廉能、三曰廉敬、四曰廉正、五曰廉法、六曰廉辨。"六种行为和品德，都冠以"廉"字，意思是"既断以六事，又以廉为本"，可见"廉"在官德中居首位。

东汉著名学者王逸在《楚辞·章句》中注释说："不受曰廉，不污曰洁。"指不接受他人的馈赠，不使自己清白的名声受到玷污，就是廉洁。后来，廉洁逐渐从一种高尚的个人修养发展到对官员的道德要求。《汉书·贡禹传》就提到"孝文皇帝时贵廉洁，贱贪污"。可见，廉是中国古代对为政者最基本、最重要的道德要求。

封建统治阶级为了实现自我意志，将政治和道德融为一体，特别是融和了儒家文化中的伦理思想。在官方编撰的各类史、记等文史资料中，充斥浩如烟海的贬贪颂廉的文章。用诸如包拯、海瑞、于成龙等清正廉明、铁面无私、伸张正义的清官典型，导向社会，榜样官吏，教化民众。

中国文学自古有"风""骚"传统，感时忧国、为民请命是中国文人一脉相承的精神纽带。最早在《诗经》的《国风》中，就有民间老百姓口传并经文人润色的讽刺贪贿暴敛的诗歌，如《硕鼠》。

两千多年来，汉赋唐诗、宋词元曲、明清小说，一直到晚清民初的谴责笔记小说，都有抑恶扬善、揭腐颂廉的生动篇章。其艺术感染力与思想震撼力相得益彰，发人深省。这一方面是作家目睹封建社会的吏治腐败，笔锋指向统治阶层；另一方面也反映出包括作家在内的社会大众渴望政治清明、社会和谐公正的诉求。

二、文学反映反腐倡廉的主要内容和特点

以史为镜，可以知兴衰；以人为镜，可以知得失。走进漫长的历史长廊，纵观我国封建文明历史中十几个王朝的兴衰沉浮，其最后没落直至灭亡的原因都与腐败脱不了干系。歌颂清官，鞭挞贪官，是中国文学中一个经久不衰的主题。

魏晋南北朝时期的志怪小说中，已有作品用鬼怪世界影射人世，"以人鬼殊途同理"揭露人世间官场的黑暗。如曹丕《列异传》中之《蒋济亡儿》，领军蒋济凭借其地位权势，竟使亡儿在阴间亦能调换职位以继续享乐。在唐传奇中，《南柯太守传》以"蚁穴"影射官场，深刻暴露了中晚唐时期官场互相倾轧的腐败内幕。元末明初时的《水浒传》，通过对从昏君、太尉到知府、太守乃至地方恶霸的描述以及一个个英雄好汉被逼上梁山的故事，深刻暴露了封建官场的腐败黑暗。

清代时，蒲松龄的《聊斋志异》和吴敬梓的《儒林外史》同样不乏揭露、批判官场腐败之作。而《红楼梦》在描写贾府衰败史的过程中，通过贾、薛、史、王四大家族的"一荣俱荣、一损俱损"，通过贾雨村的徇情枉法、薛蟠打死人浑然无事，特别是"护官符"

等情节，深刻揭露了封建官僚政治集团的沆瀣一气、无法无天，较为全面地展现了封建官场的腐败黑暗。

晚清时期，以暴露官僚腐败为题材的小说数量最多。这其中的代表，便是晚清四大"谴责小说"。

李伯元的《官场现形记》通过极其辛辣和冷峻的手法对晚清官僚体制进行剖析和批判，是一篇讨伐当时官场的檄文，"把官场的丑恶罪状，全都说尽了"。这部作品尽管是由若干独立小篇组成，但在总体上，作者却是以整个晚清官场作为揭露对象。小说中人物做官的根本目的就是为了赚钱。从第一回坐馆的王仁开导他的学生到最后一回黄二麻子的领悟，莫不如此。可以说《官场现形记》对官场体制的冷峻谛察，并没有停留在官僚个人丑行的道德谴责之上，而是尝试着将封建官僚体制作为一个整体，进行了初步却深刻的剖析和批判。

小说的杰出价值，就在于通过对官僚来源和构成的全面剖析，以形象和逻辑的力量在中国小说史上第一次归结出"私欲与权力的结合，必然导致腐败"这个颠扑不破的真理。意欲指出晚清官僚体制的腐败才是整个中国变得贫穷落后乃至社会不公的根本原因。

相比《官场现形记》，吴研人的《二十年目睹之怪现状》，则以改革的眼光对社会现实进行全方位的扫描，侧重于对官场丑类道义上的指摘及反映官场腐败同外侮日甚严重的矛盾。小说借主人公"九死一生"之口说："我出来应世的二十年中，回头想来，所遇见的只有三种东西：第一种是蛇虫鼠蚁，第二种是豺狼虎豹，第三种是魑魅魍魉。"主人公口中这三种东西，即晚清中国社会龌龊、时世艰难之喻指。作者赋予主人公审视者、评判者之角色，通过其所"目睹"之"怪现状"，揭露了社会吃人的本质。

此外，刘鹗在《老残游记》中对所谓"清官"的批判，以及曾朴在《孽海花》中对官吏贿赂公行的描述，无不显示出他们对晚清千疮百孔的官僚政治的鞭笞。

应当说，晚清小说是中国小说史上的一个繁荣时代。晚清"谴责小说"虽有"匡世"之意，但在对官场诸种丑恶淋漓尽致的揭发中却往往泯灭了传统的忠奸对立，清贪分野，失去了一种信念导引价值，失却一种理性深刻之探询。

粉碎"四人帮"后，中国社会步入新时期。人们从大灾难、大忧患中解脱出来后，开始痛定思痛，揭批林彪、"四人帮"，控诉"文化大革命"给人们带来的"伤痕"。而以"关于实践是检验真理的唯一标准"问题的讨论为标志的思想解放运动的开展，以及实事求是正确路线的恢复，又促使人们重新审视"大跃进""反右斗争扩大化"等历史行程，"反思"历史与重新评价历史。

此后，文学从反思中转向现实，把目光投向发展着的沸腾的社会生活，广泛、深入地表现工农业政治经济体制改革中的新人新事和种种矛盾冲突，这便是"改革文学"。

毋庸讳言，不管是"伤痕文学""反思文学"，还是"改革文学"，都是当时社会潮流的及时反映，无不与政治热浪有关，无不体现出一种理想主义色彩相当浓重的政治激情。但是，必须看到，这些小说中的一部分，已经大量触及历史行程或改革进程中的各种权力腐败现象。

在《大墙下的红玉兰》(从维熙著) 中, 章龙喜为了达到整治葛钥的目的, 利用手中权力, 与还乡团罪犯马玉麟进行"交换"的行为是一种"腐败"。在《剪辑错了的故事》(茹志鹃著) 中, 老甘虚报粮食产量, 下令砍掉即将收获的梨园, 只顾自己邀功, 不顾群众死活的行为是一种"腐败"。《天云山传奇》(鲁彦周著) 中, 吴遥三次压下罗群的申诉, 同样是一种"腐败"。应当说, 这些作品普遍以忧患的情绪注意到一部分党的干部身上出现的意志衰退甚至蜕化变质的现象, 有的作品, 还从社会关系和政治生活, 而不只限于从个人品质上去研究这一现象产生的原因。

蒋子龙与柯云路的创作和思考, 其目的和价值正在于引起广大读者去认真思考政治体制改革、党风、法制等各种各样的社会问题。

随着张平《天网》《法撼汾西》等作品的问世, "反腐小说"这一新题材的文学作品出现在文坛上。20 世纪 90 年代中期, 陈希同、王宝森腐败案的处理, 向全社会再次证明党中央惩治腐败的坚强决心和领导能力, 反腐遂成为全社会最为关注的、事关国家生死存亡的现实问题。因此 90 年代中后期, 许多作家怀着强烈的社会责任感和正义感, 创作了一大批反腐题材小说。作品也由中短篇发展成为长篇巨著, 《抉择》《苍天在上》《大雪无痕》《十面埋伏》《中国制造》等作品在社会上产生了强烈反响。

这些作品标志着"反腐小说"的成熟和繁荣。2000 年, 张平的《抉择》获得茅盾文学奖, 这一荣誉标志着"反腐小说"创作已经得到较为普遍的认可, 在文学殿堂里占有了一席之地。应当说 20 世纪 90 年代中后期的"反腐小说", 已经能够自觉地站在时代理性的高度, 对严峻的社会现实进行深切审视与崇高诉求。这些小说以极大的勇气揭露和抨击社会上的种种腐败行为——结党营私、争权夺利、贪赃枉法、腐化堕落、贿赂公行……其笔触深入到行政、司法、金融等社会的方方面面, 对贪官、奸商、罪犯等社会渣滓的本质进行了入木三分的刻画, 对反腐败战士坚持正义、不畏强权、不怕牺牲的精神品质进行了满腔热情的歌颂, 对腐败现象产生的体制生态及文化基因进行了追根溯源的探询。这些作品无不体现出作家们对当今政治体制的审视以及对社会主义制度的热望。

文学的反腐倡廉, 有利于整个社会廉政文化的形成。特别是在社会主义社会, 廉政文化有其特性: 其一, 廉政文化是先进文化。社会主义廉政文化是体现社会主义核心价值体系的先进文化, 是社会主义先进文化的重要组成部分。它弘扬真、善、美, 鞭挞假、丑、恶, 传播清正廉明、健康向上的价值观和制度规范, 最终维护的是最广大人民的根本利益。其二, 廉政文化是道德文化。其主要内容关乎如何修身立德、做人做官, 是社会人文明道德的重要组成部分。其三, 廉政文化是群众文化。人民群众的精神追求, 是廉政文化得以产生滋养的土壤; 人民群众的支持和行动, 是廉政文化传承发展的基石。其四, 廉政文化是实践文化。它既是理论观念问题, 更是实践行动问题, 离开社会实践, 便失去其存在的价值。其五, 廉政文化是综合文化。它渗透于伦理学、政治学、法学、社会学、民俗学、文学艺术之中, 是以廉政为主题的"文化", 又是以文化为载体的"廉政", 既倡廉又倡俭,既倡正又倡和，与和谐文化、节俭文化、法治文化等相辅相成，互为补充。

文学反腐倡廉虽然成就巨大，但也存在明显不足。

一是"青天"情结。迷信有更大的权力来反对和制裁腐败。这是大量的反映反腐倡廉的文学作品思想上的归宿，阻碍了这类作品的思想升华。

二是人物"黑白"分明。古往今来，有多少清正廉洁、务实为民的清官廉吏受到百姓的崇敬与爱戴，他们的形象深入人心，他们的故事久久传颂。当代许多作品也黑白分明地反映现实，但具有丰富人性内涵和文化深度的"反腐文学"的优秀作品不多。人物也是千人一面，非白即黑，非此即彼，失却了人性的复杂性和人性的深度，没有使我们看见人性与灵魂，从而反思社会文化。那种深层次的触动，比起单纯"黑白"分明，更能将反腐倡廉内化为思想上的持续警醒，升华为对反腐倡廉社会文化环境的透彻思考。

三是表现上过于"外向"。这种"外向"的表现，首先是趣味猎奇化。一些作家在迎合少数人趣味的过程中，把"反腐"当作由头，津津乐道于所谓官场斗争、厚黑哲学，所讲的故事成为权谋、情欲、侦破、暴力等"快餐文化"元素的混杂体。其次是思考扁平化。一些作品对腐败问题的思考缺乏应有的深度和广度，把"反腐"简化为正与邪的较量，被形容为"钦差大臣式的领导、白璧无瑕的英雄、理想化的人民群众、邪不压正的结局"，读者看了觉得与自己的现实感受差距太大，难以认同。再次是手法模式化。一些作者写起权谋"潜规则"游刃有余，探究内心情感则捉襟见肘。

因此我认为"反腐文学"要"向内转"，首先要强化对人性的剖析与拷问，其次要深入发掘和反思腐败所处的特定文化背景。创作和阅读的过程同时也是文化传播过程，是引导读者观众在阅读观看反腐文学和影视剧的过程中接受廉政文化理念熏陶的过程，因此既要广泛借鉴古今中外文化中的有益资源，也要努力揭示腐败现象的文化根源。

三、文学反映反腐倡廉的现实意义

廉政文化建设是一个长期的、渐进的过程，其效果很难立竿见影，但对人的行为和社会价值观念的影响将是重大而深远的。反腐败工作是党和国家的重要工作，是实现全面建设小康社会宏伟目标的重要保证。腐败猛于虎，这已经是全党、全国、全社会形成的共识。改革开放后，在经济发展的浪潮中，部分党员官员迷失了自己的党性职责，查处的贪官不断刷新着贪污受贿的金钱数额。

党风廉政问题是关系党和国家前途命运、生死存亡的问题。按照历史唯物主义观点，权力的廉洁和腐败，既是一种政治现象，又是一种文化现象，是社会存在与社会意识、主观世界与客观世界诸多因素交互作用的结果。

惩治和预防腐败，建设廉洁政治，制度是根本、是关键、是保证，必须建立以权力监督和制约为重点的"制度防线"；但制度绝不可能尽善尽美，更不是万能的，必须解决"制度管不到、管不好"方面的问题，发挥文化，特别是文学独特的功能与作用，建立与制度相呼应的"思想防线"，使廉政文化成为无形的制度。

辩证唯物主义认为，社会存在决定社会意识，社会意识对社会存在具有能动反作用，体现为观念形态和以道德为核心的文化，一旦内化于心，便成为人们内心评判是非曲直的"法官"，发挥着导向人、激励人、约束人、凝聚人的作用。正如恩格斯指出的，"道德是具有特殊规定的内心的法"。

廉政制度的作用是使人"想贪而难贪"，廉政文化的作用是使人"能贪而不为"，前者形成的"廉"是基于外部强制力的"廉"；后者生成的"廉"是骨子里的"廉"。现实生活中不难发现，无论制度如何完善，执法如何严厉，抗拒贪腐诱惑的最后防线，都在于人能否秉持道德操守、坚守思想防线。文化一旦根植于人们的心中，将起到法律制度不能替代的作用。

黑格尔在他的《法哲学原理》中指出："道德教育净化理论的真谛，在于使政府官员并不只靠外力的制约，而是从思想上堵塞不法行为的产生，形成一种自我约束的道德规范和主观意志的法。"菲尔丁有一句名言："在一个法纪最松弛的国家，有良心的人会给自己制定出立法者所忘记制定的'法律'。"中国也有句名言：进德修道，要个木石的念头，若一有欣羡，便趋欲境；济世经邦，要段云水的趣咏，若一有贪着，便坠危机。因而，有人形象地说："廉政文化就像一只无形的手，一张构建在心中的道德之网。法律制度之网能网住的是几条大鱼，道德之网所能阻挡的是所有的鱼。"

中国文学反映反腐倡廉，是廉政文化建设的重要内容和推手。目前，表现反腐败内容的文学作品已自然而然地成为时代的"主旋律"。从文学自身角度看，反腐倡廉文学作品隶属于"现实主义文学"，必然要求对时代与社会进行及时有力的反映。当代中国的"转型期"大背景，以及全球化背景，使得文化对人的行为、对社会现象的渗透比以往任何时候都要激烈和深入。

"反腐文学"参与构建适应新形势新任务需要的廉政文化，就要善于广泛汲取营养。比如从党的路线、方针、政策和党的历史中汲取"为民、务实、清廉"的作风传统，从传统文化中汲取"内圣外王"、修身养性的文化精华，从西方现代文化中汲取公私分明、崇尚制度等政治理念。要善于借助文化视野，观察、表现、思考人物形象和腐败问题，将人性的探究与文化的发掘结合起来，实现文学深度与广度的有机统一。在这个意义上，廉政文化要"进机关、进企业、进社区、进农村、进校园、进家庭"，关键还在于进人心、触灵魂。这正是文学之所长，应该大有用武之地。

孟子曰："道虽迩，不行不至；事虽小，不为不成。"中国文人或居官为政，或闲居山野，但作为一个整体，自古有梅兰竹菊的品格，有不为五斗米折腰的气节。

作为文艺家，要想利用文学的武器来反腐倡廉，首先自己要筑牢思想的堤坝。要从每一件小事做起，立足自己的本职，以务实的态度、勤奋的精神、廉洁的作风投入到工作中去，为社会的发展贡献自己的一分力，奉献自己的一颗心！

真正的清正廉洁，是思想上、灵魂上的干净、纯洁。希望大家都做一个"仰不愧天，俯不愧地，内不愧心"的顶天立地的人。

（本文作于 2006 年 12 月）

建设先进文化的几点思考

2001 年 7 月，中共中央总书记江泽民同志在庆祝中国共产党成立 80 周年大会上的讲话中，对"三个代表"重要思想作了更加具体、详尽的阐述，对先进文化的论述更加充分、更加直接，对于建设先进文化的实践，具有很强的指导意义。

学习这些重要论述，我认为在当前形势下建设面向现代化、面向世界、面向未来的、民族的科学的大众的社会主义先进文化，应从以下几方面着力。

一、建设先进文化，必须坚持马列主义、毛泽东思想、邓小平理论的指导

先进文化包括先进的思想道德和先进的科学文化两个部分。改革开放以及经济全球化、信息网络化的迅猛发展，一方面使人们的思想观念发生了深刻变化，积极性空前高涨，另一方面，一些资本主义腐朽的思想文化趁机而入，与残存的剥削阶级腐朽文化相结合，在思想文化上造成了混乱。

因此，我们建设先进文化，要坚持马克思主义的指导，不能搞指导思想的多元化。而且，还必须对封建残余和国际敌对势力"西化""分化"的图谋，保持清醒的头脑。

马克思主义、毛泽东思想、邓小平理论，集中体现了先进文化的前进方向，是颠扑不破的真理，是人类文化的瑰宝，是先进文化的核心和灵魂，是凝聚和激励各族人民的精神力量。在建设先进文化的实践中，只有坚持马列主义、毛泽东思想、邓小平理论的指导，才能保证文化的先进性，才能有效抵制和消除落后的、腐朽的思想文化的影响，不断创造发展先进的、健康的社会主义新文化。

二、建设先进文化，要以促进全民族思想道德素质和科学文化素质的不断提高，为我国经济发展和社会进步提供精神动力和智力支持为奋斗目标

先进文化，应该具有健康性、科学性、积极性、引领性等内涵，应该促进人们的思想道德素质和科学文化素质的提高，应该成为经济发展和社会进步的精神动力和智力支持，应该激发人民群众对于真善美的追求，对科学、文明、进步的追求，对自身不断完善、发展的追求。因此，必须坚持以科学的理论武装人，以正确的舆论引导人，以高尚的精神塑造人，以优秀的作品鼓舞人。

文化领域门类品种繁多，文化产品的生产、传播、接受，有着各自不同的特点和规律。只有寓教育于各种文化艺术门类的特殊规律之中，才能建设成先进文化，实现提高全民族思想道德和科学文化素质，为经济发展和社会进步提供精神动力和智力支持的根本任务。

三、建设先进文化，必须坚决贯彻"弘扬主旋律，提倡多样化"的重要方针

弘扬主旋律，提倡多样化，是经过文化发展实践证明的繁荣社会主义文化事业的正确方针，应贯穿于建设先进文化的实践。

"弘扬主旋律，就是要在建设有中国特色社会主义理论和党的基本路线指导下，大力倡导一切有利于发扬爱国主义、集体主义、社会主义的思想和精神，大力倡导一切有利于改革开放和现代化建设的思想和精神，大力倡导一切有利于民族团结、社会进步、人民幸福的思想和精神，大力倡导一切用诚实劳动争取美好生活的思想和精神。"要鼓励创作更多健康文明、积极向上、为人民大众喜闻乐见的作品，而在这些作品中，反映社会主义时代精神应该成为主旋律。

弘扬主旋律，并没有限制题材、体裁、内容、形式、风格，以及创作方法和作品的类型。

关于提倡多样化，因为社会生活是丰富多彩的，人民群众的精神文化需求也是多方面、多层次的，所以只要是能够使人民得到教育和启发、得到娱乐和美的享受的精神产品，都应受到欢迎和鼓励。

我们建设先进文化，既要弘扬主旋律，又要提倡多样化。我们建设的先进文化，不是一种逼仄的概念，应具有广泛的包容性。

先进文化是一种既立足于现实社会存在，又体现时代和历史发展规律，适应最广大人民群众需要的文化形态。先进文化代表时代主流、进步的意识形态，同时也是多样化、多色彩的文化构成。

因此，建设先进文化，必须贯彻"弘扬主旋律、提倡多样化"的重要方针，并在建设实践中达到二者的完美统一。

四、建设先进文化，必须坚持面向现代化、面向世界、面向未来，着眼于创新和发展

先进文化，应该顺应历史潮流，反映时代精神，代表未来发展方向，成为推动社会前进的精神动力，是人类文明进步的结晶。

先进文化，应该具有与时俱进的品格，具有现代的意识和开放的特性。

当代的先进文化应该站在时代的潮头，充满生机和活力，是一种面向现代化、面向世界、面向未来的文化。当今之世，和平与发展已成为时代主流，科学技术日新月异，信息传播更加迅速，文化交流更为广泛。在这样的时代背景下，当代先进文化，必须具有现代化的手段、世界性的眼光和强大的未来意识，必须具有鲜明的时代特征。

建设当代的先进文化，既要大胆地吸取世界各国的优秀文化成果，又要能抵制住各种腐朽思想文化的浸透，跟上时代的步伐，体现时代的内容。

先进文化绝不是封闭的文化，而是开放的文化，需要面向世界，面向未来，广泛吸收世界各国的优秀文化成果和各民族的一切优秀思想文化成果。只有博采众长的文化，才能在世界各种思想文化的相互激荡中，更好地发挥自己的特长和优势。

创新是先进文化发展的不竭动力，如果因循守旧、一成不变，必然落后于时代，没有生命力。因此，建设先进文化，要坚持"百花齐放，百家争鸣"的方针，提倡不同学术观点、文艺流派的争鸣和切磋，努力创造勇于探索和创新的活跃气氛。建设先进文化必须着眼于创新，不断地从创新中得到丰富和发展，从而保持强劲的生命力。

五、建设先进文化，必须坚持民族文化的独立品格

文化是在长期的社会实践中逐步形成的，其发展必须以一定的传统为基础。因此，建设先进文化，需要学习、借鉴、继承、发扬一切现有的优秀文化传统。在建设先进文化的过程中，既要广采博收、包容万物，又要保持自己鲜明的个性和独立的民族品格。

继承传统优秀文化，是建设先进文化的重要途径。中华民族文化具有深厚的基础和强大的生命力，要善于吸收，取其精华，去其糟粕。在建设先进文化的过程中，应充分汲取民族文化和革命传统文化的宝贵遗产，继承和发扬中华民族传统文化中优秀的进步的部分，继续发扬革命传统文化，可以使先进文化具有深厚的根基。

除了民族的文化传统之外，建设先进文化还要学习借鉴世界上一切先进的文化成果。但我们学习、借鉴、继承、发扬的目的，都是为了发展自己。博采众长，也是为了丰富自己的民族文化，为了建设具有鲜明民族品格的先进文化。因此，要以我为主，为我所用。

作为民族灵魂和精神旗帜的先进文化，必须鲜明地坚持自己的理想和价值观。我们面向现代化、面向世界、面向未来的，科学的民族的大众的先进文化，绝不是"食洋不化""食古不化"的文化。我们的一切创造、一切选择，都必须扎根于自己历史的土壤，植根于广大人民群众所从事的伟大的社会主义现代化建设实践。那些否认文化的民族传统、打着后现代主义"反传统"的旗号、骂尽前人和名家、把贩来的洋货当宝贝、依样画葫芦、孤芳自赏、拾人牙慧的做法，绝不能混迹先进文化之中。

六、建设先进文化，必须坚持面向大众，服务人民

先进文化的根基在广大人民群众之中。广大人民群众是先进文化的创造者。先进文化不是所谓的精英文化，其本质是植根于广大人民群众之中的大众文化。因此，建设当代先进文化，必须面向大众，服务人民，面向基层，面向群众。建设当代先进文化的一切努力，都必须以满足最广大人民群众的精神文化需要为出发点。要在人民群众中普及先进的思想道德和先进的科学文化知识。文化工作者要深入生活，深入群众，反映广大人民群众的愿望和感情。

七、建设先进文化，必须坚持社会效益第一，实现社会效益和经济效益相结合的原则

建设先进文化的根本任务，是培养一代又一代有理想、有道德、有文化、有纪律的公民。因此，先进文化的成果，主要体现在社会效益之上，必须坚持社会效益第一的原则。

建设先进文化要有相应的物质保障，这里面既包括对所需经费的保障，也包含文化设施设备的投入。没有这些物质保障，许多任务完不成，社会效益也难以实现。目前，一些公益性的非盈利的文化单位经费严重不足，文化设施过少，而且档次不高。一些文化单位和从业人员为了经济利益，违背社会效益第一原则，走上了不顾社会效果的歧途。而一些健康的文化活动，经费上捉襟见肘，有时因为经费所迫，只能退而求其次。一些并无多大意义的文化活动，却可以呼风唤雨，大显神通。这些情况对先进文化的建设是极其不利的。

我们应该看到，随着社会主义市场经济的发展，先进文化的建设也将在市场条件下进行，经济效益不但不能忽视，而且将成为建设成就的衡量标准之一。好的经济效益有利于先进文化的建设和发展，先进文化的建设也将带来显著的经济效益。好的经济效益可以促进社会效益的扩大。好的社会效益也可以通过人的精神力量，转化为物质力量，推动社会的发展与进步，从而产生经济效益。

文化单位要适应社会主义市场经济体制的变化，按照建设先进文化的要求，遵循文化艺术自身发展的规律，大胆进行改革，解放文化生产力，增强自身的实力和活力。因此，在建设先进文化的过程中，要注意社会效益和经济效益的统一，在这种统一中，推动先进文化的发展。

八、建设先进文化，要推进文化法治建设

建设先进文化，离不开文化立法。长期以来，文化法治建设明显滞后，立法数量少，层次偏低。历史的经验教训告诉我们，通过立法，把经过实践证明的党的文艺方针政策立为法律，这对于文化事业的繁荣、对于保证先进文化的正确发展方向，是至关重要的。

通过立法，可以保护文化人的权利，有利于调动广大文艺工作者的积极性和创造性。通过立法，还可以使文化建设的物质条件得到保障，使文化事业健康发展。

目前，文化市场混乱，盗版书、CD、影碟盛行，盗窃、破坏文物，娱乐场所违法经营等犯罪活动猖獗的现象，不利于先进文化的建设。这与我们文化立法不完备、有法不依、执法不严，有极大的关系。因此，建设先进文化，必须推进文化法治建设，加强文化立法进程，严格文化执法。

（本文作于 2002 年 2 月）

开创文联工作新局面

党中央号召全党同志牢记毛泽东同志当年倡导的"两个务必",大力发扬艰苦奋斗的优良作风,始终保持昂扬进取、开拓创新的精神状态,努力开创中国特色社会主义事业的新局面。

在新的形势下,牢记"两个务必",坚持艰苦奋斗,对于开创我们文联工作新局面,具有重要的理论和实践意义。

一、深刻认识牢记"两个务必",坚持艰苦奋斗的重要意义

1. 牢记"两个务必"、坚持艰苦奋斗,是体现马克思主义政党的性质、宗旨的必然要求。

牢记"两个务必",坚持和发扬艰苦奋斗精神,始终保持党同人民群众的血肉联系,是马克思主义政党与生俱来的政治品质。

从一百多年前《共产党宣言》宣告马克思主义诞生起,无产阶级政党就以解放全人类、实现共产主义为己任,以为绝大多数人谋利益为宗旨。把大公无私和为最大多数人的利益而不懈奋斗作为基本的价值理念,是马克思主义政党的本质特征,也是马克思主义政党区别于一切剥削阶级政党的显著标志。

马克思主义政党领导无产阶级消灭私有制,实现全人类的彻底解放,是个漫长的历史过程,需要共产党人为之进行长期不懈的艰苦努力。放弃艰苦奋斗精神,马克思主义政党的性质就会改变,为人民群众谋利益的宗旨也将成为一句空话。因此,牢记"两个务必",发扬艰苦奋斗精神,才能从根本上坚持马克思主义政党的性质和宗旨,才能为实现最广大人民群众的根本利益不懈奋斗。

2. 艰苦奋斗精神是我们党在长期的革命斗争和建设实践中形成的优良传统,是兴党强国的必然要求。

党以艰苦奋斗而兴,国以艰苦奋斗而强。历史和现实都表明,一个没有艰苦奋斗精神作支撑的民族,是难以自立自强的;一个没有艰苦奋斗精神作支撑的国家,是难以发展进步的;一个没有艰苦奋斗精神作支撑的政党,是难以兴旺发达的。举世闻名的二万五千里长征,红军将士面对数十倍于己的国民党军队的围追堵截和极其恶劣的生存条件,最终胜利到达陕北，靠的就是坚定的理想、信念和不怕艰难困苦、不怕流血牺牲的不懈奋斗精神。我们党的领导人一贯倡导发扬艰苦奋斗精神，并带头身体力行。

抗日战争期间，美国记者斯诺，就是从毛泽东居住简陋窑洞、周恩来睡土炕、彭德怀穿缴获的降落伞缝制的背心等平凡小事上，洞察出共产党人艰苦奋斗的伟大力量，感慨地称之为"东方魔力"，并以此推断，这种力量是"兴国之光"。

中华人民共和国成立前夕，毛泽东同志深刻分析全国胜利后党面临的新形势、新考验，高瞻远瞩地向全党敲响了警钟，要求务必继续保持谦虚谨慎、不骄不躁的作风，务必继续保持艰苦奋斗的作风。

进入改革开放的新时期，邓小平同志再次告诫全党，中国搞四个现代化，要老老实实地艰苦创业。我们穷，底子薄，教育、科学、文化都落后，这就决定了我们还要有一个艰苦奋斗的过程。江泽民同志也反复强调，过去干革命需要艰苦奋斗，今天搞社会主义现代化建设，同样要靠艰苦奋斗。胡锦涛同志在西柏坡学习考察时发表讲话，向全党发出号召，要求大家牢记"两个务必"，清醒地看到激烈的国际竞争给我们带来的严峻挑战，清醒地看到我们肩负的任务的艰巨性和复杂性，增强忧患意识，居安思危，牢固树立为党和人民的事业长期艰苦奋斗的精神。这些重要论述深刻表明，艰苦奋斗的精神是我们党的立业之本，取胜之道，传家之宝。

3. 发扬艰苦奋斗精神是新的历史条件下，永葆党的先进性的必然要求。

党的先进性是党的生命，与党的作风建设紧密相连。对于一个政党来说，如果骄傲自满之风盛行，贪图享乐思想蔓延，党自身的免疫力就会丧失，生命力就会完结。特别是像我们这样一个大党，历经革命、建设和改革，所处的时代背景、历史条件都发生了深刻变化，已经从一个领导人民为夺取全国政权而且努力奋斗的党，成为一个领导人民掌握着全国政权并长期执政的党，已经从一个受到外部封锁状态下领导国家创业的党，成为在全国改革开放条件下领导国家发展的党。加上"四个多样化"的不断发展，酒绿灯红影响的考验还十分严峻。这些新变化对广大党员如何进一步保持党的先进性，提出了新的更高的要求。

改革开放几十年来，党在自身建设方面取得的重大进步，为保持党的先进性和巩固党的执政地位提供了有利条件。同时，更要清醒地认识到，国内外复杂多变的形势和党肩负的任务，使我们党面临严峻挑战和考验。这就需要全党不断增强忧患意识，居安思危，牢固树立为党和人民长期艰苦奋斗的思想。有了这种长期不懈的艰苦奋斗的思想，我们党就能与时代同步伐，与人民共命运，不断增强凝聚力、战斗力和创造力，始终保持纯洁性和先进性，永远立于不败之地。

4. 牢记"两个务必"，坚持艰苦奋斗，是我国的基本国情的必然要求。

改革开放几十年来，在党的正确领导下，全国人民艰苦奋斗，我国的改革开放和社会主义建设取得了举世瞩目的伟大成就。国外许多媒体也超越意识形态，摒弃历史偏见，对中国大地上发生的翻天覆地的变化盛赞有加。我们完全有理由感到骄傲和自豪。

但是，也应该客观地看到，我们正处于并将长期处于社会主义初级阶段的基本国情没有变，人们日益增长的物质文化需要和落后的社会生产力之间的矛盾，仍然是我国社会的主要矛盾。中国国家大，人口多，发展很不平衡，有的地方生活还很贫困，温饱问题都没有完全解决。因此，在成绩面前，绝不能自满，绝不能懈怠，绝不能停滞。就是将来我们的国家发达了，人民的生活富裕了，艰苦奋斗精神也不能丢。

5. 牢记"两个务必"，坚持艰苦奋斗，是全面贯彻"三个代表"重要思想的必然要求。

贯彻"三个代表"重要思想，关键在坚持与时俱进，核心在坚持党的先进性，本质在坚持执政为民。牢记"两个务必"，坚持艰苦奋斗，我们党才能与群众、与实践保持最密切的联系，从而在前进的道路上永不满足，有所突破，有所创新，才能符合历史发展的规律，适应时代潮流，满足人民的愿望，从而永葆作为执政党的生机和活力。只有牢记"两个务必"，坚持艰苦奋斗，我们党才能永远扎根于人民群众之中，才能使自己的一切实践活动都从人民群众的根本利益出发，才能不断把人民群众的利益维护好、实现好、发展好。

6. 牢记"两个务必"，坚持艰苦奋斗，是全面落实党的十六大精神的必然要求。

学习贯彻党的十六大精神，是全党当前和今后一个时期重要的政治任务。要使这个任务落到实处，就必须牢记"两个务必"，坚持艰苦奋斗。我们顺利实现了现代化建设三步走的第一步、第二步的目标，人民生活总体上达到小康水平，这是一个令人振奋的新的里程碑。但同时要看到，现在达到的小康水平还是低水平的、不全面的、发展很不平衡的小康。巩固和提高目前达到的小康水平，实现全面建设小康社会的宏伟目标，加快推进社会主义现代化，还需要保持谦虚谨慎的作风，进行长期的艰苦奋斗。

7. 牢记"两个务必"，坚持艰苦奋斗，是共产党人勇担历史重任的必然要求。

实现新世纪的三大历史任务，在中国特色的社会主义道路上，实现中华民族的伟大复兴，是历史和时代赋予我们党的庄严使命。因此，必须牢记"两个务必"，坚持艰苦奋斗。不必讳言，在新形势下，一些领导干部变得不那么谦虚谨慎了，艰苦奋斗的作风也丢得差不多了。有的人以为做出了一些成绩，就高居在上，处于严重脱离人民群众的危险境地而不自知。有的耽于灯红酒绿，醉于声色犬马，生活糜烂，道德败坏。有的权为己用，利为己谋，堕落成人民的罪人。"艰苦奋斗"四个大字，在一些党员、干部的头脑里，日益淡漠，甚至一度遗忘，奢靡之风逐渐漫延。不少地方的机关大楼正开始新一轮的超标准升级换代，有的模仿北京天安门广场的格局，有的模仿美国总统府白宫的模样。贫困地区的这种现象也绝非个别。办公条件的现代化、高档化节奏加快，不少地方财政拮据，连发工资都有困难，但小轿车还是一辆辆买，手机还是一款款换。还有形形色色的巧立名目的公款开会旅游、出国考察，还有出入酒楼、宾馆的吃喝玩乐，出手惊人，挥金如土。目睹这类情景，老百姓多有怨言。因此，要担负起新世纪的历史重任，必须牢记"两个务必"，坚持艰苦奋斗的精神。

二、牢记"两个务必"，坚持艰苦奋斗，需要倡导六种意识

艰苦奋斗是一种积极向上的人生态度和行为品质，是中华民族的传统美德，是共产党人的传家宝，是我们战胜困难的精神支柱，任何时候都不会过时。

按照与时俱进的精神，这种积极的人生态度和行为品质，在不同的时代，不同的职业群体，有着不同的形式和内容。战争年代的"一不怕苦，二不怕死"，社会主义建设初期的"出大力，流大汗"，以及在新的历史时期"解放思想，实事求是，勇于探索，勇于创新"，都是艰苦奋斗精神的传承和发扬。战争年代的井冈山精神、长征精神、延安精神是艰苦奋斗，建设时期的大庆精神，新时期的抗洪精神、"两弹一星"精神，以及文艺界繁荣文艺创作，努力开创文联工作新局面的种种努力，也都体现了艰苦奋斗的精神实质。

根据时代的发展和文联工作的实际，要落实牢记"两个务必"，坚持艰苦奋斗的要求，开创文联工作新局面，需要在文艺界和文艺工作者当中旗帜鲜明地倡导六种意识：

1. 自尊自爱的操守意识。

注重操守、崇高气节，是中华民族的传统美德。操守，常常被称为气节、志气、骨气等，是指一个人在政治上、道德上、生活上的坚定性，具体表现为刚毅、正直、坚持正义，不屈从，不逢迎，不趋炎附势，不卑躬屈膝。

中华民族的历史上，有许多正直之士崇尚节操，在各自所处的历史条件下，表现出刚正不阿、大义凛然的气概。孟子"富贵不能淫，贫贱不能移，威武不能屈"这一传颂千古的名句，是注重操守、崇尚气节的最好诠释。

"富贵不能淫"，是指不为金钱利禄所引诱，保持自己的节操。"贫贱不能移"，是指不因贫穷困苦而动摇自己的意志。"威武不能屈"，是指不为权势强暴所屈服。主要表现为追求道义、献身理想而不屈从于外部压力，也不受邪恶的诱惑，洁身自好、特立独行的精神风貌。

每个人在人生道路上，经常会面临生与死、贫与富的选择。常常是低头是生，低头是富，而昂首则死，昂首则贫。在这痛苦的选择面前，人不能低下自己高贵的头，从而保持一种强大的人格力量。

注重操守，崇尚气节，要求人们具有骨气和正气。骨气和正气是一种素养，是人品中很高的境界。它包括了对事业的执着追求，包括了正直、善良和自信。不管在任何艰难困苦的情况下，都支撑一个人挺直腰杆，保持节操，追求道义，献身理想，坚持理想，做一个真正的人。注重操守、崇尚气节，是一个民族自强自立的根本，是一个国家兴旺、强盛的精神基石，是一个人在人生的任何逆境中，战胜困难、渡过难关、赢得辉煌的心理支柱。

毛泽东说过，人，是要有一点精神的。这"一点精神"，足以照亮你的一生。这"一点精神"，是信念，是勇气，是气节，是一个人走向崇高的阶梯。

当今中国，市场经济大潮涌动，利益格局正在调整，一部分人先富起来，收入分配

的差距拉大。这种社会的现实存在，冲击着人们的道德观、价值观。文艺界不是世外桃源，文艺家不可能避世而居，必然要受到这种社会存在的影响。面对这种形势，文艺工作者一定要坚持自己的操守，做到自尊自爱，不为一时的经济利益所动，而放弃自己的理想和追求，遗忘了自己的历史责任。文艺工作者是人类灵魂的工程师，自己不能首先迷惑了方向，被铜臭所污染，应有云水襟怀、松柏气节。

面对唯利是图、见利忘义的浊流，文艺工作者要保持清醒头脑，要坚持自己的自尊。无论在任何情况下，都正确认识自己，尊重自己的人格和荣誉。不为私欲而卑躬屈膝，不因挫折而向困难低头。

自尊自重的操守意识，要求人们具有庄重、磊落的气节，敢于坚持真理和道德理想，不屈服于邪恶势力，更不能为了私欲而跟着去干肮脏的勾当。

作为社会的一分子，文艺工作者也应该追求正当的物质利益。金钱本身无所谓善恶高下，作为商品交换的媒介，它是每个社会成员都必须拥有的东西。文艺工作者作为人类灵魂的工程师，要树立正确的金钱观，决不能为了挣钱而不顾操守，用低档甚至有害的文艺作品毒害人民。世上从来就有淡泊金钱和视金钱为生命的两种人。前一种人不是不需要金钱财富，而是不贪图金钱财富，在他们心中还有比金钱更重要的东西，那就是人格、气节。而后一种人的精神，都丝丝缕缕化成了对金钱的贪婪，不惜用人格和尊严，换取金钱财富。在他们心中，没有一样东西不是为了金钱而存在的。他们活着就是为了挣钱，不知还有别的幸福。社会主义的文艺工作者，应该要做第一种人。既要重视金钱的作用，又不能做金钱的奴隶。金钱可以买来温饱、富足，买来舒适、享受，甚至买来笑脸和掌声，却买不来人生的价值、气节和尊严。

我们正处于市场经济时代，金钱的诱惑无处不在。在一些人的心中，拜金主义已成为一种时髦。一切向钱看的丑陋，被一些人精心修饰和论证，戴上了时代的合理的花环。不择手段甚至铤而走险地追求金钱，已成为一些人的生活目标，什么祖国的前途、民族的命运、他人的幸福、集体的利益、个人的品德、人生的价值、理想和责任，全都在"孔方兄"面前退避三舍。但是无论在历史上还是在现实中，真正的文艺家还是不为金钱所惑，将人格、操守看得比生命还宝贵。面对金钱诱惑，他们严于自律，不为富贵所动。他们以自己堂堂正正的行为，向世人昭示一个真理：人，应该这样高尚地生活。我们广大的文艺工作者，要向他们学习，注重操守，崇尚气节，不为金钱收迷惑，不为物质利益放弃自己的精神品格。

在文联工作中，除了通过各种方式引导广大文艺工作者树立自尊自爱的节操意识之外，还要组织"德艺双馨"等多种评奖活动，在文艺界倡导和弘扬正气，注重文艺的社会效益，鼓励艰苦奋斗精神，抵制拜金主义对文艺工作者的影响。

2. 奋进不息的自强意识。

在市场经济条件下，文艺工作者和文联的生存环境有了一些变化，文艺出现了边缘化的趋势，社会对文艺工作的关注不如从前了。这种情形，使一些文艺工作者有失落感。有的甚至自暴自弃，怨天尤人；有的认为前途无望，改弦易辙，放弃了多年的追求。因此，牢记"两个务必"，坚持艰苦奋斗，必须在文艺界倡导和强调奋进不息的自强意识。

自强不息，奋进不止，是人类繁衍至今的一个精神缘由。

远古时代的人类，面对极其残酷的生存环境，他们和所有其他物种一起平等地站在大自然面前，必须极尽自己的力量，才能争得生存的权利。这种条件下，些许的放弃甚至松懈，都意味着毁灭，因而人类选择了自强、抗争。

为了取得食物，制成了用于切割、砍砸的石器，发明了弓箭；为了改善生存条件，学会了制作熟食和防止野兽袭击；为了抵御寒冷，发明了火，建造了房屋；为了给日益增多的人口提供更多的物质，发明了种植粮食作物、驯养动物的原始农业和畜牧业，开始了定居生活；为求发展，在劳动实践中，逐步积累了地理、天文、气象等方面的知识。

自强不息、奋进不止的精神，使人类作为自然界的一个物种得以生存和繁衍，更为人类文明的飞速发展提供了精神基础。旧石器时代发展到青铜时代，然后到铁器时代、蒸汽时代、电气时代直至今天的信息时代，人类每次由一个文明迈向一个新的文明，从必然王国走向自由王国，都是积极向上、敢于拼搏的结果。同样，通过奋斗、拼搏和自强不息的努力，文艺界和文化人的生存状态也可以得到改善，文艺事业可以得到更大的发展，文艺家个人也可以登上更高的创作高峰和精神高度。

要做到自强不息、奋进不止，必须有远大的志向作支撑，要有坚忍不拔的意志，要通过刻苦的磨炼和奋斗。立志存远、奋发进取、不懈追求是自强不息的基石。立志存远就是远大的理想和抱负，这是人在社会活动中积极进取、立身处世、建功立业的根基。古人说，"志不立，天下无可成之事"。文艺工作也是这样。文艺家要坚持远大的理想，这是我们艰苦奋斗，开创文联工作新局面的精神支柱。

当然，立志并不等于得志。要实现远大的理想，必须艰苦奋斗，必须自强不息，必须刻苦磨炼，必须真抓实干，必须具有积极进取的人生态度。不论在人生前进的道路上还是事业发展的历程中，困难无处不在，坎坷无处不有。成就一份事业必然要与挫折相争，与困难搏斗，关键是要有战胜困难和坎坷的信心勇气，有自强不息、永远进取的人生态度。

因为多方面的原因，目前的文艺工作和文联工作确实存在许多困难，事业发展也有不少坎坷和困扰。面对这种现实，应该采取的态度绝不是怨天尤人、自暴自弃，而应该是自强不息、奋进不止。通过出色的工作提升，恢复文联的地位，通过勤奋的努力，来改变自己的生存空间和生存环境，做到有为才有位。更何况，随着社会的发展，文艺的地位会越来越高，这是社会全面发展不可或缺的，也是人的全面发展不可或缺的。

正是基于这种认识，江泽民同志"三个代表"重要思想，把文艺的地位提升到了前所未有的高度。因此，只要我们自己努力，自强不息，奋进不止，在新的历史时期，文艺事业和文联工作一定能获得更大的发展，文艺工作者个人也有更加广阔的发展前景。

3. 艰苦奋斗的节俭意识。

中华民族素以刻苦耐劳、勤劳节俭著称于世。自远古洪荒年代起，我们的祖先在生存繁衍中，形成了不怕艰险、艰苦奋斗、勤俭节约的精神。这种精神要求人们在改造客观世界的活动中，倾尽全力去实现目标；要求人们不能安于贫穷和困苦，要通过奋斗改变现状，摆脱贫穷；要求人们爱惜劳动成果，养成勤俭节约的美德。

中国人提倡勤俭持家。这个家的概念涵盖很广，既可以指小家，也可以指大家——集体、集团，还可以指国家。事实说明，无论个人还是集体，无论是小家还是大家，要想建功立业、有所作为，没有勤俭节约的意识是绝不可能的。因而，中国人一向崇尚简朴，提倡廉洁，反对奢侈，摒弃浮华。几千年来，以此修身、齐家、治国，相沿相袭，蔚然成风。

唐代诗人李商隐在《读史》一诗中写道："历览前贤国与家，成由勤俭破由奢。"诗人从历史的经验教训中，得出了一个简单而又朴素的认识：小到个人、家庭，大到家族、国家，凡是勤奋、节俭、朴素的就能兴旺发达，凡是奢侈、浪费的最后都会灭亡。因此，勤俭是个人、家庭、民族和国家生存发展的必要手段。一个家庭、一个单位、一个国家要兴旺，要发展，必须勤俭创业，勤俭持家。

俭朴和奢侈是两个相悖的概念。俭朴是指珍惜劳动成果，节约开支，生活朴素的道德品质；奢侈则与铺张浪费、摆阔气、讲排场、追求享乐等行为相联系。奢侈会给个人、家庭、单位、国家造成极大的危害。轻则人心涣散，精神萎靡，物资财用匮乏，官贪民盗；重者败家亡国。

在文艺界和文联工作中，强调俭朴意识很有必要。相对来说，文艺界和文联这样的单位是清贫的，可以说是既无权又无钱，日子过得紧巴巴，但是不能因此而放松这方面的警惕。在工作作风方面，要倡导吃苦耐劳的精神，提倡生命不息、奋斗不止；在工作上，要不避艰苦，不畏艰难，不图安逸，任劳任怨，勇担重担；在管理上，要爱惜人力物力，精打细算不浪费；在个人生活上，要克勤克俭，不铺张奢侈，与人民同甘共苦。

随着时代发展和社会进步，节俭意识也不能老是停留在穿补丁衣、盖旧被子等方面。科学和文明的进步，必然会给人们带来丰厚的物质财富和富足舒适的生活。这与提倡节俭并不矛盾。是艰苦奋斗还是奢侈浪费，是勤俭节约还是大手大脚，可以反映一个人、一个家庭、一个单位、一个国家的精神风貌和文明程度。

4. 居安思危的忧患意识。

"忧患"一词最早见于《周易》。所谓忧患意识，也就是居安思危和安不忘危的意思。用今天的话来说，是指人们在太平和安定时，不忘记可能出现危难的一种自觉性，也就是能够经常从外在环境中体验到危机和挑战的一种心理习性。

我国古代哲人孟子有句名言，叫"生于忧患，死于安乐"，是说无论一个人、一个单位、一个民族，还是一个国家，如果没有压力，没有危机意识，整天沉迷于安乐懒散的氛围中，那么聪明将会变得迟钝，意志将会变得消沉，一旦灾祸降临，外患纷起，必将经受不住考验，只能束手待毙。

在中华民族的历史上，忧患意识始终是一种激励爱国志士对国家和民族命运进行思考的自觉意识。这种自觉意识，以危机感为基础，包含着以天下为己任的历史使命感，成为爱国主义的基本精神。

忧患意识在历史上在促进中华民族意识的形成，推动中华民族的觉醒，增加民族凝聚力等方面发挥了重要的作用。今天，在建设社会主义现代化的过程中，爱国主义精神仍是时代的主旋律，民族忧患意识和危机感仍具有重要的现实意义。和平稳定的社会环境、物质条件的优越、精神生活的多样性，很容易使人产生安于现状、不求进取、意志懈怠等不良的心理倾向。

改革开放以来，我国的经济和社会生活得到了很快的发展，人民生活得到了极大的改善，但社会上也出现了安于现状、不思进取、小富即安的思想倾向。在文艺界也存在着忧患意识不强的情况。一些文艺工作者盲目追求所谓的"现代人"生活模式，即活得潇洒，活得不累，凡事以"玩"字应之。玩文学、玩艺术大行其道，对人生和创作抱着一种游戏的态度。优裕的生活环境使得一些艺术家一味追求享受和安逸，一味歌吟风花雪月、灯红酒绿，而不知忧患和危机为何物。这对于文艺发展和个人进取来说，都是十分危险的。

历史已经反复证明，一个国家、一个民族，如果没有危机感，缺乏忧患意识，就不可避免地要落后挨打。文艺发展也是如此，没有忧患意识的文艺作品，没有忧患意识的文艺家，在历史上不可能有重要的地位和作用。

在中华民族的历史上，有无数忧国忧民的文艺家。他们以天下为己任，对国家、民族有一种神圣的使命感。即使他们身处逆境，依然矢志不渝。遭贬谪、被放逐，仍然心忧天下，至死不悔。为了实现自己的志愿，他们宁愿忍受精神和肉体的极大屈辱，一生坎坷、颠沛流离，却依然无时无刻不在为国家的命运、人民的疾苦忧虑。在这方面，前辈文人树立了光辉的榜样。

在文联工作中，要强调树立忧患意识的重要意义，引导文艺工作者，保持清醒的头脑和不懈的斗志，立足现实生活，面对世界挑战，从落后中看到希望，从挑战中看到机遇，从胜利中看到危机，从成功中看到忧患，从差距中看到责任，把爱国主义和忧患意识上升为效国之力、报国之举。通过创作精品力作，倡导爱国主义精神和忧国忧民的忧患意识，使社会大众居安思危、安不忘危，从而维护中华民族的向心力和凝聚力。

5. 谦逊大度的团结意识。

众所周知，文艺界的人事关系极为复杂。文联院子虽然不大，人也不多，但也存在一些不团结的思想倾向。"文人相轻"虽然是对过去文艺界状况的概括，但在当下文艺界也依然存在。文艺创作大多是单独的个体劳动，需要鲜明的个性和特色，这使得文人们形成了特立独行的人生追求。再加上个性、师承、流派等因素，使得一些人自视甚高、目空一切、唯我独尊、互不买账，因而唇枪舌剑，纷争不断。这种情况严重影响了文艺界的团结，影响了文艺界的战斗力，也影响了文联工作的顺利开展。

文艺创作和文艺家不能没有个性，在文联工作中，必须提倡"百花齐放、百家争鸣"的方针，通过题材、体裁、风格、流派的多样化，来实现文艺事业的繁荣。但是，为了消除内耗，整合文化生产力，争取文艺事业的更大繁荣，必须在文联工作和文艺界中大力提倡谦逊大度的团结意识。

谦逊，是中华民族的传统美德。"满招损，谦受益"，是中国人对人生、对社会发展规律的正确体认。坚持中华民族"尚谦"的传统美德，文艺工作者需要从以下三方面努力：一是正确认识自己，有自知之明，明白尺有所短，寸有所长的道理，能看到他人的长处和自己的不足，虚心学习，永不自满，谦虚谨慎，虚怀若谷。二是要尊重周围的人，对他人的缺点能够宽容，谦恭克制，彬彬有礼。三是正确对待个人利益、成就、荣誉，不居功，不争名，不夺利。

大度，要求我们为人处事识大体，心胸开阔，不汲汲于小事，容许不同意见，谅解他人的过失，以豁达大度的胸襟，处理好人与人之间的关系。唯宽可以容人，唯厚可以载物。大度可以赢得更多的朋友和友情。

谦逊和大度并不是要求大家不坚持原则，不开展批评。大度与坚持原则、坚持真理并不矛盾。而只是要求在方法上，春雨润物细无声，采取尊重人、关心人、爱护人的态度，做到与人为善，心平气和，循循善诱，入情入理。

《周易》中有这样一句话："地势坤，君子以厚德载物。"说的是人们应像天地包孕万物一样，有一种兼容并蓄、广取博采的精神，也是就是说，人与人之间应当团结，应该要有宽容宽厚的精神。团结就是力量，"人心齐，泰山移""众人拾柴火焰高"，这些名言警句，对文艺事业的健康发展大有裨益。

要做到谦逊大度团结，还要处理好个人与集体的关系。文艺界是一个集体，文艺事业是一种整体发展的事业，每一个文艺工作者都是其中的一分子，文联工作也是其中的一部分。在现实中，人不是孤立的人，而是社会的人。个人从属于集体，集体又从个体中吸取活力。社会、集体为每一个人的生存、发展创造条件，个人的才智、能力、作用，在集体中得到培养、施展、体现和增强。

文艺家与社会和集体的关系也是如此。因此，文艺家要自觉地维护文艺界的团结，自觉融入社会和集体之中，顾大局，通大义，重协作，做到文人相"亲"。作为文联工作来说，要把维护文艺界的团结作为文联工作的重要任务之一，团结广大文艺工作者，为繁荣社会主义文艺事业而奋斗。只有把众人的力量汇集在一起，才能完成个人力量无法企及的宏伟大业，推动社会的进步和发展。这样，才能发扬艰苦奋斗的精神，开创文联工作的新局面。

三、牢记"两个务必"，坚持艰苦奋斗，要贯彻到实践中去，从自己做起，严于自律

文艺工作者要具备以上五种意识，牢记"两个务必"，把艰苦奋斗的精神落实在自己的行动中，需要注重以下几方面：

一是要注重实践。"纸上得来终觉浅，绝知此事要躬行。"这两句诗是宋代著名诗人陆游强调文学创作不能离开社会实践的名句。其实，不能离开实践的何止是文艺创作。文艺工作者要坚持艰苦奋斗，倡导五种意识，也必须依靠社会实践的学习和锤炼。

"宝剑锋从磨砺出，梅花香自苦寒来"。要树立五种意识，坚持艰苦奋斗的精神，要经历艰苦和漫长的实践过程，要将理论与实践结合起来，在改造人生与社会的斗争中，自觉进行自我教育、自我锻炼、自我改造，在社会的熔炉中和实践的磨刀石上，一次又一次陶冶锤炼，一次又一次砥砺，才能将学习到的规范要求、原则运用到实践、生活和工作中去，在改造客观世界的同时，改造主观世界，通过实践的阶梯，上升到一个新的境界。

具体到文艺工作者来说，一方面要在自己的工作生活中，自觉地坚持艰苦奋斗的精神，体现五种意识，形成艰苦奋斗的工作作风和生活作风；一方面要在自己的创作实践中，大力倡导艰苦奋斗精神和五种意识。

二是从小事做起，从自己做起。如水滴石穿，集腋成裘，通过一个渐进的过程，才能具有以上五种意识，体现艰苦奋斗的精神。万里之程，一步所积；千尺之帛，一丝所织。涓涓细流，一点一滴，汇成大海汪洋；小小沙石，一点一点，垒起峻岭高山。艰苦奋斗的精神体现于平凡、琐碎的一言一行，注重平时的一点一滴，时时、事事严格要求，不舍不弃，持之以恒，才能养成艰苦奋斗的美好品德。

《后汉书》上记载了这样一个故事：东汉时有个年轻的读书人，名叫陈藩。他虽然满怀壮志，却不愿点滴躬行。有一天，他父亲的朋友薛勤来拜访，只见他一人独自住一间房，房间内积满灰尘，铺满了蜘蛛网，庭院里也久不打扫，杂草丛生。客人问他，为什么不打扫干净房间和庭院迎接客人呢？他回答，有作为的人生在世界上，应该去扫除天下，怎么能去扫一间房子呢？薛勤反问，一间房子都不去打扫的人，怎么能去扫除天下呢？

这个故事告诉人们，要做成一件事情，不会是一日之功，不可能一蹴而就，一次完成。我们要有扫天下的大志，但要实现这个大志，必须老老实实地从日常生活的小事做起，从自身做起。沙砾堆成山，水滴汇成海，艰苦奋斗的精神产生于平常的磨炼之中，就像种子蕴藏在果实里。微小的石子不显眼，却能铺就通向理想的千里路。细小的努力不惊人，却能帮你攀上思想的高峰。

三是以人为镜，自我省察。批评和自我批评是共产党人坚持真理、改正缺点、纠正错误的传统法宝。加强监督、健全制度也是克服腐败、倡导廉洁和艰苦奋斗精神的重要措施。人要正确认识自己，发现自己的不足，不是一件容易的事。我国战国时期的思想家韩非子说，眼睛不能看见自己，所以要一个镜子来看自己的脸。当时的另一位思想家墨子也说，人要以人为镜，而不要以水为镜，以水为镜，只能看见自己的容貌，以人为镜，可以了解自己的长处与短处。

由于阶级本性和阶级利益的局限，历朝历代的统治阶级中，能够做到以人为镜的人可谓是凤毛麟角。无产阶级是最大公无私的阶级。敢以人为镜，善于从批评中明了得失，改正错误，这是共产党人的光荣传统和优良作风。对于批评的重要意义，革命导师列宁、毛泽东都做过精辟的论述。其中一个生动的比喻脍炙人口。这就是将听取批评比作人要天天洗脸、天天扫地。如果像天天洗脸、天天扫地一样，经常倾听批评，并迅速改正，便可以强身健体，容光焕发。每洗一次脸，每扫一次地，每听一次批评，都会使自己灵魂得到一次"消毒"，增强抵抗力和免疫力。

自我省察、自我批评，也是认识自身不足的一种重要方法。通过自我反省，可以真正认识自己，发现自己灵魂深处的疵点，用积极的思想斗争，除去心中的"败草"，巩固内心的信念。自我省察是一种灵魂的拷问，不可能是轻松愉快的。古希腊哲学家德漠克利特说，和自己的心进行斗争是难堪的。自我省察和自我批评，需要经过艰苦，有时可能还是很痛苦的努力。然而这是倡导五种意识、坚持艰苦奋斗精神的必由之路，无可回避。

四是严于自律，做到"慎独"。中国历史上流传着一则"梨虽无主，吾心有主"的佳话。宋末元初，在怀州河内有个叫许衡的人，小时候正逢蒙古灭金、灭宋的战乱年代。一个炎热的夏天，许衡和一些人逃难经过河南的河阳县，一路上找不到水喝，口里渴得直冒烟。突然，他们发现前面路上有一棵硕果累累的梨树。同伴们耐不住饥渴，争先恐后地爬上去摘梨吃，而许衡一个人端坐在树下看书。同伴劝说：这梨刚熟，甘甜可口，吃了真解渴，你怎么不去摘呢？许衡答道，这梨树不是我家的，不能随便拿别人的东西。同伴说，现在兵荒马乱，人们死的死，逃的逃，这树是没有主的。许衡则说，梨树没有主，我的心有主，不能随便乱来。结果，他真的一个梨也没有吃。文艺工作者要贯彻五种意识、坚持艰苦奋斗的精神，这种严于自律的"慎独"精神不可或缺。

"慎独"一词出于儒家典籍《礼记》，意思是说，不要以为没人看见，没人知道，对于比较细小的事情，就可以放松对自己的要求。相反，越是在这种情况下，越应该严格要求自己，谨慎从事，不做违反自己信念的事情。这是最可贵的。即便是在无人监督的情况下，依然故我，恪守规范，这便是慎独的方法和境界。当然，古人的"慎独"，是以封建主义道德原则为标准的。但这种即使在无人知晓和监督的情况下，依然严格自律的精神，值得今天的文艺工作者在工作和生活中继承和发扬。

（本文作于 2011 年 5 月）

坚持文化自觉和文化自信

　　庆祝中国共产党成立 90 周年大会，是党的十八大召开之前的一次重要会议。中共中央总书记胡锦涛同志在大会上发表的重要讲话，是我们党治党执政的一篇重要理论文献。

　　文联作为党领导下的人民团体，是党和政府联系文艺界的桥梁和纽带，在繁荣发展社会主义文艺的伟大实践中具有不可替代的重要作用。学习总书记的重要讲话，我们觉得任重道远，信心百倍。

一、深刻认识文化的地位和作用

　　胡锦涛总书记"七一"讲话中关于社会主义文化发展的论述分量很重，强调了社会主义文化在社会主义建设中的重要作用和关键地位，对于如何建设社会主义文化也提出了明确要求。

　　胡锦涛总书记从党和国家建设的战略高度阐述了社会主义文化发展的意义，提出"在前进路上，我们要继续大力推动社会主义文化大发展、大繁荣"。他将社会主义文化称为"马克思主义政党思想精神上的旗帜"，因此"必须以高度的文化自觉和文化自信，着眼于提高民族素质和塑造高尚人格，以更大力度推进文化改革发展，在中国特色社会主义伟大实践中进行文化创造，让人民共享文化发展成果"。

　　总书记"七一"讲话中关于繁荣社会主义文化事业的论述，是与党的十七大精神一脉相承的。党的十七大报告，从中国特色社会主义"四位一体"的总体战略布局出发，发出了"推动文化大发展大繁荣，兴起社会主义文化建设新高潮"的号召，明确了提升国家软实力，建设中华民族共有精神家园的目标。胡锦涛同志的讲话，继续深化和升华了党的文化建设思想，全面系统地阐述了文化发展的地位作用、指导思想和主要任务，反映了我们党对文化建设的认识达到了新高度，对文化发展规律的把握达到了新高度，为更好地探索中国特色社会主义文化发展道路，指明了方向、提供了遵循，也使广大文艺工作者坚定了信心，凝聚了力量。

二、清醒保持高度的文化自觉

　　胡锦涛总书记在"七一"讲话中要求我们以高度的文化自觉和文化自信来推动社会主

义文化的发展，这反映了社会主义文化发展的本质要求和文化事业繁荣发展的客观规律。

所谓文化自觉，是指一个民族、一个政党在文化上的觉悟和觉醒。包括对文化在历史进步中地位作用的深刻认识，对文化发展规律的正确把握，对发展文化历史责任的主动担当。文化繁荣的历史和现实告诉我们，文化自觉是推动文化繁荣发展的思想基础和内在的精神动力，自觉的程度关系到文化的振兴和繁荣，还可以影响民族、国家、时代的命运。

高度的文化自觉应该包括三方面的要求：

一是对文化的地位认识上要高度自觉。要从人类文明发展的历史高度考察文化的地位和作用，从社会发展的轨迹中确立文化的意义坐标。文化不仅仅是一种推动社会进步的手段，从文明发展的角度来考量，文化也是社会文明进步不可忽视的重要目标。文化既可以启人心志，传播知识，塑造灵魂，还是幸福生活的核心指标之一。随着现代社会的不断发展，文化对 GDP 增长的贡献越来越大，而且，文化的含量还在一定意义上决定着经济增长的质量和速度。

二是对文化发展规律的把握要高度自觉。文化是个万花筒，内涵极为复杂和丰富，需要从不同层次、不同角度去观察和把握其发展规律，尤其是对文化发展的阶段性、构成的多样性、建设的长期性这三个维度规律的认识，一定要与时俱进，科学把握。在这方面如果达不到高度自觉，便可能出现失误，文化发展史上这方面的教训是很深刻的。

三是在责任担当上高度自觉。要有担当，对于文化的发展不能放任自流，听之任之。一个有着崇高理想和精神追求的文艺家，要勇敢高举起自己的文化旗帜，担负起历史赋予的重任。文化人如果没有担当，没有坚定的文化精神，在文化发展的激流勇进中只能被淘汰，一事无成。一个民族、一个国家、一个政党也是如此。

三、执着坚守坚定的文化自信

胡锦涛总书记在"七一"讲话中要求我们，以高度的文化自信来推动文化发展，这对于社会主义文化的繁荣发展具有极为重要的意义。

所谓文化自信，是指一个国家、一个民族、一个政党对自身文化价值的充分肯定，对自身文化生命力的坚定信念。中华文化五千年灿烂辉煌，历经磨难坎坷而绵延不绝，正是这种高度文化自信心的呈现。世界文明史上，四大文明古国、四大文化源流，唯有中华文化至今浩浩荡荡，泽被古今，很重要的一点便是中华民族具有坚定的对民族文化的自信心。从蛮荒远古一路走来，不断发展自己，不断吸取外来文化，不断巩固特色，才有如今这彪炳于世的灿烂文明。

如何树立文化自信的问题一直是我国文化发展中的一个重要问题，在这方面错误的论点、观念不少。如"全盘西化论""唯我独尊论"，等等。实践早已证明，这些观点都不利于文化的健康发展。当下，世界已成为一个文化的"地球村"，不同文化的交流、碰撞、交锋日益频繁和激烈。这种时候，最容不得妄自菲薄和夜郎自大，对自己的文化和异域的文化要有清醒、客观、科学的认识，从而坚定自己的文化信心和信念。

要做到高度的文化自信，首先要不忘记继承传统。丢掉传统，就等于割断了自己的精神命脉，就会丧失自己文化的特色和优势。其次，高度的文化自信还要求我们不断吸收外来文化的精华。海纳百川，有容乃大；博采众长，自铸辉煌。经济全球化和我国对外开放的不断扩大更加开阔了我们的视野，放达了我们的胸怀，使文化上的兼收并蓄变得更为便利。我们要把握好历史的机遇，积极参与世界文化交流，大胆地汲取他人之长。另外，高度的文化自信还要求我们在继承和汲取中要有辩证取舍的态度和革新创造的能力。继承和吸收，目的是为了革新创造、丰富发展我们自己的文化。要把优秀的外来文化同我国的传统文化结合起来，融入中国文化的元素，通过革新创造，形成中国气派、中国风格。

在我们的文化建设中，如果做到了高度的文化自觉和高度的文化自信，便可以实现社会主义文化的自强，实现社会主义文化的大发展、大繁荣。

（本文作于 2012 年 5 月）

文联工作随想

　　文联工作必须抓住机遇：强调科学发展，实施文化强省建设的大好形势，给文联工作发展提供了一个极为难得的机遇。机不可失，时不再来。我们需要抓住机遇，趁势而上，争取有所突破。

　　在新的形势下，过去可望而不可即的事情，现在有可能做得到了。现在不抓紧时间去做，以后有可能做不成了。

　　文联工作必须坚持一个宗旨：服务于党和政府的工作大局，服务于广大文艺工作者和文艺爱好者，调动大家的积极性、创造性，以出作品出人才为工作重点，实现文联工作的科学发展。

　　文联工作必须处理好几个关系：事业与产业，软件与硬件，院内与院外，圈内与圈外，管理与开放，当下与未来。

　　应该强调：

　　一、精品创作应该是对全文艺门类的共同要求，不能只注意那些社会影响比较大、投入比较多的艺术门类。社会影响不是固定的，投入少也可以四两拨千斤。一首歌、一幅画，有的影响大过许多电影、电视和小说。

　　二、抓精品创作，要重视文艺界人民团体的作用。文联和各文艺家协会是文艺家之家，在抓创作方面拥有其他单位和部门不具备的优势。在组织、协调、联络方面没有部门限制，一呼百应，沟通很方便。因此，在政策咨询、项目确定、评委选择等方面可以发挥极大的作用。我们的联络范围很广，包括文化界、教育界、新闻界，甚至是没有单位的自由职业者，只要是文艺家，就都在我们的联络之中。而且，文艺创作不能下任务、分指标，文联和协会的组织，更为宽松和自由，更有利于出精品力作。

　　三、抓精品创作，是文联和各文艺家协会重要的工作内容。

　　文联工作要努力实现几方面的突破：

　　一、努力在完善社会公共文化服务，介入社会文化生活，扩大文联的社会影响方面有所突破。

文联是事业单位，担负着社会公共文化服务的职能，这方面的功能要强化，而不能退化、弱化。这方面的工作要不抛弃、不放弃。

1. 多举办面向全社会的影响重大的文化活动。

2. 通过各种手段促进精品力作的涌现，要抓出有重大影响的文艺作品，通过作品来扩大社会影响。

3. 发现、培养有影响的优秀文艺人才，有自己的社会名片。

4. 参与社会重大的文化活动，有担当，不缺席，在过程中显示文联的人才资源，体现资源优势。

二、解放思想，革新体制，努力争取在文化产业发展上有所突破。

不局限于几个门面的开发管理。要研究文化强省的精神、政策、举措，强化文联的中介服务功能，发展产业，扩大效益。

可以组建几个实体：拍卖公司，信息咨询公司，创意产业公司，文化培训服务公司，后勤服务公司，报刊集团。

这些工作虽然都有很大的难度，但是应该去尝试。

三、努力争取在文联工作的软件、硬件建设上有所突破。

软件建设方面——颁发湖南文艺奖，开始文艺人才扶植三百工程。

硬件建设方面——创作基地的建设和利用，湖南文艺家之家的建设，省美术馆的建设。

四、努力争取在增进对文艺家和文艺爱好者的服务功能上有所突破。

扩展文联和各文艺家协会的服务功能，为他们提供学习服务、创作服务、宣传服务、法律服务、交易服务、救助服务等。

五、努力争取在加强协会工作方面有所突破。

协会是文联的细胞，是做好文艺界工作的节点和抓手。一方面要加强协会管理，另一方面更要支持协会的发展。

1. 做好换届工作。

2. 组建新的协会。包括动漫协会、创意产业协会、收藏家协会、工艺美术家协会，等等。

3. 尊重协会同志的想法，支持他们的工作，做好服务。政策上要倾斜，工作上要优先，经费上要保证。

六、争取在提高文联干部职工的积极性、创造性，改善大家的学习、工作、生活条件，共享发展成果方面有所突破。

1. 尊重文联干部职工的主体性，充分发扬民主，使大家心情舒畅。

2. 提供学习和创作的机会，使大家有用武之地，有发展机会。

3. 改善机关环境，参评省直文明单位。

4. 在政策许可的情况下改善大家的生活，使大家活得有滋味、有尊严。

（本文作于 2011 年 2 月）

抓住"入世"时机　推进文联工作

中国即将加入世界贸易组织（以下简称入世）。与全国各行各业一样，文联工作也面临着新形势下新的挑战和机遇。面对新的形势，应该振奋精神，抓住机遇，抓住"入世"的时机，进一步推进文联工作。

首先，要认清形势。如何看待入世之后文联工作面临的新形势，这是一个关键问题。从目前的情况来看，存在三方面的问题。一是怕得要死，以为天下必将大乱，人将不人，国将不国。二是浑然不觉，不知道是怎么回事，也不知道会发生什么，闭目塞听。三是不以为然，任凭风浪起，稳坐钓鱼船。

这三种态度，对于新形势下的文联工作推进都是不利的。

入世，是一柄双刃剑，在给文联工作带来新的发展机遇的同时，的确会给文艺工作和文联工作带来新的挑战。入世，必须适应它的规则，在许多方面要进行调整，做出应有的承诺。具体到文艺方面，承诺主要有三个方面：新闻出版方面，三年内逐步开放国内市场的书报刊批发零售业务。音像制品方面，可以成立合资企业。电影方面，可以合资建设电影院，每年可进口 20 部大片。另外还要开放互联网业务，开放初中以上教育的办学，等等。

这些新的情况，对文联工作一定会产生影响。在新形势下，文化价值观念、文化体制改革都会受到冲击。外来信息多了，观念复杂了，必然对意识形态方面带来影响，对马克思主义、对集体主义、对民族美德，对传统文化都会带来挑战。在西方文化的熏陶下，新成长起来的年青一代，与父辈、祖辈们的精神距离也许会越来越大。

当然，入世之后，也会给文联工作和文艺事业发展带来新的机遇。窗子打开了会有新鲜空气的交流，各种新的技术手段可以推动文艺作品的创新，各方面的信息沟通会更加丰富，艺术家们可以赢得更多公平的竞争机会，文艺作品会有更多的世界性的舞台。文艺事业可以在竞争中取得更大的进步和发展。

认清了形势，了解了机遇和挑战，就既不会胆战心惊，也不会浑然不觉和坐而论道。而应该振作精神，奋力前行，与狼共舞，与狼搏斗。只有认清形势，迎接挑战，抓住机遇，从自身做起，才有可能在这一场激烈的搏斗中赢得胜利。

其次，要努力抓好创作。出精品、出人才是抓住入世机遇、推进文联工作的重要抓手。作品是艺术家的名片，也是衡量文联工作的重要标准。文联工作要进步，离开优秀作品和优秀人才是不可能实现的。应该说，入世之后的新形势对出作品、出人才有不少有利因素，如何抓住这些有利条件，形成一些机制和平台，促进精品力作和优秀文艺人才的涌现，这是当前文联工作的重要任务。

文艺活动是出作品出人才的重要载体和平台，文联工作的水平和能力常常可以通过文艺活动开展的质量来体现。文联开展文艺活动要有一定的量，更重要的是要提高质，要系列化，要适应群众的需要，逐步形成自己的品牌。

另外，还要努力抓效益。文联工作的效益包括社会效益和经济效益两方面。作为意识形态的工作部门，社会效益是首要的、关键的，是随时随地都不可忘记和背离的。在这个前提下，也可以考虑经济效益。经济是事业发展的基础，也是文联工作的一环。马克思说过，人们奋斗所争取的一切，都同他们的利益有关。物质是人们赖以生存的基础，是最根本最源头的东西，也是文联工作需要关注的内容。思想政治工作必须尊重和维护客体的合法权益，要关心文艺家的工作、生活条件的改善，要为文艺工作者谋利益、办实事，要让他们活得有尊严。我们正在从贫穷走向富裕，应该可以在坚持社会效益的前提下，理直气壮、合理合法地追求经济效益。这是社会进步的需要，是无可非议的。在新形势下，如何正确引导广大文艺工作者，处理好二者的关系，树立正确的价值观，这也是文联重要的工作内容。

（本文作于 2002 年 10 月）

"解放思想"是湖南文艺的原动力

推进文艺事业发展的因素有很多，解放思想是其中极其重要的一种原动力。

湖南文艺事业发展的历史告诉我们，解放思想，对于湖南文艺事业的发展意义重大。可以用三句话来概括：一是，解放思想促进了湖南文艺事业的全面发展；二是，湖南文艺事业发展过程中存在的问题，重要原因之一，是解放思想不够；三是，克服湖南文艺事业发展瓶颈，突破发展困局，进一步解放思想是不二法门。

首先，"解放思想"促进了湖南文艺事业的全面发展

伴随着解放思想的热潮，湖南文艺事业从冻土中复苏，思想冲破樊篱，体制突破僵化，文艺工作者的积极性、创造性空前提高，一批精品力作脱颖而出。

文学方面，有《将军吟》《芙蓉镇》《蓝蓝的木兰溪》等。戏剧方面，有《八品官》《喜脉案》《水下村庄》《马陵道》等。电视剧方面，有《瓜儿甜蜜蜜》《爸爸病危》《走向共和》等。可以说，是解放思想的热潮，催生了湖南的文学湘军、出版湘军、影视湘军。

其次，湖南文艺事业发展存在的问题，重要原因之一，是解放思想不够

湖南文艺事业的发展虽然取得了举世瞩目的成就，在新世纪文艺发展史上留下了浓墨重彩的一笔，但与时代发展的需要、与兄弟省市的发展情况、与广大人民群众的需求相比，还存在许多问题。而这些问题的出现，与解放思想不够有着极其重要的关系。

1. 在文艺发展的观念和政策上，存在无所作为的思想，将文艺置于经济发展的陪衬地位，使之边缘化。这些观念不仅成为文化人的隐忧，而且成为某些政策制定的依据。以经济建设为中心被片面理解，不少文艺门类自生自灭。稍好一点的是搞文艺搭台，经济唱戏，文艺事业成了经济的依附，得不到应有的重视和支持。不少文艺工作者丧失了事业发展的信心。

2. 创作思想不够活跃。以敏锐的视角，反映时代脉搏和民生状况的作品不多，一些文艺家缺乏较高的精神追求，流连于一般的风花雪月。

3. 创新精神不强，表现手法陈旧。某些门类的艺术创作，在思维、语言、格式、艺术手法方面都显得陈旧不堪，缺乏新的面貌，跟不上时代发展，以致一蹶不振，跟不上广大人民群众的审美需求。

4. 不少作品缺乏创新意识，墨守成规。创作者或是因循守旧，或是浮躁不宁，或是急功近利，急于求成，缺乏创新意识。作品的理论创新、技巧创新、形式创新、语言创新都不够。

在文艺评论方面，存在"三不主义"——不想创新，不敢创新，不会创新。一些评论家思考问题没有紧迫感，不知不觉成了文艺变革的旁观者和学术进步的落伍人。一些人缺少创新欲望，研究对象多年不变，研究方法始终如一，研究结论陈旧老套，与社会需求严重脱节。作品缺少核心竞争力，知识结构难于更新，学术视野不开阔，思维不活跃，研究成果无法有更大的更新的突破。

5. 管理、培训机制陈旧，文艺人才青黄不接。文艺人才在收入上拉不开档次，一大批优秀的文艺人才不安心本职工作。因为报酬太低，没有人愿意继续从事所学的专业。因稿酬太低，评论没人愿意写，剧本也没人愿意写。签约作家制度，最后都变成了作家的终身制。

6. 文艺体制改革进展缓慢，改革思路落后。文化管理还是奉行的计划经济时代的思维方式和方法，部门、条条固守，资源严重浪费。文化系统长期"管、办"不分，处理复杂问题一刀切，或是改一步，看一下，又退回去，犹豫不前。条条、块块桎梏，各自为政，不少是重复建设。

7. 文联和协会工作缺乏自身发展的动力，"等、靠、要"思想严重。活动依赖政府拨款，文化产业发展不起来，需要资金都是向上伸手，要到钱就做事，要不到钱就休息。

上述这些问题，还是荦荦大端，难免挂一漏万，但足以说明湖南文艺事业发展的这些问题的存在，解放思想不够的确是重要原因。

三、克服发展瓶颈，突破发展困局，解放思想是不二法门

对文艺工作地位的正确认识问题，通过解放思想，便可以走出片面和狭隘。随着时代的发展，当今之世对文化的地位有了更为深刻的全新认识。联合国教科文组织经过数年的调查，撰写了题为《我们创造的多样性》的报告，深入论述了文化在人类发展中的极其重要的作用。报告认为，文化应当是国家和民族发展的重要基础，文化作为发展的手段尽管很重要，但它最终不能降到只作为经济发展的促进者这样一个次要的地位。发展与经济是一个民族的文化的组成部分。脱离人和文化背景的发展，是一种没有灵魂的发展。文化是人类的存在方式，文化的繁荣应当成为发展的最高目标。

一部人类文明发展史，就是人类文化创造的历史。一个时代一旦成为历史，留给后人的认识就只有文化。一切物质的东西都会随着时间的推移化为尘土，唯有精神文化的创造在历史长河的奔涌中显出永恒的光辉。人类文明演进的突出坐标，不是财富，更不是武力，而是文化，是伟大的思想家、科学家、文学家、艺术家及其创造的不朽的精神

文化成果。

因此，充分认识文艺工作对于社会发展的重要意义，这也是解放思想的重要成果。

再如，创作中创作思想和表现手法陈旧的问题，也完全可以通过解放思想，获得新的突破。前几轮的思想解放运动，打破了不少文艺家思想上和表现手法上的桎梏，使他们获得了艺术上腾飞的翅膀和观察生活表现生活的锐利的眼睛。回过头去看那些作家的精品力作，都留有深刻的解放思想的痕迹。他们的成功很重要的原因，便是因为他们是那个时代思想解放的先行者和实践者。通过解放思想，可以获得艺术表现上那种豁然开朗、下笔有神的感觉。

又如，文艺人才的培养和管理问题，也可以通过解放思想、创新机制来解决。在这方面，要充分解放思想，打破原有的机制和方式，建立符合文艺发展规律、有利于艺术人才成长的新的方式。思路要开阔，方式要多样。政策不要凝固，不要单一，而要活力充盈、各种方法并用。在管理上，聘用制、签约制、创作定金制都可以尝试。在培训上，中短期培训班、正规学历教育、师徒制等，都可以采用。要打破论资排辈，不拘一格发现人才使用人才。要设立各种层次的奖励、竞争机制，实现由重身份轻能力，向重才能重素质的转变。树立文艺人才是文艺事业发展的第一资源的观念，重视文艺人才，尊重文艺人才，为他们提供尽可能多的实际帮助，使他们能够倾心创作。在文艺人才的发掘和推介方面，可以与市场接轨，通过市场机制推动文艺人才的发现和成长。像选秀、竞赛、包装、炒作等，都是一些行之有效的方法。

因此，通过解放思想，完全可以创造出新的充满活力的机制和方法，促进文艺人才的发现和成长。

关于文联和文艺家协会自身发展动力不足的问题，通过解放思想，亦可以找到创新之途。

1. 创新观念。认识自身造血功能对于事业发展的重要意义，摆脱陈旧的僵化的计划经济体制的思维模式，正确理解和认识人民团体的定位，从新时代的社会发展中找到更多的发展机会。活动项目不能只等政府批，发展机会不能完全靠上级给，活动经费不能单向政府要。解放思想，创新观念，便可以发现：项目可以自己找，机会可以自己抓，经费可以自己挣。开展活动，也可以像一些企业一样，不找市长找市场。

2. 创新思路。通过解放思想，站在更高的视点上，打破条条、块块的限制，整合资源，以文艺家为中心，实践新的发展思路。有些文艺家是有工作单位的，分属于不同的系统，也有一部分是自由艺术家，没有工作单位。而文联和文艺家协会则可以通过人——艺术家的联络来实现资源的高度整合。科学发展观的本质和灵魂是以人为本，文艺家是文联和文艺家协会的宝贝，是我们事业发展的资源和优势。这是其他厅局和系统所不能拥有的。文联和协会不是衙门，我们的工作人员不是官，我们没有权也没有钱，但是我们有人，有广大的会员，他们是我们事业发展的巨大财富，是我们事业发展的巨大动力。我们要把文联和协会建成真正意义上的文艺家的温馨之家，做好联络、协调、服务工作，重视、关心、理解、支持他们的工作和生活，为他们的创作提供支持和帮助。我们要组织文艺家作品的评价，通过开研讨会和多种方式，推介他们的作品。要做好维权工作，让文艺家安心创作。

3. 创新机制。通过创新机制来调动广大文艺工作者的积极性，增强自身的发展动力和造血功能。激励机制——设立文艺成果和文艺人才的奖项机制，促进优秀的文艺成果和人才的涌现。人才培养机制——通过竞赛、考级、培训班、研讨班等形式，发现、培养初、中、高级文艺人才，形成人才的梯队结构。要组建新的文艺家协会，将新的文艺门类的文艺家和文艺自由职业者团结起来。自身造血机制——寻找一些本身业务与市场经济能够对接的契合点，根据市场发展和人民群众文化生活的需要，运用市场机制来推动自身的发展，通过活动取得经济效益，加强自身的造血机制。

4. 创新举措。就是要用新的办法来为文艺家服务，推动文联协会工作。举办文艺活动，要从雁过无痕式的一般性的活动，向注重大影响和品牌效应的活动转变。少搞一般性的活动，减少低水平、浅层次的重复，注意打造影响比较大的品牌活动。抓创作，要使文艺作品由数量型向质量型、精品型转变。通过培训、研讨、评论等工作，引导广大文艺家注重创作的艺术质量。要增强市场意识，提高文艺作品的市场价值。可以与企业联姻，利用市场机制和企业精神来开发文艺资源。开展文艺经纪、艺术品推销、拍卖等活动，提高文艺作品的市场价值，成为文艺家和文艺作品走向市场的桥梁。要扩大服务范围。根据时代发展的需要，文联和协会为文艺家服务的领域必须不断地扩大，方法必须不断增加。目前最为重要的是维权问题，应该建立专门的机构，明确职能，尽快开展这方面的工作。

我们面临着一个创新的时代，湖南的文学艺术事业站到了一个新的历史起点之上，面临着新的挑战和新的发展机遇。新的起点、新的阶段、新的任务、新的机遇、新的挑战，对我们的解放思想，提出了更高、更新的要求。湖南的文艺事业要在新的历史阶段获得新的发展，必须坚持解放思想，与时俱进，勇于创新，永不停滞。

（本文作于 2005 年 6 月）

珍惜机缘　提高学识

　　分批培训、培养有潜力、有来势的中青年作家，是我们省作家协会的一项重要的工作任务，也是振兴湖南文学事业的重要举措。

　　经过毛泽东文学院的几届培训班，一大批学员已经成为各市州和全省的文学创作骨干。有不少学员回去之后，写出了有影响的作品。如湘潭的谭建军，就在《当代》发表了长篇小说的头条。还有一些学员分别在《十月》《当代》《收获》等重要文学刊物发表了中短篇作品。我们办笔会，开展采风活动，参加者大多也是我们培训班的学员。所以说，前几届的培训班是办得成功的，有成效的，学员们也是有收获的。我希望这次培训班的学员们，也要认真学习，珍惜机缘，提高学识，满载而归。

　　一是要珍惜机会。机会是人生的珍珠，不会很多，丢失了也许就不能再次拥有。这次学习，是一次端正创作指导思想的极好机会。如果创作思想不端正，理论上偏离马克思主义的指导地位，便不可能创作精品力作。通过学习，要掌握好马克思主义的文艺观，掌握好辩证唯物主义和历史唯物主义，用正确的世界观和方法论来指导自己的创作。

　　这是一次丰富学识的极好机会。丰富的学识是创作的基础，中外文学史上，没有一个有成就的作家不拥有广博的知识。曹雪芹，对社会生活有广博的了解，在哲学、宗教、艺术、历史、园林等方面，都有丰富的知识。雨果曾说，莎士比亚是诗人、历史学家、哲学家三位一体的人。汤显祖除了戏剧作品之外，还有哲学著作。唐宋八大家，都是当时的哲学家、政治家，有的还是军事家。这次的课程内容安排得比较丰富，涉及各个领域，还有参观和实习活动，有益于丰富大家的学识。

　　这是一次掌握文学创作技能的极好机会。文学创作是一种技巧性很强的媒介活动。掌握各种文学创作技能、技巧，对创作的成功有很大的帮助。这次教学中，专门安排了有经验的老师给大家讲授这方面的内容。我相信，这方面内容的深入探讨和学习，再加上各位创作实践的体会，一定会有助于大家文学创作技能水平的提高。

　　二是要珍惜时间。时间是构成生命的材料。俗话说，"一寸光阴一寸金，寸金难买寸光阴"。孔夫子曾对着江河感叹："逝者如斯夫，不舍昼夜"。时间是过得很快的。朱自清有篇散文叫《匆匆》，文中写道："洗手的时候，日子从水盆里过去；吃饭的时候，日子从饭碗里过去；默默时，便从凝然的双眼前过去。我觉察他去的匆匆了，伸出手遮挽时，他又从遮挽着的手边过去；天黑时，我躺在床上，他便伶伶俐俐地从我身边跨过，从我脚边飞去了。等我睁开眼和太阳再见，这算又溜走了一日。"这些感叹时光易逝的文字，读来让人惊心动魄。我们这次学习，虽然有 40 天时间，其实不长，不珍惜就会过得很快。大家年纪有大有小，事情有多有少，但时间都很紧张，抽出时间来参加这次学习都不容易。时间短，学习任务重，所以必须集中精力。

另外，珍惜时间还有提高时间利用价值的意义。要在最短的时间内取得最大的学习效果，这里边有个学习方法的问题。首先需要认真地学，听进去，记下来，这是学习的基础。其次要认真地想，深入思考，结合自己的创作实际，将学习内容进一步转化为自己脑子里的东西，形成自己的观点、体会和结论。苏轼诗云："若言琴上有琴声，放在匣中何不鸣？若言声在指头上，何不与君指上听？"这说明只有二者的结合，才能有最美丽的音乐。另外还要融会贯通，要结合创作实践，有所创新和创造。创新和创造是学习的目的，学习是创新创造的基础，学习是为了创造，而不是为了让大家成为装书的书柜和驮书的骡子。文学创作永远需要向人们已经习惯了的审美感受系统和阅读心理挑战。

创造和创新当然是艰难的，但也会得到特殊的荣耀。有位诗人写道："我将创造一个星体，预备着地球的坠毁。"有出息的作家，应该有这样的追求和气概。

三是珍惜缘分。大千世界，人海茫茫，相聚不易。世界上万事万物，有共同爱好的人不多。爱好文学的人，虽然不少，但能够互相认识的则不多，大多是神交、心仪，认识作品。有一些相互认识的文学朋友，能够聚在一起，聊上一聊，自是人间美事。像你们一样，有着共同爱好，还能在一起学习研讨的，真是少之又少，这种缘分值得大家珍惜。

珍惜缘分，除了相互关心，相互爱护，团结友爱的含义之外，对文学创作而言，更重要的是要注重艺术创造上的相互尊重和和谐共处。文学创作虽然是一种个体性很强的创作活动，但还是需要氛围和人气，需要互相切磋和帮助。有没有这种氛围和人气，有没有这种相互的尊重和帮助，对大家文学创作的成就是有影响的。

因此，大家在当前学习和将来的相处中，要相互尊重，要做到和谐共处。文人要有傲骨，但不要有傲气；文人不要相轻，而要"相亲"；不要相杀，而要相帮。在艺术创作上，不要搞大一统，更不能强求一律。但在相处中应该互相理解、互相尊重、多元共发。创作上要善于容纳"异端"，要允许别人有所执持。大家要有互补意识和宽容的心态，可以争先求胜，但不要称霸争雄；可以自安一隅，尽情挥洒自我，但不可唯我独尊，硬将自己的创作观念、艺术思想、写作手法强加于人。再美的鸟鸣也不要独占山野，独占了就失去了春天。只要是春鸟，哪一种鸣叫也不要扑灭，扑灭了就少了一分春色。

请大家记住：在文学创作的园地里，豪情不表现为吞并，谦逊不表现为退让，热闹不表现为争吵，和谐不表现为同调。

（本文作于 2004 年 3 月）

文艺创作必须坚持"以人为本"

"以人为本"是科学发展观的核心。对此，可以从三个角度去认识：其一，发展为了人民，这体现了党的宗旨；其二，发展依靠人民，体现了历史唯物主义的精髓；其三，发展成果人民共享，这就肯定了人民是社会主义社会的价值主体。

对于文艺创作来说，"以人为本"的理念，既需要从理论上理解，也需要从文艺创作实践的角度去认真把握。科学发展观，特别是其核心——以人为本的理念对文艺创作具有重要的引领作用。

一、"以人为本"的理念，要求正确体认文艺创作的本质特征

文艺创作的成果离不开人物形象的塑造和人类情感的表达。关于文艺创作本质的论述有千种万种，正如高尔基所说："文学是人学，对文艺创作本质的界定离不开人的范畴。人的问题是文艺创作的核心问题，如果要离开人去讲文艺创作的本质特征，无异于提着自己的头发想离开地球一样可笑。"

二、从"以人为本"的理念出发，文艺创作要努力完成培养、塑造社会主义新人的重要使命

人与物的发展是社会进步发展的两翼，物的建设可以推动人的建设，是人的建设的基础、条件和动力。但如果达到了非理性的程度，失度了，失衡了，便可能对人的建设带来损害。从生理方面来看，环境污染、唯利是图的劣质产品危害很大；从精神上来看，物对人的控制，扭曲人的本性和灵魂，危害更加了不得。小平同志说："我们的文艺，应当在描写和培养社会主义新人方面付出更大的努力，取得更丰硕的成果。要塑造四个现代化建设的创业者，表现他们那种有革命理想和科学态度、有高尚情操和创造能力、有宽阔眼界和求实精神的崭新面貌。要通过这些新人的形象，来激发广大群众的社会主义积极性，推动他们从事四个现代化建设的历史性创造活动。"这与科学发展观的核心——"以人为本"的理念要求，是一致的。广大的文艺工作者要有这种历史担当。

三、"以人为本"的理念，要求文艺创作站在人民大众的立场，表达正确的历史发展观

"以人为本"的理念，要求文艺工作者站在人民群众的立场，来表现社会生活。"以人为本"就是以人民群众为本，要充分表现人民群众推动社会发展的客观现实，要塑造代表人民群众的艺术形象，站在人民群众的立场来看待、表现社会生活，反映人民群众的真实需要和真实想法。当前一些文艺作品，崇拜权力和金钱，脱离了人民群众的需要和社会的现实，为金钱和权力代言，把权力和金钱的拥有者塑造为庄重人物和社会支柱，把封建权贵表现为推动历史前进的伟大人物，而人民群众则成了可有可无的点缀。这不是站在广大人民群众的立场，也没有反映正确的历史观，是从根本上违背科学发展观的。

四、"以人为本"的理念，要求文艺家用科学发展的眼光来看待和表现生活

要有批判意识。要拿起艺术的武器，通过文艺作品批评不符合科学发展观的种种弊端以及对人类的残害。

要有创新的眼光。要通过艺术的方式，探索和表现科学发展的前景。

要有"以人为本"的观念。尊重人民在历史发展中的主体地位，在文艺创作中，牢固树立人民意识。

要有发展的思想。科学发展观的第一要义是发展，离开发展，"以人为本"无从落实。表现发展的思想，并不是要在文艺创作中，一味宣扬乐观主义和"大团圆"结尾、光明的尾巴，而是要在对生活前景的描绘中，探索和挖掘社会主义经济建设和人的建设的辩证关系和规律，引导人类健康发展。

（本文作于 2005 年 2 月）

文化人的历史担当

　　新的历史时期，时代赋予了文化新的历史使命和历史责任。要担当起历史赋予的时代责任，必须重新认识文化的重要意义和巨大的历史作用。

　　当今时代，文艺越来越成为民族凝聚力和创造力的重要源泉，越来越成为综合国力竞争的重要因素，丰富精神文化生活越来越成为人民群众的迫切愿望，这一切赋予了今天的文化人新的历史使命。

　　我们可以从以下几方面来认识文化的时代意义。

　　一、文艺是民族的血脉和灵魂，是民族振兴的重要支撑。探讨中华文明传承的历史发展，可以发现中华民族之所以绵延不绝，源自大家对中华文化的认同。在漫长的历史发展中，中华文化融合了多种民族文化，从而变得极为丰富而绵长。中华文化历来就是中华民族复兴、国家发展的力量源泉，是战胜各种困难的精神力量和智力支持。

　　二、文化是国家核心竞争力的重要因素，在综合国力竞争中发挥着不可替代的作用。综合国力除了经济实力、技术实力之外，离不开民族精神、民族凝聚力等内容，精神力量也是综合国力的重要组成部分。

　　世界多极化、经济全球化、科学技术日新月异，各个民族、各个国家的交融程度越来越深。经济的文化含量加大，文化的经济功能越来越强。占据了文化制高点，拥有了强大的文化软实力，就能在激烈竞争中赢得主动。

　　三、文化是全面建设小康社会的重要目标，是衡量社会文明程度和人民生活质量的显著标志。我们要实现的是全面的现代化，要促进人的全面发展，满足人民的精神需要，培育"四有"公民，就必须充分发挥文化的作用，不能只注重经济发展的速度和质量，不能只顾 GDP。

　　文化人要担当起历史的责任，需要从以下几方面努力。

　　一、明确自身的历史责任，努力弘扬中华文化，建设中华民族共有的精神家园。

　　要认识中华传统文化的意义，取其精华，去其糟粕。保护文化遗产，这是文化传承者的历史责任，在我们的创造中要融入传统的精粹。保护传统文化，并不是都送进博物馆，而应该让其进入今天的社会和民众的审美。要在新的历史起点上，创造中华文化新的辉煌，这是今天文化人的历史责任。

二、努力创造，以自己的努力，不断提高国家文化软实力。软实力是相对于国家军事、科技、经济力量等组成的硬实力而言的，主要包括精神力量、文化、制度、价值观念等。提出软实力的概念，是适应时代发展的需要，有利于推动文化的繁荣，给文化发展提供了极好的机遇。

当前的形势有这么几个特点：一是文化与经济相交融，经济较量中的文化因素日益明显，经济发展越来越依靠文化的支撑。二是文化产品和服务成为独立的贸易形式，经济文化一体化的时代已经到来。美国文化产业的生产总值占经济总量的四分之一，在对外贸易中占据首位。日本的卡通、游戏风靡全球，文化产业总值已经超过汽车工业。英国艺术产业规模已经等同于其汽车产业。韩国已成为世界第五大文化产品和服务出口国。这些情况必须引起文化人的高度重视。三是文化领域已成为政治斗争和意识形态较量的主战场。发达国家依靠文化产品输出其价值观、意识形态，扩大其影响力。

面对这种形势，今天的文化人要有强烈的紧迫感，应该从以下几方面着力：

首先要在创作中大力弘扬社会主义核心价值体系，以此增强中华民族的凝聚力。

其次要努力发展文化事业和文化产业，提高文化软实力和国际竞争力。发展是硬道理，这方面大家大有可为。

另外，还要尽快提高文化传播能力，扩大影响，大力开展对外文化交流，扩大中华文化在国际上的影响力。

（本文作于 2007 年 9 月）

第四部分
多向思维

建设网络媒体的形势和任务

在"红网"紧锣密鼓的筹建过程中，我于 2000 年 12 月 15 日至 17 日赴上海参加"跨越世纪中国互联网发展论坛"和"首届上海国际互联网络、网站推广展览会"。会议的信息量很大，促使我对网络媒体建设的形势和任务，有了一些新的思考和认识。

一、会议概况

这次活动是在国务院新闻办公室网络新闻管理局、国家信息产业部信息化推进司、中华新闻工作者协会、国家信息中心支持下，由上海市人民政府新闻办、上海市信息化办公室联合举办的。

参加这次活动的有世界和全国知名的门户网站、商业网站和 IT 公司近百家。如新浪、网易、8848、阿里巴巴、联想集团、软银集团、路透集团、四通电子商务、E 国公司、21 世纪互联、数据公司、网志公司、亚信公司等。还有十大全国知名新闻网站，如东方网、人民网、新华网、CCTV 网站、中国网、中国新闻社、中国日报、光明网、中青在线、千龙网。

展览会上有关网站和 IT 企业布置了近百个展台，介绍各自的网站和产品。本次论坛，围绕政府对互联网行业的支持和管理、网络新经济的发展趋势、中国网络媒体的发展战略、互联网商业模式演化等当前中国互联网业焦点话题展开了讨论和交流。

二、业界形势

这是大家讨论很多的一个问题。从一年前的独领风骚，到今天的低迷，跌宕起伏的命运，引起了业界的焦虑。但也有人认为，这是业界发展的良机。低迷可能带来"洗牌"，适者生存。而且宽带网时代的来临，可能带来中国互联网发展的大好机会。

三、关于宽带网

现在已有公司加入了宽带网接入家庭的努力。大家认为宽带网时代即将到来，这会为我国互联网业发展带来巨大的经济效益。目前，我国网民学生居多，网上购买力低，带来了广告少的问题。宽带网会启动更多的购买群，会带来巨大的广告机会，可能真正启动网络新经济。

宽带网对内容的要求更高。内容上一是要适应宽带的特点，多媒体、音、视影、互动等。二是要能适应家庭用户的需要。信息要有独家性、丰富性，要有特色服务，吸引网民经常登录。这样一来，对电视的冲击会很大。

四、关于新闻网站

1. 结构模式主要有三种

a. 以商业资本运作为主，新闻主要来自传统媒体，如新浪网。

b. 以一个传统媒体为依托，政府、政策支持，如新华网。

c. 几类传统媒体联合。有政府背景，传统媒体提供一定的资金，采取公司化商业运作，如千龙网、东方网等。

2. 未来发展

a. 网络媒体成为大众传媒还要一段时间，一般应有 20% 的受众才能称之为大众传媒，网民目前还只有 2000 万。

b. 要寻找盈利点，形成经济实力，实现可持续发展。

c. 将来可能形成的格局：几家全国有影响的网络媒体，一批有浓郁地方特色的网络媒体，后者有很多优势，如地方信息丰富，地方性服务受欢迎，地方的广告好做。

d. 要迅速做大、做强，加快合作，以应对进入 WTO 之后的形势。

e. 不要迷信国外模式，要从自己的实际出发，不要烧钱，要节省成本，不要搞排场，搞形式主义，要寻找切实的赚钱模式。赚钱方面不能操之过急。

3. 注重内容建设

a. 克服目前内容"沙漠化"的弊端，推出网上精品，提高信息浓度，目前娱乐内容太多，知识性内容太少。

b. 要以新闻为主，但不能只局限于新闻，要提供多样的信息服务。

c. 要整合多种媒体的优势，在此基础上重建网络媒体。克服新闻重复、新闻不新、更新慢、缺少原创新闻、背景展示不够等缺点。

d. 在信息提供方面，要各展所长，各营所专。

4. 网络新闻媒体的优势

a. 有网络特点——丰富、迅速、互动等；

b. 有品牌和新闻传感性的优势；

c. 有雄厚的信息资源，有专业人员；

d. 有原来媒体读者群的优势；

e. 有与传统媒体在形式上和内容上互相支持的优势。

5. 一些可供参考的做法

a. 合作的传统媒体为网络媒体提供广告，中国青年报为中青在线提供 100 万元广告版面。

b. 北京市委宣传部要求北京市各新闻单位的信息资源无偿提供给千龙网使用，并且要求各新闻单位不得与商业网站签订协议，由千龙网归口，一致对外。

c. 人民日报各部门成立了网络编辑部，为人民网供稿，配了专人，还定了行政级别。

d. 上海正在筹建互联网新闻中心，为事业单位，级别也与解放日报相同，由他们经营和管理东方网。

（本文作于 2001 年 1 月）

"五心"教育

（一） "忠心献祖国"

人们常将祖国比作母亲。我们伟大的祖国就像母亲一样，以自己秀丽的姿容和其甘甜的乳汁，哺育了一代又一代的中华儿女。

"美不美，乡中水；亲不亲，故乡人"。中华儿女世世代代繁衍于这块美丽的厚土，祖国的山川河流、人文历史，早已融入了民族的生命，凝聚成对祖国的深深依恋，形成了一种反映民族共同情感和行为规范的道德准则——爱国主义。

爱国主义既是各族人民在长期的生产、生活过程中形成的对祖国的一种最深厚的思想情感，也是对祖国负有使命和职责的一种高度的自觉意识。

中华民族自古以来就有爱国主义的光荣传统，"忠心献祖国"早已成为无数中华儿女的人生实践，中华民族辈出的英才以"忠心献祖国"的壮举，回报母亲——祖国的厚爱。

战国时期的屈原，为群小所嫉，遭谗被逐，流落湖湘，始终爱国忧民，"虽九死其犹未悔""虽体解吾犹未变兮"的铮铮誓言为后人铸造了一座爱国主义的丰碑。

汉朝的霍去病，为平边患，数出塞北，征战万里，用年轻的生命，捍卫了祖国的安宁。

南宋诗人陆游，生逢国破民危之世，为国为民奋斗一生，临终前，写了一首《示儿》诗："死去元知万事空，但悲不见九州同。王师北定中原日，家祭无忘告乃翁。"显示了至死不忘收复国土的爱国情怀。

抗倭名将戚继光，以"封侯非我愿，但愿海波平"的爱国精神，组建戚家军，荡平了危害东南沿海数百年的倭寇。

爱国英雄郑成功亲自率兵出海，经过一年的浴血奋战，使被荷兰侵略者占据了 38 年之久的宝岛台湾，回到祖国的怀抱。

甲午海战中，"致远"号军舰的官兵，驾驶受伤的军舰撞向敌舰。临死前，两百多名将士跪在甲板上，遥拜风雨飘摇的祖国。

在列强瓜分中国的危急时刻，义和团揭竿而起，与八国联军展开了生死搏斗。

连前美国驻北京公使田贝都不得不承认："世界上所有国家中，中国是最不宜于瓜分的。"没有一个民族像中国人那样更齐心、更团结、更被古老的带子和魅力拴在一起的了。

爱国主义是一种伟大的凝聚力和向心力。祖国像一块巨大的磁石，紧紧吸引着万千儿女的心。不论客居异乡，还是浪迹天涯，人们都把心留在祖国的怀抱，对祖国的思念是他们回归故土的永恒呼唤。

祖居我国西北部的土尔特蒙古族人民，西迁之后仍然怀念祖国，保持着祖国的文化、习俗，与沙俄政府的武力征服进行了不屈的斗争。在远离祖国，流落异乡 140 年之后，克服重重困难，长途跋涉，回到了祖国的怀抱。

在美国伊利诺伊大学执教的著名数学家华罗庚，听到中华人民共和国成立的消息，放弃了洋房汽车和良好的工作、生活条件，回到了虽然一穷二白却令他朝思暮想的祖国。他在致留美学生的公开信中说："为了抉择真理，我们应当回去；为了国家民族，我们应当回去；为了为人民服务，我们应当回去；就是为了个人出路，也应当早日回去，建立我们的工作基础，为我们伟大祖国的建设和发展而奋斗。"

1979 年，华老离开大病初愈的祖国，应邀访问英国。一位女学者问他，回国感到后悔吗？他说："不，我回到自己的祖国一点也不后悔。我回国，是要用自己的力量，为祖国做些事情，并不是为了图舒服。活着不是为了个人，而是为了祖国。"

曾被居里夫妇称为"最优秀的科研人员"的著名学者钱三强，早年在法国从事原子核物理的研究。1948 年他迫切要求回国，当时的国民党政府驻法国大使馆听到消息后，四处制造舆论，威胁恐吓。但钱三强归国之心不改。经过周密安排，克服重重困难，终于回到祖国的怀抱，为祖国原子能工业的发展做出了卓越的贡献。

著名科学家钱学森在美国工作、学习了十几年，36 岁被聘为美国麻省理工学院终身教授，成为"在美国处于领先地位的火箭专家"。他听到中华人民共和国成立的消息，很想马上回国。美国当局对钱学森的要求百般阻拦，把他视为"危险分子"，不仅不准他出境，而且以间谍罪将他拘禁。斗争了五年之后，经过多次交涉，他才踏上归国的路程。归国后，他勤奋工作，在火箭导弹技术、航天技术和系统理论研究方面做出了重大贡献。1989 年，他获得了"小罗克韦尔奖章"。获奖后，他说："我是获得小罗克韦尔奖章的第一个中国人，要紧的是'中国人'这三个字。"

爱国主义是一个历史范畴。历史是一个不断发展的过程。"忠心献祖国"的爱国主义实践，在不同的历史时期和不同的实践主体上，有着不尽相同的内容和形式。

不是每一个爱国者都有横刀跃马、抗外侮平内乱、保疆域浴血沙场的机会。生活也不可能给予每一个中华儿女在国际领奖台上或是世界科学峰巅上树立祖国旗帜，为祖国赢得殊荣的机会。然而，"忠心献祖国"是贯穿中华民族发展历史的交响诗，无论是在蒙昧初开、家国始成的时候，还是在群雄并争、内乱频频的年代，无论是丰衣足食的天朝盛世，还是外寇入侵民不聊生的岁月，都有爱国主义的史诗轰响。无论你是一介草民，还是公卿将相，或是赫赫帝王，只要你有过"忠心献祖国"的行动，便可以成为爱国主义交响诗中的一个音符。

爱国主义是一脉长流不息的心泉，她不仅吐纳风云、鼓荡雄风巨浪，也接纳涓涓溪流和点点雨滴，而且，正是后者，给予她深厚、博大和永恒。

在社会主义历史条件下，实践爱国主义的道德准则，实现"忠心献祖国"的理想追求，应有哪些基本要求呢？

我们认为，首先需要了解祖国与社会主义、中国共产党的关系，做到爱祖国、爱社会主义、爱中国共产党，确立"忠心献祖国"的志愿。

中国共产党领导中国人民经过艰苦奋斗，结束了祖国被欺凌的屈辱历史，建立了社会主义新中国。国家《宪法》明确规定："社会主义制度是中华人民共和国的根本制度。"因此，不仅爱祖国同爱社会主义密不可分，而且热爱社会主义祖国是爱国主义感情的最现实的表现。中国共产党是中华民族利益的忠实代表，她以中华民族的振兴为己任，带领中国人民建成了繁荣富强的新中国。"没有共产党就没有新中国"，这既是人民的心声，也是历史的证词。

因此，祖国、社会主义、中国共产党，是一个不可分割的有机整体，爱祖国、爱社会主义、爱中国共产党，是当代爱国主义的客观要求和主旋律。弄清了这个道理，确立"忠心献祖国"的志愿，我们的爱国主义实践才会拥有现实的生命力。

实现"忠心献祖国"的志愿，需要真才实学作为依托。当今之世，现代科技日新月异，各国之间的竞争，主要在经济、科技、人才等方面展开。我国在各方面虽然已有很大发展，但与世界先进国家还有差距。祖国需要自己的儿女勤奋学习、增长才干，用勤劳和智慧的双手把祖国装扮得更加美丽。

在这方面，不少优秀的中华儿女做出了可贵的努力。南京工学院的教师韦钰，是我国第一个电子学博士。她在赴德国学习之前，仅学过七星期的德语，没有见过计算机。到德国之后，她以"振兴中华，责无旁贷"的精神自励，不怕困难，勤奋学习，在短短的两年零四个月里，拿出了高质量的博士论文和博歇尔奖章，还为国内开辟生物电子学这一新学科收集了不少资料。

浙江大学讲师路甬祥，1979年初被选送到德国攻读工程科学博士学位。他每天工作14小时以上，用两年时间，连创五项发明，并取得了别人要六年才能得到的工程学科博士学位。他发明的"崭新的八十年代液压技术"，英国、德国、瑞士等国最大的液压公司争相购买，美国一家跨国公司以高年薪和把他的妻子、儿女接来美国等条件，聘请他长期为该公司工作，他都谢绝了。他说："我的祖国是中国，我的事业在中国，我要把自己的才智贡献给祖国。"

勤奋学习、增长才干的途径多种多样，可以出国留学，可以在国内高等学府深造，也可以在本职岗位上自学，只要你抱定学好本领、报效祖国的决心，惜时如金，坚持不懈，便会有所成就。这本身也就是极好的"忠心献祖国"的爱国主义实践。

　　"忠心献祖国"既是一种高尚、神圣的感情，也是一种具体的实践活动。志愿和才干只有通过实践才能取得实效。因此，"忠心献祖国"要立足本职，从现在做起，从自己做起，从点滴做起。

　　由于环境、条件的差异，每个人"忠心献祖国"的形式和具体内容是不尽相同的，但只要你奋斗、努力，目的同样能达到。在国际科技讲坛上中国科学家的发言中，我们看到科学家的拳拳爱国之心；在国际赛场冉冉升起的五星红旗上，我们看到体育健儿的爱国情怀；在丰收的田野里，我们深切感到农民兄弟对祖国的挚爱；在各类产品的海洋里，我们看到工人阶级对祖国的忠诚奉献；在边防战士巡逻的脚印中，我们感受到战士对祖国的忠诚；在学校里的琅琅读书声中，我们听出了莘莘学子热爱祖国的心声。爱国主义的情感渗透在祖国的每一寸土地，爱国主义的实践存在于社会的各行各业。

　　"忠心献祖国"既是一辈子的道德追求，也是平时一点一滴的辛勤奋斗，因而必须从现在做起，从点滴做起。

　　时间是构成生命的材料，人不能在等待中生活。我们党的创始人李大钊说得好："世间最可宝贵的就是'今天'，最易丧失的也是'今天'。因为他最容易丧失，所以更觉得他可以宝贵。""无限的'今天'，都以现在为归宿，无限的'未来'都以现在为渊源，'过去''未来'的中间全仗有'现在'，以成其连续，以成其永远。"有志于"忠心献祖国"的人们，不必等待历史给予你机遇，也不必有意去寻觅惊天动地的义举，只要抓住今天，从现在做起，在现在的日常生活中，在平凡的工作里，都可以进行"忠心献祖国"的伟大实践。

　　《后汉书》上记载过这样一个故事：东汉时，有个年轻的读书人，名叫陈蕃，他虽然满怀修身立德的志愿，却不愿点滴躬行。有一天，他父亲的朋友薛勤来拜访，见他一人独住一间房，房内堆满了灰尘，布满了蜘蛛网，庭院里也是久不打扫，杂草丛生，便问道："年轻人，你为什么不打扫干净你的房间和庭院来招待你的客人呢？"陈蕃则答道："有作为的人生在世界上，应该去扫除天下，怎么能去扫一间房子呢？"薛勤闻言，心里暗自好笑，便反问一句："一间房子都不去打扫的人，怎么能去扫除天下呢？"

　　"忠心献祖国"的爱国主义实践也是这样，必须从现在做起，从点滴做起。雷锋同志正是从拾捡一颗螺丝钉、节约公物、淘粪坑、扫地、擦玻璃、帮妇女抱孩子、送老人归家、给病人让座的点滴细小的事情中，完成了"忠心献祖国"的伟大实践，成为受人敬仰的道德楷模。

　　沙粒堆成山，水滴汇成海，平凡孕育伟大；滴水穿石，集腋成裘，一点一滴的努力，终能织就"忠心献祖国"的绚丽图景。

（二） 热心献社会

人与社会的关系，就像水滴与大海、泥土与高山那样难以分割。

人从动物界分离，与人类社会的形成和发展有着密不可分的关系。原始社会，莽莽大地，狼奔豕突，人类只有依靠团结协作，才能抵御野兽的侵袭，求得自身的生存和发展。也正是在这些人类社会的活动中，人们的劳动、语言、思维等特征得以形成。

人类社会由人组成，人离开了社会，也不成其为人。人在社会中进化，人的才智、能力在社会中得以培养和施展，同时，个人的劳动和创造，又促进了社会的发展与进步。

人自呱呱坠地，就开始领受社会的劳动果实；具有劳动能力之后，便应通过自己的劳动，为社会创造更多的东西，以推进社会的发展，保证人类的繁衍。因此，社会要求个人具有推进社会发展的责任感，承担服务社会、造福人类的义务。大禹为根治水患，身心劳顿，"三过家门而不入"；东汉人桥玄为了捕捉为患社会的歹徒，毅然舍弃了亲生儿子的性命；伟大诗人屈原"哀民生之多艰"，行吟江畔，直至怀沙自沉；明代药物学家李时珍踏遍青山、亲尝百草，为"造福生命"历尽艰辛。古代劳动人民在自己生活艰难的情况下，也尽其所能，帮助别人渡过难关，体现了人与人之间的温情。

汉代史学家司马迁在《史记》中，专辟《游侠列传》，歌颂了扶贫济困、助人为乐、除暴安良、杀富济贫的游侠英雄。中华民族历来把那些热心社会、扶贫济困、乐于助人、对社会的发展进步做出过贡献的人物，视为人所共敬的英雄。

从整体上看，人与社会的这种密不可分的关系，在阶级对抗的私有制社会里，遭到了扭曲。在存在阶级压迫和剥削的年代，虽然也有义举出现，但大多数人的利益得不到保障，才智得不到施展，大多数人与社会处于根本对立的地位。

在阶级社会里，"人对人像狼一样"，"利己主义""功利主义""个人主义"等无视人类社会的本质需求，膨胀私欲私利的思想观念、道德原则泛滥成灾。于是，有人拼命追求享乐，以"人为财死，鸟为食亡""人不为己，天诛地灭"为道德理想；有人拼命追求名利，终身受制于名缰利锁；有人拼命追求金钱，将积赚金钱作为人生目的和生活乐趣；有人自以为看破红尘，"人生若梦、万事皆空"，不愿为社会尽力；有的人只为"温饱"活着，无所企求、无所作为、无所事事。这些思想观念和所作所为，扭曲了人与社会的本质关系，既不利于个人的进取，也不利于社会的进步和发展。

无产阶级是最大公无私的阶级，它的历史使命和阶级地位决定了它对人与社会关系的正确认识。它要求自己的成员"热心献社会"，为大众谋福利，为社会做贡献，推动社会和历史的前进。虽然它也重视物质利益和个人正当的生活享受，但它要求个人利益与享受必须同集体的、大众的、社会的利益相结合。

马克思在中学毕业论文《青年在选择职业时的考虑》中说："如果我们选择了最能为人类福利而劳动的职业，我们就不会为它的重负所压倒，因为这是为全人类所做的牺牲，那时我们感到的将不是一点点自私和可怜的欢乐，我们的幸福将属于千万人，我们的事业并不显赫一时，但将永远存在，而面对我们的骨灰，高尚的人们将洒下热泪。"中国共产党的创始人李大钊，一生"矢志努力于民族解放之事业"，力求"为世界进文明，为人类造幸福"。中国人民的伟大领袖毛泽东，早在青年时代就立下了造福社会的远大志向，以"子任"为笔名，以救国救民、造福社会为自己的人生责任。

社会主义新中国的建立，消灭了剥削制度，不仅发展了生产力，而且更新了人际关系。社会主义的意识形态在要求社会为每个人的发展提供机会、条件的同时，也对每一个社会成员提出了服务社会、热心公益事业、推动社会发展的要求。"热心献社会"已成为大多数社会成员的追求和愿望。

"热心献社会"是一种崇高的道德要求和人生理想，也是一种可贵的人生实践。它要求每一个社会成员在人生的旅途中，正确处理人与人之间的关系、个人与集体的关系、个人与社会的关系。在社会主义国度里，由于根本利益一致，人与人之间应该苦乐相共、和睦相处，个人与社会之间、个人与集体之间没有根本的利害冲突。就社会生活的本质而言，个人利益与集体利益、社会利益是一致的。一方面，个人离不开集体和社会，个人价值的实现和发展，依赖于集体和社会的存在和发展，以整体利益的存在、发展为前提，依赖于集体和社会的共同努力和奋斗。另一方面，集体和社会由个人组成，集体和社会的发展又将给个人的发展带来利益。

但在一些问题上，集体利益、社会利益还是会与个人利益产生矛盾。遇到这种情况，个人就必须从集体和社会的根本利益出发，个人利益服从于集体和社会的整体利益。

要求大家"热心献社会"，并不是无视社会成员的个人利益和个人自由，而是要求社会成员具有社会责任感，负起个人利益服从社会整体利益的义务。实践证明，在我们社会主义祖国，社会利益维护着个人利益的实现，社会主义制度为个人的发展创造了一切有利条件，使社会成员获得充分的自由。

"热心献社会"要求个人以整体的社会目标来调整自己的行为指向，当个人利益与集体利益发生冲突时，应以大局为重，不惜牺牲自己的利益，甚至生命；要求个人能以对社会的贡献来衡量自己生活的意义，评判自我价值。

一个社会，好比是在大海中航行的船，每个社会成员都是船上的水手，为了能安全、顺利地达到理想的彼岸，在与惊涛骇浪的搏斗中，每个人都不应成为乘客和旁观者，而应肩负起水手的责任，履行水手的义务，以国家兴亡、社会发展为己任，将自己的前途与祖国和社会的发展联系在一起，努力奋斗、竭尽全力，推动社会的进步和发展。

社会主义社会，是人民群众当家做主的社会，人民是社会的主体。"热心献社会"的努力，还应该体现在勤勤恳恳地为人民工作、全心全意为人民服务之中。

我国著名的新闻记者、政治家、出版家，杰出的爱国主义者邹韬奋因为饱受旧社会反动政权的压迫，一生颠沛流离，只活了不到五十岁，但他为人民翻身解放、祖国的繁荣富强做了大量工作。他曾经这样说过："一个人光溜溜地到这个世界来，最后光溜溜地离开这个世界而去，彻底想起来，名利都是身外之物，只有尽一人的心力，使社会上的人多得他工作的裨益，是人生最愉快的事情。"他是这样说的，也是这样做的。"热爱人民，真诚为人民服务，鞠躬尽瘁，死而后已。"这就是邹韬奋先生的精神，这就是他之所以感动人的地方。毛泽东同志这个评价代表了历史和人民的心声。优秀知识分子蒋筑英，知道自己身患癌症已到晚期之后，不伤感、不恐惧，想的是"现在每分每秒对我都宝贵，我还有许多工作没做完"，平静地把自己最后的精力和时间全都献给了他所致力的科研事业。这种"热心献社会"，为人民、为科研奋斗到最后一息的精神，确实令人钦佩。

正确处理个人与他人的关系，先人后己、舍己为人、助人为乐、扶危济困，也是"热心献社会"的基本要求。在这方面，雷锋、赵春娥等同志是我们的楷模。雷锋同志热情关怀周围的每一个同志，战友家里有了困难，他悄悄地寄去了钱；看到迷路的老人，他主动相送；看到丢失火车票的老大娘，他拿出自己的积蓄帮助买了车票。他待同志像春天般温暖，他经常把方便让给别人，把困难留给自己。为了让别人穿得暖，他宁可自己挨冻，为了让别人吃得饱，他宁可自己饿着。在东北的铁路线上，广泛流传着"雷锋出差一千里，好事做了一火车"的佳话。在火车上，他常常把自己的座位让给老大娘、老大爷，自己去当义务服务员。他扫车厢、擦玻璃、给旅客倒开水，手脚从不闲。他不为名，也不为利，做了好事从不留姓名。他说："我活着，就是为了使别人过得更美好。"他从不乱花一分钱，一双袜子补了又补，一件衬衣从家乡穿到部队，补丁叠补丁也舍不得扔掉。他平时省吃俭用，但一听到辽阳地区受灾的消息，便立即寄去了多年积攒的 100 元钱。赵春娥同志是洛阳市老集煤场的普通工人，在工作、生活上关心他人、舍己为人、助人为乐，把融融爱意遍洒人间；人们称赞她像一块煤，燃烧自己，让千家万户体会到社会的温暖。

"热心献社会"还要求每个社会成员，在社会和人民利益受到损害时，挺身而出，维护人民利益，勇于斗争。在生活中，我们常常可以遇到这样的情形：大家排队上公共汽车，有人为了抢座，不顾老幼病残，横冲直撞；在商场里，一只罪恶的手伸进别人的口袋；下夜班的路上，有流氓拦截女青年……面对这些危害社会、危害人民的情形，作为一个中国公民，你会怎么办？有人明哲保身，见危不救——汽车上小偷偷了自己的钱包，因为怕报复，矢口否认被窃钱包属于自己；姑娘遇流氓，苦苦向围观者求救，竟无人上前，致使姑娘惨遭奸污……这些不辨善恶是非、只顾明哲保身、令人痛心的怪事，虽然时有所见，但社会上更多的则是扶危济困、见义勇为的英雄。公共汽车乘务员曹振贤等一身正气，对破坏社会治安的流氓毫不手软，顽强斗争，身受致命之伤，还舍命追出几十米；青年记者安珂，为救他人，奋不顾身，勇斗歹徒，光荣牺牲……

要做到见义勇为、舍生取义，除了必须明辨是非善恶，具有强烈的爱憎感情之外，还需要无私无畏的勇敢精神。"见蛇不打三分罪"，好好先生当不得。爱因斯坦说得好："眼见着凶手杀人，却保持沉默，这样的明哲保身，不就等于同谋犯吗？"面对危害社会的坏人坏事，如果大家都避之唯恐不及，只顾个人得失，见恶不斗，见凶生畏，那社会还有什么道德可言？人心也没有正义存在。如果大家都增进惩恶扬善、扶正祛邪的社会责任感，勇于斗争，危害社会和人民的事便会成为过街老鼠无处藏身。

见义勇为需要以正义和气节作为内心依托。如果我们面对地震废墟和大火中被困的儿童，能够临危不惧地冲上前去；如果我们肩负着人民赋予的权力，能够在关键时刻举起手来，投一张代表着正义和人民利益的票；如果面对邪恶，能够不畏强暴，拍案而起，殊死抗争；这不仅是向社会奉献了一份珍贵的热心，而且也是向历史展现了一种完美的人格。

人生的短暂，使得人们渴望永恒。

故宫博物院里，有一台古代的沙漏计时器，从中流走的不仅仅是一粒粒无足轻重的沙子，而是一代代人的青春年华和一代代人时光易逝的叹息。据说，佛教始祖释迦牟尼曾问他的弟子："一滴水怎样才能不干涸？"面对无言以答的弟子，释迦牟尼意味深长地说："把它放进大海里去。"

一滴水汇入大海，便可以获得永不干涸的新生命。一个人生命虽然短暂，但如果将它献给社会，便能获得永恒的意义。

1985 年，"十个寻求理想的孩子"给文学家巴金写信，请教人生的理想。81 岁高龄的巴老扶病回信，说："把个人的生命联系在群众的生命上面，在人类繁荣的时候，我们只看见生命的延续，哪里还有个人的灭亡。"一个人的生命只有与社会的、他人的命运联系起来才有意义。这便是"热心献社会"的根本意义和本质要求。

（三）孝心献父母

"孝心献父母"，是中华民族传统美德中的重要内容，也是中国社会最基本的道德规范之一。

敬老现象的存在，与中国文化的生长土壤有关。农耕文明所重的是经验，人类生存发展所需的生产技术以经验的方式保存下来，老人是经验传统的代表，自然受到人们的敬重。

一夫一妻的家庭制度确立之后，以血缘关系为基础的宗法制度促进了敬老风气的发展。孝——这种建立在血缘关系自然感情基础上的观念和准则，首先表现为对父母养育之恩的感激，从而产生敬老的热情和奉养老人的义务。

古人常以"羊有跪乳之情，鸦有反哺之意"来比喻人的孝亲之情是出于一种自然的情感。早在甲骨文中，已有"孝"字出现，虽不具备后来的丰富含义，但与"老"字相通。《诗经·大雅·卷阿》中有"有孝有德"之句，《诗·周颂·闵予小子》中有"于乎皇考，永世克孝"之言，意思是有孝就是有德，最大的德行是永远躬行孝道。《诗·小雅·蓼莪》篇，则是一首儿子对父母孝情的悼歌，表达了古人对父母养育之恩的体认和要报答父母恩情的孝情。

春秋以前有礼法规定，肉食为祭祀所用，但70岁以上的老人却有食肉的资格，享受敬神一样的礼遇。西汉时期，还制定了养老尊老的法律，年龄70岁以上的老人，由朝廷赐予"玉杖"，在社会上享有优待和照顾。东汉时期，普遍有养老敬老之风，皇帝首倡养老敬老之礼。历朝历代阐述"孝"的意义和要求的言论和典籍，也都比比皆是。

简言之，古人推崇的"孝"主要有三层含义。

其一，必须孝敬自己的祖先，除按时恭敬地祭祀之外，还要继续祖先的事业，按照祖上规矩办事，以此来进一步巩固、深化宗法制度的血缘关系，稳定统治阶级的统治地位。

其二，绝对服从父母的意志，恭谨地侍奉父母，这是"孝"的基本要求。孔子说过："今之孝者，是谓能养，至于犬马皆能有养，不敬，何以别乎？"意思是说，对待父母，只管奉养，不知孝敬，就如同犬马一样，只有既养又敬，才能与禽兽区别开来。他认为，一个人能对父母既养又敬，又能使之常愉快，无论其父生前还是死后，都严守志向，行为端正，长期无违于父亲的意志，才能说是"孝"。孟子说"大孝终身恭父母""孝子之至，莫大乎尊亲"，并把懒惰、吃喝、玩乐、贪财好色、好勇斗狠等不奉养父母甚至危及父母安全的行为视为不孝，更把不能传宗接代视为最大的不孝。

其三，立身行道，效忠君主；立业扬名，以显父母。《孝经·开宗明义》："立身行道，扬名于后世，以显父母，孝之终也。"汉代以后，统治者提出了"以孝治天下"的口号，将"孝"作为统治者的精神工具，要求孝始于事亲，中于事君，终于立身。董仲舒更把子尽孝道推向极端，提出"父为子纲"作为封建道德的一条基本原则，"孝"表现为父对子女绝对的支配权，以及子对父无条件的服从，以致成为"愚孝"，在历史发展过程中起到了消极作用。

社会主义道德是一种反映新型人与人关系的全新的道德，对中国传统的道德规范必将采取"取其精华、去其糟粕"的扬弃态度。对作为封建道德规范的"孝"，必须进行批判，但对其中所包含的某些内容，如尊敬父母、赡养父母等则没有简单否定，而是在具体分析的基础上，剥去孝字上虚伪的强制的封建外衣，发扬亲子间真诚的爱，使其在共产主义道德的集体主义原则指导下，成为家庭关系中的一种道德要求。

人类社会是世代相传的，没有前人，就没有后代。从在母腹中躁动开始，直至长大自食其力，做父母的不知要付出多少艰苦劳动，倾注多少骨肉之情。人在婴儿、儿童、少年及青年时，靠父母、长辈抚养、教育，待父母、长辈年老后，他们的生存生活，当然要靠子女晚辈的扶助。

社会主义时代新型的人际关系，对孝敬父母提出了更高的要求。我国《宪法》第四十九条规定："成年子女有赡养扶助父母的义务。""禁止虐待老人。"《中华人民共和国婚姻法》第十五条规定："子女对父母有赡养扶助的义务。"因此，孝心献父母，理应成为今天我们每个社会成员必须遵循的一项道德规范和义务。

"孝心献父母"，是一种高尚的道德情感的自然流露。孝敬父母，必须是发自内心的，保持始终如一。不管父母的经济情况、身体状态发生何种变化，子女对父母的尊敬之心不能改变。有的儿女在父母经济情况好时，毕恭毕敬，笑脸相迎，而一旦经济情况不好时，则轻慢冷淡，甚至白眼相对。有的在父母身体好时，能帮自己做家务，对他们还是亲亲热热，而在他们身体状况不好时，则视之为拖累，怨言百出。据《文汇报》报道，上海有一个姓许的工人，从小死了父亲，其母含辛茹苦将他养大，并花去3000元钱为他购置结婚用品。不料许某的女友不愿履行扶助老人的义务，一定要他将妈妈"处理掉"，许某便硬将母亲介绍给自己的师傅。这种不养老人的不肖子孙，自然受到世人的唾弃。

在这方面，也有不少道德佳话，值得众人效仿。陈毅是中华人民共和国的元帅、外交部部长，1962年，他出国访问路过家乡，回家探望瘫痪在床的老母亲。他走进家门，拉着母亲的手问长问短。他问母亲："娘，我进来时，你把什么东西藏在床下了？"母亲见瞒不过去，只好说出是自己刚换下来的尿湿的裤子。陈毅说："娘，您久卧在床，我不能在您身边侍候，心里非常难过，这裤子应当由我去洗呀，何必藏着呢？"母亲听了很为难，旁边众人则抢着去洗。陈毅对母亲说："我小时候，您不知为我洗过多少次尿裤子，今天我就是洗上十条裤子，也报答不了您的养育之恩呀？"说完，便将尿裤子和其他衣服拿去洗得干干净净。

人们常说孝顺儿女常见，孝顺媳妇难寻。其实，对父母，儿媳胜过女儿的事在今天的社会也屡见不鲜。1983年，魏小花与王秀兰老人的儿子订婚不久，王秀兰不幸双目失明，小花主动上门安慰老人。过门后，小花将婆母当亲娘，坚持第一碗饭先盛给婆母，添衣先给婆母做一件。一次，婆母得了痢疾，腹泻不止，小花每天给老人换洗衣服十几次，不嫌脏不嫌臭不嫌累，没有一句怨言。

我国著名的乒乓球运动员容国团在"文化大革命"中被迫害致死，他的妻子小珍顶住种种政治压力，悉心照料公公。后来小珍和大李组成了新的家庭，大李像亲生儿子一样对待容国团的老父亲。这位在香港度过了大半生的老海员，体验到天伦之乐，体验到社会主义祖国的温暖，不少港澳的老友邀他去那边共度晚年，他都谢绝了。他78岁的老哥哥特地从香港来接他，可他说："不去了，我有这样一个打着灯笼也找不到的好儿媳，怎愿离去呀！还是我们的社会好！生活有保障，过得挺美满。"

"孝心献父母"要求尊敬父母的人格和正确意见，任何情况下，不得虐待和遗弃老人。父母和前辈虽然随着年龄的增大，逐渐丧失了劳动能力甚至生活自理能力，但他们仍十分重视自己的人格尊严，而且随着年龄增大，在这方面还会变得更加敏感。做子女和晚辈的，必须尊重父母的人格，不可说侮辱父母人格的话，不得做有损父母人格的事。子女应该学习父母的优秀品质和处事经验，听取他们的正确意见，不能伤害父母的感情和自尊心。

老一辈为抚养子女操劳终生，在年老体弱、丧失劳动能力的时候，理应得到晚辈的尊敬和关怀，得到生活上的扶助、精神上的安慰。我国宪法和法律都禁止虐待、遗弃老人，如有此类情况出现，便要依照《刑法》追究其刑事责任。

尊重父母的生活习惯和婚嫁的权利，也是孝敬父母的重要内容。父母虽然年事已高，但他们仍有自己自由生活的权利，并受我国宪法和法律的保护。在长期生活中，他们形成了自己的生活习惯，只要符合文明、健康的原则，子女就不要去干涉和阻碍。父母丧偶，重新婚嫁是法律容许的，做子女的不能去为难和责怪，更不能不择手段地加以干涉，而应该给予充分理解和支持。

望子成龙，是做父母的最大愿望。因此，"孝心献父母"也要求子女不辜负父母期望，成为利国益家的有用之才。

希望子女成才，这是千百年来父母的共同愿望，在他们年老体衰、步履蹒跚的时候，他们希望看到自己辛苦一辈子哺养教育出来的子女能够有出息，希望他们能继承自己的事业，成为国家的栋梁。如果老人们看到自己的子女不能实现自己的期望甚至走向堕落，伤心的程度以及给老人们带来的痛苦是难以估量的。

社会主义新型生产关系，使我们今天的新型人际关系、家庭关系具有了崭新的面貌。在社会主义家庭里，父子、父母、婆媳、翁婿等关系，除了血缘联系外，本质上都是一种平等、友爱、互助的同志关系。对父母、对老人的尊敬，包含着对有功于国家和人民的劳动者的感激和崇敬；对老人和父母的赡养，则是后辈应尽的对失去劳动能力的劳动者的扶持义务。在社会主义时代，"孝心献父母"的道德实践，对老人和父母的关心、爱护、尊重，已不再囿于传统的自然的血缘关系，可视为为人民服务的一部分，是全心全意为人民的道德规范在家庭生活中的体现，闪耀着共产主义的光辉。

（四）爱心献亲属

"爱心献亲属"，是社会主义家庭道德实践的重要内容，包括正确处理夫妻关系、子女关系、兄弟姐妹关系等诸多方面。

家庭，是由婚姻和血缘关系组织起来的社会细胞，是社会生活的基本形式之一。在婚姻关系和血缘关系的基础上，也就形成了亲属关系，而存在于一定范围的亲属间的共同组织，就是家庭。

家庭是一个历史范畴，不同时代的家庭具有不同的特点。男尊女卑，等级森严，家长对家庭成员实行奴役和统治，是奴隶制、封建制家庭的特点。资产阶级则"撕下了罩在家庭关系上的温情脉脉的面纱，把这种关系变成了纯粹的金钱关系"。（恩格斯语）

　　社会主义公有制形成了社会主义新中国崭新的家庭制度——家庭以婚姻为基础，婚姻以爱情为基础，夫妻间友情纯真，家庭成员间真正平等，家庭关系和睦、自由、民主、稳定。"爱心献亲属"已成为人们在家庭道德实践中的自觉追求。

　　婚姻关系，是最基本的家庭关系。爱情是婚姻的基石，夫妻之爱是维系家庭的重要纽带。从本质上说，爱情是一对男女基于一定的社会关系和共同的生活理想，在各自内心形成了对对方的最真挚的仰慕，并渴望对方成为自己的终身伴侣的最强烈的感情。因此，真正的爱情，必然建立在道德责任和义务之上。如果你要求得到对方的爱，那么你首先应该爱对方；如果你希望爱情开花结果——建立美满的婚姻和生育子女，那么你首先要承担忠于配偶及抚养子女的责任和义务。爱情的权利和义务从来都是统一的。

　　既然婚姻的基础是高尚爱情而不是金钱的诱惑、情势的逼迫、色相的喜好和单纯的性欲，那么她就应该炽热而专一。高尚的夫妻之爱，容不得朝三暮四、朝秦暮楚。

　　在这方面，李大钊、周恩来等老一辈无产阶级革命家是我们的典范。李大钊的妻子赵韧兰比他大八岁，是个缠着小脚的不识字的乡村姑娘。大钊同志在北大任教后，很快成为我国思想界、知识界的名流。但他们夫妻仍然患难与共、甘苦与共、相敬如宾。他们在北京居住时，常有知名人士来访。每当客人来时，大钊同志总要把妻子请出来同客人见面。随年岁增长，妻子已红颜渐老，但他对妻子的钟爱和体贴未减半分。他回到家中，不是做饭就是照料孩子，替妻子分担家务。他对爱情的忠贞、专一，受到了包括政敌在内的不少人的称赞。

　　许光达大将的爱情故事同样感人至深。他的妻子是其师邹希鲁的女儿邹靖华，参加过农民运动，热爱共产党。他们结婚后十天，许光达受到敌人通缉，两人被迫分离。邹靖华对丈夫说："天崩地裂，我也等你回来！"戎马倥偬中，夫妻互相思恋。后来许光达在洪湖地区任红六军团参谋长，立下许多战功，不少人劝他另组家庭，他都一一谢绝了。1932年，他在战斗中负伤，被送往苏联治疗。在上海停留时，给家里写了一封信。被戴上"共匪婆"的帽子处于绝境的妻子见信后，重新燃起生活和斗争的希望。在苏联期间，许光达入莫斯科东方大学，一边勤奋学习，一边坚定地等待夫妻的团聚。抗日战争爆发后，他回到延安，任延安卫戍司令，不少姑娘追求他。有人劝他，与家里音信断绝多年，不要苦等了。但他不为所动。后来，徐特立同志到长沙，见到了他爱人，把她带到延安。这对分别了整整十年的夫妻，终于团聚了。他们的爱情经受了种种考验，这以后几十年的风风雨雨中，两颗忠诚的心始终紧紧贴在一起。

　　社会主义家庭中的夫妻之爱，建立在男女平等的基础之上。中华人民共和国成立后，废除了一切歧视、压迫妇女的法律和制度，使妇女在政治、劳动、教育等方面获得了同男子平等的社会地位，实现了人格的独立。因而，夫妻在地位、人格、权利和道德义务上也获得了平等。正因为有了这种平等，婚姻的自由和夫妻之间的挚爱才能得到保证。夫妻之爱以志同道合为条件，通过平等、互让与互助来维护，从而实现夫妻的和睦相处和整个家庭的幸福安宁。

家庭不是爱情的坟墓，婚姻也不是爱情的结束。结婚之后，夫妻之间的爱情仍需要时时更新，保持互敬互爱。在日常生活中，要尊重对方的人格，尊重对方的劳动，尊重对方的意见和爱好，夫妻间要提倡互助和互让。

黄继光的战友郅顺义，是全国战斗英雄，他的妻子是农村妇女，手足还因病致残。他每天为妻子煎药、梳头，还常背妻子看电影。他几十年如一日地关心妻子、爱护妻子。他曾经接到一个女大学生寄来的求爱信和照片，但他回绝说："我早已结婚，不能把个人的所谓幸福，建立在别人的痛苦之上。"在我们的生活中，还有不少妻子爱身残的丈夫，丈夫爱久病的妻子，互相分担对方的不幸和痛苦，为爱情甘愿做出牺牲的动人故事。

解放军南京军区总医院一位女同志说得好："两个人共尝一个痛苦时，只有半个痛苦；两个人共享一份快乐时，却会有两个快乐。"她精心护理瘫痪的丈夫十几年，在互敬互助中，品出了夫妻真爱的滋味。

夫妻之爱还体现在互相的信任、体谅和工作、事业上的互相支持和帮助之中。夫妻之间应该肝胆相照、以诚相见，除了党和国家的机密之外，双方不应有互相隐瞒的事情；有事共同商量，不要胡乱猜疑。夫妻双方难免有矛盾，有了矛盾要相互谅解，求大同，存小异，不要为小事影响夫妻感情。

高尚纯真的夫妻之爱，离不开共同的理想和旨趣，离不开共同奋斗的事业。与事业联结在一起的爱情，能够获得更为充盈、久远的生命。

夫妻之爱不是建立在血缘基础上，而是以"情"为纽带。夫妻既是忧乐与共、相扶相携的人生伙伴，也是志同道合、旨趣相宜的同志。

敬爱的周总理和邓大姐，就是模范夫妻的典范。他们不仅有懿行，而且有嘉言。在一位同志的婚礼上，他们根据几十年的实践经验和对社会主义道德的深刻理解，给新婚夫妇提出了"八互和约"相勉：即互敬、互信、互学、互助、互爱、互让、互勉、互谅。互敬，就是要有礼貌地相处，不蛮横，不强求于人；互信，就是不猜疑，**诚实相待**；互学，就是要多看对方的长处，取对方之长，补自己之短；互助，就是要在思想、学习、家务等方面彼此关照，合理分担，尽量减少对方的劳苦；互爱，就是要有深挚、忠贞的感情，不做有伤恩爱的事；互让，就是要互相谦让，不争论长短，不小题大做，不无故斥责对方；互勉，就是在工作、学习上互相促进、激励，不拖后腿；互谅，就是在产生矛盾时，不埋怨、不揭短，不挖苦对方，要体谅，求大同，存小异。

实践证明，夫妻关系中的"八互"，可以保持和升华夫妻之爱，体现了社会主义道德的基本原则，值得夫妻们在生活中遵循。

马克思曾经说过，家长的行业，是教养子女。好的家庭应该是一座出人才的学校。父母对儿女的爱，应该体现在对孩子的正确抚养和教育上。

在社会主义的家庭中，生养教育子女的目的，已经不再局限于防老、传宗接代。培养革命事业接班人，使儿女成为优秀的四化建设人才，已成为许多家长对儿女奉献爱心的思想基础。

爱孩子，是人类共同的普遍情感。但正如高尔基所说："单单地爱孩子，老母鸡也会做。可是要善于教养他们，却是一个伟大的公共事业。"因此，怎样做到"善于教养他们"，则成了父母对儿女奉献爱心的关键。

家庭是孩子的第一个课堂，父母是儿女最早的也是最长久的教师，父母不仅要向儿女讲述人生道理，更重要的是要以实际行动教育、感染和影响子女。身教重于言教，榜样最有说服力，父母的言谈举止、为人处事，对儿女的成长可以起到潜移默化的作用。

文学家老舍说过："从私塾到小学，到中学，我经历过起码有百位老师吧，其中有给我很大影响的，也有毫无影响的，但是我的真正老师，把性格传给我的，是我的母亲。母亲并不识字，她给我的是生命的教育。"做父母的应该抱着对儿女的爱心，当好儿女的榜样，进行正确的"生命的教育"。

对子女的溺爱，是现在不少家庭的通病。独生子女父母娇惯，老人宠爱，不少孩子在家骄横、任性、缺乏独立生活能力，在外面胆怯、软弱。父母理应给予孩子温存、体贴、关心、照顾，让他们吃饱、穿暖。但如果不从品德上对他们严格要求，一味迁就，很可能会害了自己的孩子。

不久前，举行过一次中国和日本孩子参加的探险活动，暴露了不少中国孩子的品德缺陷和性格弱点。这件事应该引起做父母的高度警惕。父母应该将对儿女的爱熔铸在对孩子严格的思想教育、品德锻炼之中，帮助孩子从小获得高尚的道德情操、优秀的思想品格和丰富的科学文化知识。

"爱心献亲属"，还要求人们对老人、兄弟姐妹等其他家庭成员奉献诚挚的友爱。社会主义家庭中的兄弟、姐妹、姑嫂、妯娌和其他家庭成员的关系，是社会主义人与人新型关系的一个组成部分，应该遵循互相尊重、互相关心、互相帮助的原则。

人们常用"情同手足"来形容兄弟姐妹之间的亲密关系，但手足之间也难免出现矛盾和纠纷，这就需要正确处理，互让互谅，不能斤斤计较。亲友关系是家庭关系的延伸，处理好亲友关系，直接关系到家庭的和睦。对亲友要一视同仁，不可嫌贫爱富，要重诚信、讲互助，礼尚往来，要谦恭适度，互相尊重。

（五）诚心献朋友

在人生的旅途上，每一个人都需要可以谈心、倾吐感情、分享欢乐和痛苦以及希望和失望的朋友。什么叫朋友？朋友就是我们自己选择的亲人。

中华民族历来珍视朋友之情。《诗经·小雅·伐木》篇中有"嘤其鸣矣，求其友声。相彼鸟矣，犹求友声；矧伊人矣，不求友生？"鸟儿尚且寻友，何况人乎？！

朋友相交，诚信为要。在古代，"诚"与"信"表示的是相同的意思，诚信是人与人相处的基本道德。孔子说"人而无信，不知其可"，孔子的弟子子厚则说："与朋友交，言而有信。"孟子也将"有信"称为朋友相交的道德原则。

作为一个人来说，诚信是其健康人格的重要表现。人与人相交，如果缺乏诚信，心与心之间便横亘着沙漠。如果你能做到"诚心献朋友"，那么，所有的心都会撤去岗哨，诚信将在心的世界里长驱直入。

"诚心献朋友"的含义不仅仅是通常意义上的朋友之间说真话、不欺瞒，它包含十分丰富的内涵。概言之，主要有三方面。

首先，在朋友的交往中，不吐虚言，敢讲真话，不怕公开自己的缺点，对于朋友的不足，也毫不忌讳，直言相告，帮助友人进步。

公开自己的过失不易，指出别人的缺点也难，面子观、虚荣心以及其他错误观念常常阻止人们直言自己和他人之过。然而，无产阶级大公无私，心底坦荡，批判和自我批评是改正缺点、帮助朋友的有力武器。毛泽东、周恩来、陈毅、彭德怀等老一辈无产阶级革命家都有批评和自我批评的习惯，对自己的缺点刮骨疗毒、明疾求医，对人对己心地坦诚，虚怀若谷，赢得了朋友的敬重。

列宁和高尔基是好朋友，"十月革命"胜利后，有一段时间高尔基因受怨恨苏维埃政权的资产阶级知识分子包围和资产阶级思想的侵蚀，产生了一些错误思想，在写给列宁的信中流露了出来。列宁读了高尔基的信之后，马上回信指出他的错误，并对他进行严肃批评和诚恳帮助，使高尔基在明白错误的同时，感受到了挚友的真诚。

古人根据生活中的实际，将朋友分为四种，一种是志同道合、见过失互相规劝的"畏友"；一种是平时或患难时相互依托的"密友"；一种是以甜言蜜语、吃喝玩乐相往来的"昵友"，即酒肉朋友；一种是利害倾轧、钩心斗角的"贼友"。陈毅同志则主张要交"净友"，也就是那种敢于直截了当地批评自己，乐于帮助朋友改正缺点，相互规劝，共同进步的"畏友"。他在《六十三岁生日述怀》这首诗中说："难得是净友，当面敢批评。有时难忍耐，猝然发雷霆。继思不大妥，道歉亲上门。于是又合作，相谅心气平。"陈毅同志这种敢于直言，能听批评的品质，展现了襟怀坦白，"心底无私天地宽"的美好情怀，让人陶醉在真诚的情愫之中，获得友谊的温暖。

其次，"诚心献朋友"还要求人们在朋友交往中注重信义，诚实不欺，信守不渝。中国古代有一则"抱柱守信"的故事。传说古时候，有个叫尾生的年轻人，和一女子约好某日在桥下见面。这天一到，他便坐在桥下的石头上等待姑娘的到来。这时下起了大雨，河水漫上了石头，尾生为了坚守信约，死死抱住桥柱不放，竟被河水淹死。尽管尾生抱柱死等、不知变通令人觉得迂腐可笑，但他对朋友忠诚的态度，把信守诺言看得比生命更为重要的守信精神，十分感人。

与守信相对的是背信弃义和食言。有的人为了一己私利，轻率地毁约失信，对自己的诺言缺乏责任感，即使自己的尊严受到损害，也给友人带来伤害和不幸，使人不敢与之交往。

诚实不欺、信守不渝是朋友间交往必须注重的原则。列宁是一个很讲信用的人。他成为革命领袖之后，逢年过节，还喜好和孩子们一起欢度节日。有一次新年快到了，他身体不好，便决定在家里布置一个新年枞树晚会，邀请孩子们来玩。新年的傍晚，孩子们应约而来，可他病得厉害，行走都困难。列宁坚持不失信，硬是坐着轮椅参加了晚会。

我们敬爱的周总理也是守信的楷模。有一年，他去视察一个人民公社，在座谈会上认识了年近五十的贫农社员张二廷，会后特意到张家访问。总理要离开时，张二廷紧握着总理的手，请他抽空再来。总理说："有机会一定来，如果我不来，也一定派人来看望你。"在后来的五年中，总理每年都派人来看望张二廷。这种言而有信的品质，显示了无穷的人格魅力。

另外，"诚心献朋友"还要求人们坦率处世，热诚待人。在资本主义社会，虽然物质文明高度发达，但人与人之间的关系却日益冷酷，"人对人像狼"（霍布斯语）、"他人就是地狱"（萨特语）是对那个物欲横流世界人际关系的真实写照。社会主义生产关系，要求人们和睦相处，坦率处世，热诚待人，是社会主义人际关系的特征之一。坦率处世，要求人们在世间的生活做到诚实，向友人敞开心扉，不虚伪做作。热诚待人，要求人们具有火一般的情怀，予人以爱，予人以热，用热诚来消融人与人之间的寒冰，温暖他人的情怀。

坦率和热诚，如同人生的甘泉，人与人之间如果缺少它，灵魂便得不到滋润，感情得不到沟通，生命之花便会枯萎，友谊的枝条也会断裂。

苏联无产阶级革命家加里宁在说到社会主义新人的品质时，曾把对社会、对人的"爱感"列在第一位。待同志如春天般温暖的雷锋同志生前有一句名言："自己活着，就是为了使别人过得更美好。"前些年，六十一个阶级兄弟食物中毒的消息，曾经牵动过全国人民的心，无数人在为挽救他们的生命忙碌，无数人在为他们的康复努力。唐山地震发生后，万名工人陷落在矿井里，巷道堵塞，空气越来越稀薄，多留一分钟便增加一分死亡的危险。可大家都将出去的先行权让给他人，把后走的危险留给自己，在生与死的关头，显示了互爱互让、忠诚待人的美德。

没有朋友的人是终生可怜的孤独者，没有友情的生命只能是一片荒凉的沙漠。让我们恪守诚信的人格精神，使自己成为一块魅力无穷的磁石，把众多的朋友吸引到身边，挽起心灵的手臂，架起友谊的桥梁，在我们的生活中，植下一片爱意融融的绿荫。

（本文作于 1998 年 3 月）

改革、发展、稳定关系浅探

改革、发展、稳定的关系问题，是我国社会主义现代化建设过程中面临的涉及全局性的重大问题。正确认识和处理三者之间的辩证关系，是我国社会主义现代化建设顺利前进的根本保证，是实现新世纪宏伟目标的关键。

邓小平同志以其精深的辩证法思想和整体性思维方式，高瞻远瞩，对三者相互协调、相互促进的辩证关系做了精辟的论述。在进入新世纪的今天，认真探讨改革、发展、稳定的功能与作用，深入研究三者相互协调、相互促进的辩证关系，对于确保有中国特色社会主义建设事业的稳步前进，具有极为重要的意义。

一、改革是发展的根本途径和强大动力

改革是一场深刻的革命，是社会主义社会发展的直接动力。马克思主义认为，人类社会发展的一般动力是生产力与生产关系的矛盾运动，其中生产力是决定性的因素。改革是要从根本上改变束缚生产力发展的经济体制、政治体制和其他方面的体制，因而它是一场全面而深刻的革命。

生产力和生产关系、经济基础和上层建筑是推动社会前进的两对基本矛盾，任何社会都要根据生产力发展的要求，对生产关系和上层建筑中不适应生产力发展的某些方面进行调整和改革，以促进生产力的发展。作为人类社会的一个发展阶段，社会主义也不例外，也必须通过改革，调整生产关系和上层建筑，以使生产关系和上层建筑始终处于有利于生产力发展的状态。

早在一百多年前恩格斯就曾指出，社会主义社会不是一成不变的，应当和其他社会制度一样，把它看成一个经常变化和改革的社会。社会主义制度在我国的建立，极大地解放了生产力，并为生产力的进一步发展开辟了道路。但是，生产力与生产关系的矛盾并没有因为社会主义制度的建立而终止。生产力和生产关系的矛盾，在我国集中体现为落后的生产力与满足人民群众日益增长的物质文化需要间的矛盾。中华人民共和国成立后，我们在很多方面沿袭了苏联的体制和做法，建立了过分单一的所有制结构和行政指令性计划体制。这种体制虽然在中华人民共和国成立初期起过重要的积极作用，但随着

社会的不断发展而引起的历史条件的变化，已暴露出明显的弊端，越来越束缚生产力的发展，使社会主义失去应有的活力。

面对这些问题，邓小平同志指出："革命是解放生产力，改革也是解放生产力。推翻帝国主义、封建主义、官僚资本主义的反动统治，使中国人民的生产力获得解放，这是革命，所以革命是解放生产力。社会主义基本制度确立之后，还要从根本上改变束缚生产力发展的经济体制，建立起充满生机和活力的社会主义经济体制，促进生产力发展，这是改革，所以改革也是解放生产力。"

在中国改革开放总设计师邓小平同志的大力倡导下，中国大地改革热潮兴起。1978年以来，改革先从农村开始，家庭联产承包责任制的实行，极大地解放了农业生产力。1984年党的十二届三中全会以后，又进行了城市经济体制改革，接着财税、金融、外贸、外汇、投资、价格、住房、医疗、社会保障、科技教育等一系列改革也相继展开并取得突破性进展。同时实行对外开放，打破与世隔绝的封闭状态。二十多年以来，我国在各方面都取得了长足的进步，这一切成绩的取得都是依靠改革，今后我们还会遇到许多新的问题，也只有通过改革，才能无往而不胜。

改革是解放和发展生产力的必由之路。改革对生产力的解放主要体现在以下几方面：

第一，改革进一步解放了作为生产力主体要素的劳动者，把劳动者的主动性和创造性从原有僵化体制的束缚中解放出来，极大地调动了广大劳动者的社会主义积极性。

第二，改革解放了作为生产力载体的企业，使企业通过改革真正成为自主经营、自负盈亏、自我发展、自我约束的法人实体和市场竞争主体，使之更加充满生机与活力。

第三，改革还进一步解放了作为第一生产力的科学技术，为科学技术更好地为经济建设服务，加速科技成果向现实生产力转化，更好地发挥科技人才的作用，创造了良好的机制和环境。

第四，改革还使优化配置生产力要素的功能从政府行政部门的束缚中解放出来，还原于企业和市场，从而使产业结构不断趋于合理化，使有限的资源得到充分利用，使经济质量和效益不断提高。因此，改革是发展的根本途径和强大动力。中国要发展必须进行改革。只有通过改革，不断完善社会主义的经济体制、政治体制、文化体制和其他体制，才能使我国的社会生产关系和上层建筑适应生产力发展的要求，为生产力的发展开辟广阔的道路。

二、发展是目的，是深化改革、保持稳定的出发点和落脚点

邓小平建设中国特色社会主义理论的内容十分丰富，但贯穿其中的一根主线就是发展。小平同志始终把国家的强大、社会的进步、人民的幸福挂在心上，他一再强调基本路线要管一百年，动摇不得，"社会主义的本质，是解放生产力，发展生产力""发展才是硬道理""发展速度不仅是经济问题，同时也是政治问题"等论述，充分体现了这位中国改革开放的总设计师、中国人民最忠诚的儿子的拳拳之心。

发展是当今世界面临的两大主题之一，中国作为世界上最大的发展中国家，要建设社会主义现代化，发展是我们的首要任务。邓小平同志提出的"发展才是硬道理"，不仅概括了人类社会当今世界变化的真谛，更指出了中国所要实现的新世纪的宏伟目标。

发展理论中，发展是指一个国家和社会由落后的不发达的状态向先进的发达状态的过渡和转化。发展包括经济的发展和社会的发展，而首先是经济的发展。经济的发展以经济的增长为基础，但又不完全等同于增长。增长是指国民经济的总量，特别是人均国民生产总值的量的提高；发展是指在经济增长的基础上整个社会经济结构的进化，以及伴随着结构的变化所带来的社会福利函数的增进。

在改革、发展、稳定三者关系中，发展具有特别重要的位置。这是由我国历史和现实的客观原因决定的。

振兴中华，从根本上摆脱长期的落后状态，跻身于世界现代化国家之林，离不开发展。"落后就要挨打"，这是一百多年来屈辱的中国近代史教给我们的最刻骨铭心的警句格言。旧中国留给我们的是一贫二白的烂摊子，没有任何基础。经过五十年的自力更生、艰苦奋斗，中国人民不仅站起来了，而且逐步走向富强。

但是，从根本上说，我国仍是一个经济文化落后、人口众多的发展中国家，目前仍然处于社会主义初级阶段即不发达阶段。社会发展中还存在一些困难和问题，有的还极为突出。要解决这些问题，只能靠发展，不发展就没有出路。

反对霸权主义和强权政治，维护国家的独立和主权，实现祖国统一要靠发展。新的世纪，和平与发展依然是时代的主题，但霸权主义和强权政治有新的发展。1998 年 5 月 8 日，以美国为首的"北约"悍然用导弹袭击我驻南使馆，造成我人员伤亡和馆舍严重损坏。血淋淋的事实告诉我们，要维护国家的主权和安全，要使中华民族自立于世界民族之林，彻底与屈辱的过去告别，只有加快发展。

1997 年 7 月 1 日和 1999 年 12 月 20 日，香港和澳门分别回归祖国，这是中华民族扬眉吐气的大喜事。尽快解决台湾问题，尽早实现中华民族的完全统一，遏制"台独"，抵御某些外国势力的插手，增强民族凝聚力，都要求我们加快发展。

增强国家的综合国力、提高人民生活水平、坚守社会主义阵地靠的也是发展。改革开放以来，我们综合国力逐步增强，城乡人民生活水平提高较快，根本原因在于这个时期经济发展快。社会政治稳定的基础是经济发展，经济发展了，解决一切同人民利益密切相关的问题就有了经济基础，人民安居乐业，生活美满幸福，稳定就有了保证。

东欧剧变的原因很多，但最根本的原因是经济没有发展，生活水平提高太慢。所以，只有加快发展，充分发挥社会主义的优越性，才能巩固和发展社会主义。

另外，坚持和完善社会主义制度，保持安定团结的政治局面，实现国家的长治久安，离不开发展；推进社会主义民主，健全社会主义法制，离不开发展；加强社会主义精神文明建设，提高全社会的文明程度，都离不开发展。总之，正如邓小平同志所说，发展是硬道理，发展是解决中国所有问题的关键所在。发展是社会主义的本质要求，是人民的根本利益之所在，是党和国家的根本任务。

三、稳定是发展和改革的前提

所谓稳定，是指相对平衡和有序的状态。这里所说的稳定，主要包括社会稳定和政治稳定两方面。社会稳定是指我国社会运行的有序和社会环境的优化；政治稳定是指我国政治局势的平稳和有秩序。邓小平同志关于稳定问题的一系列论述，是对国内外社会政治稳定经验教训的深刻总结。

美国目前是世界唯一的超级大国，它发展快的一个重要原因便是建国两百多年来几乎没有大的妨碍经济发展的内乱。二次大战后，西方资本主义国家抓住新科技革命的历史机遇，加快发展，出现了经济高速发展的"黄金时代"，这也与它们这些年来没有出现大的动乱有关。再看某些不发达的国家，由于多种原因，常年陷入部族、种族、教派的仇杀之中，导致国家经济无法发展，人民困苦不堪。就说我们中国，近代以来由于外敌入侵和内部政治腐败，长期处于纷争和战乱之中，严重阻碍了经济社会发展，国家贫困羸弱，这一切到中华人民共和国成立特别是改革开放以后才有了根本性的改变。

中华人民共和国成立之后在这方面我们也有失误，十年"文化大革命"整个国家陷入动乱，影响了国民经济的发展，延缓了国家现代化的进程。所以邓小平同志说："没有安定团结，就没有一切，我们已经吃了十来年的苦头，再乱，人民吃不消，人民也不答应。""稳定是压倒一切的"。

历史反复证明，没有安定团结的政治环境，没有稳定的社会秩序，什么事情也干不成，不仅改革难以进行，发展也难以为继。稳定是当前全党和全国人民根本利益之所在。要保证社会稳定，就是要消除一切不稳定因素。

随着改革开放的不断深入，经济利益主体的多元化和社会生活方式的多样化，带来了许多难以处理的矛盾。特别是一些地方，下岗人员多，农民负担重，社会治安差，腐败现象严重，伤害了群众的感情，与人民产生了隔阂，影响了社会的稳定。

保持稳定，最关键是稳定民心。民心稳则社会稳，社会稳则政局稳，政局稳则天下定。我们要牢记邓小平同志关于稳定的论述，加快改革，促进发展，通过改革与发展解决稳定问题。一切要以人民的利益为出发点，尽心竭力帮助人民群众排忧解难，使他们的基本生活得到保障，防止两极分化。还要做好深入细致的思想政治工作，使人民群众懂得保持社会稳定是治国安邦的大道理，要管许多小道理，同时要加强民主与法制建设，打击各种违法犯罪，坚持四项基本原则，反对无政府主义，警惕西方分化和西化的图谋。任何情况下都要做到自己不乱，保持稳定。

要顺利推进社会主义现代化建设，必须正确处理改革、发展、稳定相互协调、相互促进的辩证关系。通过前面的分析，我们可以看到，在社会主义现代化建设的伟大实践中，改革、发展、稳定各自的作用是极其重要的。但是，对三者之间相互促进、相互依存、不可分割的辩证关系的正确认识和实践也极为关键，不仅不容忽视，而且要在新的更高层次上实现三者的辩证统一。

改革、发展、稳定是一个有机的整体，发展是改革的目的，改革是发展的动力，发展和改革是稳定的基础，而稳定是发展和改革的前提。发展是硬道理，解决中国问题的关键是要靠中国经济的发展。发展需要改革，改革是经济和社会发展的强大动力和根本途径。要实现发展的战略目标和任务，根本出路在于继续深化改革，进一步理顺各种关系。只有改革才能解放和发展生产力，只有深化改革，才能不断推进经济和社会发展。同时，改革的目的是发展，只有经济发展了，社会进步了，国家富强了，人民生活提高了，改革才是正确的改革，改革才能深化下去。

改革和发展必须有稳定的政治和社会环境，没有稳定，什么事情也办不成、办不好。而政治和社会稳定又必须通过深化改革和不断发展来实现。

我国经济体制改革的实践，鲜明地体现了三者的辩证联系。怎样从过去高度集中的计划经济向市场经济体制转轨，这是我国经济体制改革的一个关键性的问题。

纵观世界，原高度集中的计划经济国家向市场经济转轨的时候，有明显不同的两种方式，一是采取休克疗法的"大震动"模式，二是"渐进"式的改革模式。党的十一届三中全会以来，邓小平同志依据改革、稳定、发展三者的辩证关系，选择了一条有中国特色的渐进式的改革道路。实践证明，这种方式避免了剧烈的社会震荡，使改革得以顺利进行。

我国二十多年的改革，正是按照邓小平同志这种渐进的战略向前发展的。它的主要特点是：

1. 先从计划经济体制比较薄弱的农村入手，取得突破，建立可靠的改革"支撑点"，然后逐步向城市推进。

2. 先在东南沿海一带率先开放，建立特区、开发区，取得区域性突破，然后沿海、沿江、沿边和沿铁路干线，向其他地区推进。

3. 发展乡镇企业、个体私营经济和外资经济，形成以公有制经济为主体、多种经济成分共同发展的局面。

4. 逐步推进国有企业改革，先采取放权让利、扩大企业自主权等政策和利益调整型的改革，然后转到以企业制度创新和整个国有经济战略性调整为重点的改革。

5. 先在一段时期内实行"双轨制"，然后在条件成熟时并轨，实行单一的市场经济体制。

6. 先进行经济体制改革，保持经济发展和社会稳定，让人民通过改革和发展得到比较多的实惠，然后再适时推进政治体制改革和其他方面的改革。

在农村改革取得明显成效之后，1984 年，党中央决定将改革由农村推向城市。农村改革的成功增加了我们的信心，我们把农村改革的经验运用到城市，进行以城市为重点的全面经济体制改革。"

改革实践证明，这种渐进式经济改革方式，符合改革、发展、稳定的辩证关系，虽然两种体制相持的时间相对长些，而且也会产生一些新的矛盾，但总的来说比较稳妥，既有力地促进了经济快速增长，也得到社会的普遍理解与支持，保证了社会稳定。这是一条符合中国国情的改革之路。

进入新世纪之后，我们面临许多新的挑战，各种矛盾和问题比任何时候都具有广泛性、复杂性和深刻性。如经济发展问题、深化改革问题、社会稳定问题、资源环境问题，等等。因此，正确处理改革、发展、稳定的辩证关系，仍是新世纪我们面临的基本战略问题。

首先，发展仍然是核心。发展是当代世界的主题，也是中国新世纪的主题，是新世纪中国面临的所有矛盾与问题中的最中心的问题。因此，发展仍然是硬道理。

其次，改革需要深化。中国要发展必须深化改革，改革是推动社会和经济发展的强大动力。

再次，改革和发展需要稳定的政治和社会环境，在新世纪改革发展的历程中，利益格局会不断调整，各种矛盾会更加突出，敌对势力亡我之心不死，因此，稳定问题仍要高度重视，妥善处理，才能保证改革的顺利进行和各项事业的不断发展。

总之，要坚持人民利益高于一切的原则，正确认识和妥善处理改革、发展、稳定之间的关系，保持三者的相互协调和相互促进。改革要进一步推进，并在一些重大方面取得新的突破；发展要适度持续发展，要处理好经济增长中数量和质量的关系，坚持质与量的统一，要把"速度快"与"效益好"结合起来，使适度原则植根于社会发展观中，要保持全面、长期的稳定，要把加快发展步伐同科学求实的精神很好地结合起来，把改革的力度、发展的速度和社会可以承受的程度统一起来。在社会政治稳定中推进改革和发展，在改革和发展中实现社会政治稳定，使我们的各项工作始终处于主动地位，确保国家长治久安，人民富裕安康。

（本文作于 2002 年 5 月）

新时期领导干部的素质构成

    领导干部的素质，指的是领导者从事领导工作应该具备的内在基本条件，是领导者在先天禀赋的基础上，通过后天的学习培养和实践锻炼逐渐形成的一种动态的构成。

    领导干部作为领导活动的主体，其素质构成直接关系到国家的正常运转和人民愿望的实现。因此，进一步剖析和认识新时期领导干部素质的主要构成，对于提高新时期领导者素质和领导能力、领导水平，具有十分重要的意义。

    领导干部素质的构成，具有动态性、层次性、综合性、差异性、可塑性、积极性、选择性、多样性等诸多特征。根据这些特征，结合新时期领导工作的实际，可以发现，新时期领导干部的素质主要由以下几方面的内容构成。

（一）政治素质

    政治素质是领导者阶级属性的体现，是领导干部其他素质的基础。主要体现在以下几个方面：

    1. 正确的政治方向。

    政治方向是领导干部处理领导工作中一切事务的根本目标和基本指导思想。

    在新的历史时期，领导工作最根本的政治方向，就是坚持社会主义道路，坚持党在新时期的基本路线，坚决贯彻执行党的各项方针政策，政治上、思想上同党中央保持一致，领导和团结广大群众，以经济建设为中心，坚持四项基本原则，坚持改革开放，自力更生，艰苦奋斗，把我国建设成为富强、民主、文明的社会主义现代化国家，为实现共产主义奠定基础。

    2. 坚定的政治立场。

    政治立场是阶级立场的集中体现，是领导干部在领导工作中认识问题、解决问题的落脚点和出发点。实质是为谁服务的问题。

    新时期的领导干部必须站在无产阶级和人民的根本立场，一切从党和人民的利益出发，全心全意为人民服务。要牢记全心全意为人民服务的根本宗旨，组织和支持人民群众当家做主，建设社会主义新生活，带领群众奔小康。始终成为中国先进社会生产力的发展要求、中国先进文化的前进方向、中国最广大人民的根本利益的忠实代表。

3. 鲜明的政治观点。

政治观点是领导干部观察和处理问题的基本看法，是领导活动的指导思想。

新时期领导干部的基本政治观点，是马克思主义的辩证唯物主义和历史唯物主义的观点，是毛泽东思想和邓小平理论的基本观点。因此新时期的领导干部必须认真系统地学习和掌握马克思主义的基本理论，善于运用马克思主义的立场、观点、方法去观察问题和分析问题，增强领导工作的原则性、系统性、预见性和创造性，提高认识世界和改造世界的能力。同时具有政治敏锐性和政治鉴别力，能够正确识别各种思潮，在实践中坚持和发展马克思主义。

4. 高度的政治觉悟。

政治觉悟是领导干部政治思想的动力。它表现在领导干部要时刻关心时事政治，掌握各种思想动态，是政治水平的重要标志，是领导者战胜困难、取得工作成绩的制胜法宝。领导者要关心党和国家的前途命运，关注国际社会的风云变幻，关心社会主义事业的发展进程，不断研究新情况，解决新问题。对于自身的工作，要有事业心和政治责任感。大胆探索，勇于创新，顽强拼搏，做到"为官一任，造福一方"，努力创造一流的工作业绩。要有顽强的进取精神和坚忍不拔的意志，不为一时的困难和曲折所动摇，矢志不渝，勇往直前。

（二）道德素质

领导干部的道德素质，指的是领导者在领导活动中应当遵循的一些基本的行为规范和准则。主要包括以下几方面：

1. 勤政为民的高尚情操。

勤政为民的高尚情操，是新时期领导干部道德素质的重要内容，是衡量领导者道德水准的根本尺度。它充分体现了党和人民利益高于一切的原则和甘于吃苦、乐于奉献、大公无私、清正廉洁的要求。在社会主义市场经济条件下，领导者保持勤政为民的高尚情操尤为重要，直接关系到领导者能否经受住执政地位和改革开放的考验，自觉抵制不正之风，扎扎实实地工作。

要做到勤政为民，首先要解决好权力观的问题。权力是一把"双刃剑"，既可能导致贪腐，也可以为民做事。新时期的领导干部应该具有正确的权力观，要明白手中的权力是人民赋予的，要对党和人民负责，要利用手中的权力为人民服务，为人民群众谋利。

2.求真务实的工作品格。

求真务实的核心内容是我们党解放思想、实事求是的思想路线。新时期的领导者要清楚地认识二者的辩证统一关系：没有解放思想，实事求是就难以出新，也难有创造性，并可能陷入"左"的泥坑；离开实事求是去讲解放思想，就很容易产生浮躁心理，陷入盲目性。求真务实的工作品格还要求新时期的领导者，言行一致，表里如一，言必信，行必果，对党和人民的事业无限忠诚，这样才能取信于民，赢得人民群众的拥护、信赖和支持。言而无信、朝令夕改、弄虚作假是造成领导者信誉和威信、声望下降的重要原因。

3.谦让容人的豁达胸怀。

豁达大度、谦让容人是新时期领导干部应具有的美德和气度。在领导活动中，领导者要以党和人民利益作为思考问题的基础，集众人之长，忍他人之所不能忍，容他人之所不能容，在复杂情况的面前，以战略的眼光把握事物的发展规律；具有开阔的胸怀，与人为善，不计较个人恩怨，团结和自己意见不同的人一道工作，这样才能形成强大的凝聚力，使人感到亲切、温暖；处事要豁达，凡事要拿得起放得下，大事讲原则，小事讲风格；在名利上要看得开，要知足常乐。在工作中还要信任同事和下属，要敢于放权，不要大权独揽。

4.严于律己、知错必改的自省精神。

严于律己、从严治政、知错必改、以身作则、为人师表是领导干部在领导活动中必备的道德素质。领导者的一言一行、一举一动都会影响群众的情绪和行为，从而也会影响领导工作的效能。因此，领导工作十分重要的前提就是做好群众的表率，树立好的榜样。要群众做到的，自己首先做到；禁止别人做的，自己坚决不做。领导者要做到为人正直、处事公正、办事廉洁，对自己，包括自己的家属子女、亲朋好友、身边工作人员，都要严格要求。领导者还要不断反省自己、防微杜渐，经常开展自我批评，检查自己的过失，要有承认错误的勇气和改正错误的决心，正确认识自己，勇于解剖自己，不断提高自己。

（三）知识素质

领导干部的知识素质不仅指领导者从事领导工作必须具备的知识储量，而且包括领导者必须具备的知识结构。从新时期的领导实践来看，领导干部的知识结构应包括以下几方面：

1.深厚的政治理论知识。

新时期的领导干部要系统学习，深刻理解马列主义、毛泽东思想和邓小平理论，掌握马克思主义哲学、政治经济学、科学社会主义、党的建设理论等，并能将之融会贯通，应用于领导工作实际。在当前，领导者应特别加强对邓小平理论和江泽民同志"三个代表"重要理论的学习，善于把马克思主义基本原理同中国社会主义建设实践相结合，增强领导工作的原则性、系统性、预见性和创造性。

2. 广博的科学文化知识。

新时期的领导工作是一项具有高度综合性的社会活动，具有综合性的特点。因而要求领导者拥有与领导工作相关的广博的社会科学、自然科学知识。

要有丰富的知识储备，对各门类知识要广泛涉猎。不仅要广泛学习政治、经济、军事、教育、文学、历史、法律、逻辑学等社会科学知识，还应该掌握一定的自然科学如数学、物理、化学、生物、生态学以及电子计算机等基础理论知识，特别要掌握现代自然科学的新成果——系统论、信息论和控制论的基本原理，并尽可能把它们运用到领导工作中去。

3. 深入的专业业务知识。

新时期的领导干部要努力学习和掌握各自领导范围内的专业知识，成为有关领域的内行。每一行业、部门、岗位都有各自的专业基础知识，要做好这方面的领导工作，必须掌握这方面的专业知识，深入认识本行业的规律。在这个基础上，才能够根据本行业的特点和需要进行科学决策，并据此对组织成员进行科学的调配、组织和使用，以保证领导目标的实现。可以说，领导者的专业基础知识越丰富、越扎实，领导能力就越强。

4. 丰富的领导和管理知识。

领导学与管理学是相联系又相区别的两门学科。现代社会的高速发展、现代组织规模的不断扩大，对领导和管理工作的科学化提出了更高的要求。领导者不能再凭过去的领导经验继续领导工作。实践中，一些领导者决策的失误、工作效能不高，一个十分重要的原因就是缺乏领导和管理知识。现在，我们已经进行入了知识经济时代，国际上经济的竞争，实际上主要是科学技术、人才和教育的竞争，归根结底是领导能力和领导水平的竞争。改革开放以来我国经济发展的速度相当高，但效率比较低，主要原因之一便是我们的管理方式和领导方法。我们新时期的领导干部必须尽快上这一课。

（四）能力素质

领导能力是指领导者在知识、经验、智慧的基础上所形成的，顺利完成领导目标所必须具备的基本的智能、才能和技能。主要包括以下几方面：

1. 统筹全局的能力。

领导活动的一个重要特点就是具有全局性和战略性。新时期的领导干部应该善于从全局和整体出发，来掌握领导工作的主动权。首先要从整体出发，做到胸怀全局。在处理问题时，不能只顾眼前，不顾长远；只顾局部，不顾整体。在全局发生冲突时，要做到顾全大局，服从长远。同时，也不能无视局部的作用，要做到兼顾局部，把全局和局部统一起来。在工作中还要善于抓住全局中的关键环节，这样便可以带动全局，驾驭和统帅全局。这样，才能成为一个抓大事、懂全局的领导者。

2. 科学决策能力。

科学决策是领导活动的基本内容，决策能力是领导者的主要能力。在领导活动中，领导者要不失时机地选择最佳目标，运用科学的方法进行科学决策。要严格按照科学的决策程序，发挥领导班子成员的智慧，鼓励群众参与决策，依靠专家帮助决策，并利用现代科学技术和科学方法进行决策，保证决策的科学性。

3. 远见卓识的预见能力。

领导活动是一种具有高度预见性的社会活动。新时期领导干部的重要职责之一，就是要寻找和确立组织发展的正确目标，并不断根据形势的变化调整方向。为了有效地履行这一职责，领导者必须用足够的精力对未来的发展方向做出科学的预测，具有见微知著、远见卓识的观察力、洞察力和预见力。

4. 机动灵活的指挥能力。

领导活动的整个过程，是领导方案成为具体的实施行动，并产生实际效能的过程。由于决策实施过程的现实性、具体性和复杂性，领导指挥过程较之产生决策方案的过程往往要更困难、更复杂。在这一过程中，指挥能力就成为领导工作成败的关键因素之一。

领导者的指挥能力，主要表现为根据决策目标制定出切实可行的具体实施方案，并领导、指挥下属人员实施方案，善于协调解决实施过程中出现的各种具体问题，并能根据这些新出现的问题，不断修正和完善原来的决策目标和方案的能力。

5. 知人善任的能力。

领导活动的一切工作都是由人去做的，领导者是否具有知人善任的用人能力，关系到领导工作的成败。要想用好干部，就必须具备知人的眼力，并根据实现领导目标的需要，按照选贤任能的原则，对人选进行科学的考察、选拔、使用、培养。

在工作过程中，要善于发扬民主，善于授权，调动下属人员的积极性和创造性，使大家保持积极的工作状态，使组织充满生机和活力。

6. 组织协调能力。

组织协调是领导者为了实现领导目标，通过采取对策和措施，协调处理好各种关系，以取得最佳领导效能的行为过程。在现实社会生活中，各种不协调的现象经常出现。为了消除社会组织内部的各种不协调因素，使其保持稳定与和谐发展的状态，领导者必须集思广益、群策群力，调整处理好各种因素之间的关系，使之达到高度协调统一。在社会主义市场经济条件下，领导者是否具有调整好人们的经济、法律关系，处理好由此引发的各种矛盾、冲突，调动各方面的积极性，保持社会稳定协调发展的能力，对于领导目标的实现，具有更加重要的意义。因此，领导者应该具备高超的协调能力，善于化解各种矛盾，理顺各种关系，平衡各种力量，使组织成员的思想、目标和行动达到高度统一。

7. 机智敏捷的应变能力。

领导者所处的社会环境在不断变化，常常会出现一些紧急、突发的意想不到的事件，在瞬息万变的社会主义市场经济条件下更是如此。这就要求新时期的领导干部具备随机应变的能力，不断研究新情况、新问题，并根据环境情况的变化，及时调整思路和对策，做到处变不惊，临危不乱，头脑冷静，沉着应付，因势利导，以不变应万变。这样，领导者才能始终站在时代发展的前列，领导和推动社会的发展进步。

8. 开拓进取的创新能力。

领导活动从本质上讲，就是一种创造性的工作，开拓创新是领导干部必备的能力素质。目前，我国正处于改革和发展的关键时刻，社会主义市场经济是一种新的尝试，这就需要新时期的领导干部具备高度的开放意识和创新能力。在社会主义市场经济条件下，领导者要一切从实际出发，善于实践，勇于创新；不拘常规，对领导工作中出现的新情况、新问题有新设想、新对策，敢想敢试，敢于标新立异。要能把握历史机遇，利用和创造各种条件，克服各种困难，超常规、创造性地解决问题。

9. 较强的书面、口头表达能力。

书面、口头表达能力，是新时期领导干部进行领导工作必须具备的基本素质。领导者的思维能力、组织能力、人际交往能力，都与书面、口头表达能力有关。语言表达能力差，即使担任领导职务，也难于开展工作，还会影响自己的形象和威信。随着社会的发展和人际交往的广泛，对领导的语言表达能力要求越来越高，领导者必须不断提高自己的书面和口头表达能力。

（五）身心素质

身心素质是领导干部身体素质和心理素质的总称。它主要包括以下几方面的内容：

1. 强健的体魄。

身体素质是其他素质的载体，没强健的体魄，难以担负起新时期领导干部的重任。而且身体素质与其他方面的素质是相互影响的。一般来说，身体素质好的人，情绪比较饱满，学习和掌握知识都比较快，能力的发挥也比较正常，工作效率高。由于工作需要，领导者要经常从事长时间紧张的脑力劳动，有时还要忍受复杂情况下的超强度体力和精力消耗。如果没强健的体魄，很难适应新时期繁重的领导工作。良好的身体素质主要体现在具有健全的体格、旺盛的精力和最佳的年龄。拥有健康的身体素质，才能保持和发挥旺盛的精力。同时，在工作中也应做到劳逸结合，注意休息，合理安排时间，增加生活的爱好和兴趣，以保持健康的体魄。

2. 健康的个性。

个性指的是一个人的基本精神面貌，由其兴趣、爱好、理想、世界观等个性倾向性和气质、性格、能力等个性心理特征构成。领导者对于领导工作相关的各种事物应该抱有积极的态度，具有良好的工作习惯和生活习惯，具有高雅的气质、开朗的性格和卓越的能力，具有坚强的意志、稳定的情绪和乐观自信的精神，这些都会影响到领导工作的成效。从一定意义上讲，健康的个性对于新时期领导干部具有相当重要的意义。如果没有良好的个性素质，其他方面的素质就会失去依托，也不可能发挥作用。因此，新时期领导者要加强个性修养，完善自己的个性品质，提高自己的个性素质。

3. 优秀的情商。

"情商"（EQ）是指情绪智慧商数。国外最新研究表明，一个人真正精确的成就评量标准是情商之高低，而不是智商高低。决定个人成功与否的因素中，绝大部分取决于社会因素和人格因素，即所谓的情商（感情、意志、人际关系等）。一般来说，情商不受先天的限制，可以随人生经验的丰富、学识的增长而增长。高情商的人，能保持积极乐观的人生态度，生活快乐，成功的机会比较大。高情商的人具备一种综合平衡的才能，具有人情练达的特长。

因此，新时期的领导干部要充分认识自己的情绪，妥善管理好自身的情绪，学会自我激励、善解人意和善待他人，正确处理好人际关系，做一个高情商的深受大家爱戴的领导者。

以上，是对新时期领导干部素质构成的一些粗浅探讨。

综前所述，新时期领导干部的素质构成，既是一个复杂的综合概念，又是一个发展的动态概念。因其复杂和综合，上述种种只能是举其一二者，远未能详述；因其运动和发展，前列方面也只能是局限于笔者当下视界的粗浅认识和理解。新时期领导干部的素质构成，必然会随着时代的发展和形势的变化而不断地丰富和优化。对这个问题的认识，也将随之更加深入。

（本文作于 2003 年 2 月）

金融创新对我国金融业发展的影响

从 20 世纪 50 年代开始，特别是进入 70 年代以后，西方金融领域出现了一系列重大而引人注目的新事物：广泛采用新技术，不断形成新市场，层出不穷的新工具，新交易、新服务浪潮般冲击着金融领域。人们把这些以新型化、自由化、多样化为特征的新事物统称为"金融创新"。

改革开放以来，这种"金融创新"的浪潮也进入了我国的金融业，并对我国金融业的发展带来了多方面的影响。

当代金融创新不仅革新了我国金融业传统的业务活动和经营管理方式，模糊了各类金融机构的界限，加剧了金融业的竞争，打破了金融活动的国别局限，形成了放松管制的强大压力，而且改变了金融总量和结构，对货币政策和宏观调控提出了严峻的挑战，由此对我国金融业的发展和经济发展产生了巨大而深刻的影响。

一、金融创新的含义

所谓金融创新是指金融业各种要素的重新组合，具体是指金融机构和金融管理当局出于对微观利益和宏观效益的考虑而对于机构设置、业务品种、金融工具及制度安排所进行的金融业创造性变革和开发活动。

金融创新的主体是金融机构和金融管理当局；金融创新的根本目的是盈利和提高金融业宏观效率；金融创新的本质是金融要素的重新组合；金融创新的表现形式是金融机构、金融业务、金融工具的创新和金融制度的创新。

金融创新的核心内容是金融业务和金融工具的创新，也就是通常认为的金融创新的狭义概念。当代金融创新的内容丰富，其种类之多、范围之广、创新速度之快都是前所未有的。

对创新内容的分类方法多种多样。按创新程度划分，金融创新可以分为对传统业务活动在管理方式、机构设置的变革和新业务、新方式、新机构的创造两类；按创新的目的划分，可分为减少或逃避各种金融管理和降低交易成本、避免风险两类；按与现有金融制度的关系划分，可分为回避性创新和自发性创新两类；等等。

常用的分类是按熊彼特对创新的分类法，将金融创新分为五类：第一类是新技术在金融业的应用；第二类是金融新市场的开拓；第三类是国内和国际金融市场上各种新工具、新方式、新服务的出现；第四类是银行业组织和管理方面的改进；第五类是金融机构方面的变革。

采用广义的金融创新概念来考察，金融创新的内涵是丰富多样的。其中既有历史上各种货币和信用形式的创新以及所导致的货币信用制度、宏观管理制度的创新，又有金融机构组织和经营管理上的创新以及金融业结构的历次创新，也有金融工具、交易方式、操作技术、服务种类以及金融市场等业务上的各种创新，还有当代以电子化为龙头的大规模全方位金融创新等。

人们在对金融创新进行研究时，由于观察和力图说明问题的角度不同，分类的方法可以有多种。较为简单清晰的分类方法可以将金融创新的各种表现大致归为以下三类：

（一）金融制度创新。包括各种货币制度创新、信用制度创新、金融管理制度创新等与制度安排相关的金融创新。

（二）金融业务创新。包括金融工具创新、金融技术创新、金融交易方式或服务创新、金融市场创新等与金融业务活动相关的创新。

（三）金融组织结构创新。包括金融机构创新、金融业结构创新、金融机构内部经营管理创新等与金融业组织结构相关的创新。

二、当代金融创新的主要表现

（一）金融制度创新。

1. 国际货币制度的创新。20 世纪 70 年代初，以美元和固定汇率制维系的布雷顿森林体系彻底崩溃以后，以 1976 年国际货币基金组织 20 国临时委员会在牙买加达成的国际货币制度改革协议为起点，以主要发达国家正式宣布实行浮动汇率制为标志，创立了现行的在多元化储备货币体系下以浮动汇率制为核心的新型国际货币制度。

国际货币制度创新的另一重要表现是区域性货币制度的形成。它通常以某一地区的若干国家组成货币联盟的形式而存在，成员国之间统一汇率、统一货币、统一货币管理、统一货币政策。其中最著名的便是由欧洲中央银行于 1999 年 1 月 1 日发行的欧洲统一货币——欧元。此外，阿拉伯货币基金组织、西非货币联盟、中美洲经济一体化银行、拉美地区的安第斯储备基金组织、中非货币联盟、加勒比开发银行等都是区域性的货币联盟，并由它们发行区域性货币供其成员使用。

2. 国际金融监管制度的创新。在国际经济和金融一体化进程中，面对动荡的国际金融环境、频繁的国际金融创新和日益严重的金融风险，各国强烈要求创建新型有效的国际金融监管体制。1975 年，在国际清算银行主持下成立了"巴塞尔委员会"，专门致力于国际银行的监管工作。该委员会 1988 年 7 月通过的《巴塞尔协议》，成为国际银行业监管的一个里程碑。随着国际证券业委员会、国际保险监督会、国际投资与跨国企业委会、期货业国际公会、证券交易所国际公会等等国际性监管或监管协调机构和国际性行业自律机构的创立与履职，一个新型的国际性监管组织体系已经开始运转。各国监管当局的联手监管和专门机构的跨国监管正在不断创新监管方式和手段，着手创建一个集早期预警、风险防范、事后救援三大系统为一体的新型国际化监管体系。

（二）金融业务创新。

1. 新技术在金融业的广泛应用。以微电子技术的发展和广泛运用为核心的西方新技术革命，为金融业务创新开辟了一个全新的领域。将电子技术引入金融业，使金融业务发生了巨大的变革。在金融业普遍装备了电子计算机后，改变了传统的业务处理手段和程序，存、贷、取、汇、证券买卖、市场分析、行情预测乃至金融机构的内部管理，均通过计算机处理；电子化资金转移系统、电子化清算系统、自动付款系统等金融电子系统的创建，形成了国内外纵横交错的电子化资金流转网络，资金的调拨、转账清算、支付等都可以通过电子计算机完成；金融和经济信息的传递、储存、显示、记录、分析均借助电子计算机处理，各种金融交易也普遍使用计算机报价、撮合、过户、清算。电子计算机正在把各种金融业务织进一张巨大的电子网络之中，其终端机触角遍伸各个家庭、企业、各地、各国。发达国家已经实现了金融业务处理电子化、资金流转电子化、信息处理电子化、交易活动电子化。

2. 金融工具不断创新。各类金融机构一方面通过对原有金融工具特性的改造和重配不断推出新型的金融工具；另一方面在新的金融结构和条件下创造出全新特征的新工具，其种类繁多，不胜枚举。例如有可满足投资长短期资金余缺者、国内外投资者等多种对象的；有介于定活期存款间、股票债券间、存款与债券间、存款与保险单间、贷款与证券间等各种组合式的；有定期转活期、债券转股或股票转债券、贷款转证券、存款转证券等可转换式的；有与价格指数、市场利率或某一收益率挂钩等弹性收益式的。总之，品种多样化、特性灵活化、标准国际通用化的各种新型工具源源不断地涌现出来。

3. 新型金融市场不断形成。金融市场的创新主要表现在两个方面：其一，金融市场的国际化。在金融自由化浪潮的冲击下，各国陆续取消或放松了对国内外市场分隔的限制，各国金融市场逐步趋于国际化；计算机技术引入金融市场后，各国金融市场互相联结，形成了全球性的连体市场，24 小时全球性金融交易已经梦想成真；欧洲及亚洲美元市场、欧洲日元市场等新型的离岸金融市场纷纷出现；计算机屏幕式跨国交易所业已诞生，新型的国际化金融市场不断出现。其二，金融衍生工具市场异军突起。人们通过预测股价、利率、汇率等变量的行情走势，以支付少量保证金签订远期合同，买卖选择权或互换不同金融商品，由此形成了期货、期权、掉期等不同衍生工具市场。20 世纪 90年代以来，金融衍生工具市场呈现爆发性增长。

4. 新业务和新交易大量涌现。银行、证券、保险、信托、租赁等各类金融机构一方面在传统基础上推陈出新，另一方面积极开拓全新的业务与交易。例如银行在传统的存、贷、汇业务基础上推行了 CDs、NOW 账户、协议账户等新型的存款负债业务，各类批发或零售贷款业务或安排，新的结算工具与方式，同时大量开发新型的跨国业务、信息业务、表外业务、信用卡业务、咨询业务、代理业务及各种服务性业务等，期货交易、期权交易、掉期交易等各种新型的融资技术、融资方式、交易方式被不断地设计开发出来。

（三）金融组织结构创新。

1. 创设新型金融机构。20 世纪 50 年代以来，在金融创新中涌现出与传统金融机构有别的新型化金融机构，其中有以计算机网络为主体而无具体营业点的电子银行，有以家庭为专门对象、居民足不出户就可以享受各种金融服务的家庭银行，有专为企业提供一切金融服务的企业银行，有一切业务均由机器受理的无人银行，有多国共组的跨国银行，有各国银行以股权方式联合成立的国际性联合银行，还有集银行、证券、保险、信托、租赁和商贸为一体的大型复合金融机构。20 世纪 70 年代以后，跨国大型复合金融机构、金融百货公司或金融超市等新型金融机构风行欧美国家。

2. 各类金融机构的业务逐渐趋同。金融机构在业务和组织创新的基础上，逐渐打破了职能分工的界限，实际上的混业经营迫使分业管制放松。例如，美国 1980 年新银行法允许商业银行、储蓄银行、证券商之间进行业务交叉和竞争；日本 1981 年的新银行法允许商业银行、长期信贷银行、信托银行经办证券业务；英国 1996 年允许所有金融机构参加证券交易所交易。管制的放松加剧了各类金融机构之间的业务交叉与渗透，进一步模糊了原有的职能分工界限，各种金融机构的性质趋于同质化。

3. 金融机构的组织形式不断创新。在过去单一制、总分行制的基础上，新推出了连锁制、控股公司制以及经济上相互独立而业务经营上互助互认并协调一致的联盟制银行；在分支机构形式上，也创新了全自动化分支点、百货店式分支点、专业店式分支点、金融广场式分支点。

4. 金融机构的经营管理频繁创新。20 世纪 50 年代以来，金融机构通过管理创新不断调整业务结构，开发出多种新型负债和资产业务，中间业务特别是表外业务的比重日益加大，业务手段、业务制度、操作程序、管理制度等等被不断革新。金融机构的内部机构设置也在不断创新。旧部门撤并，新部门设立，各部门权限与关系几乎被重新配置。经营管理方法也在推陈出新。如 20 世纪 60 年代的负债管理，70 年代的资产管理及资产组合管理，80 年代的资产负债失衡管理和多元化管理，90 年代的全面质量管理和全方位满意管理，CI 战略，市场营销管理等，层出不穷。

三、当代金融创新对我国金融业发展的影响

改革开放以来，金融创新给我国金融业的发展带来了极大影响，几乎改变了整个金融业的面貌，极大地提高了金融业的市场运作效率，促进了金融在国民经济发展中的核心作用，对社会主义市场经济的发展产生了重大影响。

当代金融创新对我国金融业发展的正面影响，主要体现在以下几个方面：

1. 提高了金融机构的运作效率。金融创新提高了金融机构运作效率，增加了经营效益。金融创新对金融活动能力产生了重要影响，使金融机构在动员社会资金方面的功能增强，在时间、空间、数量、成本等多方面有力地促进了储蓄向投资的转化。金融创新使消费者对金融机构提供服务的便捷和满意程度提高，促进了金融机构经营效益的不断增长。首先，金融创新通过大量提供具有特定内涵与特性的金融工具、金融服务、交易方式或融资技术等成果，从数量和质量两个方面同时提高需求者的满足程度，增加了金融商品和服务的效用，从而增强了金融机构的基本功能，提高了金融机构的运作效率。其次，提高了支付清算能力和速度。把电子计算机引入支付清算系统后，成百倍地提高了支付清算的速度和效率，使金融机构的支付清算的效率上了一个新台阶，大大提高了资金周转速度和使用效率，节约了大量的流通费用。再次，大幅度增加了金融机构的资产和盈利率。当代金融创新中涌现出来的大量新工具、新交易、新技术、新服务，使金融机构积聚资金的能力大大增强，信用创造的功能得到充分发挥，导致了金融机构所拥有的资金流量和资产存量急速增长，由此提高了金融机构经营活动的规模报酬，降低了平均成本，加上经营管理方面的各种创新，使金融机构盈利能力大为增强。

2. 提高了金融市场的运作效率。金融创新丰富了金融市场的交易品种，促进了金融市场一体化。金融创新使金融市场的交易品种增加，投资者的选择余地增大，风险防范能力提高；金融市场交易品种、交易手段和交易技术的创新降低了市场交易成本；金融创新促进了金融市场的一体化。首先，提高了市场价格对信息反应的灵敏度。金融创新通过提高市场组织与设备的现代化程度和国际化程度，使金融市场的价格能够对所有可得信息做出迅速灵敏的反应，提高了金融市场价格变动的灵敏度，使价格快速及时地对所获信息做出反应，从而提高了价格的合理性和价格机制的作用。其次，增加了可供选择的金融商品种类。当代金融创新中大量新型金融工具的涌现，使金融市场所能提供的金融商品种类繁多，投资者选择的余地很大。面对各具特性的众多金融商品，各类投资者很容易实现他们自己满意的效率组合。再次，增强了剔除个别风险的能力。金融创新通过提供大量的新型金融工具和融资方式、交易技术，增强了剔除个别风险的能力。投资者不仅能进行多元化资产组合，还能及时调整其组合。在保持效率组合的过程中，投资者可以通过分散或转移法，把个别风险减到较小的程度。特别是金融市场上各种避险性创新工具与融资技术，对于剔除个别风险有较强的功能。最后，降低了交易成本与平均成本，使投资收益相对上升，吸引了更多投资者和筹资者进入市场，提高了交易的活跃程度。

3. 增强了金融产业发展能力。金融产业发展能力主要体现为金融机构在经营活动中开创未来的能力，包括开拓新业务和新市场的能力、资本增长的能力、设备配置或更新能力、经营管理水平和人员素质的提高能力，等等。在当代金融创新的浪潮中，金融产业发展的这些能力都有较大幅度的提高。

4. 金融作用力大为增强。金融创新提高了金融业在国民经济运行中的地位与作用，金融创新使当代金融发生了五大突破：突破了国界限制，实现金融资本的跨国扩张；突破了单纯为工商业服务，开始提供全过程的家庭理财服务；突破了传统金融观念与管制的束缚，不断推出新的金融品种和金融工具；突破了传统的手工操作，实现电子化网络作业；突破了传统的产业壁垒，走向业务交叉与功能多样化。金融作用力主要是指金融对整体经济运作和经济发展的作用能力，一般通过对总体经济活动和经济总量的影响及其作用程度体现出来。

当代金融创新主要通过以下四个方面从总体上提高了金融作用力，极大地推动了经济发展。

(1) 提高了金融资源的开发利用与再配置效率。当代金融创新使发达国家从经济货币化推进到金融化的高级阶段，并大幅度提高了发展中国家的经济货币化程度，导致了金融总量快速增长，扩大了金融资源的可利用程度并优化了配置效果。

(2) 社会投资的满足度和便利度上升。一是投融资成本趋于下降，有力地促进了储蓄向投资的转化；二是金融机构和金融市场能够提供更多更灵活的投融资安排，可以从总体上满足不同投资者和筹资者的各种需求，从而使全社会的资金融通更为顺利；三是各种投融资的限制逐渐被消除，金融创新使各类投融资者实际上都能进入市场参与活动，金融业对社会投融资需求的满足能力大为增强。

(3) 金融业产值的迅速增长，直接增加了国家 GNP 或 GDP 的总量，加大了金融业对经济发展的贡献度。

(4) 增强了货币作用效率。创新后用较少的货币就可以实现较多的经济总量，从而意味着货币的作用能量和推动力增大。历史和现实的考察证明，金融创新是金融发展的主要动力源。没有创新推动，就没有更高层次和升级性的金融发展，就不可能对现代经济发展有如此巨大的推动和促进作用。

但同样不容忽视的是，金融创新在繁荣金融、促进经济发展的同时，也带来了许多新的矛盾和问题，对金融和经济发展产生了不利影响。金融创新在带来积极作用的同时，也给现代经济带来了不可避免的消极作用。从微观的角度看，金融创新既可能给使用新工具的金融机构和客户带来好处，又可能导致应用不当的金融机构和客户面临更加严重的风险局面。从宏观的角度看，金融创新既促进了经济的货币化发展和金融经济的成长，又使整个金融体系面临更大的考验。

这些不良影响主要体现在以下几个方面：

首先，金融创新使货币供求机制、总量和结构乃至特征都发生了深刻变化，对金融运作和宏观调控影响重大。金融创新对货币政策产生的消极影响，主要体现在政策工具、中介目标及传导过程三个方面。金融创新，使部分传统的选择性政策工具失灵；弱化了存款准备金制度的作用力度与广度；使再贴现政策的作用下降；强化了公开市场业务的作用。金融创新，破坏了中介目标的可测性；降低了中介目标的可控性；削弱了货币政策中介目标的相关性。金融创新削弱了中央银行对国内货币的控制能力；削弱了中央银行货币政策控制的基础；削弱了中央银行的货币控制能力。在货币需求方面引起的一个最明显的变化是货币需求的减弱，并由此改变了货币结构，降低货币需求的稳定性。在货币供给方面，由于各类非银行金融机构和复合性金融机构在金融创新中也具备了创新存款货币的功能，增加了货币供给的主体。新型金融工具的不断涌现，使金融资产的流动性强弱已不明显，导致货币定义和计量日益困难和复杂化。同时由于货币——存款比率、法定存款准备金比率、超额准备金比率下降而加大了货币乘数，增强了货币供给的内生性，削弱了中央银行对货币供给的控制能力与效果，容易导致货币政策失效和金融监管困难。

其次，在很大程度上改变了货币政策、操作、传导及其效果，对货币政策的实施产生了一定的不利影响。金融创新降低了货币政策中介指标的可靠性，给货币政策的决策、操作和预警系统的运转造成较大的困难。同时，创新削弱了存款准备金率和再贴现政策的作用力，减少了可操作工具的选择性。此外，还加大了政策传导的不完全性。创新由于导体增多，时滞不定，使货币政策的传导过程离散化、复杂化，政策效果的判定也更为困难。

再次，金融风险有增无减，金融业的稳定性下降。当代金融创新在提高金融微观效率和宏观效率的同时，却增加了金融业的系统风险，一是因为创新加大了原有的系统风险（包括利率风险、市场风险、信用风险、购买力风险等），如授信范围的扩大与条件的降低无疑会增加信用风险；二是创新中产生了新的金融风险，如大规模的金融电子化创新所产生的电子风险，金融业务和管理创新中出现的伙伴风险，与金融国际化相伴而生的国际风险等。各种金融机构的业务创新和管理创新虽然带来了高收益和高效率，但也产生了高风险。20世纪80年代以来银行的资产风险和表外业务风险猛增，导致了金融业的稳定性下降，金融机构的亏损、破产、倒闭、兼并、重组事件频繁发生，整个金融业处于一种结构调整和动荡不定的状态之中。

还有，金融市场出现过度投机和泡沫膨胀的不良倾向。在当代金融创新中，金融市场上出现了许多高收益和高风险并存的新型金融工具和金融交易，尤其是从虚拟资本中衍生出许多新奇的种类，如股票指数交易、股票指数期货交易、股票指数期权交易等。一些避险性的创新本身又成了高风险的载体，如外汇掉期、利率和货币掉期，等等。这些新型的金融工具和交易以其高利诱导和冒险刺激，吸引了大批的投资者和大量资金，在交易量几何级数的放大过程中，价格往往被推到一个不切实际的高度，拉大了与其真实价格的差距，表现为其市价大大超过其净值，虚拟资本急剧膨胀，由此鼓吹出大量的泡沫，产生过度投机，极易引发金融危机。

最后，金融创新使金融监管的有效性受到削弱。日新月异的金融创新活动使得金融监管当局实施监管的技术性、复杂性要求增高，难度增大，成本上升。金融衍生工具创新是金融领域中的一个全新现象，目前在发达国家都还没有形成一整套有效的管理监督机制。无论是监管的技术手段、组织体系还是信息处理，都跟不上时代的发展要求，所应具备的风险防范、化解、处理等手段、技术以及制度的安排、人员配备、信息沟通等都很不完善。

综上所述，当代金融创新虽然利弊作用皆存，但从总体上看，金融创新的利远大于弊，并且其利始终是主要和主流性的。正确认识和客观评价金融创新对于我国金融业发展和经济发展的积极推动作用，是有效利用和充分发挥其动力作用，主动驾驭并把握金融创新的内在规律性，最大限度地推动我国金融业、经济发展和社会文明进步的基本前提。

当然，当代金融创新的副作用亦不能忽视，必须加以有效引导和监管，进行防范和控制。对创新在不同方面存在的弊病可以采取不同的政策措施予以克服或减轻。例如，对货币供求的不利影响，可以通过完善宏观调控来抵消；对货币政策实施不良作用可以通过中央银行的管理创新来抵御；对系统性风险和经营风险可以通过强化监管、设置金融安全网或增强防范措施，将风险控制在可承受的限度之内；对泡沫膨胀、过度投机和金融寻租等不良现象可以通过矫正创新方向、控制虚拟性或衍生性创新、规范交易并严格监管等措施来抑制。

总之，只要改善宏观调控，加强监管，正确引导，当代金融创新的副作用应该可以减轻到最低限度，安全与效率并非不可兼得。

（本文作于 2003 年 6 月）

国有企业制度创新初探

从改革开放初期开始，党和国家对国有企业改革就十分重视，把增强企业的活力作为改革的中心环节。在最初的十五年中，虽然在非国有部门涌现出大批很有活力的企业，但在国有部门中，由于改革的思路不够明确，过多地强调了对企业放权让利而没有着重对企业制度创新，国有企业改革成效并不显著。

针对这种情况，党的十四届三中全会、十五届四中全会以及最近的党的十六大，对于国有企业改革做出了一系列重大的理论创新和政策决定。党的十四届三中全会指明了国企改革的主要方向，不在于放权让利，而在于制度创新。由此，开始了在国有企业中建立现代企业制度即现代公司制度的试点。党的十五届四中全会第一次明确提出了公司必须建立规范的法人治理结构，明确在所有者和高级经理人员之间形成有效制衡的法人治理结构是现代企业制度的核心。这一要求，对于我国国有企业实现公司化改制具有极其重要的意义。

党的十六大向全党和全国人民发出号召，要深化国有企业改革，进一步探索公有制特别是国有制的多种有效实现形式，大力推进企业体制、技术和管理的创新。从此，我国国有企业的改革实践进入了制度创新——建立现代企业制度的攻坚阶段。

进一步认识国有企业制度创新——建立现代企业制度的意义，深入了解现代企业制度的内涵与特征，正确处理国有企业制度创新过程中的相关关系，在当前的国有企业改革中具有重要的理论和实践意义。

一、建立现代企业制度是国有企业制度创新的根本途径

经过二十多年的改革，我国国有企业的面貌有了比较大的改变，涌现了一批适应市场经济要求的、经济效益良好的、在国内外市场上有竞争力的大型企业或大型企业集团。但是从整体来看，还存在不少的问题。一是亏损额和亏损面仍然未得到有效遏制；二是国有企业规模不景气的现象仍然严重；三是国有企业之间、国有企业和外国企业之间存在过度竞争的现象，地区结构和产业结构趋同化现象严重；四是企业办社会的现象仍未从根本上解决；五是企业负担沉重。

从国有企业改革方面来看，存在的问题主要有：一是不少国有企业形式上实行了公司制，但实质上没转变；二是政府对企业的干预仍然存在；三是企业的联合、兼并带有行政性，甚至是政府搞"拉郎配"；四是国企改革与其他改革不配套。这些问题的成因，显然是多方面的，但很重要的一条就是因为国有企业制度的创新程度和力度不够，现代企业制度还没在国有企业普遍有效地建立健全。

目前我国国有企业活力不足、机制僵化的主要原因在于产权不清、权利和责任不明确、政企不分和管理水平低下及管理体制不科学等。而现代企业制度的基本特征包括四个方面：一是产权清晰，即企业中的国有资产的所有权属于国家，企业拥有包括国家在内的出资者投资形成的全部法人财产权，成为享有民事权利、承担民事责任的法人实体。二是权责明确，即企业以其全部法人财产依法自主经营、自负盈亏、照章纳税，对出资者承担资产保值、增值的责任。出资者按投入企业的资本额享有所有者的权益，即资产受益、重大决策和选择管理者的权力。企业破产时，出资者只以投入企业的资本额对企业债务负有限责任。三是政企分开，即企业按照市场需求组织生产经营，以提高劳动生产率和经济效益为目的，政府不直接干预企业的生产经营活动。企业在市场中优胜劣汰，长期亏损、资不抵债的应依法破产。四是管理科学，即建立科学的企业领导体制和组织管理制度，调节所有者、经营者和职工之间的关系，形成激励和约束相结合的经营机制。从我国国有企业改革的历程来看，租赁制、承包制等举措在当时的条件下，虽然对国有企业的改革起到了一定的促进作用，但这些改革措施都未最终从根本上搞好国有企业。因此现代企业制度是搞好国有企业的根本措施。

二、现代企业制度的基本内容和优势

所谓企业制度，是指以产权制度为基础和核心的企业组织制度和企业管理制度。构成企业制度的基本内容有三个：一是企业的产权制度，它是指界定和保护参与企业的个人或经济组织的财产权利的法律和规则；二是企业的组织制度，即企业组织形式的制度安排，它规定着企业内部的分工协调、权责分配的关系；三是企业的管理制度，它是指企业在管理思想、管理组织、管理人才、管理方法、管理手段等方面的安排，是企业管理关系的依据。

在这三项制度中，产权制度是决定企业组织和管理的基础，组织制度和管理制度则在一定程度上反映着企业财产权利的安排，因而这三者共同构成了企业制度。

从企业资产的所有者形式来考察，可以把企业制度划分为个人业主制企业、合伙制企业、公司制企业三种基本类型。企业制度从总体上可以划分为古典企业制度和现代企业制度两种基本类型。古典企业制度是指自然人企业制度，即个人业主制企业和合伙制企业；现代企业制度则是指法人企业，即公司制企业。因此现代企业制度，是指符合社会化大生产要求，适应市场经济的"产权清晰，政企分开，管理科学"，依法规范的公司制企业制度。在国有企业改革中，建立现代企业制度是解决政企分开的组织手段；是理顺产权关系的组织形式；是使企业成为独立法人的组织保障；也是转变我国企业领导体制、组织制度，实现科学管理的现实选择。

现代企业制度是由现代企业产权制度、现代企业组织制度和现代企业管理制度这三个方面所构成的。在这三个方面中，产权清晰是现代产权制度所要解决的问题；权责明确是现代企业组织制度所要解决的问题；管理科学是现代企业管理制度所要解决的问题；而政企分开则是这三个方面的基础和前提，体现在现代企业制度的各个环节上。因此，现代企业产权制度、现代企业组织制度和现代企业管理制度这三者便相辅相成，共同构成了现代企业制度的总体框架。

在现代企业的运行中，现代企业产权制度确立了企业的法人地位和法人财产权，使企业真正作为自主经营、自负盈亏的法人实体进入市场；现代企业组织制度确立了权责明确的组织体系（治理结构），使企业高效经营和长期发展有了组织保证；现代企业管理制度则通过在企业中实施现代化的管理，能够保证企业各项资源充分利用，在竞争中立于不败之地。从这个意义上说，现代企业制度是这三个组成部分的有机统一体，它们相互联系，缺一不可。如果片面地强调某一方面而忽视其他方面，就会影响现代企业制度的建立，例如管理制度搞不好，即使产权清晰了，权责明确了，也不可能真正建立起现代企业制度；反之，只单纯抓管理，如果财产关系不清楚，权责利不明确，管理也不可能真正搞好。

与古典企业制度相比，现代企业制度具有以下几方面的优势：

1. 产权责任清晰。公司制企业中资本具有多元化和分散化的特点，加上公司规模的大型化和管理的复杂化，这便打破了传统企业中资本所有者将所有权和经营权集于一身的管理体制，创立了所有权与经营权相分离的管理体制和管理组织。公司股东拥有原始所有权，能参与股东会投票和公司分红；股东会选举产生的董事会拥有公司的法人所有权（或称法人财产权）；由董事会所任命的经理则拥有企业的经营管理权。这样就明晰了三种不同的权能及其在企业发展中的作用，保证了企业能够真正做到自主经营、自负盈亏。

2. 在两个层次上明确权利和责任。从出资者和企业的关系而言，明确了出资者通过成为投资主体对企业资产行使相应的所有者权利，承担所有者的义务。即按投入企业的资本额，享有资产收益、重大决策和选择管理者等权利。企业破产时，各投资主体只以投入企业的资本额，对企业的债务承担有限责任；企业则拥有包括国有资本投资主体在内的各类投资者投资所形成的企业法人财产，并可在市场中依法运作这一财产，对其享有占有、使用、处置和收益的权利，并在破产时以全部法人财产对其债务承担责任。

从企业内部而言，通过建立现代企业制度，形成现代的企业法人治理结构，以及形成规范的企业领导体制和组织制度，如依据《公司法》建立相应的股东会、董事会、经理层和监事会，以形成不同层次的权利和责任对称的主体，各机构依据公司章程行使权力，形成严格的权力责任体系，这就从制度上实现了所有者对经营者的监督与控制，明确了企业内民主决策与集中统一指挥的关系。

3. 政企职责分开，职能到位。按照现代企业制度的要求，从政府的角度说，首先是政府的社会经济管理职能应与其国有资产所有者的职能分开。前一方面的政府职能要求它必须面对全社会的所有企业，统筹规划，信息引导，制定和执行宏观调控的政策和法规，搞好基础设施建设，提供社会服务，创造公开竞争的市场环境；后一方面的政府职能则要求它必须管好、运作好国有经营性资产，在市场活动中使之保值增值。其次，国有资产管理、监督职能与国有资产经营职能分开，前者是对资源性、行政性国有资产进行基础管理，制定方针和政策并进行监督，属于政府行为；后者则是运作经营性国有资产，以盈利为目的，进入市场参与竞争。实行了上述这两个分开，才能真正做到政府调控市场，企业自主经营。职能到位是要求改变政府热心于办企业、抓企业的事，企业疲于自办小社会这类政府与企业职能错位的状况。企业的经营权应交还给企业，政府不再直接干预企业的决策和生产经营活动；企业办社会的职能则应由政府接过来，以使企业能够切实做到自主经营，照章纳税，将目标真正集中到追求经济效益上来。

4. 管理科学。这也是建立现代企业制度的本质要求。在我国当前建立现代企业制度的过程中，在管理科学方面应着重考虑的问题主要有：一是建立和完善企业的经营发展战略；二是建立科学的领导体制与组织制度；三是把握市场信息，及时有效地做出反应；四是不断优化组合企业内的各项生产要素；五是以提高市场竞争力为目标，完善各项管理制度；六是在注重实物管理的同时，更注重价值形态的管理，注重资产经营，注重资本金积累；七是开发人力资源，培育企业文化；八是遵纪守法，诚信交往，塑造良好形象。

三、正确处理国有企业制度创新过程中的几种关系

（一）构筑新的国有企业产权关系。

现代企业制度本身是一种出资者十分明确的企业制度。但在当前我国国有企业的运行中，却往往是许多政府部门分兵把口，分别行使一部分所有者权力，并同行政管理职能混在一起，形成了政府直接干预企业、政企不分的状况。而与这种权力行使不相对称的是，没有哪一个部门对国有资产的保值增值具体负责。对企业而言，在内部没有所有者具体的、人格化的代表，这就使得凡需所有者做出决策的地方，都要找政府。其结果是：一方面企业缺乏来自所有者方面负责任的监督；另一方面，由承担社会管理职能的政府直接决定微观领域中企业的重大事项。这就必然会造成企业决策目标混乱，决策效率低下，致使其难于对市场信号及时做出有效反应，实际上仍处于"国有国营"的状态中，使得国有资产的运作效率极为低下。正因为如此，在社会主义经济条件下，我们便需要通过建立一套符合新经济体制要求的企业经营性资产管理、监督和运营体系，明确企业国有资产投资主体，使所有者代表进入企业，国家资产经营机构拥有和行使所有

权，企业拥有法人财产权，进入市场，独立经营，并在落实资产责任的基础上形成流动机制，从而真正落实国有资产的保值增值责任。这样的产权关系，才能改变国有资产整体的板块结构，既保持国有经济的主体地位，又能形成千万个各自独立的市场主体，从而实现公有制与市场经济的有效结合。

（二）处理好政府与国有企业间的经济关系。

从政府的角度说，它代表国家作为国有资产的所有者，必须关心企业的经营状况，关心国有资产的保值增值。需要把握住以下几个方面的原则：

1. 明确企业中的国有资产归国家所有。为此，要在清产核资、界定产权的基础上，明确企业中的国有资产由政府中专设的国有资产管理机构统一行使所有者职能，负责制定国有资产运营的重大方针、政策，调节配置国有资产，指导调整投资结构，监督国有资产的保值增值。

2. 明确国有资产出资者及其权利和责任。不但要实现政府的所有者职能和社会经济管理职能的分开，而且要实现国有资产行政管理职能和运营职能的分离。要使企业中每一部分国有资产的具体出资人明确化，形成来自所有者的硬性约束，改变当前那种谁都可以凭借手中的行政权力干预企业，谁也不对国有资产保值增值负责的状况。

3. 确定企业的独立法人地位，企业拥有包括国家在内的出资者投资形成的全部法人财产，依法占有、使用和处置企业资产，并享有相应的利益。只有这样，企业才能成为真正享有民事权利、承担民事责任的独立法人实体。

4. 明确规范出资者与企业法人之间的权利、责任关系，并用制度和法律来保障。建立现代企业制度的根本要求之一，是把国有企业由无限责任体制转变成有限责任体制，即出资者依其投入企业的资本额，享受所有者的资产收益、参与重大经营决策、选择管理者等各项权利，并以投入企业的资本额为限对企业债务负有限责任，从而真正解除国家对企业所负的无限责任。另一方面，企业对出资者承担资产保值增值的责任。在上述出资者和企业法人两者之间的关系中，出资者或投资主体的构建是核心。有关经营机构可以接受国家国有资产管理机构的委托，专门经营国有资产。他们以出资者的身份向企业投资，成为企业中国有股的产权主体。因此他们本身不再是政府的行政部门，而是具有独立法人资格的公司。对政府，他们一般不再承担其他社会责任；对企业，他们作为投资者，只以股东的身份发挥作用，不直接参与企业的具体生产经营活动。另外，在过渡期，一个行业内还应当努力营造多个资产经营主体，通过他们的控股和相互参股，使下属企业成为多元投资主体的有限责任公司。这样做，有利于形成不同所有者之间的制约关系，维护企业的权益；有利于避免产权主体过分集中可能导致的政府对企业的过度干预；也有利于企业多渠道筹资和促进规模运作。

5. 政府要通过制定宏观经济政策，并运用经济的、法律的和必要的行政手段，为企业营造公平竞争的外部大环境。当前首先要采取措施解决国有企业债务负担和社会负担过重的问题。通过建立和完善劳动力市场，开辟再就业渠道，帮助国有企业分离分流富余人员；对于企业所负担的办医院、学校、职工住房甚至公安、消防等职能，应逐步转交当地政府办。其次，应统一税率和定价制度，改变国有企业税赋偏重的状况。再次，应切实治理经济环境，整顿市场秩序。制止乱摊派，加大打击假冒伪劣的力度，制止一切不正当竞争和地方保护主义。另外，还必须从制度创新入手，变政府和企业的行政隶属关系为资产纽带关系。加快机构改革步伐，转变政府职能，把必要的行政干预制度化、法律化。

（三）处理好企业内所有者、经营者、劳动者的关系。

现代企业作为一种契约性经济组织，要正常运转，必须按照责权利对称的要求，建立企业法人治理结构，协调处理好企业内三个独立利益主体即所有者、经营者、劳动者（相应的组织载体分别为股东会、董事会、经理层、工会、职代会）之间的关系。

1. 应当看到并承认在一定经营期内，三者的权益具有相对独立性。正确处理三个利益主体之间的关系，必须建立健全三者相互制衡机制。这样做，一方面是为了尽量规避自主决策风险，防止渎职和滥用职权，另一方面是为了使各方权益都保持在一个合理的限度内，任何一方的权益都不能无限膨胀，进而损害其他两方的权益。在现代企业制度中，这种相互制衡机制的组织保证，就是规范的法人治理结构。出资者通过股东大会选举董事，组成董事会；董事会受股东大会委托，负责企业的重大经营决策，任免总经理，并负责对经理人员的业务能力、经营业绩进行考核。出资者还通过监事会，对董事和经理的行为进行监督。总经理根据董事会的授权，全权负责组织生产，监督管理各部门工作，依法享有生产经营和劳动用工等项目主权；同时通过参加董事会等形式，直接参与企业重大决策，表达经营者的正当要求，抵制所有者对经营权的过度干预。企业职工通过职代会或工会的方式集体参与企业重要决策，特别是参与与职工切身利益紧密相关的工资、劳保、福利等决策；并按有关规定，选派职工代表进入董事会，参与决策；进入监事会，行使对董事会成员和经理人员的监督。

2. 所有者、经营者和劳动者之间的利益又有很大的一致性。因为企业经营状况的好坏从根本上说，取决于三方的齐心努力。只有企业的实力增强了、提高了，"蛋糕"做大了，各方才能获得更大的利益。另一方面，国有企业的投资主体可以多元化，职工个人也可以通过内部职工持股的形式成为企业的股东。在国有企业里，三方的总体利益、长远利益本质上是一致的，应该而且可能协调处理好三者的利益关系，要通过改革，将这种可能转化为企业高水平的经营管理现实。要做到这一点，需要做好以下几方面的工作：一是要通过完善企业法人治理结构，健全对三方的制衡和激励机制。在这方面，当前需要着力解决好的突出问题，是如何切实加强对代表国家股的董事会成员的全方位管理与监督，以保证他们真正代表国家利益，保证国有资产的保值增值。二是要十分重视经营者的作用。实践证明，在外部环境大致相同的情况下，企业的经营状况，关键取决于经营者的素质、事业心和努力程度，要维护经营者的中心地位和管理权威，这与尊重职工的主人翁地位、实行民主管理在本质上并不矛盾。三是在建立和完善"新三会"（股东会、董事会、监事会）的同时，要坚持和发挥"老三会"（党委会、工会、职代会）的重要作用。我们的国有企业是社会主义性质的企业，因此必须全心全意依靠工人阶级，充分发挥职代会和工会的作用；必须体现党的领导，坚持和加强党委在企业中的政治核心和监督保证作用。

（四）深化改革与加强管理的关系。

企业改革是促进企业加强和改善管理的强大动力。把国有企业从过去的行政附属物改革成为适应社会主义市场经济要求的现代企业法人，转换经营机制，建立相应的法人治理结构和科学的用工制度、分配制度和财会制度等，从而为改变国有企业长期管理不善、粗放经营的弊端提供了巨大的可能性。企业走向市场，参与竞争，要更加重视内部日常管理，挖掘内部潜力，提高效率；同时更新管理观念，更加注重以市场营销管理为中心的全方位管理。提高企业的管理水平是巩固和发展国有企业制度改革成果的必要条件。不仅管理本身能创造生产力，而且企业管理的不断改进和加强，也为深化企业改革创造了良好的内部环境。另一方面，任何改革措施只有变为各种管理制度、管理方式，并通过具体的科学的管理活动，才能成为企业发展的现实推动力。企业管理本身包含着丰富的改革内容，是整个企业制度改革的重要组成部分。现代企业制度四个基本特征中就包括科学的管理，其核心内容是通过制度创新，构建与现代市场经济相适应的，决策、执行、监督相制衡的科学的法人治理结构，从根本上奠定企业管理科学化的基础和前提。

总之，国有企业的制度创新，具有很强的理论性和实践性，需要在改革过程中不断地探索和实验。随着实践的发展，这方面的理论研究将会逐步深入。

（本文作于 2001 年 12 月）

新形势下的政府职能转变

经过艰辛曲折的谈判，终于达成了"双赢"，中国以发展中国家身份加入了 WTO，"一揽子接受" WTO 的游戏规则、协议、条款。

当已久的盼望终于来到的时候，欣喜之余，国人心中又产生了沉甸甸的压力。遵循 WTO 的运行规则，跟上经济全球化的步伐，全面加速社会主义现代化建设步伐，这种既有机遇，也有挑战的新形势，对于一个具有五千年传统思想文化和传统道德观念的民族，对于一个尚处由计划经济向市场经济转轨的国家，对于一个市场机制尚不健全、法律体系尚不完善、法律意识淡薄的社会，将具有极大的冲击力和挑战性。我国政府在管理理念、管理法规、管理方式和管理职能上如何与这种新形势相适应？在新的形势下政府的职能将如何转变？这就是本文要探讨的主题。

一、新形势的严峻挑战

有人说，中国入世首当其冲的是政府的入世。这种观点不无道理。面临加入 WTO 的新形势，中国政府在管理方式、职能等方面，与 WTO 的规则及运行机制，存在明显的不适应。政府面临改革的深层次的压力。

加入 WTO，将对中国政治经济社会的方方面面，产生历史性的深刻影响。能否承受全面开放市场的冲击？能否更快更好地建立起成熟的社会主义市场经济体制？能否保证国民冷静智慧地面对入世带来的种种影响，始终保持政治经济社会的稳定？能否在融入经济全球化的大潮时，坚定有力地维护国家的根本利益、长远利益，最终实现中华民族的伟大复兴？这一切，是对中国政府的重大考验。

回答好这些问题，要求政府首先必须加快完成自身的入世，加快推进自身的改革，真正建立起廉洁高效、运转协调、行为规范的政府管理体制。

首先，从 WTO 的内容来看，WTO 只是管理和规范那些与贸易有关的、影响贸易正常发展的政策与立法，只涉及各成员的政府行为，特别是贸易政策的立法实施过程中出现的问题。因此入世后各行业要受冲击，但受冲击最大的是政府。

WTO 的规则，本来就是针对政府的，是在关贸总协定基础上，又经过后七轮谈判，进一步修改、完善法规后成立的，它对政府的要求更高、更严格。从 WTO 规则的内容看，只有政府才能履行它。WTO 规则中最重要的是非歧视原则、市场开放原则、公平竞争原则。非歧视原则是最基本的，它包含了最惠国待遇和国民待遇的要求。市场开放原则表现了关税减让、取消数量限制、一切商贸法规都必须透明等要求。以上这些原则包含的内容，显然只有政府才能实行。

从中国的现实看，最不适应新形势的也是政府。中国政府长期实行计划经济体制，与市场经济的要求相去甚远。改革开放以来，虽然已向市场经济前进了很多，但与规范的市场经济的要求还有很大距离。比如公平、公正、公开问题，非关税壁垒问题，审批过多过滥问题，乱收费问题，勒索与腐败问题，等等。这些问题，解决起来非常困难，但又必须解决。可见，政府面临的挑战很大。

因此，中国加入 WTO，首先是中国政府在 WTO 的框架内发展与世界的贸易往来。从这个角度看，WTO 对中国的冲击首先表现在对政府的冲击。加入 WTO 必然会对我们政府职能形成很大的冲击。从政府运行的机制、效率、方式和成本等角度来看，政府职能将会有一个大的变化。中国企业的运营成本与交易成本太高，同样的产出往往比发达国家在成本上高出一倍以上。交易成本的奇高在一定程度上是政府的服务成本太高。企业很多事情都需要政府审批，花掉很多跑路的时间和差旅费，还有拉关系、送礼的费用。从降低企业的运行成本入手，政府必须重新构造自己的运行机制。过去的政府职能转变是"渐进的"，加入 WTO，政府职能的转变，会出现"飞跃性的变化"，很多政府职能不能仅仅依据国内经济变化的状况进行调整，而是要充分考虑经济全球化和国际惯例的要求进行改革。这是一种新的政府职能转变方式，也是一个很大的挑战。

另外，WTO 的规则及运行机制，与中国政府目前的管理体制和职能存在明显冲突。主要表现在以下方面：

政府职能定位的冲突。在市场经济条件下，政府不能干预企业，但政府的市场管理职能、宏观调控职能则必须加强，加入 WTO 后，企业特别是外资企业、非公有制企业对政府的反控制能力将依法获得增强，政府管理的难度会增大，需要迅速形成现代市场经济条件下宏观调控和监管的政府体制。

政府管理方式的冲突。这表现为政府在管理社会经济方面的诸多不适应。其一是多年来形成的自上而下的"指挥式"管理模式与市场经济多元化的网络结构极不适应。其二是市场运行环境和市场秩序监管等方面的依法管理体系很不完善，与 WTO 所要求的依法的、透明的、可预见的政府行为，差距甚大。其三是政企不分现象仍普遍存在，政府没有完全从企业活动中超脱出来，还是沿用直接干预企业的办法。诸如用财税返回、贴息等办法扶持国有企业，而不是以国有资本投入、运作的办法。这明显不符合 WTO 的有关规则。WTO 所允许的通过市场监管保护本国产业的手段却很缺乏、很不熟悉。其四是设立外资企业的审批和经营许可制度不适应。实质性审批的条件过多、过于苛刻，有歧视和贸易保护之嫌；禁止和限制外商投资的行业、项目偏多，不符合 WTO 的有关规则。其五是现行的行业标准制度、环境保护制度、社会中介组织制度、价格管理制度等都不适应。

政府机构设置上的冲突。第一，政府间的关系不顺。从中央政府与地方政府关系来看，改革开放后，实施了一系列理顺中央与地方关系的改革措施，但始终没有找到最佳的平衡点。一方面，中央强调宏观调控权的集中，地方调控经济的手段普遍短缺，难免发生中央的统一调控措施与地方特殊情况之间的矛盾。另一方面，通过改革和调整，客观上扩大了政府的权限，一些政府为了本地利益，或图政绩，热衷于铺摊子、上项目，严重影响了国家产业政策的统一实施。在政府部门间，突出的问题是对政府部门的职能权力缺乏明晰的法律规范。有利益的事，各部门都想插手，多头管理，争夺利益，导致"三乱"现象屡禁不止；而问题当前，则相互推诿都不负责，使人普遍感到政府部门办事难、成本高、效率低。第二，政府机构的设置不科学。政府机构设置的科学性对政府充分履行职能至关重要。这里所说的不科学，除了在传统体制下政府由于统得过死、揽得过多，管了很多不该管的事，设置了很多不应设的机构的问题外，还有两个问题尤为突出：其一，机构设置缺乏法律的约束，根据行政首长主观随意，因人设事、因人设机构。其二，机构对口设置，增加不必要层次。中央政府设置什么机构，地方也跟着设置什么机构。其三，政府部门冗员过多，包袱沉重，管理效率低。

行政审批制度上的冲突。中国可能是世界上行政审批最多的国家之一。烦琐的行政审批带来了无休止的官僚主义，带来了数不胜数的权力寻租、造租和送租，带来了经济的低效率。低效率的行政审批制度是中国经济全球化的一个重大障碍。

政府决策体制上的冲突。一切失误中，决策的失误是最大的失误。从"七五"到"九五"，投资决策失误率在 30% 左右，资金浪费及经济损失在 4000 亿到 5000 亿元。这种决策体制既不适应社会主义市场经济发展的要求，更不适应加入 WTO 后经济一体化的要求。公务员制度上的冲突。在 WTO 框架下，政府要积极、有效地组织好经济活动和社会运行，公务员素质是关键。从中国公务员队伍的构成和整体素质来看，有许多亟待解决的问题。

其一是公务员队伍普遍素质不高，活力不足，思想观念陈旧，习惯于用传统思维、传统手段对待变化了的新形势，缺乏创新精神；知识结构不合理，大多数人对市场经济、法律等知识知之不深，缺乏外语、计算机知识，尤其是缺乏熟悉国际通行的政府管理运行方式人才，不能适应加入 WTO 之后与国际社会全面接轨的需要。

其二是价值取向有失偏颇，"官本位"思想根深蒂固。

其三是没有形成优胜劣汰的机制。没有形成与工作实际相统一并相应晋级、降级的科学管理机制。公务员的选任机制，没有发挥出竞争的动力和压力。公务员的退出机制，没有形成制度化。

法律制度上的冲突。WTO作为当今世界上规范多边贸易行为的国际组织，其各项协定、协议已成为国际经贸法律体系的核心，已成为各成员方制定经贸法律、法规的基础，与WTO规则、规范要求相比，中国的法律制度明显存在冲突，存在法律体系不完备，法规、政策透明度和可预见性较差，法制化程度不高等问题。

政府管理理念上的冲突。计划经济观念根深蒂固，与WTO的市场经济观念不相适应，从政府到社会普遍存在的封闭观念，与WTO自由贸易原则不相适应。行为取向还没有普遍确立效益至上的观念。参与全球化竞争的观念基本不具备。

以上这些不适应和冲突，构成了适应新形势、转变政府职能的必要性和必然性。

二、职能转变的主要内容

政府职能是政府管理体制的主要内容，揭示了政府的基本方向和基本作用。改革开放以来，伴随着经济体制和社会的发展变化，我国政府的职能也在不断转变。我们应当适应新形势的需要，按照发展社会主义市场经济的要求，把政府职能切实转变到宏观调控、社会管理和公共服务方面来。

（一）宏观调控方面。

现代市场经济是市场机制和宏观调控的有机结合。在充分发挥市场在资源配置中的基础性作用的同时，还必须加强和改善宏观调控，正确运用各种宏观调控政策和手段，保持宏观经济环境的稳定。尤其是，中国经济发展正处于经济体制和经济增长方式转变时期，可能造成经济不稳定的因素很多，更需要加强对经济运行的宏观调控，从而实现经济持续快速健康发展。

宏观调控的主要内容包括：

第一，保持经济总量平衡，抑制通货膨胀。在没有宏观调控的市场经济条件下，经济供需总量之间的失衡是必然的现象，直接影响到经济发展速度和经济波动周期，影响到物价稳定和就业的程度。运用各种宏观政策和手段，调节国民收入分配格局，是政府宏观调控的一项重要内容。要建立和完善科学的转移支付制度，以调节地区间的财政收入分配；逐步打破个别行业的垄断局面，统一内外资所得税，以调节行业之间的分配差距；要完善累进制个人所得税制和合理的消费税制，以调节个人收入分配差距过大的现象。此外，还要通过社会保障机制、救济制度、扶贫工作、促进就业等各种措施，保障公民的基本物质生活水平，使社会分配制度能够促进经济发展和社会稳定。因此，各国普遍都把调控经济供求关系放在宏观调控的首位。

第二，制定本国社会和经济发展的战略目标和规划。具有宏观战略层次的决策只能由政府做出。政府应当依据本国人口、资源、环境、经济实力等方面的国情特点，依据客观经济规律的要求，制定社会经济协调发展的总体战略目标和中长期规划，推动经济持续稳定地向前发展。这一点，对中国这种发展中国家尤其重要。

第三，制定产业政策，促进经济结构优化。政府在制定产业政策，促进经济结构优化方面，应发挥重要的作用。经济结构的优化，包括产业结构、地区经济结构、所有制结构的优化。根据中国现阶段的发展情况，在产业结构方面，要提高农业对国民经济发展的支撑能力，加强基础设施和基础工业，大力振兴支柱产业，发挥工业对经济增长的带动作用和增加出口的主力作用，积极发展第三产业，形成合理的规模和结构，发挥劳动就业主渠道的作用；在地区经济结构方面，要引导地区经济协调发展，形成特色经济区域，促进全国经济布局合理化，逐步缩小地区发展差距；在所有制结构方面，要在推进国有经济改革发展的同时，积极发展城乡多种形式的集体经济，继续鼓励和引导个体、私营等非公有制经济共同发展。

第四，调节地区、行业和个人之间的收入分配

（二）社会管理方面。

社会管理，是政府为推动社会进步，建立公正、安全、文明、健康的社会发展环境，对各种不同类型的社会事业所进行的管理活动。在新形势下，政府应当发挥好社会管理的重要职能。

社会管理的主要内容包括：

第一，统筹规划科学技术发展，加速科学技术进步。政府可以通过目标规划、政策引导、资金扶持、技术推广等方式，统筹规划科学技术发展。一是适应市场需求，鼓励和支持技术开发，加速科技成果的商品化、产业化进程，坚持执行知识产权保护政策，依法保护专利发明；二是积极鼓励和引导发展高技术及其产业，重点开发电子信息、生物、新材料、新能源、航空、航天、海洋等方面的技术；三是重视和加强基础性科学研究，瞄准世界科学前沿，重点攻关，力争在中国具有优势的领域中有重大突破；四是大力普及科学知识，积极开展各种形式的科普活动，提高全民族的科学文化素质。

第二，提高全民素质，优先发展教育。加强教育体制改革，通过政策引导，使全社会重视教育，树立优先发展教育的观念，重点普及义务教育，积极发展职业教育和成人教育，适度发展高等教育，优化教育结构，提高教育质量。

第三，国土资源的保护和开发。依法保护并合理开发土地、水、森林、草原、矿产和海洋资源，完善自然资源有偿使用制度和价格体系，逐步建立资源调查，开发海洋产业，保护海洋环境；加强地质勘察工作，努力增加矿产资源储备；加强灾害性天气、气候和地震、地质灾害的监测预报与防治。

第四，环境和生态保护。坚持经济建设、城乡建设与环境建设同步规划、同步实施、同步发展，所有建设项目都要有环境保护的规划和要求，搞好环境保护的宣传教育，增强全民环保意识；健全环境保护的管理体系和法规体系。

第五，统筹规划城乡建设。加强城乡建设法制化管理，严格控制城乡建设用地，逐步形成大中小城市和城镇规模适度、布局和结构合理的城镇体系；加快市政公用事业发展、公共基础设施建设以及城市安居住宅建设。

第六，加快卫生保健事业的发展。坚持以农村为重点，积极发展卫生保健事业，实现人人享有初级卫生保健的目标；重点改善农村医疗卫生条件，加强农村基层卫生组织建设；建立健全多种形式的医疗保健制度，推进医疗卫生服务社会化；加强医疗服务管理，提高服务质量和效率，加强药品质量的监督管理。

第七，推进文化事业发展。在发展文化事业方面，坚持把社会效益放在首位、社会效益和经济效益相统一的原则，促进文化事业与经济发展相协调，调整和优化文化行业结构。要发展各类社会文化，保护少数民族文化；深化文化管理体制改革，完善文化经济政策；加强图书、音像、演出、娱乐、电影等文化市场管理，把握广播电视的正确舆论导向。

第八，发展体育事业。实施全民健身计划，普及群众体育运动，普遍增强人民体质；建立社会化的群众体育管理体制，形成国家与社会共同兴办体育事业的格局，走社会化、产业化道路。

（三）公共服务方面。

在市场经济条件下，市场对社会资源的配置起着基础性的作用。但是，由于经济外部性的影响，许多产品和服务不能由市场完全提供，而必须由政府直接提供或在政府的监管下由市场提供。这类产品或服务统称为公共产品和公共服务。

广义上讲，凡是政府在公共领域内所提供的经济、文化、教育、科技、卫生、体育、社会保障、环境保护等产品或服务，都可以称作公共产品或公共服务。

公共产品或公共服务，传统上历来被认为应当由政府直接提供。随着市场经济的不断发育和发展，各种类型的市场逐渐健全，特别是资本市场的建立，金融工具不断创新，融资方式不断翻新，使得民间资金得以进入公共基础设施建设领域。

此外，为改善服务效率，提高服务质量，也需要在公共服务领域打破传统的政府垄断格局，引入市场竞争机制。

近几年来，中国在"公共服务市场化"的实践方面也取得了很大进展。例如，在公共基础设施建设方面，政府不仅进行直接的财政性投资和依靠国家银行贷款进行投资，而且在吸引国外资金和国内民间资金方面也取得了很大进展。"八五"期间，国家先后设立了电力、铁路、邮电、公路、民航、港口等多种专项建设基金；对偏低的基础设施价格进行了多次调整；除保持银行贷款等间接融资稳定增长外，还在使用股票、债券、集资等直接融资方面进行了试点；探索各类投资主体联合投资方式；逐步放宽了外商以及国内民营企业直接投资基础设施项目的限制，进行了"BOT"等项目融资方式的试点等，使基础设施的"瓶颈"制约得到很大的缓解。

政府在其他公共服务领域，也要逐步减少直接干预的行政行为，摆脱政府对社会事务承担无限责任的现状；加强政府在宏观调控、法律调节和政策制定等方面的职能；培育和发展社会中介组织并充分发挥其作用，引导全社会树立公共服务意识。

三、职能转变的主要途径

适应新形势的需要，真正转变政府职能，还必须改革政府的管理方式。

实现政府职能转变，主要有以下几方面的途径。

（一）从"行政"的管理走向"服务"的管理。

改革开放以来，中国的经济体制由高度集中的计划经济体制逐步向社会主义市场经济体制过渡，使经济结构、分配方式、运行方式、决策体制等发生了重大变化，已经逐步建立起与世界经济接轨的中国特色的社会主义市场经济体制。但目前仍处于由计划经济体制逐步向社会主义市场经济体制过渡的转型阶段，在一定的时期内，我国行政管理体制仍带有转型期经济体制的烙印。

政府各行业部门作为所有者代表的身份未转变，对企业仍保持较多的控制和干预，致使企业尚不能完全扮演市场主体的角色；缺乏鼓励非公有制经济发展的政策；地方保护主义的倾向严重；行业组织尚未完全摆脱政府机构的安排，缺乏成功有效的市场中介服务咨询组织，企业与市场的网络化尚未形成，机构职能重叠、人浮于事的状况依然存在，过多的行政许可和前置审批未能有效控制；市场主体参与成本高，政府部门政务公开不到位，行政举措阳光政策踌躇不前；以权代法、权钱交易、官吏腐败频频发生。

面对入世的新形势，政府的权力关系必须调整，政府的职能必须转变，要从行政者转为社会的服务者，从"以行政为中心"的管理走向"以服务为中心"的管理。

最近二十年出现了世界范围的政府行政改革、管理职能转变，以简政放权、提高效率为特征，将一部分政府管理权力适度放开，还于社会，实行"小政府大社会""小统制大服务"。

主要做法是：重新设计政府，给政府重新定位，重新划分或调整公共部门、私营部门和社会组织的界限。一些西方国家的政府，将大部分公共事业通过私有化或私营化出让、出租或承包，由社会经济组织或中介组织去承担。政府则制定法律和规章制度，监督和执行法律法规。这些做法对我国如何适应加入 WTO 之后的新形势、转变政府职能具有借鉴意义。通过政府业务合同出租，把一些工作任务推向市场；提倡竞争，以私补公；公共服务社区化等办法来"分权""放权"，管理方式上，合同制中市场机制的介入，要求以竞标方式获得公共物品的提供权，直接改变了政府以命令和要求服从的工作方式。

政府计划逐步让位于通过市场过程和调节中的管理和协调，具体管理从政府向合同方转移，这样就实现了政府组织目标确立和具体执行的相对剥离，政府从制定政策关注执行的投入和过程转向了输出结果；公共物品的合同出租促进了公共服务专业化程度的提高。

预算方式上，在合同制的实行中，政府以招标者的身份出现，并对合同执行进行严格监督，从而较合理地降低了公共物品的获得费用。合同制增强了政府的成本意识，提高了政府对金融财政的控制预知和管理预算能力。

此外，政府应大力提升为社会民众提供公共物品和公共服务的职能。如政府把大部分财力用于教育、科研、社会福利事业，建立完善的保障体系。

（二）从现规则的守护者，走向新规则的创立者。

我国在建立中国特色的社会主义市场经济体制运行中，借鉴、学习西方先进文明成果，突出了政府的强力作用，取得了举世瞩目的伟大成就。

然而，随着中国的入世以及知识经济、信息化时代的到来，政府宏观经济政策要进行调整，要成为新经济、新规则的创立者。

中国从计划经济到市场经济的过渡已经进行了十几年，然而市场仍然处于不完整的状态。一方面是国企改革的步履艰难，导致整个国家市场机制不完整；另一方面则是地方保护主义、地区利益驱使各地产生了仅适用于本地的地区性经济和管理政策。这种政策的不一致性和市场的不完整性使外来资本生产经营不便。

根据 WTO 的规定，国民待遇原则要求市场的完整性。在这一原则下，国外投资者和经营者应享受与国内企业同样的待遇，同样，非国有企业要享受国有企业同样的待遇不得歧视。加入 WTO 要有更多的领域对外资开放，将放开企业（不分国有、民营、外资）进出口商品经营权。WTO 规定的透明度原则，对我国经济政策的非透明性是个很大的冲击。中国多年来习惯于利用内部文件管理经济问题，在一定程度上影响了外国投资者正常的经营活动。以往我们在经济领域，有许多规则针对不同的人、不同的地区是有区别的。加入 WTO 后，将要调整、更改，规则面前，人人平等。

WTO 的运作框架是建立在市场基础之上的，其核心是经济活动自由化。具体内容是：企业制度自由化，企业经济活动自由化，竞争自由化。加入 WTO，国有企业的商品进口和生产原料、设备的采购不属于政府采购范围，即政府对企业采购不能再直接干预，这必将促进政企关系、政府职能有大的转变，促进政府加快完成从计划经济体制到市场经济体制的转变。

加入 WTO 后，政府的经济主体角色要做到该退出的退出，比如宏观调控让位给市场机制，投资主体要让位给民间。政府要从原有的规则守护者和维护者，转变为新经济规则的创立者。

（三）国家创新体制的支持者。

加入 WTO，政府的经济活动融入世界经济一体化中，世界经济发展的潮流——以知识经济、信息技术为龙头，服务业为就业主渠道的"新经济"必将对中国产生更大的影响。由于新经济的发展对人类生活方式、交换方式、生产方式带来极其深刻的影响，对中国企业来说，必须把推进工业化和信息化结合起来，创新企业体制。而在这方面，政府将由直接组织从事的各种技术创新活动中退出，让位给市场，还政于企业。政府则通过制定法律和法规，创造宽松的环境和必要的条件，提供政策指导和服务，成为技术创新体制的支持者、推动者。

首先，要建立以企业为主体的创新体制。在美国、日本等发达国家，科技创新的主体是企业，而我国是以政府为主体，政府的投资占科技创新投资的一半以上，以致责任难以落实，收效不大。加入 WTO，政府投资主体地位要让位给民间投资、企业投资。

政府应大力支持建立风险投资体制。科技企业可以通过发行债券股票方式，进行社会融资。让科研院所进入企业，企业自身也应建立科技开发新体制（目前已有不少大型企业建立了自己的科技开发园地）。

其次，政府要采用政策引导，支持建立知识产权创新体制。技术信息和管理等知识要素可以折价入股，作为产权参与企业的收益分配。这是将知识产权和企业产权相结合的一种新体制，可以勃发企业持续的创新能力。政府要制定政策，积极引导建立知识产权评估体系和知识产权有偿转让的中介机构，建立知识产权保护制度，保护知识产权持有人的权益。

再次，要建立有利于创新人才流动和结构优化体制。要打破人才的部门所有制和单位所有制，鼓励创新人才在竞争流动中优化组合。将优秀的创新人才吸引到企业、科研院所和高等院校科技创新机构中来，充分调动创新潜能。要制定一种"技术移民"的优惠政策和创新体制，一方面吸引世界各国优秀人才到中国来创业；另一方面，也可以将中国的创新人才转送到海外，搞跨国科技研究和科技开发，掌握国际前沿科技研究动向，推动国内科技创新的跨越，实现生产要素、人才要素全球范围的优化配置。

（四）国家经济安全的维护者。

加入 WTO，是中国经济融入世界经济体系的必由之路。这既给我国经济发展带来机遇，也使我们面临挑战，从长远看还是利大于弊。

中国加入 WTO，对个别行业的强烈冲击，将促使我国政府加快经济体制改革的步伐，把压力转变为动力。加速产业结构、经济政策的调整，构建起一套与先进国家竞争的经济制度框架，为中国社会生产力的提升创造一个台阶，为中国在经济全球化趋势中赶上发达国家注入活力。

加入 WTO，在扩大改革开放、融入世界经济一体化的同时，还必须注意维护国家经济安全。一个国家的经济利益是国家、民族赖以生存、发展、繁荣昌盛的最根本利益，政府理所当然要成为国家经济安全的维护者。

冷战结束，经济安全成为国家利益的主要内容。在国家军事安全、政治安全和经济安全三大国家安全要素中，经济安全起决定性、根本性的作用。随着一国经济规模的扩大与跨入经济全球化，更大范围、更高层次地参与国际分工是实现经济安全的重要选择。经济安全是一个长期、持续不断、多阶段、重复的博弈过程。经济全球化充分证明，你中有我，我中有你的经贸利益格局，使经贸对抗、报复成为一把双刃剑。经济利益的给予、共享、风险共担、利益协调是维护国家经济安全的重要手段。相互依存、依赖程度的加深，既给国家经济安全带来一定的风险，也给国家经济安全带来高水平、更大范围获得和维护的新机遇。对本国的经济利益保护是真正的国际惯例。

欧美发达国家对维护自己的国家经济安全一直给予高度重视。比如，几年前，美国政府曾经指责意大利通过空心粉商人搞不公平竞争。一个经济、科技最发达的国家，对自己的面条市场也要给予适度保护。又比如美国总统布什拒不执行《京都议定书》，也是出自美国的利益。从保护幼稚工业这个公认的保护理由出发，发展中国家在开放过程中实行适度的保护也是应该的。在经济安全方面，时间因素往往比空间因素更为重要。

近年来，国际金融市场乱象丛生，国内金融、财政、外汇风险仍在逐年加大，政府作为国家经济安全的维护者，必须做到未雨绸缪，"外御金融危机，内防财政风险"。

总之，新形势下政府职能转变是一个需要深入探索和不断实践的课题。其内容和渠道，必将随着理论和实践的深入，而不断丰富和发展。

（本文作于 2002 年 2 月）

试论知识产权的法律特征

人类已经步入了 21 世纪，这个以信息技术、生物技术等高技术为代表的时代，向我们展示了其极富有动感又颇为神秘的魅力。

知识经济、智力资源、无形资产等一系列充满时代气息的术语像是时代的音乐响彻天宇。WTO 规则也使各成员方审时度势，及时纠正立法与执法的偏差。

以保护智力成果、保护知识产权为己任的知识产权法，在促进引导知识经济时代经济和文化事业的发展，平衡、保护智力成果创造者的个人利益与社会公众利益方面起着举足轻重的作用。

明确知识产权的法律特征，对于进一步发挥知识产权法律的激励创新机制，为当代社会迅猛发展的经济、文化提供良好的客观环境和强有力的制度保障，具有重要的意义。

但是，人们对知识产权的定义与内容、知识产权涉及的范围与特点，似乎还缺乏一致的认识，这对于正确认识知识产权的法律特征极为不利。因此，本文对知识产权法律特征的论述，不得不从廓清知识产权的定义、说明知识产权的特点开始。

一、知识产权的定义

"知识产权"一词作为法律术语被国际社会所普遍接受和使用，始于 1967 年在瑞典斯德哥尔摩签订的《建立世界知识产权组织公约》。世界知识产权组织基于该公约而成立，公约中就有"知识产权"的表述。自此，知识产权为世界各国立法者和法学家广为使用，我国法学界从 1986 年《民法通则》正式颁布以后，"知识产权"一词在我国正式通用。

什么是"知识产权"？学术界对其定义的方法和角度不同，所以观点也不同。有的学者认为，知识产权是基于创造性智力成果和工商业标记依法产生的权利的统称。有的学者认为，知识产权是人们基于自己的智力活动创造的成果和经营管理中的标记、信誉而依法享有的权利。有的学者认为，知识产权是人们对自己思维创造的无形财产所拥有的排他性所有权，包括工业产权和版权两大类。还有的学者认为，知识产权是对包括著作权、专利权、商标权、发明权、商业秘密、商号、地理标记及科学技术成果权在内的一类民事权利的统称，是人们基于自己的智力活动创造的成果和经营管理活动的经验、知识的结晶而依法享有的民事权利。

这些学者的定义都有其合理性，只是总结的角度各不相同。知识产权本身就是一个外延不断延伸和发展的概念，人们从不同的认识角度出发从而产生不同的定义十分自然。

从前面的这些定义可以看出，专利权、商标权、版权是在知识产权发展历史进程中一致确定和公认的主要的具体权利，而其他不属版权，也不属专利权和商标权的权利如集成电路布图设计权、商业秘密等，与上述具体权利的基本属性是一致的，即体现了人们智力创造的劳动成果。

因此，我们可以将知识产权定义为：知识产权是以版权、专利权和商标权为主要内容的反映人们智力创造劳动成果的专有权利的统称。

二、知识产权的范围和特点

由于各国有关知识产权的法律规定不尽相同，为了适应知识产权保护国际化的发展需求，世界知识产权组织等国际组织、一些国家和地区，还订立了保护知识产权的国际公约，国际知识产权贸易和有关学术交流也迅速发展。

依据《建立世界知识产权组织公约》（1967 年斯德哥尔摩文本）的规定，133 个成员国所公认的知识产权包括以下各项有关的权利：

1. 文学、艺术和科学作品（对应于著作权）；

2. 表演艺术家的表演、唱片和广播（对应于邻接权）；

3. 在人类努力的所有领域内的发明（对应于发明权、专利权）；

4. 科学发现（对应于发现权）；

5. 工业品的外观设计（对应外观设计专利权）；

6. 商标、服务标志、厂商名称和标记（对应于商标权、商号权）；

7. 制止不正当竞争（对应于不正当竞争禁止权）；

8. 所有在工业、科学和文学艺术领域的智力劳动产生的其他权利。

1993 年 12 月结束的乌拉圭回合关贸总协定谈判形成的《与贸易有关的知识产权（包括假冒商品贸易）协议》（简称"知识产权协议"），也将著作权及其相关的权利、商标权、地理标记权、工业品外观设计权、专利权、集成电路布图设计权，以及对未公开信息的保护，对许可合同中限制竞争行为的控制等作为知识产权和有关的知识产权问题予以规定。另外，各国立法也早已突破了专利、商标、著作权所谓知识产权的两类（工业产权和版权）三部法律的旧有格局，新的知识产权法陆续出台。

我国在这方面的法律制度建设，虽然起步较晚，但起点高，发展较快，不论是保护的范围，还是保护的水准，都已达到相当的高度。只是由于制度建设的时间较短，社会公众的知识产权法律意识，尤其是企事业法人的知识产权意识和法律的执行方面，还有一定的差距。

目前，我国的知识产权立法，除了专利法、商标法、著作权法和反不正当竞争法等专门立法以外，在《民法通则》这一基本法中，还对发明权、发现权和其他科技成果权做出了相应的法律规定，国务院还制定了有关行政法规。我国的知识产权法律体系已经基本建成，并已同国际知识产权保护的通行做法相衔接。

知识产权的保护对象是人类智力劳动的成果，即知识产权是基于人类智力的创造性活动所产生的权利，这决定了它与一般的财产权利不同，具有自身的特点。

（一）知识产权是无形财产权，其客体是智力成果。

智力成果又称知识产品，是指人们通过创造性劳动创造的、具有一定表现形式的成果。智力成果是人们智力劳动的产物，本身凝聚了人类的一般劳动，可以成为权利标的。智力成果具有与通常说的物不同的特性，表现为：

（1）非物质性。这里所说的"非物质性"指的是不具有物质形式，不能向人们控制占有动产和不动产那样对其实行实际占有或控制，对智力成果只能进行感知和利用。例如，一幅美术作品体现了作者的独创性智力劳动，作者对其享有著作权，但作者不能像拥有一件物品那样对该作品进行有效的实际占有或控制，因为他人可以依样画葫芦地把所看过的该作品通过回忆或临摹再现出来，作者的这幅作品此时表现为可以同时为数人所占有，它可以轻易地从作品的创作者转移到其他人，这是智力成果的非物质性所决定的。反观一件动产或不动产，以电视机为例，当电视机为其所有者占有和处于所有者的控制之下时，他人是不可能对其电视机享有所有权的。一件物品的所有权只能附于该物品之上，不能与该物品相分离而游离于该物品之外。这就使所有者对物品的控制变得有效和安全。前面所说的美术作品如果附带在纸上成为一幅"画"时，购买者通过购买行为可以取得该画的所有权，对该画予以占有和收藏，他人未经其同意不能获得画及其所有权。但画的著作权则是作者享有的，著作权的客体就是集结了作者心血的智力劳动成果。这种成果可以轻易为他人所得到，极易与创作者分离而为他人非法传播和掌握。著作权法中关于美术作品的所有权转移不意味着作品的著作权转移的相关规定正是体现了作品的无形性对立法的要求。尽管智力成果都会以物质载体形式表现出来，但物质载体和被附载的成果之间有较明显的差异，知识产权的效力只及于该智力成果而不及于作为物品的载体本身。

（2）创造性。这也是智力成果不同于物质产品的标志，智力成果所以能成为知识产权的客体，在于它的创造性。它不能像物质产品那样进行简单重复生产，通过一个机械模具进行成千上万产品的复制，而复制品可以同时归不同的所有者所有。任何一个智力成果，必须与已有成果相比表现出独特的个性。当然，在不同的领域这种独特的个性要求有所不同。在著作权方面，要求作品必须具有独创性，它强调的是作者对作品的独立创作；在商标方面，商标必须具有显著性，它强调商品的识别功能，与他人商标相同或相近的商标不会获得注册；在专利方面，获得专利授权的发明创造必须具备先进性及创造性、新颖性和实用性的条件，它强调了专利项目的技术水平的前所未有以及可用于工业创造的前景。诸如此类，非可以简单重复制造的一般物质产品所能比拟。

（3）可感知和可复制性。智力成果可以成为知识产权客体的条件还在于它的可感知性。智力成果都必须以一定的形式表现出来，并往往需要附着于某些特定的物资载体。如文学艺术作品表现为文学著作、书画、乐谱、剧本等；商标表现为图案、文字、色彩并标示于商品之上；专利表现为包含有新技术方案的产品、方法、产品外表上的新设计等。仅存在于创造者的思想脑海中而不以一定形式加以表达显现的东西，是不能取得相应权利的。能被表现于创作者思想外部并能够为他人所认识进而利用，是智力成果受到法律保护、被赋予应有专有权的原因。正是因为能被感知和利用，才有法律予以保护的必要。

（二）知识产权具有人身权。

知识产权集财产权、人身权一身，具有财产权、人身权的双重内容。作为一种人身权利，它与取得该项成果的创造人、发明人不可分割，它既不能转让，也不能继承。作为一项财产权利，权利人可对知识产品进行使用、收益和处分，并可将这种权利转让他人。在知识产权的两大权利中，人身权具有极重要的意义。因为知识劳动是以个人的思维活动为中心展开的，知识产品的产生与创造者的人身紧密相连，知识产品的创作过程是人类高级思维过程，每项创作成果，综合反映了创作者的素质、才能、修养，也或多或少地体现了创作者的思想、创作精神、创作造诣。正因为如此，各国法律都将表明创作者的身份作为知识产权的一项重要内容。同时，这也正是人身权不可转让、不可继承的关键所在。知识产权中财产权利的拥有者，常为知识产权中人身权利的享有者，或根据法律规定或经知识产权人同意的其他人。知识产权的人身属性使他与一般的财产所有权区别开来。一般财产所有权的客体是物质产品，物质产品虽然也是生产者体力和脑力劳动相结合的产物，它在一定程度上也反映了生产者的技术水平、素质，但工业化大生产是按固定的操作规程，在集体分工、流水作业的状态下进行的，它更主要地体现在人对物质产品的直接管理和支配并排除他人干涉的权利上，物质产品与生产者本身并无直接的密不可分的人身关系，在大规模的社会化大生产中也很难确定每一产品的生产者具体是哪一个人，所以说，体现在物质产品上的仅仅是一种完整的物权，不包含人身权的内容。

（三）知识产权是一种特殊的财产权利。

知识产权没有形体，不占据空间，难以实际控制，很容易脱离所有人的占有，任何有一定艺术和科技水平的人员均可利用其获得利益。由于精神产品并不因形式上的转让而使创作者失去对他的占有，发明者在将全部权利转让后，仍有利用该知识产品获得利益的可能性。与物质产品不同的是，知识产品不可能被消灭，使用也不能给它带来任何损耗，它可以同时为多数人同时拥有，可在无限制的范围内利用，且无须就同一产品进行再生产。而物质产品的每一次利用都会引起全部或部分消失和损失，它一旦转让即脱离原所有权人。鉴如此，知识产品在其使用、转让等方面都与物质产品不同。物质产品的转让通常是所有权和经营管理权的转让，一般以交付实物为转让的标志，而知识产品的转让大多转让的是使用权，即使交付实物也并不意味着所有权的转移，如画家将其作品赠予友人，他所赠予的只是该作品的原件本身，而不是该作品的著作权，该作品的著作权仍保留在作者手中。

知识产品与物质产品在权利的取得方式上也不相同。知识产权的取得大多需要经过特定的申请、审查、批准和登记、注册等手续，而一般产权在取得上，除特殊情况外，通常不需要履行特别的手续；在侵权行为的表现上，对物质产品的侵害多表现为损毁或非法侵占该项财物，对知识产品的侵害则往往表现为剽窃、假冒等。由于二者存在这些差别，在法律上就需要用不同的法律规范来调整。物质产品以法律确认的所有权、债权来保护，知识产品则用法律确认的知识产权加以保护。

（四）知识产权的公开性

知识产权的客体可以同时为多个主体所占有、使用，具有公共产品的属性。由于其客体的基本存在形式是信息，而信息则容易复制、易于传播，客体可以同时为多个主体掌握并利用。这也就使得知识产权的利用不同于物的利用。知识产权的侵权方式不同于物权法上的侵权，其认定和处罚要复杂得多。有人认为，有形的物也可以为多个主体同时占有——如同一栋大楼可有多个单位同时租赁，同一个广场可同时容纳许多人，其实，大楼的租赁者各自租赁的部分，在物质上具有独立的法律意义，某一时刻，已被某个特定主体占据的某个特定角落，同一时间内，别人已经不可能再以同样的方式占据和利用。显然，有形的物不具有可为多个主体同时占有的性质。可以为多个主体同时占有属于知识产权客体所独有的性质。

知识产权的公共产品属性，不仅表现在它可以同时为多个主体所占有、使用，而且表现在它可以在一定条件下为人们所任意使用，由特定权利主体专有，变为社会共有财富。如自然科学家的科学发现、社会科学论著的学术思想和观点等，均可以同时为社会上众多的人所接受和利用。即使是享有权利的发明创造，在专利期届满或者专利权人放弃而导致专利权提前终止的，以及被公开的商业秘密等，都可以作为社会公共财富，供人们无偿使用，造福于社会。

三、知识产权的法律特征

通过以上论述，廓清了知识产权的定义，认识了知识产权的范围和特点，下面，我们可以对知识产权的法律特征做进一步探讨。

知识产权作为一种法律所确认的权利，从其定义范围和特点出发，其法律特征主要体现在以下几个方面：

（一）专有性。

专有性即排他性。物权具有专有性，物权的专有性表现为权利人直接支配标的物并有权排除他人对于其行使物上权利、享用物的利益的干涉。知识产权的专有性与物权的专有性有所不同，知识产权的专有性表现为：

（1）权利一经确认和授予，权利人有对权利的独占权，不经权利人许可，他人不得行使这类权利，不得复制这类权利物。这种排他权是基于无形财产而设定的，权利的效力也必须带有因无形财产而产生的特定性，这种特定性并非表现为占有和控制标的物，而是表现为权利人对权利的独占和许可。

（2）权利人可以就同一客体同时许诺于他人行使权利之一项或若干项。一项权利经由许可，可以多人同时行使并不意味着对知识产权专有性的否定，恰恰证明了只有权利人的授权，他人才能够利用知识产权客体。物权则不具备对同一客体可以由多人同时行使同一权利的特性。例如：专利权人对其专利设定普通许可时，既可以许可 A 使用其专利，也可以同时许可 B 使用其专利。

（3）相同的客体只能存在一项知识产权，不容许出现重复授权。例如，不同的主体就相同的项目申请发明专利，专利权只能授权一个，而且只能授予先申请者，另一申请者即使确实是自己独立研究做出的发明创造，也只能通过征得专利权人许可的方式来使用该专利。这与物权法中"一物一权原则"不同，物权法并不排除权利人对两个品质、材料、形状、结构等完全相同的种类物分别享有所有权，换言之，尽管是两个完全相同的物品，但所有人仍对其分别享有占有、使用、收益和处分权。这在知识产权法中是不允许的。

知识产权具有专有性，但这种专有性并非绝对的。由于智力成果本身蕴含了前人的劳动，而且只有为社会公众所掌握和利用，才能促进社会的进步和生产力的提高，因此，各国法律都规定了对知识产权行使的一定程度的限制，如著作权法中对作品的"合理使用""法定许可"和"强制许可"；专利法中对发明创造的"强制许可实施""专利权的例外"的规定；等等。这些固然是对专有权利的行使限制，但也从另一个侧面证明知识产权的专有性，就是因为具有专有排他性，才有必要通过法律予以一定的限制或强制，使权利人的个人利益与社会公众利益达到平衡协调。

（二）时间性。

知识产权的客体智力成果可以通过各种不同形式的载体予以记载、存储和表现。因此，知识产权不依赖于智力成果载体的存在而存续，其权利有效期间是由法律规定的。知识产权的时间性，表现在当法律规定的期限届满或者法律规定的情况出现（满足了失效的条件或者不再符合成立的条件），其知识产权归于消灭。但是，作为其原知识产权客体的智力成果并不必然因此而灭失，而是成为社会公共财富，可以为人们无偿使用和共享。例如，一项超过保护期的专利技术，就成为公有技术，可以为社会所共享，任何人为商业目的而使用无须再经过任何人授权、许可，也不需要向任何人支付费用。我国专利法规定发明专利的保护期是 10 年，实用新型、外观设计的保护期也是 10 年。著作权法规定作者享有的以复制、出租、括放等方式使用作品的权利以及由此获得报酬的权利的保护期为作者有生之年加上作者死后 50 年。对知识产权给予时间限制是知识产权公约、条约以及世界各国知识产权立法，普遍采用的原则。法律规定知识产权时间限制的理由主要有以下几点：

1. 智力成果的无形性使之具有永久存在的特点，它不受时间、空间的限制。技术领域的智力成果在技术不断日新月异的情况下，其价值含量逐渐降低，直至因陈旧而被淘汰。当一项技术不再成为人们竞相利用的对象，不存在竞争优势，法律的保护也变得没有意义。

2. 智力成果虽为特定主体所创造，创造人享有对成果的专有权，但社会的发展和科技水平的提高有赖于对该成果的利用，权利人的专有权与社会需求形成矛盾。法律对知识产权的时间限制也是协调这种矛盾的手段和方法之一。

知识产权具有时间性也使知识产权与有形物的所有权有所区别。知识产权因智力成果而产生，就智力成果本身而言，由于它是人的，成果产生后不存在何时消灭的问题，也正因为这样才有法律规定其权利保护期的必要，如果允许权利永久受法律保护，无疑对鼓励创新不利，并阻碍社会文化事业的发展和技术的进步。有形物的所有权因物而产生，以物的存在而存在。有形物都具有存在和使用寿命，物的灭失引致所有权绝对消失，因此没有必要在法律中规定所有权的存续期限。由于法律无须特别规定物的所有权的保护期，在这个意义上讲，有形物的所有权是没有保护期限制的，它伴随物的存在而存在。

知识产权具有时间性，但这并非绝对。以我国商标权为例，商标权的有效期限是 10 年，期满可以续展，续展的有效期也是 10 年，商标权人可以根据自己的需要进行无数次续展，使商标专有权不断延续下去。当然每期 10 年的有效期本身也是一个时间性的证明，因为 10 年期满而不续展的话，该商标不再受法律保护。此外，对商业秘密的保护，法律没有做出时间的限制。对著作人权中的署名权、修改权和保护作品完整权的保护也没有时间限制。这些规定在知识产权法中是较为特殊的，同时也是根据具体需要、条件以及具体的权利属性而做出的。

（三）地域性。

知识产权具有地域性的法律特征，知识产权的地域性指的是根据一国法律，在该国取得的知识产权只在该国内生效，权利的效力不及于他国，他国没有承认和保护该权利的义务，就是说，知识产权没有域外效力。例如，在我国注册的商标，如果没有在其他国家注册，到其他国家就不再受到保护。我国的"同仁堂"药品、"竹叶青"

酒等许多著名的商标在国外曾被抢注，就是因为这些商标没有在外国注册。这是商标权的地域性所致。当然，并不排除各国之间通过公约、条约等方式约定一国对他国知识产权的承认和保护，但这些约定不能掩盖知识产权所具有的地域性特征，相反，它证明了地域性的存在。

知识产权地域性法律特征的产生有其历史原因。最初的版权、专利权就是欧洲封建专制时期由国王通过特别授权颁给特定居民的，版权是国王授予的图书出版者的出版垄断权，专利权也是国王通过颁发特许证方式授予特定市民的经营垄断权，本身带有强烈的地域色彩，而在近现代，资本主义国家对知识产权给予的地域限制也体现了资本主义国家主权原则，是主权在法律中的反映。因此，地域性特征被保存和延续下来。尽管世界范围内的一些重要知识产权公约如《保护工业产权巴黎公约》等，规定了国民待遇原则，明确各成员国在知识产权保护上，对其他公民的待遇不得低于其本国国民，力图突破或减少地域性限制，但事实上，对哪些具体权利加以保护、保护水平高低、保护期限长短等重要问题，仍必须由各国法律做出规定，而各国立法状况的不同将导致保护的结果不同，地域性问题始终没有办法从根本上解决。

总体上看，目前来说知识产权的地域性仍是其主要的法律特征之一，消除地域性有利于公平、客观地保护知识产权，也是应该追求的目标之一。

（四）法律授予性。

知识产权的法律授予性是指知识产权的范围和产生都由法律做出规定，知识产权必须经国家法律直接确认，核准授予，这是各国知识产权制度的通例。

法律的授予性表现在权利范围上以及权利的产生条件和程序上。在范围上，法律会对哪些成果可以取得知识产权做出界定。例如，我国 1984 年的《专利法》规定，药品、饮料和调味品等产品不能获得专利；1992 年修改后的《专利法》则取消了上述产品不可获得专利的限制。我国 1982 年的《商标法》只保护商品商标，不保护服务商标，要求商标必须是文字、图形和组合商标符号，1993 年修改过的《商标法》则同时保护服务商标，申请注册的商标除了原来规定的种类外，还可以是三维标志和颜色组合的可视性标志。

在权利产生上，法律规定了权利产生的条件和程序。知识产权的产生条件，根据具体客体的不同而有所区别。例如，在著作权方面，要求作品必须具有独创性；在专利方面，发明专利必须具备"三性"，即创造性、新颖性和实用性，外观设计则必须具有新颖性和实用性；在商标方面，商标要获得注册，首先必须有显著性，不能存在商标禁用条款所列举的情况，也不能跟他人已经注册的商标相混淆，等等。

在权利产生的程序上，除著作权是因作品的出现而自动产生外，大多数权利往往需要由申请者向特定机构申请，通过审核批准才能取得。

知识产权的法律授予性是由智力成果的无形性决定的。智力成果不能像有形物那样始于人们实际占有和控制，对相同的成果到底由谁享有专利权，人们往往难于确定和辨别。同时，智力成果的利用往往涉及创作者个人利益与社会利益的冲突，因此，哪些成果可以获得专利权，哪些成果不能或暂时不能获得专利权，都必须由法律加以确定。

从上面的叙述可以看出，从来还没有任何一种民事权利被法律规定得如此具体、如此复杂。从知识产权的取得、知识产权的权利范围，到知识产权的法律保护等，都有法律做出相应的规定。相反，没有法律规定的，或者依据法律规定程序和条件审查不能通过的，即不能取得相应的知识产权。即使是接受知识产权权利人的转让或者许可，也要满足法定的形式要件。

知识产权是一个动态的概念。以上关于知识产权定义、特点和法律特征的认识，肯定是初步的、肤浅的，难免挂一漏万，甚至穿凿附会，祈望方家校正。

（本文作于 2002 年 12 月）

不处不可久　不行不可复

管仲是我国春秋时期著名的政治家，对于国家治理和经济发展有着独到的见解。齐桓公在其辅佐之下，国力日盛，终于成就了春秋霸业。近日重读其《牧民》，觉得其中的不少治国之策、定邦之方，对于现今之世颇有镜鉴。

管仲在《牧民》中谈到，要使国家长治久安，经济稳定持续发展，必须"不处不可久，不行不可复"。也就是说，不要停留在不可久留的地方，不干那些不可以再干的事。这些思想与当代要求实现经济和社会可持续发展的要求不谋而合，对我国当前的经济建设和社会发展具有极强的现实指导意义。

要实现经济和社会的可持续发展，不能图一时之利，竭泽而渔，必须尊重国情，立足于国家的资源状况，不然便是"处不可久，行不可复"。

人口众多，资源缺失，是我国最基本的国情之一。我国的国土面积不足世界的1/14，人口则超过全球总数的1/5；我国所拥有的淡水和耕地都只占世界总量的7%，森林为3%，人均矿产资源居世界第80位。

如此短缺的资源，再加上利用不当，浪费严重，更造成了资源的不合理消耗。有专家统计，1949年以来，我国平均每年减少耕地700万亩，几十年来减少的耕地面积，相当于一个法国、两个英国。这些消逝了的耕地，不少成了无关国计民生的高消费场所。如全国建了四百多个高尔夫球场，一个高尔夫球场，便占去了240至1200人的衣食之源。对于这种耕地迅速减少的状况，中国农业大学教授刘巽浩先生痛心疾首地发出了"中华大地上两百年后不耕不种"的警告。

再来看看森林吧。我国的森林覆盖率只有13.92%，人均占有数居世界第121位。可是我们在森林资源消耗方面却有不少世界第一。如：年生产木制铅笔75亿支，出口40亿支，库存15亿支，都是世界第一。还有我国生产、耗费，包括向日本出口的一次性木筷的数量也是世界第一。

我们每年向日本出口300万箱200亿双木筷，需要砍伐40亿立方米木材。而日本的森林覆盖率高达67%，他们却舍不得乱砍滥伐本国的一棵树。

从我国经济发展的实际看，这几年经济高速发展是有目共睹的，但是，灾害的频繁发生，也实在令人触目惊心。资源的不合理使用，森林的乱砍滥伐，带来了极其严重的后果。森林资源迅速减少，土地植被被残酷破坏，生态环境逐步恶化，水土流失愈演愈烈，连年灾荒，土地大面积沙漠化。有人统计，光黄河每年流失的泥沙，就达到了16亿吨。如果用这些泥沙修筑一条高和宽各1米的长堤，这条长堤将可以绕地球32圈。

从长江水患来看，从汉朝至清朝——公元前206年至公元1911年，长江发生洪水214次，平均每10年一次。20世纪90年代以来，水灾几乎每年一次，这与长江流域的森林植被被毁、水土流失严重直接相关。

再看看我们的洞庭湖吧。八百里洞庭，已经风光不再。中华人民共和国成立以来的几十年，湖的面积减少了一半。这都是泥沙俱下、围湖造田的恶果。统计资料告诉我们，各种灾害已经造成人民生命财产的巨大损失。1991年的灾害损失，竟占了当年国民生产总值的1/3。这是大自然的惩罚，这是"处不可久，行不可复"的恶果。

先哲管仲在许多年前便向人们提出了"不处不可久，不行不可复"的忠告。凡事着眼于长远利益，不贪一时之功，不图一时之利，这是我们从事经济建设和加快社会发展必须遵循的重要原则。

党中央已经察觉到了经济建设和社会发展中的这些弊端，提出在现代化的建设中，必须把实现可持续发展作为一个重大战略。要求把节约资源、保护环境放在重要位置，使经济建设与资源、环境相协调，实现良性循环。

只有"不处不可久，不行不可复"，才能求得经济和社会的持续发展，真正造福于子孙万代。

（本文作于2001年4月）

"爱民"就要"安民"

《种树郭橐驼传》是唐代文学家柳宗元的名作。这是一篇兼具寓言和政论色彩的传记文，也是一个讽喻性极强的寓言故事。其实，郭橐驼种树的事迹早已不可寻找，此文也就是柳宗元针对当时官吏繁政扰民的现象，所写的设事明理之作。

文中通过对郭橐驼种树之道的记述，说明"顺木之天，以致其性"是"养树"的法则，并由此推论出"养人"的道理。指出为官治民不能"好烦其令"，批评当时唐朝地方官吏扰民、伤民的行为。反映了作者同情人民疾苦的思想和改革弊政的愿望。此文言简意赅，寓意深远，对今天的为官从政，有着重要的警醒作用。

文章先是颂赞了民间种树专家郭橐驼种树"无不活"的绝技，然后借他之口，讲述种树移植无不活、硕茂、果实结得早而且多的秘诀，便是能够顺从树木的天性，自然地发展树木的本性。随后，作者将种树之理，引申至做官之理，批评当官的喜欢乱发号令，给百姓带来灾祸。劝诫做官的，不要过分驱使和扰害百姓，要给百姓休养生息的机会。最后作者点明了"传其事以为官戒"的题旨。

柳宗元这篇文章，虽然写于唐代永贞年间，距今已历史久远，但现实意义却十分明显。特别是文中阐述的"爱民"与"安民"的道理，值得我们今天的领导者三思。

文章所批评的那些不懂种树规律和"养人"之道的种树人和为官者，其中不少是怀着对树木和民众的爱心而办的错事。在今天，我们的领导干部和唐代的官吏已经有了本质的区别，但是怀着爱心而办了扰民、害民之事的情况却也屡见不鲜。当今不少领导干部，一心想让经济尽快发展起来，让人民生活尽快富裕起来，拼命地一会儿要大家做这个，一会儿要大家做那个，使大家忙得不亦乐乎。虽然怀的是一番好意，但效果却很不理想。

几年前，本人带队下农村去社教，自己不懂农业，却根据上面的指示，一会儿要农民种橘子树，一会让农民种茶子树，一会儿要农民种葡萄，一会让农民养鸡鸭，一会让农民办砖厂……虽然怀有一片爱民之心，结果却是事与愿违，一事无成。

读了柳宗元的《种树郭橐驼传》之后，颇有豁然开朗的感觉。感觉到从政为官光有爱民的美好愿望和出发点还不行，一定要尊重客观规律，顺应自然，体察民情民意，做到安民，才是真正的爱民。

如何才能做到安民、爱民呢？总结以往的经验教训，至少可以从以下几方面努力：

首先，要尊重群众，依靠群众，密切联系群众。群众是真正的英雄，他们才是推动历史发展的动力。领导者不要自视高明，乱发号令，使人民群众疲于奔命，不得安生。不管是柳宗元文中批评的那些不懂种树之理的种树人，还是不知养人之理的为官者，他们毁树、扰民的思想根源，很大部分原因就是自视太高，才会不明事理。

其次，要克服急功近利的思想，树立全心全意为人民服务的崇高理想，不追求个人私利。抛开个人私心，才能在工作中尽量予民实利，不图虚名，让人民群众好好地休养生息。

今天的一些领导者，一上任就大搞政绩工程，不管经济规律和百姓辛苦，目的是想在任上干出一些成绩，以此来达到个人的目的。这样做的结果，往往是事与愿违的。党考察、任用干部，不能只看 GDP，要对干部的政绩做全面考察。

另外，要学习、研究、掌握客观规律，尊重客观规律，一切按客观规律办事。在工作中，要顺其自然，不要出现揠苗助长、事与愿违的失误。

柳宗元在《种树郭橐驼传》中阐述的观点是深刻的，值得今天的从政者记取。只有让自己为民造福的理想，建立在尊重客观规律、充分体察民情民意的基础上，才能通过"安民"而实现"爱民"的目的。

（本文作于 2001 年 10 月）

无以人灭天

庄子是我国古代春秋战国时期伟大的思想家、哲学家、文学家，他的文章充满了想象力和浓厚的浪漫主义色彩。他的名篇《秋水》，则是采用了寓言故事的形式，用浅显易懂的方法向人们展示了不少做人做事的道理。

庄子的思想是复杂和深刻的，包含着朴素辩证法的因素。在其名篇《秋水》中，阐明了许多深刻的哲学道理。特别是在文章结尾处的几段里，阐述了"万物一齐""天在内，人在外，德在乎天。知天人之行，本乎天，位乎得，蹢躅而屈伸，反要而语极""无以人灭天，无以故灭命，无以得殉名"等观点。

这些历久弥新的观点，强调客观规律，要求人们尊重自然、顺应自然、不要破坏自然的道理，对于今天现代社会生活的发展，具有重要的指导意义。

所谓"万物一齐"，指的是世间万物各有各的位置，形成了生态平衡和相互依存的生态链。大自然是一个整体，万物都有存在的理由。我们不能因为自己的视野限制，看不到某些事物的作用，有意无意地破坏了生态平衡和生态链。看人也一样，尺有所短，寸有所长。作为领导者要善于用其所长、避其所短。懂得了"万物一齐"的道理，便可以养好生之德，尊重世界万物，顺应自然规律，做到厚德载物，有容乃大。

那么怎么去寻找事物发展的自然规律，并在行事中认真遵循呢？最重要的就是要尊重天然，不要人为，要以天然为根据，"无以人灭天"。这就是文中一再强调的"道"。

就做人而言，应该根据时代历史条件来决定自己的进退取舍。不要拘束自己的心，不要固执一个方面，以致和大道不合。要处事公平，持心公正，包容万物，没有偏向。万物都是整齐划一的，事物没有固定不变的形态，物有生死而道无始终。

万物都处于变化之中，我们只能尊"道"而行，通达事理，随机应变，不因外物而损害自己，任其天然，随时而进退屈伸，这便是行事之要害。

在处理人与自然的关系方面，我们更应遵循自然规律。现在社会中的许多做法，都违背了自然规律，不尊重天然，用人为来破坏天然。现代人的工作，许多都是白天和黑夜颠倒，四季由于空调的使用而改变。这都是对人的健康不利的事情。由于城市的发展、科技的发展，人与大自然的关系日益疏远。

在钢铁水泥的"森林"中，人与大自然隔绝了，实际上是隔离了人的生命能量的源泉。现代文明的某些发展、现代人的某些生活方式，好像是给马安上笼头、牛穿上鼻针一样，都是不自然的、违反自然规律甚至是摧残生命的。

有些对自然的改造，实际上是在破坏自然。如转基因食物、农药的大量使用、某些水利电力工程的修建，等等。一时来看，这些东西也许对人类有一定的用处，但从长远来看，从历史来看，将对人类贻害无穷。

这些年我国经济的高速发展，成绩是明显的。但是，自然灾害的频繁发生，也匪夷所思。在经济建设中，有的人只顾眼前利益，不尊重自然规律。如大量砍伐森林、围湖造田等。森林的乱砍滥伐，使得森林资源迅速减少，土地植被被破坏，生态环境恶化，水土流失严重，土地大规模沙漠化。这种恶果，是极其触目惊心的。

恩格斯在《反杜林论》一书中指出：人们在为改变自然而沾沾自喜时，正在受到自然疯狂的报复。如今大自然对人类疯狂报复的例子已经比比皆是。在我们今天的社会发展中，应该走尊重自然规律、保护生态、保护环境、保护资源，走国民经济可持续发展的道路。正如庄子在《秋水》中所说，不要用人为破坏天然，不要因为故意而伤害性命，不要不惜一切去追求虚名，而应该大力倡导绿色农业、生态农业，把环境保护、自然资源保护，与社会发展结合起来，保持生态平衡，实现持续发展。在生活上，也要倡导符合自然规律的生活方式，返璞归真，回归自然，以求得自然和人类共同的健康发展。

(本文作于 2001 年 12 月)

梨树无主　吾心有主

宋末元初，怀州河内（今河南泌阳）有个名叫许衡的人，以品行高洁著称。

他年少时的一年秋天，随逃难的人群经过河南的河阳县，一路上找不到水喝，大家口里渴得直冒烟。人们坐在路边歇息时，突然发现前边有一棵果实累累的梨树，同伴们争先恐后地跑过去摘梨吃，唯独许衡坐在路边看书，像根本不知有这么回事一样。

有人问他为什么不去，他说："这梨树不是我家的，不能随便拿人家的东西。"同伴说："现在兵荒马乱，人们死的死，逃的逃，这树是没有主的。"许衡则说："梨树虽无主，但我的心有主，不能随便乱来呀。"结果，他真的一个梨也没有吃。

后来，当地流传一则童谣专门歌颂此事："许衡方渴时，不食道旁梨，一梨食细微，不义宁勿为。"许衡的"梨树无主，吾心有主"的说法，也成了流传千古的名言。古往今来的人们，在倡导"慎独"精神时，也常常援引这个例子。

"慎独"一词出自《礼记·中庸》："莫见于隐，莫显乎微，故君子慎其独也。"意思是说，不要以为没有人看见，没有人知道，对于比较细小的事情，就可以放松对自己的要求；相反，越是在这种情况下，越应该严格要求自己，谨慎从事，不做任何不道德的事。刘少奇同志在论及共产党员修养时也曾说过，一个无私的人，"即使在他个人独立工作，无人监督，有做各种坏事的可能的时候，他能够'慎独'，不做任何坏事"。

从古代圣贤到现代的马克思主义者，都在倡导"慎独"，可见"慎独"不会因时空的变化而失去其特有的价值。无数的实践证明，一个人处在集体生活之中，处在公众的监督之下，是比较容易做到循规蹈矩的，因为这时候，外界的约束力远远大于内心的自制力，一个人即使自制力很差，由于约束力的作用，一般来说，他也不敢逾越规矩。然而，当一个人独处的时候，也就是外界的约束力处于"空挡"的时候，他能否循规蹈矩就看自制力能否起作用了。在这里，自制力就成了衡量一个人道德修养高下的标尺了。

曾记得当年的大庆工人，对自己提出了"领导在场和不在场一个样，没人检查和有人检查一个样"的严格要求，这实际上是质朴的工人用质朴的话语表达了自己一种崇高的道德追求。曾激励过一代又一代中国人的共产主义战士雷锋同志，一辈子勤勤恳恳为人民做好事，而且做了好事从不留姓名，他的行为实际上就是道德修养自我完善的自觉实践。

大庆工人也好，雷锋也好，他们的行为对传统道德的"慎独"无疑是更新意义和更高层次上的诠释。

作为一种道德修养方法，"慎独"还有注重内心修养、防微杜渐的意义。要达到"慎独"的道德境界，必须在心灵中筑起坚固的道德防线，展开积极的思想斗争。不论在什么环境里，不论在什么条件下，我们都应当严格要求自己，坚持道德原则。

"防微杜渐"则要求我们在各种情况下，都注意从小处着手，大处着眼。"勿以恶小而为之，勿以善小而不为。"因为在道德修养过程中，"大"和"小"并没有本质的区别，处于无人监督的环境中，哪怕你只做了一件很小的坏事，也会损害你的道德修养；反之，如果你做了一件很小的善事，哪怕无人知晓，也会给你心中美德的大厦添上一块砖瓦。

"慎独"是道德修养的一种极好方法，也是道德修养的一种炉火纯青的胜境。要进入这个胜境，非一日之功，更不会一蹴而就。然而，绝顶上的灵芝方为珍，深渊底的骊珠堪称宝。只要我们刻苦地磨炼、不懈地追求，总有步入迷人胜境的那一天。

（本文作于 1998 年 3 月）

劝君莫做妒花女

"齐贤"，语出《论语·里仁》："见贤思齐焉。"意思是看见品德高尚的人，便想着怎样通过努力变得和他一样。这是历代正直而有为的人们追求的一种美德。

唐代文学家韩愈在《原毁》一文中谈到有道德的人，要求自己十分严格，听说古人中有个叫舜的仁义之人，他们便探求他成为舜的原因，并责备自己说，他是人，我也是人，他能这样，而我为何不能这样？于是日夜想去掉那些不如舜的地方，发扬那些与周公相同的长处。可见，齐贤是一种要求自己不断学习、不断进步，以求日臻完善的道德修养方法，也是一种能为别人的成功和幸福而高兴，满怀热情地悦纳别人的幸运，以温厚的胸怀共享朋友的欢乐，并通过向成功者学习和努力奋斗，去取得更大成功，赢得更大幸福和欢乐的美德。

古往今来，想齐贤者不少，能齐贤者则为数不多。这是因为，齐贤的美德要在与嫉妒——这种人类较为古老和普遍的情感的斗争中才能形成，要在克服嫉妒——这种极难克服的心理的过程中才能发展。培养齐贤的美德，需从防止和克服嫉妒——这种心灵的病毒对人们灵魂的荼毒开始。

嫉妒是一种卑劣的情感。它是私有观念以及小生产方式所产生的绝对平均主义的产物。私有者想占有一切，于是视别人的发展为对自己的剥夺，因而嫉妒别人的成就。而绝对平均主义，则经常指使人们对超过自己的人用拉平的方法来消除差距，嫉妒使人将别人的幸福看成是自己的痛苦，将别人的成功视作自己的失败，将别人的进步看作自己进步的障碍，将别人的欢乐看作自己的苦难，在生活中导演了无数起破坏友情、危害事业、毁灭欢乐、阻碍成功、摧残青春的悲剧，与认真学习他人长处，从中获得发展和进步的"齐贤"美德，背道而驰。

这种每个人在人生历程中都难于避免，在生活中屡见不鲜的制造害人害己悲剧的刽子手——嫉妒，以其惊人的危害，遭到正直人的愤恨。诗人艾青将嫉妒比作"心灵上的肿瘤"，《圣经》中则把它叫作"凶眼"。的确，这种卑劣的情感曾经毁了无数美好的灵魂和情感，并把无数的凶险和灾难降落到它目光所到之处。

我国古代典海《太平御览》里记载了一则"妒花女"的故事。传说古代有个武阳女子，专好嫉妒。有一次，她丈夫在观赏桃花时，随口说了声"美哉"，便点燃了她心中的嫉妒。她立即叫人砍光了满院的桃树。

嫉妒之心及于花木尚且知此，对人则更为残酷。

战国时候，魏国大将庞涓嫉妒他的同学孙膑的才能，用最恶毒的手段，将其骗到魏国，处以膑刑，使他永远也站不起来。后来孙膑奋发努力，受到齐王重用。在一次齐魏交战中，孙膑设计引庞涓的军队上钩，把庞涓射死在马陵道中。孙膑善于用兵，留下了《孙膑兵法》传之后世；而好嫉妒的庞涓则落得个贻笑万年的下场。

19世纪英国化学权威戴维，本来是一位有成就的科学家，但因嫉妒学生法拉第的才能，在讨论是否吸收法拉第参加英国皇家学会时，投了唯一的反对票，在科学史上留下了不道德的一笔。

《圣经》曾经告诉人们，魔鬼之所以要趁着黑夜到麦地里去种上稗子，是因为他嫉妒别人的丰收。的确，犹如毁掉麦子一样，嫉妒这恶魔也在暗地里悄悄地毁掉人间许多美好的东西。

古人李萧远愤然写道："木秀于林，风必摧之。堆出于岸，流必湍之。行高于人，众必非之。"嫉妒之风，确实吹折了无数株德行出众、质资超群的"秀木"。如楚国政治家、爱国主义诗人屈原，因宫廷权贵的嫉妒陷害，被楚王贬抑放逐，终于愤而投江自沉。先秦学者韩非因同学李斯的进谗而身陷狱中，自杀身亡。西汉时的政治家、文学家贾谊，权臣嫉妒其才能，使之32岁便夭折于郁郁不得志中。隋炀帝因嫉妒而逼迫薛道衡自尽，萨里埃利因嫉妒而置莫扎特于死地。这桩桩件件嫉妒之罪，理应成为警戒世人的长鸣警钟。

黑格尔说："有嫉妒心的人，自己不能完成伟大的事业，乃尽量去低估他人的伟大，贬抑他人的伟大性，使之与他人相齐。"我国文学家韩愈也认为，不愿进取的人不能修养德行，而好嫉妒的人则怕别人修养美德。英国思想家培根写了《论嫉妒》一文，认为："嫉妒者往往是自己既没有优点，又找不到别人缺点的，因此他只能用败坏别人幸福的办法来安慰自己。"嫉妒者自己是侏儒，千方百计把别人也拉矮；自己无能，也希望别人无能；自己无为，也不愿意别人有为。

其实，嫉人之成功，妒人之才能，结果只能害人害己。因嫉妒而受害的也包括嫉妒者本人。高山不会因别人说矮便低下身姿，大海不会因别人说小便蜷曲身子，秀木也不会因别人说不美而减其秀色。嫉妒者把自己宝贵的时间、精力，都空掷在嫉妒他人幸福的无尽烦恼之中，把聪明、智慧都浪费在贬损、诽谤别人成功的无用功上，自己虚耗了自己的才智，自己耽误了自己的前程。嫉妒使他没有真正的朋友，没有真正的友情，很难平衡的心理，使精神备受折磨，容易衰老，自己造就了自己苦涩的生活。因此，嫉妒之情实在是有百害而无一益。

嫉妒也不是人类社会的不治之症。社会主义生产关系所带来的新型的人际关系是嫉妒的"克星"和"天敌"，社会主义道德中的齐贤美德亦是根治嫉妒的一剂良药。在当今时代，嫉妒的阴影仍在作祟。用挖苦来阻止他人进步，用讥讽别人的成功来掩饰自己的无能，患不均而"红眼病"发作，用流言蜚语来诋毁他人幸福的人还大有人在。我们需要进一步发挥社会主义生产关系的优势，用新型的社会主义的人际关系，用齐贤的美德，来克服嫉妒这种卑劣的情感。

　　如何才能做到齐贤呢？齐贤的美德要求人们具有坦诚、宽广的胸襟，欢迎、祝贺他人的成就和幸福。在我们社会主义国家，人们有着一致的根本利益，相互间是同志式的平等关系，社会给予各人的机会和选择是平等的，大家可以在互相帮助、互相竞赛中共同前进。随着社会主义精神文明建设的发展，私有的观念逐步淡薄，"人人为我，我为人人"的新型人际关系将人们的情感、心思扭结在一起。幸福既是个人的，也是大众的；成功既是个人的，也是国家、社会的。嫉妒赖以滋生的土壤正在逐步崩裂和消失。

　　齐贤美德还要求人们在祝贺、欢迎别人的幸福与成功的同时，激发不服输的精神，见贤而思齐之，向先进者学习，形成见美德就学、见先进就赶的社会主义齐贤美德。

　　齐贤的美德更要求人们在他人的成就面前拥有勇于超越的精神。对于别人的长处和成就，既要努力学，更要敢于超。正如鲁迅先生所说，不要只用力抹杀别个，使他和自己一样地空无，而必须跨过那站着的前人，比前人更高大。这才是齐贤的目的之所在。

（本文作于 1998 年 6 月）

坚守精神家园

近段时间以来，党和国家领导人多次强调，要扎实做好保持党的纯洁性的各项工作。我们的党，是一个由几千万党员组成的集体，每个党员都是其中的细胞，因此，要保持党的纯洁性，需要从每个党员做起，需要我们广大党员干部坚守自己的精神家园。

有人说"悲剧比喜剧更深刻"，这话很有哲理。每当目睹身边一些干部发生蜕变的过程，大家的心灵一定受到极大震撼，既使我们受到深刻的教育，也引起我们的思考。

在商品经济的大潮中，一些党员经不住诱惑，放弃了道德理想和精神追求，导致了人生悲剧的发生。我们一定要从中吸取教训，认真思考如何坚守精神家园的问题。

一、坚守精神家园要保持清醒

考察一些人犯错误的原因，不难发现其追求上的贪婪、本质上的堕落、结果上的悲剧都源于思想的糊涂、认识的错误、心理的失常、心灵的扭曲。因此，坚守精神家园务必保持清醒。

人，什么时候才最清醒呢？人们在总结经验教训中得出一个结论："人在倒霉时最清醒，大病降临时最清醒，受到重挫后最清醒，退休赋闲时最清醒，股民在炒股失败时最清醒，贪官在东窗事发后最清醒。"但这些时候的清醒，都为时已晚。智慧的人，就是要善于把事后的清醒、结果的清醒、一时的清醒变为事前的清醒、过程的清醒、一生的清醒。

概括起来，人生要在以下几个方面保持清醒：

面对金钱要保持清醒。"人不能把金钱带进坟墓，金钱却常常把人带进坟墓。"

处在商品经济社会，没有钱，我们不能维持基本的生存，所谓"钱不是万能的，但没有钱也是万万不能的"。但对于金钱的态度，却也有崇高和卑下的区别，必须牢记"君子爱财取之有道"。

君子和小人，在对待金钱的态度上总是恰恰相反：爱钱而不忘道义、不忘良知、不忘操守的人，是君子；爱钱而唯钱是图、不择手段的人，是小人、恶人，甚至是人类的罪人。

贪欲是罪恶之源。金钱并不罪恶，罪恶的是人的贪欲。扭曲人心灵的从来不是金钱，而是人们自身对金钱的贪欲。被金钱毁灭的人，永远是那些把金钱看得高于一切的人。一心贪图金钱的人本想用金钱来买快乐和幸福，结果买到的往往是人生意义和价值取向的堕落。

更要清醒地认识到金钱不是万能的。金钱能买到娱乐，未必能买到快乐；金钱能买到婚姻，未必能买到爱情；金钱能买到文凭，未必能买到学问；金钱能买到头衔，未必能买到威望；金钱能买到舒适，未必能买到幸福。

面对权力要保持清醒。权力是一柄"双刃剑"，可以让人谱写出人生光辉的篇章，也可以把人钉在历史的耻辱柱上；可以使人高尚，也可以使人堕落；可以成就一个人，也可以毁掉一个人。慎用权力，对于党员干部，特别是领导干部来说，十分重要。

应该明白：第一，权力是人民给的。现在有的人认为，职位不是组织和人民给的，而是凭自己的"本事"获得的，凭关系取得的，是某领导人恩赐。这些观点大谬不然。任何时候任何情况下，我们都必须牢记"权力来自人民，权力只能用来为人民服务"的道理。第二，权力不等于权威。领导权威的大小取决于领导者在被领导者心目中的认可度、接受度。如果群众不认可，不接受，你地位再高，权力再大，也不可能有权威，相反，还会被群众所抛弃。

人们犯错误的过程，有一种"青蛙效应"，那就是将青蛙放入常温水中，然后慢慢放入热水，使青蛙浑然不觉，在舒舒服服中被烫死。所以，我们要以谨慎之心对待权力，时刻保持清醒头脑，永远抱有如履薄冰、如临深渊的心态，不能当糊涂官、从糊涂政、办糊涂事，更不能滥用权力、以权谋私、铤而走险。权力的本质就是责任，权力越大，责任越重，要牢记自己肩上神圣的职责和使命，想到党和人民的信任与重托，"在其位，谋其政；行其权，尽其责"。要不忘操守，把持住自己，修为政之德，去非分之想，惧法纪之威，做到廉洁从政、清白做人。

面对美色要保持清醒。这一点，不光是提醒男人，也包括女人。虽然"英雄爱美女，美女爱英雄"古已有之，但封建社会男女社会地位不平等，男人不仅可以三妻四妾，而且可以对女人始乱终弃。所以即使与美女勾搭上了，也不必背负太大的道德责任。而现代社会注重人与人之间的平等和权利，注重法制观念。因此，现代的"英雄"们一定要保持清醒的头脑。如果你不想毁掉你的家，那你就要自觉地和美色保持一定的距离，你可以远远地欣赏，但决不能走近，否则可能得到的可悲下场是前程尽失、家破人亡。

二、坚守精神家园要甘于淡泊

不少书法家经常写"淡泊明志，宁静致远"。这八个字看似简单，实际上却包含着深刻的道理，甚至足以做一生的修为。

这句话出自诸葛亮54岁时写给他8岁儿子诸葛瞻的《诫子书》，既是诸葛亮一生经历的总结，更是对他儿子的要求。用现代的话来解释这句话就是："不把眼前的名利看得轻淡就不会有明确的志向，不能平静安详全神贯注地学习，就不能实现远大的目标。"

淡泊不仅是一种人生态度，也是一种人生气度，甚至还是人生最好的福分。对一个人来说，你要活得随意些，你就只能活得平凡些；你要活得辉煌些，你就只能活得痛苦些；你要活得长久些，你就只能活得简单些。

贪赃枉法者，很重要的一个错误思想根源就是贪欲，存有失衡心理、贪婪心理、侥幸心理，便耐不住寂寞，守不住清贫，不甘于淡泊。因此，坚守精神家园务必甘于淡泊。

要甘于淡泊，需要做到以下几点：

淡泊就要"知足"。有道是"无欲则刚"，如果一个人不是为了自己的欲望而追求，真正一心为公，讲话的底气就会足。明朝朱载堉散曲《十不足》曰："终日奔忙只为饥，才得有食又思衣。置下绫罗身上穿，抬头又嫌房屋低。盖下高楼并大厦，床前缺少美貌妻。娇妻美妾都娶下，又虑出门没马骑。将钱买下高头马，马前马后少跟随。家人招下十数个，有钱没势被人欺。一铨铨到知县位，又说官小势位卑。一攀攀到阁老位，每日思想要登基。一日南面坐天下，又想神仙下象棋。洞宾与他把棋下，又问哪是上天梯？上天梯子未做下，阎王发牌鬼来催。若非此人大限到，上到天上还嫌低。"这便对那种不知足的心态，描绘得淋漓尽致。这种人活得不仅痛苦，而且活得十分危险。我们对生活、对工作、对名利，一定要有知足感、淡泊心，要懂得"残缺之中有大美，酸苦之中有甘甜"的哲理。

这里，我还给大家讲一个故事：一个追求幸福未果的女孩自杀，被一老人撞见救下。老人拿了张"一句话设题答卷"让女孩看。问题是：如有可能，你所要的最大幸福是什么？五个答案分别是："有个家！""有爱我的爸妈！""有一双明亮的眼睛！""能听一听鸟儿歌唱！""能起来走一走！"女孩不懂，老人拉她去见这五个答题的人——孤儿、弃儿、盲人、聋哑人、瘫痪者。女孩一下便明白了：我应该知足呀！

淡泊就要"放下"。古人云"大丈夫能屈能伸"，这里的"大丈夫"指的是气量大的君子。对任何事情我们都要拿得起，放得下。"放下"是一种很重要的修养。唯有修养到一定程度的人，方可不为外部世界的名利所动，不为内心世界的私欲所惑。有这么一个典故：一位得道的高僧养了一只狗，名字就叫"放下"，每到给它喂食的时候，高僧就会站在庙门口，大声呼唤："放下、放下、放下！"周围的人们很奇怪，问高僧为什么给狗取了这么奇怪的名字。高僧说："你们哪里知道，我其实不是唤狗儿，而是在叫我自己，提醒我自己放下俗事呢！"做人需要"放下"，为官更需要"放下"。勇于放下就不会沾名钓誉、为所欲为；乐于放下就不会利欲熏心、苦心钻营；安于放下就不会以权谋私、骄奢淫逸；善于放下就不会心浮气躁、急功近利；敢于放下就不会争名于朝、争利于市。

淡泊才会安康。现实生活中，由于不甘于淡泊、不满足于现状而步入泥坑的不乏其人。深圳市原市长就是因为追求名利之心过于强烈而深陷囹圄。厦门远华走私案主犯赖昌星就是因为自己越来越不甘于淡泊，也拉拢了很多不甘于淡泊的领导干部，从而给国家造成了巨大的经济损失，遭到了法律的严惩。郴州市原市委书记李大伦也是私欲得不到满足而走向了犯罪。

很多人也许有同样的感受，我们的父母大部分在农村生活，突然接到城里来生活以后，尽管道路宽阔、高楼林立、车水马龙、热闹非凡，子女对他们也热情周到，带着父母下高档饭馆，逛高级商场，但是他们很不适应，仍然愿意回到农村。农村虽偏，却有着取之不尽的清新空气，有着简单淳朴的乡邻，有着最自然的原生态的环境。这就告诉我们一个道理，奢华并不能给人带来真正的舒适，如果极尽奢华、沉湎享受，即使钱的来路正当，也不长寿。如果钱的来路不正，小则更加折寿，大则断送前程，祸国殃民，危及生命。

三、坚守精神家园要追求高尚

人们常用高尚来形容道德品质的美好。高尚是一种品德、是一种精神上的纯洁。

古希腊一位哲学家把高尚美德比喻成人生的第二个太阳。他说："我们若想升起我们人生的第二个太阳，是要付出代价的。"党员干部要想升起第二个太阳，就要讲正气、讲奉献、讲勤俭。

讲正气才会高尚。回顾中华民族几千年的奋斗史，不难发现，有一股浩然正气，作为中华民族的传统美德，已融入中华民族的血脉之中。只有讲正气，才能自强不息，百折不回，以奋斗为天职，以奉献为幸福；只有心存正气，才能排除任何干扰，抵制任何诱惑，不在阴谋的欺骗下动摇，不在权势的压力下屈服，不随波逐流，不自暴自弃；只有心存正气，才能始终保持清醒的头脑，不玩物丧志，不阿世媚俗，才会在人生的风口浪尖上立于不败之地。因此，作为一个共产党人，在任何时候都决不能放松对自己主观世界的改造，不能丧失原则和立场。

讲奉献才会高尚。有一首叫《爱的奉献》的歌人们至今都在传唱。这首歌把奉献比作心的呼唤，比作人间的春风，比作生命的源泉。这首歌之所以深入千家万户，人人耳熟能详，就是因为能引起大家的共鸣。

社会的健康发展离不开大家的无私奉献！井冈山斗争时期，有一批是留学归来的"海归"，有一批是黄埔校园的精英，有一批是受过高等教育的学生，还有一批是出自豪门世家的"背叛者"，许多人家境殷实，个人前程不差。他们为什么抛弃个人幸福、个人前程？为什么投身到艰苦卓绝的斗争环境？为的是实现共产主义理想，为的是人类解放事业，他们"以千千万万穷苦百姓的翻身和解放作为人生的最大幸福"。井冈山斗争中自然环境、生活条件非常恶劣，吃饭难，穿衣难，食盐、药材等日用必需品奇缺，时时面临着被冻死、饿死、困死的严峻考验。他们为什么能经受考验？他们表现的是不为名、不为利，为共产主义事业而奋斗的革命精神，**体现的是一切为了党和人民无私奉献**

的精神。

讲勤俭才会高尚。"勤俭"是我们党的传统美德，在今天这个生活条件相对优越的状况下，仍然不能丢掉这个"传家宝"。我们党的伟大领袖毛泽东同志在中华人民共和国成立前夕，准备会见民主人士，警卫员选了半天，也挑不出一件不带补丁的衣服，就诉苦说："主席，咱们真是穷秀才进京赶考，一件好衣服都没有。"毛泽东说："历来纨绔子弟都考不出好成绩，安贫者能成事，嚼得菜根百事可做，我们会考出好成绩。"在新形势下，我们仍面临着不断地"赶考"，思想艰苦一点，作风务实一点，生活俭朴一点，才能更得民心，更有作为。

在我国，人们的生活水平已有了大幅度提高，但我们应当清醒地认识到，广大中西部地区的村村镇镇有3亿多人口，其人均国民生产总值只有610美元，距世界贫困线标准人均1082美元还差一大截，奔小康还需要不少岁月。千万不能一叶障目而丢掉勤俭的传统。否则，坐吃山空，不思进取，不用多少工夫，好日子也会变成过眼烟云，昙花一现。

我们文艺工作者是人类灵魂的工程师，坚守好自己的精神家园具有极为重要的意义。

在中国文联第九次全国代表大会上，胡锦涛总书记要求广大文艺工作者要大力弘扬中国特色社会主义共同理想，发扬以爱国主义为核心的民族精神和以改革创新为核心的时代精神，礼赞高尚道德情操，鼓励一切有利于国家统一、民族团结、经济发展、社会进步的思想道德，推动建设中华民族共有精神家园。我们要认真学习总书记的重要讲话，深刻领会，进一步规范职业行为，弘扬高尚的职业精神，践行"爱国、为民、崇德、尚艺"的核心价值观，争做德艺双馨的文艺工作者。

（本文作于 2011 年 6 月）

树立科学创新观

当前，全国上下正在开展"深入创先争优"活动，这是对党员和党组织的一次大检阅。

我作为一名有着三十余年党龄的老党员，经过党多年教育培养，已牢固树立了马克思主义的世界观、人生观、价值观，在新的历史条件下，但还有"一观"，是有待积极探索并认真实践的，那就是科学的"创新观"。

创新，是一个民族进步的灵魂，是一个国家兴旺发达的不竭动力，也是推进文化强省，壮大文化软实力的重要法宝。

创新意识对于我们21世纪的发展至关重要，是新形势、新任务、新环境向新世纪的党员干部提出的迫切要求。我们要用科学的创新观为指导，促进我们的事业蓬勃发展。

一、以"史"为鉴，注重扬弃创新

江泽民同志指出："一名领导干部不善于从历史中吸收营养，不可能成为高明的领导者；一个政党不善于从总结历史中认识和把握社会发展规律，不可能成为顺应历史潮流的自觉的政党；一个民族不善于从历史中继承和发展本民族与世界其他民族创造的优秀文明成果，就不可能自立于世界民族之林。"

要做到与"史"俱进，在扬弃中创新，一是要坚持共产党的领导。只有中国共产党才能团结和凝聚全国各族人民为解决近现代中国的历史课题而奋斗。

二是要树立"立党为公，执政为民"的理念。历史是一面镜子。历史上绝大多数的执政者执掌政权，都要为多数人谋利益，真正让人民当家做主才能巩固政权。

三是正确把握继承与创新的关系，以史为鉴，明盛衰之理。这一点，从来就是一种人文精神，也从来都是经世济用之正途要术。

在与"史"俱进中，继承是创新的基础和前提，创新是继承的目的。如果对历史上有的传统和文化遗产继承不够，创新的基础和底蕴就不厚实，力度就有限。因此，仅有继承是不够的，还必须勇于创新。

二、以"事"为基，抓住本质创新

"基"即基础、基本的条件。以"事"为基，就是按照客观事物的本来面目认识事物，来创新理论，推动实践。"事"指事物的本质，真理性、科学性的本质在于创新。

立足于事实，抓住本质，这是创新的前提和条件。离开了这一点，创新就会走偏方向，成为空的、假的、伪的。"事"是客观存在的，是具体的，而不是抽象的，科学地讲就是在对具体事物、具体问题和具体环境的分析过程中对实际做出的辩证把握。如果没有对具体事物、具体问题和具体环境的深入调查研究，实践主体就不可能对实际做出辩证把握。同时，这个实际是变化的，而不是凝固不变的。也就是说，只有从不断发展变化的过程中，从一定的时间、地点和条件中，才能全面地认识"事"，认识事物的本质。

在不同的时代条件和社会背景下，人们会遇到许多前人没有遇到的新问题，如果把马克思主义经典和当时历史条件下得出的具体结论，误认为是客观事物存在的本质，套用于今天发展的客观实际，马克思主义就必然会丧失生命力。

任何一种理论或学说，都是一定环境和条件下的产物，环境不同了，条件改变了，人们的认识也要随之改变。任何事物都是发展的，客观事物的发展性决定了理论的发展性；客观事物的多样性，决定了理论对客观事物反映的多样性。事物的多样性与发展性共生并存。抓住了事物的本质，才能把握其运动规律和发展方向。

三、以"是"为鉴，把握规律创新

"是"即事物发展的规律。求"是"是实事求是的基本要求。实事求是中的"是"，是指客观事物的内部联系，即规律性。事物及其规律都是客观的。不承认这一点，就不是唯物论。要想把客观事物及其规律这种"自在之物"变成"为我之物"，就必须在"求是"上狠下功夫。所以说，"求是"绝不是一蹴而就，而是一个复杂的过程。

"求是"的过程，就是冲破习惯势力和主观偏见的过程，就是研究问题、解决问题、形成结论的过程；就是发现规律、认识规律的过程。以"是"为鉴，就是按照实事求是的原则，忠实地反映和遵循事物发展的规律，并使我们的认识随着规律的变化而变化。

规律是事物内部内在的、本质的、必然的联系。对规律而言，既不能被创造，也不能被消灭。一部马克思主义的发展史，就是对人类社会发展规律不断深化、不断发展的历史，也是从实践中不断获得真知、不断创新的历史。对我们而言，只能通过实践去把握规律，按客观规律办事，而不能违背规律，否则就会导致行动上的失败。

四、以"实"为标，勇于实践创新

"标"即标准，指的是实践标准。马克思说过"实践是检验真理的唯一标准"，马克思主义产生的源泉是实践，发展的依据是实践，检验的标准是实践。马克思主义认为，理论是灰色的，而生活之树常青。理论必须由实践赋予活力，由实践来检验，由实践来修正，唯有实践才是马克思主义与时俱进的不竭动力。

用发展着的马克思主义指导新的实践，是马克思主义的本质要求；用发展的马克思主义指导新的实践，是中国革命、建设、改革事业取得胜利的根本保证。

五、以"思"为乐，科学决策创新

"思"指的是思维、思考、反思。孔子云"学而不思则罔，思而不学则殆"，工作亦如此。对我们来说，以"思"为乐，重点在思维。作为党员干部，要勤于思索，乐于思索。领导者思得深、想得远、悟得透、看得准，工作才能抓到点子上，才能开创工作的新局面。

思维并不排除实干，思维实际上也是一种干。现代社会的实践活动，既创造着目前科学的现代思维方式，又对思维方式的科学化、现代化提出了更高的要求。在现代化大生产的社会里，决策对象系统庞大并复杂多变，这就要求决策者具备现代的、科学的思维方式，只有这样才能满足现代决策实际，特别是改革创新的需要。

（本文作于 2013 年 4 月）

狠抓"三严三实" 提升文艺队伍战斗力

  狠抓"三严三实"专题教育,这是党的群众路线教育实践活动的延展和深化,是持续深入推进党的思想政治建设和作风建设的重要举措,是严肃党内政治生活、严明党的政治纪律和政治规矩的重要抓手。

  联系文艺界党员干部思想、工作、生活和作风实际,我认为要特别注意以下几方面的问题:

一、深刻领会"三严三实"的科学内涵

  "三严三实"这个概念是 2014 年 3 月 9 日,习近平总书记在全国两会参加安徽代表团审议时提出来的。他在会上要求各级领导干部"严以修身、严以用权、严于律己,谋事要实、创业要实、做人要实"。此后,总书记进行了多次强调。经中央政治局研究决定,将开展"三严三实"专题教育作为今年党建工作的一项重要任务来抓。

  我理解,"三严三实"不是简单的六句话、二十四个字,而是一个博大精深的思想体系。"三严三实"从锤炼党性、用权为民、为政清廉、求真务实、敢于担当、公道正派等方面,对党的作风建设一系列规定要求做了新提炼和新概括,是既符合实际又与时俱进的理论创新,含有深厚的历史渊源和广泛的现实基础。

  "三严三实"的重要论述,既是对党员干部的谆谆告诫,指明了新的历史条件下党员干部的为政之道、成事之要、做人准则,又是对新时期党的作风建设提出的新要求,为新形势下加强和改进党风廉政建设进一步指明了方向。

  我们要从以下几个方面深入理解其重要意义:

  第一,"三严三实"的提出是我们党的作风建设理论与实践发展的必然结果,是对党的作风建设理论的传承与创新。

  中国共产党历来重视作风建设。在新民主主义革命时期,毛泽东提出了理论联系实际、密切联系群众、批评与自我批评的三大作风,并着重指出这三大作风是中国共产党区别于别的政党的三个显著标志。在改革开放的新时期,以邓小平为代表的第二代领导核心把党的作风建设提高到了关系党和国家生死存亡的高度。以江泽民为代表的第三代

领导集体对党的作风建设的各个方面做出了系统要求，提出了共产党员要做新时期的"三个代表"。以胡锦涛为代表的中央领导集体创造性地提出要按照科学发展观的要求来加强党的作风建设。

习近平总书记秉承了党的历代领导集体高度重视作风建设的优良传统，以新的时代要求、新的实践经验，创造性地提出了"三严三实"作风建设新要求，丰富和发展了党的建设理论。

第二，"三严三实"是党员干部从政的根本遵循。习总书记多次强调："为官之本，在于为官一场、造福一方；为官之理，在于讲奉献；为官之德，在于清廉；为官之义，在于明法。"做官先做人，做人先立德；德乃官之本，为官先修德。"三严三实"是融合了中华民族传统文化的政治智慧，辅之以思想道德修养的内在要求，为广大党员特别是党员领导干部调制的清醒剂。它既强化了领导干部的从政准则，又提升了领导干部的作风标准，既强调修心正身，又要求律己求实，以严的要求保证了全党意志和行动的集中统一。

第三，"三严三实"绘制了好干部的标准像。党的事业需要好干部，人民群众期待好干部，干部自身也希望成为好干部。习总书记提出了好干部"五条标准"——信念坚定、为民服务、勤政务实、敢于担当、清正廉洁。"三严三实"，涵盖了干部日常工作生活的方方面面，把这些方面理解透了，把握好了，执行准了，就能成长为党和人民期盼的好干部。有了这个标准，我们的干部人事部门也能更好地考察识别好干部，把口碑好、敢担当、守规矩的好干部用起来。

第四，"三严三实"切中作风建设的要害。这些年党的作风建设取得了很大成绩，党员干部队伍主流是好的，但作风方面的问题依然突出，"四风"问题不同程度存在。习总书记语重心长地指出"赶考还在继续，历史周期律仍在起作用"。党员干部作风上存在的问题，严重影响了党的形象，阻碍了党的事业发展。

"三严三实"的提出，是党的群众路线教育实践活动的深化和提高，是对群众路线教育活动成果的巩固和发展，彰显了中央从严治党、推进作风建设的坚强决心。

第五，"三严三实"是协调推进"四个全面"战略布局的坚实保障。"四个全面"是党中央治国理政的战略布局、基本方略，是党员干部践行"三严三实"的价值所在、目标所在、任务所在。"三严三实"包含着干事创业的方法论，蕴藏着攻坚克难的精气神。大力倡导、弘扬和落实"三严三实"要求，是推进"四个全面"的坚实保障。

那么，到底什么是"三严三实"？习近平总书记在这个时候反复强调"三严三实"，中央政治局做出决定，在全党处级以上干部中开展"三严三实"专题教育，重申共产党员修身、律己和用权的要求，谋事、创业和做人的标准，应该如何结合现实加以理解？这里，我跟大家谈谈自己的看法。

一是"严以修身"。就是要加强党性修养，坚定理想信念，提升道德境界，追求高尚情操，自觉远离低级趣味，自觉抵制歪风邪气。

古人讲"修身齐家治国平天下"，其中"修身"是人生的基点基准。共产党人的思想境界应当胸怀抱负，志存高远。共产党员的"修身"，不仅要像历史上的优秀士大夫一样，养成"省吾身""志于道"的良好习惯，更要时刻对照中国共产党人的理论理想、党章党纪、民心民生、先辈先进"四面镜子"，从里到外、从上到下反复照镜子，反思自己对组织是否忠诚，对群众是否尊重，对岗位是否尽责，对工作是否用心，不断反省自己、改造自己、提高自己。

二是"严以用权"。要坚持用权为民，按规则、按制度行使权力，把权力关进制度的笼子里，任何时候都不搞特权、不以权谋私。

权力是个好东西，很多人苦苦追求，权力也是个坏东西，不少人没有把握好，锒铛入狱，这种例子不胜枚举。一定要清醒认识到我们的权力是人民群众给予的，我们的权力也只能用于为人民群众谋福利，用权要严，用权要慎。坚持权为民所用、利为民所谋，做到让权力在阳光下运行，时刻做到自省自警，谨慎用权、规范用权，防止被权力绑架。在这里我想多强调几句，虽然我们不是政府组成部门，没有行政审批权限，但是，我们文联包括协会这块招牌都是金字招牌。我们发展会员、组织换届和各种活动、评优评奖、重点扶植，也容易产生一定的权力寻租空间。文联的党员干部，特别是领导干部一定要高度警惕，既要努力工作，勤政有为，又要公权不私，规范办事，决不能随意，更不能任性。

三是"严以律己"。就是要心存敬畏、手握戒尺，慎独慎微、勤于自省，自觉遵守党纪国法，自觉做到为政清廉。

中华人民共和国成立初期，周恩来搬进了中南海西花厅。西花厅是清朝乾隆年间修建的老式平房，潮湿阴冷。身边工作人员多次提出修缮，他说："我身为总理，带一个好头，影响一大片；带一个坏头，也影响一大片。"共产党员要敬畏群众、时时自省；敬畏规则、清正廉洁，一定要严守党的纪律特别是廉政建设的要求，千万不能去挑战道德底线、纪律底线。心有所戒、心有敬畏、心有界限，就有行止。

这一点，我几乎每一次开会都要讲。这里我再啰唆一句。我想提醒大家必须严于律己，这样才能对组织负责，对自己负责，对家庭负责，做到自己清、家人清、亲属清，这是事业之幸，也是家庭之福。

四是"谋事要实"。就是要从实际出发谋划事业和工作，使点子、政策、方案，符合实际情况、符合客观规律、符合科学精神，不好高骛远，不脱离实际。

去年全国文艺工作座谈会、今年全省文艺工作座谈会接连召开以后，湖南文艺迎来了蓬勃发展的春天。我也可以向大家透露，中央正在研究出台繁荣文艺的政策性文件，这个月初，中国文联调研组一行还专门来湖南就如何完善文件进行了调研。但是，我们也要看到，把解决人员编制、经费，提升文联地位和影响的愿望都寄托于一个文件上，是不切实际的。我们提倡的一切从实际出发，就是把上级的要求同本单位的实际结合起来，在借外力的同时，更要用足内力，努力把符合实际的蓝图变成现实。

要有愚公移山的精神、壮士断腕的勇气，善于把好事谋到广大文艺工作者和人民群众的心坎上，用符合实际的规划、坚持不懈的努力，以小胜积大胜，把文艺工作的地位、文艺活动的影响、文艺工作者的待遇提上去，让广大文艺工作者和文联人生活得更加幸福、更有尊严。

五是"创业要实"。就是要脚踏实地、真抓实干，敢于担当责任，勇于直面矛盾，善于解决问题，努力创造出经得起实践、人民、历史检验的实绩。

我的理解，"创业要实"，就是要树立正确的政绩观导向。一件工作必然有其成长规律、成熟规律，不能去违背规律。有些工作的完成，是需要一个很长的过程的，我们前人只能做打基础的工作，要有"功成不必在我"的境界，不能有丝毫懈怠。比如美术馆和文艺家之家的建设，我明年就退休了，肯定是不能搬进新楼办公了，但是这个工程对文联的发展意义重大，在我的任期内，我不仅要管，而且要全力管好。

另外，创业要去华求实，求效果、可持续。要力戒形式主义，杜绝表面虚华的形象工程，不能只顾当前不顾长远。这个方面，基层政府部门的问题可能比我们要严重，但是我们也不能放松警惕。

六是"做人要实"。就是要对党、对组织、对人民、对同志忠诚老实，做老实人、说老实话、干老实事，襟怀坦白，公道正派。

毛主席在《改造我们的学习》中，严厉批评了"华而不实、脆而不坚"的风气。这一点尤其重要，也是做人的底线。我参加工作几十年，也经历了几个单位，见过形形色色的人。但不管在哪个单位，不管在什么时候，没有谁会喜欢跟那种华而不实的人打交道、交朋友，没有谁不提防那种当面一套、背后一套，阳奉阴违，两面三刀，爱耍小聪明、爱搞阴谋诡计的人。

党员领导干部对党和人民群众要忠诚老实，不做两面人，表里要一致。要坚定信仰、坚定信念、坚守承诺、坚守追求。历史告诉我们，老实人不吃亏。老实人可能会吃小亏，但绝对不吃大亏。这一点上，大家要有清醒认识。

从"三严三实"的科学内涵来看，"三严三实"相互联系、相辅相成、不可分割。"三严"不立，"三实"就是空中之楼阁，只有做到"三严"才能打牢"三实"的思想基础；没有"三实"，"三严"就成了空洞的概念；做到"三实"，又能巩固"三严"。"三严"与"三实"是相辅相成、互为因果、相互转化、不可分割的有机统一体，不可偏废。

我们一定要准确把握两者的辩证关系，进一步增强对"三严三实"的情感认同、思想认同和价值认同，充分认识和把握学习践行"三严三实"的重要政治意义、理论意义和实践意义，坚持"严"字当头、"实"处发力，真正把"三严三实"内化于心、外化于行，使清风正气一点点积聚起来，使党员干部的精气神昂扬起来，以"三严三实"的过硬作风锻造"金刚不坏之身"，凝聚推动文艺工作繁荣发展的强大内在动力。

二、深刻理解专题教育的重要意义

有的同志会说，党的群众路线教育实践活动刚刚结束，怎么又要搞"三严三实"教育。我想，在全面加强从严治党的背景下，开展"三严三实"教育，有以下几个方面的重要意义：

一是开展"三严三实"专题教育，是应对各种风险挑战，永葆党的先进性和纯洁性的迫切需要。我们的党经过近百年的艰苦奋斗，发展壮大成为拥有8600多万党员、400多万个基层党组织的世界上最大的执政党。新形势下，我们党所处历史方位和执政条件、党员队伍组成结构发生了重大变化，来自外部的风险前所未有，党的建设方面，特别是党员、干部队伍出现了许多亟待解决的突出问题。

所有这些，都要求我们增强紧迫感和责任感，坚持不懈地把党要管党、从严治党摆在更加突出的位置，更加奋发有为地全面加强党的思想建设、组织建设、作风建设、反腐倡廉建设、制度建设，确保党始终成为中国特色社会主义的坚强领导核心。只有自觉地把"三严三实"贯穿管党治党全过程，我们党才能始终走在时代前列、立于不败之地。

二是开展"三严三实"专题教育，是进一步深化作风建设、巩固群众路线教育活动成果的需要。

随着以反对"四风"为主要内容的党的群众路线教育实践活动进一步深入，党员干部尤其是领导干部的作风有了明显好转，但作风建设永远在路上。当前，转作风改作风正处在一个关键点、节骨眼上，必须乘势而上、持续用力。开展"三严三实"专题教育，就是要在已有基础上，再添把火、再加把力，巩固和拓展教育实践活动成果。

我们要深刻领会中央驰而不息推进从严治党的决心和态度，不能有松口气、歇歇脚的思想，不能有厌战懈怠的情绪，不能有消极应付的心理，必须以饱满的热情落实好中央和省委的要求，使好的作风成为党员干部的思想自觉和行为习惯。

三是开展"三严三实"专题教育，是为了全面落实从严治党，营造良好的政治生态。

党员干部队伍中仍然存在不守纪律、不讲规矩的现象，一些地方政治生态不好，迫切需要通过开展专题教育，从严上入手，从实处着力，进一步加强思想政治建设，严肃党内政治生活，进一步明规矩、严纪律、强约束，努力营造风清气正的政治生态。

四是开展"三严三实"专题教育，是为了打造忠诚、干净、担当的高素质干部队伍。

"三严三实"从精神支柱、价值追求、行为规范等方面，全面阐述了新时期优秀党员干部的精神特质，既是正心修身的思想守则，也是干事创业的行动准则，为加强干部队伍建设提供了"导航仪"和"标尺"。近年来，我们牢固树立正确的用人导向，切实抓好选人用人工作，选拔培养了一批中坚骨干。去年，根据新的党政领导干部选拔任用条例，为进一步完善选人用人机制，党组研究制定了新的组织人事管理办法，并选拔和调整了一批中层干部。这个办法的一个重要特点就是加强党组在干部选拔任用中的把关作用和领导作用，改变过去"凡提必竞"，简单以票数取人的弊端，真正把"三严三实"的干部选好用好，努力造就一支忠诚、干净、担当的干部队伍，为文艺繁荣发展提供坚强组织保证。

三、认真分析存在的问题和差距

历时一年多的党的群众路线教育实践活动，重点对作风建设方面存在的突出问题进行了整改落实。总的来说，党的建设成效、干部作风转变成绩有目共睹，但对照"三严三实"这个标尺，还是有不少问题存在，必须下大力气整治。

1. 对照"严以修身"方面，存在修养不够、精神缺钙等问题。主要表现在，有的同志共产主义理想和中国特色社会主义信念不坚定，不信马列信鬼神，迷信风水，相信"大师"。有的同志将自己混同为一般的老百姓，缺乏政治敏锐性和政治鉴别力，对违反党的理论路线、政策方针的错误言行不抵制、不斗争，甚至随声附和、随波逐流。有的同志不比能力比资历、不比业绩比待遇，任职时间长不被提拔，就认为组织亏待了他。有的同志工作中存在消极倾向，认为自己年纪大了，"只要不出事，宁愿不做事""不求过得硬，只求过得去"，当一天和尚撞一天钟。有的同志干工作挑肥拣瘦，有难度的工作不愿做，有矛盾的地方总是躲，不愿意在工作上动脑筋、想办法。命令不服从，个人意见第一，只要组织照顾，不讲组织纪律。有的同志学风不浓，玩风很盛，贪图安逸，知识结构和工作能力跟不上新形势和新任务的需要。有的同志消极懒散，忘记了自己的责任，不关心群众的痛痒，漠然置之，见到损害群众利益的行为不愤恨、不劝告、不制止，听之任之，枉费了人民群众的期待。对于这些问题，要通过教育，引导党员干部自觉严以修身，筑牢理想信念，加强党性修养，做一个政治上的明白人、工作上的用心人、学习上的勤快人。

2. 对照"严以用权"方面，存在揽权推责、以权谋私等问题。主要表现在：有的同志依法办事观念不强，习惯于"打擦边球"，把摆平当水平。有的同志不按程序规矩办事，随意违反办事流程。有的同志该请示汇报的不请示汇报，该拍板拿主意的推诿塞责。有的同志不讲组织原则，不讲方式方法，有些超出自己的责权范围，在不合适的场合乱表态、瞎承诺。有的同志在活动申办、资金分配、项目扶持上讲亲疏、分流派，表面上一视同仁，背后区别对待。通过学习教育，要引导党员干部自觉严于用权，树立正确的权力观，按程序、按规则、按制度办事。

3. 对照"严以律己"方面，存在纪律松散、"四风"反复等问题。在党的群众路线教育实践活动中，我们大家都结合自身实际，查找了问题，进行了整改，机关的工作纪律和干部的精神面貌都有了新的改善。但据我了解，纪律松散、"四风"等问题现在又有所反弹，主要表现在：有的同志在落实中央八项规定和省委九项规定方面，思想有所松懈，抱怨有所抬头，随着违规必究成为常事，不尽责必追责成为常理，开始抱怨"为官不易"，认为组织上管得太严了，群众监督太多了，一些不正确的抱怨情绪有所抬头。有的同志在遵守纪律方面要求也有所降低，上班迟到早退时有发生。这个问题我要再着重强调一下。本来考虑到我们文艺工作的特殊性，我们在上下班时间上就有所考虑。但是现在还有些同志不能严格执行上下班纪律，迟到早退，甚至无故旷工，严重影响了单位的形象。在这个方面，我们人事和纪检部门要加强检查，有所举措。不能有令不行、有禁不止。有的同志擅自脱岗，逾假不归。有的同志上班时间上网聊天、购物、玩游戏、炒股票等。对此，我们要通过教育活动，引导党员干部严于律己，强化自觉意识、严格意识、带头意识，坚持砥砺党性不放松、善始善终不动摇、以身作则不懈怠，做遵规守纪的规矩人。

4. 对照"谋事要实"方面，存在好大喜功、执行不力等问题。主要表现在：有的同志对上级部门和领导交代的重要事项，不请示、懒汇报，自行其是，自作主张，有的工作严重滞后。有的同志盲目攀比，拿经济条件好的兄弟单位，其他省市文联在某些方面条件好、福利好等来说事，不立足实际想办法，要福利要待遇很上心，干工作总是以条件不成熟等作为借口和托词。有的办事效率低下，办事拖拉、推诿扯皮、互相"踢皮球"，工作落实不到位，要领导催才"回音"。有的开展工作时避实就虚，不愿意往细处想、往深处挖。有的组织活动好大喜功，场面很大，内容空洞，没有收到应有的效果。对此，我们要通过学习教育活动，引导党员干部自觉做到谋事要实，坚持实事求是，一切从实际出发，察实情、出实招、求实效。

5. 对照"创业要实"方面，存在为官不为、不敢担当等问题。这些年来，我们克服了很多困难和制约，干成了一些大事，也打了许多漂亮仗，得到了中国文联和省委领导的充分肯定。但也要看到，我们在干事创业方面，也存在很多的问题。有的同志办事不认真，无一定计划，无一定方向，敷衍了事，得过且过。大事做不来，小事不愿做，工作随便，学习松懈。有的同志只想当官，不想干事，只想揽权不想担责，遇到矛盾和问题，能推就推、能拖就拖。有的同志不讲原则，不敢较真碰硬，事不关己，高高挂起，明知不对，少说为妙，明哲保身，但求无过，奉行好人主义和多栽花少栽刺的庸俗哲学，八面玲珑、左右逢源。有的同志团结协作意识不强，对自己一亩三分地的工作贯彻落实抓得紧，对其他工作关注不够，该沟通的不沟通、该配合的不配合。有的同志工作拣轻怕重，贪图安逸，不愿意到清苦的岗位工作，不愿意承担急难险重的任务。对此，我们要通过学习教育活动，牢固树立务实创业的意识，践行"全心全意为人民服务"的宗旨，珍惜现有的平台和机遇，用奋发向上、艰苦创业、一抓到底的劲头，干出一番经得起历史和人民检验的政绩。

6. 对照"做人要实"方面，存在阳奉阴违、不守规矩等问题。主要表现在，有的表面一套背后一套，当前不说背后乱说，挑拨是非，破坏团结。有的言行不一、见风使舵，说一套做一套，对人一套对己一套，对上一套对下一套。有的组织观念淡薄，以人划线或以地域划线，搞小圈子、小团体。有的怕影响"推荐票"，不愿坚持原则，不敢担当，当老好人。正如毛泽东同志在《反对自由主义》一文中所指出的："明知不对，也不同他们作原则上的争论，任其下去，求得和平和亲热。或者轻描淡写地说一顿，不作彻底解决，保持一团和气。结果是有害于团体，也有害于个人。"有的不想干事、只会来事，又圆滑世故、八面玲珑，不琢磨事，只琢磨人。有的口无遮拦，随意妄议，搬弄是非，以"雷人雷语"博人眼球。

这里我也想多说几句。有时候去省委开会大家在一起，都在评论文联很复杂。我听了心里很不是滋味。为什么一个单位，一个靠工作关系维系的地方，一个干事创业的地方，会被人评价为复杂。这里面的缘由，我想不用多说，大家都心知肚明。有人，见人说人话，见鬼说鬼话，两面三刀，好像不说点怪话，不搬弄点是非，心里就难受，就失去了存在的价值一样。不负责任地背后批评，当面不说，背后乱说，开会不说，会后乱说，不是为了团结、为了事业进步、为了把事情做好，而是闹意气、泄私愤、图报复，搞得单位乌烟瘴气，搞得干部职工之间不得安宁。在此，我想再次强调，我们都是党的人，我们都在为党和人民工作，彼此之间都是简单纯粹的同志关系，不要把他们看得很复杂。不要每天猜忌谁对谁好、谁和谁是一条船上的这些问题。看待同志，大家要首先看到每个同志都是在为党工作、为党尽责，可能会有工作方法的不同，对某些问题看法的差异，这都正常。要有不同意见就开诚布公，摆到桌面上来讲，打开天窗说亮话，把话谈好谈透。绝不允许当面不说、背后乱说，开会不说、会后乱说等情况发生，绝不给挑弄是非者以传播土壤。作为党组书记，我表态不会听别人的挑拨，凡事都会问个为什么。我坚信来说是非者，必是是非人。谣言都有因果，都有动因。虽然我们不是智者，不能完全阻断谣言的传播，但要求大家在听到挑弄是非的言论时，用脑子想一想，便可以做到不信谣、不传谣，让不当言论失去传播的空间和土壤。

我们要通过学习教育活动，引导党员干部自觉做到做人要实，始终对党、对组织、对人民、对同志忠诚老实，做老实人、说老实话、干老实事，做人做事对得起党性、对得起良心。

四、深入推进"三严三实"专题教育活动

开展"三严三实"专题教育，是今年的一项重要政治任务，是省文联的一项重要工作。我们要从以下几个方面下功夫：

一要在强化思想教育上下功夫。开展"三严三实"专题教育，是在群众路线教育实践活动基础上，融入经常性教育的一次探索实践。要把握常态化教育的特点，推动经常性教育，突出主题、聚焦问题。首先要准确掌握"学的内容"。系统学习习近平总书记的系列重要讲话，研读《习近平谈治国理政》《习近平关于党风廉政建设和反腐败斗争论述摘编》等重点书目，学习中央和省委领导在专题教育座谈会上的讲话精神，学习党章和党的纪律规定，弄清楚一名党员该做什么、不该做什么，能做什么、不能做什么。

第二要研究有效的"学习途径"，把个人自学与集体研讨结合起来，把专题学习与平时的中心组学习结合起来，把专题民主生活会与年度民主生活会结合起来。每个副处级以上干部都要抓好自学，做好学习笔记，写好学习心得体会。党组要按照严以修身、严以用权、严以律己三个专题分别组织集中学习，每个支部也要分专题组织学习研讨。要用好正反两方面典型，加强警示教育。

三要在解决突出问题上下功夫。开展"三严三实"专题教育要求突出问题导向，要以不足为抓手，最终目标就是要解决"不严不实"的突出问题。

一是找准问题。坚持开门教育，广泛征求意见，充分谈心谈话。要认真查找关于中央和省委点出的"不严不实"的突出问题，搞清在群众路线教育活动中查找的突出问题，是否整改到位了？要关注我在前面点到的六个方面的现象，在自己身上的表现、原因，并找到解决的办法。对照"三严三实"要求，自己身上还存在什么问题？要对照党章等党内规章制度、党的纪律、国家法律、党的优良传统和工作惯例，对照正反两方面典型，联系个人思想、工作、生活和作风实际，联系个人成长进步经历，联系岗位职责，联系教育实践活动中个人整改措施落实情况，从理想信念、宗旨意识、党性修养和纪律观念等方面进行深刻剖析，撰写对照检查材料。

二是立行立改。要严肃认真开展批评和自我批评，切实做到见人见事见思想，达到"坚持真理、修正错误、统一意志、增进团结"的目的，确保民主生活会和组织生活会取得实效。对于这次专题教育中查找梳理出的"不严不实"问题，要认真制定领导班子整改方案和个人整改措施，要列出清单，对号入座，有什么问题就解决什么问题，什么问题迫切需要改就着重解决什么问题。

三是形成长效机制。对于在群众路线教育实践活动中出台的一系列制度要抓好执行。要防止一个模式、一刀切、走过场，避免"空、虚、偏"和"抄、套、仿"。要抓好制度落实和执行情况的督查，不能让制度流于形式，违反制度的都要受到制约和惩罚，真正在解决具体问题上取得新的进展和突破。

四要在抓好推进落实上下功夫。开展"三严三实"专题教育，是一项重大政治任务，标准高、要求严，能否把这个重大任务完成好，是对各级党组织履行党建责任的直接、现实的检验。

下一步要做好以下几方面的工作：

一是党组履行好主体责任。这次专题教育，党组全面负责，不搞"权力下放"，不当"甩手掌柜"，切实加强对专题教育的分类指导和督促检查。每个党组成员都要对分管处室、协会党组织专题教育进行联系指导。

二是党组书记承担第一责任。按照要求，我要带头学习、接受教育，靠前指挥、具体指导，做到认识到位、措施到位、工作到位。

三是加强督促检查。中央明确要求，这次"三严三实"专题教育不分批次、不划阶段、不设环节，不是一次活动，不能按搞活动的方式来抓专题教育，而是重在融入经常性学习教育中，这是这次专题教育的鲜明特点。这给我们创造性地开展工作、充分发挥主观能动性留出了空间，但这不是降低了标准，放松了要求，而是标准更高，要求更严。我们已经成立了由夏义生同志任组长的教育办公室。教育办将采取巡回检查、专项调研、随机抽查、现场督查、明察暗访等方式，及时了解、掌握专题教育情况，有效传导压力、激发动力，推动责任落实。对组织不力、敷衍塞责、效果不好的党支部，要严肃问责，确保专题教育取得实实在在的成果。

四要在加强统筹结合上下功夫。开展专题教育，必须始终坚持紧密联系实际，把开展"三严三实"专题教育与学习贯彻习近平总书记在全国文艺工作座谈会上的讲话精神和守盛书记在全省文艺工作座谈会上的讲话精神结合起来，与加强文联机关管理、转变机关作风、创建省直文明单位结合起来，与加强绩效考核工作、更好地识别和使用干部结合起来，与做好当前繁荣文艺各项工作、完成本单位和各协会年度重点工作任务结合起来，做到专题教育与日常工作有机融合、相互促进，两手抓、两不误。年初，我们已经发文布置了今年的 23 项重点工作。每一项任务都明确了分管领导和牵头部门。现在已经到 5 月底了，2015 年已经过去了一半，请大家务必抓紧，以"三严三实"的要求，克服"疲劳症"、消极心态和畏难情绪，以饱满的热情、良好的状态和务实的作风把2015 年的文联工作完成得更加出色。

开展"三严三实"专题教育，影响深远、意义重大。大家要把思想和行动统一到中央、省委和党组的要求上来，实事求是，奋发有为，争做践行"三严三实"的模范，当好忠诚、干净、担当的标杆，以良好的形象、过硬的作风，为文化强省建设再立新功！

（本文作于 2015 年 5 月）

讲正气 倡廉洁 做实事 谋发展

一、讲正气

讲正气是共产党人的立身之本，同时也是做人的基本要求。写一个"人"字很容易，只有一撇一捺，但真正做好一个"人"，却很难。做人不见得非得顶天立地、浴血奋战，但一定要堂堂正正、光明磊落，对得起自己的良心，也就是要讲正气。

讲正气，在不同的历史条件下，具体表现形式有所不同。具体到文联工作中来说，我觉得应该注重以下几点：

1. 讲正气，要做一个有崇高理想的人。每个共产党员都应记住自己在党旗下的誓言"为共产主义奋斗终生"。全心全意为人民服务，这是共产党人的崇高理想。人生的理想是有崇高和卑下区别的。

我国古代《殷芸小说》有这样一个故事：几个读书人各言其志，一个人想做官，以做扬州刺史为人生理想；另一个人的理想就是聚财；第三个人鄙薄名利，只想骑鹤云游天下长生不老；最后一个人的理想，则是"腰缠十万贯，骑鹤下扬州"，名、利、仙三者兼得。

我们共产党员的理想则是为大众谋幸福，是为社会做贡献。我去过德国西南部的小城特利尔，那是马克思的故乡。最让我吃惊的是这里珍藏着《共产党宣言》70多种语言的1000多个版本，还有那不断更新的厚厚的留言本。马克思甚至得到了对手的尊重，被评为推动历史的十大人物的称号。在柏林的马克思公园，有人和我合影，因为他们认为中国人是马克思的信徒。为什么马克思主义在从前、当下、未来都得到人们的信奉和遵从？很重要的一点便是其中对崇高理想——为全人类谋幸福的阐述。

马克思在中学毕业论文中说："如果我们选择了为人类福利而劳动的职业，我们就不会为它们的重负所压倒，因为这是为全人类所做的牺牲，那时我们感到的将不是一点点自私而可怜的快乐，我们的幸福将属于千万人。"毛泽东少年时候立下了"以天下为己任""牺牲个人利益以利社会""改造中国和世界"的志向。周恩来用毕生的奋斗彰显了共产党员"全心全意为人民服务，鞠躬尽瘁，死而后已"的高尚灵魂。雷锋"把有限的生命，投入到无限的为人民服务中去"。这体现的都是一种昂扬的正气，是一种高远而辉煌的人生境界，它能使生活中的人们从世俗中抬起头来，抛掉私心杂念，正气凛然地工作和生活。

2. 讲正气，要做一个内心和谐的人。2006 年，温总理去祝贺著名的国学大师季羡林先生 95 岁寿辰，季羡林对温总理说了一句极富哲理的话，就是做人要内心和谐。

怎样才能做到内心和谐，做到心安？有这样一个佛家故事也许能予人启迪：一个人去找佛祖，说自己心不安，请佛祖帮助。佛祖说，你把心拿出来，我来帮你。那人从佛祖的话中悟出了禅理，心拿不出来，心安只能靠自己。要实现内心和谐，确实有许多客观的因素，但最根本的还是要靠自己的主观努力。

具体到我们的工作生活来说，就是要常怀感恩之心，正确对待组织、正确对待他人、正确认识自己。要做到内心和谐，需要拥有大度的美德。大度的美德要求为人处世要识大体，心胸开朗，不记私仇，不汲汲于小事，容许别人发表和自己不同的见解，谅解他人的过失，以豁达大度的胸襟处理人与人之间的关系。唯宽可以容人，唯厚可以载物。大度的美德可以使你赢得更多的朋友，使你内心获得平静和谐。

要做到内心和谐，在人际交往中就要忍让不争。既容人，又能让利，以德感人，以德服人。宋人吕蒙正刚当参政知事时被人看不起，一天上朝时有人在背后说他不配当参政。同事为他抱不平要去查问那人的姓名，吕蒙正忙制止说，这样的小事何必在意，不问没什么损害，反之，一旦弄清楚他们的名字，终身不能相忘，彼此心有芥蒂，所以不如不知。在我们的现实生活中这种事情也不少，吕蒙正的处理方法可资借鉴。

要做到内心和谐，还要不纠缠区区小事，不为闲事耿耿于怀，不搞寸言必争、寸利必得，不要事事都争个高低长短，对无关宏旨之事，不妨做些让步，以超然于琐事纷争之外。明朝有个名叫董笃行的京官，老家盖房砌墙和邻居发生矛盾，母亲写信要他出面说话，他则给母亲回了一首诗："千里寄书只为墙，不禁使我笑断肠；你仁我义结近邻，让出两尺又何妨。"后来双方都让出了两墙地基，形成了一条胡同，人称"仁义胡同"。要与人为善，退一步海阔天空。

要内心和谐，还要能谅解别人的错误，不要冤冤相报。人非圣贤，孰能无过。人都会犯错误，不要得理不饶人。《圣经》里有个故事：一群人要用石头砸死一个犯错的人，耶稣说，没有犯过错的人，才有资格砸，结果大家都停下了手。

人的肚量就是一个容器，把里面的"私心杂念"抛掉才能看得宽，想得远。舍名、舍利、舍物、舍财，不比、不妒、不争、不怨便可获得内心的和谐。有些人总觉得自己能力比别人强，总觉得组织对不起自己，总觉得身边的同事和朋友对不起他，开口闭口就是讲条件、要待遇，稍不满意就乱发牢骚，这样的人内心不和谐，心很累，幸福指数也不高。做人如果能够超然一点、淡定一点、宽厚一点、看远一点，便可以保证内心的和谐。

3. 讲正气，要做一个甘于奉献的人。讲正气必须讲奉献。一个部门、一个单位正气能不能树起来，关键在于有没有一批讲大局、肯奉献的干部群众。奉献，就会有牺牲；奉献，就必须有付出；奉献，就必须担责任；奉献，就可能有风险。没有奉献，就什么事情都干不成。中组部部长李源潮对干部提出了"比贡献大小不比职务高低，比群众口碑不比名利多少，比心灵和谐不比物质享受"的"三比三不比"的要求。没有牺牲精神、奉献精神，就成不了正气凛然的好干部。

其实，从长远来看，奉献是和收获成正比的，奉献越多，收获越多。有人会说，我整天兢兢业业干工作，丝毫不敢懈怠，好多年如一日，但是看着人家提拔就是轮不到自己，请问我收获了什么？其实这个问题很简单，你收获了充实、收获了尊严、收获了经验、收获了广泛的人脉。虽然这次没有被提拔，但是奠定了广泛坚实的发展基础，可能下次就会轮到你，就算一辈子没有被提拔，但是赢得了广泛的赞誉，也能心安。请大家相信，有付出，必有收获；有奉献，就有回报。我们最近学习了云南省保山市地委原书记杨善洲的事迹，他退休后，主动放弃进省城安享晚年的机会，义无反顾扎根大亮山，义务植树造林，艰苦创业，一干就是22年，建成面积5.6万亩、价值3亿元的林场，且将林场无偿上缴给国家。杨善洲是生命不竭，干事不止，奉献不止。在我看来，他从"不要命地在做事"中获得了满足，把"乐于奉献，为人民服务"当成实现自我人生价值的最好途径。他以"善良的人做一点善事"的方式追求着自己认为最有意义的事业。我们党内还有焦裕禄、孔繁森等同志，他们都是奉献的典范。我们要向他们学习，学习他们在干事业、做奉献中实现人生价值的最大化。

4. 讲正气，要做一个善于团结的人。正气代表的是大多数人的共同利益。抛开大多数人的意愿自己另搞一套，破坏团结，损害集体利益，这绝不是讲正气。把方方面面的人团结起来干事业、谋发展，这是我们党一贯的优良传统。古人说，"千人同心，则得千人之力；万人异心，则无一人之用"，一个单位如果大家齐心协力，互相补台，就一定能把事情办好；相反，互相钩心斗角，好事也会办砸。所以团结就是力量，团结出凝聚力、战斗力、生产力，团结出效益、出成绩，也出干部；内讧必然内耗，内耗必然衰败，这是为正反两方面事实一再证明的道理。

三个和尚的故事大家都熟悉吧：一个和尚挑水吃，两个和尚抬水吃，三个和尚没水吃。不合作，连水都没得喝。最后观音庙起火，在三个人的团结下，才灭了火，否则生命都堪忧。还有一个例子：从前有一个国王，他有十个儿子，这十个儿子平时因争权夺利，而互相钩心斗角。一天，老国王把十个儿子都叫到身边，拿出十支箭来，让儿子每人折一支，十个儿子都轻而易举地折断了，然后，老国王又拿出十支箭，并紧紧地捆扎在一起，让十个儿子折，可他们用尽了力气，谁也折不断。这时，十个儿子都明白了老国王这样做的目的。这个故事告诉了我们什么道理呢？团结力量大。我们党的创始人之一毛泽东对团结的理解诠释应该是达到了极致，关于团结的名言大家都是耳熟能详的。

在现实中，特别在文艺界，要实现真正的团结并不容易。首先要求我们大度。除了要善于沟通、忍让之外，还要自己公道正派，才能让人尊重，愿意同你团结在一起。人正不怕影斜，脚正不怕鞋歪。品行端正，做人有底气，做事才会硬气。己不正，何以正人？所以，做人一定要走得直，行得正，坐得端。不要老埋怨别人不理解你，不跟从你，不和你团结，一定要多问问自己是否正直、公道，是否大度，是否有团结人的人格魅力。

我们倡导的团结，不是搞小圈子、小帮派。宋人欧阳修写过著名的《朋党论》，指出有两种朋党，一种是小人之朋，"所好者禄利，所贪者财货"；一种是君子之朋，"所守者道义，所行者忠信，所惜者名节"。只有君子之朋，才能万众一心，才能五湖四海，才能实现为大多数人谋幸福的目标。

5.讲正气，要做一个真诚的人。真诚，是健康人格的一个重要范畴。真诚首先要求我们不吐虚言，不讲假话。对于自己的缺点，丁是丁，卯是卯，不怕公之于众，而且勇于改正。对于他人的不足，也不虚饰，直言相告，帮助他人进步。法国作家卢梭的《忏悔录》中就写了他一生中做的不少错事：偷别人的钱财，调戏妇女，诬陷好人等。知耻而后勇，不虚饰才能有进步。但是，走向真诚的路，布满刺人的荆棘，懦夫是不敢迈步的，只会永远与虚伪、欺骗、谎言和卑下为伍。

真诚其次要求诚实不欺，信守不渝。做人做事要诚实守信，不能为了一己之私，轻率地毁约失信，更不应虚与委蛇，当面一套背后一套，当面笑嘻嘻，背后捅一刀。古人有"抱柱之信"和"食言者肥"的故事。我们要做言必信、行必果的正人君子，不要做那种因食言而肥胖不堪的小人。

真诚再次要求我们坦率处世，热诚待人。人要始终诚实，不要戴着面具生活，不要以虚伪的言行欺人欺世，要予人以爱，予人以情，要用热诚的人生态度来融化人与人之间的寒冰，温暖他人的情怀。对待朋友或者同事要真心诚意，让别人感觉到和你在一起很轻松，不用设防。

人是讲感情的，你对别人多一分真诚，别人也会将心比心，以情换情。同事之间相处一定要以诚相待，人生几十年，如白驹过隙，转瞬即逝，一生中在一起共事的人、工作过的单位也屈指可数，所以应该珍惜同事之间的友谊、珍视单位的荣誉，要有集体荣誉感。

真诚是人生的绿荫，缺少了它，灵魂得不到滋养，感情得不到沟通，生命之花便会枯萎，更无丝毫正气可言。

二、倡廉洁

干部作风和机关作风，是党风政风的具体体现。我们在工作和生活中，必须坚持艰苦朴素的革命传统，做到一心为公，一心为民，忠于职守，勤勉尽责，恪守廉洁从政准则。

（一）正确对待权力。权力是一柄"双刃剑"，可以让人谱写出人生光辉的篇章，也可以把人钉在历史的耻辱柱上；可以使人高尚，也可以使人堕落；可以成就一个人，也可以毁掉一个人。慎用权力，对于党员干部，特别是领导干部来说，十分重要。

大家应该明白，第一，权力是人民给的。现在有的人认为，职位不是组织和人民给的，而是凭自己的"本事"获得的，凭关系取得的，是某领导人恩赐，这些观点大谬不然。任何时候任何情况下，我们都必须牢记"权力来自人民，权力只能用来为人民服务"的道理。第二，权力不等于权威。领导权威大小取决于领导者在被领导者心目中的认可度、接受度。如果群众不认可、不接受，你地位再高，权力再大，也不可能有权威，相反，还会被群众所抛弃。

（二）严格自律。要时刻保持清醒头脑，要注意"慎始、慎微、慎好"这"三慎"。一要"慎始"，谨防"第一次"。第一道"闸门"一旦打开，欲望的"洪水"就会"一泻千里"。二要"慎微"，谨防积小恶成大恶。有人说腐败分子之所以沦为人民的罪人，有一种"青蛙效应"。那就是首先将青蛙放入常温水中，然后慢慢注入热水，使青蛙浑然不觉，在舒舒服服中被烫死。每一个干部都要懂得事物发展的辩证法，懂得小节不拘酿成大恶的生活法则，注意防微杜渐，见微知著，做到"勿以恶小而为之，勿以善小而不为"。

滴水穿石，集腋成裘，万里长堤溃于蚁穴，我们既要注意工作上的小节，也要注意生活中的小节；既要注意在单位里的小节，也要注意家庭中的小节；既要注意"八小时以内"的小节，也要注意"八小时以外"的小节。

三要"慎好"，就是要防止把个人爱好变成个人的偏好，把个人偏好变成一发不可收的欲望。

欲望是人的一种本能，人人都有七情六欲。人的欲望具有两面性，正常的欲望是社会前进的动力，放纵的欲望则可能毁灭人，毁灭社会。有些人喜欢攀比，别人能发大财为什么我不能？别人能提拔为什么我不能？一旦如此攀比，思想防线就会变得非常脆弱，就会自觉不自觉地利用手中的权力去追求不应有的东西，做不该做的事情。"海纳百川，有容乃大；壁立千仞，无欲则刚。"这亘古不变的真理，大家需要记取。

（三）加强监督。一个领导同志曾经讲过，领导干部一要怕党，二要怕群众。这种"怕"，是指对组织和群众要有敬畏之心，人要时时把自己置于组织和群众的监督之下。俗话说："要一个人灭亡，先让他疯狂。"一个人如果没有监督，就容易忘乎所以，容易犯错误；监督，正是防止一个人犯错误的重要条件。如果对组织和群众无敬畏之心，我行我素，为所欲为，那就难免被组织和群众所抛弃。

领导干部要正确对待群众的批评意见，主动接受监督。群众的信访举报和批评意见是对干部进行监督的一种有效形式，群众有权按照正当的程序向上级反映，提出批评意见。当然，一个坚持原则、敢于负责的干部，很可能会得罪一些人，难免有人向上级告状。不能因为信访举报和群众的批评意见中的不实之词，就拒绝接受批评和监督。我们应当疏通群众批评和监督的渠道，做到有则改之，无则加勉。

在延安时，有一天闪电打死了一头毛驴，驴主人说："老天无眼，怎不打死毛泽东。"有人说要把驴主人抓起来枪毙。毛泽东则说骂必有因。一了解，是因为群众埋怨公粮负担太重。毛泽东不仅没有怪罪驴主人，还马上下令，减少每年的公粮，减轻群众的负担。伟人的胸襟值得我们学习。

自我反省、自我监督、自我改造也是加强监督的好方法。马克思曾要求自己"经常自己批评自己"，周恩来同志也说过："一个人勤于自省，做错了就改，不足的就加，那这个人的修养就一定成功。"自我监督、自我反省，自我改造是一种灵魂的拷问、鞭挞，不可能是轻松愉快的。正如古希腊哲学家德谟克利特所说："和自己的心进行斗争是难堪的。"这需要经过艰苦、有时可能是痛苦的努力。

"慎独"是自我监督的一种重要方法。"莫现乎隐，莫显乎微，故君子慎其独也。"意思是说：不要以为没有人看见，没有人知道，对于比较细小的事情，就放松对自己的要求，君子应该严格要求自己。东汉时有人给华阴人杨震送礼，杨震不收，送礼人说不要紧，没人知道。杨震则说"天知、地知、你知、我知，怎么没人知道呢"。宋末元初还有一则"梨树无主，吾心有主"的故事。许衡逃难找不到水喝，发现路边有棵长满果实的梨树，别人都跑去摘，还劝许衡说"这树没主人，快来吃"。许衡说："梨树没有主，我的心有主，不能乱来。"

刘少奇同志说，一个无私的人，"即使在他个人独立工作、无人监督、有做各种坏事机会的时候，他能够慎独，不做任何坏事"。这便是自我监督的作用和力量。"为人莫做亏心事，举头三尺有神明""若要人不知，除非己莫为"，人做了亏心事总会受到惩罚。所以一定要加强自我监督。

（四）艰苦奋斗。倡导廉洁之风，还要特别重视艰苦奋斗，在工作和生活中注重节约。中国共产党从南湖小船上的十几个代表发展为一个拥有7000多万党员的大党，一个拥有960万平方公里国土、13亿人口的大国的执政党，有许多经验。其中重要的一条就是艰苦奋斗。一个人犯错误的原因多种多样，但不少人逃避不了奢侈浪费的罪过。继承和发扬艰苦奋斗的优良传统，也是共产党人反腐倡廉的重要法宝。方志敏被捕时担任赣东北苏区军事委员会主席的职务，经手的款项总数在数百万元，但他却每分每毫都用之于革命事业。被捕时，国民党士兵以为抓到了一个大官，油水一定不少，结果他们没找到一分钱。方志敏同志预感到自己的生命将结束，还提笔专门写了一篇文章《清贫》。

抗日爱国将领续范亭初到延安，第一次见到衣着朴素的朱总司令，觉得他就是个种田的农民。周总理一件睡衣穿了二十多年，破了又补，补了再补，磨得无绒无格还在穿。老红军喻杰当了共和国的副部长，退休回岳阳平江时也是一身布衣、两套旧铺盖，让接他的人不可理解。

当年衣不遮体的"匪党",现在成了执政党,当年贫穷的国家也富居世界第二,但贪污却暗暗滋生,奢侈浪费的生活方式在悄悄传播开来。共产党曾经很穷,战争时期,长征到陕北后,每个战士的经费只有一角钱。党中央住窑洞,吃黑豆;进城了,也还穷,中南海里开会,只供白开水,谁要喝茶,自己交5分钱。现在,在工作应酬中,有人总觉得要客气,动不动就上好酒好烟,一顿饭吃个上千元。毛主席当年请爱国华侨陈嘉庚就是2毛钱的客饭,蒋介石请陈嘉庚是800的酒席,陈嘉庚还是说共产党好。

现在我们党艰苦奋斗的作风被一些人遗忘了,花钱大手大脚,对物质享受极尽追求,有人甚至认为反腐倡廉只要不行贿受贿,吃点用点问题不大。这些错误思想,带来了党风廉政建设方面的很多问题。"一粥一饭,当思来之不易,半丝半缕,恒念物力维艰。"

我们应该学习方志敏烈士在《清贫》一文中倡导的"洁白朴素的生活",以奢华浪费为耻,以勤俭节约为荣,弘扬艰苦奋斗的作风,朴素其物欲,洁白其精神。

三、做实事

人生在世,还是要做些实事。如何做事?我想,有三种境界:第一种境界是用力做事,第二种境界是用脑做事,第三种境界是用心做事。我们作为党员干部,脚踏实地干好工作是应该的,是基本要求,任何人都不能把这当作伸手要待遇的理由。只要踏实工作,你的形象自然就会高大起来,自然就会赢得好评和认可,也才能为自己的进步创造有利条件。

一个人要想干实事、干好事、干成事,我认为应当做到以下几点:

1. 要专心做事。什么是专心?就是要深、要实、要用心,尽可能地沉下去、钻进去。"深入则具体",只有钻到事物的内部、了解事情的本质,才能发现问题,才能抓住关键,才能早出成效。但是现在有些同志,你说他没做事吧,一天到晚忙忙碌碌,东看看,西瞧瞧,没有方向,没有重点,没有统筹安排,结果是一事无成;有的同志做事有始无终,虎头蛇尾,半途而废,三分钟热度,持续力不够,一遇问题和困难就打退堂鼓。还有人想得太多,事情还没做,就想七想八,怕这怕那,顾忌成败,顾忌言说,带着沉重的包袱上阵。

这些问题的存在,严重影响了文联机关整体工作的进展,使很多重要的工作推进不了,很多决策难以深入实施。要解决这些问题,需要我们竭尽全力,一门心思扑进去,专心去做,排除一切干扰,把所有的精气神都集中在工作上。

2. 要务实做事。古代诗人陆游有一首诗,说:"古人学问无遗力,少壮工夫老始成。纸上得来终觉浅,绝知此事要躬行。"要做好事情必须有这种躬行的态度和务实的作风。首先要避开形式主义的泥坑,不在乎热闹场面,而注重实际效果;少做给别人看的事,多做对大家有益的事。另外,务实做事还要从小事做起,一步一个脚印推进工作。少说豪言壮语,多实施实际举措。不要搞一大堆的计划,而要做一事,成一事,抓好落实。有句老话:"三分决策,七分执行。"习近平同志提出的"关键在于落实",就是要把上级的各项决策部署贯彻好、落实好，把广大人民群众、广大文艺家的根本利益实现好、维护好、发展好。

"空谈误国，实干兴邦。"也可以说，抓落实就是抓执行力。干实事，要有种咬定青山不放松、不达目的不罢休的精神，聚精会神谋发展，一门心思干工作，坚持把解决问题、推动工作、促进发展作为检验工作成效的根本标准。把精力用在解决问题上，把工夫花在推动工作上，把本领用在促进发展上。今后用人，就是要看工作实绩，看你干得如何，把工作成绩作为评奖评优、提拔使用的重要指标。

3. 要高标准做事。古人云"法乎其上，得乎其中"，所以我们做事，要高起点高定位，要注重细节，严格要求。做事要达到十全十美是不现实的，但设定一个较高的标准，对自己提出较高的要求，做得尽可能如意、尽可能完美则是必需的。有一次，我们搞展览开幕式，音响乱叫，横幅下垂，介绍嘉宾领导丢三落四，主持人衣冠不整。一位领导对我们工作的不检点、不注意细节提出了严肃的批评。要把事情做实做好，没有认真的态度和高标准、严要求，是行不通的。

4. 要高效率做事。要把事情办好必须追求较高的工作效率。目前我们的工作中存在着作风不实、效率不高、人浮于事的现象。一些人对工作抱应付态度，完成任务只求过得去，缺乏竞争意识，对有难度的工作，缺少吃苦耐劳的精神，能拖就拖。这种工作作风很不适应时代的需要。这是一个竞争激烈的时代，别人都在拼命发展，我们不抓紧，就会被别人抢了先机。几年前我们就在搞一个创作工程，开了会，讨论了项目提纲，因为抓得不紧，差点被别人横刀夺爱，他们也搞了一个同样的创作工程，新闻发布会开了，广告也登了，全文艺界都认为是他们在做。我们要吸取教训，大力倡导重实干、重实效的工作作风。

重实干，就是要埋头苦干，不尚空谈，要雷厉风行；重实效，就是要把心思凝聚到事业的发展上，把精力集中到工作的落实上，对组织负责、对事业负责、对自己的工作负责，认真履行好工作职责，少说空话、套话、虚话，多办正事、实事，既注重结果，又注重过程，一步一个脚印，扎扎实实做好每一项工作。

四、谋发展

谋发展，就是要想大事，考虑事业的长远发展。干工作，既要注意抓具体抓落实，注重细节，又要能从具体问题中跳出来，谋划和实施关乎全局、关系久远的事情。作为党员干部特别是领导同志，组织上给了你位子，就是给了责任，要倾尽全力，谋划大事，推动文联事业的发展。

当前，湖南文艺事业和文联工作正处在历史上最好的发展时期，我们要珍惜机会，保持清醒的头脑，促进事业发展。

今年文联要抓几件大事，关系到文艺工作的整体发展。如美术馆建设，湖南省文学艺术奖的设立和评奖，文艺创作扶助基金的运作，文艺家之家的建设，协会升格和参公管理等问题，都是关系到文联发展的大事、实事，一定要认真谋划好、落实好。

要完成这些工作，时间紧、任务重、麻烦多，但不做不行，不做就会误了时机，错过了机会。我们要团结一心，开动脑筋，克服困难，确保各项工作顺利推进。对于一些棘手的问题，要着眼大局，通过创新创造，变不可能为可能，把不好做的事情做好，既要解决问题，又要不出问题。

在历史的长河中，人的一生是极其短暂的。正因为如此，我们才应该善待它，珍惜它，充分实现它的价值。我国著名文学家朱自清先生写过一篇散文《匆匆》，读来使人惊心动魄，怅然若失。文中写道："洗手的时候，日子从水盆里过去；吃饭的时候，日子从饭碗里过去；默默时，便从凝然的双眼前过去。我觉察他去的匆匆了，伸出手遮挽时，他又从遮挽着的手边过去，天黑时，我躺在床上，他便伶伶俐俐地从我身上跨过，从我脚边飞去了。等我睁开眼和太阳再见，这算又溜走了一日。"年轻时读这篇文章，感觉不到什么，年岁大了，再读这篇文章，却感慨万千。时光飞逝，来日无多，若不抓紧，一事无成。因此，我们要抓紧时间，珍惜机遇，时不我待，义无反顾，争取在有生之年，做成几件事情。

只要我们实在做人，真诚待人，扎实做事，就能问心无愧；只要大家齐心协力，心往一处想、劲往一处使，就一定能够做好我们文联的各项工作，就一定能够实现文艺事业新的繁荣！

（本文作于 2015 年 3 月）

严以修身：为官做人的基本要求

一、提高思想认识

1. "严以修身"是"三严三实"思想体系的基石。"严以修身"是习近平同志关于"三严三实"重要论述的第一环节。"严以修身"，就是要加强党性修养，坚定理想信念，提升道德境界，追求高尚情操，自觉远离低级趣味，自觉抵制歪风邪气。在"三严三实"思想体系中"严以修身"是"三严"之首，也是"三实"之基。离开"严以修身"做不好人，做不好事，"三严三实"其余五个方面的要求也难以做到。

2. 践行"三严三实"，首先要把"严以修身"作为为官做人的基本要求。做官先做人，做人先修身。老百姓评价一个领导干部好不好，首先是看他思想品德好不好，廉洁不廉洁，干净不干净。领导干部要把"严以修身"作为为官做人的基本要求，排除私心杂念，常修为政之德，常怀为民之心，常思贪欲之害，常怀律己之心，养成高风亮节，做到以德服众，始终做"严以修身"的模范遵守者和忠实践行者。

3. 严以修身，能御百"病"。身居官位，手握权柄，为领导干部提供了服务人民的平台，同时也容易被各种"政治灰尘和政治微生物"侵袭。严以修身、固本培元，才能内生出思想上强大的免疫力，才能"心不动于微利之诱，目不眩于五色之惑""百毒不侵""八风"难动。具体来说，俭以养德，可预防奢侈腐化病；清廉律己，可抵御物质贪婪病；艰苦奋斗，可抵御贪图享乐病；谦虚谨慎，可防治骄狂自大病；奋发有为，可祛除懒惰不作为病；淡泊宁静，可远离追名逐利病。

4. "严以修身"，贵在践行。"严以修身"不仅要有思想自觉，还要有行动自觉。思想自觉，即"严以修身"应该怎么做、达到什么标准、注意哪些问题。修身的名言警句俯拾即是，修身的典型事例举不胜举，修身的意义作用谁都能说上几句，但关键是要"外化于行"，以身作则。尤其要注意的是，"严以修身"绝不是关起门来修身养性，绝不是关起门来搞"无为而治"，必须与当前工作结合起来。

二、关注存在问题

1. 理论学习重形式、轻成效，缺少饥渴感。平时满足于读书、看报，满足于已有的理论知识和水平，研究专业少，理论学习不够积极主动自觉、不够深入系统全面。

2. 坚守信念、追求理想、严于律己、坚持原则方面还需进一步强化和提高。对信念、理想问题不敢多想多讲，政治上不够敏锐、清醒，面对杂乱的文艺局面，有时没有旗帜鲜明表明自己的观点。缺乏进取心，不知不觉中也成了不好政治生态的推波助澜者。联系服务群众缺乏真功夫，深入群众不够经常，体察民情不够直接，服务群众不够主动，排解民忧不够及时。

3. 批评与自我批评开展得不够。遇到矛盾，忽视批评与自我批评，奉行"老好人"主义，不愿一针见血地指出问题、解决问题，使得一些问题越拖越麻烦，一些难题越缓越难。

三、具体原因分析

1. 政治理论学习放松，主观世界改造不够。主观上源于对理论学习的重要性认识不深刻，只按照上级要求完成本职工作。理论学习的时间被挤占。对理论学习的重视程度不够，带来了学习自觉性、主动性等方面的问题，影响了理论水平的及时提高。由于对理论理解不深不透，也就影响了理论联系实际、指导实际工作的先导性作用的有效发挥。

2. 党性修养有所放松。忙于具体的事务性工作多了，对思想的提升关注少了。特别是在经济多元化、利益多元化、思想多元化、信仰多元化的社会环境下，理想信念不够坚定，宗旨意识有所淡化，批评与自我批评不够，艰苦奋斗的作风不能始终如一。"三严三实"活动要落实到具体行动中，需要从加强党性修养做起。

3. 工作方法简单，缺乏创新和务实精神。安于表面，处理事情方法简单，执行力度不够强，教育、监管、惩处不到位，不注重制度实效，缺乏创新精神，工作作风不够扎实，对问题根源的分析、思考不够。

四、迅速全面整改

1. 以学修身，善于在不懈学习中"严以修身"。善学者智、善学者正、善学者强。要做到严以修身，必须重视学习、善于学习，以学修身。第一要坚持不懈地加强政治理论学习，学习马列原著、先辈们的英雄事迹，增强党性修养。特别是要学习领会贯穿其中的马克思主义立场、观点和方法，切实增强政治敏锐性和鉴别力，始终保持政治上的清醒和坚定，进一步坚定中国特色社会主义的道路自信、理论自信、制度自信，在思想和行动上自觉按党性原则办事。第二要学习中外优秀文化成果，善于从文化经典中吸取营养，提升自身的鉴赏能力和审美能力，培养高尚的生活情趣，做"一个脱离了低级趣味的人"，做一个先进文化的传播者，做一个健康情趣的感染者。第三要虚心向群众学习。群众永远是我们的老师，迈开双脚深入群众调查研究，虚心向广大群众学习，始终在群众面前甘当小学生。

2. 知行合一，善于在实践中"严以修身"。"严以修身"不是一个封闭的过程，除了要积极向理论、文化经典和群众学习之外，还要在现实工作中积极有为，做到知行合一。面对重大考验如何保持应有的政治定力、面对人民群众如何牢记党的根本宗旨、面对急难险重如何勇于担当、面对各种诱惑如何从容应对？现实工作和生活中有一系列艰难的选择等待你做出正确的判断，思想境界的高低将在这些现实考验面前一览无遗，一个人的思想境界也会在一次次应对现实考验中得以升华。要反对古人闭门思过式的修养，新形势下党员领导干部严以修身、占领思想高地应特别注意在实践锻炼中检验和升华党性修养，在大风大浪中增强定力。

3. 以身作则，始终做"严以修身"的模范遵守者和忠实践行者。"风行于上，俗成于下。""先正己身，而后正人。"领导干部的道德修养如何，不只关乎自身形象，也潜移默化地影响着身边人。一个单位的风气好不好、业务发展得快不快、战斗力强不强，在很大程度上都和领导干部的自身修养相关。行得正、站得直、坐得稳，处处想群众之所想、急群众之所急，身边人就会时时警醒、处处自律，干部作风自然就会好起来。

4. 持之以恒，把"严以修身"作为终身必修课。"严以修身"非一日之功，要"时时勤拂拭"，如影随形成习惯；要坚持"全天候"，八小时外不放松；要"秉持静专、坚如磐石"，下大力气，做苦功夫。在思想上、言行上严格要求自己，最好连小节也注意到。做到这一点，管好八小时以外很关键。在八小时以外的空白里不空虚，不忘身份，不忘使命，不忘责任。

（本文作于 2015 年 6 月）

第五部分
附　录

一位第一代网民的网络思考

　　题记： 国际互联网进入中国，经历了平台由小到大、内容由少到多、网民由寡及众的发展过程。因为工作的需要，我有幸成为湖南的第一代网民。2011年的春天，三位腾讯网的记者，专程从北京来到长沙，对我进行采访。针对当时的网络情况，我也即兴而言。时至今日，我国的网络状况已经有了很大的变化。为尊重历史，没有对这篇昔日的访谈做更多的修改。立此存照，以利镜鉴吧。

　　记者： 江先生您好，我是腾讯新闻的记者。您是贵省的第一代网民，今天我们聊聊网络的问题好吗？

　　江： 好的。

　　记者： 您是什么时候开始上网的？

　　江： 我知道国际互联网是1997年。我当时的工作是向国际社会推介湖南，让湖南走向世界。我觉得互联网是一个极好的载体和平台，于是便开始学习和研究。

　　记者： 现在是2011年，距今已有14年了，时间够长的。

　　江： 是的。当时我写了一些推介互联网的文章，在北京的外宣刊物上发表，也到市州去给同事们讲过课，还与邮政部门一起组建了湖南第一个网上推介湖南的窗口——中国湖南。后来，我参与组建了湖南最大的网络媒体——红网。2000年，我去上海参加了跨世纪中国互联网论坛，见到了当时搜狐、新浪、网易等门户网站的CEO。

　　记者： 您是什么时候知道腾讯的？

　　江： 大约是1999年吧，当时我用了腾讯QQ。

　　记者： 您对腾讯最初的印象是什么？

　　江： QQ交流很便捷，新闻也很丰富及时，微博也很火。

　　记者： 您觉得这种简短文字的传播，有什么价值？

　　江： 价值肯定有。腾讯是不是以这个为主导？

记者：微博是腾讯的一个产品，您是怎么知道微博的呢？

江：我是余秋雨老师的学生，有一天他的助理给我打电话，告诉我余老师在网上开了微博，现在撤了，问我看了没有。我马上上网查看，发现腾讯微博上有新东西。借此机会我接触到了微博，看了下你们的腾讯。不管从哪方面说，它是一种跨时代的文化变革的产物，将带来一场文化的深刻变革。所以应该重视它。

这是一种更快捷、流量更大、更方便、更直接的传播方式，意义很大，也是一种好的形式和载体。关键是怎么样去利用它，怎么进行管理。网络上也应该要有法律和规则，要有执法官、管理者。流量大、反应迅速、交互性很强的特点也会带来管理上的难度。如果管理上缺失和法律上缺失，会变得更加难于控制。

有种感觉就是现在网上的东西假的、低的、俗的东西太多，没有把它作为一种文化来看。稍微有点文化的人还是愿意读书。我最近赶时髦买了个 ipad，但感觉没东西可看。一种好的文化载体、好的文化方式、好的传播渠道被浪费了。

现在什么人在网络上最活跃？大部分是小孩子、学生，还有一部分文化人。一些有恶趣的人喜欢写人把狗咬死了的事，在网络上马上就能火。要是写狗咬人却完全没人看。这是种什么样的文化现象？怎么会变成这样？我去过很多国家，在国外哪里有这么多人沉迷网络？没有国人这么疯狂。

我也可以算是第一代网民了，对网络应该说是比较熟悉的，但现在不愿意进入网络了。为什么？就是觉得上网的有些东西不堪入目，难于沟通，因此便对网络失了兴趣和信心，多年不上网了。

后来有一些事情使我对网络生厌。余秋雨先生是我很好的老师和朋友，"诈捐门"说他诈捐，还炒得风风火火，这是没有的事！其实他是捐了 50 万，建了三个图书馆。这钱一定要给红十字会才算捐吗？为什么给教育局就不行呢？更可笑的是"余秋雨和网络美女作家一夜情，马兰愤怒闹离婚"。这简直滑天下之大稽。我和马兰很熟悉，她开玩笑说，那个所谓的"美女作家"就是她！网上还传余秋雨过世的消息。那次是他刚从湖南回上海，在湖南找他题词的人很多，他又不会拒绝，所以把手都写成了网球肘，去华东医院看了一次病。然后这消息就讹传成了后来的样子。我说这怎么可能，前天回去的，第三天就去世，这是不可能的事嘛！

好奇怪，为什么在网络上造谣就没人管？造谣生事的人竟然不需要负任何责任，真是太可怕了！长此以往，社会还有没有王法？人间还有没有公道？

我们这一波年龄层次的文化人，有一些喜欢网络，但大多数看不起网络，这是种误区，是种错误。跟余老师我也说过，他说他从来都不上网，从来不用键盘，说用笔写字很有感觉。我跟余老师说，网络是个好东西，一定要用。你不用别人用，别人用把它搞坏了，您用把它搞好呀。他说没时间。我说没时间可以理解，但一定不要轻视它，一定不要放弃它。后来他也试着弄一些博客，但也有些不愉快。

现在你们那边微博开得怎么样，我不清楚，一直没看了。前几天余老师参加青歌赛当评委，这个消息我最先得到，想把这个消息发出去，以证明他还在世，但没有一个网络平台愿意发。如果是不好的消息保证网上马上就火了。

网络变得如此奇怪，好的东西被搞坏了，真的挺可惜。所以，在一次会上，我倡议高素质、高素养、审美情趣很高的文化人，加入网络文学创作的队伍，这样有可能把网络搞好。毛主席说过，"不是东风压倒西风，就是西风压倒东风"。在网上你不说话，别人还是要说的！这就被他们占领了。上面总是要有东西发出来。

我在省作家协会工作过，在那里组建了"湖南作家网"。到文联之后，又组建了"湖南艺术网"，就是为了大力推动鼓励作家艺术家们上网，写到网络上去。要大力扶持网络写手，我们称他们"网络作家"，把他们吸纳到作家协会中来。这样才能把网络的文化水平、审美水准提高。希望腾讯能在这方面起带头作用，提高网络文化的水平。

记者：这是我们的事业和理想，我们一定会努力。

江：网络是个很重要的事业，千万不能毁了我们后一代人的审美趣味和审美水平。现在"小悦悦"们占领了网络，太可怕了。

记者：您也知道小悦悦？

江：对，真烦这种人！这种人也能进入文学作品中？甚至占领网络，那么庸俗，哪有一点美的感觉？占用人们大量的时间，培养的是一种恶趣。

记者：有些网友是有一种嗜恶、嗜丑的习惯。

江：对，就是喜欢看这种雷人的东西。这样下去是有问题的。文化人要重视网络，投入网络，网络也要采取一些方法，吸引高层次的文化人进入。

记者：这么多青少年喜欢网络的东西，您认为是哪一点吸引人？

江：有三点：第一是信息快，我们看网络就是看新闻，没有更多的筛选性；第二是正话歪说，雷人话的表达方式；第三是粗浅，不用思考。快餐式的、简单的、没内涵的白开水，而不是一杯茶。

记者：您说邀请或者吸引一些高素质文化人进入到网络文学的创作当中来，那他们的创作风格，是要适应网络风格还是要引导网民？

江：我觉得应该是综合，既适应又引导。不适应，没人看；完全适应了就等于没有新东西了。等于把一杯龙井或者普洱变成了一杯白开水。

网络最可怕的就是可能把一代人的审美情趣破坏，使一些人不知道什么是好，什么是不好。一个东西、一个事物，他们看到的都是很浅显的，不往深处去想。网络这方面责任很大，人们是有很多惰性的。应该要根据社会发展的客观规律、事物正常发展程序来发展，不能跟随人类惰性发展。水往低处流，不会向高处走，思考问题很艰难，有时甚至是很痛苦的。而跟着感觉走，欲望的实现则是很简单的。但是不符合人类社会发展的必然规律，得不到升华和发展。网络在这方面负有重要的社会责任。你们建了平台，相当于开了商店，对于店里出售的商品的质量是要严格管理的。

记者： 您的意思是内容上的问题，而不是形式上的问题吗？

江： 形式上也有问题啊！比如说语言风格、表达方式，其实有一些是不正常的。有一些网络语言很好玩，但绝不经典，不可能引起整个社会的共鸣，如果一些人在说话，互相听不懂，我们讲的孩子听不懂，孩子说的我们也不懂，那这个社会群体会变成什么样子呢？形式和内容是互相联系的，完全隔离是不可能的。所以我倡导邀请文化人加入，他们会有一些好的东西贡献给我们的网络。网络要文化化，文化人也可以网络化。这样互相融合起来，把它作为一个未来的事业，这是我们的责任！

记者： 您觉得小孩子从小读一些经典的国学书籍，比如说《三字经》《弟子规》这些，对他们的成长有没有作用？

江： 我觉得有的。前不久在一个学校讲课，做了个测验，问他们最好的、最经典的作品是什么？最后的结果是《哈利·波特》！问他们最好的作家是谁？他们都说是韩寒、郭敬明。这很奇怪。这是不阅读、不思考导致的结果。

我呼吁要让精品、经典作品进课堂。您所说的《三字经》《弟子规》，是中国传统文化的积淀，小孩子应该让他们吸取其中的精华。这些国学典籍体现的是一种社会伦理，体现一种正常的社会秩序和规则。现在那些雷人，最可怕的就是无知无畏。觉得自己越不怕事就越伟大，其实是什么都不懂。

不知道社会有伦理和社会秩序的人，长大后会怎么样？他们不知道人与人之间应该怎么相处，社会运作应该有怎样的程序和秩序，社会如何能够有序运行呢？一方面要鼓励人们的创新精神，这是必须的，但人是在社会的人，是类的存在物，一些基本规则是不能丢弃的。如果这方面全是空白，那他怎么样生活？在社会上处处碰壁不说，整个社会风气也会变得很坏。所以说应该让这些经典进课堂，让他们早点懂得这些规则。

记者： 您觉得目前的一些社会现象是不是跟信仰的缺失有关？

江： 有些外国人经常说中国人最大的可怕是没有信仰。其实中国人是有信仰的。孔子的君子之说和后来程朱理学中的一些内容，也是一种信仰。对一些社会规范的尊重也会形成一种信仰。一个没有信仰的国家、一个没有信仰的民族是可怕的。没有敬畏之心，没有爱人之心，国家和民族都没有希望。为什么中国到汶川大地震才发现人间有大爱，这是可悲啊。为什么罗素这么伟大的文化人对中国文明这么了解，却说中国人没有慈善之心。这是为什么？其实佛教就是提倡慈善，因果轮回。有些东西一旦被打倒了，批臭了，就会形成空白地带。长此以往社会将无法前进。

记者： 长沙是中国第一批历史文化名城。您觉得这里比较深厚的文化底蕴，对于作家的创作有哪些方面的帮助？

江： 湖南人杰地灵，文化传统渊源深厚。我觉得它的文化渊源大致来自几个方面。第一是湖湘文化的传承，很悠久很有特色。第二是湖湘文化孕育了一批人物，如曾国藩、齐白石、毛泽东、杨度等，留下了丰厚的文化遗存。第三是湖南山川秀丽，古代是蛮夷之地、贬官之地，贾谊、柳宗元等等都曾经被贬到此地。其实封闭的状况也有好处，开放的好处是文化的交流很多，但封闭的文化状况是没有交流但保存得很好。一些地方的文化传统能很好保留下来，对于当地人也是一种很好的精神抚育。另外，它的文化形式很多样，光地方戏就有 19 种。文艺形式很多，很丰富。这些方面的文化渊源对于现当代的作家、艺术家的成长是很有益处的。

记者：好的，谢谢！

奋发有为正当时

题记：2012年是湖南省文联加快发展、奋发有为的一年。这年的夏天，在风光秀丽的月湖之畔，人民网的记者与我聊起了湖南省文联的现状和发展。当时没做什么准备，完全信口而言，竟也滔滔不绝，豪情满怀。如是，便有了这篇发表在多家网络媒体的访谈。

记者：江书记，您好！我是人民网的记者。在这阳光明媚、清风徐来的月湖之畔，我们一起聊聊湖南省文联的现状与发展好吗？

江：好的。这几年是湖南省文联加快发展，努力拼搏，取得较大工作成绩的几年。在这几年中，我们做成了或者正在做一些关系文联发展的大事、实事，赢得了广大文艺家的好评，产生了积极的社会影响。

记者：是的，我也听说了不少。特别是省美术家协会的副主席、省画院副院长、省雕塑院院长雷宜锌创作的马丁·路德·金雕像在美国华盛顿国家广场耸立，轰动了世界。湖南省文联为什么在这几年能够取得这样大的成绩呢？将来在开展国际民间文化交流、扩大中华文化在国际上的影响等方面，您有哪些想法与做法呢？

江：雷宜锌是湖南省文联很有名的艺术家。他是雕塑院院长、美术家协会的副主席，也是我很好的朋友。在文联十几年，我们经常一起聊天、喝茶、喝点小酒。几年前他开始马丁·路德·金的创作，得到这个机会的过程也是很有意思的。

有一年在国外举行一个雕塑比赛，当时他的作品很不错。中午休息时来了几个美国人，对他的作品很感兴趣，想与他交谈，但见他在睡觉便打算离开。身边的雷太太问那几位美国人有什么事。来人介绍自己是美国马丁·路德·金基金会的，对雷先生的作品很感兴趣，想与他聊聊。雷太太的英语很棒，赶紧叫醒先生，便交谈起来。这就是马丁·路德·金雕塑创作的开始。

后来，他在几十个国家几千名艺术家参加的国际招标中脱颖而出，以"绝望之山，采希望之石"为主题来塑造雕像的构思，得到了马丁·路德·金基金会的大力支持。

世界上的种族矛盾、不平等、不自由、不民主是绝对的，但大家都希望民主自由。马丁·路德·金就是这方面的民权领袖。有些美国人说，为什么让一个雕塑过毛泽东的人来雕塑我们的民权领袖？为什么一个中国的社会主义者，来到我们民主社会宣扬他的理想？还有人说是他抢了美国人的工作。当时他承受了很大的压力。我们做了大量的思想工作，支持他，安慰他。他在长沙郊区有一个雕塑工厂，我们经常在那边会面。经过据理力争，他终于完成了这件成功的雕塑作品。我作为他的"娘家人"，代表湖南省人民政府去参加马丁·路德·金雕塑揭幕仪式。但在华盛顿降落之后，才知道因为飓风来袭，这个有美国总统参加的雕塑揭幕仪式推迟了。一直延后到11月才正式揭幕。

记者：当时的美国总统是奥巴马吧？

江：对，他准备亲自主持这个重要的揭幕仪式，现场有40万人参加。我们虽然没有看到仪式，但8月28日那天，我们还是到了揭幕现场。

那天没有刮风，天下着小雨，成千上万的美国人，特别是黑人，那些最基层的民众围绕在雕塑广场。他们唱歌跳舞，对雷宜锌欢呼着"中国雷！中国雷"。在现场我们感到特别光荣，我做对外宣传工作多年，美国人对中国的了解远远不如我们对美国的了解。没有几个美国人知道中国的领袖是江泽民、胡锦涛。但中国的小孩子都知道当时美国的总统是奥巴马，这是种舆论上的不平等。

通过这座雕塑，很多普通的美国民众认识了中国人，认识了中国的艺术家！当时我们非常激动，一路上都在探讨雷宜锌的价值和意义。

这个成功的范例，促使我们湖南省文联思考怎么样让湖南文化走向世界，怎么样让湖南雕塑形成产业。这件事情得到了省委书记周强同志的高度重视。他赴美国参加市长、州长会议时，第一时间去参观了雷宜锌的马丁·路德·金雕像，并给予了高度的评价。之后他还专门进行了一系列布置和安排。他称赞雷宜锌是湖南的三张国际名片之一。

我们目前成立了雷宜锌雕塑艺术发展公司，省委省政府准备拿出两千万资金给予支持。还准备办一个"雷宜锌国际雕塑学院"，有很多外国学生都愿意跟他学习。现在各项工作正在逐步推进。

我们从这个事情得到许多启发。我在一个会议上说过，雷宜锌的成功得益于偶然也是必然。必然是他本身的造型能力强，基本功极好。我们中国艺术家的特点就是基本功极好，但是在观念上和机遇上常常不如国外艺术家那么好。一旦有机会就能冲出去。那么也有偶然性，他获得这个机会，一个重要因素是他老婆懂外语。如果他老婆不懂英语的话，就可能失之交臂。

面对这种情况，我们文联怎么办？又不能给每个艺术家配一个懂外语的老婆。我们成立了一个专门机构叫对外文化交流处。这个想法得到了周强书记的肯定，编委已经给我们批了，成立湖南省文联对外文化交流处，专门做沟通、联络的事。由于雷宜锌的启示，对外文化交流将成为文联的一个工作重点。胡锦涛同志在全国文代会上也说了，文联的一个重要任务就是开展民间国际文化交流。我们要把这块工作抓起来，以雷宜锌的雕塑产业为龙头、为带动，让湖湘文化走向世界。

记者：听说省文联还成立了文化产业投资有限公司，在发展文化产业上迈出了坚实的步伐。文化产业投资公司成立以后，会把哪些文化产业作为投资和发展的方向呢？

江：文联成立文化产业投资公司，是一件很不容易的事情。在成立庆典上，谭仲池主席说："成立文化产业投资公司是我们多年的一个梦想，今天终于实现了！"这是一件很艰难的事情，文化人本来就不懂做生意，但文化要发展，需要插上经济的翅膀。过去说是文化搭台经济唱戏，现在是反过来经济搭台咱们文化唱戏。时代不同了，历史发展就是这样，经济也可以为文化发展服务。美国第二任总统亚当斯，他在历史上名气不大，但有一句话在文明发展史上绝对会让他拥有永远的地位。他是这样说的：我们现在搞政治打战争，是为了让我们的儿子去做经济和科技，儿子搞好经济和科技，是为了让孙子去做艺术！这说明艺术在整个人类文明历史中处于塔尖的位置。精神永远是最高的，是在物质之上的！要通过经济来促进文化的发展。经过很长时间的筹备，终于成立了这个投资公司。

记者：公司成立之后，会开展哪些工作呢？

江：投资公司主要想开展这么几个方面的业务。第一是创意产业，包括产业园的设计，比如说江华民俗文化园的设计、芷江民俗文化节的设计，等等。第二是书画交易，目前湖南有一大批知名书画家，但就像过去的雷宜锌一样，埋没在湖南，出不了湖南。湖南话说这个人出湖了，意思就是离开湖南后他就成功了。很多湖南艺术家离开湖南以后就成名了，比如宋祖英、李谷一、张也等。在狭小封闭的环境里，他们的能力得不到发挥，得不到完全认可。通过文化产业公司，让艺术家们有渠道和桥梁走向全国，走向世界。

我们现在跟北京荣宝斋合作，这是全国很有名的一家书法、美术作品经营企业。准备和他们签订合同，成立荣宝斋湖南分公司和荣宝斋湖南拍卖公司，今年七八月份就要挂牌成立，地点设立在太平街。借他们的力量、渠道和做生意的经验，来把湖南作品、湖南的文化推销出去。

我们以后将会成立湖南省文联文化发展集团公司。大概由这么几个方面的企业组成：一是文化产业投资有限公司，现在已经成立了。二是湖南省文联报刊总公司，有五个全国发行的报刊，是文联控股的国有企业。三是影视公司，电影、电视从剧本创作到拍摄发行都可以做。四是广告公司。由这四个公司组成湖南省文联文化产业的集团公司，组成合力，可以开展一些更大的项目。这样也更方便得到国家支持，国家对这方面的投入很大。这个事我们向有关方面汇报过，省里准备对文联的文化产业公司给予大力支持。国家现在在文化产业方面的投资是很舍得的。

记者：这么好的时代，这么好的发展时机，给文联的发展提供了极好的发展机遇。

江：的确是一个文联发展的好时机！我也开玩笑说，时机很好但身体不好，每天总感觉很忙很累，以前是没有多少事做，现在真的是做不完，今年要做 31 件事，总感觉时间太少。

记者：乘势而上，当大有可为！

江：人家都说我们机遇好！以前做不成的事，现在完全可以做成。叫作"其时已至，其事已成"，这是周强书记说的，概括得很好！这种文化大发展、大繁荣的势、时真的已经到了！这个时候再不努力，再不抓住机遇，那就只能怪自己没本事了。以前老说领导不重视、钱给得少、没有社会地位、边缘化，等等，现在到中心了，用余秋雨老师的话说：就是冷灶也可以烧热了！关键在于自身的奋斗和拼搏。

记者：奋发有为正当时，这话说得真好！去年 10 月 18 日召开的十届六中全会上，中央做出了关于深化文化体制改革推动社会主义文化大发展、大繁荣若干重大问题的决定。11 月 12 日又召开了中国文联第九次全国代表大会，对新时期文艺发展提出了新的要求。新的一年湖南省文联在推动湖南省文化事业大发展中，将会有哪些措施和规划呢？

江：就像刚才说的"其时已至，其事已成"，在文艺事业和文联工作迎来重大发展机遇的时候，省委要求文化强省，在文化强国的过程中，湖南要走在全国前列。怎么样完成这个要求？衡量指标很多，但有三项硬指标是不可缺少的：作品、人才和硬件设施。这三个方面应该说湖南在全国具有一定的优势，但是没有居于前列。特别是硬件设施这一块，差距很大。

人才方面，我们正在与有关部门一道，实施一个重要的文艺人才工程，叫"文艺人才扶持三百工程"，挑选一百个老文艺家、一百个中年文艺家、一百个青年文艺家，给予多方面的扶持和培养，形成文艺人才的梯次结构。他们要出去学习、要出去采风、要出作品，我们都提供经费支持。出了作品给你宣传、讨论，向全国推荐。这个文艺人才工程是由湖南省委宣传部、人力资源和社会保障厅、湖南省文联三家联合搞的，现在正在紧锣密鼓地开展推荐、筛选和评审工作。

作品方面，今年湖南省文联要召开第九次代表大会。会上，将进行湖南省第一届"文学艺术奖"的颁奖。这个奖已经策划了 11 年，我从省委宣传部来文联工作的第一年就开始策划这件事，今年终于弄成了。一共评出优秀作品 80 部，包括 14 个艺术门类中最优秀的作品。省委、省政府拿出三百万奖励这些优秀作品。这个奖今后每三年评一次。

第三是硬件设施。我们省的硬件设施在全国来讲水平是比较低的。比如说美术馆，广东有七八个美术馆，湖南一个都没有。目前没有美术馆的省市全国只有几个了，湖南是其中之一。经过我们多年的努力，美术馆的建设终于提上议事日程。现在具体工作已经紧锣密鼓地开展起来，选址在湘江之滨、岳麓山脚下一个很漂亮的地方，80 亩地，投资 3 个多亿。湖南省美术馆的建立，将弥补我们省文化设施建设方面的空白。

第二件事，是建设湖南文艺家之家。北京有一个中国文艺家之家。大楼建起来之后，胡锦涛总书记专门写了一封贺信，温家宝总理专门给大楼题名"中国文艺家之家"。好像北京哪栋大楼都没有这么高的规格，只有中国文联的办公楼获此殊荣。

中央领导很重视中国文艺家之家，我们也要建湖南文艺家之家，使15个文艺家协会能有自己的办公场所、活动场地。艺术家们可以在这里喝茶、聊天，讨论艺术问题。一些艺术实践活动、作品展览、交流都能在这里进行，湖南文艺家之家的建设也要尽快动工。这是两大硬件设施的建设，以后还有很多事情要做，包括艺术家村、艺术一条街都在筹备、运作之中。

通过抓"文艺人才扶持三百工程"、抓第一届湖南文学艺术奖，再抓几个硬件设施建设，这三个文化强省或者说是湖南文化走在全国前列的几个必备条件，我们都在努力突破，估计在明年或者后年都会有比较大的起色。

记者：听了您这番话，虽然我不是文艺工作者，但也心潮澎湃，十分兴奋。我相信在文艺发展的大好春天，湖南省的文艺事业一定会迎来灿烂的明天。

江：奋发有为正当时呀！

记者：另外，我还想了解您个人的一些情况，可以吗？

江：好的。

记者：您是国家一级作家，曾在湘潭市文化局、湖南省委宣传部、湖南省作家协会、省文联等部门和单位工作过。从事宣传文化管理和文艺创作三十多年，先后发表了各类文艺作品300余篇，专著14部。其中《美德与人生》这部作品获得全国第二届"优秀少儿读物奖"。创作的十余部电视专题片，在中央电视台和国外电视台播出，其中《常德报道》获国务院新闻办、国家广电部颁发的"金桥奖"。《细笔浓情写三湘》获中国外文局颁发的"外宣优稿特别奖"。

您是怎样走上创作之路的？这方面有些什么样的收获和体会？

江：您问到的这个问题，引起了我的一些回忆。应该说前面讲的事情比较兴奋、激动。谈到这方面的事情，感觉有些失落，有一种落寞之感。

有朋友说我，是一个重义轻利、适合搞艺术而不适合搞政治的人，说我入错了行。其实我自己也有这种感觉。我是一个搞艺术的，我的一些朋友、同学现在都是有名的艺术家，经常在电视上看到他们的作品播出，出版的著作也是一本接一本，很让人眼红。这方面的一些梦想看来是无法实现了，这是我心里永远的痛。我15岁参加工作，到文工团学音乐、学器乐，对文学极其感兴趣。我父亲是一位剧作家，他并不支持我搞创作，但我看他创作时的状态感觉挺好，甚至让人陶醉，挺美好的。所以我一直想搞创作。

年轻时在剧团里，有时候在演出过程中也写，晚上不睡觉也写。我发表的第一首作品是在省里的《工农兵文艺》上，是一首歌词，名字叫《雄鸡，雄鸡，你叫迟了》，大意是雄鸡叫了，但是小朋友早就起来，割草去了。现在看起来很幼稚，但还是有一些形象思维。后来慢慢地开始写剧本。有个机会去了上海戏剧学院学习。我记得那一年在长沙考试，主考的老师正好就是余秋雨。他很轻松、潇洒地拿着试卷进我们的考场。我被他感染，觉得搞戏剧创作一定很轻松、很快乐。

考完之后，我问余老师我考得怎么样？他笑一笑说，没问题，肯定可以去！使人很有信心。去了之后我们的交往也很多，一直在他的观念和思想引导下进行创作和研究。上学的日子很美好，写了不少评论、剧本和小说。毕业后调到省委宣传部，在文化艺术处工作。从事文化行政管理，联系电影、电视、戏剧创作方面的事情。

从此，自己的主要时间和精力都用在了文化行政管理工作上。只是在工作之余，读些书写些文章。我期待退休以后，真正可以拿起笔写一些自己想写的东西。有很多题目、很多构思、很多故事、很多人物都在脑子里飞，如果退休后还有激情的话，一定要实现自己的梦想。

搞创作有几个基本要求：第一是要有时间；第二个要有冲动、有激情；第三个有材料。三者具备了，你就可以写了。几个条件缺一不可。

记者： 听了您的这些话，的确感觉到了您的些许失落，但还是蕴藏着欢欣。

江： 是的，这种欢欣也是来自奋斗的成就感，来自成功的快乐！

记者： 抓创作、出作品、出人才，为文艺创作创造良好的环境和氛围，湖南省文联的确在这方面做了大量的工作。

江： 我还想补充一下，我们还抓了文艺评论方面的工作。我们成立了文艺评论家协会，这在全国各省文联中是为数不多的。创作和评论是车之两轮、鸟之两翼，我们希望通过加强评论来促进创作。我们有个刊物叫《创作与评论》，我是主编，给文艺家提供创作和评论的园地。

我觉得文联要采取一切措施来为文艺家服务，对他们予以充分的尊重和信任。他们成功的时候，我们为他们鼓掌，给他们敬杯酒；他们落寞之时，给个肩膀靠一靠，有杯热茶可以喝，有几句温暖的话可以听一听。

文艺家们有风光的时候，但也有落寞的时候，有时要面对各种打击、议论、谣言等。在这个时候就需要文联、各个协会来给他们家的温暖。所以我给文联的工作人员和各协会的同志提出一个要求，有艺术家来一定是笑脸一张、热茶一杯。要尽全力帮他们解决问题。

记者： 好的，今天的采访就到这里。谢谢您！

江： 谢谢！

湖南收藏　卧虎藏龙

题记：2012年12月29日下午，湖南省艺术收藏家协会成立大会在长沙隆重召开。湖南作为文化大省，有着悠久的收藏文化和丰富的收藏资源。为推动湖南收藏事业的发展繁荣，经过一年多时间的调研和精心筹备，湖南省艺术收藏家协会应运而生。会后，雅昌艺术网的记者就湖南省收藏艺术家协会的筹备情况、湖南省艺术市场的发展趋势，以及省文联建立艺术收藏家协会的初衷和协会的主要工作任务，对我进行了采访。

记者：湖南省艺术收藏家协会今天成立了，你们希望这个协会能够起到什么样的作用？

江：省艺术收藏家协会是省文联下面组建的二级协会，主要功能是普及收藏文化，提高大众收藏品位，通过精英来推动普及，通过品质来提高收藏文化的意义。

湖南的收藏家一般都是潜在海底。我们经过两年多的努力，协商、挑选了十几位同志组成主席团。主席由省美术家协会的主席朱训德先生兼任，还有六位常务副主席，有15位副主席，下边有100多位理事、500多名会员。省文联专门派了省美术创作中心主任徐铭同志，担任协会的法人代表，主持协会工作。

记者：你们为什么想到要成立这么一个协会？

江：我们觉得湖南艺术事业发展需要收藏家这个推手。荣宝斋几位朋友前不久来到湖南，他们说湖南两样东西最便宜，第一是房子，第二是艺术品。艺术品根本没有达到应该有的价位。跟其他地方比较，湖南艺术品价格是很便宜的。湖南艺术家要走向全国、走向世界，必须有收藏家加入进来。我们想通过艺术收藏家协会这个抓手，把整个文化艺术事业大力推进。

从目前的情况来看，湖南收藏文化层次不是很高，既没有规模，也不上档次。我们想通过这个协会，普及收藏文化，推动湖南文化市场的发展。

记者：目前湖南艺术市场是个什么样的状况？

江：我在文联工作了十几年，对湖南艺术市场的情况是不大乐观的。湖南画家、书法家的作品，在全国的影响不大。其他艺术门类也一样。比如音乐家、作家一出湖南，成名成家的多。在北京召开的中国文联代表大会的联欢晚会上，陪国家主席一起唱歌的歌唱家中有七位是湖南走出去的。作家也是一样。画家也有一些在湖南的影响很大，在外面则没多大影响。所以人们常常把在外地有出息的文艺家称为"出湖"，出了湖南就有出息。湖南书画家作品的价格偏低，价格与价值严重偏离。书画家们没钱了，拎个包跑到山东、甘肃去搞笔会，赚些钱就回来了。湖南本地市场起不来，严重影响了事业发展。

我觉得目前湖南的艺术市场存在以下几个问题：

第一，没有形成规则，不是画廊代理制，常常是跑到家里拿就行了；

第二，通过市场来包装画家没有做到，画家炒作不起来，自己炒作实力也有问题；

第三，通过收藏、拍卖来促进书画发展也没有启动，湖南原来有一个国拍，现在正在整顿过程当中，没有大的拍卖公司，大的拍卖公司的拍场上湖南作品也极少见。这一块还是空白。

一方面没有起步，水平不高；另一方面也是一张白纸，可以画最好、最美的图画。所以我们成立了艺术收藏家协会，希望以此来推动文化市场的健康发展。

记者：协会成立之后主要做哪些工作呢？

江：协会主要有三个方面的工作：第一是鉴定。建立湖南艺术品鉴定中心，这方面湖南是空白，要尽快开展。第二是拍卖。组织拍卖会，引进拍卖公司进行高档次的拍卖。第三是开展多种讲座和展览。普及收藏知识，提高大众的收藏兴趣和品位。

记者：在协会筹建过程中，有没有做一些田野式调查？目前民间收藏情况怎么样？

江：这两年我们一直在筹建艺术收藏家协会，过程中间跟广大的收藏家有过很多接触。我觉得收藏是一个海，里边藏龙卧虎，了不得。协会的主席团成员，都是收藏大家，拥有不少的奇珍异宝。还有很多民间收藏家，比如说永州、岳阳的收藏家，都建了一些小型博物馆。有些老板赚了钱，不想存在银行，搞建筑也没有意思，买艺术品是好去处。做收藏展示，既可以展示自己的文化层次，还能升值，挺好的。我看了很多，湖南的收藏界有人物，有实力。

记者：什么样的人才能进入这个协会呢？

江：我们对协会理事有三个要求：

第一，有健康正确的收藏观念，不光是为了赚钱；

第二，要有一定的收藏实力，收藏有货、有东西；

第三，愿意通过这个组织，为推进湖南文艺事业的发展贡献力量。

符合这三个条件就来，不符合就不要来。很多人都想当理事，原来准备80个，现在到了113个，还有很多人想进来，我们说一个也不增加了，不然会成为湖南省最大的一个理事会了。不过这种应者如云的感觉，也证明了人心所向，大家都很看好。

记者：民间个人收藏量一上去，势必会形成民间博物馆。你们怎么看待这个问题？

江：在筹建过程当中，我与地方党委、政府有过接触。我对他们说，文化产业抓什么？美术馆、博物馆就是很好的抓手。美术市场、书法市场的勃兴也就是文化产业的勃兴。这个观念他们接受了。岳阳已经开始逐步给予一些民间博物馆经济上的扶持。他们鼓励一些藏家收藏湖南当代书画家的作品，有一些副主席、理事一订就是一千平尺。现在湖南书画价格很低，以后肯会上升，而且空间很大。这个过程之间产生税收，形成产业，政府给予一点支持以后，民间资本一进入，加上一些组织的协调、炒作，市场一下就起来了。大家有一个共识，书画市场是一个产业，收藏也是产业，通过这个组织发展我们的文化产业将大有作用。

记者：你们有没有考虑过怎样推动收藏文化的普及和提高？

江：这是我们协会的重要任务，要普及收藏文化，宣传正确的收藏观念。现在很多人是淘一个东西卖出去，赚一百块钱就高兴得不得了。这其实不是正确的收藏观念。我们要通过一些藏家的事迹宣传，让大家知道什么是正确的。要开展一些讲座，介绍收藏知识，更新收藏观念。还要举行一些展览，让大家看到真正的好东西是什么。现在收藏市场赝品太多，很多人被弄得家破人亡，要引进一些仪器设备，引进一些专家，鉴定这一块要抓起来，帮助收藏爱好者能够得到自己想得到的真东西，不受骗，不上当。

记者：谢谢！

旅游也要以文"化"人

题记:《湖南旅游》杂志社的记者,对文化发展和旅游发展的关系十分关注,多次约我作个访谈。2013 年,一个春日融融的上午,在省文联的办公室,我们聊起了她感兴趣的一些问题。

一、祖母是我的文学启蒙老师

记者:您长期在文化部门工作,发表过许多作品,获得了一些奖项。您是怎么走上文学创作之路的呢?

江:我对文学的兴趣,首先是小时候受祖母的影响,可以说祖母是我的文学启蒙老师。那时,祖母经常给我讲一些故事。《红楼梦》中的一些诗词,她能够倒背如流,记忆力极其惊人,一到冬天,围炉向火,就给我讲故事、背诗词。

她讲的故事很多,包括《红楼梦》《西游记》《三国演义》和一些民间故事。她出生于书香世家,父亲跟随左宗棠一起去新疆平叛,功勋卓著,是一位二品大员。

其次,也受父亲的影响。我父亲是搞创作的,写过不少剧本和文学作品。经常在我睡了以后,他一个人在灯下写作,口中一边念着道白,一边哼着唱腔。这种声调使我产生了一种莫名的兴奋,觉得写人物的对白、唱词很有意思。参加工作之后,我开始学音乐。当时文艺作品很少,只好偷着去读一些古典名著。

人慢慢长大了,觉得有一些情感需要表达,就试着通过诗歌、歌词、散文的写作,将感情表达出来。渐渐地也就形成了一种爱好。

有一年,余秋雨先生来长沙招生,我考上了,进了上海戏剧学院戏文系戏剧理论班,他还做了我的指导老师。

在不断学习和实践中,我更加喜欢上了文学创作。我比较喜欢尝试各种文体的写作,写过戏剧剧本、电视剧剧本,电影也做过尝试,但主要还是写一些散文、故事、小说和评论。书也出版十几本了。后来,我被调到省委宣传部文化艺术处,开始从事文化行政管理方面的工作,基本上没有时间写作了。艺术感觉也在慢慢发生变化,逐渐失去了写作的激情和灵感，所以很长一段时间没有提笔。现在想起来，有些失落和心酸。

我想在退休之后能够有比较多的时间来写作，写一些比较大的作品。我学的专业是编剧，看到现在舞台上、银幕上、屏幕上，出现一些艺术水平很差的作品，觉得心里很窝火。很想自己去写一些作品，又苦于没有时间，只好望洋兴叹。文艺创作是我的一个梦想，将来，一定要努力实现这个梦想。

二、逝去的青春是那样温馨

记者：您是喜欢自己写，还是在别人作品的基础上来改编呢？

江：我喜欢自己写。编剧有两种，一种是原创编剧，根据自己的生活积累和生活感悟直接写成小说或电影、电视剧、戏剧。另外一种是从小说改编。最近有些电影拍得不错。如《北京遇上西雅图》《致我们终将逝去的青春》《中国合伙人》等。《致青春》勾起了很多人的青春回忆。

记者：您最喜欢自己的哪一部作品？

江：我写的东西比较多、比较杂，我最喜欢写给孩子们的那一本小书——《美德与人生》。这部作品荣获了"全国第二届优秀少儿读物奖"。当时写起来很舒服，就像跟小朋友们谈心，把一些哲理性、道德性的东西，用一些很轻松的话和一些有趣的故事给表达出来。

这部作品出版之后，很多家长给我写信、打电话，告诉我他们的儿女们读了这本书之后的想法。从中，我感受到写作的快乐和意义，觉得人生价值可以通过创作来实现。目前来说，我比较喜欢这本书。

记者：您在创作这部作品的时候，有没有遇到什么困难？

江：当然有困难。要让小孩子们能喜欢读并且看得懂、记得住，一定要很通俗，要做到这点很困难。我想了很多办法，比如，通过语言的亲切、表达方式的婉转等方法把艰深的理论表达出来，加强阅读的趣味性等。还有些孩子把这部书当作写作教材，觉得书的语言很漂亮。时间过去很久了，现在回想起自己的感受，依然觉得充实、温馨。

三、"湖湘文化"是美丽中国的一部分

记者：您出生在湖湘大地，对"湖湘文化"应该有比较深入的了解，您怎么看待"湖湘文化"？

江："湖湘文化"是一个比较大的命题。我是湖南人，又在从事文化工作，但对这个问题的理解还是不够深入。

我觉得"湖湘文化"至少包括两个方面，从内容上来讲是一种人格理想。湖南人有一种敢为人先、敢于担当、舍我其谁的精神，关注的是国家的大事。如我们熟悉的谭嗣同、毛泽东、陈天华等人。谭嗣同当时完全可以避开屠刀，但他就是不走，要以自己的鲜血来救中国救民心。这就是典型的湖南人的性格。这种精神也体现在文艺作品中，屈原的《离骚》、贾谊的《吊屈原赋》、范仲淹的《岳阳楼记》等，都表现了心忧天下的湖湘精神。

在形式上看，有人说湖南是遍地巫风，湖湘大地深受巫文化的浸染，巫傩之风也影响了各种文艺形式的艺术特色。既华丽、奇巧、浓烈、神秘，又不失真诚，不悖常理，这是湖湘文化形式上的魅力。

记者：党的十八大报告中提到建设"美丽中国"，也提到加强文化建设。您能不能谈一谈二者的关系以及关于推进湖南旅游发展的一些看法？

江：当前文化事业和旅游事业的发展，都面临着极好的机遇。"美丽湖南"是"美丽中国"不可或缺的组成部分。而美丽湖南一定会闪耀"湖湘文化"的光彩。

记者：您能谈谈文化以及文化与旅游的关系吗？

江：什么叫文化？到百度上一查，有很多条定义。辞书上的文化定义有两百多条。其中有一种定义说，人类所有物质文明和精神文明创造的成果都叫文化。如此说来，还有什么不是文化呢？有的定义认为，文化就是文学、戏剧、电影，这种观点把文化的范围限制得太小。前面的观点是大而无当，后一种观点是以偏概全。

我觉得余秋雨先生对文化的定义比较好。他说，文化是人类生活方式和精神价值所造成的集体人格。那么文化肯定不会包容万物，也不只是文学艺术。

从这个定义来看，旅游属于文化的一部分。从这角度来说，旅游事业并不是仅仅创造 GDP，而是一种文化形态。既然是一种文化，对生活方式的改变和精神境界的提高，肯定会有一定的作用，所以也需要承担以文"化"人的任务。我们需要从文化的角度来认识旅游的作用和意义。

中国旅游历史悠久，中国盛产游客。最早是周穆王，驾着一辆八匹马的马车，从西安到中亚，留下了一部《穆天子传》传世。春秋之时，有孔子和他的弟子们。魏晋以来，大批文人墨客云游四方，写下了许多诗词歌赋。明人徐霞客，走了 16 个省，游记彪炳史册。

时至今日，旅游之风更盛。据世界旅游组织预测，2020 年，中国将成为世界第四大旅游强国和世界第一大旅游目的地。在这样的形势下，湖南的旅游必须提高认识，厘清观念，才能加快发展步伐。

记者：您觉得有哪些观念需要厘清呢？

江：我觉得，关于旅游的不正确观念主要有以下几方面：一种认为旅游就是玩耍，不值得一谈。另一种认为，旅游是学习，景点是课堂，所以就不惜伪造一些古迹，编造一些故事，来误导游人。第三，大部分旅游景点只注重游览性，不注重文化内涵的开发，往往是一游而过，留不下什么文化印象。第四，认为旅游就是创造 GDP 的，只要能赚钱就行，急功近利，甚至不惜破坏生态环境。这些问题的存在，必然会影响到湖南旅游事业的健康发展。

记者：您认为怎样才能改变这种状况呢？

江：我认为发展湖南的旅游业，首先要认识旅游的意义和文化地位。旅游不仅能创造GDP，更应该从以文"化"人的角度来认识其对于提高整个民族精神内涵的重要意义。

文化是旅游的灵魂、骨架，千万不可或缺。自然山水是一种客观存在，有了文化的观照，才会有心灵的意义。景点的开发，要考虑文化内涵的挖掘。内涵不能伪造，不能强加，要因地制宜，顺其自然。

其次，要注重旅游景点文化涵盖的多层次开掘。游客各种各样，生活经历和兴趣爱好各不相同，旅游的需求也不会一样。因此，在景点的开发上，要适应游客的需求。有的地方可以给人以教益，有的可以陶冶心灵，有的可以使人领悟人生，有的可以提供情感倾泻的契机。当前要特别重视旅游的心理疏导功能，关注旅游对于人类健康生活的意义。现在社会节奏太快，要让人舒展身心，放达情感，才能有益健康。常言说，仁者乐山，智者乐水。要用千姿百态的内涵，让游客各取所需，各有所得。

最近我带领一个杂技艺术团去泰国演出，去了泰国的清迈。那里根本没有什么特别的古迹和景点，也没有什么编造出来的故事。那里很安静，人们心态很平和，空气很好，生活很质朴、很舒服。游客很多，而且去了之后都要住上几天。听说现在去的人更多了。

《孤独星球》的作者说过：旅游是人类的本性，也是地球生物的本性。旅途中，人类的天才智慧得到淋漓尽致的发挥，有新奇的感受，有神奇的发现，有生活的改观，有人生的超越。

所以说，真正的旅游是一种人生的体验，是最好的教育、最好的运动、最好的解压方式、最好的疗伤方式、最好的维系感情的纽带。在旅游景点的开发过程中，要牢记旅游的文化使命，以多重开发，实现多重适应、多重功效、多重意义。

再次，旅游景区开发特别要注意保护生态环境。景区一定要做"减法"，让其回归原来的自然形态。让人与自然和谐相处，这是旅游事业发展正不正确、健不健康、有没有前途的一个重要标志。

现代文化重视人类回归自然的程度，要恢复自然本身的尊严。人与自然和谐相处，回归自然，这是一个重要的文化坐标，不能忽视，而且是当代一个重要的文化使命，积淀着我们的文化理想，也体现了重新树立人和自然关系的重要的哲学命题。

旅游应该成为能够把 21 世纪自然和人的关系的理想推向更高境界的一个枢纽。希望湖南旅游在这方面有所突破，有所贡献。

湖南旅游资源丰富，如果能将这几方面的问题解决好，将会迎来更大的发展。

四、审美：助推旅游事业发展的原动力

记者：现在旅游业也在发生转型，从观光型到休闲型，出现了很多种新的助推方式，如情景剧、旅游剧、舞台音乐剧等。您觉得这些做法值得推崇和尝试吗？

江：这些都是吸引游客、提高审美的方法，但不是全部。好处在于，让大家看一个演出，领略当地的民间风俗。短处在于当前的一些作品的创作水平不是很高，没有起到很好的传播文化、提高审美的作用。另外，我认为，吸引游客的方法不光只有看演出。助推旅游的方法有很多种，要因地制宜。比如说可以去看村寨，那里会有居民跟你聊天，给你表演，让人感觉很亲切。让游客融入当地的文化中去，这种参与和互动不是看演出可以替代的。各种民俗活动，可以自然地展示，每个人都可以根据自己的兴趣选择观看。

所以说，旅游是大众的，但吸引他们的方式，却是小众的、因人而异的。因而要用多样化的内涵来吸引游客，从而助推旅游事业的发展。

记者: 您能谈一下怎样利用湖南的文化优势来助推湖南旅游业的发展吗？

江: 湖南在文化方面是很有优势的。湖南的传媒和文艺创作实力很强，在全国首屈一指。湖南旅游业的发展应该利用这种优势，使自己获得更强劲的发展动力。

通过文化的审美作用，完全可以助推旅游事业的发展。举一个很简单的例子，徐峥他们在泰国拍摄电影《泰囧》，就大大推动了泰国旅游业的发展。游客蜂拥而至，都在寻找电影中的场景。还有凤凰古城，很多人就是奔着沈从文和黄永玉去的。张家界的旅游开发，也得益于摄影作品和美术作品的推动。

但是这种助推千万不能弄成"文化搭台、旅游唱戏"的模式，文化是灵魂，没有灵魂的躯体是没有审美意义的。只要两者融合，充分利用得天独厚的湖南文化优势，湖南的旅游事业将获得快速发展的原动力。

记者: 您能推荐一些您喜欢的、能代表"湖湘文化"特色的旅游景点吗？

江: 湖南很多的景点都可以显示"湖湘文化"的特色。比如说，南岳、洞庭湖。我很喜欢余秋雨老师推荐的洞庭湖。他看了洞庭湖之后说：人心大了，洞庭湖小了。他看常德的柳叶湖之后说：柳叶湖是常德人的奢侈。有一个朋友这么评价凤凰，他说：从来没有见过这么一个健康、天真、纯美的地方，我这一辈子也忘不了凤凰。凤凰为什么让人喜欢？首先，凤凰有一些很有风格的建筑，风雨桥、吊脚楼等。其次，有很多名人的故事，像沈从文、黄永玉，让人想起他们作品中的许多东西。再次，那里有很多民间工艺，如姜糖、蜡染等。还有不少难得一见的少数民族风情。总体来说，体现了非常诱人的审美文化。而且那里人与自然的关系也很和谐、很亲切，让人觉得很舒服。

少数民族的一些民情风俗，为什么这么受人欢迎？一个重要原因，就是他们没有受到程朱理学、三纲五常的禁锢，血液中保留了许多自然、质朴的情感和表达方式。所以说，人在内心深处还是渴望回归质朴、回归自然、回归人性的。

记者: 谢谢。

教师的黑夜

余秋雨

题记：我是余秋雨先生的学生。我认为，余秋雨先生不仅是中国著名的散文作家、世界文化史的研究大家，还是卓有建树的美学大师。先生的美学思考、艺术理论以及精到的审美赏析，贯通中西、纵横古今，形成了独创的宝贵的文化美学体系。从先生的著述中采撷出精彩论述，我编写了《大美可追——余秋雨的文化美学》一书，2020年5月由北京联合出版公司出版。以下这篇文章，便是余秋雨老师为此书撰写的《序言》。

一

在一般印象中，教师的生活虽然辛劳却充满阳光，因为永远有那么多青春的笑脸呼喊你，那么多成功的毕业生感谢你。几乎所有的家长都把培养人才、塑造未来的希望寄托给教师，因此，这无疑是人世间最光明的职业。

但是，教师也有黑夜。

多少次长吁短叹、辗转反侧，为了课堂、教材、成绩，那还算是轻的。更伤心的噩梦，是学生专业的堕落，品行的沦丧，甚至，是他们身体的危殆，生命的陨灭。

家人遇到麻烦已经使我们寝食难安，而教师的"家"总是很大，而且逐年增大。因此，教师的黑夜总是特别漫长。

二

我曾在海内外很多大学任教，而其中最有趣的，是担任上海戏剧学院院长。为何有趣？因为那个学院天天阳光灿烂。我在台上演讲，台下那么多英俊的男学生和美丽的女学生都满脸表情，又反应敏捷，稍稍一句幽默他们就哄然大笑，微微加重语气他们就热烈鼓掌。这种气氛一年年下来也就宠坏了我，使得我后来到北大、清华等别的学校演讲时，有很长一段时间不适应，因为那儿的前几排学生见我不用讲稿只是盯着他们讲，都不好意思地低下头来，我还以为讲岔了呢。

我多次说："演讲是台上台下生命能量的交换。"上海戏剧学院给我的"台下能量"，总是那么充沛饱满、准确迅捷。后来总有很多人高度评价我的演讲水平，我说，我拥有一个最有效的训练基地。

身为上海戏剧学院院长，感到最阳光的事情，是那些毕业生的杰出成就。其他学校当然也有大量优秀的毕业生，但我们的毕业生不同，出演了那么多部人所共知的电影、电视、戏剧，不断地在国际电影节获奖，成为公认的"影帝"或"影后"；更多的是由广大观众颁奖，他们不管在哪里出现，总会有大批"粉丝"尖叫。

这些著名的毕业生已经习惯于在公共场合表现得平静而漠然，迈着很有身份的步子，端着不像架子的架子，好像周围的热闹都与他们无关。除非，他们的眼角不小心瞟到了我。那就完全变了一个人，小心而恭敬地快步朝我走来。我怕引起旁人太多注意，总是微笑着摇摇手，轻轻地打一个招呼就躲开。背后，学生还踮着脚在寻找我。当然，在他们还没有毕业的时候，要在校园里见到系主任都很不容易，更别说院长了。

我虽然躲开了，心里还是乐滋滋的。世上那么多重大的艺术之美与我有关，那就逼近了我"一生营造大善大美"的独自信仰。

——说到这里，我都在说自己教师生涯的光明面。但在这篇文章中，这只是反衬，我要说的主题，是教师的黑夜。

三

当然，黑夜也是由白天进入的，而且，最黑的黑夜之前，一定是特别明亮的白天。

那是一九八一年五月一日，我到湖南长沙招生。到那里并不仅仅是招收湖南学生，而是包括湖南、湖北、福建、江西、广东、广西、云南、贵州一大片，只不过设点在长沙。由于地域太大，我们事先公布了一个条件非常严格的告示，因此前来报名的考生都已经是当地公认的文化英才。和我一起到长沙去招生的，还有一位范民声老师，我们要完成从笔试到口试的一系列复杂程序。当年，我三十五岁，考生都是二十几岁。

那次招到了多少学生，我已经忘记，只记得印象最佳、成绩最好是的三个，一是湖南的江学恭，二是广西的黎奕强，三是广东的黄见好。前两位是男生，后一位是女生。他们被我看好，都是因为人很正气，有不错的人文基础，有很好的艺术感觉。

入学后上课，他们也是我特别关注的好学生。

那时，"文革"灾难过去不久，人文学科都在重建。在重建过程中我发现，即便在"文革"之前，甚至在一九四九年之前，中国在绝大多数的人文学科上都严重缺少基本教材。即便是少数拿得出手的，也只是从古代和外国书里摘一点，根据形势需要编一点，加几个浅显的例子，如此而已。因此我们这一代面临的艰巨任务，是为每一门学科从头编写能让国际和历史认可的系统教材。我当时虽然年轻，却已经完成了体量庞大的《世界戏剧学》的编写。这是从"文革"灾难时期勇敢潜入外文书库一点点堆垒起来的，因此每一章每一节对我都具有"生命重建"的意义。我希望在灾难已经过去的日子里让它变成多门课程，逐一讲授。与此同时，我也已经完成了国内第一部《观众心理学》的写作，而这正是"接受美学"的实体试炼，也可以在课程中展现。因此，我当时讲授的课程非常多，例如"戏剧美学""接受美学""艺术创造工程""世界戏剧史"，等等。几乎每天的上午和下午都安排了不同的课，讲得既劳累又兴奋。这些课程，因为是在填补历史的缺陷，听的人非常多，甚至上海戏剧学院附近的一些高校，例如上海交通大学和上海音乐学院的某些班级，每逢我讲课都会把原先的课程停下，教师和学生一起来听。这样，讲课只能改在剧场了，把前三排位置留给本校的教师。好玩的是，学院的一些清洁工看到如此盛况，也都握着扫帚站在后面听。

在这种热闹而混乱的情况下，就需要由我的学生来引导、安排、维持秩序了。因此，江学恭、黎奕强、黄见好他们就特别忙碌。我觉得，这些仅仅比我年轻十来岁的学生，热情洋溢，能力超群，代表着一个生气勃勃的文化新时代。

他们毕业之后，我因为国内一批年长学者的联名推荐，被破格晋升为当时国内最年轻的文科正教授。上海方面为了克服在高级职称评定工作中常常出现的"论资排辈"陋习，决定让最年轻的教授来负责全市的文科教授评审。这下我更忙了，完全没有时间关注学生们毕业后的情况。

终于，还是听到了消息——

毫无背景的黎奕强，完全靠自己出色的才干，被选为广州市文化局副局长，兼粤剧院院长。连大名鼎鼎的艺术家红线女都在他的剧院里。上上下下一致反映，他做得很好。

江学恭更让人瞩目，那么年轻就成了一个文化大省的文化主管，担任了湖南省作协常务副主席、文联副主席、省政协常委兼科教文卫体委副主任。他的这些职务都不是挂名，种种实事都是他在干。

黄见好走了另外一条路，一心写作，文思喷涌，成了南方现代派文学的重要代表。笔名"伊妮"，拥有大量年轻读者。

他们站到了文化建设的第一线，都非常非常繁忙。

虽然很少有机会见面，但他们仍然与我很知心。证据之一是，当时国内有一些"文革余孽"趁人们记忆淡忘，把我在灾难中冒险编写教材的事情进行歪曲，在广州、长沙的报刊上喧闹，但是，身在这些喧闹近旁又具有足够话语权的江学恭、黎奕强、黄见好他们，却完全不予理会。他们太懂得作为老师的我了。如果他们站出来为我说一句话，那就会把"不可理喻"变成"可理喻"的了。他们的这种不屑一顾，为我在全国的学生带了一个好头。对此，我一直心存感念。

四

直到此刻，我还是在写黑夜之前的白天。但是，黑夜终于来了，来得惊心动魄。

一九九七年二月六日凌晨，黎奕强好不容易从百忙中抽身，急匆匆地赶到广西梧州老家过春节。是他自己开的车，车上还有他的儿子。没想到在这条熟路上有一条桥梁正拆卸修理，深更半夜看不清，又没有路障，黎奕强的车子一下子冲落岸崖，凄惨的后果可想而知。这位年轻有为的局长、院长和他的儿子，顷刻之间离开了世界。

过了两年多，黄见好也奇怪地失踪了。深爱她的丈夫会同公安部门一直在寻找，几乎找遍了全国一切可能的地方，几年下来都毫无结果。朋友们说，她极有可能是因为现代派文学而主动离世了，还设计了让人找不到的方式。太深沉的文学思考让她发现了生命哲学的某种终极指向，便身体力行，国外也有现代派诗人和乐手走这条路。

这一来，三个我最看好的学生，只剩下江学恭了。

谁能想到，几年后传来消息，江学恭因"双肾衰竭"而紧急住院，只能依赖血液透析来维持生命！他面临的，是肾切除并移植，结果会怎么样呢？

连最有经验的医生也频频摇头。

——每一个消息，都让我张口结舌，不知所措。我不断摇头，不断发问，提出各种疑点，但是，没有人能回答我。

一切都已经成为事实。天地是多么不公啊，但再不公，也已成为事实。

我的学生，我亲自招收来的学生，听过我很多课的学生，怎么会这样？

如果那一年，我没有把他们招收进来，他们也许不会遇到这些祸殃？……

现在，已经不见了人影的黎奕强，还留下了他亲笔写的"生平"，一上来就标明自己是"余秋雨教授的学生"；已经不见了人影的黄见好，还在自己出版的书籍扉页上，印着自己"师从余秋雨教授"的身份。

人走了，字还在。学生走了，教师还在。

这，实在算得上"教师的黑夜"了，黑得星月全无、片云不见，黑得我喘不过气来。

五

我们学院的毕业生中有一个叫蔡国强的艺术家，因为惊人的焰火技术而名震国际。前两年他向母校提出一个建议：校庆之夜，用激光字幕，把所有校友的名字像流水一样投射在教学大楼的外墙上。

这真是一个好主意。那天夜晚，所有的师生和校友都密密层层地站在黑夜的草坪上，抬头仰望着那一排熠熠闪光的名字安安静静地从三楼窗台下的红墙上流过。很多名字大家都知道，一出来就引起轻轻的欢呼，但出名的人太多，渐渐连欢呼也来不及了。所有的名字都在表达一个同样的意思：是的，这是母校教室的外墙，让我再用心抚摸一遍。

一旦投射在教室外墙上，每一个名字都又回归为学生，因此不再区分是出了名还是没出名，是出了大名还是小名。终于，再也没有欢呼声了，我听到了耳边轻轻的抽泣。

就在这时，我看到了黎奕强、黄见好的名字。

我知道自己立即流泪了。是的，你们哪儿也没有去，只在这里，从来未曾离开，我终于找到了你们！过去，在教室，你们抬头仰望着我；今夜，在这里，我抬头仰望着你们。

黎奕强，你的名字走过教室外墙时好像慢了下来，这外墙也很陡，但绝不是让你坠落的千丈岸崖。黄见好，你的名字也慢了下来，不错，这教室，正是你初次听我讲现代派文学的地方，但是，你心急了，现代派文学对于生命的终极方式，还有另一些答案。

又看到江学恭的名字了。学恭，此刻你还好吗？今天做了血液透析没有？肾的切除手术会在什么时候进行？对于重病的亲友，人们如果没有切实的救治方法，一般不敢太多动问，一是害怕病人不得不做艰难的解释，二是害怕听到不好的消息。那么学恭，我就什么也不打听了，只在这里一遍遍为你祝祈。

六

一天，毫无思想准备，突然听到了江学恭的一个惊人消息。

惊人的程度，不亚于当时听到黎奕强、黄见好事情时的错愕。但这次，却是正面的，正面得让人不敢相信。

江学恭经过几年艰难万分的治疗，身体居然已经好转。在治疗之初他心情跌入谷底，却又觉得应该重温某些重要的人生阶段，于是又捧起了我的书。他每次血液透析需要费时五个小时，便在这个过程中考虑，能否把我曾经打动过他的一些话变成一本语录？在一次次手术间隙中，他不断读书，不断构思，不断动笔。居然，历时几年，几易其稿，终于成书。成书的时间与他康复的时间，几乎同步。

语录以"文化美学"为选择重点，书名为《大美可追》。

但是，这算是我的语录吗？那些话似乎真是我说过、写过的，但是，却被一个坚强的生命在最艰难的时分选择了，淬砺了，萃取了。那么，它的价值属性已经发生了转移。我的话，只不过是素材。把素材打造成器的师傅，是他。而且，他在打造过程中，倾注了生命的终极力量和最高尊严。

我有幸，让我的语言见证了一次真正的凤凰涅槃。

如果说，我的语言对他的涅槃真有帮助，那就连我也产生了深深的好奇：会是哪些语言呢？

我想，广大读者也会有这样好奇。那就等着看书吧。

这件事，让我对"教师的黑夜"产生了某种安慰。不管黑得多深，总会有晨曦乍露。江学恭的晨曦已经证明，人世间能挽救生命的，除了药，还有美。除了医学，还有美学。

"大美可追"，这是一个人在生死关头给自己下达的命令。于是，他去追了，生命也就随之欢快起来。

学恭编的这本语录集即将出版，我将题写书名来表达感激之情。这篇以"黑夜"开头的文章，能不能成为"代序"？敬请学恭审定。

掘宝者的贡献

——《解读传统美德故事》品赏

谢子元

题记：2013 年，岳麓书社出版了我撰写的《解读传统美德故事》一书，文艺评论家谢子元先生读后撰文评论。文章发表于《理论与创作》2014 年第 1 期。

　　江学恭先生新著《解读传统美德故事》不久前由岳麓书社出版，全书大体按《公民道德建设纲要》的"爱国守法、明礼诚信、团结友善、勤俭自强、敬业奉献"20 字规范，分为《爱国篇》《诚信篇》《仁爱篇》《立志篇》《勤俭篇》《自强篇》六册，计 60 余万字。我国源远流长的道德文明，大都以形象生动的故事形式，配上现代视角的解读，萃于此书，可谓洋洋大观。品读之下，我深深地感到，在党和政府大力倡导精神文明建设，传统美德处于艰难的现代转换，道德建设整体仍处于爬坡进程的背景下，这套书既有分量，又合时宜，因而很有必要向读者尤其是广大青少年朋友加以推介。

　　这套书有几个鲜明特点：

　　一是故事选得好、讲得好。这套书精选了我国历史上 118 个美德故事，这些故事固然都有史料或传说记载，但著者不是照搬史料或进行简单翻译，而是进行了审慎的去粗取精和别具匠心的剪裁加工，可以说是在原始材料基础上进行了深入的二度创作。譬如历史上留传的王祥"卧冰求鲤"的故事，是所谓"二十四孝"之一，其间包含较多的封建愚孝观念和迷信因素。本书《仁爱篇》虽也叙及"卧冰求鲤"的情节，重点则放在王祥和王览这对异母兄弟的深厚情分上，放在王览千方百计阻止母亲对异母哥哥的折磨乃至谋害上，对故事主旨的重新提炼和叙述角度的改变，就把它与当代读者拉近了距离。又如，"愚公移山"的故事可以说是家喻户晓了，大凡有初中文化程度的读者，都读过《列子》中的这则寓言。本书则对这个故事进行了合理的再创造，增加了诸如春田、李三等形象，而且加进了智叟为了泄愤，制造和散布"愚公移山得罪山神，殃及村民"的谣言，村民群起来阻止愚公一家的移山行动。愚公面对群众发出了浩叹："移山这么艰苦的事，并不可怕，可怕的是人心的阻力啊！"但愚公并没有停止行动。最后李三的妻子因大山阻挡，耽误了延医抢救的宝贵时间而病死，李三和众村民终于都加入到了移山队伍中。故事在此处结束，而砍掉了原文的神话性结局，使之变成了一部情节丰盈、令人信服的"励志剧"。讲故事是一门艺术，把故事讲好绝非易事。这套书中，作者讲故事显然已经得心应手。

二是解读立意高远、画龙点睛。"解读"是这套书的核心价值所在，也是作者写作这套书的出发点。历史经验表明，道德建设离不开教化，但教化有多种形式。唠唠叨叨未必不是一种教化形式，哪怕是谎言，重复一千遍之后也可能有人奉为真理了。但现代人对这种唠叨式注入最为讨厌，青少年尤其视之为面目可憎；像大哲学家康德那样设定先验的"绝对命令"，要求人们无条件遵从，那恐怕也只能是写在纸上的教条，没有几个人信奉。最有效的办法，恐怕还是把历史和现实结合起来，既用生动的典型形象和历史经验，又搔着人们心灵迷惘、信仰缺失、无所适从等现代病的痒处，进行循循劝诱、引导和告诫。这套书的解读部分，就较好地体现了这一思路。譬如"王吉休妻"的故事本身包含着封建夫权主义糟粕因素，虽然其出发点是为了维护邻里和睦。王吉因为妻子摘取邻居伸到自家院子的枣子而责罚妻子，邻居为了王吉家的和睦而要砍枣树，最终在大家的劝说下，王吉收回休妻的成命，邻居的枣树也得以保全，而且两家拆除院墙，和睦相处，皆大欢喜。对这个故事的解读是有一定难度的，毕竟封建的"夫为妻纲"这一套离我们的时代太远了，也太不人道了。请看作者的解读："现如今，城市已变成了钢筋水泥的森林。现代科学技术的发展，使人与人之间、邻里之间相互的依赖减少。朝九晚五的工作方式，自我封闭的心理习性，几乎使得家庭与家庭之间'鸡犬之声相闻，民至老死，不相往来'。邻里之间相互关照、相互帮助、相互亲善的机会也少了。王吉妻因摘邻居家枣子要被丈夫休弃的故事，已经不可能在现代社会生活的背景下发生。但是邻里相亲的美德仍然需要在新的历史时期得到继承和弘扬。"作者用"在今天不可能再发生"把那种带有悲剧性的历史背景抹去，而着重于对当代条件下，在钢筋水泥的隔离下，日益陌生化和互相审视着的邻里之间，"邻里友善"道德价值的阐发。这就扣住了现代人的心灵，起到了古为今用的作用。又如"杜甫友善邻妪"的故事，作者在故事的基础上对"人文情怀"进行了浓墨重彩的生发。文中说："人文情怀，指的是一种对社会苦难的体现、怜恤和救助的情不敢当，其中包括对弱者的同感与帮助，包括体现于人与人之间的理解和爱……体现人性本能的是一种同情，而同情是不平等的，同情中藏有优越感，体现为居高临下的恩赐，使被助的一方有压迫感和尊严丢失的危险。同感则是指对人内心感受的了解和尊重，令对方感到自己并不孤单，有人懂我并帮助我……青少年如果能拥有这种情怀，会在生活中表现出乐于助人、谦让有礼的美德，可以生长出一种'志愿精神'和'志愿行动'，将'志愿行为'看成崇高的荣誉和社会使命，这将是中国传统仁爱美德在当代社会的升华和拓展。"从一个小故事中阐发出与当今时代和世界文明潮流合拍的一番大道理，接榫得又十分自然，我们不能不佩服作者的画龙点睛之功了。

三是文笔优美、雅俗共赏。这套书讲故事时文字明白易懂，曲折有致，引人入胜；解读时则旁征博引，丝丝入扣，微雨润心。品读之下，既赏心悦目，又心有所动，会心不远，感觉到确是一种举重若轻的方家手笔。请看《千秋太史公》这个故事的解说："现代社会，竞争激烈，变化万千，没有人可以躲得过困难的折磨。因此，经受得住挫折，是现代人不可或缺的一种重要的心理素质，也可以说是时代要求每个具有奋斗精神的人拥有的'精神手杖'。我国著名作家冰心老人曾写过一首诗：'成功的花，人们只惊羡她现时的明艳。然而当初她的芽儿，浸透了奋斗的泪泉，洒遍了牺牲的血雨。'这'泪泉''血雨'可以理解为人们成功过程中经历的挫折和困难，有'耐性'的人拥有的自强不息的美德，可以将'泪泉'化为浇灌花朵的'清泉'，把'血雨'变为润物无声的'春雨'，从而使自己的人生和事业开出灿烂的花朵，结出丰硕的果实。"这是一段循循说理的话，然而又是诗的文字，美的力量与道德的力量，美的价值与道德的价值，在这里合二为一了。像这样的美的篇什段落，在整套书中可说俯拾即是，因而使得这套本是通俗读物的书有了更多的审美价值，足以入于文艺图书之林。

品读《解读传统美德故事》，更深深地感觉到我国传统美德是一座浩瀚的宝库。我们不应守着这座宝库而哭穷，而眼热别人，更不应该入宝山而空返。正确的办法，应该像煤矿工人一样，打开一角，掘进去，掘进去，然后源源不断地把"乌金"给运出来，让它发热发光，照亮这个世界。当然，在"掘宝"的同时还要做精挑细选的工作，一股脑儿搬出来和占有是懒人的做法，"鸦片"与"燕窝"终是不可同日而语。所以"批判地继承"仍然是"掘宝"时应该坚持的原则，当然"批判"应该站在一个制高点上，站在文明、时代、发展的高度。"批判"是为了"继承"，但从文化和道德的发展规律而言，"继承"是第一位的，积土为山，薪尽火传，弦歌不辍，才有人类今日的开化与文明。学恭先生遵循着这一原则，较为系统地、科学地开发了我国传统美德宝库，引领我们畅游宝山，并且告诉我们如何鉴宝、如何用宝、如何将历史宝藏转化为建设材料，这无疑是对于当前正如火如荼开展的社会主义道德建设的一个贡献。

北京出版社曾推出过一套"大家小书"，收入的都是大专家经过历史检验的名著，又是写给大家、出给大家看的书，有着普及的初衷；书的篇幅不大，每本10万字左右，但学术价值和分量却很重；书的开本也不大，便于揣在衣兜，随身携带，利用断片时间翻阅。我以为这套《解读传统美德故事》也有这种"大家小书"的风味。很多大作家、大学者都乐于做通俗文化的搜集、整理、传播工作，周作人花了大精力整理《儿童杂事诗》，丰子恺为之作了不少漫画插图，现代学术重镇北京大学就在20世纪初组织力量进行民间歌谣的搜集和研究，出版了专刊。学恭先生在烦冗的行政事务之中，用几年时间完成了这套厚厚的小书，实属难能可贵，其精神同样是可嘉和值得学习的，相信这套书的价值和生命力必定会不断显示出来。

当然，深厚的传统道德文明不是一套书所能传达的。从内容上说，传统道德像"义""礼""孝""廉"等内容，这套书还涉及不多；从方法上说，在解读传统道德故事的同时，如果能把当代正在发生的道德模范的感人事迹结合起来，对照解读，也可能是一个有效的办法。总之，社会主义道德建设不是空中楼阁，也不是无源之水、无本之木，返本开新，溯源导流，无疑是当代道德建设的基本路径。我们要做的工作和可做的工作都还有很多。

江学恭小传

江学恭（1956—），男，曾用名江小华、江学工，笔名华之。维吾尔族，祖籍湖南省汨罗市高家坊镇，中共党员。中央党校研究生毕业。2001 年加入中国作家协会，国家一级作家。中国音乐家协会会员，中国作家协会会员，中国戏剧家协会会员，中国电视艺术家协会会员。

1956 年 12 月，江学恭出生于湖南省湘潭市。1972 年参加文艺工作，任湘潭地区文工团歌舞队乐队演奏员，后为编剧。1981 年—1983 年，就读于上海戏剧学院戏剧文学系，师从余秋雨教授。毕业后任湖南省湘潭市文化局创作员。1984 年调中共湖南省委宣传部文化艺术处，1989 年任文艺处副处长。1991 年调中共湖南省委对外宣传办公室，先后任一处处长、室务会成员、湖南省人民政府新闻办公室副主任等职。

自 2000 年以来，江学恭先后在湖南省作协、湖南省文联负责宣传文化组织工作。2000 年—2006 年，先后担任湖南省文联党组副书记、秘书长，湖南省作协党组书记、常务副主席，中国作家协会全国委员会委员。2007 年任湖南省文联党组副书记、副主席、秘书长。2010 年任湖南省文联党组书记、副主席，中国文联全国委员会委员。2012 年任政协湖南省第十一届委员会委员、常委，科教文卫体委员会副主任。曾任湖南省文艺评论家协会副主席、湖南大众传媒学院客座教授。

从事文艺创作四十余年，作品种类繁多，体裁不一。多年来，在省级以上报刊发表各类文艺作品 300 余篇、500 余万字。出版专著 10 余部。先后担任《新故事》《创作与评论》《现代艺术》《戏剧春秋》《小天使报》等公开出版发行刊物和《湖南艺术网》的主编或社长。

江学恭对戏剧情有独钟，尤以湖南地方戏为甚。在 20 世纪 80 年代，面对戏曲观众急剧减少的现象，江学恭在《正视现实化忧心为动力》一文中指出："我以为，作为一个正直、勇敢的戏剧工作者，面对这种严峻的现实，不必讳莫如深，也用不着忧心忡忡，更不能病急乱投医，而应该居危思变，化忧心为动力，大胆革新创造，从而开创戏曲艺术的新局面。"他发表了多篇与地方戏研究相关的评论文章。如在《源远流长的湖南地方戏》一文中追溯了湖南地方戏悠久的艺术传统和源远流长的发展与沿革，并指出："湘剧、祁剧、巴陵戏、长沙花鼓戏等十九个湖南地方戏曲剧种是流淌着楚文化血脉，展现着湖湘传统异彩的艺术奇葩。"同时，江学恭结合湖南地方戏，深入研究湘剧历史，准确把握戏剧艺术规律，传承中华民族文化传统。如他连续几年在《湖南档案》上发表了《祁剧》《邵阳花鼓戏》《巴陵戏》等文；进入新世纪，他对湘剧的研究一直没有中断，发表了《湘剧研究的奠基之作——范正明先生湘剧系列书籍读评》《力行而后知之真——读范正明〈新时期戏剧史论选〉》等文。

江学恭已出版的理论著作有：《社会主义文化市场概论》，1991年由湖南出版社出版发行；文艺理论专著《缪斯之恋》，北京新星出版社1999年出版发行；专著《美德与人生》，1991年由湖南少儿出版社出版发行，获得共青团中央、国家新闻出版总署颁发的"全国第二届优秀少儿读物奖"；《"人间喜剧"的忠实记录者——巴尔扎克》《从丑小鸭到白天鹅——安徒生》《梦入樱桃园——契诃夫》《密西西比河畔的吟唱——海明威》《暴风雨中的海燕——高尔基》，由湖南少年儿童出版社1998年出版发行；《伟大的祖国——名人篇》《伟大的祖国——名著篇》，由湖南少年儿童出版社1999年出版发行。

2013年，江学恭的《解读传统美德故事——爱国篇、立志篇、自强篇、勤俭篇、诚信篇、仁爱篇》全六册，在岳麓书社出版发行。谢子元在《掘宝者的贡献——〈解读传统美德故事〉品赏》中曾谈道："这套书有几个鲜明的特点，一是故事选得好、讲得好；二是解读立意高远、画龙点睛；三是文笔优美、雅俗共赏。品读《解读传统美德故事》，更深深地感觉到我国传统美德是一座浩瀚的宝库。"

21世纪以来，江学恭的文学创作集陆续出版。他与大平合著的小说集《勾魂草》，由湖南文艺出版社2003年出版发行；剧本集《大平学恭剧作集》，由著名文化学者余秋雨先生题写书名，远方出版社2004年出版发行；与大平合著的故事集《大平学恭故事选》，由远方出版社2004年出版发行；编写的《大美可追——余秋雨的文化美学》一书2020年5月由北京联合出版社出版。

另外，他编撰的十余部电视专题片在中央电视台和海外电视台播出，其中《变化中的中国——来自湖南常德的报道》，获国务院新闻办公室和国家广播电影电视部颁发的"金桥奖"；电视剧《能婆婆巧媳妇》，由北京电视台播出；外宣特稿《细笔浓情写三湘》，获国家外文局特别奖。论文《文艺辩证法断想》《结构形态论》入选《湖南省新时期十年优秀文艺作品选》。

江学恭从事宣传文化组织工作三十余年，为湖南省的文艺事业发展做出了积极贡献。在中共湖南省委对外宣传办公室工作期间，组织了《今日湖南》美国电视周、《变化中的中国湖南》欧洲电视周，组建了湖南最早的网络媒体——《中国湖南》和《红网》。在湖南省作家协会工作期间，他主持了协会换届，组建《湖南作家网》《湖南文学》杂志复刊等工作。在湖南省文联工作期间，参与了由省委省政府颁发的第二届湖南文艺奖的评选和颁奖工作，实施了"湖南省文艺人才扶植三百工程"，开展了湖南省美术馆和湖南文艺家之家的建设，主持组建了湖南省文艺评论家协会、湖南省设计艺术家协会、湖南省艺术收藏家协会和"湖南艺术网"。

（选自《湖南当代少数民族作家小传》，湖南师范大学出版社2020年出版）

跋

四十九年过去，弹指一挥间。

从一脸稚气的少年，到步履蹒跚的老者，仿佛梦一般快捷，快得使人惶恐。

快捷——光阴荏苒，时光匆匆，仿佛在一念之间；惶恐——岁月蹉跎，酸甜苦辣，回首竟一片茫然。

面对蹉跎和茫然，突然想到要出一本书，对逝去的岁月作个小结。几十年来，虽然换过一些单位，做过多种工作，但都在文化圈中游弋。坎坷磨难里，五味杂陈中，也只有文字为伴，笔墨为亲。于是，便从那堆积如山的文稿中寻觅昔日岁月的温馨。

囿于篇幅，只能从这近千万字的文稿中选取很小一部分入书。为此，定了三条原则：一是篇幅大的、字数多的文章不收；二是已经结集成书的文章不收；三是收入的文章保持原貌，基本不修改。

根据文稿的内容，本书分为五个部分。第一部分"大千世界"，主要收纳游记作品和介绍域外文化的文章。第二部分"三湘四水"，主要收纳介绍湖南风情风物的文章。第三部分"文坛艺苑"，主要收纳评介文艺人物和作品的文章。第四部分"多向思维"，主要收纳文艺之外的各种时论文章。第五部分"附录"，主要收纳目前能够找到的访谈文章和介绍本人与作品的文章。

东坡诗云："人生到处知何似，应似飞鸿踏雪泥。"面对这些文稿，似乎看到了几十年茫茫人生雪野中依稀可辨的足迹。这些足迹，虽然不失凌乱，抑或深浅不一，甚至弯弯曲曲，但毕竟是自己亲身走过，自当珍惜。这本书也就权当是对逝去岁月的一个交代吧。

江学恭

2020 年 7 月 20 日